Tessa de Loo

De tweeling

Roman

Uitgeverij De Arbeiderspers
Amsterdam · Antwerpen

De auteur dankt de Stichting Fonds voor de Letteren voor de aan haar verstrekte werkbeurzen.

Eerste druk oktober 1993
Tweeëndertigste druk oktober 1997

Omslagontwerp: Nico Richter
Omslagillustratie: Design Team München/TIB

ISBN 90 295 2889 3 /NUGI 300

Voor mijn moeder en Maria Hesse

Die Welt ist weit, die
Welt ist schön, wer
weiss ob wir uns wiedersehen.

Inhoud

Deel 1

Interbellum

1

'Meine Güte, wat is dit hier, een sterfhuis?'

Lotte Goudriaan schrok wakker uit een behaaglijke sluimer, een lichte verdoving: oud zijn en toch je lichaam niet voelen. Door haar oogharen volgde ze de ronde gestalte die, naakt als zijzelf onder een badjas van onschuldig lichtblauw, de deur luidruchtig achter zich sloot. Met zichtbare tegenzin schommelde de vrouw de schemerige rustzaal binnen, tussen twee rijen bedden door die leeg waren, op dat ene na waarop Lotte lag – haar lichaam een oude, langdradige ziektegeschiedenis tussen smetteloze lakens. Instinctief schoof ze dieper het bed in. De taal waarin de vrouw haar misplaatste opmerking had gemaakt was Duits. Duits! Wat had een Duitse hier te zoeken, in Spa, waar op ieder plein, in ieder plantsoen een monument stond met in steen gebeitelde lijsten van gevallenen uit twee wereldoorlogen? In haar eigen land wemelde het van de kuuroorden. Waarom Spa? Lotte sloot haar ogen en probeerde de vrouw weg te denken door krampachtig naar het gekoer van de duiven te luisteren die, onzichtbaar achter witte valgordijnen van gerimpelde zijde, op de dakranden en binnenplaatsen van het Thermaal Instituut samenschoolden. Maar elke beweging van de Duitse was een provocatie in geluid. Duidelijk hoorbaar sloeg ze de dekens open van een bed dat recht tegenover dat van Lotte stond. Ze strekte zich erop uit, geeuwde en zuchtte nadrukkelijk; zelfs toen ze eindelijk stillag en zich scheen over te geven aan de voorgeschreven rust deed de stilte die ze veroorzaakte pijn aan de oren. Lotte slikte. Een gevoel van spanning kroop van haar maag naar haar keel, een mentale misselijkheid die haar de vorige dag ook had overvallen toen ze, tot aan haar kin, in een veenturfbad zat.

Terwijl ze zich had overgegeven aan de warmte van de zurige veenpap die haar verstijfde gewrichten ontdooide, zweefde door een kier in de deur een oud kinderlied de badkamer binnen, geneuried door een onvaste oude vrouwenmezzo. Dit lied, dat voor het eerst sinds zeventig jaar, vanuit een aangrenzende badkamer, haar bewustzijn binnendrong, maakte een mengsel van vage angsten en ergernis in haar los – gevoelens waarvoor een patiënt op leeftijd in een veenbad van veertig graden Celsius op haar hoede moest zijn. Een hartaanval lag op de loer in de bruine brij, tussen de klontjes, korreltjes en half verteerde takjes die erin ronddreven. Ineens verdroeg ze de warmte niet meer. Moeizaam hees ze zich overeind totdat ze, wankel, midden in de metalen kuip stond, haar lichaam overdekt met een laagje vloeibare chocolade dat alle oneffenheden verdoezelde. Alsof ik al dood en begraven ben, dacht ze. Toen het tot haar doordrong dat ze in deze houding een dwaze, paniekerige indruk moest maken op de vrouw die haar zo zou komen afspoelen, zakte ze langzaam door de knieën, terug in de brij, zich met beide handen aan de rand van de kuip vastgrijpend. Op hetzelfde ogenblik hield het lied op, even abrupt als het begonnen was, alsof het niet meer was geweest dan de opflakkering van een verloren gewaande herinnering.

De Duitse hield het niet lang uit in bed. Na enkele minuten schuifelde ze weer over de versleten parketvloer in de richting van een tafeltje waarop, naast een toren van over elkaar geschoven plastic bekertjes, twee flessen mineraalwater stonden. Ondanks zichzelf volgde Lotte haar verrichtingen nauwgezet, alsof ze op haar hoede moest blijven.

‘Excusez moi madame...’ Met een lichte stembuiging, in moeizaam schools Frans, wendde de vrouw zich onverhoeds tot Lotte. ‘C’est permis... dat wij... van dit water drinken?’

De geschiedenis die volgt was er waarschijnlijk niet geweest als Lotte ook in het Frans had geantwoord. Maar in een opwelling van roekeloosheid zei ze: ‘Ja, das Wasser können Sie trinken.’

‘Ach so!’ De vrouw vergat het water, keerde op haar schreden terug in de richting van Lottes bed, verheugd uitroepend: ‘U bent een Duitse!’

‘Nee, ja, nee...’ stamelde Lotte. Maar ze had de lont al aangestoken, zacht knetterend kwam de vrouw op haar af. Alles aan haar was breed, rond en gewelfd, een bejaarde Walküre die niet wijken zou. Aan het voeteneind bleef ze staan, een slagschaduw over Lottes bed werpend. Ze keek haar vrijmoedig aan: ‘Waar komt u vandaan, als ik vragen mag?’ Lotte probeerde haar impulsiviteit ongedaan te maken: ‘Uit Nederland.’ ‘Maar uw Duits is vlekkeloos!’ drong de vrouw aan, haar mollige handen spreidend. ‘Uit Keulen,’ gaf Lotte toe, op de matte toon van een afgedwongen bekentenis, ‘oorspronkelijk.’ ‘Keulen! Maar daar kom ik ook vandaan!’

Keulen, Köln. Terwijl de naam van de stad nog naresoneerde in de rustzaal, die nooit iets anders dan absolute zwijgzaamheid binnen haar muren had gekend, kwam het Lotte een ogenblik voor alsof Keulen een verdoemde stad was waar je beter niet vandaan kon komen, een stad die voor de hoogmoed van een volk gestraft was met totale vernietiging.

De deur ging open. Een in zichzelf gekeerde man van middelbare leeftijd slofte naar binnen; hij zocht een bed uit en gleed geruisloos tussen de lakens, waarna alleen zijn dodenmasker nog vaag zichtbaar was in de schemering. Alles was weer zoals het hoorde, alleen de Duitse niet. Die boog zich voorover en fluisterde: ‘Ik wacht op u in de hal.’

Ten prooi aan verwarring en irritatie bleef Lotte achter. Dat klonk als een bevel: ik wacht op u! Ze besloot het te negeren. Maar hoe langer ze bleef liggen, hoe ongeduriger ze werd. Het was de opdringerige Duitse gelukt een ander haar duur betaalde rust te ontnemen. Aan haar viel niet te ontkomen: er was maar één deur in de rustzaal en die kwam uit op de hal.

Ten slotte stapte ze bruusk uit bed, schoof in haar badslippers, trok haar ceintuur stevig om haar middel en liep naar de deur vastbesloten de vrouw zo snel mogelijk van zich af te schudden. Het binnendringen in de in licht badende hal was als het betreden van een tempel die aan de godin van de gezondheid was gewijd. De vloer van grote, diagonaalsgewijs gelegde tegels van gebroken wit marmer schiep, samen met een vide die vrij zicht gaf op de balustrade van de eerste verdieping, een illusie van uitgestrektheid. Die werd versterkt door een plafondschildering waarop een fondantkleurige Venus in een schelp kwam aandrijven uit zee, omringd door mollige cherubijnen. Altijd was daar ook het geluid van stromend water, veroorzaakt door twee fonteinen van grijs-bruin geaderd marmer aan weerszijden van de hal, geflankeerd door robuuste Griekse zuilen. Uit een vergulde vrouwenkop kwam, als een uitgestoken tong, een glanzend kraantje waaruit een dun stroompje water liep. De ene fontein, bruin uitgeslagen van het ijzerhoudende water waarbij de rijke Europese aristocratie in betere tijden genezing had gezocht voor haar bloedarmoede, stond in rechtstreekse verbinding met de Source-de-la-Reine, de andere met de Source Marie-Henriëtte, een bron waaruit fluweelzacht water vloeide dat alle toxines uit het lichaam verdreef.

In dit heiligdom van de eeuwige jeugd had de bejaarde Duitse zich een antieke stoel toegeëigend. Bladerend in een tijdschrift, nippend aan een glas bronwater, wachtte ze op Lotte, die haar schoorvoetend naderde met de uitvlucht: 'Entschuldigung bitte, ik heb geen tijd.' De vrouw wrong zich overeind uit het strak gesneden empirestoeltje, er gleed een uitdrukking van pijn over haar gezicht. 'Luister, luister,' zei ze, 'u komt uit Keulen. Dan wil ik u toch vragen in welke straat u woonde.' Lotte zocht steun bij een van de pilaren, de ribbels drukten door de badstof heen in haar rug. 'Dat weet ik niet meer, ik was zes jaar toen ze mij naar Nederland haalden.' 'Zes jaar,' herhaalde de vrouw opgewonden, 'zes jaar!' 'Ik herinner me alleen,' zei Lotte aarzelend, 'dat we in een Casino woonden... of in een gebouw dat ooit een Casino was geweest.'

'Het is niet waar! Het is niet waar!' De stem van de Duitse sloeg over, ze bracht haar handen naar haar hoofd en drukte haar vingertoppen tegen haar slapen. 'Het is niet waar!' Haar gebrul vulde oneerbiedig de gewijde ruimte, het kaatste over de marmeren vloer, steeg op om het vreedzame tafereel op het plafond te verstoren. Met wijdopen ogen staarde ze Lotte aan. Vol ontzetting? Vol vreugde? Was ze waanzinnig geworden? Ze spreidde haar armen, kwam recht op Lotte af en omhelsde haar. 'Lottchen,' kreunde ze, 'begrijp je het dan niet? Begrijp je het niet?' Lotte, fijngedrukt tussen de pilaar en het lichaam van de Duitse, werd door een duizeling bevangen. Ze voelde een hevig verlangen aan deze ongerijmde intimiteit te ontsnappen, in damp op te gaan, te vervluchtigen. Maar ze zat knel tussen haar oorsprong en haar selectieve geheugen, die allang geleden een vijandig bondgenootschap waren aangegaan. 'Du... meine Liebe,' zei de vrouw in haar oor, 'ik ben het toch, Anna!'

De toverlantaarn uit het begin van de twintigste eeuw laat veel aan de verbeelding over. De leegte tussen de projectie van twee plaatjes moet door de toeschouwers zelf ingevuld worden. Ze krijgen een Jugendstilerker te zien die boven de straat hangt, op een eerste verdieping. Twee neuzen drukken zich plat tegen het raam, twee paar ogen registreren angstvallig de passanten in de diepte. Van bovenaf gezien lijken alle vrouwen op elkaar: een hoed op hun opgestoken haar, een lange getailleerde mantel met kleine knoopjes, rijglaarsjes. Maar er is er maar één die een kleine schatkist van glanzend aluminium onder haar arm klemt. Aan het eind van elke dag zien ze haar aan de overkant de dubbele deur van 'Die Hoffnung' achter zich sluiten en met de dagomzet in het kistje de straat oversteken. Zodra ze thuiskomt verliezen de meisjes hun belangstelling voor het kistje; het is ze om hun moeder te doen die eerst een miljoen knoopjes los moet maken voordat ze hen op schoot kan nemen. Bij grote uitzondering mogen ze mee naar de winkel, waarvan de naam aan de passant verraadt dat het hier een socialistische coöperatie betreft. Hun moeder, die als een vorstin achter de hoge, bruine kassa troont en voor hen een negerzoentje uit een kartonnen doos pakt, is de spil van alle geldhandelingen. Sinds zij aan de kassa zit is de omzet verdubbeld. Ze is intelligent, ijverig en betrouwbaar. Ook is ze ziek, maar dat weet nog niemand. De ziekte holt haar langzaam uit, terwijl de buitenkant die van een mollige, blonde Westfaalse blijft.

Er wordt een ander plaatje in de lantaarn gestopt – voorzichtig, ze moeten wel op volgorde blijven liggen. Er is een kamer in het huis die ze alleen aan de hand van hun vader binnengaan. De permanente schemering die er heerst is doordrenkt van een bitterzoete geur. In een eikehouten ledikant ligt, onder een boosaardige gravure met zwarte rotsen en spichtige sparren, hun moeder – een vreemde met ingevallen wangen en blauwe schaduwen onder de ogen. Ze deinzen terug voor de wanhopige, lijdzame glimlach die op haar gezicht verschijnt wanneer ze haar naderen. Hun vader, die hen telkens zachtjes in de richting van het ledikant duwt, ligt op een dag zelf op een geïmproviseerd bed in de huiskamer. Hij draagt hun op muisstil te zijn omdat hij ziek is en moet slapen. Bedrukt zitten ze naast elkaar op de sofa in de erker, met hun kin op de vensterbank, en kijken naar beneden – ondanks de vrouw onder het rotslandschap in afwachting van de verschijning van het kistje, dat een eind zal maken aan de geladen stilte. Het wordt langzaam donker. Ze hebben geen besef van tijd; het verstrijken ervan is voor hen hetzelfde als het uitblijven van het kistje. Dan gaat, schuchter, de bel. Ze hollen naar de deur. Anna, vanaf haar geboorte gedreven door het instinct altijd de eerste te moeten zijn, gaat op haar tenen staan en trekt de schuif open. 'Tante Käthe, tante Käthe,' ze klauwt tegen haar op, 'komt u ons halen?' 'Komt u ons halen...' echoot Lotte.

Het volgende plaatje suggereert dat de lantaarn ons met een larmoyante geschiedenis gaat opschepen. Op de sofa staat een langwerpige kist en daarop zitten, met hun rug naar een kamer vol onbekende familieleden, Anna en Lotte. Dankzij de kist kunnen ze hun voeten op de vensterbank leggen. Ze hebben ontdekt dat ze het geweeklaag en gemurmel kunnen overstemmen door met de zolen van de enge, zwartgelakte schoenen die tante Käthe hun heeft aangetrokken tegen het raam te trappelen – tegelijk schoppen ze dit onbegrijpelijke oponthoud uit hun bestaan en proberen te bewerkstelligen dat alles weer normaal wordt. Zijn de aanwezigen aanvankelijk geneigd tot tolerantie – er bestaan immers geen gedragsregels voor driejarigen die hun moeder hebben verloren – als het getrappel maar aanhoudt en de meisjes doof blijven voor vriendelijke vermaningen, slaat de verdraagzaamheid om in ergernis. Heeft het voetgetrappel niet iets van het primitieve tromgeroffel waarmee, volgens de geïllustreerde periodieken, de wilden in Afrika de laatste gang van hun doden begeleiden? Een beetje christelijke devotie mag toch onder deze omstandigheden van de kinderen wel verwacht worden. Men beveelt hun van de kist af te komen, maar ze weigeren halsstarrig, om zich heen slaand naar de handen die hen ervan af willen tillen. Pas wanneer, in hun sinistere uitmonstering, de dragers van de begrafenisonderneming binnenkomen en aan de kist beginnen te sjorren, laten ze zich door tante Käthe opvangen. Daarna gedragen ze zich voorbeeldig, op een klein incident na in de lange stoet die onder een ongepast warme lentezon achter de baar aan schuifelt. Op het nippertje voorkomt tante Käthe dat ze de zwarte wollen manteltjes uittrekken die hun moeder nog, speciaal voor deze gelegenheid, in bed heeft genaaid. De taaiheid van haar lichaam onderschattend moet ze zich hebben verrekend in het seizoen.

De grote afwezige bij de begrafenis ligt in het ziekenhuis. Elke avond om half zeven stelt tante Käthe zich tegenover een van de zijgevels op, aan elke hand een kind. Dan verschijnt achter een van de vele ramen een gezicht, net duidelijk genoeg om Anna en Lotte ervan te overtuigen dat hij niet op dezelfde verraderlijke manier als hun moeder in het niets is opgegaan. Ze zwaaien en hij wuift terug met een grote witte hand die voor zijn gezicht heen en weer veegt alsof hij zichzelf uit wil wissen. Daarna gaan ze gerustgesteld slapen. Op een dag komt hij thuis, vermagerd en getekend. Als ze in hem klimmen om hem te omhelzen, zet hij hen met een beschaamd, droefgeestig lachje terug op de grond. 'Ik mag jullie niet zoenen,' zegt hij zwakjes, 'anders worden jullie ook ziek.'

De plaatjes krijgen een opwekkender karakter. Hij hervat zijn werkzaamheden als beheerder van een in het voormalige Casino ondergebracht socialistisch instituut ten behoeve van de arbeiders die zich willen bevrijden van hun onwetendheid – 'Kennis is macht' staat in gotische letters boven de ingang van de bibliotheek. Er is nauwelijks een begrenzing tussen hun woning op de eerste etage en de rest van het gebouw. Anna en Lotte, die evenals de kinderen van de conciërge door een gelukkige speling van het lot opgroeien in dit proletarische cultuurpaleis, spelen tikkertje in de brede marmeren gangen, verstoppen zich achter robuuste zuilen en achter de coulissen van het toneel, springen haasje-over in de immense, ronde hal waar hun kreten opstijgen naar een hoog glas-in-loodraam dat hen, als de zon erdoorheen schijnt, met karmijnrood en pauwblauw besproeit. Lotte heeft de akoestiek ontdekt; ze staat recht onder het hoogste punt van het gewelfde plafond en zingt met haar hoofd in haar nek het lied van de Keulse boemeltrein. Te onrustig van aard om stil te kunnen staan gebruikt Anna, aangevuurd door de buurjongen, een met satijn beklede biedermeierbank als trampoline totdat de veren beginnen te piepen en ze duizelig van het springen met haar mond op de mahoniehouten leuning valt. De bank staat in de foyer, die nog altijd koketteert met de mondaine luxe van het fin de siècle. Boven een rijk geornamenteerd buffet met koperen kranen hangen kristallen luchters aan een verguld, afbladderend plafond, rondom hangen tientallen verweerde spiegels die, behalve een rood aangelopen meisjeshoofd met bloedende lip, nog steeds de goklust in de ogen van de oude geldelite en haar parasieten weerkaatsen. Haar vader heeft de toegang tot deze zaal streng verboden. Schuldbewust holt ze naar zijn kantoor. Met haar gewonde bovenlip is ze genadeloos aan zijn onderzoekende blik overgeleverd. 'Wat is er gebeurd?' vraagt hij, een wijsvinger onder haar kin. Op dat moment vindt ze de leugen uit. Spontaan schept ze een andere toedracht, zo voor de hand liggend dat deze haar meteen al veel waarschijnlijker voorkomt dan de werkelijke. Terwijl ze in de tuin speelde, biecht ze met neergeslagen ogen op, is ze op de rand van de houten tafel gevallen die daar in het gras staat. Nadat hij in alle gemoedsrust het bloeden heeft gestelpt neemt hij haar mee naar de tuin. 'Zo,' zegt hij, 'laat nu maar eens zien hoe het is gebeurd.' Nu dringt het verraderlijke van de leugen tot haar door: de tuintafel is zo hoog dat een meisje van haar postuur loodrecht uit de hemel naar beneden zou moeten vallen om met haar bovenlip op de rand van de tafel terecht te kunnen komen. 'Ach sooo...' zegt haar vader op melodieuze toon – een melodie die haar achterdochtig maakt. Hij pakt tussen duim en wijsvinger een stukje vel van haar blote bovenarm en bezorgt haar het prikkeldraadgevoel. Het is de enige straf die ze zich jaren later nog herinnert, een straf die haar levenslang tot een koppige voorkeur voor de waarheid veroordeelt.

Maar haar wildheid laat zich niet zo makkelijk beteugelen. Kort daarna breekt ze bij een stoeipartij op de marmeren trap in de hal haar elleboog. Ze gaat tekeer als een hysterische gravin die haar hele bezit vergokt heeft, daarin bijgevallen door Lotte wier vermogen om paniek en pijn te voelen zich symbiotisch uitstrekt tot het lichaam van haar zusje. Er wordt een gipsverband aangelegd en de arm wordt in een mitella gehangen. Wanneer Anna dusdanig gedecoreerd uit het ziekenhuis komt, barst Lotte opnieuw in tranen uit. Niemand weet of het uit solidariteit is of uit jaloezie. Ze bedaart pas als ook haar linkerarm met een geïmproviseerd imitatieverband in een theedoek wordt gehangen.

Nu een kerstplaatje. Tante Käthe is vanaf het moment waarop ze zich over de kinderen ontfermde niet meer van hun zijde geweken. Toen hun vader uit het ziekenhuis werd ontslagen omdat geen enkele medische ingreep iets aan zijn ziektebeeld kon veranderen, trouwde hij in stilte met haar om te voorkomen dat hij gedwongen zou worden afstand van hen te doen: een man met een besmettelijke ziekte waarop alleen de tijd, ten goede of ten kwade, invloed kon hebben, werd ongeschikt geacht kinderen groot te brengen. Voor Anna en Lotte spreekt alles vanzelf. Tante Käthe is er gewoon en zet een besneeuwde boom in de kamer waarvan de takken doorbuigen onder een anarchie van heksen, kerstmannen, schoorsteenvegers, sneeuwpoppen, dwergen en engelen. De prikkelende geur van sparrengroen vermengd met hars geeft hun een voorproefje van de natuur die begint waar Keulen ophoudt. De jongste broer van hun vader, Heinrich, een schonkige jongen van zeventien, is uit zijn dorp aan de rand van het Teutoburger Wald gekomen om bij hen het feest van de boom te vieren. Ook hij heeft natuurlijke aroma's in huis gebracht: die van hooi en varkensmest, gekruid met een vleugje optrekkend vocht. Zijn imago van jonge, joviale oom valt in gruzelementen als hij bij het kerstliedjes zingen uit balorigheid de tekst verhaspelt. Grinnikend valt zijn broer hem bij; algauw wedijveren ze in het vinden van onzinnige rijmwoorden. 'Niet doen, niet doen,' gilt Anna, vol afschuw op de borst van haar vader trommelend, 'zo gaat het lied niet!' Maar de mannen lachen haar uit om haar orthodoxie en overtreffen zichzelf in spitsvondigheid. Na een vergeefse poging om met trillende stem de ware versie te laten triomferen rent ze vol wanhoop naar de keuken waar tante Käthe brood snijdt. 'Ze maken het kerstlied kapot,' roept ze, 'pappie en oom Heini!' Tante Käthe beent als een wraakgodin de kamer in. 'Wat hebben jullie met dat kind gedaan!' Anna wordt opgetild en getroost, zakdoekjes, een glas water. 'Het was maar een grapje,' sust haar vader, 'negentienhonderdeenentwintig jaar geleden werd het kerstkind geboren, dat is toch een goeie reden om vrolijk te zijn.' Hij zet haar op de punt van zijn knie en trekt de grote strik op haar hoofd recht die door de consternatie is scheefgezakt. Ik zal je een echt lied leren,' zegt hij, 'luister.' Met een hese stem, af en toe onderbroken door de hoest, zingt hij het melancholieke lied: 'Nach Frankreich zogen zwei Grenadier, Die waren in Russland gefangen...'

De lantaarn projecteert een toneel, het decor is een woud van hoog oprijzende boomstammen. De regisseur van het theater heeft een kleine actrice nodig, ze mag niet veel hoger dan een meter zijn. 'Hoort u eens, Herr Bamberg,' zegt hij, 'ik zoek een meisje dat de rol kan spelen van een arm kind dat is verdwaald in het bos. Nu dacht ik aan een van uw dochters...' 'Wie van de twee had u op het oog?' 'Wie is de oudste?' 'Ze zijn even oud.' 'Ah, een tweeling... curieus...' 'Wie had u op het oog?' herhaalt de vader. 'Tja, ik had gedacht... die met het donkere haar. De blonde lijkt me te mollig om een uitgehongerd kind te spelen.' 'Maar die is wel tekstvast...' Trots strijkt hij over zijn snor. 'Ze is... verbazingwekkend, in dat opzicht.' De aansporing boven de deur van de bibliotheek indachtig wijdt hij zijn vrije avonduren gewoonlijk aan klassieke schrijvers en dichters. Tussendoor, als speels experiment, heeft hij haar een gedicht geleerd. 'Onze Anna,' licht hij toe, 'heeft een papegaaiengeheugen. Ze kan "Das lied von der Glocke" van Schiller voordragen zonder een versregel over te slaan.' 'Goed,' capituleert de regisseur, 'u bent de vader, u kunt het beter beoordelen dan ik.'

'Ik vind het maar niets,' stribbelt tante Kathe tegen, 'het kind is nog te jong voor zo'n optreden.' Maar tegen de eerzucht van deze vader is geen kruid gewassen. Toch zit ze op de dag van de voorstelling met Lotte en haar vader glunderend op de eerste rij, geflankeerd door haar zeven zusters. Achter de coulissen verbergt de kleedster Anna's jurk onder een grauwe, wormstekige winterjas en knoopt haar witte haarstrik losjes achter aan de ceintuur vast. Zonder te vermoeden dat het een generale repetitie voor de werkelijkheid is, dat ze deze rol tien jaar lang, zonder publiek, zonder applaus, zal gaan vertolken, zet Anna zo'n geloofwaardig, meelijwekkend kind op de planken dat de stieftantes de tranen in de ogen springen. Nadat twee heren in jagerskostuum haar tussen zich in uit het denkbeeldige woud hebben weggevoerd, gluurt ze vanachter de coulissen nieuwsgierig de zaal in. Het publiek, niet meer dan een verzameling hoofden, interesseert haar niet. Ze ziet maar één gezicht in het halfduister, opgeheven naar het toneel – dat van de kleinste mens in de zaal, nietig en onbeduidend tussen de volwassenen. Anna staart naar haar, overvallen door een onbekende, angstaanjagende sensatie. Door het toneelstuk, en de rol die ze daarin speelt, zijn Lotte en zij voor het eerst twee individuen die los van elkaar bestaan. Ieder met een eigen optiek – Lotte vanuit de zaal, zijzelf vanaf het toneel. Dit besef van gescheidenheid, van ongewenste tweeheid, verontrust haar plotseling zo dat ze dwars door de herenigingsscène van twee geliefden heen over het toneel stormt – het losgeknoopte armeluisjasje fladdert om haar heen en de ceintuur met haarstrik sleept erachter aan over de grond. Opgewonden roept de jongste zuster van tante Käthe in plat Keuls: 'Ach süch'ens, dat Klein!' Aan de zaal ontstijgt een brullend gelach. Er wordt geapplaudisseerd alsof het een trouvaille van de regisseur betreft. Onverstoorbaar springt Anna van het podium af. Ze loopt rechtstreeks naar Lotte en komt pas tot rust wanneer ze zich naast haar op dezelfde stoel gewurmd heeft.

De lantaarn belicht als een manestraal een bed met lichtblauwe dekens. Daaronder vallen Anna en Lotte 's avonds in slaap, elkaar als parende octopussen met hun ledematen krachtig omstrengelend. Zonder dat ze het merken ontwart de nacht deze knoop met beleid, zodat ze 's morgens ieder op een rand van het bed ontwaken, met hun ruggen naar elkaar toe.

De toverlantaarn heeft overal toegang – ze toont ons een klaslokaal. Het is alsof we het gekras van de kroontjespennen kunnen horen. Het onstuimige temperament van Anna leent zich niet voor schoonschrijven. Terwijl Lotte zich met vaste hand het alfabet toeëigent, willen de letters onder Anna's regime niet gehoorzamen. Na schooltijd zit ze naast haar vader in het kantoor en krast letters op haar lei, die hij met de woorden 'Opnieuw, niet goed' blijft uitwissen totdat ze aan zijn normen voldoen. Af en toe wendt hij zich af om in een blauw flesje te spugen, dat daarna stevig wordt afgesloten zodat de boze geesten niet kunnen ontsnappen. Als beloning voor haar inspanning mag ze na afloop helpen bij het opmaken van de kas. Met rappe vingers verdeelt ze voddige inflatiebiljetten in stapeltjes van tien – het saldo loopt in de biljoenen – totdat een vurige uitslag aan haar vingertoppen een eind maakt aan dit tijdverdrijf.

Elke maandagochtend, voordat de lessen beginnen, doorboort de onderwijzeres de leerlingen met haar blik en vraagt op insinuerende toon: 'Wie van jullie was gisteren niet in de kerk?' Het blijft stil, niemand verroert zich, totdat Anna haar vinger opsteekt: 'Ik.' Onmiddellijk volgt de hoge, heldere stem van Lotte: 'Ik ook.' 'Dan zijn jullie kinderen van de duivel,' stelt de juffrouw fijntjes vast. In de ogen van de andere kinderen zien de zusjes de weerspiegeling van hun excommunicatie. 'Maar jullie zijn nog veel te jong,' protesteert hun vader wanneer ze hem op de hoogte brengen van de klassikale plicht de kindermis op zondagochtend bij te wonen, 'jullie zouden er niets van begrijpen.' Noch hem, noch tante Käthe hebben ze ooit een kerk zien binnengaan. Elke zondag smeken ze hem; ze kunnen de vernietigende blik van de onderwijzeres en het getreiter van hun klasgenoten niet langer verdragen. Ten slotte zet hij zijn beker met losgeklopt ei op tafel en legt zijn handen op hun schouders. 'Morgen,' belooft hij, 'ga ik mee naar school.'

Maar als ze onderweg zijn, elk aan een kant van hun vader, lijkt het er meer op of zij hem moeten beschermen, zo koortsig en breekbaar ziet hij eruit in zijn zwarte mantel, die veel te ruim om zijn vermagerde gestalte zwabbert. Zwaar leunend op zijn stok moet hij om de tien stappen pauzeren om op adem te komen. Het getik van de stok op de keien wordt achter hem weerkaatst – een keten van echo's die voorkomt dat hij valt. Ze gaan het schoolgebouw binnen; hij gebaart hun in de gang op hem te wachten en klopt op de deur van het lokaal. De juffrouw, helemaal ontregeld door het ongebruikelijke intermezzo, laat hem met gemaakte beleefdheid binnen. Zij aan zij tegen de muur leunend houden Anna en Lotte hun blik strak op de deur gevestigd en luisteren. Ineens schiet het schorre stemgeluid van hun vader boven het zich in alle bochten van zelfbeheersing wurmende van de juffrouw uit. 'Hoe durft u! Tegen kinderen die zwakker zijn dan u!' Verbluft kijken Anna en Lotte elkaar aan. Ze rechten hun rug, de muur hebben ze niet meer nodig om tegenaan te leunen. Een verrukkelijke, tegendraadse kracht stroomt door hen heen. Trots, triomf, zelfvertrouwen – ze kunnen het geen naam geven maar het is er. Dankzij hem.

De deur zwaait open. 'Kom maar binnen,' zegt hij, ingehouden hoestend. Anna gaat als eerste over de drempel, op de voet gevolgd door Lotte. Ter hoogte van het schoolbord blijven ze staan. De juffrouw ligt niet in scherven op de grond. Wel lijkt het of haar ruggengraat op verschillende plaatsen geknakt is. Ze klampt zich vast aan haar lessenaar, met gebogen hoofd en afhangende schouders. De leerlingen, onbeweeglijk in de banken, kijken bevangen door eerbied op naar hun vader die de regie feilloos in handen heeft. 'Zo,' zachtjes duwt hij Anna en Lotte in de richting van de onderwijzeres, 'en nu verontschuldigt u zich tegenover mijn dochters, waar de hele klas bij is.' De juffrouw kijkt ze schuin aan. Meteen schiet haar blik weer weg, alsof hij iets onzindelijks heeft aangeraakt. 'Neem me niet kwalijk,' zegt ze vlak, 'wat ik tegen jullie heb gezegd. Het zal niet meer gebeuren.' Er valt een stilte. Wat nu? Kan er nog iets toegevoegd worden aan de verdeemoediging van de juffrouw? 'En nu neem ik ze mee naar huis,' horen ze boven zich de stem van hun vader, 'maar morgen zijn ze er weer. Als ik ooit weer zoiets te horen krijg kom ik terug.'

Gelukkig doet de onderwijzeres haar afgedwongen belofte gestand, want hij zou zijn dreigement niet ten uitvoer kunnen brengen. Hij is steeds minder opgewassen tegen de loopgravenoorlog die in zijn longen woedt. Een nieuw plaatje: languit op de sofa, als een dichter uit de romantiek, handelt hij amechtig zijn administratie af. Tussendoor ontvangt hij zijn vrienden, die hun bezorgdheid doorzichtig verbergen achter opgewekt gebabbel – zijn veelbelovende dochters, in geruite jurken met witte gesteven kraagjes, zijn een welkome afleiding met hun gedichten en liedjes. Dat Lottes lied tot driemaal toe wordt onderbroken door een droge hoest alarmeert niemand, behalve tante Käthe. Door ervaring achterdochtig geworden laat ze Lotte door de huisarts onderzoeken. Minutenlang beklopt hij haar magere borstkas, tegelijk met de stethoscoop zijn knevel dicht bij haar bleke huid brengend. Hij vraagt haar te hoesten, wat haar heel gemakkelijk afgaat alsof ze de hoest als een lied heeft ingestudeerd. 'Het stelt me niet gerust,' mompelt hij achter haar rug, 'ik hoor een zwak geruis in de rechterlong.' Lotte staat voor een namaakmens van kunststof en betast met lichte huiver het roze hart. Met een fles hoestsiroop en een afspraak voor het maken van foto's laat hij hen gaan.

Het zijn niet alleen de nadagen van de vader, die we op het bestofte, goudgele plaatje zien, maar ook die van het gezin, in deze samenstelling. Van het Casino gaat dezelfde invloed uit als toen er nog gegokt werd: alles of niets, op leven en dood. Het was een gebouw dat men vol verwachting binnenging en gebroken verliet, een alchemistische truc waarvan het geheime recept bewaard bleef binnen de vier muren van het heiligdom. Met zijn lange, dunne wijsvinger wenkt hij zijn dochters bij hem te komen. Zwaar ademend zit hij op de rand van de sofa. 'Luister,' zegt hij langzaam, alsof hij met een dikke tong spreekt, 'hoe lang denken jullie dat ik nog zal leven?' Anna en Lotte fronsen hun wenkbrauwen – dit is een som met astronomische getallen. 'Twintig jaar!' gokt Anna. 'Dertig!' doet Lotte er een schepje bovenop. 'Zo, denken jullie dat,' zegt hij lankmoedig. Hij kijkt hen met open mond en koortsig glanzende ogen aan alsof hij nog iets wil zeggen, maar dan wordt hij overvallen door een raspende hoestbui en jaagt hen met fladderende hand weg.

Enkele dagen later worden ze, zodra ze uit school komen, door tante Käthe meegevoerd naar de slaapkamer. Er hangt een geur van rode kool met appeltjes en kaneel in huis. Hinderlijk contrasterend met deze kruidig-zoete lucht is het gezelschap dat in een kring rond het bed van hun vader staat. Oom Heinrich, zijn handen met een verfrommelde pet gekruist voor zijn buik, staart met boerenwantrouwen naar zijn slapende broer. Is dit zo'n bijzonder schouwspel dat ze er met z'n allen naar moeten staan kijken? Tante Käthe duwt Anna en Lotte naar het bed. 'Johann,' zegt ze, haar mond vlak bij zijn oor brengend, 'hier zijn de kinderen.' Wanneer hij zijn dochters ontdekt beginnen zijn ogen te glinsteren, alsof hij zich stiekem vrolijk maakt over de belachelijke enscenering rond zijn bed. Zo meteen staat hij op, denkt Lotte, en stuurt hij ze allemaal naar huis. Maar dan slaat zijn stemming om. Zijn blik gaat gejaagd van de een naar de ander, hij tilt zijn bezwete hoofd op – vanuit zijn geheime binnenwereld lijkt hij hun iets te willen zeggen dat geen uitstel duldt. 'Anneliese...' brengt hij uit. Onmiddellijk valt het hoofd terug op het kussen en zinkt hij weer weg. Over de ingevallen wangen ligt het donkere waas van een beginnende baard. 'Waarom zegt hij Anneliese tegen ons?' vraagt Anna beledigd. 'Hij dacht aan je moeder,' zegt tante Käthe.

Na het eten komt een van de zeven zusters hen weghalen uit het feest dat geen feest is. Ze worden in een onbekend bed gestopt, een vlot op een vreemde oceaan dat hen alleen voor zinken kan behoeden wanneer ze innig omstrengeld en zonder zich te verroeren precies in het midden blijven liggen. 's Nachts dromen ze dat tante Käthe hen wakker maakt en met een nat gezicht zoent, maar als ze 's morgens wakker worden is zij nergens te bekennen. Zeven paar handen halen Anna en Lotte 's morgens uit bed en tillen hen op een stoel, zodat men ze makkelijker kan aankleden. 'Jullie vader,' merkt een van de zeven op, sjorrend aan een onderjurk, 'is vannacht overleden.' Aanvankelijk brengt de mededeling geen enkele reactie teweeg, maar tijdens het omslachtige rijgen van de laarsjes zucht Anna: 'Dan hoeft hij nooit meer te hoesten.' 'En geen pijn meer te hebben in zijn borst,' valt Lotte haar bij.

Het laatste plaatje toont het afscheid. Onzichtbaar is de begrafenis, evenals het voortdurende, vervelende 'knicksen' dat bij deze gelegenheid van de meisjes wordt verwacht. Onzichtbaar zijn ook de ruzies, de tranen van tante Käthe, haar gedreig met een proces, en de gepakte koffers. Het laatste wat Lotte van Anna ziet: ze staat halverwege de trap in de hal, omringd door familieleden die van ver zijn gekomen. Terzijde, al verstoten, staat tante Käthe, de sporen van vergeefse jammerklachten op haar gezicht. Anna is vol zelfvertrouwen, in haar rouwjurk, met een grote zwarte strik die als een kraai boven op haar blonde haar is neergestreken. Naast haar staat de oom die kerstliedjes verhaspelt, aan de andere kant een tante met een boezem van intrigerende afmetingen waarop, glinsterend, een gouden kruis rust. Enkele onduidelijke figuren zonder bijzondere kenmerken voltooien de rij. Achter Anna, zijn knokige handen op haar schouders alsof hij zich haar al heeft toegeëigend, staat een oude stramme man in een lakens pak, met een rafelige snor en een woekering van plukken verdord gras die uit zijn oren steken. Het laatste wat Anna van Lotte ziet: ze staat al bij de deur, recht onder het glas-in-loodraam. Alleen aan haar gezicht kun je zien dat zij het is, de rest is dik ingepakt alsof ze een poolreis gaat maken. Naast haar staat, leunend op een paraplu, een kokette oude dame, met dunne leren handschoenen losjes tussen haar vingers en een elegante hoed op met voile. De hele dag door heeft ze de oude man, wiens handen zwaar op Anna's schouders drukken, op een superieure, plagerige toon 'Lieber Bulli' genoemd.

Noch Anna, noch Lotte maakt zich zorgen. Ze werpen zich niet in elkaars armen, ze huilen niet, ze nemen op geen enkele manier afscheid – hoe zouden ze dat moeten doen, ze hebben geen vermoeden van het verschijnsel afstand, in ruimte en tijd. De enige die voor een vleugje gepaste afscheidspathetiek zorgt is tante Käthe, die op de valreep diagonaalsgewijs door de hal stuift en Lotte in een stortvloed van tranen aan haar borst drukt.

2

'J'ai retrouvé ma soeur, madame!' Anna klampte een passerende badgast aan die verschrikt terugdeinsde. Met tegenzin herkende Lotte de onstuimigheid en luidruchtigheid van lang, lang geleden.

'Het is niet te geloven.' Anna greep haar bij haar schouders en strekte haar armen. 'Laat me je bekijken.'

Elke spier in Lottes lichaam zette zich schrap. Nu ook nog bekeken te worden! Die familiariteit wekte haar weerzin – ze werd ergens ingezogen en miste de kracht tegen die zuiging in te gaan. Maar vierenzeventig jaar geleden vrijwel tegelijkertijd uit dezelfde moeder geboren te zijn was iets waarvoor ze niet weg kon lopen, hoe geraffineerd het verdringingsmechanisme dat ze in de loop van een halve eeuw had ontwikkeld ook functioneerde. Twee schrandere, lichtblauwe ogen keken haar nieuwsgierig en een beetje ironisch aan.

'Je bent een echte dame geworden,' stelde Anna vast. 'Nog altijd zo slank en met dat opgestoken haar... sehr schön, muss ich sagen.'

Lotte keek gereserveerd naar Anna's weelderige gestalte en naar het kortgeknipte haar, dat haar iets jongs en tegendraads gaf.

'Mij is dat nooit gelukt,' zei Anna met een lachje waarin zowel zelfspot als trots doorklonk. Ze gaf een kneepje in Lottes arm, met een glanzende, gefixeerde blik in haar ogen bracht ze haar gezicht dichterbij. 'En je hebt de neus van Vati, wunderbar!'

'Hoe... ben je hier terechtgekomen,' leidde Lotte, in het nauw gebracht, haar af. God zij dank, Anna liet haar los.

'Ik heb artrose. Het hele bewegingsapparaat is versleten, verstehst du.' Ze wees op haar knieën, haar heupen. 'Iemand vertelde me over de veenturfbaden in Spa – dat is vanuit Keulen niet ver. En jij?'

Lotte aarzelde, voorvoelend dat ze haar zuster een plezier deed met wat ze ging zeggen. 'Ook artrose,' mompelde ze.

'Een familiekwaal dus!' riep Anna geestdriftig. 'Hoor eens, laten we ergens gaan zitten, ik kan niet zolang staan.'

Er was niets aan te doen. Iets onontkoombaars was op gang gekomen, verzet baatte niet.

'Meine Schwester, stell dir mal vor!' juichte Anna halverwege de gang. Op een bank tegen de muur schoot een grijsaard die met kromme handen zijn stok omklemde overeind uit zijn halfslaap.

Met een kop koffie uit een automaat liepen ze de conversatiezaal binnen, die werd gedomineerd door een fors schilderij waarop een jonge vrouw in gezelschap van een zwaan was afgebeeld. Toen ze eindelijk comfortabel zat en enkele slokken koffie gedronken had hervond Lotte iets van haar oude gemoedsrust.

'Wie had ooit kunnen denken dat we elkaar terug zouden zien...' Anna schudde haar hoofd. 'Op zo'n merkwaardige plek nog wel... dat moet een diepere bedoeling hebben.'

Lotte kneep in het plastic bekertje. Ze geloofde niet in diepere bedoelingen, alleen in het stomme toeval – dat haar behoorlijk in verlegenheid had gebracht.

'Heb jij al baat bij de veenturfbaden?' Anna wist niet waar ze moest beginnen.

'Ik ben hier nog maar drie dagen,' weifelde Lotte, 'het enige effect tot nu toe is een loodzware vermoeidheid.'

'Dat zijn de toxines die loskomen.' Anna mat zich een ergerlijk professioneel toontje aan. Ineens veerde ze op: 'Herinner je je nog, onze badkuip in Keulen? Op leeuwenpootjes? In de keuken?'

Lotte fronste haar wenkbrauwen. Haar schoot een ander bad te binnen. Peinzend keek ze naar buiten, waar een winterse zon de gebouwen een naakt aanzien gaf. 'Elke zaterdagavond waste mijn vader ons om de beurt in een teil.'

'Je vader?'

'Mijn Hollandse vader.' Lotte glimlachte ongemakkelijk.

'Hoe was hij... ik bedoel, wat waren het voor mensen... Als kind heb ik me allerlei voorstellingen gemaakt...' Anna greep met haar handen in de lucht. 'Omdat ik helemaal niets wist vulde ik het op mijn eigen manier in... ik droomde ervan je op te zoeken... je hebt geen idee hoe erg het was niets van je te horen... iedereen deed alsof je niet bestond... Dus, ja, wat waren het eigenlijk voor mensen...?'

Lotte perste haar lippen op elkaar. Er ging een bedenkelijke aantrekkingskracht uit van het idee die oude herinneringen op te rakelen. Ze lagen diep weggemoffeld in een uithoek van haar geheugen onder een dikke laag stof en spinrag. Kon je ze niet beter met rust laten, in plaats van erin te gaan porren? Toch waren ze een deel van haarzelf, het had iets verleidelijks ze tot leven te wekken. In zo'n ongerijmde omgeving als het Thermaal Instituut, uitgerekend op verzoek van Anna. Uitgedaagd door het absurde, zelfs immorele ervan, kneep ze haar ogen halfdicht en begon zacht voor zich uit te prevelen.

Op zaterdagavond schrobde hij 'Stilzitten!' brommend zijn vier dochters schoon in een met warm sop gevulde teil, terwijl zijn vrouw van de koopavond profiteerde. Het ritueel werd afgesloten met een glas warme melk die hij fluitend aan de kook had gebracht. Vier nachtponnen, acht blote voeten – zo langzaam mogelijk drinken, het liedje van verlangen. Nadat hij vier nachtzoenen in ontvangst had genomen stuurde hij hen resoluut naar bed. 's Zomers zag het scenario er anders uit. Dan verzamelde zich op het verwilderde voetbalveld voor het huis een groep oudere meisjes uit het dorp om ritmische gymnastiek te doen in de uit het gras opstijgende nevel. Tegen de rode lucht tekende zich het silhouet van een bestelwagen af die, stofwolkjes opwerpend boven het zandpad, snel dichterbij kwam. Bij het toegangshek tot het veld kwam hij tot stilstand, de achterklep werd geopend en dan voltrok zich het wonder dat Lotte elke zaterdagavond de adem benam: gespierde armen droegen een piano naar buiten en zetten hem, tussen boterbloemen en zuring, op een strategische plek in het veld. Dan zette een jongeman in een gebroken wit zomerkostuum zich achter de piano en zond klassieke melodieën in marstempo de avondhemel in.

De meisjes van de gymnastiekvereniging gooiden hun benen hoog op en bogen diep achterover; ze gingen op hun tenen staan met hun armen gestrekt boven hun hoofd alsof ze collectief op aarde landden aan onzichtbare parachutes. Alles op de onverbiddelijke vierkwartsmaat van de pianist. Mies, Maria, Jet en Lotte, nog warm van het bad, sloegen vanaf de rand van het hek het schouwspel gade, totdat ze in de verte hun moeder zagen opdoemen, kaarsrecht op haar Gazelle waarvan het stuur leek door te buigen onder het gewicht van uitpuilende boodschappentassen.

Geen bad voor Anna. Kort na haar aankomst op de voorvaderlijke boerderij aan de Lippe bleek al dat baden daar als een uitzonderlijke, algemeen gewantrouwde bezigheid werd beschouwd. Haar grootvader, die onmiddellijk na de reis in zijn vertrouwde stoel wegzakte, waarbij hij zijn klompensokken op de rand van de gietijzeren kachel liet rusten – een scherpe schimmelgeur vulde de kleine, volgestouwde woonkamer – zou sterven zonder zijn bleke borst ooit met een stuk zeep te hebben gekweld. 'Ik wil in bad,' zeurde Anna. Vermurwd door de koppigheid waarmee het nichtje aan haar principes vasthield, zette tante Liesl een grote ketel water op het vuur en vulde hiermee een teil op de plavuizen. Zo werd de toon gezet voor een jarenlange gewoonte die Anna eigenmachtig voortzette toen tante Liesl het huis uit ging. Jaren later, toen ze daarbij de boel op slot begon te doen, riep oom Heinrich, met een geprikkeld lachje aan de deur rammelend: 'Je moet wel ontzettend vuil zijn dat je zo'n heisa maakt.'

De kinderen van het dorp stonden vol argwaan tegenover

haar stadse manieren en beschaafde tongval; achter op haar jas speldden ze een briefje: Ga weg! Op school blonk ze uit – de klasgenoten, die haar hoogstandjes met een mengsel van vrees en afgunst gadesloegen, meden haar gezelschap. Geleidelijk drong tot haar door dat dood zijn betekende dat iemand voortaan altijd afwezig was en zelfs door je vurige verlangen dat hij met zijn krachtig optreden korte metten zou maken met je kwelgeesten niet kon worden teruggehaald. Volgens deze definitie was Lotte ook dood. Anna bleef hameren op haar terugkeer, om haar grootvader heen cirkelend tot hij venijnig uithaalde: 'Wees toch niet zo ongeduldig! Als ze niet goed uitziekt gaat ze ook dood, wil je dat soms?' Wanhopig keerde ze zich om naar tante Liesl, die zat te spinnen en met hoge dunne stem zong: 'Ich weiss nicht, was soll es bedeuten...' Haar weke boezem deinde mee met de bewegingen van het wiel. Boven haar hoofd hing een prent die de familie tijdens de oorlog cadeau had gekregen toen er een zoon gesneuveld was. 'Er is geen grotere liefde dan je leven offeren voor je vaderland,' stond in sierlijke letters onder een stervende soldaat en een engel die hem de zegepalm aanreikte. Anna droop af naar buiten in de vage hoop dat oom Heinrich enig licht over de kwestie kon laten schijnen. Maar hij zat op de wc in de achtertuin, in een huisje van donkergroen geschilderd hout, hoog en smal, en scheefgezakt door een onderaardse vertakking van de Lippe. De deur waarin een hartje was uitgezaagd stond wijdopen. Breeduit zittend was hij in een gesprek gewikkeld met de buurman die, aan de overkant van een veldje met voederbieten, in beslag werd genomen door dezelfde bezigheid, eveneens met de deur open. Het onderonsje ging over het schuttersfeest en de meisjes – in dit schootsveld waagde Anna zich niet.

Ze sjokte moedeloos naar de rivier, stak de brug over en bleef met afhangende schouders voor een Mariakapelletje staan, in de schaduw van een overhangende vlier. Iemand had een bos donkerrode pioenrozen aan de voet van het beeld gezet. De moeder keek devoot op het kind neer, een geheimzinnige, verborgen intimiteit suggererend die alle nieuwsgierige blikken buitensloot. Anna kreeg de neiging deze ingekeerdheid te verstoren en het vrome gezicht te beschadigen. In plaats daarvan rukte ze de bloemen uit de vaas, rende ermee de brug op en wierp ze met een nijdige polsbeweging in de Lippe. Ze keek ze na zoals ze langzaam wegdreven in de richting van Holland. Een pioenroos vertoonde afwijkend gedrag: na wild te hebben rondgecirkeld in een kolk werd ze de diepte ingezogen. Afgunstig staarde Anna naar de plek waar de bloem afwezig was geworden. Van het ene moment op het andere verdwijnen, dat wilde ze zelf ook – om zich bij haar geliefde afwezigen te kunnen voegen. Er stond een flinke wind die de geur van vochtig gras en riet met zich meedroeg. Ze verzette zich niet toen hij vat op haar kreeg en haar met wapperende kleren optilde. Omhoog ging het, in een oorverdovend suizen, rechtstreeks de strakblauwe hemel in. Diep onder zich zag ze de boerderij van haar grootvader, half verscholen onder de kruin van een lindeboom. Ze zag de akkers, de met gras begroeide diluviale zandwallen waarop koeien graasden, de school, de kerk, de Landolinuskapel – de hele nederzetting aan weerszijden van de Lippe, die in wanhopige kronkelingen probeerde te ontkomen aan dit onbetekenende dorp waarvan de bewoners de status opvijzelden met verzinsels over Widukind, die er met zijn Saksische horden bloedig verzet zou hebben geboden tegen de koning van het Frankische rijk. Anna, die er ver boven zweefde, had er niets mee te maken.

Lotte lag in de tuin, in een withouten prieeltje dat op een draaibare as rustte, zodat het naar believen in de richting van de zon of juist ervan af kon worden gedraaid. Languit in bed draaide ze mee met de weersomstandigheden – haar smalle gezicht op een wit, met kant afgezet kussen. Haar Hollandse moeder schoof een keukenstoel naast het bed en leerde haar Nederlands; tegelijk gaf ze haar een sprookjesboek van de gebroeders Grimm met romantische illustraties. In het Duits, ‘zodat je je moedertaal niet verleert’, zei ze. Het leek of ze zelf uit het sprookjesboek was weggelopen. Ze was lang, kaarsrecht en fier; ze lachte graag – haar tanden waren zo wit als de duiven die af en aan vlogen naar de til aan de rand van het bos. Alles aan haar glansde: haar wangen, haar blauwe ogen, haar lange bruine haar dat met enkele strategisch geplaatste kammen van schildpad op zijn plaats werd gehouden. Een overdaad aan levenslust stortte zich uit over iedereen die op haar pad verscheen. Maar het sprookjesachtigste aan haar was haar onvrouwelijke kracht. Zag ze haar man met een zak antraciet sjouwen dan snelde ze toe om hem de last liefdevol uit handen te nemen – als een zak vol veertjes droeg ze hem naar de schuur.

Lotte begreep algauw dat ze bij een verwante stam terecht was gekomen: die der langneuzigen. Het stamhoofd leek sprekend op haar eigen vader. Dezelfde scherpzinnig-melancholische blik, de dunne gebogen neus, het donkere achterovergekamde haar met dito snor. Hij was dan ook een volle neef van haar vader en had zijn genetische eigenschappen onversneden doorgegeven aan zijn dochters bij wie zich nu al, dwars door de ronde kinderneus heen, eenzelfde trots en sensibel reukorgaan ontwikkelde. Jaren later, toen het gevaarlijk werd midden in je gezicht zo’n lange neus te hebben staan, zou dit simpele biologische feit een van hen bijna het leven kosten.

Afhankelijk van de zonnestand kreeg Lotte in haar loge steeds een ander deel van het universum te zien. Daar was, aan de overkant van een brede sloot die de tuin aan twee kanten begrensde, het bos. Naast de duiventil vormde een groep coniferen een natuurlijke poort, een donkere holte waar haar blik ingezogen werd – een bemost bruggetje over, rechtstreeks de schemering tussen de bomen in. Vanuit een andere invalshoek zag ze de boomgaard en de moestuin waar de pompoenen zo snel in omvang toenamen dat Lotte, ontvankelijk geworden door de sprookjes waarin appels en verse broodjes konden praten, ze in hun groeipijnen meende te horen kreunen. Dan was er het uitzicht op het huis en een robuuste, achthoekige watertoren met kantelen – alles in metselwerk met sierboogjes van groen geglazuurde baksteen boven ramen en deuren. Op een dag zag ze haar Hollandse vader naar boven klimmen om er een grote vlag op te planten. Haar adem stokte toen ze het nietige figuurtje daar in de hoogte zag, naast de vlag die als een loszittend zeil in de wind klapperde – was het niet het lot van vaders opeens uit de wereld weggeblazen te worden?

's Nachts sliep ze in huis, in een aparte kamer. Dan ontvouwde zich het landschap van de nacht: nooit geziene heuvels en rotsen, sparrenbossen en alpenweiden, bergbeken. Daarboven zweefde haar grootvader op de panden van zijn begrafenisjas; in zijn klauwen hing Anna, geluidloos schreeuwend. Lotte holde door de heuvels, omhoog, omlaag, om te ontsnappen aan de schaduw die hij op haar wierp. De aarde rolde onder haar vandaan, ze struikelde over keien – schreeuwend en hoestend schrok ze wakker. Ze werd opgetild en naar een ander bed gedragen, waar ze zonder onderbreking verder sliep in de okselholte van haar Hollandse moeder.

'Waarom hebben ze ons toen, als dieven in de nacht, hals over kop meegenomen,' vroeg Lotte zich af, 'meteen na de begrafenis?'

Anna lachte droogjes. 'Omdat het een wraakneming was. Met als prettige bijkomstigheid een extra werkkracht op de boerderij. Het was een dorp van conservatieve, katholieke boeren – zo was dat toen. Vader is op zijn negentiende weggevlucht uit dit milieu. Hij ging naar Keulen en werd socialist. Dat heeft die kortzichtige ouwe nooit kunnen verkroppen, verstehst du. En daarom kwam hij ons, zodra zijn afvallige zoon gestorven was, redden uit dat broeinest van heidendom en socialisme. Een bliksemactie, om te voorkomen dat tante Käthe ons zou houden.'

Lotte kreeg een licht gevoel in haar hoofd. Het was niet te

geloven dat deze groteske familiegeschiedenis ook over haar ging. Ineens werd, zomaar, de lak gebroken van een wrang mysterie dat ze oneindig lang geleden verzegeld had: ssscht, nooit meer aan denken, het is niet gebeurd.

'Maar...' wierp ze zwakjes tegen, 'waarom heeft hij... mij... dan mee laten gaan naar Nederland?' Het leek alsof ze alleen de echo van haar eigen stem hoorde, of iemand anders namens haar sprak.

Zich vooroverbuigend legde Anna een mollige hand op die van Lotte. 'Het beviel hem niet dat je ziek was. Een gezond kind was een goeie investering, maar een ziek kind... Dokters, medicijnen, een sanatorium, een begrafenis: dat kon alleen maar geld gaan kosten. Het kwam hem goed uit dat zijn zuster Elisabeth aanbood je mee te nemen – hoewel hij haar helemaal niet mocht en vol wantrouwen was jegens haar mondaine rouwtoilet. Haar zoon, zei ze, woonde in een droge, bosrijke streek niet ver van Amsterdam, die heilzaam was voor tbc-patiënten; er was ook een sanatorium in de buurt. Na ja, dat weet jij allemaal veel beter dan ik. Deze tante was zelf in de vorige eeuw nog – stel je voor, zo'n honderd jaar geleden – aan het boerenleven ontsnapt door naar Holland te gaan als dienstbode en daar te trouwen. Ik heb dat allemaal van tante Liesl gehoord, jaren na de oorlog. Opa heeft nooit meer naar je getaald, ook niet toen je genezen was. Een kat die ziekelijk was in zijn jeugd wordt nooit een gezond, sterk dier, was zijn standpunt.'

'Ik vraag me af,' Lotte glimlachte krampachtig, 'of hij me ook had laten gaan als hij geweten had dat ik werd toevertrouwd aan een stalinist, die me grootbracht met scheldkanonnades tegen de papen en de kerk.'

'Mein Gott, is dat waar...?' Verbouwereerd schudde Anna haar hoofd. 'Wat een ironie... want zonder diezelfde kerk was ik er allang niet meer geweest.'

Brood en kopspijkertjes, worst en veiligheidsspelden, niets was ondenkbaar in de rijk gesorteerde winkel, annex café, waar Anna met heldere stem haar boodschappenlijst voorlas. 'Wil je tien pfennig verdienen kind?' sliste de vrouw achter de toonbank; dat er een voortand ontbrak in haar bouwvallige gebit weerhield haar er niet van met kruideniersluwheid te glimlachen. Anna knikte. 'Kom dan mijn moeder voorlezen, tweemaal per week.' In een achterkamer zat de moeder, blind van de grauwe staar, ineengefrommeld in een versleten crapaud bij het raam; voor haar op tafel lagen de mystieke overpeinzingen van Catharina van Emmerik. Elke voorleessessie moest worden afgesloten met de favoriete passage van de oude vrouw: die over het geselen van Jezus voor de kruisiging. Zonder terughoudendheid schetste de heilige van Emmerik de verschillende stadia van het geselen: eerst werd hij een tijdje met een gewone zweep geslagen, dan nam een nieuwe, goed uitgeruste soldaat met een gesplitste zweep de plaats van de vorige in, die als zijn slagkracht afnam op zijn beurt werd vervangen door een soldaat met een flagellum, waarvan de weerhaken diep in de huid doordrongen. Bij elke slag gaf de vrouw met haar knokige vingers een klap op de stoelleuning, haar mond stootte klanken uit die het midden hielden tussen pijn- en aanmoedigingskreten. Ook Anna bereikte telkens een climax: de samensmelting van haar medelijden met Jezus en haar woede jegens de Romeinse soldaten en de feitelijke aanstichters, de joden. Nadat ze het boek met trillende vingers gesloten had ebde het gevoel van verontwaardiging langzaam weg. 'Kom eens hier...' wenkte de oude vrouw. Schoorvoetend naderde Anna haar stoel. De oude vingers, die kort daarvoor nog ritmisch op de stoelleuning hadden geroffeld, tastten haar mollige ledematen af. Koeltjes registreerde Anna tekenen van aftakeling – levervlekken op het witte gezicht, waterzakken onder de fletse starende ogen, dun haar waar de schedel doorheen schemerde. 'Ach, aai mij eens over mijn hoofd...' zei de vrouw zacht, in Anna's handpalm knijpend. Anna verroerde zich niet. 'Bitte, bitte... aai me toch over mijn hoofd...' Hoorde dit ook bij het voorlezen, als een toegift? Ten slotte deed Anna snel en werktuiglijk wat haar gevraagd werd. 'Onze Anna bidt voor geld,' grinnikte oom Heinrich tegen iedereen die het horen wilde, 'tot het schuim haar op de lippen staat.'

Anna liet de geseling van Jezus, die allengs de plaats van haar vader was gaan innemen, niet over haar kant gaan. Elke zondag zat ze tussen haar grootvader en haar tante in de romaanse kerk, die nog stamde uit de tijd dat de Germanen zich massaal lieten kerstenen. Haar ronddwalende ogen hadden allang, aan een van de wit gepleisterde muren, een reliëf ontdekt waarop de gebeurtenis stond afgebeeld. Op een dag zag Alois Jacobsmeyer, de pastoor, die in een zijbeuk zijn brevier bad, haar door het middenpad lopen met een houten kruk in haar hand. Doelbewust sloeg ze rechtsaf in de richting van een serie eeuwenoude reliëfs die de kruisgang van Christus uitbeeldden. Ze klom op de kruk en begon Jezus' belagers er flink van langs te geven met haar vuisten. 'So!' galmde het wraakzuchtig door de kerk. 'So!' Zich bezorgd op zijn hoofd krabbend vroeg Jacobsmeyer zich af of het reliëf tegen een dergelijke beeldenstorm bestand zou zijn.

3

Even dreigde het samenzijn een vinniger karakter te krijgen. Lotte werd onaangenaam geprikkeld door de scène in de kerk zoals Anna die, niet zonder vertedering, beschreef. Ineens vlamde er een vlijmscherp, grimmig gevoel in haar op dat al die tijd had liggen smeulen.

'En zo heeft de kerk jullie een prachtig alibi gegeven om zes miljoen mensen te vermoorden,' zei ze. Er verschenen rode vlekjes op haar jukbeenderen.

'Precies,' zei Anna, 'zo is het precies! Daarom vertel ik het ook, opdat je begrijpt dat de bodem daarvoor al in onze jeugd werd rijp gemaakt.'

'Ik geloof niet,' Lotte kwam langzaam uit haar stoel overeind, 'dat ik behoefte heb om het te begrijpen. Eerst hebben jullie de wereld in brand gezet en nu willen jullie ook nog dat we ons in jullie beweegredenen verdiepen.'

'Jullie? Je hebt het over je eigen volk.'

'Ik heb niets met dat volk te maken,' riep Lotte vol afkeer. Zichzelf tot kalmte manend liet ze er hooghartig op volgen: 'Ik ben een Hollandse, in hart en nieren.'

Schemerde er iets van medelijden door in de blik die Anna haar toewierp? 'Meine Liebe,' zei ze sussend, 'zes jaar lang zaten we op schoot bij dezelfde vader, jij op de ene knie, ik op de andere. Dat kun je toch niet zomaar uitvlakken. Kijk ons toch eens, oud en naakt onder onze badjassen, op onze plastic slippertjes. Oud en een stuk wijzer, hoop ik. Laten we elkaar niet gaan beschuldigen, maar ons weerzien vieren. Ik stel voor dat we ons aankleden en naar een patisserie gaan, in de straat die naar koningin Astrid genoemd is. Daar hebben ze...' ze zoende haar vingertoppen, 'verrukkelijke taartjes.'

Lottes woede ebde weg. Beschaamd dat ze zich zo had laten

gaan, knikte ze. Samen liepen ze door de imposante gang naar de kleedhokjes. Samen – wat een woord.

Een kwartier later daalden ze de trappen van het monumentale badhuis af, zich onwillekeurig aan elkaar vasthoudend, want het sneeuwde en de treden waren glad.

Het was niet ver. Ze gingen een onopvallend winkelpand binnen, liepen langs een uitstalkast vol oogstrelende heerlijkheden naar achteren, waar in een veredelde huiskamer bejaarde dames met bontmutsen op zich vol stil genot overgaven aan de matriarchale rite van koffie met gebak. Aan het plafond hing een wagenwiel met lampjes, die flatterend licht wierpen op de cliëntèle, aan de muur bevestigden schilderijen van imaginaire landschappen in valse kleuren de sfeer van geruststellende kitscherigheid.

Ze bestelden een 'merveilleux', een geraffineerde variant op een hap lucht, bijeengehouden door schuim, opgeklopte room en amandelschilfers.

'Nu begrijp ik wie ik gisteren heb horen zingen.' Het stukje schuim dat Lotte naar haar mond bracht kwam halverwege peinzend tot stilstand.

'Wie?'

'Gisteren, in een van de turfbaden, zong iemand het lied van de Keulse boemeltrein.'

Anna lachte. 'Ik bezondig me wel eens aan badkamercoloratuur, als ik denk dat niemand het hoort. Maar... oorspronkelijk was jij degene die graag zong.'

Lotte fronste haar wenkbrauwen. Rondom klonk beschaafd gebabbel; af en toe ging de winkelbel en stapte er een besneeuwde klant binnen. 'Ik ben pas echt gaan zingen,' corrigeerde ze haar zuster, 'toen ik door het ijs was gezakt.'

Lotte stond op het berijpte gras aan de slootkant. Haar zusjes gleden wuivend langs op Friese doorlopers, een lange sliert vormend met de tuinmansdochters van een aangrenzende buitenplaats en een aangekoppeld Brabants nichtje dat daar op visite was. De moeder van het nichtje verscheen ook op het ijs, een struise vrouw met een bruine vilthoed waarop een vaantje van eendenveren de windrichting aangaf. Uit een grote puntzak verdeelde ze zeegroen en roze gestreepte pepermuntjes onder de kinderen. 'Ik ga efkens bij jullie mam op bezoek,' zei ze, Lottes hand grijpend, 'loopt gij met me mee, meske?' Ze nam een aanloop en glibberde uitgelaten gillend over de sloot, Lotte meesleurend in haar ijspret. Zo holden en gleden ze in de richting van het huis, de vrouw babbelde er in een onverstaanbaar dialect op los. Ze bereikten een donkergroene, halfgezonken roeiboot die het begin van de gevaarlijke zone markeerde waar de toren overtollig water in de sloot loosde; de kinderen waren hiervoor gewaarschuwd. 'Niet verder, niet verder!' riep Lotte, maar de Brabantse ratelde net zo mechanisch door als het opwindbare locomotiefje thuis dat zich door niemand liet afbrengen van z'n eigenzinnige route tussen de tafelpoten.

Toen het ijs begon te kraken rukte Lotte zich instinctief los. Bang was ze niet. De vastheid onder haar voeten verdween en de kristallen vloer opende zich om haar binnen te laten in het territorium van een zoete voortijdige dood, dat gestoffeerd was met varens en wieren die meebewogen op een stroom van luchtbelletjes. Boven haar hoofd sloot het ijs zich consciëntieus. Terwijl de verscheidenheid aan vormen langzaam vervloeide in lichtgroen, turkoois en zilver dacht ze met spijt aan het miniatuur naaidoosje dat ze sinds sinterklaasavond bij zich droeg in een zak van haar onderrok... Zonde ook van haar nieuwe rode trui en van de baby die pas geboren was. Als de kralen van een ketting regen haar Hollandse moeder, haar vader, haar zusjes zich aaneen – helemaal achteraan kwam Anna, vaag zichtbaar in een bundel gezeefd licht. Nooit meer, dacht ze. Nooit meer beschuit met muisjes.

Uit de Brabantse steeg een doodskreet op die de schaatsende kinderen alarmeerde. Ze repten zich in de richting van de vrouw die tot aan haar zware borsten verstijfd van schrik in het water stond – er kwam geen woord meer uit haar opengesperde mond. De hoed stond nog recht op haar hoofd; alleen het veertje bewoog nog. 'Lotte... waar is Lotte?' riep Jet, de jongste, schril. Ze knoopte haar schaatsen los, rende naar huis en kwam op een holletje terug met haar moeder. Die schoof op haar buik over het ijs naar de onfortuinlijke vrouw wier onderlichaam al verdronken was. Met haar handen onder de oksels van de vrouw probeerde ze het zware lichaam uit het water te hijsen. Maar er kwam geen beweging in de versteende kolos die in de modder vastgezogen zat. De vrouw van de tuinman kwam schreeuwend aanrennen. Niet in staat iets te doen sloeg ze vanaf de oever de reddingsactie gade en rukte zich de haren uit het hoofd. Op haar gejammer kwam ten slotte ook haar man af, die hospitaalsoldaat was geweest voordat hij was overgestapt op het kweken van oleanders en sinaasappelboompjes. Hij stampte vanaf de oever het ijs stuk en baande zich ijsbrekend een weg naar de drenkeling. Op hetzelfde moment snerpte het hoge stemmetje van Jet door de ijle vrieslucht: 'Meneer, meneer... hier ligt Lotte... Lotte, mijn zusje ligt hier!' Met een trillende vinger wees ze naar een plek in het ijs waar een driehoekje van Lottes nepbontmanteltje door het ijs schemerde. De tuinman wierp een deskundige blik op zijn schoonzuster, liet haar staan waar ze stond en dook onder het ijs. Een eeuwigheid later keerde hij terug in de wereld van de levenden met het druipende lichaam van Lotte. 'Hou maar op,' zei hij waterspugend tegen haar moeder, die nog steeds vertwijfeld aan het lichaam van zijn schoonzuster wrikte, maar niet meer had weten te redden dan een puntzak kleverige fluweelkussentjes, 'ze is allang dood.' Met zijn vrije hand wees hij naar een stroompje bloed dat uit haar linkermondhoek droop.

Eén blik op het verslapte lichaam van Lotte was genoeg om alle hoop op te geven. Maar de tuinman, die haar niet voor niets uit de Lethe had gehaald, weigerde het op te geven. Ze werd naakt op de eettafel gelegd. Haar verblijf onder het ijs had een halfuur geduurd, schatte men. Hij wisselde mondop-mondbeademing af met klappen over het hele lichaam, en wrijven met een doek die haar moeder op de kachel warm had gemaakt. Desperaat werkte hij door, totdat een borrelend geluid het begin van ademhalen aankondigde. Zo werd Lotte langzaam terug in het leven gewreven en geslagen, door de koppige volharding van iemand die eigenlijk gespecialiseerd was in het in leven houden van planten en bomen.

Echt bij kennis kwam ze pas in het bed van haar moeder, omringd door belangstellenden die het medisch wonder kwamen bezichtigen. Verbaasd was ze niet. Jaren geleden had tante Käthe zich over haar ontfermd, later was ze aan de hand van een onbekende naar Holland gevoerd, en nu had een wildvreemde haar meegetrokken naar de wereld aan de andere kant van het ijs. Wat kon ze anders zijn dan gelijkmoedig onder een patroon dat zich met een bijna esthetisch verantwoorde hardnekkigheid bleef herhalen?

Beneden lag nu de andere drenkeling op de eettafel. De hoed hadden ze op haar buik gelegd met haar handen erbovenop, zodat het leek of ze zich bedremmeld bij de hemelpoort meldde. ''t Is mijn schuld dat ze dood is,' riep de vrouw van de tuinman, gepijnigd heen en weer wiegend op een keukenstoel, 'God heeft me gestraft! Ik heb Lotte aldoor zien liggen, maar ik heb niks gezegd. Ik dacht: als ik het zeg laat u mijn zuster los en dan verdrinkt ze.' Lottes moeder wees haar terecht: 'Maak dat uzelf niet wijs! Het hart van uw zuster heeft het begeven omdat ze net een warme maaltijd op had, heeft uw man gezegd, en Lottes redding is geweest dat ze nog niet gegeten had.' 'Ik had nog wel zo lekker gekookt,' klaagde de ander, 'kippenlevertjes met zuurkool en uitgebakken spek, daar gaat een mens toch niet dood aan...'

Terug op school mocht het meisje dat verdronken was geweest bij de potkachel zitten. Ze was weer helemaal de oude, op een schoonheidsfoutje na: haar spraakvermogen was niet helemaal ontdooid. Ze stotterde zo erg dat haar bevoorrechte positie bij de kachel teniet werd gedaan doordat ze werd overgeslagen bij mondelinge beurten. Het duurde te lang om haar te laten uitspreken. Tussen haar gedachten en het uiten ervan zat een klein monster dat de lettergrepen terugtrok vlak voordat ze haar mond verlieten. Een bovenmenselijke inspanning was vereist om dwars door deze tegenkracht heen te spreken, haar hoofd kwam onder hoogspanning te staan, haar hart ging tekeer, haar spastische tong kronkelde uit onmacht. Bij de ingang stond een wrede censor die bijna niets doorliet.

Haar moeder ontdekte dat ze niet stotterde als ze zong, samen met de anderen. Haar heldere stem klonk overal bovenuit, ze kende alle coupletten en improviseerde er moeiteloos een tweede stem bij zonder over een woord te struikelen. De zandweg langs het voetbalveld kwam uit bij een door beuken omzoomde laan, die door een wijk met oude villa's naar de studio's van de omroep voerde. Lottes moeder, op haar Gazelle, fietste erheen en haalde de dirigent van het kinderkoor, dat elke week op de radio zong, ertoe over Lotte een kans te geven. Dat ze de kleinste was, werd ruimschoots gecompenseerd door haar stem die, zelfs in het keurslijf van een simpel kinderliedje, niets aan zuiverheid inboette. Elke week koos de dirigent een debutantje uit dat met een zelfgekozen lied mocht soleren. Lotte werd op een sinaasappelkist gezet om bij de microfoon te kunnen. De gekunstelde situatie beïnvloedde haar niet; de diffuse angst voor stotteren die altijd op de drempel van haar onderbewustzijn – een oog open, een oog dicht – lag te doezelen verdween op slag zodra ze haar lied inzette. Haar blik gericht op de dirigent, wiens grijze manen meegolfden op de maat van zijn stokje, zond ze zonder haperen haar lievelingslied 'In Holland staat een huis' de huiskamers in. Een paar dagen later werd er een ansichtkaart voor haar bezorgd. 'Je hebt een prachtige stem,' stond er in krullend handschrift 'ik hoop dat je ouders er werk van maken.'

'Ach ja,' zuchtte Lotte, 'de dirigent is in de oorlog afgevoerd. Hij was joods.'

Er viel een onbehaaglijke stilte. Hoe kon er ooit sprake zijn van vergeten, vroeg Lotte zich af, tersluiks naar Anna kijkend, 'op je hoede moest je blijven, jegens elke afgezant van dit volk'.

'Ik weet eigenlijk niet of het goed is,' aarzelde ze, 'hier met jou taart te zitten eten en te doen of er niets aan de hand is.'

Anna veerde op. 'Wie zegt dat we moeten doen of er niets aan de hand is? Ik ben opgegroeid in een cultuur die jij verafschuwt. Jij bent er net op tijd aan ontkomen. Laat me je vertellen hoe je leven eruit had gezien als je was gebleven. Laat me...'

'Die voorgeschiedenis van jullie kennen we,' onderbrak Lotte haar vermoeid. 'De belediging van Versailles. De crisis.'

Anna schudde haar hoofd. 'Laat me je iets vertellen over de plaats die de joden innamen in ons leven, in mijn leven, voor de oorlog. Op het platteland. We bestellen nog een kop koffie. Luister.'

Het sterfproces van de grootvader nam jaren in beslag. Hij kwam nauwelijks achter de kachel vandaan – alleen in een wolk warme lucht klapperden zijn botten niet tegen elkaar. Nog één keer, op een drukkend hete dag, strompelde hij naar buiten en nam plaats op een bankje voor het huis. Anna ging naast hem zitten. Er kwam een zwarte calèche voorrijden; op de bok zat een oude vrouw in weduwendracht – grijze pieken kleefden op haar bezwete gezicht. Ze bleek een zuster van hem te zijn, die zes kilometer verderop woonde in een grote boerderij. Ze hadden elkaar twintig jaar niet gezien. 'Aber Trude, was machst du denn hier,' kraakte zijn stem. 'Tja, als jij mij niet opzoekt,' zei ze bits, drie eenzame tanden ontblotend, 'dan moet ik wel naar jou toe.'

Oom Heinrich, die net als zijn overleden broer liever las dan koeien molk, had de volle last van het noodlijdende boerenbedrijf op zijn schouders. Boven de staldeuren van het Saksische vakwerkhuis stond sinds het bouwjaar 1779: 'Giebst du o höchster Gott – was du von uns erheissen – das wollen wir in Pflicht – mit höchster Erfurcht leisten.' Een profetisch motto, met de nadruk op 'Pflicht'. Terwijl tante Liesl heen en weer draafde tussen huishouden, kippen en moestuin, had oom Heinrich de grootste moeite zijn aandacht te verdelen tussen de verleiding van de drukletter en vijftig varkens, vier koeien met kalfjes, een trekpaard, vijfentwintig morgen eigen en zes morgen gepacht land.

Zelfs onder het zakendoen staakte hij nauwelijks zijn lectuur. Wanneer de veehandelaar, pappa Rosenbaum, op de geur van een koe afkwam die te koop was, zat oom Heinrich met een boek in de keuken en las tijdens het traditionele spel van vraag en aanbod stug verder. 'Wat wilt u ervoor hebben?' Pappa Rosenbaum sloeg zijn dikke handen in elkaar. Zijn hoed stond achter op zijn hoofd alsof hij een gangster was uit Chicago. Op zijn vierkante borst hing een antieke horlogeketting. 'Zeshonderd,' mompelde oom Heinrich zonder op te kijken. 'Zeshonderd? Neem me niet kwalijk, Bamberg, dat is toch om te lachen! Ik lach me een kriek!' Hij barstte los in een homerisch gelach, oom Heinrich was juist verdiept in een intrigerende passage, Anna maakte zich onzichtbaar in een hoek van de keuken. Toen hij uitgelachen was zette Rosenbaum een betoog op over de prijzen van het vee tegen de achtergrond van de belabberde economische toestand waarin het land verkeerde. Waar ging dat naartoe? Vierhonderd kon hij bieden, geen pfennig meer. Oom Heinrich gaf geen krimp. 'Vierhonderdvijftig.' Niets. 'Je wilt me ruïneren! Zo kan ik toch geen zaken doen!' Pappa Rosenbaum beende de keuken uit en sloeg de deur met een klap achter zich dicht. Een slip van zijn jas die tussen de deur was blijven zitten noodzaakte hem de deur weer open te rukken. Sissend trok hij zijn jas terug. Daarna hoorden ze hem luid lamenterend over de deel ijsberen. 'Ik ga bankroet! Mijn familie zal van honger omkomen!' Hij stapte in zijn Wanderer, liet de motor lopen, stapte uit, kwam weer naar binnen. 'Mijn ziel, mijn arme ziel sterft!' Het hele arsenaal aan dreigementen en zelfbeklag kaatste af op de onzichtbare muur rond de onaangedane lezer. Nadat het ritueel zich driemaal had herhaald, trok Rosenbaum zijn horloge uit zijn vestzak. 'Ik ben al een uur bezig, zo gaat mijn zaak naar de verdoemenis. Goed, je krijgt je zeshonderd.' Later, nadat ze nog talloze malen getuige was geweest van deze ceremonie, begreep Anna dat voor de twee antagonisten de uitslag van de koehandel van tevoren vaststond en dat het hen allebei om de amusementswaarde ervan te doen was.

Er werd een klassenfoto gemaakt. Tussen vierenvijftig kinderkopjes was dat van Anna het negende van links op de derde rij. Nog steeds in een zwarte jurk, met een slap neerhangende zwarte strik op het hoofd, keek ze strak de camera in. Terwijl de andere kinderen dicht op elkaar stonden was er om Anna heen een leegte, alsof ze instinctief bang waren dat heimwee besmettelijk was. Toch had ze het schervengericht van de dorpsjeugd overleefd en, dankzij haar aangeboren onbevreesdheid, het vertrouwen van haar klasgenoten gewonnen. Toen ze uit de rouwjurk knapte kreeg ze een kraagloze meegroei-jurk van seizoenbestendige, duifgrijze stof. Evenredig aan het aantal centimeters dat ze langer werd, groeide de hoeveelheid vaste taken die haar op de boerderij werden opgelegd. Er was één vakantiedag in het jaar: het uitstapje naar de Wewelsburg, een middeleeuwse burcht niet ver van het dorp. De hooiwagens, versierd met berkenbast en gekleurd papier, werden bespannen met boerenknollen en iedereen vocht om een plaatsje in de kar van Lampen-Heini, een rijke boer die snelle, lichte paarden had. Onderweg vergaten ze het steeds schraler wordende leven van alledag en zongen ze uitbundig wandelliederen.

Ze hadden heel wat te vergeten. De miljoenen werklozen in de steden bijvoorbeeld, die geen geld hadden om iets te kopen, waardoor hun boter, aardappelen en varkensvlees voortdurend teruggestuurd werden. Dat ze daardoor de pacht, de kunstmest en de belasting niet meer konden betalen en alleen nog maar konden dromen van een paar nieuwe schoenen of een knot wol om kousen te stoppen. In het Ruhrgebied heerste een noodsituatie. De werklozen werden naar het platteland gestuurd om, in ruil voor eten en onderdak, voor de boeren te werken. Daarna kwamen de kinderen, door de kerk uitgedeeld aan iedere boerin die zich meldde. De mysterieuze herkomst van de bleke, lusteloze kinderen en de haast metafysische bemiddelingsrol van de kerk spraken zozeer tot de verbeelding van Anna en haar vriendinnen, dat ze een spel bedachten: 'Die Ruhrkinder kommen'. Met een stok tekenden ze in de aangestampte aarde een denkbeeldig dorp met een kerk en verspreid liggende boerderijen. Om de beurt speelden ze voor moeder. Die haalde bij de kerk een Ruhrkind, wandelde ermee door het dorp en voerde het een zelf ontworpen huis binnen. Wat er daarna gebeurde boeide hen niet – het ging om het in ontvangst nemen van een arm kind, dat hun ontwakende moederinstinct prikkelde. Anna, die zich verwant voelde met de ontheemde kinderen, speelde gepassioneerd mee totdat het spel onverwacht realiteit werd in de persoon van Nettchen, die door tante Liesl in huis werd genomen.

Dit was een Ruhrkind van vlees en bloed. Ze kwam, spichtig en groezelig en op afgetrapte schoenen, aan de hand van tante Liesl het huis binnen. Twee lange, bruine vlechten waren boven op haar hoofd vastgespeld, op haar lippen zaten korstjes waar ze niet van af kon blijven. Ze lachte geheimzinnig om alles wat ze tegen haar zeiden, maar zei zelf niets terug. Aanvankelijk veronderstelden ze dat Nettchen niet kon praten, maar toen ze uiteindelijk hakkelend loskwam, bleek dat ze gewoon niet veel gedachten had. Op school kon ze niet meekomen. Ze kwam thuis met gecorrigeerd huiswerk – onder aan de lei had de onderwijzeres geschreven: 'Lieve Anna, schaam je je niet Nettchen met zulke opgaven naar school te laten gaan? Wordt het geen tijd dat je haar helpt?' Die handschoen liet Anna niet liggen. Met een ijzeren discipline wijdde ze zich avond aan avond aan de renovatie van Nettchens verwaarloosde intellect. Tot haar verbijstering wierpen haar inspanningen geen enkele vrucht af. Nettchens geheimzinnige lach bij elke vraag waarop ze het antwoord schuldig bleef dreef haar tot wanhoop. 'Waarom geef je je toch zoveel moeite?' zei oom Heinrich laconiek. 'Nettchen is toch veel gelukkiger zo, dan jij en ik?'

Voor de liefde had Nettchen wel belangstelling. De mooiste van alle jongens die in de verre omtrek aan de oevers van de Lippe woonden werd verliefd op tante Liesl. Elke zondag kwam Leon Rosenbaum met een bos bloemen naar de boerderij. Op een roestige tuinbank, met uitzicht op een bed jonge koolplantjes, spoedde hun onmogelijke liefde zich naar een voortijdig einde. Over wat ze elkaar te zeggen hadden zwegen ze. In plaats daarvan hielden ze elkaars hand vast en stamelden algemeenheden die meteen vervluchtigden. Anna en Nettchen lagen achter de kruisbessenstruiken, in afwachting van meer doortastendheid. Soms gaf Leon tante Liesl een kuise zoen. Haar boezem ging smachtend op en neer, het gouden kruis deinde mee en Nettchen kneep Anna in haar arm.

Tijdens de vrijdagsliturgie bekroop Anna een vaag vermoeden van het verband tussen de halfslachtigheid van de toenaderingspogingen en het slot van de eeuwig terugkerende, in geknielde houding uitgesproken Passus 'Flectamus genua': 'Laat ons bidden voor de kerk, de paus, de bisschoppen, de regering, de zieken, de reizigers, de schipbreukelingen...' Geen enkele categorie werd overgeslagen, ook die van de joden niet. Wanneer zij, als allerlaatsten, aan de beurt waren, kwamen de gelovigen en bloc overeind uit hun geknielde houding – tenslotte waren de joden spottend voor Jezus neergeknield met de woorden: 'Jij koning van de joden!' Het gebed werd afgerond: 'God onze Heer moge de sluier voor hun hart wegnemen opdat ook zij onze Heer Jezus Christus herkennen.'

Toen het tot Leon doordrong dat al zijn pogingen stukliepen op het gouden kruis staakte hij zijn visites. Tante Liesl verviel in doffe zwijgzaamheid. Wekenlang leek ze haar werk op de tast te doen, totdat ze een beslissing nam die eigenlijk tot het domein van de driestuiversdramatiek behoorde: ze trok zich terug in een clarissenklooster. Bij het afscheid drukte ze Anna onstuimig tegen zich aan en zoende haar teder op haar voorhoofd: zenuwachtig viste ze een gekarteld fototje van Leon uit de zwarte kniptas die ze bij de poort van het klooster zou moeten inleveren en drukte het in Anna's hand.

Met haar vertrek gaf ze het startschot tot een reeks ingrijpende veranderingen. Nettchen werd teruggegeven aan de kerk. De grootvader, van wiens alziend oog tot in zijn nadagen een symbolische controle was blijven uitgaan, verwisselde zijn plantaardig bestaan voor de eeuwigheid. Hij werd op een besneeuwd kerkhof begraven, naast zijn vrouw die hem vijftien jaar eerder was voorgegaan.

Terug op de boerderij legde oom Heinrich een hand op Anna's schouder. 'Zo, Anna, nu zijn alleen wij tweeën er nog, en het vee. En dat terwijl we helemaal geen boeren zijn, jij en ik. Kom, laten we aan het werk gaan.' De heroïek van deze lotsaanvaarding herinnerde Anna aan haar vader, die zich op dezelfde manier met zijn ziekte had verzoend. In een loos gebaar greep ze hem bij zijn begrafenisjas. Als hij ook nog doodgaat, dacht ze, ben ik echt alleen.

4

‘Tientallen brieven heb ik je geschreven,’ zuchtte Lotte. ‘Ik lag in mijn tuinhuisje en schreef. Mijn moeder had speciaal postpapier voor me gekocht, met viooltjes in de linkerbovenhoek. Al mijn brieven eindigden met: “Lieve Anna, waarom schrijf je niet terug? Wanneer zien we elkaar weer?”’

‘Ze moeten al die brieven onderschept hebben en weggegooid – nadat ze ze in hun boerennieuwsgierigheid gelezen hadden. En ik maar denken dat je me vergeten was.’

Hun ogen dwaalden af naar de andere tafels. Beiden zwegen. Hier zaten ze, bijna zeventig jaar later, en voelden zich nog beetgenomen en bedrogen; ze wisten niet wat ze met die gevoelens aan moesten. Waren de levens van al die dames hier, met hun zijden blouses, hun gouden oorknoppen, hun nauwkeurig gestifte lippen, ook scheefgelopen door zulke misverstanden? Anna begon sarcastisch te lachen.

‘Waarom lach je?’ zei Lotte achterdochtig.

‘Omdat mijn verontwaardiging, na al die jaren, nog niets aan kracht heeft ingeboet.’ Anna trommelde met haar vingers op tafel. Ze herinnerde zich, dat ze op een dag besloten had dat Lotte was overleden aan de ziekte waarvan ze in Holland zou genezen. Niemand had eraan gedacht haar een overlijdensbericht te sturen. Misschien had haar grootvader er wel een ontvangen, maar zweeg hij erover om haar niet van streek te maken. Zo had ze Lotte doodgemaakt, want een dode Lotte was draaglijker dan een die haar gewoon was vergeten. Bovendien zat doodgaan in de familie.

‘Het lijkt wel een boek,’ zei Lotte. De tijd suisde langs haar heen. Nog hoorde ze haar moeder, wanneer ze over Anna begon, vol medelijden zeggen: ‘Het arme kind, bij zulke barbaren terechtgekomen.’ Door deze kwalificatie, die ze klakkeloos van haar Duitse schoonmoeder had overgenomen, werd het lot van Anna steeds raadselachtiger. Was Anna nu zelf ook een barbaar? Hadden barbaren geen postpapier? Zo verzon ze allerlei excuses voor Anna, om niet te hoeven leven met de gedachte dat Anna, zomaar, niets van zich liet horen.

Tussen oom Heinrich en de tengere, blonde dochter van een herenboer stonden strenge, ongeschreven wetten in de weg, die zich het best lieten uitdrukken in getallen: de omvang van de veestapel, het aantal knechten, hectares land. Met Martha Höhnekop, die in alles haar tegendeel was, probeerde hij zijn uitverkorene in zichzelf uit te roeien. Hij ontmoette Martha op het schuttersfeest. Uit recalcitrantie tegen de terreur van rangen en standen, en van het kapitaal, had hij zijn oog laten vallen op iemand die niets te verliezen had. Ze was de oudste uit een gezin met veertien kinderen. Haar vader had een café, dat door iedereen die maar een vleugje zelfrespect had gemeden werd. Maar oom Heinrich was dronken en Martha Höhnekop beschikbaar.

Op een dag stapte ze Anna's leven binnen. Met grote, vinnige passen, die ruw contrasteerden met het roomkleurige kantwerk van haar bruidsjurk, liep ze de bedompte huiskamer in, wierp haar boeket van rozen en floxen op tafel en viel puffend neer in grootvaders stoel. Ze herademde: het stadhuis, de kerk, het feestmaal: zich beschaafd en charmant voordoen putte haar uit. Anna bekeek haar nauwgezet. Een forse vrouw met een groot, plat gezicht, smalle lippen en brede jukbeenderen; daarboven lagen haar ogen, scheef, geheimzinnig, onpeilbaar, in de diepte. Haar gladde zwarte haar was opgestoken, de roos die er die ochtend tussen was geprikt en de hele dag stand had gehouden gleed er nu langzaam uit. Haar wangen zagen onnatuurlijk rood. Anna dacht dat het door de bruiloft kwam, maar later bleek dat de blos in haar wangen was getatoeëerd, alsof ze aan een permanente opwinding leed die geen uitweg vond. 'Stuur dat kind toch naar bed,' zei ze tegen oom Heinrich, met haar hand in de richting van Anna wapperend. 'We zijn nog maar net getrouwd en toch hebben we al zo'n grote meid,' antwoordde de bruidegom met een scheef lachje, 'er zijn er niet veel die ons dat nadoen.' Maar de bruid, die genoeg had van Anna's vrijmoedig starende blik, zag niet in wat er te lachen viel.

Het enige aan Martha Höhnekop dat werkte was haar baarmoeder; ieder jaar werd er een kind geboren. Verder voldeed ze aan geen enkele verwachting. Om negen uur, als ze gapend en zich op het hoofd krabbend opstond, was de werkdag van oom Heinrich al vier uur oud. Daarna wist ze door haar eigenzinnige houding de indruk te wekken dat ze zich om het huishouden bekommerde, maar in feite banjerde ze met haar grove lichaam als een natuurkracht door de kleine woonvertrekken zonder dat er iets uit haar handen kwam. Veel werk zou ongedaan zijn gebleven als er niet een vogelvrij meisje van elf had rondgelopen. Een meisje dat eigenlijk van niemand was, maar wel meeat en onder hetzelfde dak sliep. Wie lui is moet slim zijn. Tante Martha begreep dat haar met dit zogenaamde nichtje een onmisbare arbeidskracht in de schoot geworpen was.

Bij iedere baby die geboren werd, verschrompelde een deel van het kind in Anna, in plaats waarvoor het lastdier in omvang toenam. Zeven dagen van haar week begonnen met koeien melken – om zes uur moesten de bussen aan de straat staan. Dan kwam het voeren van de varkens, de paarden, de koeien, de kalfjes en de kippen. Er moest drinkwater voor ze worden gepompt, de stal moest uitgemest en het varkensvoer gekookt, de koeien moesten worden gekamd. Deze keten van handelingen heette het ochtendwerk, de pendant ervan was het avondwerk: 's middags om vier uur – na schooltijd – begon het allemaal van voren af aan. Hadden de pendanten als beelden op de schoorsteenmantel gestaan, dan waren het twee door hun knieën zakkende slaven geweest met kromgegroeide ruggen – tussen hen in tikte de klok onverbiddelijk verder.

Haar gedroomde bestaan, dat van een leerling aan het gymnasium, werd steeds ijler. In die droom verliep haar leven nog volgens het oorspronkelijke plan, waarin haar vader hoge eisen stelde aan haar intellect – dat zichzelf tussen de koeien en varkens lelijk in de weg zat. Twee onderwijzers en een pastoor waren, in hun naïveteit, bij haar thuis geweest om oom Heinrich over te halen haar naar het gymnasium te laten gaan. Maar hun lofzang op haar talenten legde het af tegen dat ene, primitieve argument: 'Nee, we hebben haar nodig op de boerderij.'

Hij was de schok van zijn impulsieve huwelijk niet meer te boven gekomen. Behalve een vlucht was zijn bliksemactie misschien ook een puberale poging geweest het afgebrokkelde gezinsleven te herstellen. Dat hij daarmee een veel grotere rampspoed over zich had afgeroepen was duidelijk. Hij wapende zich tegen zijn ontgoocheling door zich met grimmige verbetenheid op zijn werk te storten. Hij kreeg het scherpe, strakke gezicht van een boer die al vroeg weet dat, hoezeer hij zich ook afbeult, zijn lot onveranderlijk is en die er daarom, uit puur masochisme, nog een paar schepjes bovenop doet. Was Anna, zijn kleine compagnon in rampspoed en droefenis, er niet geweest dan had hij de strijd moeten aanbinden met de oerkracht die zich zijn vrouw noemde, om haar ook eens aan het werk te krijgen – een strijd waarvan de verliezer bij voorbaat zou hebben vastgestaan.

De hoogmis op zondag bevrijdde het huis voor enkele uren van de aanwezigheid van tante Martha. Dit bood de jongste zoon van pappa Rosenbaum op een warme dag in de zomer de gelegenheid Anna te verrassen. Ze deed juist aardappels en wortels in de soep, die uit een stuk varkensspek getrokken was. Ineens zag ze door de damp heen een jongen staan in de deuropening. Hij deed enkele stappen de keuken in; ze herkende Daniël Rosenbaum, die bij haar in de klas had gezeten. 'Ik ga wat zwemmen in de Lippe,' zei hij achteloos, 'kan ik me hier omkleden?' Anna keek hem verstrooid aan. 'Nou ja,' zei ze, vaag wijzend, 'je kunt het daar in de kamer doen.' Zwemmen in de rivier, dacht ze verbaasd, dat doet toch nooit iemand. Ze kende niemand die kon zwemmen. Turend naar de bellen en draaiingen in het oppervlak van de kokende soep zag ze de levensgevaarlijke kolken in de Lippe voor zich. Toen ze geluid achter zich hoorde draaide ze zich werktuiglijk om. De jonge Rosenbaum stond naakt op de deurmat, zijn opgerichte geslacht was gehuld in een zonnestraal die door het raam naar binnen viel. Met uitdagende ernst staarde hij haar aan. De soeplepel viel uit haar hand. Onafhankelijk van het magere jongenslichaam, dat er donker bij afstak, scheen het ding met het oog bovenin het rechtstreeks op haar te hebben gemunt, als een zich oprichtende cobra die op het punt staat tot de aanval over te gaan. Ze wist niet dat er zoiets bestond, ze weigerde, ze had er niets mee te maken en vluchtte de keuken uit voor het saluut dat haar werd gebracht, naar buiten, tot achter de ligusterhaag. Ze beefde. In de verte stak de strenge toren van de Landolinuskerk boven de boomtoppen uit. Die wees ook al omhoog. Ze bukte zich om een bosje gras af te rukken, waarna ze de sprietjes één voor één stuktrok. Hoe was het mogelijk dat, terwijl daar de hoogmis werd gecelebreerd, zich hier zoiets kon manifesteren – dat beide bestonden in dezelfde wereld?

Jezus had gezegd: 'Wees volmaakt, zoals Onze Vader in de hemel ook volmaakt is.' Anna probeerde zich angstvallig aan deze opdracht te houden, hoewel haar streven met Allerzielen zwaar op de proef werd gesteld. Op deze dag in november werden alle gebeden voor het zielenheil van de doden verhoord. Sommigen, die daartoe in de gelegenheid waren, gingen zesmaal naar de kerk om de kans optimaal te benutten. Maar er werd niet alleen voor de geliefde doden gebeden. Het grootste offer was een gebed ten behoeve van de goddelozen: 'Doe voor de zondaar ook iets goeds.' Ze had al voor haar vader gebeden, voor haar moeder, haar grootvader, en voor de zekerheid ook voor Lotte. Voor wie kan ik nu nog bidden, piekerde ze, wat zou me het allerzwaarst vallen? Toen verscheen ongevraagd de naakte Rosenbaum voor haar, op de deurmat, gehuld in een zonnestraal. In een flits werd duidelijk welk offer van haar gevraagd werd: waarom zou ze niet bidden voor een – willekeurige – gestorven jood?

Lotte nipte aan een glaasje Grand Marnier dat het derde kopje koffie vergezelde. 'Het had evengoed een niet-joodse jongen kunnen zijn.'

'Natuurlijk! Ik vertel het alleen om te laten zien hoe tweeslachtig mijn houding tegenover de joden was en hoe dat door de kerk gevoed werd. Nu komt het ergste.' Anna sloeg het laatste restje achterover. 'Op een gegeven moment waren ze verdwenen, er waren geen joden meer in ons dorp. Er kwam geen Rosenbaum meer om vee te kopen; een christelijke veehandelaar nam zijn plaats in, zonder ceremonie. Toch heb ik nooit gevraagd: waar is de familie Rosenbaum eigenlijk gebleven? Nooit, begrijp je. Niemand heeft ooit iets gevraagd, ook mijn oom niet.'

'Wat is er met die familie gebeurd?'

'Ik weet het niet! Als de mensen zeggen "we wisten het niet" dan is dat waar. Maar waarom wisten we het niet? Omdat het ons helemaal niet interesseerde! Ik verwijt het mezelf, nu, dat ik niet heb gevraagd: waar zijn ze gebleven?'

Lotte had het warm gekregen, ze voelde zich draaierig. Anna's zelfverwijt klonk haar hol in de oren – wat schoot je ermee op? Om hen heen waren alle bontmutsen verdwenen. De kaarsjes in het wagenwiel brandden nog maar op halve kracht. 'Ik geloof dat ze ons weg willen hebben,' mompelde ze.

Anna stond erop alles af te rekenen, Lotte wilde daar niets van weten. Maar Anna was haar voor. Ze had al betaald toen Lotte nog naar de verloren mouw van haar mantel zocht. De Duitsers waren iedereen te vlug af met hun harde marken.

Hadden ze net nog in de jaren dertig rondgezworven, nu stapten ze een witte tijdloze wereld binnen – de dwingende stilte die er heerste gaf hun een voorgevoel van het grote niets.

Anna gaf Lotte een arm. In de veronderstelling dat hun wegen zich hier zouden scheiden bleven ze staan bij het monument van de 'Lanciers' op de Place Royale – een heldhaftige ruiter trok met een helm van sneeuw de oorlog in.

'Tot morgen.' Anna keek Lotte plechtig aan en zoende haar op beide wangen.

'Tot morgen...' zei Lotte zwakjes.

'Wie had dat gedacht...' zei Anna nog.

Toen staken ze allebei de weg over in dezelfde richting.

'Waar ga jij heen?' vroeg Anna.

'Naar mijn hotel.'

'Maar ik ook!'

Beiden bleken te logeren in een hotel aan de overkant van het spoor. 'Dat kan geen toeval zijn!' lachte Anna, opnieuw Lottes arm grijpend. Zo liepen ze verder, de sneeuw kraakte aangenaam onder hun voeten. Op de spoorbrug bleven ze staan om over de besneeuwde daken uit te kijken.

'Denk je eens in,' mijmerde Anna, 'welke beroemdheden hier in de loop der eeuwen allemaal hebben gekuurd. Zelfs tsaar Peter de Grote.'

'De stad heeft nog steeds iets voornaams,' beaamde Lotte, met een gehandschoende vinger een reepje sneeuw van de brugleuning vegend. Ze hield van de sfeer van aristocratisch elan en vergane glorie die de gebouwen in de diepte omgaf. De negentiende eeuw was er nog nadrukkelijk aanwezig en riep het verlangen op naar een harmonieuzer en overzichtelijker manier van leven, die voorgoed verloren was gegaan. Als, in de Thermen, iemand van het personeel haar de hand reikte om haar uit het bad en in haar voorverwarmde badjas te helpen, waande ze zich heel even een douairière of markiezin die haar eigen kamenier had meegebracht.

Ze stiefelden verder, van de ene lantaarn naar de andere, van de ene lichtkring naar de andere, totdat ze voor een villa met twee ronde torens stonden. 'Ik ben er,' zei Lotte. Het gebouw van witte, met poedersuiker bestrooide fondant maakte een onwezenlijke, gedroomde indruk. Deze dag, met alle onwaarschijnlijkheden die hadden plaatsgevonden, was maar gedroomd en Anna, naast haar, was niet echt.

'Een paleis,' stelde die nuchter vast, 'ik logeer hierachter, daar is het allemaal wat eenvoudiger.'

Lotte proefde de kritiek, maar had geen zin om uit te leggen dat achter de luxefaçade een sober familiehotel schuilging. 'Ik wens je... nog een prettige avond,' stamelde ze.

'Ik kan haast niet tot morgen wachten,' zuchtte Anna, haar stevig tegen zich aan drukkend.

Het duurde lang voordat Lotte in slaap viel. Een pijnloze houding vinden was moeilijk. En of ze nu op haar zij of op haar rug lag, voortdurend bleef ze de ontmoeting repeteren en de ontboezemingen die erop gevolgd waren. Een amalgaam van tegenstrijdige emoties verhinderde een blinde overgave aan de slaap. Hoe vertel ik het mijn kinderen, was haar laatste gedachte toen ze, tegen de ochtend, indommelde.

5

Vol sombere voorgevoelens werd Lotte wakker. De hotelkamer kwam haar vreemd en vijandig voor; de besneeuwde takken achter het raam riepen geen poëtische gevoelens op. Alles deed pijn. Dit lichaam wekte haar afkeer, niet alleen omdat ze het bij elke beweging voelde, maar omdat de herkomst ervan niet verloochend kon worden. Een Hollandse, in een Duits lichaam. In België. Ze zou er geruisloos vandoor willen gaan, maar de kuur was een geschenk van haar kinderen, ze kon toch niet uit haar eigen verjaarscadeau wegvluchten? Je laten verleiden door Anna was een vorm van verraad; de pijn in haar ledematen was een waarschuwing dat ze al te ver was gegaan. Die eerste levensjaren waarop Anna zich beriep – wat stelden die voor op een mensenleven? Ze waren tegelijk op de wereld gezet, halverwege de Eerste Wereldoorlog, terwijl nog geen honderd kilometer verder massaal werd gestorven. Het had iets onoirbaars, op zo'n moment geboren te worden en nog wel met z'n tweeën. Daar moest een doem op rusten. Terecht was er een grote verwijdering tussen hen ontstaan, dat hoorde zo te blijven. Misschien rustte er een onpersoonlijke, historische schuld op hen die ze, onafhankelijk van elkaar, in de loop van hun leven met een door de omstandigheden bepaalde dosis tegenslag moesten inlossen.

Terwijl ze in het souterrain op de bereiding van haar veenturfbad wachtte, verscheen Anna in de deuropening. Ze had al iets vertrouwds – als dit maar niet de voorbode was van een soort familiegevoel! Anna schoof naast haar op de witte bank.

'Hoe heb je geslapen, meine Liebe?'

'Het gaat,' zei Lotte uit de hoogte.

'Ik heb heerlijk geslapen,' Anna wreef zich over haar dijen.

Een vrouw in een wit jasschort wenkte Lotte. Anna greep

haar bij haar schouder. 'Hiernaast is een gezellig café, Relais de la Poste, laten we daar afspreken. Vanmiddag!'

Vaag knikkend glipte Lotte de badkamer binnen. Hoe was het mogelijk: steeds weer lukte het Anna haar te overrompelen, voor een fait accompli te stellen!

In Relais de la Poste was de tijd sinds het begin van de jaren dertig stil blijven staan. Donkerbruine houten stoelen, witte tafelkleedjes onder glazen platen, koperen lampen met een bol van glas: alles stamde uit die periode. De eigenaar had in de naoorlogse bevliegingen van staal, plastic of pseudo-rustiek geen reden gezien er iets aan te veranderen. Het was er stil, op een paar zacht keuvelende stamgasten aan de tapkast na. Voorbijgangers liepen met opgezette kragen door de sneeuw waar, aan de overkant van de straat, de muren van het Thermaal Instituut grauw bij afstaken. De vrouw achter de bar raadde de dames een drankje uit de streek aan om warm te worden: Ratafia de Pommes. Deze appellikeur infiltreerde met zoetzuur raffinement Lottes weerstand tegen het samenzijn. Na het tweede glas ontdekte ze in een donkere hoek een primitieve radio met fraaie, houten kast. Verrukt liep ze ernaartoe en liet haar vingers liefkozend over het gepolitoerde hout glijden. 'Kijk toch eens,' riep ze, 'zoiets had die krankzinnige vader van mij ook!'

Met de aanschaf van een grammofoon, bij de firma Grammophon en Polyphon in Amsterdam, kwam behalve een bron van genot ook een verwekker van ruzie en slapeloosheid in huis. Aan de definitieve keuze waren uren van muzikale gastronomie voorafgegaan. Met gesloten ogen luisterde Lottes vader naar de goddelijke stem van Caruso, wiens 'Hosannah' en 'Paljas' de luxueuze gehoorzaal van de firma Polyphon aan de Leidsestraat bijna uit zijn voegen deden barsten. In het bovenblad van het nieuwe meubelstuk zat een klep waaronder zich de draaitafel bevond. Het kreeg een prominente plaats in de huiskamer; voortaan werd het huis doordrenkt met de symfonieën van Schubert en Beethoven, met de stem van de beroemde tenor Jacob Urlus – die 'Murmelndes Lüftchen' zong –, maar ook met het serene stemgeluid van Aaltje Noordewier in de *Passionen* van Bach. Tot diep in de nacht bediende hij het nieuwe apparaat waarin zijn liefde voor de muziek en de allernieuwste verworvenheden van de elektrotechniek een volmaakte symbiose waren aangegaan. Zijn vrouw hield hem bij zijn nachtelijke zittingen tot het einde toe gezelschap sinds ze had ontdekt dat hij, in zijn roes, vergat voor het slapen gaan de lampen en de kachels uit te doen. Hij hield van hard. Door de overdaad aan hemelse klanken kregen de kinderen slaapproblemen. Op school zaten ze te dommelen boven hun rekenschrift; Lotte hoorde dwars door de leeslessen heen in aanzwellende golven de smeltende liederen uit *Orfeo.*

Het magazijn van de firma Polyphon bevatte een voorraad van vijfenveertighonderd verschillende grammofoonplaten. Regelmatig werd Lottes moeder verrast door een afgezant van de firma die haar een rekening onder de neus hield. 's Avonds schetterde dan een twistgesprek over geld dwars door de muziek heen. 'Ik had het al betaald.' 'Je had 't niet betaald, ze zijn weer aan de deur geweest, 't is geen stijl!' Jet en Lotte gleden uit bed en gingen met de armen om elkaars schouders op de bovenste traptrede zitten. Wat vanuit de slaapkamer nog een dreiging was, groeide hier uit tot gevaar. De muziek ging zonder erbarmen door, de woede van hun ouders raasde erbovenuit. Soms viel, met een dreun, een voorwerp op de grond. Ten slotte daalden ze huilend de trap af en betraden, zich voorbereidend op het allerergste, op blote voeten het strijdtoneel. 'We hebben zo naar gedroomd,' was hun alibi. Lotte hield zich vast aan de mouw van Jets nachtpon. Er trad een onmiddellijk staakt-het-vuren in. Hun vader liep naar het wondermeubel om een andere plaat op te zetten; hun moeder drukte hen schuldbewust aan haar boezem.

De honger van hun vader naar nieuwe muziek werd nog overtroffen door zijn verslaving aan geluidsapparatuur. Algauw voldeed de weergave van de grammofoon niet meer aan zijn eisen. Het Concertgebouw in Amsterdam was zijn maatstaf, zo moest het ook in de huiskamer klinken. In zijn werkkamer, te midden van een chaos van transformators, stroomverdelers, schakelborden, luidsprekers en aardelektrodes, bracht hij al experimenterend verbeteringen aan – de punten van zijn snor schroeiden weg bij het solderen. Hij had al een reeks geslaagde pogingen als radiobouwer achter zich; zijn zelfgebouwde Chrystalphone overtrof die van de Edisonfabrieken. Hij bracht in de grammofoon zoveel vernuftige veranderingen aan, dat van het oorspronkelijke apparaat bijna niets meer terug te vinden was. Toen er onverwacht een Ultraphone op de markt werd gelanceerd, paste hij zich onmiddellijk aan. Dit toestel, dat zelfs de meest terughoudende critici in verrukking bracht, beschikte over twee toonarmen en twee naalden, zodat het geluid met een korte tussenpoos tweemaal uitgezonden werd – een stereo-effect avant la lettre. De grammofoon met een menselijke stem, schreef de pers. Lottes vader vatte dit op als een persoonlijke oorlogsverklaring. Opnieuw betrok hij de stellingen in zijn werkkamer; hij rustte niet voordat hij een installatie met twee konische luidsprekers had gebouwd. Niet alleen kwam, als in de concertzaal, het geluid van verschillende kanten, ook in de wedloop om het overwinnen van de ruis was hij koploper. De twee forse beukenhouten kasten die de kamer domineerden bezorgden hem een faam die zelfs tot beneden de rivieren doordrong. Ingenieurs uit de gloeilampenindustrie kwamen in een bedrijfsauto naar het noorden gereden om het akoestisch fenomeen met eigen oren te kunnen horen. Er volgden geluidstechnici van de omroep, musici, hobbyisten, vage kennissen – avond aan avond genoten nieuwe belangstellenden van de schitterende geluidsweergave en de zich onbegrensd uitbreidende platencollectie. De aanstichter zelf van al die technische en muzikale hoogstandjes, volledig autodidact in de wereld van het geluid, verkeerde in een permanente staat van geestelijke dronkenschap ten gevolge van de overdosis belangstelling en erkenning. Hij legde zijn platen op de draaitafel met net zoveel ijdele liefde als waarmee een violist zijn viool onder zijn kaak vlijt. Zijn snor, weer in oude glorie hersteld, glansde als nooit tevoren.

Door de enerverende avonden kwam de energie- en watervoorziening in de gemeente in gevaar. Hij droeg hiervoor de verantwoording – een post die hij dankzij jarenlange zelfstudie in de elektriciteitsleer had bereikt. 's Morgens sliep hij uit. Omdat er niemand anders was om het te doen verliet zijn vrouw op donkere winterochtenden het bed waarin ze hooguit vier uur had doorgebracht om, een peignoir over haar nachtjapon, de perspompen in de ijskoude watertoren aan te zetten. Af en toe werd 't haar te gortig. 'Jij denkt alleen maar aan jezelf,' slingerde ze hem naar het hoofd wanneer hij, zijn ogen nog dik van de slaap, eindelijk naar beneden stommelde, 'als jij 't maar naar je zin hebt. Egoïst! Salonsocialist!' Hij sputterde zwakjes tegen, vergeefs argumenten zoekend waarmee hij zich zou kunnen verdedigen. Zij, tot wanhoop gedreven door de plotselinge ontoerekeningsvatbaarheid waarachter hij zich verschool, gaf hem een opdoffer. De kinderen zagen hem wankelen; ze vluchtten het bruggetje over, het bos in, om een hut te bouwen als alternatief voor het ouderlijk huis. De bouwactiviteiten werden zo lang mogelijk gerekt in de hoop dat de oorlog zou zijn uitgewoed wanneer ze het bruggetje in de andere richting overstaken. Uren later liepen ze, hongerig en ongerust, voetje voor voetje terug naar huis. Al vanuit het bos zagen ze hun ouders zitten, op de tuinbank onder de leipeer, de armen om elkaar heen geslagen en met een verzaligde glimlach om hun lippen – het machtsevenwicht was hersteld.

In de achterkamer maakten de kinderen hun huiswerk; de grammofoon zweeg zolang hun vader op inspectie was. Een Harley Davidson van het bedrijf bracht hem tot in de uithoeken van de gemeente. In zijn lange leren jas, beenkappen om zijn kuiten, zijn ogen verborgen achter een grote stofbril, raasde hij door de statige lanen, de kleppen van zijn pet klapperden als de vleugels van een dronken vogel tegen zijn schedel. Wanneer hij thuiskwam, en zijn tuigage had afgelegd, trok hij een deeltje van de verzamelde werken van Marx of Lenin uit de boekenkast en liet zich daarmee in een fauteuil zakken.

Ineens gingen de schuifdeuren open. 'Wat zitten jullie te doen,' zei hij bars. 'Huiswerk.' 'Welk vak?' 'Vaderlandse geschiedenis.' 'Doe die boeken maar dicht, hier kunnen jullie veel meer van leren. Luister: "...overal waar een deel der bevolking het monopolie van de productiemiddelen bezit, moet de arbeider, vrij of onvrij, arbeidstijd toevoegen aan den voor zijn eigen onderhoud nodigen arbeidstijd om de levensmiddelen voort te brengen voor den eigenaar van de productiemiddelen – hetzij nu deze eigenaar is Atheens theocraat, Romeins burger, Noors baron, Amerikaans slavenhouder, Walachijsch bojaar, hedendaagsch grondbezitter of kapitalist."' Over het met bloemenranken versierde omslag van *Het Kapitaal* heen wierp hij hun een veelbetekende blik toe. 'Begrijp je, de arbeider werkt zich in het zweet, zodat de rijke zich volledig kan wijden aan het nietsdoen, zo zit de wereld in elkaar, prent dat maar in je oren.' En voort zette hij zijn lezing die, als hij op dreef kwam, uren kon duren totdat ze werden ontzet door hun moeder die hun een imaginaire taak opdroeg. Wanneer ze klaagden omdat ze de moestuin moesten wieden, wreef hij hun het lot van hun leeftijdgenoten uit de vorige eeuw onder de neus: 'Om 2, 3, 4 uur des morgens worden kinderen van 9 – 10 jaar uit hun onzindelijke slaapsteden gesleept en gedwongen voor het blote levensonderhoud te werken tot 10, 11, 12 uur in den nacht, terwijl hun ledematen wegteren, hun gestalte verschrompelt, hun gelaatstrekken verstompen en hun menschelijk aanschijn verstijft tot een masker zonder uitdrukking waarvan de enkele aanblik schrikwekkend is.'

Gasten pakte hij geraffineerder aan. Eerst verleidde hij ze met hemelse muziek; als hij hen helemaal ingesponnen had en hun ziel week was van de gemoedsaandoeningen, draaide hij de volumeknop laag en sloeg, als bij spontane ingeving, een boek open dat al die tijd toevallig klaar had gelegen. Sommigen slaagden erin er tijdig beleefd tussenuit te knijpen, anderen lieten zich tot heftige disputen verleiden die tot diep in de nacht duurden. Echte weerstand riep hij pas op als hij zich, de imposante geluidsboxen op de achtergrond als getuige van zijn vindingrijke intellect, in de vroege uurtjes als tegenstander van de monarchie profileerde. Aangemoedigd door de jenever waren ze bereid ver met hem mee te gaan in zijn pleidooien voor het historisch materialisme, zelfs zijn filippica's tegen het christendom zagen ze door de vingers, maar zodra het koninklijk huis ter sprake kwam overschreed hij een grens: er werd verontwaardigd geprotesteerd. Zijn muziek, drank en overredingskracht waren niet opgewassen tegen hun liefde voor het Huis van Oranje. Met gestrekte wijsvinger over zijn snor strijkend deed hij zijn uiterste best zijn minachting te verbergen. Een van de gasten raakte zozeer verslaafd aan de gedachtewisselingen, dat hij elke zaterdagavond terugkwam om te filosoferen tot de bodem van de jeneverfles in zicht kwam: professor Koning, hoogleraar in de koloniale geschiedenis aan de universiteit van Amsterdam. Lottes vader, die een kinderlijke, onsocialistische eerbied had voor autoriteiten op het gebied van de wetenschap, was zeer vereerd met deze vriendschap, die zelfs zover ging dat de professor een huis met een rieten kap kocht aan de andere kant van het bos.

Op koninginnedag weigerde haar vader de vlag op de watertoren uit te hangen. Maar een vooraanstaand lid van Provinciale Staten dat in de buurt woonde en elke dag een ommetje maakte door het bos rapporteerde zijn nalatigheid. 'Vooruit,' zei zijn vrouw het jaar daarop, 'hang de vlag uit, anders krijgen we moeilijkheden.' 'Belachelijk,' steigerde hij, 'de vlag uithangen voor een doodgewone vrouw.' 'Je hebt 't over de koningin.' Ze stond er zelf bij als een koningin in haar crèmekleurige shantung jurk: trots, charmant en onvermurwbaar. De kinderen, die hun fietsen hadden versierd met coniferentakken en oranje lampionnetjes, vielen haar bij: 'Iedereen hangt de vlag uit pa!' Hij snoof: de massa! 'Als jij 't niet doet, doe ik 't.' Zijn vrouw beende met grote stappen weg, hij ging er driftig achteraan. Bij de deur van de watertoren haalde hij haar in en duwde haar opzij. Met grimmig op elkaar geklemde kaken ging hij naar binnen.

Op school kwam een inspecteur langs om de leerlingen te inventariseren. Met een lijst stond hij voor de klas; één voor één moesten ze opstaan en hun naam noemen. Op vlakke, routineuze toon voegde hij eraan toe: 'En wat doet je vader?' Ze antwoordden zonder haperen. Lotte eigende zich gedachteloos de achternaam van haar Hollandse ouders toe: Rockanje. Maar bij het beroep van haar vader staarde ze hem met open mond aan zonder iets te zeggen. 'Lotte,' zei de onderwijzeres minzaam, 'je weet toch wel wat je vader is?' Het kostte een grote krachtsinspanning om de woorden eruit te persen: 'Ik w-weet het n-nog niet.' Haar hoofd stond op barsten. Moest ze gaan opnoemen wat haar vader allemaal deed? Waar moest ze beginnen? De inspecteur sloeg het haperende radertje in de machinerie over en zette zijn controle met een effen gezicht voort. Ineens kreeg Lotte een ingeving. Ze stak haar vinger op: 'Ik w-weet het nu.' 'Nou,' zeiden de onderwijzeres en de inspecteur in koor, 'wat is je vader dan?' Zonder te stotteren riep ze: "Torenwachter bij de koningin!'

'Als grootvader geweten had dat je in een communistisch nest terecht zou komen...' riep Anna vol hilariteit, 'wat een grap!'

'Maar mijn moeder ging ertegenin. "Denk maar niet," zei ze tegen hem, "dat de arbeiders als ze de macht krijgen humaner zijn." Soms, wanneer hij niet van ophouden wist met zijn verheerlijking van Marx en maar bleef hameren op een rechtvaardige verdeling van geld en arbeid, trok ze hem kribbig van zijn roze wolk naar beneden. "Probeer er maar eens zelf naar te leven schat, uit jouw mond zijn het alleen maar mooie woorden."'

Een oude man kwam binnen, stampend met zijn laarzen, sneeuw op zijn borstelige wenkbrauwen. Zijn waterige blauwe ogen namen schuw de cliëntèle op. Op weg naar de toog liet hij een spoor van smeltende sneeuw achter. Lotte had van de Ratafia de Pommes rooie vlekken op haar wangen. Anna's ogen glinsterden. Lottes ouderwetse, precieuze Duits, met nu en dan een Keuls woord ertussendoor dat allang niet meer in zwang was, klonk haar als muziek in de oren.

'Dat Schicki-Mickityp,' zei ze, 'dat jou uit Keulen weghaalde, wat was dat voor iemand?'

Lotte staarde naar buiten. 'Ik logeerde wel eens bij haar, in Amsterdam. Als je vanuit de huiskamer in het spionnetje keek zag je de Albert Cuypmarkt. 's Morgens, terwijl opa zich bij de barbier liet scheren, gingen wij samen de markt op. Eerst kocht ze vlees en groente. Maar haar eigenlijke doel was een kraam vol kraaltjes, knoopjes, fluweeltjes, kantjes, zijden stroken. Daar bleef ze eindeloos staan dromen, alles ging door haar handen. Na lang dubben kocht ze iets minuscuuls, een paar knoopjes van parelmoer of zo. Ze was nog heel koket. "Kijk," zei ze eens, "zo zag ik eruit toen ik jong was." Met haar vingertoppen trok ze haar verslapte huid strak. Ik schrok ervan, zo kende ik haar niet. "Kan ik niet een keer naar Anna toe?" vroeg ik haar op een dag. "Ach du, Schätzchen, je hebt geen idee hoe koppig en bekrompen die familie van ons is. We hebben helemaal geen contact meer met ze. Later, als je groot bent, kun je Anna op eigen gelegenheid opzoeken. Dan hebben jullie samen lak aan die ganze Sippschaft."'

Anna lachte. 'Toen grootvader nog leefde hing er een foto van haar boven zijn stoel – als jong meisje, in een witte jurk, haar gezicht in de schaduw van een strooien hoed. Ein wunderschönes Bild. Die foto zou nu honderd jaar oud zijn. Stel je voor Lotte, honderd jaar! De wereld is nooit zo ingrijpend veranderd als in de laatste honderd jaar. Geen wonder dat jij en ik een beetje in de war zijn, laten we nog iets drinken!'

Knarsend schoven de lagen van de tijd over elkaar heen.

Voor de oorlog, na de oorlog, de crisisjaren, een eeuw geleden... uiteenlopende landschappen, waar Anna licht beneveld als in een op hol geslagen trein doorheen denderde. Het ene moment zat ze in een stoomtrein en dreven er rookslierten langs het raam, het andere moment zat ze op felgroen skaileer in een moderne sneltrein. In de stations waar ze langs stoven stonden gestalten uit het verleden. Ze zwaaiden niet, maar keken met geknepen ogen en gefronste wenkbrauwen naar de spookexpress. Het station in Berlijn stond in brand, de perrons waren gevuld met rook en stof. Waar eindigde deze tocht? Aan de rand van de tijd? Het liet haar koud. Ze tikte haar glas tegen dat van Lotte en toostte op haar gezondheid.

'Ik vroeg haar ook...' zei Lotte.

'Wie?'

'Oma... tante Elisabeth... Ik vroeg haar: heeft u mijn vader gekend toen hij jong was? Ik bedoel: mijn echte vader. "Jouw vader," zei ze, "was een aardige, intelligente jongen, de revolutionair van de familie. Ik was erg op hem gesteld. Daarom was ik op zijn begrafenis, en ben jij nu hier, du Kleine. Ach ja, de sensibele naturen sterven het vroegst en die Schweinehunde worden stokoud – so ist die Welt..."' Vertederd voegde Lotte eraan toe: 'Oma hield van krachttermen.'

'Als er toen voor mij ook zo'n toverfee verschenen was,' zei Anna niet zonder bitterheid, 'dan was me veel ellende bespaard gebleven.'

Per maand werd er vijfendertig mark wezenrente voor Anna betaald. Dat was veel geld – toch deed tante Martha of ze een parasiet was, een bloedzuiger die zich met twee zuignappen op het jonge gezin had vastgezet. Het chronisch ongenoegen dat ze als bruidsschat had meegebracht in het huwelijk projecteerde ze op Anna die, murw en afgestompt van het werk, weerloos was tegenover haar chicanes. Wanneer Anna in de gebarsten scheerspiegel van oom Heinrich keek, zei ze schamper: 'Waarom kijk je in de spiegel, je gaat toch dood. Je vader had tuberculose, je moeder borstkanker, een van de twee krijg jij ook. Beeld je maar niets in.' Anna, die veel sprookjesboeken gelezen had, herkende in haar het cliché van de boze stiefmoeder; maar het recht dat in de sprookjes altijd zegevierde liet in de werkelijkheid lang op zich wachten. 'Waarom heb je een nieuwe jurk nodig, waarom zou je melk drinken, je gaat toch dood.'

Nu alle aardse behoeftes in de kiem gesmoord werden en belachelijk gemaakt, sijpelde het oude verlangen voor altijd te verdwijnen weer bij haar binnen. Maar doodgaan, hoe deed je dat? Als je een ziekte kreeg ging het vanzelf. Opzettelijk de overgang tussen er-zijn en er-niet-zijn veroorzaken was moeilijker. Onzekerheid dreef haar de kerk in – tijd die van de koeien en varkens gestolen werd en later moest worden ingehaald. Door zo volmaakt mogelijk te bidden hoopte ze op een miraculeuze tenhemelopneming. Maar God, haar tweede onbereikbare vader, nam niet de moeite naar de sobere Landolinuskerk af te dalen. Hooguit liet Hij Alois Jacobsmeyer uit het halfduister verschijnen; die had een zwak voor Anna, sinds ze de Romeinen ervan langs had gegeven. Hij was degene die haar oom had gesmeekt: 'Stuur haar toch naar het gymnasium! Er is in het dorp geen betere leerling dan zij. Wij betalen alles!' Anna greep hem bij zijn soutane en vroeg hem dwingend haar een middel te geven om, zonder overlast te veroorzaken, uit de wereld te verdwijnen. Geschokt fluisterde hij: 'Doe geen domme dingen! God heeft je dit ene leven gegeven, het is alles wat je hebt. Hij wil dat je het leeft tot aan het natuurlijke einde toe. Heb geduld, als je eenentwintig bent ben je vrij.' Maar eenentwintig was ondraaglijk ver weg. 'Dat hou ik nooit vol,' zei ze boos. 'Jawel,' hij nam haar hoofd tussen zijn handen en schudde het zacht heen en weer. 'Je moet!'

Niet lang daarna leek haar lichaam, verzwakt door de dagelijkse uitputtingsslag en de karige voeding, zelf een beslissing te hebben genomen: ze kreeg een verkoudheid die niet overging. Jacobsmeyer drukte haar op het hart naar de dokter te gaan, maar tante Martha wuifde zijn advies weg – zo'n verkoudheid zou vanzelf slijten. Toen bedacht hij een list om de hoest te bestrijden zonder van ongewenste inmenging in andermans zaken te worden beticht. Na de mis wandelde hij naar de boerderij. Anna was in de stal toen tante Martha haar hoofd om de hoek stak, haar jukbeenderen rood van ingehouden ergernis. 'De pastoor is er, voor jou.' In de keuken zat Jacobsmeyer met een kirrende baby op schoot. Hij diepte een smal, bruin flesje op uit zijn soutane. 'Zo gaat het niet langer,' zei hij tegen Anna, 'je zit de hele mis te hoesten, ik kan mijn eigen woorden niet verstaan.' Met een mengsel van triomf en verontwaardiging riep tante Martha: 'Die daar? Maar die heeft geen manieren, dat weten we toch!' 'Ik heb een medicijn voor haar meegebracht,' ging Jacobsmeyer onverstoorbaar verder, 'Frau Bamberg, wilt u erop toezien dat ze dit regelmatig inneemt?' Tante Martha knikte overrompeld. 'En als haar kleren nat zijn van het zweet,' ging hij verder, 'moet ze zich verkleden, zodat ze geen nieuwe verkoudheid oploopt.' 'Ja ja,' smaalde tante Martha, 'dan moet ze daarachter in de wei haar hemd maar in de wilgen hangen en in haar blootje wachten tot het weer droog is. Dat zullen de mannen hier zeker waarderen.' Gepikeerd, omdat hij haar platvloerse fantasie ongewild voedsel had verschaft, wees hij haar terecht: 'U zou wat extra hemden kunnen kopen, Frau Bamberg.' Hij stond waardig op en reikte haar de baby aan. 'U moet bedenken, deze kleine van u, maar ook Anna... het zijn allemaal kinderen van God.' Bij de deur draaide hij zich om: 'En ze moet veel melk drinken, met room.' 'Als hij 't zelf betaalt,' snauwde tante Martha toen de deur achter hem dichtgevallen was.

'En?' informeerde Jacobsmeyer. Anna, tegen een van de zuilen in het middenschip leunend, keek naar de grond. 'Tante Martha heeft me een van haar eigen versleten hemden gegeven. Maar melk drinken mag ik niet, die is voor de verkoop.' 'God vergeve me,' zuchtte hij, 'als je melk centrifugeert, Anna, hou dan je mond af en toe onder de tuit. Maar wel gewoon doordraaien, anders komt ze kijken wat er aan de hand is.'

Oom Heinrich trok tussen zichzelf en zijn vrouw een scherm op van werkzaamheden, kaartspelletjes met dorpsgenoten, kranten, en boeken uit de bibliotheek die, in gestolen kwartiertjes, ook door Anna gelezen werden. Daar had hij niets op tegen, behalve toen ze *Im Westen nichts Neues* wilde lezen. Hij verbood het niet omwille van de oorlogsgruwelen, maar vanwege een onzedelijke scène die Anna, toen ze het boek heimelijk toch las, met geen mogelijkheid kon ontdekken omdat ze de antenne miste voor dat soort golven. De lotgevallen van vier negentienjarige jongens in de loopgravenoorlog van '14-'18 sterkten haar in het vermoeden dat een mensenleven niets waard was. Het leven van een soldaat was zoiets als een kaars voor het beeld van Maria – was hij opgebrand dan werd er een nieuwe in de houder gestoken.

Ze spraken samen over de boeken die ze gelezen hadden – 's morgens, als tante Martha nog in bed lag, 's middags als ze een dutje deed, 's avonds als ze er weer in lag. Hoewel het vluchtige gesprekken waren, tussen de bedrijven door, schiepen ze een heimelijke band van twee goede verstaanders, de laatste nazaten van een familie, tegen de dreigende achtergrond van de vrouw boven die voor hen allebei nog steeds een vreemde was. Pas veel later begreep Anna dat ze, dwars door de muren heen, dit bondgenootschap moest hebben gevoeld – er vanuit haar ziekelijke achterdocht misschien zelfs een onuitgesproken verliefdheid in had gezien. In stilte wachtte haar tante af tot zich een kans voordeed een wig tussen hen te drijven. Bernd Möller werd ongewild haar werktuig.

Anna zocht hem op in zijn werkplaats om te informeren of het mankement aan de as van de hooiwagen al gerepareerd was. Hij keek niet op van de dorswagen waar hij aan sleutelde; ze moest haar vraag tweemaal herhalen voordat er een verstaanbaar antwoord uit zijn mond kwam. Nee, hij was er nog niet aan toe gekomen. Op zijn werktafel, tussen bouten en moeren, lag een krant wijd opengeslagen. Verslingerd aan alles wat in druk verscheen, boog Anna zich nieuwsgierig over de kolommen. De stilte keerde terug in de werkplaats, op de prozaïsche geluiden van de reparatiewerkzaamheden na. 'Ben je er nog steeds,' zei Bernd Möller verbaasd, 'wat doe je?' 'Ik lees.' 'Wat lees je?' Anna bladerde terug naar de voorpagina. 'De *Völkischer Beobachter*.' 'Dat is niets voor jou, allemaal politiek.' Anna pakte de krant op en hield hem voor zijn neus: 'Wie is dit?' Met een zwarte nagel, waaronder zich resten kippen- en varkensmest hadden verzameld, wees ze op het portret van een man die met een gebalde vuist en een getergde, toornige blik onhoorbaar stond te schreeuwen, een vlag met zwarte spinnenpoten in een witte cirkel op de achtergrond. 'Adolf Hitler,' zei Bernd Möller, zijn neus aan zijn mouw afvegend. Ze trok haar neus op. 'Het lijkt of hij wil gaan vechten.' 'Dat wil hij ook.' De mecanicien legde zijn Engelse sleutel op de grond en kwam langzaam uit zijn hurkzit overeind: 'Voor mij, voor jou, voor ons allemaal. Tegen de werkloosheid en de armoede.'

Hij vergat de klus waarin hij kort daarvoor nog verdiept was geweest en ging op de werktafel zitten om haar uit te leggen wat voor plannen de man op de foto had met het Duitse volk. Eindelijk werk, een nieuwe orde – ook voor de gewone man die zich dag in, dag uit, afbeulde voor een bord erwtensoep. Kijk, hier stond het. Bernd Möller had een aura van optimisme om zich heen. Aan de horizon was iemand verschenen die grote veranderingen voorbereidde; die een eind ging maken aan de armoede en chaos in het land. Anna, aangestoken door zijn geestdrift, kreeg het gevoel dat er dan ook voor haar iets zou verbeteren – al was het misschien maar iets kleins. Eindelijk een vaderfiguur die het voor haar opnam en de keten van geploeter, vermoeidheid en honger zou doorbreken. Ze bekeek de foto aandachtig. Datgene waaraan hij uitdrukking gaf en dat eerst haar weerzin wekte, was bij nader inzien precies wat zij onder het vernis van slaafse gehoorzaamheid voelde: woede en opstandigheid.

Op samenzweerderige toon zei ze die avond tegen haar

oom: 'Er is iemand die een eind gaat maken aan de armoede...' Hij zat in de stoel waarin zijn vader gestorven was, zij zat op de sofa onder de gesneuvelde soldaat. 'Dat is goed nieuws,' zei hij, haar over zijn boek heen ironisch aanziend, 'hoe kom je daar zo bij?' 'Het staat in de *Völkischer Beobachter.* Adolf Hitler heeft gezegd...' 'Wat?' riep hij. Het boek gleed uit zijn handen. 'Die dwaas? Je weet niet wat je zegt. Alleen domme, radeloze mensen wandelen achter die belachelijke figuur aan. Bij wie heb je die onzin gelezen?' 'Bij Bernd Möller,' zei ze, beledigd en verward. 'Ah, ik begrijp het, dat is zijn manier om te rebelleren. De *Völkischer Beobachter*! Die lees je toch niet! Niemand hier leest die krant. Ieder weldenkend mens, elke rechtgeaarde katholiek, stemt op de Centrumpartij. In de encycliek van Pius x staat precies omschreven hoe, vanuit de christelijke gedachte, de armoede bestreden kan worden. Hör mal Mädchen – deze Hitler, met zijn gebral, wil maar één ding: oorlog.' Hij bukte zich om zijn boek op te rapen en keek haar aan alsof hij scherp ergens naar luisterde. 'Ik wil niet hebben dat je met Bernd Möller omgaat, als je dat maar begrijpt.'

Maar zo gemakkelijk liet Anna zich dit sprankje hoop niet afnemen. De volgende dag al repte ze zich naar de werkplaats. Bernd Möller schudde zijn hoofd om de reactie van haar oom: 'Ik zal jou eens precies vertellen waarom hij dat zegt – zodat je me niet langer geschokt aankijkt met je mooie blauwe ogen. Daar kan ik niet tegen.' Hij glimlachte. 'Je moet ze gewoon laten praten, die brave boeren, die gehoorzame katholieken. Ze weten niet beter. Het zijn net dieren die te lang in een kooi hebben geleefd: wanneer je de deur opengooit, blijven ze gewoon zitten. Als we moeten wachten tot de Centrumpartij onze problemen oplost zullen we allemaal verhongeren.' Zijn zelfverzekerdheid wekte vertrouwen. Ze had het nodig te geloven in een kans op verandering, er was geen alternatief. En Bernd Möller hield dit geloof met montere lofzangen levend. In verhoogd tempo deed ze haar werk, alleen om tussendoor zijn werkplaats in te kunnen glippen en met hem te praten, of hem gade te slaan terwijl hij in de motor van een landbouwmachine peuterde. Ze spraken niet alleen over politiek. De valstrikken van het dagelijks leven, de houding die je ertegenover aan moest nemen, de boeken die Anna gelezen had, haar hoest – geen onderwerp was onbespreekbaar in de intimiteit van de oude, tochtige schuur, terwijl ze met een bil op de opengeslagen krant zat en met de andere op het gekerfde hout van de werkbank.

'Al ben je nog maar zestien, je bent een uitzonderlijk meisje,' zei Bernd. Hij hemelde haar op; in zijn ogen was ze een kleine, wijsgerige Madonna met een groot hart dat klopte voor alle verschoppelingen en pechvogels op de wereld. Als er meer van zulke jonge vrouwen waren zou het nieuwe Duitsland makkelijker van de grond komen. Ze had een grote toekomst voor zich, verzekerde hij haar, haar handen met kloven en afgebrokkelde nagels fijnknijpend in zijn met motorolie besmeurde knuisten. Die toekomst nam in de loop van de tijd steeds meer de vorm aan van een huis dat hij voor haar ging bouwen. Een landelijk, ouderwets huis met een puntdak, luiken, een Beierse veranda over de volle gevelbreedte en een massief eikenhouten deur die hij, als ze achttien geworden was, zou openduwen om haar over de drempel naar binnen te dragen. Anna liet deze fantasieën onverschillig van zich afglijden. Over het huwelijk had ze nog nooit nagedacht, het idee alleen al vond ze belachelijk. Wanneer hij haar deze droombeelden voorspiegelde, keek ze strak naar de met gereedschappen en machineonderdelen bezaaide vloer – blijkbaar was dit een offer dat zo nu en dan gebracht moest worden voor de vriendschap.

Toen de rogge geoogst werd had ze geen tijd voor de intermezzo's. Een kleine jongen uit het dorp drukte haar een briefje in de hand: 'Vanavond om half negen achter de Mariakapel bij de brug.' Het schemerde al om die tijd en het rook bedwelmend naar vochtig hooi. Eerst herkende ze hem niet. Hij kwam de brug over in een bruin uniform dat net iets te krap zat en hij had een scheiding in zijn haar. Op zijn gezicht lag een officiële uitdrukking die niet bij hem paste. Hij greep haar bij haar polsen. 'Je huis wordt gebouwd Anna! Een architect in Paderborn heeft een ontwerp gemaakt. Het wachten is op jou, jij moet de tekening goedkeuren!' Anna staarde hem roerloos aan. Ineens wist ze niet meer wat ze bij de Mariakapel te zoeken had, met een wildvreemde die haar lastigviel over een huis dat fantasie moest blijven, in plaats van op papier terecht te komen en, nog erger, steen voor steen opgetrokken op deze zanderige bodem waar ze geen enkele affiniteit mee had. Aangedaan door zijn eigen opwinding sloeg hij zijn gespierde monteursarmen om haar heen, het onmogelijke vergend van zijn mouwen. Ze hoorde de naden knappen en zag over zijn schouder de buurvrouw passeren met een jonge geit aan een touw. Beschaamd verborg ze haar gezicht achter zijn borstkas; hij zag het aan voor aanhankelijkheid en vergrootte de druk van zijn armen. Toen hij haar eindelijk losliet holde ze de brug over in de richting van de boerderij, struikelend over haar eigen voeten alsof ze ternauwernood aan een groot gevaar was ontsnapt.

De buurvrouw verzaakte haar burgerplicht niet en rapporteerde Anna's vrijage de volgende dag aan tante Martha. Die begreep meteen dat dit het was waar ze al die tijd op had gewacht. Haar triomf verbergend achter voorbeeldig gespeelde zedelijke verontwaardiging bracht ze haar man verslag uit van het rendez-vous, het opsmukkend met shockerende details die hem feilloos onder de gordel troffen. Anna, nog niets vermoedend, bracht water naar de varkens. Toen ze zich omdraaide stond oom Heinrich op de drempel. Hoewel hij niet zwaar gebouwd was leek het of hij de hele deuropening vulde. Waarom ging er zo'n dreiging van hem uit? De gestalte kwam, verkrampt van ingehouden spanning, in beweging en naderde haar tot op een meter. Ineens voelde ze dat er een onbekend misverstand tussen hen zinderde dat in aller ijl uit de weg moest worden geruimd.

'Wat zou je vader zeggen,' begon hij, met een griezelig beheerste stem, 'als hij je met die rokkenjager, die oproerkraaier, betrapte? Hè? Had je dat gedurfd als hij nog geleefd had?' Anna verstarde, in een seconde drong de hele keten van oorzaak en gevolg tot haar door. 'Had je dat gedurfd?' herhaalde hij, zijn vraag kracht bijzettend met een klap in haar gezicht. 'Nou?' Terwijl ze, ongelovig, een hand naar haar wang bracht, sloeg hij haar op de andere wang. Ze wendde zich af en bukte om aan zijn handen te ontkomen; deze ontwijkende reflex wekte pas echt zijn razernij. Zijn vuisten daalden neer waar hij haar maar raken kon. Toen ze vooroverviel op de glibberige vloer trok hij haar aan haar haren omhoog en stompte haar in haar buik. De woede die hij op haar ontlaadde was groter dan hijzelf, en groter dan de aanleiding. Al zijn wrok jegens een wereld waar hij machteloos tegenover stond was erin samengebald, maar ook alle geestverwantschap tussen Anna en hem, en hun lotsverbondenheid – misschien zelfs zijn weerloosheid tegenover de jonge vrouw die ze was zonder er zelf benul van te hebben. Van al die ondoorgrondelijke, troebele beweegredenen had Anna geen flauw vermoeden – voor haar bestonden alleen de klappen en de stompen, en de kreten die hij erbij slaakte alsof hij meer leed onder de afranseling dan zij. Nu eens zag ze de ene kant van de stal aan zich voorbijflitsen, dan weer de andere, en de varkenssnoeten aan weerszijden bewogen als stille, verwonderde getuigen mee. Ze verloor alle besef van tijd totdat ze, onder de opgeheven arm door waarmee ze haar hoofd beschermde, tante Martha op de drempel zag staan om van de strafmaatregel te kunnen meegenieten. Haar verschijning haalde oom Heinrich uit zijn roes. Hij hield abrupt op, verwonderd en glazig op Anna neerziend. Zonder zijn vrouw een blik waardig te keuren duwde hij haar opzij en verdween naar buiten.

Anna kwam moeizaam overeind – een smeltende pijn trok door haar hele lichaam. Tante Martha was een zwarte vlek, die zich pompeus aftekende tegen het daglicht achter haar. 'Wat moeten de buren denken,' gromde ze, 'je hebt de hele boel bij elkaar geschreeuwd.' 'Wát schreeuwen?' kermde Anna. Wie had er bij elke slag geschreeuwd? Zij niet, ze had haar lippen stijf op elkaar gehouden. De dingen moesten wel op hun plaats blijven, te midden van de chaos. Haar laatste krachten verzamelend kroop ze naar haar tante toe, haar kapotte nagels naderden de huid van de weke, blote armen. De vrouw, die zo groot was en sterk leek, kruiste angstvallig haar armen voor haar borst; boven de brede jukbeenderen trokken de diepliggende ogen zich nog verder terug in hun kassen. Achterwaarts vluchtte ze de stal uit, Anna strompelde haar achterna en viel met gespreide armen voorover op het gras.

Geen wapengekletter meer maar absolute stilte. Schuldbewust zette oom Heinrich eten en drinken op de grond naast haar bed; als een wild dier beroerde ze de borden pas wanneer hij vertrokken was. De eerste dagen lag ze op haar buik omdat de pijn in haar rug het ergst was, daarna verruilde ze het eentonige panorama van nerven en knoesten in de vloer voor dat van de muur en draaide zich half op haar zij, omdat een nu eens weeë, dan weer stekende pijn in haar buik alle andere vormen van pijn overstemde. In plaats van minder werd het erger. Een ondraaglijke paradox; ze hield het niet meer uit en toch hield ze het uit. Bij elke pijngolf verviel ze in een zacht geweeklaag dat door het rookgat met hammen en worsten tot in de keuken doordrong. Ten slotte stommelde oom Heinrich de trap op naar boven om te vragen wat er gedaan kon worden om een eind te maken aan het gejammer. Met schorre stem klaagde Anna over steken in haar buik. Daar schrok hij van, de voortplantingsorganen waren heilig: Gaat heen en vermenigvuldigt u. Wat men voor haar hoest nooit nodig had gevonden gebeurde nu: er werd een afspraak gemaakt met een dokter. Ze moest haar tante plechtig beloven over de kneuzingen en blauwe plekken te zwijgen. Nieuwe kwellingen dienden zich aan. De wet gebood dat er een volwassen vrouw als chaperonne aanwezig was bij een inwendig onderzoek. Liggend op haar beurse rug, onder de aasgierblik van tante Martha, voelde Anna zijn koele, plastic vinger binnendringen in een gebied waarvan ze het bestaan tot dan toe niet vermoed had. Een snerpende pijn spleet haar doormidden. 'Het is even vervelend,' klonk de stem van haar weldoener. Vervelend! Was hij zelf wel eens doorkliefd? Stompzinnige tranen gleden zonder haar toestemming over haar wangen, een triomf die ze haar tante niet gunde. 'Kom, kom,' zei de arts, 'we maken er geen drama van. Je baarmoeder ligt gedraaid, ik probeer haar weer op haar plaats te krijgen.'

De pijn zakte. Tante Martha gedroeg zich heerszuchtiger dan ooit tevoren, alsof ze een initiatieritueel had bijgewoond dat haar voortaan nieuwe macht gaf over Anna. Die frommelde tijdens de mis, achter de stugge rechte rug van haar tante langs, een oude schoolvriendin een briefje in de hand, dat voor Jacobsmeyer bestemd was en een simpele, maar dringende boodschap bevatte: 'Help! Anna.' Onder de Gregoriaanse gezangen dwaalden haar ogen onwillekeurig af naar het reliëf waarop Jezus gegeseld werd. Haar adem stokte. Snel richtte ze haar blik op het met ranken versierde dakgewelf, waar de zangstemmen zich bij de echo van de gebeden voegden. Het briefje bereikte de pastoor wonderbaarlijk snel; bij het verlaten van de kerk werd ze bij hem geroepen. Ze stroopte de mouwen van haar zondagse jurk op en zei: 'Zoals mijn armen eruitzien, zo ziet ook mijn rug eruit.' Hoewel Jacobsmeyer vanuit zijn functie op vertrouwelijke voet stond met het geweld in de bijbel en met de christelijke gedachte dat het lijden de kortste weg was naar God, raakte hij helemaal van slag als hij er in de werkelijkheid mee werd geconfronteerd. Hij tilde zijn brilletje van zijn neus, zette het terug en tilde het weer op voordat hij, bevend, een hand op haar hoofd legde.

6

‘Non... je ne regrette rien...’

‘Ha!’ riep Anna. Ruw opgeschrikt uit zijn gemijmer knipperde de oude man aan de bar met zijn waterige oogjes; er lag een plas gesmolten sneeuw onder zijn barkruk. ‘Ha! Je ne regrette rien... de koningin van de liefde heeft nergens spijt van. Toen ze met één been in het graf stond nam ze een jonge minnaar – haar muzikale erfgenaam, haar nachtegaal die een kraai bleek te zijn...’ Ze lachte spottend. ‘De Kleine Mus, opgeraapt uit de goot... Ik was ook een kleine mus in de goot – nu ben ik een oude vrouw, geplaagd door herinneringen. Een oude vrouw die er nog eentje neemt.’ Ze knipte met haar vingers in de richting van de bar.

‘Ach ja,’ zei Lotte berustend, in een poging Anna’s emotionaliteit te neutraliseren, ‘hoe ouder je wordt, hoe meer je in het verleden leeft. Dingen die gisteren gebeurd zijn vergeet je.’

Anna trok haar wenkbrauwen op om de clichématigheid van deze opmerking. Maar voor Lotte was het de gebruikelijke en altijd succesvolle opening voor een klaagzang op de ouderdom, een handigheid in de conversatie om het gesprek in veilig vaarwater te houden. Volle glaasjes werden voor hen neergezet, met een glimlach van de eigenares. Misschien was ze verkeerd geweest in de oorlog, zoals veel Belgen? Het kostte haar moeite zich Anna, zoals die weldoorvoed en bijdehand tegenover haar zat, voor te stellen als een mishandeld, ziekelijk meisje van zestien, in haar zondagse jurk, monddood gemaakt door een stieftante die zoveel slechte eigenschappen toebedeeld had gekregen dat het karikaturaal was. Overdreef Anna niet? Had de tijd haar herinneringen misvormd? Ineens schaamde ze zich voor haar voortdurende scepsis. Barbaren, had haar moeder gezegd. Ze begreep nu pas waarom. Het was allemaal zo extreem. Boosaardig, gewelddadig gedrag zag Lotte als een ziekte, het daarmee veilig afbakenend en op een afstand houdend. In dat licht diagnostiseerde ze tante Martha als een gevaarlijke krankzinnige – geen wonder dat oom Heinrich onder haar invloed langzaam gek was geworden.

'Die tante van jou was een pathologisch geval.' Ze nam een roekeloze slok.

Anna lachte droog. 'Welnee. Het was gewoon een vrouw die niet deugde. Zulke mensen heb je. Volgens de christelijke moraal zijn ze slecht, volgens de psychiatrie ziek. Wat maakt 't uit, wanneer je er het slachtoffer van bent? Maar laten we het over iets opwekkenders hebben. Over jou.'

Lotte ontging de insinuatie niet: vergeleken bij Anna's jeugd was die van haar, in Anna's ogen, een toonbeeld van zorgeloosheid. Anna was van hen tweeën degene die recht had op begrip. Al sprak ze ogenschijnlijk met afstand en ironie over vroeger, in wezen deed ze een geraffineerd beroep op medelijden. Het medelijden dat haar altijd was onthouden en nu van haar zuster verwacht werd – nee, geëist. Maar die voelde niets voor die rol.

'Over je zang,' vleide Anna, 'je prachtige stem.'

'God wat heb ik het warm,' zei Lotte. Ze kwam wankel overeind om haar vest uit te trekken. Gestuntel met mouwen – door de appellikeur waren er barstjes gesprongen in haar coördinatievermogen. Er waren twee mogelijkheden: Anna geven waar ze om vroeg of erover zwijgen. Dat laatste viel haar zwaar, ze vond het heerlijk om erover te praten. Wie had er nog belangstelling voor? Haar kinderen niet. En als ze erover zweeg ging het allemaal verloren, alsof het niet had plaatsgevonden.

Geleidelijk verdrong de zang het stotteren; het genot van het zingen was groter dan de angst voor de eerste letter. Haar lichaam groeide en haar stem groeide mee – eigenlijk was haar stem altijd iets ouder dan zijzelf. Toen ze werd toegelaten tot een befaamd bakvissenkoor hoorde alleen haar stem daarin thuis. Het koor stond onder leiding van Catharine Metz, een donkere, melancholieke vrouw met een donzig snorretje dat ze soms afschoor maar vaker, uit onverschilligheid, liet staan – de tere haartjes trilden mee op haar vibrato. Er waren nog vergeelde krantenartikelen over haar zangcarrière, waaraan een abrupt einde was gekomen door de ziekte van haar vader. Nooit kregen ze de geheimzinnige zieke te zien; hij leefde zijn abstracte bestaan in een met wingerd en blauwe regen overwoekerde vleugel van het huis en manifesteerde zich alleen in de donkere kringen onder de ogen van zijn dochter. Soms staakte ze haar voorzang plotseling om met geheven vinger geconcentreerd naar iets te luisteren dat voor de leerlingen onhoorbaar bleef. Via onbekende Franse en Italiaanse componisten leidde ze hen met zachte hand het territorium van de grote klassieken binnen.

Wanneer het koor voor de radio optrad maande Lottes moeder iedereen aan plaats te nemen in een rond de Chrystalphone geïmproviseerd amfitheater van keukenstoelen. Op een zondagochtend kwam onverwacht Lottes stem, los van het koor, de huiskamer binnen met een cantate van Bach. Onzeker over het resultaat – in de studio hoorde ze haar eigen stem niet – kwam ze thuis. Daar heerste een feeststemming, er stond drank op tafel, haar moeder omhelsde haar aangedaan en drukte haar een bos bloemen in de hand die haar neusgaten prikkelden. Ze kreeg een niesbui. 'Pas op je stem!' riep Mies, die zelf graag het middelpunt was, sarcastisch. Haar vader zocht in zijn platencollectie koortsachtig naar die ene cantate – zijn manier om blijk te geven van zijn waardering. Lotte viel verbouwereerd in een fauteuil neer en lepelde peinzend een tot de rand met advocaat gevuld glas leeg, dat Marie haar met een respectvol lachje had aangereikt. Dat ze met iets waar ze zelf tot in haar haarwortels van genoot bovendien nog succes oogstte, gaf haar een schandalig (de beloning lag al in het zingen zelf) prettig gevoel. Twee dagen later ontving ze een geparfumeerde brief. 'Je hebt een uniek timbre, dat is een zeldzame gave. Over twintig jaar zal ik me jouw stem nog herinneren, en dat is iets waarvoor anderen alles zouden willen geven.' Catharina Metz herkende in de afzender een berucht muziekcriticus. Blozend stopte Lotte de brief in het koffertje waarmee ze uit Duitsland gekomen was. Naast haar rouwjurk en een geborduurd zakdoekje van Anna, dat in een van de zakken had gezeten, bewaarde ze hierin het naaidoosje dat samen met haar verdronken was geweest en een krantenartikel over Amelita Galli-Curci. Later verhuisde de brief naar een laatje in haar toilettafel, waarin na zestig jaar nog een verschaalde viooltjeslucht hing.

Amelita Galli-Curci had ze voor het eerst gehoord in een duet met Caruso. Het was een warme namiddag in september, na schooltijd liep ze met Jet door het bos naar huis. De watertoren schemerde al door de bomen toen ze plotseling bleef staan. Als een natuurkracht kwam uit het openstaande raam een stem naar buiten die zo betoverend was dat Lotte één en al oor werd – een gigantisch, onbeweeglijk oor. Jet trok ongeduldig aan haar mouw en liep toen schouderophalend verder. Lotte wilde het platvloerse moment van thuiskomen en ontdekken dat de stem uit de groef van een ebonieten schijf kwam zo lang mogelijk uitstellen. Dus bleef ze met gesloten ogen staan, zelfs toen de laatste klanken tussen de boomstammen waren weggestorven.

De koningin van de coloratuurzang Galli-Curci, getrouwd met een markies uit de voet van de laars, vierde vlak na de Eerste Wereldoorlog triomfen in de Verenigde Staten 'als lyrische sopraan van ongewone schoonheid, zuiver en kristalhelder van de lage As tot de hoge E', volgens de *Opernwelt* uit die dagen. In het krantenartikel dat Lotte bewaarde, stond een foto van een statige, donkerharige vrouw die met geheven kin de camera uitdaagde – een Rembrandteske hoed schuin op haar hoofd, een sjaal met grote bloemen en vogels over haar schouders gedrapeerd en twee opzichtige ringen aan haar rechterhand, die strijdbaar op haar borst lag, net boven het hart. Een Napoleontische houding. Hierdoor geïnspireerd glipte Lotte de watertoren in, het strenge verbod negerend – lange haren of linten konden in een van de machines verstrikt raken. Ze zette zich in postuur – kin geheven, hand op de borst, richtte haar blik omhoog en bewerkstelligde een changement de decor: de metalen trappen leidden niet langer naar een met zand, grind en kolen gevuld reservoir, maar wentelden zich eindeloos om hun eigen as omhoog, een firmament vol sterren in – het konden ook theaterlampen zijn. Nog niet gehinderd door overdadige zelfkritiek zong ze 'Caro Nome' of 'Verranno a te' in haar eigen Italiaanse versie zoals ze die van de plaat meende te hebben opgevangen. Van de lage As tot de hoge E vulde haar stem de hele toren, klom langs de trappen omhoog tot waar de treden in een Escheriaanse, nooit eindigende rondgang vager en vager werden. Haar borst zette uit. Dronken van de melodie en haar eigen stemgeluid zweefde ze weg naar een ander stadium van haar leven – hoog boven haar welfde het reservoir zich, een glas-in-loodraam ontleedde het licht in gekleurde brokstukken, ergens achter haar galmde het geluid door de marmeren gangen van een labyrintisch gebouw. Het was een onbestemd gevoel, dat maar half tot haar bewustzijn doordrong en meteen vergeten was zodra ze ophield met zingen.

Er werd een notenhouten piano van een obscuur Oost-Europees merk aangeschaft, zodat ze zichzelf kon begeleiden. Het geld ervoor, en voor de lessen, werd door haar moeder bijeengeschraapt, tot bloeddorstige vreugde van haar vader: nu kon hij op zijn beurt ruziemaken over onverantwoorde uitgaven. Hij ging zich graag te buiten aan het verafgoden van beroemdheden als Marx en Stalin, Beethoven en Caruso, maar dat er zich binnen handbereik, in zijn eigen omgeving waarvan de alledaagsheid hem steeds vaker uit zijn humeur bracht, iets bijzonders zou kunnen ontwikkelen waarvoor offers gebracht moesten worden, kon hij zich niet voorstellen.

De piano bracht een stemmer in huis, eens in de drie maanden. Hij was lang en dun, met een zigeunerachtige roofvogelneus. Zijn zwarte krulhaar was aan de zijkanten opgeschoren, maar op het hoofd hoog opgetast, waardoor het uit de verte leek of hij een baret op had. Altijd droeg hij hetzelfde nauwsluitende zwarte pak, dat allerlei speculaties uitlokte. Was het een trouwkostuum van voor de oorlog, de frak van een begrafenisondernemer, een jacquet waarvan de slippen waren afgeknipt of een kostuum dat bij een toneelvoorstelling gedragen was door de duivel of de dood? Onder zijn krappe pantalon droeg hij moderne, Amerikaanse schoenen, die hij in een onberispelijke staat hield. Hij was een man van contrasten. De schraalheid van zijn lichaam werd gecompenseerd door de zichtbare afmetingen van zijn geslacht dat hij, wegens gebrek aan ruimte, de ene keer lucht verschafte in zijn linker, de volgende keer in zijn rechter broekspijp. De fluisterende ingetogenheid van zijn stem werd tenietgedaan door de hakkebordgeluiden die hij aan de piano ontlokte. De zusjes vluchtten de keuken in, eensgezind in hun afkeer van zijn ding, maar ook opgewonden omdat zijn gezicht zo neutraal bleef ten overstaan van wat zich onder de gordel manifesteerde. Ze kregen opdracht hem koffie te brengen, maar niemand durfde. Ginnegappend hingen ze tegen elkaar aan. Ten slotte bracht Lotte het kopje – het was haar stemmer. Zich niet bewust van de consternatie die hij met zijn controversiële lichaam wekte, nam hij het glimlachend in ontvangst. Na zijn vertrek werd het kopje met extra sop schoongeboend.

Hij was ook een verdienstelijk amateur-fotograaf. Lottes moeder haalde hem over een officieel familieportret te maken, ter gelegenheid van de geboorte van Eefje. Ze had hem besteld op een zondagmiddag in mei; boven de witte tuinbank die als centraal ornament was uitgekozen hing een zwaluwnest onder de dakrand – het af en aan vliegende ouderpaar maakte overuren. Voor de komst van de fotograaf heerste er een nerveuze bedrijvigheid; op het laatste moment werden er nog jurken versteld en gestreken. Lottes vader weigerde een ander pak aan te trekken. Hij was niet van plan te poseren, zei hij, alleen de tsaar en de tsarina lieten zich en famille vereeuwigen. 'Wat moet ik met die man?' voegde hij er schamper aan toe. 'Jij hoeft niets met die man,' zei zijn vrouw, 'hij komt hier foto's maken, ik schenk gezellig een kop koffie voor hem in en jij presenteert een sigaar.' Maar hij was in een stemming voor sabotage, genietend van de macht die hem door de gelegenheid in de schoot werd geworpen.

Hij was nergens te bekennen toen de fotograaf arriveerde, zeulend met een zware, uitschuifbare camera en een standaard. Onweerstaanbaar in een jurk met papavers op een roomwit fond loodste Lottes moeder hem de tuin in. Terwijl hij zich met zijn apparatuur op haar aanwijzingen recht tegenover de tuinbank posteerde, druppelde haar nageslacht naar buiten. Mies, die in een hoedenzaak werkte, droeg een cognackleurig mantelpak met een omgekeerd vogelnestje van raffia op haar hoofd. Marie wilde voor de eeuwigheid vastleggen dat zij het lelijke eendje van de familie was – ze had een hoogsluitende, grijze jurk aangetrokken en weigerde voor de foto haar bril af te zetten. Jet en Lotte liepen, als gevallen engelen, stijfjes rond in witte organdiejurken met stroken en ruches. Koen, nog een baby toen Lotte door het ijs zakte, vertikte het een lange broek aan te trekken om de schrammen op zijn knieën te verbergen.

Op verzoek van de fotograaf nam hun moeder met de pasgeborene in haar armen plaats in het midden van de bank en werd ze, ten behoeve van de compositie, geflankeerd door de organdiejurken. Daarachter stonden de anderen, een klimroos prikte in hun rug. 'Prachtig...' murmelde hij, het tableau vivant in zijn lens bestuderend, 'eh... hoort meneer er niet bij?' 'Meneer heeft een slechte bui,' zei Lottes moeder, 'zo willen we niet met hem op de foto.' 'Kan er dan misschien een lachje af?' Ze deden hun best de grote spelbreker en dwarsligger te vergeten en staarden recht in de camera; de jonge zwaluwen piepten, een lichte bries droeg de geur van seringen mee, de fotograaf stond gebogen achter zijn toverkastje – de hele situatie had aangenaam kunnen zijn als daar niet die lacune was geweest, in het midden achter de bank, een ontbrekende gestalte die zijn handen op de schouders van hun moeder liet rusten. De fotograaf smeekte om een lachje. Geforceerde pogingen – alleen Mies, die als een filmster met zwoele blik het zwarte oog in de gaten hield, glimlachte verleidelijk; Koen krabde de korstjes op zijn knie open.

Op dat ogenblik zette achter het geopende raam, dreunend en massaal, de *Negende* van Beethoven in. De volumeknop was zover opengedraaid als de luidsprekerboxen konden verdragen. De fotograaf greep met beide handen naar zijn slapen en sloot pathetisch zijn ogen. Zo kan ik me toch niet concentreren, gebaarde hij. Lotte onderging voor het eerst een vlijmende, zoet-giftige emotie die ze nog niet kon definiëren als haat. Ze keek over het hoofd van de fotograaf naar de toppen van de coniferen die zacht bewogen in de wind en wenste vurig dat haar gedachten de kracht zouden hebben om te doden. 'Lachen!' riep haar moeder, hen aanporrend en knijpend, 'lachen jongens!' Ze liet haar stralendste lach zien, alle tanden bloot (zou ze hem niet willen verscheuren?). Haar ogen deden ook mee, ze raakte buiten zichzelf van plezier. 'We hebben nog een kind,' riep ze dwars door het Scherzo heen, 'een groot, koppig kind, daarbinnen!' Schuins lachend gebaarde ze met haar hoofd naar het raam. Er schoof een wolkje voor de zon, de fotograaf strekte zijn lange zwarte arm naar de hemel en duwde het weg. Hij hield zijn adem in en knipte af.

Niet altijd liet Lottes vader verstek gaan. Toen ze werd ingeschreven op een christelijke school, omdat de openbare scholen geen leerlingen meer aannamen, verzette hij zich fel. Vol walging keek hij zijn vrouw aan, alsof ze Lotte had aangemeld bij een zwakzinnigeninrichting. 'Je zult zien,' zei die laconiek, 'dat godsdienstige gedoe gaat bij haar het ene oor in en het andere uit.' Ze kreeg gelijk, op een andere manier dan ze bedoelde.

De bijbel had de aantrekkingskracht van het verbodene. Zoals sommige meisjes zichzelf met geverfde lippen een bioscoop in smokkelden om ademloos naar een film voor volwassenen te kijken, zo werd Lotte in heimelijke verrukking gebracht door de bijbel, die zeker ook het predikaat 'boven de achttien' verdiende, met alle moord en doodslag, overspel en hoererij, die over de onschuldige lezer werden uitgestort. Wat een tamme lectuur was, hierbij vergeleken, het lijfboek van haar vader! IJverig bestudeerde ze de van bloed en wonderen doordrenkte geschiedenissen. Pogingen tot een gedachtenwisseling met haar klasgenoten liepen stuk op een muur van onverschilligheid. Ze hadden er helemaal geen gedachten over; ze waren met het geloof grootgebracht als met een dagelijkse portie levertraan. Ook voor de domineesdochter met wie ze haar bank deelde was de bijbel geen onderwerp van contemplatie, maar een verplicht, slaapverwekkend stuk van de zondag – wekelijkse gevangenschap in het naargeestige catechisatielokaal naast de kerk. Hun blinde, ongeïnteresseerde acceptatie van het als 'waar gebeurd' gepresenteerde samenraapsel van vertellingen schokte haar. Met haar uitmuntende cijfers voor bijbelse geschiedenis was zij de enige die het geloof serieus nam!

De directeur van de school, een man met een gezicht dat met een vlijmscherpe pen in ijs was geëtst, loerde door het raampje in de deur terwijl de leerlingen in gebed de lessen beëindigden en zag dat een van hen, uit het raam kijkend, het einde van het ritueel gelaten afwachtte. Hij haastte zich het lokaal in en zei met geknepen lippen tegen de godsdienstleraar: 'Zij moet blijven zitten.' Een benige vinger werd op haar gericht. Uitverkoren of verdoemd? De klas liep leeg. 'Jij hebt niet gebeden,' stelde de directeur vast. 'Nee meneer.' 'Hoe komt het dat jij niet bidt?' 'Meneer, ik bid nooit.' 'Bid jij nooit?' De smalle bovenlip werd in een onwillekeurige bijtbeweging opgetrokken. 'Nee.' 'En bij jou thuis dan?' 'Daar wordt ook niet gebeden.' 'Ga je dan nooit naar de kerk?' 'Nee, ik ga nooit naar de kerk.' De godsdienstleraar streek vol verbazing over zijn apostolische baard: 'Maar hoe ben je dan op deze school gekomen?' 'Er was nergens anders plaats. Mijn moeder heeft me opgegeven, er werd niet gevraagd of ik christelijk was.' De directeur staarde haar met een wantrouwende frons aan alsof ze het belangrijkste, datgene waar het eigenlijk om ging, voor hem verzweeg. Het was duidelijk dat ze schuldig was aan iets, maar hij kon niet besluiten waaraan. 'Maar je hebt het hoogste cijfer van de klas voor godsdienst!' riep haar leraar uit. 'Ik hoor het ook allemaal voor het eerst,' zei Lotte, 'ik heb heel goed geluisterd.' 'En, wat vind je er dan van?' vroeg hij, ineens nieuwsgierig. 'Ik neem aan dat je hebt ingezien dat het allemaal diepe waarheden zijn,' viel de directeur hem bij. Lotte slikte. Ze wierp hem een schichtige blik toe – als ze hem de waarheid vertelde die al maanden op het puntje van haar tong brandde zou hij haar onmiddellijk van school sturen. 'Duivelskinderen!' echode een stem uit een onmetelijke verte. 'Duivelskinderen!' Een verschijning die haar vaag bekend voorkwam drong zich aan haar op. Iets zwarts, iets fladderends, het treurige getik van een stok... Het was niet meer dan een diffuus gevoel. 'Nee,' zei ze, ineens moed vattend. 'Waarom niet?' vroeg de directeur scherp. Ze keek over zijn knokige schouder naar buiten waar glimmend zwarte takken heen en weer bewogen tegen een donkergrijze hemel. 'Het klopt niet,' zei ze, 'volgens het scheppingsverhaal is God almachtig en is Hij liefde. Hoe is het dan mogelijk dat Hij de duivel heeft losgelaten op de mensen... als Hij alles kan?' 'Dat is... een geloofsmysterie,' stamelde haar leraar. Wat een dooddoener! Ze keek van de een naar de ander, overmand door minachting en medelijden om hun grenzeloze naïveteit. 'Dat Adam en Eva in het paradijs woonden, en van die verboden vrucht hebben gegeten...' Ze zuchtte. 'Ik vind 't net Sneeuwwitje.' De leraar nam zijn bril van zijn neus, viste met duim en wijsvinger een doekje uit de zak van zijn colbert en begon de glazen grondig te reinigen. De geprononceerde adamsappel van de directeur ging op en neer; hij stootte een droog, cynisch lachje uit. 'Deze dingen kun je niet bewijzen,' riep hij uit, 'je moet ze gewoon geloven.' Lotte krabde zich op haar achterhoofd. Haar schedel jeukte over de volle breedte, ze begreep dat het onbehoorlijk zou zijn om, op dit moment, met de nagels van beide handen rondom eens flink te krabben. 'Je gelooft een tijdje in Sinterklaas,' mompelde ze, 'maar dan op een dag niet meer.' Oei, ze stond op krakend ijs, ze was al veel te ver gegaan. Ze kon alleen nog hard verder lopen, haar gewicht voortdurend verplaatsen. De directeur keek haar aan alsof hij haar heidense tong uit haar mond wilde schroeven. 'Ze begrijpt er niets van,' klonk de diepe stem van de godsdienstleraar, die aan de bijbelvertellingen een warme, bronzen dimensie gaf. Hij zette zijn bril op en keek de directeur laconiek aan. Die liet zijn handen vallen, de rechter balde zich tot een vuist; daar stak een wijsvinger uit die, als de loop van een pistool, op Lotte werd gericht. 'Jij hebt je aan de regels van de school te houden, denk erom, je bidt voortaan gewoon met de anderen mee.' Hij keerde haar zijn hoge, kromme rug toe, met smalle, neerhangende schouders. Gebukt onder drie eeuwen calvinisme liep hij het lokaal uit, met iets vinnigs in zijn pas, alsof hij met dit gebod toch het gelijk aan zijn kant had gekregen.

'En...' vroeg Anna, haar arm in die van Lotte hakend, 'bad je voortaan mee?'

Ze hadden het café, waarvan het interieur volmaakt harmonieerde met de tijd die door hun hoofden spookte, verlaten en liepen voetje voor voetje door de sneeuw. Het was alweer donker. Aan weerszijden rezen negentiende-eeuwse gevels op – balkons, torentjes, erkers, oeils de boeuf, dakkapellen. In de etalage van een dorpse kantoorboekhandel stond, tussen kalenders, zakagenda's en vulpennen, een boek waarin de Russische president zijn visie op de toekomst ontvouwde; een hond tilde behoedzaam zijn poten op terwijl hij zich in een onbetreden stuk sneeuw begaf, de bomen van het Athenée Royale stonden roerloos op hun plek, in een groentewinkel flonkerde nog steeds de kerstversiering.

'Natuurlijk niet,' zei Lotte hijgend. De straat bleef maar stijgen, de alcohol ook, het duizelde haar. Op de spoorbrug rustten ze uit. In de verte brandde een rood seinlicht in de sneeuw, een witte toren stak scherp af tegen de donkere lucht. 'De directeur greep van alles aan om me dwars te zitten. Op een dag...' ze giechelde, 'droeg ik een jurk met een v-hals. Hij hield me aan in de gang. "Zeg, wil je aan je moeder vragen of ze je een andere jurk aantrekt. Deze is echt te bloot hoor."' Er kwam een golfje Ratafia de Pommes naar boven; ze slikte en begon weer te lachen. 'Ik reed een keer op de fiets van mijn vader naar school. Op het schoolplein stapte ik af en zette hem in het fietsenrek. Toen ik me omdraaide liep ik bijna tegen de directeur op. "Wil je dat nooit meer doen," riep hij, "hier, in het openbaar, ten aanschouwen van iedereen, afstappen van een herenfiets! Schaam je!" Ik keek hem verbluft aan. Wat bedoelt hij, vroeg ik me af, waar heeft hij het over?'

Hun lach klonk droog boven de wattige sneeuw. Ze zwoegden verder. Toen ze voor Lottes hotel stonden nodigde Anna zichzelf uit voor het diner. Even later zaten ze tegenover elkaar onder een zalmroze plafond met witte randversieringen en kristallen kroonluchters. Een tafeltje verder zat een jonge vrouw die in het Thermaal Instituut een postnatale revalidatiekuur volgde. Ze werden het erover eens dat ze beter een karaf water konden bestellen dan een fles wijn. Als hors d'oeuvre kregen ze crudités met Ardenner ham en spekjes; ze sneden de vette randjes van de ham en lieten de spekjes liggen. De moeder van de pasgeborene vouwde haar handen en sloot haar ogen voordat ze vork en mes oppakte.

'Wilde jij niet... niet...' fluisterde Lotte met een ironisch lachje in de richting van de vrouw, 'ik bedoel... voor het eten...'

'Ik? Bidden voor het eten?' Anna drapeerde het zalmroze servet over haar schoot. 'Begrijp me goed, geloven doe ik nog steeds, op mijn eigen manier, maar het instituut kerk heb ik al lang geleden afgezworen. Toch ben ik niet vergeten wat de kerk voor me heeft gedaan, toen. Onderschat niet hoezeer de kerk en de samenleving met elkaar verstrengeld waren. Het waren heel andere tijden – heel anders.'

Jacobsmeyer riep de hulp van de kinderbescherming in. Die stuurde een afgevaardigde naar de boerderij. Tante Martha deed een boekje open over Anna, die achter de deur meeluisterde. Al die tijd had haar arme tante een slang aan haar borst gekoesterd, het kind wilde niet deugen, ze hield het met oudere kerels – ze was een hoer, zo jong als ze was. Tot Anna's verbijstering moedigde de sociaal werkster haar tante kritiekloos aan in haar filippica. Haar laatste hoop vervloog. De vrouw was niet gekomen om haar, maar om tante Martha te helpen. Toen die was uitgeraasd zei de vrouw kalm: 'Nu wil ik nog even met 't kind alleen praten.' Anna vloog terug naar de keuken. Met een bevredigd lachje om haar mond kwam tante Martha haar halen. Fatalistisch ging Anna de huiskamer binnen – tante Martha liep, zeker van haar zaak, naar buiten. De sociaal werkster sloot de deur achter Anna, ging er met haar rug tegenaan staan, opende haar armen en zei: 'Vertrouw me, ik zal je helpen.'

Onder haar blik, die overseinde dat ze tante Martha doorzag, smolt Anna's weerstand. Ze begreep dat iemand haar een touw toewierp, iemand die aan een half woord genoeg had. Een afgezant uit een andere wereld, die objectief en redelijk was en misschien (ze aarzelde) ook liefdevoller. Buiten zag ze haar tante peertjes rapen, vlak onder het raam, in de hoop iets op te vangen van de tirade die op het koekoeksjong zou neerdalen. Anna herademde. Was het echt afgelopen met de lijfeigenschap? Zou ze niet langer overgeleverd zijn aan de grilligheid en achterdocht van een krankzinnige peertjesraapster?

Ze werd uit het huis weggeplukt zoals ze was, in haar agrarische plunje. Bij Jacobsmeyer kreeg ze een versterkend maal.

Hij gaf haar zijn zegen mee en geld voor nieuwe kleren en wuifde haar uit toen ze, voor het eerst van haar leven in een auto, het dorp aan de Lippe uitreed. Heuvel op, heuvel af, door bossen die oranje en geel opvlamden, totdat er een dorp opdoemde waarvan de huizen langs de helling omhoogkropen om zo dicht mogelijk in de buurt te komen van een overal boven uittorenende kerk en een kasteel in vakwerk, met tientallen kleine ramen en leien daken. Tegen de kerk aan leunde een clarissenklooster. Een non in een zwarte pij snelde hen door de poort met gespreide armen tegemoet.

Compressen van gekneusde smeerwortelbladeren op de blauwe plekken, zalf op de kloofjes in haar handen, eeuwenoude franciscaner rust, zorgvuldig geconserveerd binnen de dikke muren, schuimige melk in grote mokken, de belangeloze toewijding van de nonnen die als zwarte vlinders door de hoge gangen fladderden. Vanuit haar bed zag ze het slot van baron von Zitsewitz – een naam uit een sprookje, zoals de markies van Carabas. Ze was letterlijk in de schoot van de moederkerk terechtgekomen, samen met een groepje lotgenoten, uitverkoren noodgevallen. Als bij stille afspraak zwegen ze over hun verleden. Van de nonnen leerden ze vaardigheden waarmee ze later door de wereld konden: naaien, koken, kinderverzorging – zelfs serveren: speciaal voor hen was er een zaaltje waar mensen van buiten tussen de middag kwamen eten, weldoorvoede proefkonijnen (Mittagstischgäste), die zich de experimenten goed lieten smaken.

Dat er buiten de muren van het klooster nog steeds grote veranderingen werden voorbereid, drong niet tot hen door. Er was geen radio, geen krant, alleen een grammofoon met een voorraad modieuze schlagers waarop ze samen met de jongste nonnen dansten – onder de misprijzende blik van een kardinaal in paars ambtsgewaad wiens portret boven de schouw hing. Vooral van de tango 'Was machst du mit dem Knie, lieber Hans' raakte Anna buiten adem; in wilde vaart cirkelde ze over de dansvloer, haar kousen zakten af, de pij van haar partner kletste tegen haar kuiten. Het was de tophit van het klooster totdat Anna op een dag aandachtig naar de tekst luisterde en ontdekte dat Hans de tango als alibi gebruikte om zijn knie bij elke opmaat als een wig tussen de dijen van zijn partner te drijven. Ze waarschuwde zuster Clementine, die rondzweefde in de armen van een forsgebouwd weesmeisje, een verzaligde glimlach op haar lippen alsof het de armen van haar hemelse Bruidegom waren. De plaat werd opnieuw opgezet; nog nahijgend luisterde de non met gesloten ogen naar de tekst. Zachtjes wiegde ze mee met haar hoofd. Langzaam trok er een blos over haar wangen, haar mond zakte open. De laatste tonen lieten een grimmige stilte achter. Zuster Clementine liep met geheven hoofd naar de grammofoon en lichtte de plaat tussen twee gestrekte vingers van de draaischijf. Naar het voorbeeld van Hans hief ze haar knie. Zonder scrupules legde ze de plaat erop en brak hem doormidden.

Haar bezoedelde eer was gewroken, maar algauw ontdekte Anna dat er veel grotere vernederingen dreigden. Een van de Mittagstischgäste was een houtvester, een man van middelbare leeftijd over wiens kale schedel, precies in het midden, een paarsrood, gekarteld litteken liep alsof een dronken chirurg een mislukte poging tot lobotomie had ondernomen. Wanneer iemands oog erop bleef rusten verklaarde hij achteloos dat het een granaatscherf was geweest, tijdens een nachtelijke patrouille. Anna, *Im Westen nichts Neues* nog in haar achterhoofd, serveerde hem met angstvallig respect. Dat beviel hem, familiariteit zou hem beledigd hebben. Op een dag gebaarde hij haar met een autoritair knikje dichterbij te komen. Hij greep haar bij een pols. 'En...' zijn ogen glinsterden dubbelzinnig, 'hebben de nonnen hun haar al laten groeien?' 'Wat bedoelt u?' Met plaatsvervangende schaamte dacht Anna aan het gemillimeterde hoofd van zuster Clementine dat ze eenmaal had gezien, ontroerd door de kwetsbare naaktheid. 'Omdat ze binnenkort, wanneer de kloosters gesloten worden, allemaal uit hun pijen moeten,' zei hij met een vet lachje, 'dan zullen we eens zien wat ze voor benen hebben!' Haar pols werd losgelaten. Het dienblad met volle schalen trilde in haar handen; ze slaagde erin het kwijt te raken op een leeg tafeltje en rende verblind de eetzaal uit zonder zich nog om de overige gasten te bekommeren. Haar hart klopte achter haar slapen, het geklos van haar voeten resoneerde door de hoge gangen. Vinnig klopte ze op de deur van moeder-overste. Eenmaal binnen vergat ze alle beleefdheidsvormen en barstte los, buiten adem, in de vanzelfsprekende verwachting dat men de schunnige Mittagstischgast onmiddellijk aan zijn varkensoortjes achter zijn hoog opgetaste bord vandaan zou sleuren, de kloostergang door, en op de granieten stoep deponeren, waarna de klap van de dichtgeslagen deur nog dagenlang in zijn oren zou nagalmen.

'Rustig, ssscht, stil toch...!' Bezwerend hief de abdis haar handen, 'wat heeft hij nou precies gezegd?' 'Dat alle zusters uit hun pijen moeten omdat de kloosters gesloten worden,' hijgde Anna, 'hoe kan hij zoiets zeggen?' Moeder-overste liep zacht naar de deur, die Anna open had laten staan, en sloot hem behoedzaam. 'Laten we bidden,' zei ze, zich omdraaiend. 'Hoe komt hij erbij?' drong Anna koppig aan. De abdis zuchtte. 'Dat gaat ons niets aan, het is allemaal politiek. Ze hebben met z'n allen die antichrist gekozen – hij wil de kloosters en kerken sluiten, laten we bidden dat het nooit zover zal komen.' 'Antichrist?' stamelde Anna. De houtvester kreeg hoorntjes aan weerszijden van zijn litteken. Moeder-overste legde een arm om haar schouders. 'Adolf Hitler,' zei ze zacht.

Kortsluiting in Anna's hoofd. Een foto, Bernd Möller, oom Heinrich, flitsten door elkaar heen, tegenstrijdig, vijandig. De voorvechter van armen en werklozen bleek een vernietiger van kerken en kloosters te zijn. Haar oom werd alsnog in het gelijk gesteld – legitimeerde dat ook de aframmeling? Hoe had ze zich zo kunnen vergissen? Ze schaamde zich – tegelijkertijd voelde ze minachting voor de hoogmoed van deze hemelbestormer: hoe zou hij het christendom, of de kerk, die al negentien eeuwen hadden standgehouden iets aan kunnen doen? God zou persoonlijk tussenbeide komen, dat wist ze zeker. 'Laten we bidden,' zei moeder-overste daarom. Een sterk geloof, daartegen moest elke aanvaller het afleggen. De abdis ging voor het raam staan en keek naar buiten, een aura van gele lindebladeren rond haar kap. 'Wat wij hier besproken hebben,' zei ze kalm, 'blijft tussen de vier muren van mijn kamer. Praat er nooit over met anderen, je zou jezelf in moeilijkheden brengen.' Anna knikte, hoewel ze niet bang was, voor niemand.

De eerste maand van het jaar 1933 was bijna ten einde toen Anna uit een raam op de eerste verdieping keek en in de diepte, daar waar in het centrum van het dorp twee wegen elkaar kruisten, een reusachtige vlag zag hangen. Ze herkende de spinnenpoten waarvan de punten naar rechts afbogen, zodat ze voor je ogen gingen draaien als je er lang naar keek. Ze ijlde de brede, eikenhouten trappen af, oneerbiedig ratelden haar voetstappen door het trappenhuis. 'Een vlag!' riep ze, de refter binnenstormend waar twee nonnen borden op tafel zetten, met een precisie of het de schijven van een damspel waren. 'Ze hebben die vlag uitgehangen, midden in het dorp, en niemand haalt hem naar beneden!' Moeder-overste kwam op het lawaai af met een sussende uitdrukking op haar gezicht. 'Als ik een jongen was,' Anna hief haar handen, 'dan hing hij daar niet meer!' 'Maar je bent een meisje,' bracht de abdis haar in herinnering, 'gedraag je dan ook zo.' 'Maar die vlag...' sputterde Anna tegen, dwars door de muren heen in de richting van het hemeltergende ding wijzend. Moeder-overste schudde haar hoofd. 'Anna, je bent zonder maat. Er zijn voor jou twee mogelijkheden: óf je wordt iets geweldigs, óf je belandt in de goot, daartussen is niets.' 'Maar de Nazarener heeft gezegd...' stamelde ze, naar lucht happend, 'wees warm of koud, want als je lauw bent spuug ik je uit...' De abdis lachte toegeeflijk. 'Ach Anna, die vlag zouden we weg kunnen halen, maar wat hij representeert... daartegenover zijn we machteloos. Hitler is vandaag rijkskanselier geworden.'

Geërgerd rende Anna naar buiten, het woord 'machteloos' uit de mond van moeder-overste was een belediging aan het adres van de Almachtige. Met een slag viel de poort van het klooster achter haar dicht. De straat liep naar beneden, regelrecht naar het kruispunt. Onder aan de vlaggenstok kwam ze tot stilstand. Met haar hoofd in haar nek keek ze omhoog. Het was niet meer dan een lap stof. Als het ging regenen zou hij nat worden, bij wind zou hij gaan wapperen. Van het provocatieve karakter, gezien vanuit haar raam op de eerste verdieping, was niet veel over. Van dichtbij, als ding, stelde hij teleur. Ze draaide zich om ten einde het klooster eens beter te bekijken. Maar dat zonk, samen met de kerk, de kale boomkruinen, de januarigrauwheid van muren en daken, in het niet vergeleken bij de rood-wit-zwarte versiering op de torenspits van het sprookjeskasteel. Von Zitsewitz vlagde ook.

7

'Sie waren so gut zu mir...' Anna nam afscheid van de nonnen. De opleiding in het klooster was voltooid, de tuberculeuze verkoudheid genezen, ze was vijftien kilo aangekomen, op de innerlijke kwetsuren was een laagje eelt gegroeid. Dat ze uit een absoluut dieptepunt omhoog was gekrabbeld gaf haar een ongekend zelfvertrouwen. Ze ging terug naar huis, vanuit het gebergte omlaag naar de rivier. Ze zou zich niets meer laten welgevallen. Oom Heinrich – dwars door zijn terughoudendheid heen schemerde de vreugde over haar terugkeer. Tante Martha – door de geforceerde zelfbeheersing heen schemerde haar jaloezie om Anna's blozende verschijning, de frustratie omdat ze überhaupt nog leefde. Maar ze hield zich gedeisd: het oog van de wereld (de pastoor, de kinderbescherming) was voortaan op haar gericht.

Tijdens Anna's vrijwillige ballingschap was een verandering het dorp binnengeslopen. Sinds boerenzonen die een eigen paard meebrachten konden toetreden tot Hitlers elitegroep, de Reiter SA, was het imago ervan duizelingwekkend gestegen. Bovendien had hij de boerenstand opgewaardeerd tot de eerste stand in het Derde Rijk, de spil waar de samenleving om draaide: de Reichsnährstand. Oude schoolkameraden, broers en verloofdes van Anna's voormalige vriendinnen – bijna allemaal zaten ze bij de SA. Niemand zei nog: zoiets doe je niet. Alleen bij de katholieke Congregatie der Maagden, waar ze sinds haar inwijding op veertienjarige leeftijd lid van was, zaten enkele meisjes die Anna's afkeer deelden. De leidster van de congregatie, Frau Thiele, een onderwijzeres bij wie ze allemaal in de klas hadden gezeten, had in aller ijl een zanggroep, een dansgroep en een theatergroep in het leven geroepen om te voorkomen dat haar pupillen zouden overstappen naar de jeugdafdeling van de nazi's, de Bund Deutscher Mädel, die haar daarin was voorgegaan. Toch waren haar dagen als leidster geteld. Ze werd per decreet verplicht lid te worden van de nationaal-socialistische lerarenbond; een volgend decreet verbood de leden van deze bond actief te zijn in kerkelijke organisaties.

Jacobsmeyer nam Anna na de mis apart. 'Hoor eens Anna,' hij keek haar samenzweerderig aan, 'deze keer wil ik jóu iets vragen. Zou jij Frau Thiele willen vervangen, als leidster van de congregatie?' 'Ik?' Anna's stem sloeg over. 'Ik ben net achttien, die nemen mij toch niet serieus!' 'Ssscht,' suste hij, 'ik ben nog niet klaar. Tegelijkertijd meld je je met een groep betrouwbare meisjes bij de BDM.' Anna's mond viel open. Fijntjes glimlachend ontvouwde hij zijn plan. Infiltreren in de meisjesafdeling van de Hitler-Jugend, aan hem verslag uitbrengen van alles wat zich daar afspeelde en ten slotte, met Gods hulp, de plaatselijke afdeling van binnen uithollen. 'Je kunt het Anna, ik ken je al zo lang.' Anna staarde hem verbluft aan. Deze afgezant van God, zo vertrouwd en dierbaar in het naar wierook geurende gewaad waarin hij net nog de mis had opgedragen, deinsde nergens voor terug! Dat hij haar voor deze missie had uitgekozen vervulde haar met trots. Eindelijk kon ze iets doen, in plaats van te blijven hangen in het fatalisme dat moeder-overste gepredikt had. 'Doe je het of doe je het niet?' vroeg Jacobsmeyer.

De ene zondag zongen en dansten ze voor de katholieke kerk, de andere voor de Hitler-Jugend – in een donkerblauwe rok met witte bloes en bruin vest, de halsdoek door een ringvormig riempje van gevlochten leren veters. Jacobsmeyer kwam ruimschoots aan zijn trekken. Ze kregen politieke scholing en leerden persberichten schrijven. Anna werd geprezen om haar vaardigheid met de pen. Oom Heinrich, door Jacobsmeyer ingewijd, keek de andere kant op. Op een zonnige dag in april kwam de hoofdonderwijzer, die zich Anna nog als uitzonderlijke leerling herinnerde, op de fiets naar de boerderij.

'Ik heb iets voor je meegebracht,' hij diepte een dun boekje uit zijn aktetas op, 'zou je dit vanbuiten willen leren? Er wordt namelijk een groot feest georganiseerd, op de eerste mei, met een toneelvoorstelling.' Anna veegde haar bemodderde handen af aan haar schort en bladerde het vluchtig door. Oom Heinrich kwam wantrouwend aanlopen. 'De Kreisleiter zoekt een Germania...' nerveus plukte de onderwijzer aan de klep van zijn tas, 'ze moet stevig gebouwd zijn en blond.' 'Waarom uitgerekend onze Anna,' zei oom Heinrich, 'er zijn wel meer blonde meisjes in het dorp.' 'Omdat ze de enige is die fatsoenlijk Duits spreekt en een gedicht kan reciteren.' 'Ja dat kan ze,' bromde oom Heinrich, 'maar hoort u eens... Germania! Dat gaat echt te ver.' 'We hebben niemand anders,' klaagde de onderwijzer. 'Ik ben in dienst van de staat, ik heb een gezin, ik moet zorgen dat het in orde komt.'

De hele maand werd er geoefend. Tijdens de generale repetitie droeg Anna een barokke pruik met lange blonde krullen. In volle ernst moest ze de meest drakerige verzen voordragen die ooit uit een Duitse pen waren gevloeid. Aan haar voeten lag een soldaat uit de oorlog met een bebloed verband om zijn hoofd, dat tot achter in de zaal te zien moest zijn. Anna richtte zich tot een denkbeeldige horizon: 'Ich sehe rings die Not in Deutschen Gauen, kein Hoffnungsstrahl, kein Sonnenlicht... die arme traurige Germania, da waren alle Söhne tot... das Volk liegt da nieder...' Het enige acteertalent dat van de soldaat verlangd werd was op overtuigende wijze dood te zijn, maar de slagader in zijn hals onttrok zich aan de regie en pulseerde zo hevig dat Anna halverwege de elegie in lachen uitbarstte. Schuddend over haar hele lichaam – de krullen deinden subversief mee – strompelde Germania het toneel af, haar hand voor haar mond, alsof ze ieder ogenblik kon gaan overgeven. 'Wat krijgen we nu,' schreeuwde de regisseur, tot het uiterste gespannen omdat falen verboden was. 'Ik kan niet meer,' hikte Anna tussen de coulissen vandaan, 'als ik daarbij ernstig moet blijven! In Godsnaam, wikkel ook zijn hals in 't verband...'

Maar op de eerste mei viel Germania geen moment uit haar rol. Ze speelde met zoveel overgave dat ze niet alleen het publiek, maar ook zichzelf overtuigde. Na afloop opende de Kreisleiter het bal. Zonder haar de kans te geven zich te verkleden vroeg hij haar met een gebiedende hoofdknik ten dans. Haar kin op zijn epaulet walsten ze over de lege dansvloer, het godinnengewaad bolde op, de krullen beschreven een cirkel rond haar hoofd. Om hen heen keken jongens in uniform en meisjes met bloemenkransen in het haar vol bewondering toe: de Kreisleiter danste met haar! Ze was het vleesgeworden symbool van iets waar ze allemaal in geloofden, niet vermoedend dat het symbool in kwestie zichzelf had binnengesmokkeld vanuit een vijandig kamp. De triomf steeg haar naar het hoofd. De Kreisleiter hield haar stevig vast, alsof hij zich voortaan daadkrachtig over het lot van de treurende Germania ging ontfermen. Anna voelde de verleiding zich eraan over te geven, zich met de ogen dicht te laten sturen en met volle teugen te genieten van haar nieuwe status. De oude, die van de arme mishandelde wees, was nu wel hopeloos achterhaald. Na het feest zweefde ze op een roze wolk met gouden randjes naar huis. Oom Heinrich schoot met zijn scepsis de wolk aan flarden. 'Zo spannen ze jonge mensen voor hun karretje,' zei hij vol minachting, 'de verleiders. Nu zie je zelf hoe ze het doen.'

De districtsafdeling van de BDM zond een jonge vrouw met kunstig opgestoken haar naar het dorp om ochtendgymnastiek te introduceren bij de plaatselijke afdeling. Voor dag en dauw moesten ze voortaan op het plein bij de kerk bijeenkomen, kondigde ze aan, niet om de dag met Onze Lieve Heer te beginnen maar met het hijsen van de vlag, het zingen van de nationaalhymne en het Horst Wessellied. Daarna zouden ze ochtendgymnastiek doen om een gezond en lenig lichaam te krijgen: door de knieën, armen omhoog, achterover, opdrukken, rondzwaaien. Met een hoog, stads stemmetje stond ze te oreren. De welwillende boerendochters sloegen haar zwijgend en vol innerlijk verzet gade. Hoe moesten ze al deze rituelen combineren met het werk op de boerderij dat al begon als het nog donker was? Anna's ogen werden steeds smaller. Toen de vrouw was uitgesproken stapte ze uit de kring naar voren. 'Ik nodig u uit,' zei ze, 'om 's morgen om vijf uur bij mij op de boerderij te beginnen met gymnastiek. U kunt water pompen, de kippen voeren en vijftig varkens, de kalfjes te drinken geven, en tussen het melken door kunt u uw armen hoog strekken en door uw knieën zakken met de dieren gezellig naast u.' De kring barstte uit in opgelucht gelach. De leidster lachte geschrokken mee; ze verschikte iets aan haar kapsel en verdween ijlings. Jacobsmeyer, zo nabij en toch onzichtbaar, boekte zijn eerste succes. Van ochtendgymnastiek werd niet meer gerept.

In het najaar riep Hitler de boeren bijeen op de Bückeberg bij Hamelen om het oogstdankfeest te vieren. Oom Heinrich, nieuwsgierig ondanks zichzelf, ging erheen. Na zijn terugkeer verviel hij een week lang in grimmig stilzwijgen. Vertrouwenspersonen waren schaars geworden in het dorp, de enige bij wie hij ten slotte verslag kon uitbrengen was Anna. Miljoenen boeren uit het hele land waren die dag toegestroomd, vertelde hij. In Neder-Saksen, het oer-Duitse Germanenland vol heilige eiken waartussen de geest van Widukind ronddwaalde, stonden ze met z'n allen te wachten aan weerszijden van de weg waar de opmars zou plaatsvinden. Oom Heinrich stond ertussen. Hij had *Mein Kampf* gelezen, hij wist dat de schrijver de inhoud woord voor woord in praktijk wilde brengen, hij wist wie hier langs kwam paraderen. Maar wat er gebeurde overtrof zijn stoutste verwachtingen. De verschijning van de Führer, van begin tot eind perfect geregisseerd door zorgvuldig geselecteerde kunstenaars, overtrof die van Nero, Augustus en Caesar samen. De menigte begon te juichen, liederen golfden door de gelederen, een uitzinnige geestdrift beving de massa, rood-wit-zwarte banieren wapperden tegen een paarse hemel. Een unanieme aanbidding ging uit naar die ene, magische figuur, in wiens handen het lot van de hele natie lag. Oom Heinrich vocht tegen de zuigende aantrekkingskracht, alsof hij in een draaikolk in de Lippe terecht was gekomen. Snakkend naar adem wrong hij zich los uit het gigantische, deinende, schreeuwende lichaam en vluchtte weg. 'Ze zullen hem blindelings volgen,' voorspelde hij, 'deze Rattenvanger van Hamelen. Tot in de afgrond.'

De heerszucht van de rattenvanger was overal voelbaar, zelfs de aartsbisschop van Paderborn bleef er niet van verschoond. Hij bereidde een Mariabedevaart voor, op een zondag; prompt organiseerde de BDM op diezelfde zondag een bijeenkomst. 'Goed,' zei de bisschop, 'dan stellen we de bedevaart uit tot volgende week zondag.' De BDM volgde zijn voorbeeld. De bisschop liet het hoofd niet hangen en stelde het evenement opnieuw uit, weer op de voet gevolgd door de BDM. Ten slotte werd de bedevaart voor onbepaalde tijd afgelast. Anna's geduld was op. 'Waarom doen jullie dat?' vroeg ze bij de eerstvolgende gelegenheid 'dat saboteren van de bedevaart?' 'Wat bedoel je,' de leidster van de BDM keek haar onnozel aan, 'wij doen niets.' Anna zei scherp: 'Wij zijn katholiek, we willen daar graag naartoe.' De anderen knikten instemmend. De leidster haalde haar schouders op. 'Ik weet nergens van.' 'U liegt! Jullie hebben de bisschop van Paderborn met opzet dwarsgezeten. Jullie zijn een achterbaks stelletje. Ik doe daar niet aan mee. Ik ben in de eerste plaats katholiek, en dan pas lid van de BDM.' De gespeelde onschuld van de leidster bracht Anna tot razernij. 'Jullie liegen!' Ze schoof haar stoel naar achteren – de poten schuurden over de vloer – en liep tot voor de vrouw, die haar onzekerheid verborg achter een schaapachtige glimlach. 'Met iemand die liegt wil ik niets te maken hebben,' riep Anna, 'tot ziens.' Zonder de Hitlergroet te brengen ging ze ervandoor, de deur viel met een knal achter haar dicht. Onmiddellijk werden alle stoelen achteruitgeschoven, de voltallige plaatselijke afdeling van de BDM stond op en verliet het zaaltje, de leidster in haar eentje, haar handen vol verbazing geheven, achterlatend. De opdracht van Jacobsmeyer was vervuld, in dit dorp had de BDM zichzelf opgeheven.

Anna maakte juist de varkensstal schoon, stro op de uitwerpselen, mest eruit, toen een grote zwarte Mercedes het erf op draaide, een vaantje met hakenkruis op de voorplecht. Wie zullen we daar hebben, dacht ze, nieuwsgierig het erf op lopend. Er stapte een forse vrouw uit, in een uniform dat rijkelijk gedecoreerd was met ordetekens. Een hele hoge, zag Anna, een Gauführerin. De chauffeur bleef in de auto zitten en keek glazig voor zich uit. Na een superieure blik op de boerenbedoening stak de vrouw, Anna over het hoofd ziend, haar arm uit in de richting van oom Heinrich. 'Heil Hitler, ik zoek Anna Bamberg.' Oom Heinrich bekeek haar met vermoeid wantrouwen en zweeg. Kortaangeboden, alsof ze per ongeluk een doofstomme had aangesproken, wendde ze zich tot Anna. 'Heil Hitler, ben jij Anna Bamberg?' 'Ja.' Vanuit de hoogte werd Anna's gestalte van top tot teen geïnventariseerd – haar besmeurde schort, haar verveloze klompen. 'Ben jij degene die uitblonk in het schrijven van persberichten?' vroeg ze vol scepsis. 'Ja,' Anna veegde haar neus af aan haar mouw, 'dacht u soms dat ik niet kan lezen of schrijven omdat ik de varkensstal uitmest?' De vrouw negeerde haar opmerking. Het was bijna aandoenlijk zoals haar lichaam in het uniform zat geperst – de spanning van het in het nauw gebrachte vlees verplaatste zich naar haar verstrakte, beheerste gezicht. Ze was gekomen om Anna tot de orde te roepen, Anna kon de BDM toch niet zomaar kapotmaken? 'Zomaar?' zei Anna. 'Jullie liegen, noemt u dat zomaar. Ik wil er niets meer mee te maken hebben, laat me met rust, ik heb werk te doen.' Ze draaide zich om, tilde haar mestkar op en riep over haar schouder: 'De Reichsnährstand is de eerste stand in het Derde Rijk.' Achter zich hoorde ze het portier van de Mercedes vinnig dichtslaan.

'Ça vous a plu?' vroeg de serveerster, zich glimlachend naar hen toe buigend.

'Non, non, je ne veux plus,' zei Lotte haastig.

Anna begon te lachen. 'Ze vraagt of je het lekker vond.'

Ja, natuurlijk vond Lotte het lekker. Ze bloosde. Wat had ze in 's hemelsnaam gegeten? Geabsorbeerd door Anna's relaas had ze automatisch gekauwd, geslikt. Het vijandbeeld dat ze jaren had gekoesterd kwam meer en meer op de helling te staan. Alles lag overhoop – de alcohol was nog niet uitgewerkt, de overvloedige maaltijd eiste haar tol, onaantastbare zekerheden verbrokkelden. Twee paar ogen keken haar afwachtend aan – wat voor dessert wilde ze? Er werd een rij toetjes afgeraffeld, ze verstond geen woord Frans meer. Koffie, ze wilde alleen koffie.

'Zo zie je,' onvermoeibaar vatte Anna de draad weer op, 'hoe Hitler bij ons in het dorp furore maakte. Ik zal je nog wat vertellen. Een paar jaar geleden kwam ik tijdens een uitstapje toevallig op de Wewelsburg terecht, je weet wel, waar we vroeger met boerenkarren gingen picknicken. In de oorlog koos Himmler deze burcht uit om er het cultuurcentrum van het Derde Rijk te vestigen. Hij liet een toren bouwen van gigantische afmetingen, van diabolische schoonheid, een symbool van macht. Dat konden ze, de nazi's. Meer dan vierhonderd mensen zijn omgekomen bij de bouw van dit monument. Het kerkhof waar ze begraven zijn is later verdonkeremaand. De ironie is dat de mensen er nu, uit alle delen van de wereld, naar toe stromen – iedereen raakt bevangen door de schoonheid. Himmlers opzet werkt nog steeds, dat is het griezelige. Ze zouden die toren knalrood moeten verven, ze zouden de lijdensweg van de joden erop moeten schilderen!'

Lotte keek verschrikt om zich heen. Naarmate Anna zich meer opwond werd ze luidruchtiger. De laatste zinnen schalden provocatief door de bezadigde, zalmroze ruimte. Met haar handen beduidde ze Anna het volume wat te temperen.

Die begreep de wenk. 'Nou ja,' vervolgde ze rustiger, 'sinds de politieke verhoudingen veranderd zijn hebben ze er een klein oorlogsmuseum ingericht. Ik liep daar wat rond, er hing van alles aan de muur. Ineens ontdekte ik twee kiesbriefjes uit ons dorp, keurig ingelijst. Een van 30 januari, toen Hitler de macht greep, en een van maart in hetzelfde jaar, ter gelegenheid van een grondwetswijziging die hem machtigde besluiten te nemen buiten het parlement om. Mijn hart stond stil. Oom Heinrich, die dacht dat er in dat stadium alleen een paar zotten in het dorp waren met nationaal-socialistische sympathieën, bleek zich lelijk te hebben vergist. Uit de briefjes kwam naar voren dat op 30 januari al een kwart van onze dorpsgenoten op Hitler stemde, twee maanden later was het al twee derde deel. De boeren, de bakker en de kruidenier, de kaartvrienden van oom Heinrich – ineens kwamen ze in een ander licht te staan. Ik was geschokt, na al die jaren. Al die tijd was het latent aanwezig, maar hij wist het niet.'

Ze legde haar hand op die van Lotte en keek haar bezorgd aan. 'Soms ben ik bang dat het zich herhaalt. Dat belachelijke "Eén-vaderlandgeschreeuw" bij de eenwording, het toenemende nationalisme. Ik had nooit gedacht dat de mensen nog ontvankelijk zouden zijn voor die idioterie, in een Europa waar je in een uur van Keulen naar Parijs vliegt, in een paar uur naar Rome. Het spijt me, ik wil geen Cassandra zijn maar...'

'Bij ons is het anders,' onderbrak Lotte haar.

'De Hollanders... ja... die Pfeffersäcke!' Anna veerde op. 'Jullie staan anders tegenover buitenlanders omdat jullie al heel vroeg wereldhandel bedreven. Maar de Duitsers – heb je er wel eens over nagedacht wat voor volk wij zijn? De gewone man was nooit iets, bezat nooit iets. Hij had geen enkele mogelijkheid op een fatsoenlijk bestaan. En als hij bij toeval eens een keer iets had, dan kwam er een oorlog en was hij alles weer kwijt. Zo ging dat, eeuwenlang.'

'Maar hoe kwamen de Pruisen dan aan hun trots?' Lotte spande zich in om, dwars door de vermoeidheid heen, alert te blijven.

'Als je niks hebt en niemand bent heb je iets anders nodig om trots op te zijn. Daar heeft Hitler slim op ingespeeld. De kleine man kreeg een functie, een rang, een titel: blokwacht, groepsleider, gouwleider. Zo konden ze commanderen, konden ze hun geldingsdrang kwijt.'

De koffie werd gebracht. Lotte herademde. Gretig bracht ze het kopje naar haar mond. Anna sloeg haar met een scheef lachje gade. 'Die Hollanders met hun kopje koffie. Sinds ze de eerste koffieboon uit de koloniën hebben verscheept hangt hun ziel en zaligheid ervan af.'

Lotte antwoordde met een tegenaanval. 'Heb je nooit meer een greintje sympathie voor Hitler gehad?'

'Sympathie? Meine Liebe! Ik vond hem weerzinwekkend. Die generaalsstem: "Vórrr Vierrrzehn Jáhrrren! Die Schande von Verrrsáilles!" Ik voelde niets voor hem. Ik was een braaf kind van de katholieke kerk en geloofde wat de pastoor tegen me zei omdat hij aardig voor me was. Heel eenvoudig. Toch hebben veel brave katholieken zich uiteindelijk laten verleiden. Goebbels, die zelf was opgeleid bij de jezuïeten, heeft de traditionele katholieke waarden die diep in de mensen verankerd zaten geraffineerd opgenomen in de nazi-propaganda. Daarin werd de zuiverheid, de reinheid, van het Duitse volk verheerlijkt. Met seks liet de Duitse man zich niet in, behalve als hij een vrouw had uitverkoren: een echte Duitse natuurlijk, die niet rookte, niet dronk, zich niet opmaakte en geen buitenechtelijke kinderen kreeg. Ze trouwden en kregen twaalf kinderen die ze aan de Führer schonken. Die idealen werden er in gehamerd.'

Lotte zuchtte, starend in haar lege kopje.

'Waarom zucht je,' vroeg Anna.

'Het is even te veel voor me, Anna.'

Anna opende haar mond en sloot hem weer. Ze besefte dat ze het liefst zelf aan het woord was, dat ze alles, alles wilde uitleggen, eindeloos verantwoording afleggen. Wat de Hollanders tijdens de oorlog hadden meegemaakt wist ze wel, globaal. Over de lotgevallen van de bevolking in de door hen bezette gebieden waren de Duitsers inmiddels tot in den treure geïnformeerd. Maar over wat hunzélf was aangedaan gedurende twaalf jaar tirannie werden ze geacht te zwijgen: wat had de agressor voor reden om zich te beklagen, hij had het toch zelf gewild?

Ze vermande zich. 'Als ik te veel doordraaf moet je me een halt toeroepen, Lotte. Dat deed vader ook, vroeger, weet je nog? Hij stak zijn vingers in zijn oren en riep: "Ruhe, Anna. Bitte sei ruhig!"'

Lotte herinnerde zich er niets van. Telkens als ze zich haar oorspronkelijke vader voor de geest probeerde te halen schoof, juist vanwege de uiterlijke gelijkenis, het raster van haar Hollandse vader eroverheen – dominant, onuitwisbaar. De koffie begon te werken, ze leefde weer op. Anna moest maar eens even haar gemak houden. Genoeg politiek, nu was het haar beurt.

8

Ze zaten op het aangeharkte grind, de geur van een donkerrode klimroos verdiepte zich in de zomeravondwarmte. Lotte staarde naar de steeds zwarter wordende bosrand; haar moeder deinde zachtjes mee op de maat van het *Vioolconcert in g* van Bruch dat, zonder aan kracht in te boeten, door het open raam naar buiten kwam. Tegenover hen zaten twee muziekliefhebbers die de geluidsweergave kwamen bewonderen. Sammy Goldschmidt, fluitist in het Radio Philharmonisch Orkest, luisterde met gesloten ogen – Ernst Goudriaan, een leerling in de vioolbouw uit Utrecht, liet zijn kin op zijn vingertoppen rusten. De gastheer zelf, onzichtbaar, bediende als een operator achter de schermen zijn apparatuur. Na afloop van het concert kwam hij naar buiten om zichzelf bij te schenken en met charmante bescheidenheid hun loftuitingen af te wimpelen. Op hetzelfde moment begon in het bos, dat nu van een ondoordringbare massaliteit was, een nachtegaal te zingen.

'Die wil wedijveren met Bruch,' opperde Ernst Goudriaan. Verrast luisterden ze naar de mysterieuze solozang – een heldere nachtelijke jubel, niet bedoeld voor een denkbeeldig publiek maar louter voor het eigen genot. Lottes vader, gefrappeerd door de plaat die in het diepst van het bos werd gedraaid op een volmaakte installatie, zat op het puntje van zijn stoel, sloeg twee glaasjes ouwe klare achterover en schudde zijn hoofd: zeldzaam, wat een geluid! De volgende avond sloop hij als een dief door het bos, zeulend met zijn opnameapparatuur, strategische stellingen betrekkend, maar de nachtegaal gelastte de voorstelling af. Veel geduld was hier geboden. Avond aan avond joeg hij met koppig doorzettingsvermogen op zijn stem, totdat het wonder zich op een nacht vlak boven zijn hoofd herhaalde en hij hem voor eeuwig op een lakplaat kon vastleggen. Met deze jachttrofee ging hij naar de omroep. 'Wij hebben een verrassing voor de luisteraar': de uitzending werd onderbroken om de nachtegaal, bijna live, de ether in te zenden.

Waarom neemt hij mijn stem niet op, dacht Lotte. Zo nauwgezet als haar moeder haar prestaties volgde – wanneer het koor ergens optrad liet ze nooit verstek gaan, tussen duizend vreemde hoofden was ze onmiddellijk herkenbaar aan de eekhoorntjesgloed in haar wrong – zo verstrooid deed hij als ze voor de radio zong. Hij begon dan, tot grote ergernis van iedereen, afwezig aan de knoppen te draaien alsof er iets aan de weergave haperde. Kon hij het niet uitstaan dat hij niet de enige van de familie was die muziek in huis bracht? Of was het omdat ze die muzikaliteit niet van hem had geërfd? In de vorm van een onduidelijk verlangen werd haar eigen vader soms vaag zichtbaar, alsof ze door een beslagen ruit naar hem keek. Ze zou de condens van de ruit willen vegen om hem te zien zoals hij was geweest, de cocon van stilte stukslaan om zijn stem te horen zoals die had geklonken. Al die jaren had hij in haar gesluimerd – nu drong zijn absolute afwezigheid tot haar door, een negativum, een volstrekt niets. Met Anna was het anders. Lotte herinnerde zich haar voornamelijk in een drukke opeenvolging van bewegingen, snelle voeten op een stenen vloer, open neergespring, een krachtige stem, een mollig lichaam dat zich in het midden van een reusachtig matras precies naar haar eigen lichaam voegde. Anna. Een illegale gedachte, een heimelijk gevoel. Niet alleen een grens scheidde haar van Anna, niet alleen de afstand, maar vooral de tijd die intussen verstreken was en ondoorzichtige familieverhoudingen.

Maar Anna leefde. Al was het maar via Bram Frinkel, acht jaar oud, halverwege het schooljaar uit Berlijn naar Nederland gekomen. Koen nam hem na schooltijd mee naar huis – voetbal stoorde zich niet aan taalbarrières. Lotte raakte met hem aan de praat in zijn eigen taal; de woorden dienden zich vanzelf aan alsof ze nooit in onbruik waren geraakt. Ze was voor hem een enclave van zijn geboorteland – en hij voor haar. Luchtig vertelde hij waarom zijn ouders het verlaten hadden: in Duitsland was geen plaats meer voor joden. Zijn vader, die violist was, kon in Nederland zo aan de slag. Lotte leerde hem 'een scheve schaats rijden' te zeggen; hij trok grimassen om de onmogelijke g-klank en de bescheten ij. Koen reageerde met verbazing en wantrouwen op het vloeiende Duits van zijn zuster. Tijdens haar onderonsje met Bram schopte hij enkele meters verder eenzaam en beledigd tegen de bal.

Er gebeurde iets wat niemand ooit voor mogelijk had gehouden: Lottes moeder, de stralende, de onverwoestbare, kreeg een aandoening die niet met een geruststellende diagnose als griep of verkoudheid kon worden afgedaan. Het eerste symptoom was dat ze haar man uit de slaapkamer joeg. Sindsdien sliep hij in zijn werkplaats op een geïmproviseerd bed, in een geur van soldeer en kortsluiting, en bewoog zich overdag door het huis met een grimmigheid waar zijn slechtste humeur uit het verleden bij verbleekte. Vanuit haar bed bij het driedelig boograam met uitzicht op de rododendrons, het weiland, de sloot en de bosrand, hoorden de kinderen dwars door het plafond heen een vloed van woedende aantijgingen aan het adres van hun vader. De huisarts liep met gebogen hoofd de trap op en af. Het leek of zelfs hij dreigde te bezwijken onder de krachten die op de eerste verdieping op hem werden losgelaten. Verslagen op de eettafel leunend speculeerden haar dochters over de aard van de vreemde ziekte, niet bevroedend dat ze er pas jaren later, toen alle taboes langzamerhand waren opgeheven, achter zouden komen wat hun moeder bezielde.

De ziekte was begonnen met argwaan jegens haar man, die steeds later thuiskwam van zijn uitstapjes naar Amsterdam. Op een avond was ze hem met een vriendin gevolgd – zwaar geschminkt, gekleed in een mondaine jas met opstaande kraag en een Pola-Negri-hoed. In plat Amsterdams spraken ze hem aan, met verdraaide stem. Hij herkende hen niet onder de straatlantaarn, in de schaduw van hun hoeden. Toen hij als een routinier op hun avances dreigde in te gaan, waren ze er strak gearmd en geshockeerd vandoor gegaan en hadden hem verbouwereerd laten staan waar hij stond. De volgende fase van de ziekte was door hem uit de hoofdstad meegebracht naar huis en op haar overgedragen. Dit was het meest grijpbare symptoom, dat door de huisarts met injectienaalden kon worden bestreden. Daarna verviel ze in een toestand van grote somberheid, die werd gevolgd door erupties van woede – achteraf gezien de fase die aan de genezing voorafging, een genezing die ze zelf op onorthodoxe manier ter hand zou nemen.

Van al die dingen hadden haar dochters geen flauw benul toen ze nog als onnozele ganzen rond de eettafel beraadslaagden. Ze waren toegerust met een minimum aan seksuele voorlichting, dat zich liet samenvatten in het luchtige motto van hun moeder: de natuur moet haar gang gaan. Maar die natuur, die haar na elke ruzie weer in de armen van de grote dwarsligger dreef, wekte hun grondig wantrouwen. De gedachte je hele leven vast te zitten aan een man als hun vader was zo'n voor honderd procent veilig voorbehoedmiddel dat geen van hen 'had ever been kissed'. Zelfs Mies niet, met haar nauwsluitende mantelpakjes en haar brede, gulzige mond. Het verwarrende was dat hun moeder tegelijkertijd, op een onbewust niveau, tegen dit door de natuur opgelegde lot leek te rebelleren door haar dochters sociaal bewogen literatuur te laten lezen – over radeloze dienstmeisjes die zwanger raakten van de heer des huizes; over moeders van twaalf kinderen in vochtige souterrains die zich elke avond opnieuw moesten verweren tegen de losse handen van hun dronken wederhelft; over zwarte slavinnen, misbruikt door wie hen voor enkele zilverlingen had gekocht. Vrouwen van Emile Zola, Dostojevski, Harriet Beecher Stowe. Als dat het 'volle leven' was waarin de natuur haar gang ging, deden haar dochters, zoals ze daar rond de tafel zaten, nog even niet mee. Dus bogen ze timide het hoofd tijdens de woedeuitbarstingen die van boven kwamen – als onweer, daar stonden ze ook machteloos tegenover.

Ineens werd het stil boven. Zonder zich nader te verklaren stond hun moeder op, kleedde zich met zorg aan en verliet zwijgend het huis met een afwezige uitdrukking op haar gezicht. Ze werd verbluft nagestaard door haar dochters, die haar in de bekende, kaarsrechte houding op haar Gazelle in de motregen zagen verdwijnen. In de namiddag werd er een schilderij van anderhalve meter bezorgd, een impressionistische weergave van het waterland waar hun moeder een zwak voor had: zware, dreigende wolken in een zilverkleurige hemel, weerspiegeld in een rimpelloos, door riet en scheefgezakte wilgen omzoomd meer. Kort daarop kwam degene die het bij een veelbelovende schilder had gekocht en daar financieel voor zou moeten bloeden thuis – volledig genezen, een kleur op haar wangen van wraaklust. Het kreeg een vooraanstaande plaats in de huiskamer, boven de geluidsinstallatie van haar man, er in stilte mee concurrerend. Die zou, in veiliger tijden, vanwege de buitensporige aanschaf zeker een oorlog hebben ontketend – nu greep hij met slecht gespeeld enthousiasme zijn kans om de onverwachte genezing te bestendigen. Een klein jaar later werd uit de herstelde vrede een nakomertje geboren: Bart.

Voor de ondoorgrondelijkheid van al die gemoedsaandoeningen zocht Lotte compensatie in de muziek. Daarin zat structuur: de manier waarop de noten gerangschikt waren, gedragen door de maat, elk hun functie vervullend in het grote geheel, de geest prikkelend in geraffineerd samenspel. Na het eindexamen legde ze zich met verdubbelde ijver toe op de zangstudie en lessen in harmonieleer. Een vervelende bijkomstigheid was dat haar piano in dezelfde kamer stond als de grammofoon. Een symbolische opstelling: terwijl ze oefende kwam haar vader binnen en zette in alle onschuld een grammofoonplaat op, of pakte een boek uit de kast, haar tot stilte manend omdat hij zich wilde concentreren. Verlamd zat ze achter de piano, koud zweet liep over haar rug. Ze kon, samen met hem in één vertrek, niet meer ademen – hij verbruikte alle zuurstof. Met gesloten ogen onderging ze zijn machtsvertoon. Op haar oogleden projecteerde zich een arcadische wereld waarin de hele familie, begeleid door nachtegalengezang, in stemmig zwart achter zijn kist liep.

Op de dag dat haar jongste zusje vier jaar werd, zag het ernaar uit dat haar droombeeld zich in werkelijkheid omzette. Haar vader zou 's middags, van zijn werk op weg naar huis, een bestelling ophalen bij de banketbakker. Omdat zijn Harley in de reparatie was vroeg hij een collega, die een even geestdriftig motorrijder was als hij, hem thuis te brengen. Met een taartdoos in zijn rechter- en een zak roomboterkoekjes in zijn linkerhand verliet hij de bakkerij. Voorzichtig schoof hij bij zijn collega achterop. Vanwege het gebak naderde die in slakkengang het kruispunt dat ze moesten oversteken. Van links kwam in volle vaart, diep over het stuur gebogen, een bromfietser aanrijden die zich pas realiseerde dat hij voorrang had moeten verlenen toen Lottes vader in een vreemde kronkel op de grond lag, roerloos, zijn hoofd op de rand van het trottoir tussen een zak verkruimelde koekjes en een ingedeukte taartdoos. Uit zijn mondhoek liep een straaltje bloed.

In de ambulance kwam hij bij zijn positieven. 'Waar brengt u me naartoe?' informeerde hij achterdochtig. 'Naar het ziekenhuis.' 'Nee, nee,' protesteerde hij, zich oprichtend, 'ik wil dat u me naar huis brengt, er is geen betere verpleegster dan mijn eigen vrouw.' Zijn wens werd gerespecteerd. Op een brancard werd hij naar binnen gedragen. 'Pas op uw hoofd,' waarschuwde hij bij een knik in de trap, 'het is hier erg laag.' Zijn vrouw opende met trillende hand de deur van de slaapkamer. Terwijl beneden de huisarts aanbelde, legden ze hem behoedzaam in bed. Hij bedankte hen beleefd bij hun vertrek, maar toen de dokter hem onderzocht en vroeg onder welke omstandigheden het ongeluk had plaatsgevonden, mompelde hij verbaasd: 'Een ongeluk? Is er een ongeluk gebeurd?' 'U hebt een ongeluk gehad,' zei de dokter plechtstatig, 'ze hebben u zo-even thuisgebracht.' 'Wie? Mij?' Moeizaam fronste hij zijn wenkbrauwen. 'Waar is mijn vrouw?' 'Die staat hier naast me.'

Terwijl beneden de kinderen onder bonte slingers gespannen afwachtten en midden op tafel het glazen gebakstel demonstratief leeg bleef, diagnostiseerde de dokter aarzelend een zware hersenschudding en gebroken ribben. Voor de zekerheid liet hij een specialist komen. Die bracht met zijn koele constatering dat er sprake was van een ernstige schedelbasisfractuur een dreiging in huis die alle tekenen van leven een halfjaar lang zou verstikken. 'Afwachten,' zei hij, 'we kunnen niet anders dan afwachten.' Marie en Jet rukten de slingers naar beneden, in de stilzwijgende overtuiging dat iedere minuut dat ze nog bleven hangen in het nadeel van hun vader zou werken. In een hoek van de onttakelde kamer plukte Eefje lusteloos aan haar nieuwe pop.

Hun vader moest plat blijven liggen. Grauw, bewegingloos, met gesloten ogen lag hij in de verduisterde, naar ontsmettingsmiddelen en eau de cologne geurende kamer – alsof hij al lag opgebaard. Weliswaar was hij niet dood, maar leven was dit ook niet. Dag en nacht bevochtigde zijn vrouw zijn voorhoofd, slapen en polsen met een nat washandje en manoeuvreerde ze een theelepeltje lauw water tussen zijn gebarsten lippen. Zijn adem raspte langs zijn gebroken ribben, af en toe kreunde hij vanuit het sombere niemandsland waar hij op de zilveren vleugels van morfine naartoe was gezweefd. De jongste kinderen werden bij een zuster van hun moeder ondergebracht: absolute stilte was een voorwaarde voor zijn genezing. In huis werden alle handelingen met fluwelen vingers verricht – ze slopen, ze fluisterden, ze schrokken van het geluid van hun eigen adem. Door deze radicale afwezigheid van geluid, en het nadrukkelijk zwijgen van Beethoven en Bach, van sopranen en baritons, alten en bassen, leek het of ze met z'n allen ongewild de dood al in huis haalden door een atmosfeer te scheppen waarin hij goed kon gedijen. Ze hoorden hem ritselen achter gesloten deuren.

Wanneer het Lottes beurt was om de wacht over te nemen en ze naar de stoppelbaard keek die als een schimmel zijn ingevallen wangen bedekte, bekroop haar de angst dat het de kracht van haar voorstellingsvermogen was geweest waardoor hij in deze toestand was beland. Ze had spijt van de wraakzuchtige fantasieën die hij bij haar had opgeroepen. Had er in zijn gedrag wel boze opzet gescholen, of was het zijn gewone, vertrouwde egoïsme geweest? Vurig hoopte ze dat hij het zou overleven, anders zou ze voortaan een strenge censuur moeten uitoefenen op haar gedachten. Dwars door haar schuldbesef heen schemerde bovendien het beeld van haar eigen vader zoals hij, omringd door familieleden, op de dood had liggen wachten. Al die jaren had ze het met succes weggemoffeld, maar door de opvallende gelijkenis kwam het weer naar boven, samen met het vervreemdende, beangstigende gevoel dat het had veroorzaakt. Zo werd het waken een regelmatig terugkerende vorm van zelfkwelling, omdat iedere keer dit hele scala van gevoelens erdoor werd opgeroepen.

Na enkele uren werd ze alweer afgelost door haar moeder, die de rest van het etmaal als een sfinx de wacht hield. Soms boog ze zich over hem heen om met haar oor aan zijn mond te controleren of hij nog ademde. 'Je zult me niet ontglippen,' fluisterde ze, 'ouwe rakker van me.' Ze verwaarloosde zichzelf niet. Regelmatig trok ze een andere japon aan opdat hij, de paar keer dat hij zijn ogen opendeed, een aantrekkelijke vrouw naast zijn bed aantrof. Door een kier tussen de gordijnen zag ze de zon op- en ondergaan, ze zag de nevel boven het weiland, ze hoorde het gekoer van de houtduiven. 's Nachts zag ze de sterren; ze kon geen licht maken om een boek te lezen – misschien was dat wel haar grootste offer.

Toch kon ze met haar hardnekkige aanwezigheid niet voorkomen dat hij na drie weken een dubbele longontsteking kreeg, in combinatie met natte pleuris. De huisarts was een slecht toneelspeler: het kostte hem zichtbaar moeite te verbergen dat het ieder ogenblik afgelopen kon zijn. Hij arrangeerde een nachtzuster, die met natte omslagen de koortspieken bestreed. 's Nachts was het geijl van de zieke het enige geluid in huis. De zuster stapelde zakken met ijsblokjes op zijn hoofd. 'Nee,' protesteerde hij, met opengesperde ogen uit zijn droom overeind schietend; met een spastische armbeweging maaide hij de zakjes weg, 'ik wil die kroon niet! Ik wil geen koning van Engeland worden, ik wil niet, ik wil niet!' De zuster griste de zakken van zijn kussen en duwde hem met zachte dwang terug. 'U moet plat blijven liggen,' vermaande ze hem. 'Ik wil die kroon niet,' jammerde hij, 'ik wil miss Simpson!' Opstandig zonk hij terug in zijn diepe koortsslaap.

Toen de crisis geweken was opende hij zijn ogen en bekeek in gelouterde rust het gezicht van de vreemde vrouw, dat omkranst werd door een bos stug, rechtopstaand haar. Onder haar borstelige wenkbrauwen vandaan keek ze woest terug – haar normale gezichtsuitdrukking waarmee ze niets bijzonders bedoelde. 'U lijkt sprekend op Beethoven,' zei hij verwonderd. 'Dat heeft u goed gezien,' gaf ze toe, 'hij is inderdaad familie van me.' Even konden ze opgelucht ademhalen, totdat een bloedpropje in zijn been een nieuwe mogelijkheid om dood te gaan introduceerde. De dokter raakte verstrikt in tegenstrijdige behandelwijzen: omwille van de trombose moest de patiënt rechtop zitten, terwijl het voor de schedelbasisfractuur van levensbelang was dat hij plat bleef liggen.

Door het verbod van ziekenbezoek was het huis afgesneden van de wereld, een eiland met in het middelpunt het arme, geteisterde lichaam. Om aan dit vacuüm, dit ontbreken van de gebruikelijke levendigheid te ontsnappen, slenterde Lotte de tuin in en belandde achter in de boomgaard. Ze wreef met haar hand over de afbladderende verf van het tbc-huisje, pulkte een stukje mos los, brak een twijg van de notenboom die met zijn fors uitgedijde kroon de veertien tussenliggende jaren zichtbaar maakte. Het draaimechanisme van het huisje was vastgeroest waardoor de open zijde permanent op het oosten gericht was. Het oosten. Ze ging op de gammele keukenstoel zitten en stelde zich een onbekende Anna voor, anno 1936. Niet in een duidelijk omlijnde, fysieke vorm, maar als een samenballing van energie, oplichtend, vitaal; Anna leefde. Het vervulde haar met wroeging en schaamte dat ze zo lang zo weinig aan haar had gedacht, alsof Anna een bij voorbaat verloren zaak was. Ze probeerde zich te verplaatsen in het kind met een longaandoening, dat hier in koortsige verwondering om zich heen had liggen kijken. Waar ze toen te jong, te ziek, te afhankelijk voor was geweest, leek nu belachelijk eenvoudig: op de trein stappen, terug naar Keulen. Ze fantaseerde over het weerzien – alleen al het denken aan Anna was een mild tegengif voor haar vaders voortdurende geflirt met de dood.

Op zondag kreeg hij het ineens benauwd. Als een vis op het droge lag hij met wijdopen mond naar lucht te happen. Zijn vrouw zette hem rechtop in de kussens, gaf hem water, knoopte zijn pyjamajas open – hij greep naar zijn hart. De dokter werd gealarmeerd. Een onbekende weekendarts spoot een lange injectienaald leeg, recht in zijn hart. 'Een laatste reddingspoging,' fluisterde hij, de spuit in zijn tas bergend, 'bereidt u zich maar voor op het ergste mevrouw.' Uren van afwachten. Het was een wonder dat na al die maanden haar incasseringsvermogen nog niet was uitgeput. De atmosfeer in huis was zozeer doordrenkt van de vraag: haalt hij het of haalt hij het niet, dat Lotte het bos in liep uit angst dat, op zo'n korte afstand, een onwillekeurige gedachte die aan de censuur ontsnapte hem op het moment suprême noodlottig zou kunnen worden. Tegen de avond werd zijn ademhaling regelmatig. Hij nam een slok water en vroeg zijn vrouw beneden het *Requiem* van Mozart op te zetten, flink hard met alle deuren open. Met bevende hand liet ze de naald op de plaat zakken. Weemoedige klanken zweefden via de trap naar boven. Jet barstte in tranen uit. 'Wees blij,' zei haar moeder, 'dat je de muziek niet op zijn begrafenis hoort maar dat hij er nu zelf van kan genieten.'

Na deze apotheose kwam het genezingsproces langzaam op gang: hij keerde met stijl terug tot het leven. Druppelsgewijs werd er bezoek bij hem toegelaten. 'Waar blijft Hans Koning toch,' klaagde hij, nog doorschijnend van zwakte. 'Hij komt heus wel,' kalmeerde zijn vrouw hem. 'Hij is toch wel op de hoogte?' 'Natuurlijk.' Maar de professor liet niets van zich horen. Zo trouw als hij voor het ongeluk het huis had vereerd met zijn wekelijkse bezoek, zo hardnekkig was nu zijn afwezigheid. Lottes moeder belde hem op. Beleefd gehoor gevend aan haar oproep verscheen hij met een bedrukt gezicht op de stoep. Hij kloste naar boven, stootte zijn hoofd bij de knik in de trap en bleef aan het voeteind van het bed bedremmeld staan, zonder de zieke de hand te schudden. 'Hoe gaat het?' informeerde hij, droog hoestend achter de enorme, vlezige hand waarmee hij tegenwerpingen placht weg te wuiven. De zieke verborg zijn blijdschap niet. Het naakte feit van de aanwezigheid van zijn boezemvriend en geestverwant bracht meer kleur op zijn wangen dan alle voorgaande bezoekers bij elkaar. 'Ik lig hier maar...' zuchtte hij, 'wil je wel geloven dat ik snak naar een ouderwetse zaterdagavond...' Hans Koning keek hem strak aan. 'Luister eens mijn beste, ik kan niet goed tegen ziekenkamers...' Ter demonstratie keek hij gekweld om zich heen, alsof hij vergeefs stand probeerde te houden in een vergiftigde atmosfeer. 'Ik meen het, ik hou 't eenvoudig geen minuut uit!' 'Maar...' sputterde de zieke ongelovig tegen. De professor begaf zich in de richting van de deur. 'Geef me maar een seintje als je weer de oude bent,' hij draaide zich om met de klink in zijn hand, 'beterschap.'

Trouw aan zijn allergie vertoonde hij zich niet meer gedurende de maanden van traag herstel. De zieke kreeg te kampen met aanvallen van neerslachtigheid. Waarom liet zijn beste vriend het afweten, juist nu hij schreeuwend behoefte had aan diens gezelschap om zijn gebarsten verstand weer te scherpen en zijn fantasie te prikkelen, zodat hij de stellingen van zijn oude opvattingen weer met bravoure zou kunnen betrekken? Het wegblijven van de professor was een persoonlijke nederlaag. 'Wat ben ik eigenlijk voor iemand,' vroeg hij zich af, onderuitgezakt in de kussens, 'ik ben niemand, wat heb ik gepresteerd, niets, ik heb geen enkel aanzien in de wereld, waarom ben ik niet gewoon gestorven.' Zijn vrouw haastte zich om hem te overtuigen van zijn voortreffelijkheid, zijn verdiensten breed etalerend, zijn onaangename karaktertrekjes verdonkeremanend. Ze hoopte zo vurig dat hij weer de oude zou worden, dat ze er zelf oprecht in geloofde. Ineens brak zijn weerstand tegen zoveel vleiende woorden. 'Je bent een geweldige vrouw,' fluisterde hij, getroost in slaap vallend.

Het was een indrukwekkende, grensoverschrijdende gebeurtenis die ze geen van allen ooit zouden vergeten, toen hij op een dag voetje voor voetje de trap afkwam en de huiskamer binnenslofte om, duizelig van inspanning, in een haastig bij de haard geschoven leunstoel een kopje koffie te drinken. De bank in de tuin was de volgende mijlpaal. Zo won hij stukje bij beetje terrein, totdat hij op een dag alleen thuis was en te ambitieus werd in zijn veroveringsdrift. Misschien vloog de afwezigheid van zijn vrouw hem aan, misschien kon hij geen weerstand meer bieden aan het maandenlang onderdrukte verlangen naar een spirituele gedachtenwisseling. Toegevend aan een lichtzinnige opwelling waggelde hij de slootplank over, het bos in, langzaam en geconcentreerd – zijn ene been sleepte een beetje ten gevolge van de trombose, zijn hart bonsde vervaarlijk. Toen hij, aan de andere kant van het bos, het huis van de familie Koning bereikte omarmde hij van pure uitputting een van de twee donkergroene pilaren waarop de luifel boven de voordeur steunde. Hij wist niet hoe lang hij daar zo hing, vechtend tegen ademnood en hartkloppingen, en tegen de angst dat de professor hem zo zou aantreffen. Pas toen hij een beetje tot zichzelf gekomen was trok hij aan de bel. Zijn vriend deed zelf open, in een driedelig kostuum, een zilveren horlogeketting als een guirlande op zijn borst. Zijn baard wipte op van schrik. 'Hemel, wat doe jij hier! Jij bent de laatste die ik hier zou verwachten. Het spijt me...' hij dempte zijn stem alsof hij op het punt stond de ander in te wijden in een intiem geheim, ‘we krijgen juist visite, ze kunnen ieder ogenblik hier zijn. Hoe kun je het moment zo beroerd uitkiezen. Kom maar binnen, dan kun je er via de keukendeur weer uit.’ Lottes vader strompelde de gang door en viel neer op een keukenstoel... ‘Een ogenblikje,’ hijgde hij, ‘ik moet even... mag ik... zou ik een glas water kunnen krijgen?’ ‘Ik zal eens voor je kijken...’ De professor trok alle keukenkastjes open en smeet de deurtjes met een driftige klap dicht. ‘God waar bewaart dat mens de glazen... een kopje kan ook.’ De ongewenste bezoeker dronk zijn water. Met een zwaai wierp de professor de keukendeur open. ‘De volgende keer beter kerel, Jezus wat zie je er belabberd uit.’

Lottes moeder keek op toen ze het grind hoorde kraken. Ze zag haar man, die ze in bed waande, over het tuinpad strompelen, halverwege steun zoeken bij een perenboom en met een verbijsterde, holle blik naar het huis staren alsof hij daar iets verschrikkelijks gewaarwerd. Toen ze beter keek zag ze dat hij huilde. Diezelfde avond zei ze de professor per brief de vriendschap op. Haar over het postpapier krassende kroontjespen noemde hem een rasegoïst, wiens menselijkheid verdween op de drempel van ziekenkamers en op de stoep van zijn eigen huis.

‘Het is toch sterk,’ zei Anna, ‘dat je juist in die periode over een reis naar Keulen fantaseerde.’

‘Waarom?’

‘Omdat in die tijd ook bij mij de drang om naar Keulen te gaan steeds sterker werd.’

Anna bereikte de leeftijd waarop haar vader het benauwd had gekregen in de symbiotische wereld tussen kerk en rivier: niet meer dan een verzameling boerderijen en hun bewoners, die elkaar geboren zagen worden en sterven. Ook bij haar zette die mentale verveling zich niet om in fatalistische lotsaanvaarding maar in opstandigheid. Ze trok Jacobsmeyer aan de mouw van zijn soutane. 'Hoe kom ik ooit weg uit dit dorp,' haar stem verstoorde de gezapige rust in de Landolinuskerk, 'het is toch niet mijn roeping tot in lengte van dagen varkensmest te sjouwen?' Jacobsmeyer knikte bedachtzaam. 'Misschien weet ik iets voor je...' Hij streek peinzend over zijn kin. 'De aartsbisschop van Paderborn zoekt een jonge vrouw die zijn bejaarde huishoudster op den duur zou kunnen vervangen. Hij wil haar laten opleiden aan een instituut in Keulen waar de dochters van gefortuneerde families leren een huishouding met dienstbodes en knechten te leiden. Een school voor dames...' Hij lachte ironisch.

Oom Heinrich verzette zich niet. Tante Martha had er meer moeite mee het vertrek van een onbetaalde arbeidskracht sportief op te vatten. 'Je weet niet waar je aan begint,' zei ze schamper, huiverend bij de gedachte aan al het werk dat ze zou moeten overnemen, 'dat wordt niks, dat kan ik je zo vertellen.' Zwijgend roerde Anna in de soep; ze voelde er weinig voor zich te elfder ure nog tot een scène te laten verlokken. 'Waarom zeg je niks? Voel je je al te goed voor ons? Ik zal jou eens wat vertellen: het zal je daar vies tegenvallen. Ik zie de dag al dat jij...' haar stem sloeg over, 'hierheen zult komen kruipen, op je knieën, en om een snee brood smeken. Denk maar niet...' Anna zuchtte vermoeid. 'Wat wind je je op,' zei ze koeltjes, zonder uit de pan op te kijken, 'ik ga sowieso dood, dat heb je toch altijd gezegd? Ik haal de eenentwintig toch niet?'

Ze werd ingeschreven voor het nieuwe semester. Oom Heinrich benaderde een neef in Keulen voor onderdak en gaf een kleermaker opdracht een mantel voor het leven te naaien, van onverwoestbare stof. Zoals een bruid in haar bruidsjurk met sluier wordt geïnitieerd tot getrouwde vrouw, zo voorvoelde Anna dat deze mantel haar een totaal nieuw bestaan zou binnenvoeren. Enkele dagen voor haar vertrek werd ze bij Jacobsmeyer geroepen. 'Ik moet je iets vreselijks vertellen, Anna, het wordt niets met deze betrekking.' 'Dat kunt u niet menen...' Ze viel neer in een van de glanzend gepoetste kerkbanken en keek naar het Mariabeeld, dat haar ineens zelfgenoegzaam voorkwam. Ze kon niet meer terug – haar oude bestaan had ze al afgestroopt, dat was alles wat ze wist. Jacobsmeyer ijsbeerde over zijn kaken wrijvend langs het altaar. 'Weet je wat,' abrupt draaide hij zich om, 'we zeggen niets tegen je oom en tante. Ik betaal de school. Jij houdt je mond, pakt je koffer, rijdt naar Keulen en volgt je lessen.'

De eerste november stapte Anna in Paderborn op de trein. Bij haar op de groei gemaakte voermansmantel droeg ze een grijze vilthoed met een bruin veertje uit het zomerkleed van een rietgans. In een kartonnen margarinedoos zaten haar bezittingen. De trein reed door naaldbossen en naar geel neigende loofbossen, door weilanden en geploegde akkers. Ze deed haar ogen dicht en weer open, in de hoop iets te zien dat haar bekend voorkwam. Het landschap gleed neutraal voorbij. Toch voelde ze dat ze steeds dichter bij haar geboortestad kwam, die veertien jaar geleden de draad waaraan zij stevig vastzat had laten vieren, maar hem nu – in het tuf-tuftempo van de trein – oprolde. Maar toen de trein het station binnendenderde, liet het gevoel op weg te zijn naar huis haar in de steek. De massieve aanwezigheid van de Dom, zo pal naast het station, met zijn puntige torens waarvan het gekartelde silhouet als een sombere vingerwijzing tegen de antracietkleurige hemel afstak, intimideerde haar. Als het in de Landolinuskerk al moeilijk was om daarboven gehoord te worden, hoe futiel moesten je smeekbedes dan zijn in dit buitenproportionele godshuis. Ze klemde de kartonnen doos tegen haar buik. En nu oom Franz, zei ze bij zichzelf, om niet mee omhooggezogen te worden door de ontelbare parallelle lijnen. Uit de zak van haar mantel diepte ze een zorgvuldig gevouwen stukje papier op. In gotische letters van bijna kalligrafische schoonheid had oom Heinrich er de naam van een ziekenhuis op geschreven waar zijn neef chef was van de onderhoudstechnici. Een voorbijganger vertelde haar in plat Keuls welke tram ze moest nemen. Ze onderdrukte de neiging te groeten toen ze instapte en door het middenpad liep tussen al die stadgenoten – ja, stadgenoten. Maar niemand zag haar. Met een zekere berusting staarden ze naar buiten, alsof ze er niet zelf voor gekozen hadden op dit tijdstip met deze tram door deze stad te rijden. De hoge gevels, het gewemel van mensen, het verkeer: de dichtheid van het leven in de stad van haar jeugd overdonderde haar. Was ze in het dorp nog altijd de dochter van de jonggestorven, afvallige zoon van de oude Bamberg geweest, hier was ze in de overbevolkte anonimiteit helemaal niemand.

Toen ze de zware deur van het ziekenhuis openduwde bekroop haar het benauwende gevoel dat ze een stad in een stad binnenstapte. In beide werd geboren en gestorven, hier in een hogere concentratie. In de foyer, op het puntje van een leren fauteuil, wachtte ze de komst van haar oom af. De blikken van voorbijgangers rustten net iets te lang op haar. Achterdochtig geworden probeerde ze zichzelf door hun ogen te bekijken. Ze zag iemand in een middeleeuwse jas, met een jagershoed en een koddig veertje en een armoedige doos op schoot – een zeldzaam exemplaar van een in de stad allang uitgestorven soort. Ik zie er belachelijk uit, stelde ze vast. Een man in een witte jas kwam op haar af. Heel even gleed er een lichte schrik over zijn gezicht, maar hij vermande zich onmiddellijk en schudde haar joviaal de hand. Ze probeerde zich hem te herinneren van de begrafenis, in de hoop in zijn gezicht iets van vroeger terug te vinden nu haar dat met Keulen nog niet was gelukt. Maar ze herkende niets – hij leek niet op haar vader, oom Heinrich of haar grootvader. Ook zijn opgeruimdheid was beslist geen familietrek. 'Is dit alle bagage?' vroeg hij, de kartonnen doos van haar overnemend. Anna knikte zwijgend. Ze nam het belachelijke hoedje af om toch iets in haar hand te hebben en volgde hem, met haar vinger beschaamd over het veertje strijkend.

Zijn woning stond op het terrein van het ziekenhuis. Hij liet haar achter onder de hoede van zijn vrouw, die haar met een baby op de arm verwelkomde. Luchtig babbelend leidde tante Vicki haar rond. Ze was mollig, haar roodblonde kroeshaar werd met kammetjes in bedwang gehouden. Midden in haar kin zat een kuiltje, wat haar soms een bedremmelde uitdrukking gaf alsof iemand haar onverwacht bedroog, maar even later veegde een onbezorgd lachje haar gezicht weer schoon. In een roes liep Anna door de burgermanswoning. Een kamer met gepolitoerde meubels: alleen om in te zitten! De enorme hoorn van een pathefoon gaapte haar brutaal aan. Een echte wc met spoelbak. Warm stromend water. Een eigen slaapkamer: medaillonnetjesbehang, een toilettafel met een marmeren blad en een wasstel, een hangkast voor de kleren – die ze niet had. De houten kakdoos achter op het erf, de pomp waarbij ze zich waste, de slaapzolder met de wormstekige vloer – ze werden abrupt verbannen naar het schemerige gebied van onwelkome herinneringen.

Duizelig gleed ze die avond tussen de gesteven lakens. Hoewel ze op één dag in een ander bestaan was getuimeld, had ze het gevoel verder dan ooit verwijderd te zijn van de stad zoals die in haar had voortbestaan, al die jaren. De microcosmos van een zesjarige, een overkoepelde stad, waarin het leven gaaf en rond was en waarin vertrouwde stemmen opklonken. Tante Vicki stak haar hoofd om de deur: 'Schlaf wohl, Anna.' 'Gute Nacht...' antwoordde ze aarzelend. De gemoedelijkheid van haar oom en tante bracht haar in verwarring, vertrouwd als ze was met stugheid en achterdocht.

Op de school voor dames was ze de enige die van het platteland kwam. Het viel niemand op. Ze droeg jurken van haar tante, het Hoogduits – het voertuig waarmee haar vader afstand had genomen van zijn familie – had ze altijd in ere gehouden. Toch kon ze de gesprekken van de leerlingen maar half volgen; hun taal had betrekking op een onbekende wereld met een eigen jargon: een op handen zijnd engagement, een thédansant op zondagmiddag. Geen thédansants voor Anna, wel het magische duister in de dichtstbijzijnde bioscoop, die vage herinneringen aan de theaterzaal in het Casino opriep. Heinrich George en Zarah Leander, met krullen die op haar slapen geplakt zaten en een roos achter haar oor. *Die grosse Liebe*, *Heimat*, *La Habanera*. De Ufa-films werden voorafgegaan door een Wochenschau, beelden uit de realiteit kregen de allure van droombeelden. Over het witte doek marcheerden montere soldaten. Duitsland had weer een leger, het was bezig zich in hoog tempo van de malaise te herstellen. Gezonde, atletisch gebouwde jongens maakten, uitgezonden door de Rijksarbeidsdienst, moerassen bebouwbaar of haalden de oogst binnen. Stralende, onopgemaakte meisjes hielpen op de boerderij, ze wasten en poetsten en verzorgden de kinderen, werden ingezet als kraamverzorgster. Ze glimlachten onvermoeibaar, woonden in kampen en begonnen de dag met vlaggen hijsen en het uit volle borst zingen van 'Die Strassen frei, die Reihen fest geschlossen'. Het ging Duitsland goed, iedereen hielp geestdriftig mee bij de opbouw, afgelopen was het met de chaos, armoede, werkloosheid. Er was weer structuur, een structuur die de kleur had van rijp koren en een zomerse hemel, van blond haar en blauwe ogen. Ondanks haar wantrouwen jegens vlaggen en marsliederen, haar afkeer van de schreeuwende Oostenrijker en de waarschuwing die van oom Heinrichs Bückeberg-avontuur uitging, werd ze meegesleept door het optimisme, tegelijk met alle anderen zoals ze daar zaten, dicht opeen in de intimiteit van de warme bioscoopzaal. De beelden gaven een comfortabel gevoel van vertrouwen. In de realiteit van alledag was alles in orde en zo meteen kregen ze nog een film op de koop toe. De algehele vooruitgang verbaasde Anna niet – ze viel op een natuurlijke manier samen met de opgaande lijn die haar eigen leven vertoonde. Duitsland was uit het dal omhooggekropen, zij ook. Dit was geen nuchtere constatering, maar een gewaarwording, een vanzelfsprekend gevoel van gelijk opgaan. De chocoladereep waarvan tante Vicki haar tijdens de voorstelling de helft gaf was er het beste bewijs van: wie kon er vroeger chocola eten?

Toch bleef Keulen, met zijn geschiedenis die terugging tot in de Romeinse tijd, haar intimideren en ontgoochelen. De robuuste, ronde toren met kantelen die ze vaak passeerde wees haar er fijntjes op dat veertien jaren ballingschap aan de rand van het Teutoburger Wald niets voorstelden vergeleken bij negentien eeuwen lang een Romeinse toren zijn in Germaans gebied. En vergeleken bij de Rijn was de Lippe niet meer dan een sloot. Op een zondagmiddag wandelde ze met haar tante en de kinderwagen in een park, een winterse zon wierp lange witte banen tussen de boomstammen. Ze had er nog moeite mee zomaar een dag niets te doen: zonder doel wat te lopen, je over het spiegelende oppervlak van een vijver buigen, de baby uit de wagen tillen en met gestrekte armen hoog tegen de blauwe hemel laten spartelen. In een opwelling zei ze: 'Laten we langs het Casino wandelen, waar ik... waar wij vroeger gewoond hebben.' Dat 'wij', hardop gezegd, legitimeerde de inval: ook namens haar vader en Lotte zou ze naar het Casino gaan, ze zouden erbij zijn en over haar schouder meekijken. Tante Vicki haalde haar schouders op, goed, het was haar om het even. Vredig over futiliteiten babbelend fungeerde ze in haar onschuld als bliksemafleider voor de plotselinge angst die Anna's keel dichtkneep. Als een onverschillige passante slenterde ze de straat in die ze als kind, meegesleept door gehaaste familieleden, in tegenovergestelde richting was uitgelopen. De straat die onverbrekelijk verbonden was met de figuur van haar vader die in een zwarte jas over de keien wankelde, zwaar leunend op zijn stok, en af en toe zijn spuugflesje tevoorschijn haalde om het schielijk weer op te bergen. Toen al hing boven de straat de donkere wolk waarop hij zou wegzweven – boven het Casino, de kerk en de school uit – weg uit de stad, het land, de wereld.

Ze kwam langs de school – hoog boven de grond begonnen de ramen, waardoor het onmogelijk was naar buiten te kijken; langs de kerk in een onbarmhartige, negentiende-eeuwse stijl die angst voor het Opperwezen moest inboezemen. Iets verderop bleef ze staan. Haar blik kroop omhoog langs de gevel tot aan de glas-in-loodramen, hij gleed zijwaarts naar beneden in de richting van de dubbele, gelakte deur met koperen bel en kleine, betraliede ramen. Waar ze haar blik ook op richtte, hij kaatste af. Het gebouw sloot haar buiten, ontkende dat ze daarbinnen had geademd, dat haar gedachten en gevoelens de ruimten hadden gevuld, dat haar vader en Lotte er hadden geleefd. Toen hadden deze muren het familieleven omsloten, nu vormden ze een onwrikbaar obstakel tussen haar en de anderen. 'Ze hebben de straat geasfalteerd,' zei ze vol minachting, 'vroeger lagen er keien.' Alsof het een willekeurige straat was liepen ze verder. Alles was normaal, de zon scheen, het was winter, 1936 liep ten einde, 1922 was onvoorstelbaar lang geleden. Haar eerste zes levensjaren en degenen die er deel van hadden uitgemaakt waren spoorloos, er was niets dat aan hun bestaan herinnerde.

Het dorp aan de Lippe bestond ook niet meer. Oom Heinrich liet niets van zich horen, zij ook niet. Alleen Jacobsmeyer kreeg af en toe een brief van haar. Toen ze eenentwintig werd, riep het gerechtshof haar op de voogdijakte te tekenen, opdat haar oom officieel ontslagen zou zijn van zijn verantwoordelijkheid. Het was een lang epistel. Vluchtig begon ze te lezen, ze begreep dat haar handtekening betekende dat ze de manier waarop hij zijn voogdijschap had uitgeoefend achteraf goedkeurde. Stemde datgene wat in de akte stond overeen met de werkelijkheid? Ze kreeg het warm, ze kreeg het koud, ze kon eenvoudig niet verder lezen. Deze tekst sloeg op iemand anders, uit een ander leven. Verward keek ze op van het papier. Tegenover haar, in een steriel kantoor, achter een metalen bureau, knikte de dienstdoende ambtenaar haar ongeduldig toe. Met een driftige haal zette ze haar handtekening. Deze Anna, geurend naar zeep, gekleed in schone burgermanskleren, legde de pen neer, schoof het papier bruusk terug naar de ambtenaar, stond op en verliet het gebouw. Ze stapte de stenen stoeptreden af en liep de stad in – een stad die, op de verzakte fundamenten van haar herinnering, opnieuw moest worden opgebouwd.

De inkt op het brevet van de school voor dames was nauwelijks droog of ze had al een betrekking, voor dag en nacht, met eens in de veertien dagen een vrije zondag. Ze trad in dienst bij de familie Stolz, die in het oosten van de stad in een wijk met kleine villa's woonde, niet ver van het industriecomplex Bayer waar Stolz als chemicus werkte. Ze had geen flauw vermoeden wat het betekende om het dienstmeisje ván te zijn, een organisch onderdeel van het gezin van je werkgeefster. Haar verwachting dat ze de leiding over het huishouden van de familie Stolz zou krijgen werd al de eerste dag gelogenstraft toen bleek dat die gesplitst was in een wetgevende en een uitvoerende macht. De eerste, in de persoon van Frau Stolz, had een fabrieksmatig systeem ontworpen om de huishoudelijke activiteiten zo snel en efficiënt mogelijk te laten verlopen. Vanaf haar huwelijk, negen jaar geleden, werden in de villa in Oost elke ochtend om tien uur de plinten afgestoft, op dinsdagmiddag om half drie de overhemden gestreken, op zaterdagmorgen om negen uur de ramen gelapt. Tot achter de komma had ze uitgerekend hoeveel tijd elke handeling vergde. De onderdelen van het programma sloten zo nauw op elkaar aan dat de uitvoerende macht tussendoor nauwelijks gelegenheid had adem te halen. Als in een stomme film spoedde Anna zich van de ene taak naar de andere. Met een kwastje van varkenshaar veegde ze het stof van de plinten – halverwege werd er gebeld, ze stak het kwastje in haar schortzak en opende de deur. Na het intermezzo, dat niet in het programma was opgenomen, hervatte ze koortsachtig haar werk. Bij haar dagelijkse controle wreef Frau Stolz met haar wijsvinger over de halve meter die Anna door het oponthoud over het hoofd had gezien: 'Hier ben je niet geweest vandaag.'

Dat haar eis tot blinde gehoorzaamheid elke vorm van persoonlijk initiatief de kop indrukte, ontging haar niet alleen, ze nam het haar ondergeschikte nog kwalijk ook. Op een middag ging ze op visite; voordat ze terugkwam, moest Anna alle overhemden gestreken hebben. Het begon te regenen. Anna keek op, zag de druppels op de ramen, raakte in tweestrijd: als ze boven de ramen van de slaapkamers dicht ging doen was ze misschien niet op tijd klaar met strijken. Ze durfde het risico niet te nemen. Even later stormde Frau Stolz buiten adem de kamer binnen. 'Had ik het niet gedacht,' riep ze triomfantelijk, 'ik zeg tegen mijn vriendin: ik moet weg, bij mij thuis staan de ramen open, het regent in. Zij zegt: is er dan niemand thuis? Jawel, zeg ik, ons dienstmeisje – denk maar niet dat díe op het idee komt!'

Frau Stolz was ervan overtuigd dat ze naast het stellen van eisen, waarin ze een vorm van opvoeden zag, ook een grote verantwoordelijkheid had voor Anna's welzijn. Ze duldde niet dat Anna op vrije avonden alleen op haar zolderkamertje zat, maar nodigde haar uit voor een kop chocolademelk in de zitkamer. Ze leerde haar ajouren en borduren, in kruissteek en petit-point. Vaardigheden die een jonge vrouw moest beheersen, legde ze uit, Anna grootmoedig de materialen verstrekkend die nodig waren. Zo zaten ze daar gedrieën, Herr Stolz met zijn krant, zijn vrouw en het dienstmeisje eendrachtig met een handwerkje. Hun dochter Gitte, een meisje van acht met lange vlechten, lag al in bed.

Wanneer er een voordracht van de Führer werd verwacht zette hij de Volksempfänger aan. Anna luisterde en luisterde niet. Het was zoiets als het borduurwerk dat ze onder handen had: ze deed het, maar haar hoofd was er niet bij. Eerst sprak Goebbels, over kwesties die ver buiten haar gezichtsveld lagen. 'Die Plutokratie – die Wallstreetjuden wollen uns kaputt machen...' tatata, zo ging het door. Dit was nog maar het voorspel. Marsmuziek, militaire commando's, Sieg Heil, Sieg Heil. Dan sprak hij zelf, rechtstreeks tot zijn volk, te hard zoals altijd, en hield dat de hele uitzending vol. 'Ich möchte Herrn Minister Eden hier zunächst versichern dass wir Deutsche nicht im geringsten isoliert sein wollen und uns auch gar nicht isoliert fühlen...' Herr Stolz knikte instemmend. Hij vouwde zijn handen over de welving van zijn buik en luisterde aandachtig. Anna liet het gebral onaangedaan over zich heen komen, ze wachtte tot het afgelopen was zoals je op het einde van een regenbui wachtte – intussen ging ze rustig door met ademen. De Führer was een institutie geworden. Over haar hoofd heen, op abstract niveau, werd van alles beslist en georganiseerd waarop zij geen enkele invloed had. Dus liet het haar allemaal onverschillig, de stille strijd tegen de autoriteit van Frau Stolz was al uitputtend genoeg.

Over de rand van haar borduurwerk heen had ze al tientallen malen naar de notenhouten boekenkast geloerd, waarin boeken als kleinoden achter glas werden bewaard. Ze kon de verleiding niet langer weerstaan: 'Herr Stolz, Entschuldigung, zou ik...?' met haar borduurnaald wees ze in de richting van het heiligdom, '...zou ik eens een boek mogen lezen?' 'Natuurlijk,' verrast knikte hij haar toe, 'zoek er maar een uit.' De verblufte blik van Frau Stolz ontwijkend stond Anna op en liep schoorvoetend naar de kast. Ze schoof de piepende deuren open, een verrukkelijke geur steeg op uit de gebonden delen, velen met goudopdruk, een geur van duizenden en nog eens duizenden bedrukte pagina's, van kartonnen kaften, van verhalen die smeekten uit hun winterslaap te worden gewekt, van ontsnapping uit het dwaze onwezenlijke hier en nu – de belofte van oneindig veel boeiender werelden dan die van kruissteek en ajour. Duizelig las ze de titels, de ogen van Frau Stolz brandden in haar rug. Ze durfde niet lang te aarzelen, trok *Die Leiden des jungen Werthers* eruit. 'Dat is toch veel te moeilijk,' sputterde Frau Stolz. 'Heb je het dan gelezen?' zei haar man. 'Nee, maar...' 'Nou dan, laat haar toch, de cultuur is tegenwoordig voor iedereen. Het zou jou ook niet misstaan als je eens een boek las.' Frau Stolz verstomde, en lachte vergoelijkend in Anna's richting. Het was niet duidelijk of haar vergoelijking de vernederende opmerking van haar man gold, of het pijnlijke feit dat ze niet las. Anna sloeg het boek open en verborg zich erin.

Zo bleek de zwakke plek in het harnas van Frau Stolz de kalende, eigenzinnige chemicus te zijn. Misschien waren haar dominantie en perfectionisme louter middelen om haar zelfvertrouwen te bewaren. Ze herwon haar macht wanneer ze als vrouwen onder elkaar waren. De dag nadat Anna blijk had gegeven van haar leeshonger vroeg ze, de deksel van de wasmand als een schild voor zich houdend: 'Je neemt zondags toch geen wasgoed mee naar je tante?' 'Nee,' zei Anna verbaasd. 'Hoe kan het dan dat je bijna nooit wasgoed hebt, af en toe een jurk...' 'Ik heb maar twee jurken.' '...En af en toe wat ondergoed... nooit maandverband...' 'Maandverband? Wat is dat?' Frau Stolz zette grote ogen op. Ze torende boven Anna uit, die kleiner en kleiner werd. Ze bezat niets, twee jurken, wat ondergoed, ze was niemand. 'Je gaat me toch niet vertellen dat je niet weet wat maandverband is?' 'Nee,' zei Anna, 'nooit van gehoord.' 'Je menstrueert toch?' 'Menstr...? Nee.' 'Maar iedere vrouw menstrueert, elke maand.' Even zweeg Anna verbouwereerd. 'Ik heb niet het gevoel dat ik iets mis,' zei ze uitdagend. 'Luister...' Met moederlijke bezorgdheid legde Frau Stolz haar onberispelijk verzorgde hand op Anna's schouder. Op gedempte toon, een sfeer van vertrouwelijkheid scheppend die bij Anna een groot wantrouwen opriep, wijdde ze haar in in de geheimen van de vrouwelijke cyclus. Het 'wij' van Frau Stolz, dat betrekking had op alle vrouwen in de wereld, stuitte bij Anna op hevige afkeer. Als het vrouwelijk was om elke maand bloed te verliezen, als ook Frau Stolz elke maand bloed verloor, dan was zij er trots op dat haar lichaam er niet aan meedeed.

Maar Frau Stolz maakte een afspraak voor haar met haar gynaecoloog. Tijdens het onderzoek vroeg hij hoe het kon dat het maagdenvlies beschadigd was. 'Hebt u wel eens iets met een man gehad?' Het drong niet tot Anna door dat er een antwoord verwacht werd. Hardnekkig speurde ze het plafond af – ze had barsten en verkleuringen ontdekt, vormen en figuren die onbedoeld iets tot uitdrukking brachten, iets waarvan ze ingespannen de betekenis probeerde te bevatten, als afleidingsmanoeuvre voor het binnendringen van vingers, van metaal, in een gebied dat weliswaar aan haar toebehoorde maar dat ze zich op geen enkele manier eigen kon maken. Hij zette zijn vraag meer kracht bij. Verontwaardigd schudde ze haar hoofd. 'Ssssst,' suste hij, haar kalmerend toeknikkend, 'ontspan u. Bent u wel eens eerder onderzocht?' 'Ja,' fluisterde ze, 'er is toen... geprobeerd mijn baarmoeder te draaien.' De herinnering aan het vorige onderzoek drong zich op, de sfeer van heimelijkheid waarin het zich had afgespeeld, de aanwezigheid van het fantoom tante Martha dat vanuit een hoek van de behandelkamer haar maagdelijkheid bewaakte. 'U hebt inderdaad een gekantelde baarmoeder,' zei de arts, 'daar kan alleen operatief iets aan gedaan worden... Bovendien zijn de eierstokken onderontwikkeld, maar daar hebben we wel een oplossing voor.' Bij het animale woord 'eierstok' dacht ze aan de geboorte van biggen en kalveren, in een geur van hooi en uitwerpselen, van zweet en inspanning.

Terwijl ze zich achter een gordijn aankleedde bracht de arts Frau Stolz telefonisch op de hoogte van zijn bevindingen. Tegenover haar bediende hij zich van fraaie, poëtische bewoordingen: het hymen, de uterus, ovaria, follikels. Net als jaren tevoren bekroop Anna het onbehaaglijke gevoel dat een wildvreemde vrouw, die met haar in een onduidelijke strijd verwikkeld was, zich haar vrouwelijke organen toe-eigende. 'Elke dag een,' zei de arts glimlachend. Hij drukte haar een recept in de hand. 'Zo'n knappe blonde meid moet toch een heleboel kinderen kunnen krijgen!'

Elke dag controleerde Frau Stolz of Anna haar pil innam. Ze had de totale verantwoording voor haar vruchtbaarheid op zich genomen, precies zoals ze het als haar plicht had gezien haar te leren borduren. Anna's buiten- en binnenkant moesten overzichtelijk en onberispelijk zijn, zoals de plinten als ze net gestoft waren. Alleen Anna's gedachten ontsnapten aan haar alziend oog. Ze zag niet dat, onder een steeds dunner vernis van dienstbaarheid, een tot het uiterste geprikkelde rebel haar tijd afwachtte. Maanden later, toen de kuur voor het eerst een twijfelachtig effect vertoonde, beschouwde ze dit als een persoonlijke overwinning op de chaos: tegelijk met de orde in Anna's buik was er ook iets in de wereldorde hersteld.

Er waren er meer die zich, in het verborgene, zorgen maakten over haar vruchtbaarheid – eveneens uit een behoefte aan orde. Die zomer ging de familie Stolz een week op reis, Gitte onder de hoede van Anna achterlatend. 's Middags gingen ze samen naar het zwembad, badtassen bungelden aan hun schouders. Elke dag was er een strakblauwe hemel boven de daken en de roerloze boomkruinen. Bij hun thuiskomst, op een van de lome namiddagen, stond er een vreemde auto voor het huis. Twee mannen leunden tegen de portieren, hun handen in hun zakken, hun ogen samenknijpend tegen het zonlicht. Ze snelden achter Anna aan het tuinpad op, toen ze de sleutel in het slot stak. 'Goedemiddag, gnädige Frau, kunnen we u even spreken?' Anna duwde de voordeur open, Gitte schoot onder haar arm door het huis in, de trap op, naar haar kamer. In de hal bleven ze staan, Anna met opgetrokken wenkbrauwen, de beide heren – hoewel enigszins in verlegenheid – toch doortastend. 'Wissen Sie, wij komen van het Erbgesundheitsamt. U hebt toch een dienstbode, een zekere...' De papieren werden erop nageslagen. 'Anna Bamberg?' 'Jazeker,' zei Anna uit de hoogte, 'wat is er met haar?' 'Tja, ziet u...,' begonnen ze allebei tegelijk. Ze lachten elkaar verontschuldigend toe, waarna een van de twee het woord nam en de ander zich beperkte tot instemmend knikken. 'We weten het niet precies, we onderzoeken het nog, maar deze Anna Bamberg is toch een beetje zwakzinnig?' 'O ja?' zei Anna ijzig, 'is ze dat? Ze ziet er toch heel normaal uit, diese Angestellte.' 'Ja ja,' beaamde hij, 'dat kan wel zijn, gnädige Frau, maar... begrijpt u goed... deze vrouw moet gesteriliseerd worden.' Weer een woord dat ze voor het eerst hoorde, Frau Stolz zou de betekenis ervan zeker kennen. Ze hield zich op de vlakte: 'Waarom?' 'Nou ja, u begrijpt, wij kunnen niet... zwakzinnigheid is toch erfelijk, als ze kinderen krijgt zijn dat weer zwakzinnige kinderen.' Uit haar borst kwam een lachkriebel omhoog. 'Hoe komt u erbij dat er met Anna...' 'Hebt u dan niets aan haar gemerkt?' 'Nee.' 'Hören Sie...' Degene die definitief het woord genomen had stak de papieren als een trofee omhoog. 'Het staat allemaal in de voogdijakte.'

Terwijl ze luisterde naar wat hij te zeggen had, was ze zich ervan bewust dat ze met elkaar, staande in het halletje, een bizar soort onwerkelijkheid vertegenwoordigden – voor zover zij voor hen de vrouw des huizes was, geacht zich op haar gemak te voelen in haar eigen hal, en ze tegelijkertijd over zichzelf sprak als over een afwezige derde, een abstract persoon.

De heren waren bij het gerechtshof geweest en hadden de voogdijakte gelezen waar ze zelf haar handtekening onder had gezet. Het gedeelte dat ze ongelezen had gelaten bevatte de verplichte jaarlijkse verslagen van oom Heinrich, waarin hij zich verantwoorden moest voor het feit dat hij Anna Bamberg, dochter van so und so, thuishield op de boerderij. Ieder jaar had hij consciëntieus ingevuld dat het kind, waarover hij sinds de dood van haar grootvader het voogdijschap uitoefende, zwakzinnig was en te broos van gezondheid om een opleiding te volgen of een betrekking te zoeken. Het stond er zo nuchter, zo zonder enige opsmuk, ieder jaar in dezelfde bewoordingen, dat niemand van de voogdijraad ooit op het idee was gekomen het zorgenkind eens met eigen ogen te gaan bekijken.

Daar stond het, zwart op wit, in de bekende kalligrafie: Anna Bamberg is zwakzinnig en broos van gezondheid. Een enkele zin vlakte haar uit, vernietigde het enige wat ze – naast twee jurken en wat ondergoed – bezat: dat ze, als dochter van Johann Bamberg, toegerust was met een goed stel hersens en een papegaaiengeheugen. De hal was te klein voor de explosie in haar hoofd – van woede met terugwerkende kracht die, bij afwezigheid van een doelwit, nergens naartoe kon. De badtas, die nog steeds over haar schouder hing, gleed op de grond. Ze slaagde erin de woede te kanaliseren en in onderkoelde vorm tegen de ambtenaren te richten. 'Mijne heren, ze staat hier voor u, Anna Bamberg. Ik ben het broze, zwakzinnige meisje dat u zoekt. Wat wilt u weten? Hoeveel zesmaal twaalf is? Van wanneer tot wanneer de dertigjarige oorlog duurde? Moet ik een dictee voor u schrijven? Zegt u het maar!' Verschrikt weken ze achteruit. Een van de papieren viel op de grond – ze hadden niet de moed zich te bukken en het op te rapen. 'Zegt u het maar! Ik heb er nu genoeg van. Ik heb er meer dan genoeg van. Als mijn oom dat in deze voogdijakte geschreven heeft, dan deed hij dat omdat hij me al die jaren thuis heeft gehouden om voor hem te werken – in de stallen, op het land, voor niets, dag in dag uit, jaar in jaar uit, zonder eind. Omdat hij me geslagen heeft, omdat hij me heeft laten terroriseren door zijn vrouw en omdat uw lieve Raad van Toezicht hem al die jaren heeft geloofd! Die rechter van u, die hier boven aan de akte vermeld staat – waarom is het nooit in zijn hoofd opgekomen om te onderzoeken of het allemaal klopte? En nu wilt u me ook nog steriliseren. Ik heb er genoeg van, ik heb er werkelijk schoon genoeg van!'

Een van de twee onderzocht, schichtig over zijn schouder kijkend, op welke hoogte de deurknop zich bevond. De ander griste, zenuwachtig lachend, het papier van de grond. 'Entschuldigung, Entschuldigung...' mompelden ze, zich rugwaarts uit de hal terugtrekkend in de richting van de deur, 'wir haben nicht gewusst dass...' Ineens waren ze verdwenen. Overgeleverd aan haar verbijstering, die veel te groot en te hevig was voor haar alleen, bleef ze in de hal achter. Ze hoorde de auto starten en wegrijden. Ze was misselijk, ze walgde van de twee onnozele halzen die haar de onheilsboodschap waren komen aanreiken, de hele geschiedenis was zo ziekmakend dat ze de noodzaak voelde iets gewelddadigs te doen, iets stuk te maken dat alom gerespecteerd en gewaardeerd werd, iets te vernielen, wat dan ook. Maar het was te warm, nu pas viel het haar op dat het overal te warm voor was. Haar jurk plakte aan haar lichaam, het was te warm om iets te bedenken. Toch was het binnen handbereik, datgene wat aardig zou zijn om te vernielen: alle voorwerpen om haar heen – het interieur met zijn dwangmatige Pruisische orde zou een prachtig doelwit zijn. Languit neervallend in een stoel in de smetteloze kamer keek ze met uitgebluste ogen om zich heen. Ze voelde geen enkele aandrang, de stompzinnige ordentelijkheid liet haar koud, alles liet haar koud, het was haar om het even. De woede implodeerde onder haar schedeldak, de emoties ebden weg, leeg en uitgeput keek ze rond in de kamer die haar volslagen vreemd was, al had ze alle onderdelen duizendmaal gestoft, geboend, gesopt.

Ten slotte bracht het woord 'steriliseren' haar weer in beweging. Ze stond lusteloos op, liep naar de boekenkast en trok er blind het woordenboek uit. 'Onvruchtbaar maken'. Dan moesten haar eierstokken, die zich dankzij de strijdkracht van Frau Stolz juist enigszins ontwikkelden, op last van het kantongerecht weer in hun oude hoedanigheid worden teruggebracht. Of zelfs uit haar lichaam verwijderd, om absoluut zeker te zijn. Het gerechtshof wilde het dus zo organiseren dat er nooit meer zwakzinnige kinderen geboren werden. Maar dat is toch idioot, zei ze bij zichzelf, het is net zo krankzinnig als niet dulden dat er ergens op de plinten, door wat voor oorzaak ook, over de lengte van een halve meter een beetje stof blijft liggen.

9

De dag begon met een schoongeveegde hemel en scherp zonlicht – de sneeuw deed pijn aan de ogen. Het leven werd extravert. Op de Place Royale, tegenover het Thermaal Instituut, was het druk – een inhaalmanoeuvre? Toen ze elkaar bij de kleedhokjes tegenkwamen stelde Anna voor na de middag een wandeling te maken. Naar een van de bronnen misschien, voor zover dat ging op hun leeftijd, met hun krakkemikkige gewrichten, in de sneeuw, in de heuvels, und so weiter. Lotte bezweek voor Anna's zelfspot.

Beiden toegerust met een stok passeerden ze de Pouhon Pierre-le-Grand. Heel even keken ze dwars door het gebouw heen; de blik ging naar binnen door hoge, boogvormige ramen boven de deur, naar buiten via glas-in-loodramen die tegen de laagstaande zon in pasteltinten oplichtten. Ze hadden besloten met de Sauvenièrebron, de oudste bron van Spa, te beginnen en daar niet door het bos heen te lopen – over moeilijk begaanbare wandelpaden die idyllische namen droegen als Promenade des Artistes en Promenade des Hêtres – maar gewoon langs de weg naar Francorchamps, dan konden ze niet verdwalen. Bij het overleg dat aan deze beslissing voorafging, bespeurden ze bij elkaar heimelijk dezelfde angstvalligheid, dezelfde rijkdom aan fantasie als het ging om wat er onderweg mis zou kunnen gaan. Was dat de ouderdom of was het een familietrekje?

Op de takken van de bomen lag geen sneeuw meer. Ze zwoegden tegen een almaar stijgende helling op. Anna hijgde vervaarlijk. Lotte had geen last van kortademigheid – niet zonder voldoening registreerde ze dit kleine verschil: tegenover Anna's onuitputtelijke vitaliteit had ze zich steeds zwak en vermoeid gevoeld. Meteen schaamde ze zich voor haar gedachten.

Ze was toch niet in een competitie verwikkeld met deze vrouw die haar zuster was? 'Laten we even uitblazen.' Anna legde een hand op haar arm. In de berm bleven ze staan, nu en dan sukkelde er een auto langs door de smeltende sneeuw. Daar stonden ze, zij aan zij, en keken naar het landschap van witte heuvels dat zich voor hen uitstrekte, stil en bewegingloos alsof het aan hun eigen fantasie ontsproten was.

'Er is een legende aan de Sauvenièrebron verbonden,' zei Anna. 'De beschermheilige van Spa, Sint Remaclus, zou tijdens het bidden bij de bron in slaap zijn gevallen. Als terechtwijzing zorgde God ervoor dat zijn voet in de grond zonk en een afdruk achterliet in het gesteente. Sinds de late middeleeuwen namen pasgetrouwde mannen hun vrouw mee naar de bron, die de faam had de vruchtbaarheid te bevorderen. Als de bruid haar voet in de afdruk van de Heilige Remaclus zette en water uit de bron dronk zou ze zeker gezegend worden met nageslacht. 'Ne schöne Geschichte, nicht?' Ze lachte. 'Misschien zaten er hormonen in het bronwater!'

'Het was natuurlijk een middeleeuws verkooppraatje om mensen naar de bron te lokken,' zei Lotte.

Ze zetten hun wandeling voort, de weg steeg nog steeds.

'Het lijkt wel of we de berg Golgotha beklimmen,' zuchtte Anna.

De weg liep nu door een beukenbos, aan weerszijden rezen gladde, donkere stammen op. Links van de weg gaapte een diepte waarin een beekje stroomde; zwart kronkelde het door de sneeuw. Op een enkele passerende auto na waren ze voor het eerst helemaal alleen. Veel meer dan de openbare gelegenheden waarin ze elkaar steeds troffen, benadrukte deze verlatenheid hun samenzijn. Alleen zij tweeën, in de Ardennen – ergens in deze bossen, deze heuvels, waren oost en west slaags geraakt, tot tweemaal toe.

'Ach mijn arme voeten,' zei Anna.

Een klein, zeshoekig puntdak verscheen in hun gezichtsveld, iets onder straatniveau. Er was een kleine opening in de grond waarin bruin water stond – daaromheen was een huisje gebouwd, als om het heiligdom te beschermen. De voetafdruk was er ook, in de hardstenen vloer, vlak bij een kraantje waaruit ze niet durfden te drinken. Ze hadden zich iets bruisends voorgesteld dat spontaan uit de grond opwelde, maar hier scheen alles zich in het verborgene af te spelen, diep onder het dwaze bouwsel dat op een katholieke begraafplaats niet zou misstaan.

'De Heilige Remaclus zou zich generen,' zei Anna teleurgesteld.

'Het café is dicht,' Lotte wees met haar hoofd naar een uitspanning die een donkere, verlaten indruk maakte.

'Aan twee oude vrouwen valt niets te verdienen,' zei Anna, 'na ja, ze hebben hier een muurtje voor ons gemetseld, laten we onze arme voeten een beetje rust geven.'

Dus dit was het doel van de pelgrimage die hun gewrichten in brand had gezet: een van alle romantiek gespeende plek, langs de autoweg, aangepast aan de eisen van het toerisme.

'Als er bij ons in de buurt zo'n vruchtbaarheidsbron was geweest,' Anna lachte in zichzelf, 'had ik er zeker liters en liters water gedronken, indertijd.'

'De pillen die je kreeg hielpen toch?'

'Ach,' ze wuifde de gedachte eraan weg alsof ze een vlieg wegjoeg, 'die hele vrouwengeschiedenis, zal ik maar zeggen, is bij mij nooit in orde gekomen. Een normale cyclus heb ik nooit gekregen. En ook mijn baarmoeder kwam niet op zijn plaats: jaren na de oorlog bleek uit röntgenfoto's dat, tijdens de groei, door het gesjouw op de boerderij mijn ruggengraat te diep is ingedaald in het bekken. Anders was ik zeker tien centimeter groter geweest, zoals jij.'

Lotte zag de groepsfoto van haar kinderen en kleinkinderen voor zich die ter gelegenheid van haar zeventigste verjaardag was gemaakt, een foto tot aan de rand gevuld met nakomelingschap. Ze voelde zich schuldig, heel even maar – het was een ongemakkelijk gevoel als de rollen zich omdraaiden. In zekere zin had Anna toen voor twee gewerkt. Waren haar longen gezond geweest, dan was ze ook opgegroeid in het huis van haar grootvader en hadden ze het werk gedeeld. Een duizelingwekkende gedachte. Het was van een onbegrijpelijke willekeur: was Anna besmet geweest met tbc, en zij niet, dan was alles andersom geweest. Zou zij dan dezelfde keuzes hebben gemaakt? Verward keek ze naar het profiel naast haar. Er ging een gevaarlijke zuiging uit van al die omkeerbare gedachten. Het moest wel duidelijk blijven hoe de verhoudingen lagen. 'Vertrouw nooit een mof – eens een mof, altijd een mof,' zei haar Hollandse vader, die zelf ook voor geen millimeter te vertrouwen was. In de oorlog werden zij die te vertrouwen waren zorgvuldig onderscheiden van hen die het niet waren. Dat moest wel, zonder die strenge splitsing hadden ze het niet gered. Je was fout of je was het niet. Deze indeling hield na de oorlog niet ineens op te bestaan, er werd alleen een voltooid deelwoord aan toegevoegd.

'Laten we gaan,' ze rilde, 'ik krijg 't koud.'

Ze liepen door de pijn in hun gewrichten heen, die protesteerden tegen het hervatten van de wandeling. De zon was achter de bomen verdwenen; de weerkaatsing in de wolken wierp een rozig licht over de besneeuwde velden. Toen ze de bebouwde kom van Spa binnenliepen torende rechts van de weg boven de bomen het silhouet van een oud chalet uit. Lotte bleef staan.

'Kijk toch eens,' riep ze uit, 'wat een prachtig huis.'

'Een ruïne,' zei Anna koeltjes.

'Dat houtsnijwerk...' Lotte liep tot aan de rand van het talud. Het huis, zoals het donker en mysterieus in de schemering stond, leek uit flarden van dromen opgebouwd. Het was hoog en vierkant; op elke verdieping waren, over de volle breedte van de gevel, balkons van donkerbruin gebeitst hout, die onderling met elkaar verbonden waren via houten trappen. Op de balkons kwamen openslaande deuren uit, met luiken van fijn latwerk. De breed overhangende dakranden waren versierd met kantachtig houtsnijwerk. Ooit moest het een genot geweest zijn in dit huis te ontwaken, stelde ze zich voor, de luiken open te gooien, met blote voeten het balkon op te lopen en in de vroege ochtendzon uit te kijken over de tuin. Voor dat goede leven scheen het huis te zijn gestraft. Achter de stukgeslagen ruiten gaapten zwarte gaten, de luiken hingen scheef in de sponningen, delen van de verzakte trappen leken te zijn weggehakt als brandhout.

'Een huis uit een verhaal van Tsjechov,' zuchtte Lotte.

'Een huis van rijkelui, die zelf nooit een stofdoek vasthielden,' corrigeerde Anna, 'arme dienstbode, die zo'n kast moest schoonhouden.'

'Ze laten het gewoon in elkaar zakken,' zei Lotte verontwaardigd.

'Wie kan zo'n huis nu nog betalen – de stookkosten, het onderhoud, het personeel...'

Anna's pragmatisme ergerde Lotte. Het klonk als: eindelijk gerechtigheid. 'Alles wat mooi is verdwijnt,' klaagde ze.

'Komm, meine Liebe.' Anna liep gedecideerd verder. Dit geweeklaag om een oud huis dat op instorten stond. Zij, Anna, was ook oud, ook haar luiken hingen scheef in de sponningen.

Zonder iets te zeggen liepen ze verder. In het zwijgen van Anna lag haar afkeuring besloten, Lotte voelde het bij elke stap. De bebouwing werd dichter, hier en daar waren de stoepen geveegd. Spa nam hen weer op – de verlichte winkels, de drukte van mensen en verkeer, hadden iets geruststellends. Ze streken neer bij een patisserie aan de Place Albert I, achter een luchtig taartje van peertjes met geklopt eiwit. Op de achtergrond klonk een potpourri van bekende melodieën.

Lotte keek met een blik van herkenning op. 'Is dat niet... "Lili Marlene"...?'

'De oorlogstophit,' zei Anna meesmuilend.

'Ja... ik weet nog goed wat een furore ze maakte, Marlene Dietrich. Die heeft het allemaal zien aankomen en Duitsland op tijd verlaten.'

'Ze kon carrière maken in Hollywood, bedoel je.'

Weer die scepsis. Niet voorziend welk vuur ze oprakelde zei Lotte geprikkeld: 'Ik begrijp nog steeds niet dat jullie het niet met z'n allen hebben zien aankomen. Bij ons had Hitler geen voet aan de grond gekregen, ondanks de crisis...'

'Maar men had jullie niet je zelfbewustzijn afgenomen. Hij, dieser Popanz, heeft het ons teruggegeven. Met zijn opmarsen, zijn partijdagen, zijn toespraken. Met de indrukwekkendste Olympische Spelen aller tijden. De buitenlanders stonden op de tribune te juichen en Herr Hitler was de gastheer van de wereld. Niemand zei: jij deugt niet. Ze zijn allemaal gekomen. En dan de kranten, de tijdschriften, de radio, het bioscoopjournaal – ze brachten allemaal die ene boodschap, iets anders was er niet. Je nam het in je op, elke dag, er was maar één versie... je slurpte het op zoals je reclame opslurpt. Langzaam maar zeker heeft het zich steeds meer in onze hoofden geslepen. Ach, je kunt 't je niet voorstellen...'

Anna zuchtte, bruusk stak ze haar vork in het taartje.

'De industrie floreerde. De jeugd hing niet rond op straat – ze zaten bij de Hitler-Jugend en kwamen fris en vrolijk op school. Ze volgden een vooropleiding voor de militaire dienst, zodat ze later goeie soldaten werden. Toen de oorlog uitbrak waren ze al gewend aan kampen en discipline... het was allemaal gepland, maar niemand wist het. De meisjes werden automatisch Blitzmädel bij de Wehrmacht. En voor de ontwikkelde jeugd was er de afdeling Glaube und Schönheit – daar leerden ze ritmiek, dansen, zingen, muziek maken: zo namen ze ook het hogere kader voor zich in. Het was een ordelijke, schone, fantastische wereld.'

Het werd weliswaar op een ironische toon gezegd, maar zo luid, dat Lotte bezwerende gebaren maakte en schichtig om zich heen keek.

'Je moet het eindelijk eens begrijpen,' ging Anna even hard verder, 'ik voel alleen maar weerstand bij jou. De moeders waren ontlast van de zorg voor hun kinderen, er was geen verveling, er waren geen drugverslaafden, je had niet de rotzooi die we nu hebben. De meeste mensen van mijn leeftijd die dat hebben meegemaakt dromen er nog altijd van. Je zou eens met een oude BDM-leidster of een Arbeitsführerin moeten praten, je haren zouden overeind gaan staan: het was hun jeugd, de tijd van hun leven, wunderschön!'

Lotte staarde haar aan. Het was alsof Anna tijdens deze lofzang steeds groter werd, alsof ze – met haar gebaksvork in de hand – pompeuze afmetingen aannam. Deze opgeblazenheid, dit wunderschöne, noodlottige enthousiasme van voor de oorlog, vulde de hele patisserie.

'Er waren toch wel uitzonderingen, mensen die hun verstand niet verloren!' Lotte sprak tegen de wind in, de woorden werden teruggeblazen in haar gezicht, zo zwak voelde ze zich in haar verweer. 'Bij ieder volk, al is het nog zo op hol geslagen, heb je toch uitzonderingen.'

'Natuurlijk. Maar de politieke oppositie was meteen al weggevaagd, dat weet je, die hadden ze keurig afgevoerd. Zij die overgebleven waren, de intellectuelen, de schranderen, zij die contacten hadden met buitenlanders zodat ze ook andere informatie kregen, of mensen zoals oom Heinrich die het intuïtief begrepen: al die mensen verkeerden in groot gevaar als ze hun mond opendeden. Daarom hoorde je geen tegengeluiden. Alle handen waren uitgestoken in dezelfde richting, die ene richting...'

'Maar jij Anna... waarom deed jij niets?'

'Ik was een dienstmeisje, het dienstmeisje ván, een nonpersoon. Ik moest er altijd zijn, voor de gnädige Frau, ik moest als de bliksem doen wat zij van me wilde. Hitler mocht ik niet, maar verder vond ik alles best, het was me om het even.'

Het bloed steeg Lotte naar het hoofd. Op de een of andere manier werd Anna steeds ongrijpbaarder – ze trok een rookgordijn op, onder het mom van openhartigheid. Maar Lotte liet zich niet misleiden.

'En de joden,' zei ze fel, 'de verdwijningen, de Kristallnacht...?'

'Het officiële antwoord daarop was: we hebben ze in bescherming genomen omdat de volkstoorn ze anders zou doden. Want de joden hebben alle ellende veroorzaakt: de Eerste Wereldoorlog, het Schandvertrag van Versailles, de crisis, de ontaarding in de kunst... Dat zit zelfs nu nog in sommige Duitse koppen, zo is dat erin gehamerd. Hör mal... Lotte...'

Anna boog zich over de tafel heen tot vlak bij Lotte. Er zat een wolkje eierschuim op haar bovenlip. Lotte kreeg het gevoel dat de laatste tegenstanders van het nazi-regime gerepresenteerd werden door dit nietige stukje schuim – zo meteen kwam er een dikke, gladde tong om het weg te likken uit de wankele positie op de lip.

'Hör mal, jij kunt al deze vragen stellen omdat je weet wat er allemaal gebeurd is. Wij wisten nog niet waar het toe zou leiden, dus we stelden die vragen niet. Waarom kijk je me zo aan...'

'Wir haben es nicht gewusst... dát horen we al zo lang.'

Anna begon met haar vork de bodem van haar taartje te prakken, het leek wel of ze kwaad was. Dat prakken werkte op Lottes zenuwen, het scheelde niet veel of zij werd ook kwaad.

'Jullie wijzen maar, met je beschuldigende vinger,' zei Anna bits, 'dat doen jullie nu al vijfenveertig jaar, dat is maar makkelijk. Waarom heeft het Duitse volk het laten gebeuren, roepen jullie. Maar ik draai het om en vraag: waarom hebben jullie, in het Westen, het laten gebeuren? Jullie hebben ons rustig laten bewapenen – toen al hadden jullie met het Verdrag van Versailles in de hand kunnen ingrijpen. Zonder slag of stoot lieten jullie ons het Rheinland binnenmarcheren, en Oostenrijk. En toen hebben jullie Tsjechoslowakije aan ons verkwanseld. De Duitse emigranten in Frankrijk, in Engeland, in Amerika, hebben gewaarschuwd. Niemand luisterde. Waarom hebben ze die idioot niet gestopt toen het nog kon? Waarom hebben ze ons aan ons lot overgelaten, overgeleverd aan een dictator?'

'Straks hebben wij het nog gedaan!'

'Waarom, dat vraag ik.'

Lottes ogen fonkelden. 'Je draait de zaak mooi om, Anna,' zei ze met een vijandig lachje, 'dit is wel het fraaiste argument dat ik ooit heb gehoord om de Duitsers vrij te pleiten.' Driftig stond ze op. 'Laat mij maar afrekenen,' zei ze uit de hoogte. Ze tilde haar jas van de stoelleuning en liep onvast op de juffrouw bij de kassa af. Ai, de wandeling had zich lelijk vastgezet in haar kuiten.

Anna stond in paniek op. Waarom was Lotte ineens zo gepikeerd? In alle oprechtheid had ze haar ideeën ontvouwd. Die waren niet zomaar, klakkeloos, tot stand gekomen: over de stapel boeken die ze gelezen had om al die lugubere patronen te doorgronden zou je niet heen kunnen kijken. Het was twijfelachtig of Lotte zich ooit de moeite gegeven had zich zo grondig te documenteren.

'Lotte,' riep ze, 'wacht even...'

'Ik ben moe,' zei haar zuster over haar schouder. Ineens zag ze er heel oud en fragiel uit. 'Ik geloof dat ik werkelijk heel erg moe ben.'

10

Toen de deur van de patisserie achter Lotte dichtviel griste Anna haar winterjas van de rugleuning. Ze had het benauwd gekregen tussen al die dames – er werd gerookt en haar moeizaam verworven inzichten riepen niets dan onwil en onbegrip op bij de enige persoon op de wereld die ze wilde overtuigen. Het was één groot misverstand. Ze wurmde zich tussen twee stoelen door naar de kassa. Lotte had ook voor haar betaald – wilde ze zo haar overhaaste vertrek rechtvaardigen? Anna stapte de sneeuw in; ze probeerde diep adem te halen maar het leek of haar longen gekrompen waren. Haar hart klopte snel en onregelmatig. Hier, nu, zou het kunnen gebeuren, zomaar ineens, de onenigheid met Lotte zou nooit meer worden bijgelegd. Langzaam voortstappend probeerde ze haar ademhaling onder controle te krijgen; misschien was het 't plotselinge gevoel van vergeefsheid waar ze het benauwd van kreeg.

Lotte herademde. De sabotage die ze zojuist had gepleegd luchtte haar op, ze voelde zich bevrijd – ze had zich veel te veel door Anna laten inpakken, de grenzen van haar inlevingsvermogen waren bereikt. Het was alsof ze in een schijngevecht verwikkeld waren. Ze wierpen elkaar duizendmaal gehoorde, versleten argumenten naar het hoofd, ogenschijnlijk de kern rakend van hun lijnrecht tegenover elkaar staan terwijl het, buiten hen om, eigenlijk om iets veel groters ging. Iets dat zich zodra je het met een verrekijker naar je toe probeerde te halen aan de waarneming onttrok.

De volgende morgen waren ze tegelijk bij het Thermaal Instituut, met dit verschil dat Lotte onder aan de trap stond, terwijl Anna om onbekende redenen aan de overkant van de straat stond te wachten totdat een militaire kolonne gepasseerd was. Ze had toch niet op de uitkijk gestaan? Lotte zou haar niet hebben opgemerkt als ze niet had staan zwaaien en roepen, tussen de voertuigen door die in een kalm tempo in westelijke richting reden. Lotte wachtte. Ze had die nacht wonderbaarlijk goed geslapen nadat ze de beslissing had genomen zich niet meer zo van haar stuk te laten brengen door Anna. En nu stond die daar te zwaaien, telkens verdween ze voor korte tijd achter een jeep, een tank, een militaire ambulance. Er kwam geen eind aan de stoet die aan haar voorbijschoof vanuit een eigen logica. Gehelmde koppen die martiaal voor zich uit keken alsof ze Spa zojuist met geweld hadden ingenomen, alleen om erdoorheen te kunnen rijden. Lotte begon te lachen. Ze zag dat, aan de overkant, Anna ook lachte. Ontdekten ze allebei op hetzelfde moment dat het niet meer dan een schertsvertoning was die hen van elkaar scheidde? Toen de laatste tank in camouflagekleuren gepasseerd was stak Anna hoofdschuddend de weg over.

Alsof er de vorige dag niets bijzonders was voorgevallen beklommen ze, elkaar ondersteunend, de trappen van het Instituut. Het leek of er de vorige dag iets neteligs was opgeruimd – je wist niet wat voor kronkels de menselijke geest volgde. Later op de dag kwamen ze elkaar weer tegen in een van de gangen. Op een lange witte bank bespraken ze als doorgewinterde kuuroordbezoeksters de effecten van de verschillende baden op hun spieren en gewrichten. Nu de spits eraf was moest de heilzame werking zich zo langzamerhand gaan manifesteren. Daarna besloten ze die avond in een restaurant tegenover de Pouhon Pierre-le-Grand te dineren. Volgens Anna, aan wier scherpe blik niet veel ontging, zag het er sfeervol en betaalbaar uit.

Lottes vader kwam niet ongeschonden uit zijn ziekte tevoorschijn. Het trombosebeen hield bij elke stap iets slepends. Soms begon zijn hart zonder aanleiding sneller te kloppen. Dan greep hij naar zijn borst – nu was werkelijk het moment aangebroken waarop hij ging sterven. Het gebaar riep bij iedereen onmiddellijk de oude angst op. Het gesprek stokte, de muziek werd uitgezet, een raam opengeschoven – hoewel ze wisten dat hij misbruik maakte van zijn hartkloppingen en ze veinsde op momenten dat andere manieren om aandacht te trekken faalden. Gedurende de lange periode van zijn ziekte was hij aldoor het middelpunt geweest, zijn vrouw was hem volledig toegewijd als in de lente van hun huwelijk toen ze nog niet werden afgeleid door de kinderen. Na zijn genezing waren de jongsten teruggekeerd naar huis en verviel hij, heviger dan ooit, in het oude patroon de kinderen (haar kinderen) te tergen met onredelijke eisen en strafmaatregelen. Het was de eenvoudigste manier om ruzie met haar te krijgen; tijdens de verzoening herwon hij voor even het alleenrecht op haar. In plaats van dankbaar te zijn voor het feit dat hij drie verschillende doodsoorzaken had overleefd, was hij verbitterd alsof het teruggewonnen leven op geen enkele manier aan zijn verwachtingen voldeed. Hij ontwikkelde ook de gewoonte om afkeurend te snuiven, eerst door zijn ene neusgat, dan door het andere – zelfs de geur van zijn tweede leven stond hem niet aan.

Het gesnuif werkte op Lottes zenuwen, ze hoorde het overal. Achter gesloten deuren in lege kamers, aan het eind van de gang, net om de hoek, 's nachts door de muren van de slaapkamers heen. Ze droomde ervan aan deze vader te ontsnappen en aan de disharmonie die hij telkens weer, op wisselende manieren, vanuit een onuitputtelijke vindingrijkheid in het gezin teweegbracht. Ook zou ze verlost willen zijn van z'n voortdurende gemopper. Op het onvermogen van minister-president Colijn, die de crisis meende te kunnen bestrijden door de uitkeringen van de werklozen en de lonen van de ambtenaren terug te schroeven. Haar vader merkte het vooral aan de vertraging die optrad in de uitbreiding van zijn platencollectie. Gemopper op de communistische partij, die een beroep had gedaan op alle politieke partijen om de onderlinge verschillen ondergeschikt te maken aan de gezamenlijke strijd tegen de Nationaal-Socialistische Beweging. Nu kon hij niet eens meer van leer trekken tegen de papen en de calvinisten! Gemopper op Hitler, die aanvankelijk gewoon een halvegare was, maar langzamerhand de status van gevaarlijke gek was gaan genieten. Gemopper op het Duitse volk dat achter de gevaarlijke gek aan marcheerde, waarbij hij voor het gemak over het hoofd zag dat zijn eigen moeder een Duitse was, alsmede zijn voorouders van haar kant – en ook zijn muzikale nicht. De krant eigende hij zich onmiddellijk nadat hij in de bus gevallen was toe, onder heftig gesnuif, om hem aan niemand meer af te staan, als een hond die een bot tussen zijn tanden klemt. Hoe meer Lotte hem hoorde ageren tegen het Duitse volk, hoe meer datzelfde volk haar met genegenheid vervulde. Elke negatieve uitlating van zijn kant wakkerde haar verlangen naar een weerzien met Anna aan. Als haar vader vond dat de Duitsers niet deugden dan wilde zij een van hen zijn.

Toch vertrok Theo de Zwaan, de verloofde van Marie, met twee vrienden naar Duitsland op het gerucht dat daar werk in overvloed was. Na veertien dagen was hij alweer terug. In plaats van iets verdiend te hebben had hij al zijn spaargeld uitgegeven aan een Leica, die als een oorlogstrofee op zijn borst hing. 'Hoe haal je het in je hoofd,' zei Lottes moeder, 'wij kopen uit principe geen Duitse waren en jij komt met een peperdure Leica aanzetten.' Maar hij was niet eens opgetogen over zijn aankoop, eerder leek die een soort pleister op de wonde. Hij was terneergeslagen, en spaarzaam met informatie. Ja, werk was er genoeg, maar hij had in dat land niets te zoeken. De helft van de mensen droeg een uniform, zelfs kinderen, er heerste een stuitende geestdrift over de Anschluss met Oostenrijk, overal hingen affiches, banieren, plakkaten met 'Ein Volk – Ein Reich – Ein Führer'. Hij had het met eigen ogen gezien en wilde er niets mee te maken hebben. 'Dat had ik je zo ook wel kunnen vertellen,' zei zijn toekomstige schoonvader, 'dan had je je die hele reis kunnen besparen.' Lotte wantrouwde de brenger van deze slechte boodschap. Waarschijnlijk had niemand hem in dienst willen nemen, je kon van een afstand zien dat hij een slome duikelaar was. De manier waarop hij Duitsland had ervaren was natuurlijk gekleurd door frustratie, het pleitte voor het land dat ze niet zomaar iedereen aannamen.

Als genoegdoening verlangde Theo van het toestel dat het hem schitterende foto's zou bezorgen. Hij vroeg Jet en Lotte als proefkonijn. Omdat ze hem geen van beiden au serieux namen trokken ze voor de grap een herenpantalon en een colbert aan, en zetten een hoed met een gleuf op. Hun lippen overdadig geschminkt lieten ze zich vereeuwigen bij de watertoren. In een mannelijke pose leunend op elkaars schouders, een sigaartje in de mond; als Greta Garbo met de blik van een sfinx in de camera starend; in een imitatie van Marlene Dietrich – Ich bin von Kopf bis Fuss auf Liebe eingestellt. Ten slotte barstten ze in een ongecontroleerd, hilarisch gelach uit. Flegmatisch als altijd, ook bij het instellen van het diafragma en het bepalen van de invalshoek, maakte Theo zijn foto's. De mondaine, zwoele, achteloze, onafhankelijke vrouwen die hen na het ontwikkelen vanaf de minuscule foto's met kartelrandjes aankeken wekten hun nieuwsgierigheid. Waren zij dit? Hun moeder liet de foto's met een trots lachje rondgaan onder het bezoek: kijk eens wat een knappe dochters ik heb!

Er lag een symfonie van Mahler op de draaitafel; Lotte voegde zich bij het gezelschap dat in een kring zat te luisteren alsof het een religie beleed – op een open plek in het bos, aan de voet van een rots, een waterval stortte zich naar beneden, van achter de bergtoppen klonk dreigend gerommel, herten sloegen op de vlucht... Sammy Goldschmidt luisterde met getuite lippen, in gedachten blies hij een partij mee. Bij Ernst Goudriaan, die donker voor zich uit keek, scheen de muziek sombere visioenen op te wekken. 'Welke dirigent was dat?' vroeg hij toen de laatste toon wegstierf en ze elkaar enigszins verslagen aankeken omdat de betovering verbroken was. 'Wilhelm Furtwängler,' zei Lottes vader, rechts en links snuivend.

'Furtwängler!' zei Goudriaan. 'Die speelt nu voor de nazi's!' 'Furtwängler?' herhaalde Lottes moeder verschrikt. 'Nou ja,' bromde haar man, 'die symfonie is jaren geleden opgenomen, we hebben er al zo vaak van genoten.'

Goudriaan keek ongemakkelijk om zich heen. Hij was net terug uit Duitsland, legde hij uit. Het klonk als een verontschuldiging. Hij was in de leer geweest bij een befaamde vioolbouwer – gedurende die tijd woonde hij bij een joodse familie, was min of meer lid van het gezin geworden. Enkele dagen geleden was de vioolbouwer op hem afgestapt: 'Ik heb gehoord dat u bij joodse mensen in huis bent. Als u uw opleiding hier wilt afmaken moet u daar zo snel mogelijk weg.' 'Maar ik heb toch niets te maken met dat soort verordeningen,' wierp Goudriaan tegen, 'ik ben Nederlander.' 'U bent hier in Duitsland, u heeft er wel degelijk mee te maken. Of u gaat weg bij die familie of u kunt hier niet langer blijven.' 'Dan ga ik hier weg,' zei Goudriaan.

Ongeloof en verontwaardiging vulden de kamer, Goudriaan liet het met een neerslachtig lachje over zich heen komen. Aarzelend tussen medelijden en argwaan bekeek Lotte de tengere student. Het kostte haar moeite zich hem als vioolbouwer voor te stellen – houtkrullen op zijn onberispelijke kostuum, eindeloos schavend aan een blad. Een ambacht dat associaties met gespierde armen en werkmanskleding opriep. Haar vader zette de *Negende* van Beethoven op, in een koosjere uitvoering. Zouden ze voortaan nooit meer onbevangen naar muziek kunnen luisteren? Het 'Alle Menschen werden Brüder' klonk magistraal op; waarom was het niet 'Alle Menschen werden Schwester'?

In de loop van het jaar werd het steeds moeilijker excuses te vinden voor haar geboorteland. Nooit eerder werd er zoveel naar de radio geluisterd als in de septemberdagen, toen Chamberlain tot driemaal toe naar Duitsland vloog om een oorlog te voorkomen en ten slotte, met Daladier, het offer van Tsjechoslowakije bracht in ruil voor vrede. Iedereen was opgelucht, alleen Lottes vader wond zich erover op dat zowel Engeland als Frankrijk hun verdrag met de Tsjechen zo lafhartig schonden. 'Uit pure angst voor het bolsjewisme,' snoof hij vol verachting, 'in hun hart hebben ze bewondering voor de manier waarop Hitler zijn land heeft gezuiverd van de communisten.' 'Zo gek is die angst niet,' zijn vrouw kwam weer met haar voorspelbare argumenten, 'als de arbeiders op grote schaal de macht krijgen komen ook daar mensen naar boven die de boel terroriseren.' 'Weet je wel over wie je het hebt?' Hij was beledigd: 'Je hebt het over Stalin, die een heel continent in het gareel moet houden.' Dan werd hij sentimenteel, iedereen wist hoe de stokoude discussie verder verliep. Lotte dook weg achter haar muziektheorie. De rolverdeling stond bij voorbaat vast. Haar moeder wierp zich op als verdedigster van de democratie, hield een pleidooi voor een natuurlijk evenwicht tussen de verschillende partijen; haar vader hoonde het democratisch beginsel weg: 'Wou je soms beweren dat wij hier een democratie hebben, de armen worden steeds armer!' Hij liet zich door zijn gevoelens meeslepen, nam nog een slok jenever, de op het nippertje verijdelde oorlog raakte op de achtergrond. Hier werd een andere, veel oudere oorlog uitgevochten, onder het mom van een verschil in politieke overtuiging – een strijd die altijd onbeslist bleef. 'Laat me niet lachen,' haar moeder had het laatste woord, 'je weet best dat jijzelf, hier in huis, een dictator zou zijn als je de kans kreeg.'

Lotte had het bedrag voor een reis naar Duitsland allang bij elkaar – naarmate de oorlogsdreiging toenam werd het steeds moeilijker haar plan hardop uit te spreken. Masochistisch luisterden ze met z'n allen naar de radio, waar een oorlogszuchtige toespraak van Reichsminister Hess werd samengevat. Ze stelden elkaar gerust: Nederland zal er nooit bij betrokken raken, wij zijn altijd neutraal geweest. Trouwens, half Nederland is familie van de Duitsers: onze prins, de oude koningin Emma, oma in Amsterdam, noem maar op. De dood van Louis Davids was een grotere tragedie dan de Duitse annexatie van Memelland en de Italiaanse inval in Albanië – Lottes moeder liep weeklagend door het huis en sloeg zich met vlakke hand tegen haar voorhoofd alsof ze zichzelf beschuldigde; melancholiek zong ze zijn liedjes op de bank onder de leipeer.

'Nu valt je vadertje toch lelijk door de mand,' zei ze toen Hitler en Stalin een niet-aanvalsverdrag sloten. 'Het is een slimmigheid van Stalin,' haar man lachte om zoveel kortzichtigheid, 'er zit iets achter. Het komt hem op dit moment goed uit om een pact te sluiten.' De koningin hield een kalme radiorede: er is geen enkele reden tot ongerustheid. De mobilisatie werd afgekondigd om de neutraliteit van het land te waarborgen; Theo de Zwaan vertrok met een van de honderden extra treinen. Niet ontevreden, eindelijk had hij iets te doen.

'Holland met zijn tinnen soldaatjes,' snoof Lottes moeder, hem een zak met appels en boterhammen toestoppend. Twee dagen later vielen de Duitsers Polen binnen, en nog eens twee dagen later verklaarden Engeland en Frankrijk zich in oorlog met Duitsland: er viel met Hitler niet meer te praten. Toch was het vertrouwen in de veiligheid van het verwaarloosbaar kleine koninkrijk aan zee, dat geen partij koos, nog steeds ongeschonden.

'Zo zie je, jullie waren net zo naïef als wij,' zei Anna.

Lotte knikte.

In gedachten verzonken aten ze verder. Anna prakte haar aardappelcroquetten, tot ontsteltenis van Lotte die ze in stukjes van gelijke grootte sneed, wat Anna pietluttig vond.

'Zijn ze echt?' Anna streek met haar vinger over een rode bloem die verdacht weelderig stond te bloeien in een langwerpige bak naast hun tafeltje.

'Het is allemaal plastic,' zei Lotte, die dit bij binnenkomst al had gezien.

'Je hebt gelijk,' Anna trok haar vinger terug 'het is hier veel te donker voor planten. Ach... daar moet ik aan de cactussen van Frau Stolz denken...' Ze grinnikte. 'Die werden me noodlottig, kun je wel zeggen.'

Het was aan de inhoud van de boekenkast te danken dat Anna's verkapte horigheid niet ondraaglijk werd. Het borduurwerk vorderde nauwelijks, voor de vorm lag het op haar schoot, gekreukt door de boeken die er opengeslagen op hadden gelegen. Herr Stolz verdeelde zijn aandacht tussen de krant en de radio, die uitsluitend successen meldden. 'Tien jaar geleden waren we de paria's van Europa, en nu neemt Chamberlain tot driemaal toe de moeite bij ons op bezoek te komen, wie had dat kunnen denken,' zei Stolz voldaan, 'dat hebben we allemaal aan het genie van onze Führer te danken.' Op nieuwjaarsdag maakte Hitler via de radio de balans op: 'Het jaar 1938 was in de hele geschiedenis van ons volk het rijkst aan gebeurtenissen.' Het Derde Rijk was gegroeid met tien miljoen zielen, allen waren Heim ins Reich gekeerd. Frau Stolz zei voldaan dat ze er eindelijk weer trots op durfde te zijn dat ze een Duitse was. Met een glas Sekt klonken ze op de verbazingwekkende dadendrang van de Führer en op de grote dingen die hij met hen voorhad.

De euforie liet Anna onberoerd. Bij het idee een Duitse te zijn had ze nooit stilgestaan. Toen ze Hitler en Benes, de Tsjechische president, op de radio tegen elkaar hoorde foeteren dacht ze: geef ze allebei een knuppel, dan kunnen ze het onder elkaar uitvechten. Wat gaat het ons aan? Moe van de villawijk vlak bij de geestdriftig rokende fabrieksschoorstenen, murw van het onderdrukken van haar opstandigheid, deed ze haar werk in een dodelijke routine. Maar op een doordeweekse dag in diezelfde winter bereikte ze zomaar ineens het verzadigingspunt. Van een klein, onschuldig incident sprong dat ene noodzakelijke vonkje af.

Op donderdagmorgen, om half zes, moest ze de eetkamer een beurt geven. Iedereen sliep dan nog, het was stil en koud in huis. Onder een groot raam, dat op de achtertuin uitzag, liep een lage vensterbank van zwart marmer waarop cactussen stonden. Nooit kwam er tussen de stekels een exotische woestijnbloem tevoorschijn – het was ondenkbaar dat onder het bewind van Frau Stolz iets tot bloei zou kunnen komen. Eén voor één moest ze de cactussen van de vensterbank halen, dan boende ze hem met was tot de zwarte glanslaag haar eigen gezicht weerspiegelde. Later op de dag riep Frau Stolz haar bij zich: 'Anna, je bent vanmorgen de vensterbank vergeten.' Anna ontkende. 'Je liegt, kijk maar eens, hier en hier.' In navolging van haar werkgeefster zakte ze door de knieën. Op twee plaatsen was de boenwas niet helemaal uitgewreven, er waren enkele wolkjes achtergebleven die 's morgens om half zeven, tegen de achtergrond van de donkere tuin, nog niet te zien waren geweest. Ze kwamen overeind. Genadeloos winterlicht scheen naar binnen, het gezicht van Frau Stolz was plat en kil, een ijzig schild tegen de opgespaarde woede van Anna.

Ze begon haar schort uit te trekken. 'Maakt u zich geen zorgen, Frau Stolz, uw vensterbank, uw cactussen, uw plinten, ik zal ze met geen vinger meer aanraken, ik beloof het u.' 'Je moet toch een beetje kritiek kunnen verdragen,' zei Frau Stolz. Anna keek naar de cactussen – inventariseerde de hele kamer, alle voorwerpen die door haar handen waren gegaan en die, nu het erop aankwam, partij kozen voor Frau Stolz. 'Ik kan zo niet werken,' zei ze toonloos, 'deze kleingeestige orde, het Pruisische plichtsgevoel, er is voor mij geen plaats hier. Zet me midden in de woestijn en ik leg een prachtige tuin voor u aan... maar wel op mijn manier.' 'Ah...' Frau Stolz ging een licht op, 'je wilt hier de lakens uitdelen!' Anna bekeek haar, ineens van een duizelingwekkende afstand. Voor het eerst en voor het laatst bekeek ze haar goed, Frau Stolz, zoals ze daar stond, een forse, rechthoekige vrouw. Daar stond ze, precies zoals ze was, in haar schokkende beperktheid. De vrouw dacht koortsachtig na; het bedenken van een toepasselijke genadeslag, die haar in staat zou stellen haar waardigheid te handhaven, kostte haar veel moeite. 'Weet je wat 't is met jou: je hebt het te hoog in je bol...' ze rukte het schort uit Anna's handen, 'jij zult niet rusten voordat je bij Bayer in de banketzaal door twee knechten bediend wordt.'

Gitte liet Anna niet gaan. Op de dag van haar vertrek had ze alle deuren van de villa op slot gedaan. Ze zat wijdbeens op de met donkerrood fluweel beklede sofa, de armen over elkaar, haar knokige knieën staken beschuldigend omhoog: je kunt mij hier niet alleen achterlaten. 'Waar zijn de sleutels!' Haar moeder schudde haar door elkaar; Gitte vertrok geen spier. Anna verstijfde tussen haar koffers; ze herkende, in een pijnlijke gelijkenis, de gevoelens van het meisje. 'Ik heb ze in de wc gegooid en doorgespoeld,' zei Gitte hautain. Tegenover de desertie van Anna stelde zij haar absolute weigering. Vervaarlijk kalm ging Frau Stolz een slotenmaker bellen. Anna probeerde Gitte ten afscheid te omhelzen – die wendde zich gekwetst af. Ten slotte liep Anna met haar koffers naar de keuken, opende een hoog smal raam boven het aanrecht, gooide haar bagage naar buiten en gooide zichzelf erachteraan – van het zinkende schip af, de diepte in die bij het neerkomen aangenaam kraakte onder haar voeten.

Ze keerde terug in het huis van haar oom, in de slaapkamer met de medaillonnetjes, in de zitkamer met de luie stoelen, de pathefoon en de operettemuziek van oom Franz, maar ze keek nergens meer van op. Meubels en gebruiksvoorwerpen stonden nog in het teken van dwang – de dwang van het schoonmaken, iedere week, de eeuwig terugkerende handelingen. Ongeïnspireerd schreef ze op advertenties. Ze nam een bad, stapte eruit en stelde zich beleefd voor aan haar druipende spiegelbeeld: 'Aangenaam, ik ben Anna Bamberg, mijn moeder is al jaren dood, mijn vader ook, dan had ik nog een zuster, Lotte, maar ook zij is er, eerlijk gezegd, allang niet meer... ik, Anna, daarentegen ben springlevend, dat is te zien...'

Op een van de brieven kwam antwoord, een enveloppe van gemarmerd papier met een afzender in een onopgesmukt, zakelijk handschrift: Charlotte von Garlitz Dublow, Gräfin von Falkenau. In plaats van Anna uit te nodigen voor een sollicitatiegesprek kondigde ze haar komst aan, diezelfde dag nog. Opgewonden – een gravin! – rende tante Vicki naar haar kleedkast om een jurk voor Anna uit te zoeken. Die staarde verdwaasd naar de strakke, nuchtere letters, overmand door onheilsgevoelens – een gravin, dat riep associaties op met lijfeigenschap, daar ging haar prille, moeizaam heroverde vrijheid. Door een spleet tussen de vitrage zagen ze de gravin uit haar Kaiser-Freser stappen, onder haar openhangend bontjasje droeg ze een roomkleurige, zijden blouse. Tante Vicki kneep Anna in de muis van haar hand.

De zitkamer, die Anna nog niet zo lang geleden als het toppunt van luxe en comfort was voorgekomen, werd conventioneel en burgerlijk met deze vrouw erin. Ze hield Anna's hand vast terwijl ze haar, zonder gêne, taxerend opnam. 'Ik zou u iets willen vragen,' zei ze, 'bent u familie van Johannes Bamberg?' In een reflex trok Anna haar hand terug, niet in staat te antwoorden op een gewone, in alle onschuld gestelde vraag. Nooit meer had iemand deze naam uitgesproken; de familie had tegelijk met zijn stoffelijke resten ook zijn nagedachtenis begraven. Ze keek de vrouw aan zonder haar te zien. Voor het eerst drong in deze kamer het getik van de pendule tot haar door – het getik van een stok op de straatstenen. Tante Vicki keek handenwringend van de een naar de ander en zei toen de stilte te lang aanhield: 'Johannes Bamberg, ja, dat was haar vader, een neef van mijn man... ik heb hem niet gekend want hij is jong gestorv...' 'Haar vader dus,' onderbrak de vrouw haar voldaan, haar zwanenhals in de richting van Anna draaiend. 'Jazeker, haar vader,' beaamde tante Vicki gedienstig. 'Dan is alles in orde.' Er daalde een gehandschoende rechterhand neer op Anna's schouder. 'Komt u mee? Buiten staat mijn auto.' 'Maar haar spullen,' riep tante Vicki, buiten adem ten gevolge van de snelheid waarmee de procedure zich voltrok. 'Ik zal mijn chauffeur sturen later op de dag.' De gravin met de onuitsprekelijke naam dreef Anna voor zich uit, de burgermanskamer uit, de gang door, tante Vicki kreeg niet de kans de buitendeur voor haar te openen, ze deed alles zelf met grote vastberadenheid. Terwijl ze met een hand bevallig door haar korte bruine haar streek hield ze met de andere het portier open voor Anna. Tante Vicki kwam aanrennen met haar jas. Anna stapte wezenloos in, alsof ze onder hypnose stond.

Keulen gleed aan weerszijden als een bewegend decor voorbij. Tijd en plaats verloren hun normale proporties, de naam van haar vader had iets in gang gezet dat nog het meest op een zich in versneld tempo afdraaiende film leek. Het was een regelrechte ontvoering; had hij, na al die tijd, de verantwoordelijkheid voor haar weer op zich genomen en was de vrouw achter het stuur een afgezant die zijn opdracht met stijl vervulde? Ze bestuurde de wagen met één hand, met de andere stak ze een sigaret op. Een engel die rookte. Ze lieten de bebouwing achter zich, hield hier de bewoonde wereld op? De auto zwenkte van de weg af, een gemanicuurde vinger drukte op de claxon, hekken van edelsmeedwerk gingen open. Een brede oprijlaan, geflankeerd door oude bomen waarvan de kruinen met elkaar vervlochten waren. In het parkachtige landschap dat tussen de stammen door flitste herkende Anna de Elyseese Velden uit de Griekse mythologie van Herr Stolz. Glooiende gazons tot aan de horizon, altijd groene hagen, groepen bomen en struiken – alles met zorg onderhouden en in vorm geknipt als de nagels van de chauffeuse. Onder een gewelf van zwarte takken drongen ze steeds dieper de tunnel in, die eindigde in een cirkel van licht. Op het bordes van een statig, verblindend wit huis stond een roerloze gestalte in een donker kostuum; alleen zijn ogen volgden de halve boog die de auto beschreef voordat hij aan de voet van de trap tot stilstand kwam. De vrouw stapte uit. Anna, van wie hetzelfde verwacht werd, bleef gedesoriënteerd zitten. 'Kom, we zijn er.' Het portier ging open, knipperend met haar ogen wurmde ze zich naar buiten. Een duizeling beving haar toen ze de brede trap bestegen. Van de donkere gestalte zag ze niet meer dan een lange arm met een hand eraan die de deur voor hen openhield, daarna bleek hij over twee armen te beschikken waarmee hij hen uit hun jassen hielp, in het midden van een enorme hal waarop gangen, trappen en deuren uitkwamen.

Ze kreeg een kamer toegewezen op de eerste verdieping, met uitzicht op een turquoise zwembad – een onwezenlijk, giftig element te midden van de natuurlijk groene gazons. De gouvernante, kokkin, bediende, chauffeur, wasvrouw, poetsvrouwen, dienstbodes en tuinlieden, bleken in een tevreden symbiose te leven, ieder had zijn eigen territorium. Het was een eeuwenoud samenwerkingsverband, een gestileerde vorm van dienstbaarheid aan de oude Pruisische adel die in het eeuwenlang bestieren van kastelen en landgoederen haar effectiviteit bewezen had. Als vervangster van het vorige kamermeisje, dat ontslagen was, werd aan Anna de zorg voor de garderobe van Frau von Garlitz toevertrouwd. Wanneer er een zoom loszat, moest ze die repareren, ze bracht de kleren naar de wasvrouw, raapte de avondjurk op die verfrommeld op het parket lag en hing die in de kast. Dit luxeleven stond in zo'n schril contrast met de dagelijkse uitputtingsslag in haar vorige betrekking, dat ze zich schaamde voor de omvang van haar salaris: het dubbele van wat ze bij Frau Stolz verdiende, afgezien nog van het drinkgeld en de cadeautjes die Frau von Garlitz het personeel regelmatig met een intiem lachje toestopte.

In uren van ledigheid zwierf ze door het huis. En passant leerde ze hoe de tafel gedekt moest worden als er een generaal, een grootindustrieel, een baron kwam eten; welk servies hem voldoende eer aandeed zonder te overdrijven; ze leerde een bij het seizoen passend boeket schikken op een halvemaanvormig tafeltje onder een achttiende-eeuws stilleven met druiven en fazanten. Frau von Garlitz sliep gescheiden van haar man – hun slaapkamers, in een aparte vleugel van het huis, stonden via een roze marmeren badkamer met elkaar in verbinding. Een speurtocht naar haar nachtjapon, die 's morgens moest worden uitgehangen, bracht Anna op aanwijzing van een grijnzende bediende in de slaapkamer van Herr von Garlitz waar, tot haar ontgoocheling, het gezochte voorwerp achteloos op de grond naast zijn bed lag – de gravin was naar hém toegegaan!

Anna won het vertrouwen van de kokkin die haar, gelegitimeerd door een devote toewijding aan haar werkgeefster, royaal van achtergrondinformatie voorzag. De gnädige Frau was als een geboren Von Falkenau verwant aan de oudste Märkische adel. Haar man daarentegen, Wilhelm von Garlitz Dublow, kwam gewoon uit de Kohlenpott. Anna trok haar wenkbrauwen op. Het Ruhrgebied, verduidelijkte de kokkin. Zijn vader, kapitein op een schip dat de keizer naar Noorwegen bracht, was verliefd geworden op een hofdame van de keizerin, gravin Dublow. Hij werd in aller ijl geadeld om met haar te kunnen trouwen. Zo kwam Garlitz aan zijn 'Von' en werd Dublow erachteraan gehangen. Uit erkentelijkheid jegens Kaiser Wilhelm werd de eerstgeborene naar hem vernoemd.

Het respect en de genegenheid waarmee de kokkin over de gnädige Frau sprak stonden haaks op het dedain waarmee ze de curriculum vitae van Herr von Garlitz uit de doeken deed. 'Hij is een slappeling, een Casanova,' zei ze, 'maar zij is gek op hem, de arme vrouw.' Het beheer van de fabriek, Die Basilwerke, waar vitaminepreparaten en kruidensuikers werden gemaakt ter versterking van de Wehrmachttroepen, liet hij over aan ondergeschikten. 'Paarden, hij is altijd met paarden in de weer,' zuchtte de vrouw defaitistisch, alsof alle ellende op de wereld hieruit voortsproot. Grenzend aan het park, onzichtbaar achter een middeleeuwse vestingmuur, lag het fabrieksterrein. Soms gaf hij zijn paard de sporen en galoppeerde rond het negentiende-eeuwse gebouwencomplex om de arbeiders eraan te herinneren dat de schoorstenen op zijn kosten rookten.

'Heb je al kennisgemaakt met mijn man?' zei Frau von Garlitz. 'Kom, dan zal ik je voorstellen.' Ze snelde hem tegemoet, de trappen van het bordes af, Anna liep er stroef achteraan. Ze zag een fragment uit een Ufa-film: het petekind van de keizer, in wit uniform, kaarsrecht op zijn Lippizaner, draafde tussen de zwartglanzende pilaren van de oprijlaan. Onder aan het bordes kwam Der Schimmelreiter tot stilstand; hij steeg af en liet zich met verwende afwezigheid omhelzen. 'Anna, mijn nieuwe kamermeisje.' Frau von Garlitz duwde haar zachtjes in zijn richting. Hij gaf haar vluchtig een hand, terwijl zijn ogen een trapstijl zochten waaraan hij de teugels kon vastknopen. Voor hem, begreep Anna, ben ik minder dan een paard.

De ontdekking van de bibliotheek maakte een eind aan het parasitaire gevoel. Het was een ruim vertrek, de wanden waren bekleed met boeken, afgezien van drie ramen waar kale wingerdranken tegenaan tikten in de wind – een schatkamer die zorgvuldig werd onderhouden, van verse bloemen voorzien en waar zelfs het vuur in de haard brandend werd gehouden. Alles ten behoeve van een imaginaire lezer: ze trof er nooit iemand aan. *La Divina Commedia*, de *Petit Larousse*, *Der abenteuerliche Simplicissimus*, *Don Quichote*, de *Profetieën* van Nostradamus, Goethes *Faust* en *Farbenlehre*... stonden zonder systeem door elkaar. Er waren eerste drukken bij, de boeken kraakten gemelijk als zij ze opende, de beschuldigende geur van veronachtzaming steeg eruit op – een boek dat niet gelezen wordt bestaat niet, werd er gefluisterd. Anna zag dat hier een immense taak op haar wachtte.

Op een dag stelde ze de vraag die al vanaf het begin op haar lippen brandde. 'Ach ja...' Peinzend tuitte Frau von Garlitz haar hartvormige, donkerrood geschilderde mond. 'Mijn vader logeerde hier toen ik me door al die sollicitatiebrieven heen werkte. Bamberg, prevelde ik hardop, jouw brief in mijn hand, Anna Bamberg... Mijn vader keek op uit zijn krant: "Heb ik niet een Bamberg gekend... wacht even... een zekere Johannes Bamberg, een prima kerel, een uitmuntende kracht... ik heb speciale herinneringen aan hem... Mijn God, dat is zeker dertig jaar geleden..." Ik zei tegen mezelf: als deze Anna Bamberg familie van hem is neem ik haar en beschouw het als een teken van hogerhand dat mijn keuze juist is.' Giechelend voegde ze eraan toe: 'Ik geloof niet in God of in Jezus

Christus, maar wel in tekenen van hogerhand, das macht mir einfach Spass!' 'Wat voor speciale herinneringen waren dat?' vroeg Anna. 'Dat moet je hem zelf maar eens vragen, te zijner tijd. Vroeger had mijn vader de leiding over de fabriek hier. Jouw vader zal bij hem gewerkt hebben – én indruk gemaakt!'

Het huis was een eiland in de borrelende twintigste eeuw, en in dat huis was de bibliotheek op zich weer een eiland waar de zeventiende, achttiende en negentiende eeuw beter vertegenwoordigd waren dan de twintigste. Op haar gemak scharrelde Anna er rond, gerustgesteld over de legitimiteit van haar bevoorrechte positie als kamermeisje bij Frau von Garlitz. Ze wist nu dat het haar rechtmatig erfdeel was, de reputatie van haar vader (hoeveel waardevoller dan geld en bezittingen) was zijn testament. Lang voor haar geboorte had hij haar al iets nagelaten, vanuit een onbewuste voorzienigheid. Deze zeldzame vorm van ouderliefde, die zich uitstrekte van voor de geboorte tot ver na de dood, gaf haar het gevoel dat hij zich met terugwerkende kracht alsnog om haar bekommerde.

Zo kwam ze moeiteloos door de winter, de lente en de zomer heen. Soms liep ze met een avondjurk of nachtpon aan haar vingertop door het huis, maar meestal zat ze te lezen, met instemming van iedereen. Ze wist niet dat het maar een intermezzo was – een lang ingehouden adem.

De druipkaars, die tussen de schalen stond, schitterde in Anna's ogen.

'De kadaverdiscipline,' zei Lotte, 'die de vrouw van die chemicus van je verlangde, dat was toch typisch Duits.'

'Och, het was haar opvatting van huishoudelijke orde,' relativeerde Anna haar opmerking, 'alleen: ik functioneer niet in zo'n situatie van totale beschikbaarheid.' Ze begon te lachen. 'Daar schiet me ineens iets te binnen...' Van louter plezier kneep ze in Lottes hand. 'Ergens in de jaren vijftig heb ik de familie Stolz teruggezien. Ik werkte bij de kinderbescherming en was met een delegatie op bezoek bij Bayer – het ging, geloof ik, om een werkverschaffingsproject voor ontspoorde kinderen. We werden groots onthaald in de banketzaal, met twee livreiers voor elke gast. Halverwege de maaltijd hoorde ik plotseling weer het verwijt van Frau Stolz: Jij zult niet rusten voordat je bij Bayer... enzovoort. Daar zat ik nu! Ik verslikte me, mijn buurman klopte bezorgd op mijn rug. Na afloop ben ik erheen gereden, in mijn eerste Volkswagen – zo'n duizend meter tot voor het huis. Ze woonden er nog, alleen de bel was niet meer blitzblank gepoetst met Sidol, en de traptreden naar de voordeur waren niet langer smetteloos. Ik belde aan, een oude vrouw stak haar hoofd uit het raam: Anna! Natuurlijk moest ik binnenkomen. Er stonden foto's van Gitte met man en kinderen op het buffet – in de deuren zaten de ruitjes die één voor één met een zeemleren doek schoongewreven moesten worden. Herr Doktor kwam net thuis van zijn werk, hij was verbluft: "Vertel eens, hoe komt u zo toevallig hier terecht!" Ik herhaalde de profetische uitspraak van zijn vrouw. "En vandaag zat ik daar, met twee knechten!" Hij barstte in een onbedaarlijk lachen uit, het schalde door de bedompte kamers. Zijn vrouw lachte beschaamd mee, ik had medelijden met haar. "Zie je wel," hij gaf zijn vrouw een por, "heb ik je niet altijd gezegd: van dat meisje maak je in geen honderd jaar een dienstbode!'"

Deel 2
Oorlog

1

Op zondagochtend was er een rommelmarkt in de negentiende-eeuwse, overdekte wandelpromenade die vanaf de Place Royale diep doordrong in het Parc de Sept Heures. Het was zonnig, maar er stond een gure wind uit het oosten. Onder elegant krullende steunbogen sloegen de handelaren zich warm, anderen ijsbeerden van de ene gietijzeren pilaar naar de andere. Anna en Lotte schuifelden langs de uitgestalde koopwaar: vazen, sieraden, oude grammofoonplaten, ansichten. Voor een verveloos hobbelpaard dat uitgeblust naar een heiligenbeeld staarde bleven ze staan.

'Weet je nog, het hobbelpaard waar we altijd om vochten!' riep Anna, zo hard dat de marktgangers hun kant op keken. Lotte meende afkeuring op hun gezichten te zien om de verstoring van de zondagsrust. In het Duits nota bene! Stug zei ze: 'Nee, daar herinner ik me niets van.'

'Doch... doch... hij was blauw en wit geschilderd, met echte teugels en een bruin zadel; we duwden elkaar eraf totdat papa tussenbeide kwam met een tactisch voorstel: vandaag, zondag, is het paardrijdag voor Lotte, maandag voor Anna, dinsdag weer voor Lotte, enzovoort. Wat zeggen jullie daarvan? Ik was het helemaal vergeten,' ze sloeg haar handen in elkaar, 'wie schön, dass es plötzlich wieder da ist!'

Bij Lotte bracht het paard niets teweeg, het verbrak alleen het lichte saamhorigheidsgevoel dat er, tussen al die voorwerpen uit het verleden, even was geweest. Hoe kwam het dat haar geheugen pas vanaf het ziekbed in de tuin, onder de hoede van haar Hollandse moeder, ordentelijk functioneerde? Voor het eerst hinderde het haar, het maakte haar incompleet.

'De oorlog is in de mode,' constateerde Anna, 'er wordt nog steeds geld aan verdiend.' Op een kleed van fluweel lagen militaire helmen en riemen. Ja, de oorlog was overal vreedzaam aanwezig: de veldfles van een soldaat lag naast een antieke koffiemolen, onder verfomfaaide liefdesromannetjes en detectives lag een rijk geïllustreerde verhandeling over militaire ordetekens en uniformen in het Derde Rijk, in een kraam met oude portretten van bruidsparen, dopelingen en communicanten stond een ingelijste foto van een jonge soldaat die uitdagend in de lens keek.

'Hij wist nog niet dat er hier een monument voor hem opgericht zou worden,' zei Lotte.

'Kijk eens wat een hoge borst hij opzet, de arme jongen, hij geloofde heilig in zijn missie.'

'Welnee... Hij streed niet voor een ideaal, hij moest zijn land verdedigen.'

Haar zuster gaf haar een arm en trok haar mee. Ik laat me niet uit mijn tent lokken, dacht Anna. Achter in het park, tegen een steile rotswand, stond al minstens een eeuw het Chalet du Parc; hier streken ze neer, de zon scheen horizontaal naar binnen, blauwig kringelde de damp van de koffie in een bundel licht omhoog.

Altijd zitten we samen in openbare gelegenheden, dacht Lotte, alsof ons samenzijn toch iets onoirbaars houdt.

De hemel nam niet de kleur van het noodlot aan, de kokkin onderbrak geen seconde het kneden van het brooddeeg, de chauffeur liet zijn krant niet zakken, de dienstbode liep gewoon door met een volgeladen dienblad, Anna's stopnaald raakte geen moment uit de koers, niemand voorvoelde dat in de marge van de onschuldige, alledaagse werkelijkheid een scheurtje was ontstaan, die ochtend, toen een bekende stem die ze al zo vaak hadden gehoord dat ze allang niet meer luisterden uit de Volksempfänger de keuken in schalde: 'Im Morrrgengrrrauen des errrsten Septembers haben die deutsche Trrruppen die polnische Grrrenze überschrrritten... Ab heute wird Bombe mit Bombe verrrgolten...'

Ook enkele uren later, toen Anna midden in het gazon zomaar wat stond te genieten van de onwezenlijke schoonheid van huis en park, besefte ze niet dat er, onder dezelfde hemel, in hetzelfde daglicht, iets in werking was gezet dat nog veel onwezenlijker was – een proces van totale vervreemding waarin ze met z'n allen zouden worden meegesleept. Hoog in de lucht glansde iets ondefinieerbaars op. Ze kneep haar ogen tot spleetjes. Tegelijk met een ploffend geluid in de verte ontstonden er vanuit het niets witte wolken die het ding aan het oog onttrokken. Op hetzelfde moment begon het huis te spreken, het schreeuwde haar uit al zijn openingen toe: 'Sind Sie verrückt? Ga weg daar, kom binnen, het is oorlog!' 'Wat?' riep Anna, met haar handen aan haar oren in de richting van het huis lopend. 'Het is oorlog!' Frau von Garlitz hing wild gebarend uit een van de ramen, ze stuurde haar man naar buiten om Anna's kamikaze te verhinderen, in de deuropening botsten ze tegen elkaar op. 'Het is een Brits verkenningsvliegtuig,' zei hij kortaf, 'onze luchtafweer haalt het naar beneden. U kunt beter binnen blijven.' Zijn Clark Gable-snorretje ging ondanks zijn mannelijke beheerstheid geëmotioneerd op en neer. Belachelijk, dacht Anna, al die bezorgdheid. Oorlog – het was niet meer dan een woord, bijna wenste ze dat er werkelijk iets zou gebeuren, iets dat meer was dan een stip in de lucht, opdat het woord inhoud zou krijgen.

Drie dagen later, nadat Engeland en Frankrijk Duitsland de oorlog hadden verklaard, verzamelde Frau von Garlitz haar kinderen, haar personeel en de hoogstnodige bagage, en droeg huis en hof buiten adem aan Anna over. 'Breng de bovenverdieping in orde voor de vluchtelingen uit Saarland,' ze legde haar handen op Anna's schouders, een symbolisch gebaar voor de overdracht van have en goed, 'wij gaan naar het oosten.' Op haar hoofd, als een scheefgezakte helm, een asymmetrische pothoed, aan weerszijden een kind, en in haar kielzog de gewillige reuzenhuishouding, vertrok ze naar het familielandgoed in Oost-Brandenburg.

Anna, in haar nieuwe functie van huisbewaarster, sloeg haar boek open en ging verder waar ze gebleven was, in rustige afwachting van de Saarlanders. Alleen te zijn op het schip nadat de ratten het verlaten hadden boezemde haar geen angst in – voor vage dreigingen was haar zenuwgestel niet gevoelig. Gedurende de achttien dagen dat de Poolse veldtocht duurde deed haar lichaam zich zonder gêne te goed aan de enorme voorraden in de kelder, haar geest aan die in de bibliotheek. Op een dag stond, in plaats van een groep haveloze vluchtelingen, de hele karavaan weer op het bordes en werden de dagelijkse werkzaamheden hervat alsof ze niet weg waren geweest – op Herr von Garlitz na, die als officier was mee gemarcheerd naar Polen en op de Tuchelerheide het geluk had zijn knieschijf te ontwrichten, waarna het kostbare petekind onmiddellijk uit de frontlinie verwijderd was.

De oorlog werd een farce. De troepen aan de Westwall en de Maginotlinie lagen als padvinders tegenover elkaar in hun hinderlagen, ze kweekten kool en aardappels tussen de fortificaties en toostten met een hooggeheven bierpul op elkaars gezondheid. Herr von Garlitz, die na zijn genezing met zijn regiment ergens in de buurt werd gestationeerd, kwam elke zondag naar huis met een gezelschap officieren, dat zich baldadig van verveling op de drankvoorraad stortte. Zijn vrouw was de hele week in de weer om, ondanks de rantsoeneringen, aan ingrediënten voor een feestmaal te komen. Tot Anna drong het maar half door. Kort na de Poolse veldtocht had ze een brief uit Holland ontvangen.

Verontrust door de politieke ontwikkelingen was oma uit Amsterdam naar Keulen vertrokken om een oude hartsvriendin op te zoeken, voordat men er misschien toe zou overgaan de grenzen te sluiten. Tot in het diepst van haar ziel gekrenkt kwam ze terug, zwerend dat ze nooit meer een voet over de grens zou zetten. Op een regenachtige dag in oktober kwam ze verslag uitbrengen van de logeerpartij. Haar zwarte hoed met viooltjes van paars fluweel, die ongetwijfeld uit de kraam met tierelantijnen op de Albert Cuyp kwamen, hield ze de hele middag op. Ze was snipverkouden geworden in Duitsland, zei ze, van de emoties. Lotte week niet van haar zijde. In de schaduw van haar hoedrand verzuchtte oma: 'Het was een sehr unangenehme toestand...' Haar Duitse accent was verergerd. Zichzelf voortdurend onderbrekend om met een kanten zakdoekje langs haar neus te wrijven, vertelde ze dat haar Keulse vriendin uit angst te worden afgeluisterd een theemuts op de telefoon zette wanneer ze over de oorlog spraken. Toen er een schoondochter op bezoek kwam met een kind in het uniform van de Hitler-Jugend, schakelde haar vriendin nerveus over op een onbenullig onderwerp. 'De Duitse vrouwen adoreren de Führer,' verklaarde ze achteraf. 'Ik schaam me,' hoestte oma, 'ik schaam me voor al die verrückte Duitse vrouwen.'

Oma was ook bij haar achterneef Franz langs geweest, 'een sympathischer Kerl...' Van hem had ze het een en ander over Anna gehoord. Ze keek vluchtig als om toestemming naar Lottes moeder. Die knikte toegeeflijk. Het bloed steeg Lotte naar het hoofd, ze wist niet hoe ze moest kijken. 'En...?' zei ze met een geknepen stem. Oma raadpleegde weer haar zakdoekje, er leek geen eind aan te komen... Anna was goed terechtgekomen, volgens Franz, bij een adellijke familie aan de rand van Keulen.

Lotte staarde naar het netwerk van gesprongen adertjes op de appelwangetjes en probeerde daarboven de ogen te vinden die, door de zwaar neerhangende oogleden, achter spleetjes schuilgingen. Ondanks haar mededeelzaamheid had oma iets ondoorgrondelijks – op een dag zou ze er ineens niet meer zijn en een schat aan beelden, geluiden, geheimen, wetenswaardigheden, geuren uit een andere tijd, voor altijd, onachterhaalbaar, met zich meenemen. Een plotselinge angst overviel Lotte: de oude vrouw was de enige navelstreng die haar met de voortijd verbond. 'Heeft u haar adres?' vroeg ze gejaagd. 'Waarom?' zei haar moeder. 'Dan kan ik haar schrijven.' Langs haar heen wisselden de twee vrouwen een blik van verstandhouding, de regen die in golven over de weilanden kwam aanwaaien geselde de ramen. 'Ja, ik heb haar adres,' zei oma zacht. 'Ik wil haar opzoeken,' verduidelijkte Lotte. 'Nu...' riep haar moeder schril, 'in deze situatie?' 'Vroeg of laat moet het er natuurlijk toch van komen,' peinsde oma, 'we mogen haar niet tegenhouden.' 'Het is oorlog daar!' sputterde Lottes moeder tegen. Met twee handen tilde oma de hoed van haar hoofd – om zich lucht te verschaffen of om haar machteloosheid te erkennen tegenover de aantrekkingskracht tussen twee helften van een tweeling? Ze legde de hoed op haar schoot; terwijl haar vingers werktuiglijk de rand betastten, staarde ze vermoeid en neerslachtig naar de viooltjes. 'Als een oud mens zoals ik heelhuids uit diese miese Geschichte terugkomt,' zei ze schouderophalend, 'dan zal het een gezonde jonge vrouw zeker ook lukken.'

Lotte schreef een brief waarin beleefdheid en romantisch verlangen een rare frictie met elkaar aangingen, en eindigde met het uitspreken van haar bereidheid naar Duitsland te komen. In antwoord ontving ze een vormelijke brief met de uitnodiging oudejaarsavond door te brengen op het landgoed van de familie von Garlitz, zwierig ondertekend door Anna Bamberg. Tot het laatst toe verkeerde Lotte in ongerustheid of ze een inreisvisum zou krijgen. Op 30 december kon ze eindelijk vertrekken; in haar jaszak reisde het geborduurde zakdoekje, dat ze al die jaren in haar koffertje bewaard had, mee terug naar de oorspronkelijke eigenares.

Toen ze de grens overgingen en de douaniers in het Duits naar haar papieren vroegen, zei ze tegen zichzelf: mijn vaderland. Ze probeerde het beeld van haar vader voor zich te zien, maar die andere vader bleef zich op de voorgrond dringen. Het beviel haar beter om 'mijn geboorteland' te denken, of: het land van componisten en dirigenten, van symfonieën en liederen – hoeveel gemakkelijker zou het zijn een lied als 'Der Hirt auf dem Felsen' te zingen in een land met bergen in plaats van weilanden. Dat elke seconde haar dichter bij Anna bracht was bijna niet te bevatten. In haar fantasie had ze zich talloze voorstellingen gemaakt van het weerzien en toch bleef het een blinde vlek. Naarmate het dichterbij kwam werd haar verlangen steeds meer doorkruist door angst – een van alle logica gespeende, onberedeneerbare angst. Met overdreven aandacht keek ze naar buiten, om zichzelf af te leiden. Ze zette haar tanden in een van de appels die haar moeder in de tas had gestopt. Even vlamde er een licht gevoel van schuld op, of van verraad, maar het zette zich onmiddellijk om in medelijden: wat leek ze, vanuit Duitsland, onaanzienlijk, nietig.

Ten slotte minderde de trein vaart en reed het station binnen. De angst won. Ze zou voor altijd in de intimiteit van de coupé willen blijven, maar de trein stopte en begon zich van zijn passagiers te ontdoen, die verdoofd van de reis naar buiten dromden. De kou sloeg haar in 't gezicht, ze deinsde terug, zette haar koffer op het perron en verafschuwde de duwende massa om haar heen, de winter, het vreemde station, zichzelf in haar plotselinge lafheid. Rillend viste ze het zakdoekje uit haar winterjas. In plaats van ermee te wapperen, zoals was afgesproken, stak ze het tussen duim en wijsvinger schutterig omhoog. Het weerzien was ineens zo onafwendbaar dat ze de passerende gezichten bekeek zonder een poging te doen er iets bekends in te zoeken. Ergens blies een conducteur op zijn fluitje, het geluid scheerde als een vogelkreet over de hoofden van de reizigers. Daarna hoorde ze achter zich zacht, weifelend, haar naam zeggen. Het klonk als een stille verzuchting uit de mond van de menigte. Traag draaide ze zich om, tussen de winterjassen lichtte een bleek gezicht op... een rond en tegelijk spits gezicht waarin de tegenstellingen elkaar leken op te heffen. In een reflex stak Lotte haar het zakdoekje toe, de ander nam het aarzelend aan. 'Anna?' De vrouw tegenover haar sloot ter bevestiging heel even haar ogen. Op het poëzieplaatje in Lottes hoofd vielen de twee zusters elkaar in de armen, op het perron in Keulen gaven ze elkaar stijfjes een hand en glimlachten wolkjes in de bevroren lucht. Toen tilde de vrouw Lottes koffer op en begon, Lotte met een hoofdknik aansporend haar te volgen, in de richting van de uitgang te lopen.

Alles was groots en overweldigend: de hoge, beroete overkapping van het station, de immense hal die werd gedomineerd door een 4711-reclame in gekleurd glas, de monumentale aanwezigheid van de Dom, de torens twee wachters die waakten over Keulen – een dubbele vingerwijzing naar boven, een tweeling eigenlijk. Alles was groots en overweldigend, behalve het weerzien dat zo afstandelijk en efficiënt verliep alsof ze allebei in opdracht van iemand anders handelden en het hun niet om elkaar te doen was. Bij een droge fontein aan de voet van de Dom liet Anna de koffer naar haar andere hand verhuizen om geld uit haar zak te halen voor een tramkaartje. Het kwam Lotte voor dat er tussen de enen van lijn elf, die hen door de smalle straatjes van de binnenstad voerde, een grotere mate van intimiteit bestond dan tussen Anna en haar. Tevergeefs zocht ze in het bleke gezicht naar familietrekken. 'Dus dit is Keulen,' merkte ze met een stram lachje op, om de stilte te verbreken. 'Ja, das kann man wohl sagen,' zei Anna ironisch. Ze boog zich naar Lotte toe: 'En... ken je dit liedje nog...?'

Met een plaagzieke uitdrukking op haar gezicht zong ze zachtjes:

'Bim bim bim
die Elektrisch' kommt
mit dem Kontrolleur
und wer kein' fünfzehn Pfennige hat
der läuft da hinterher...'

Niets in het kinderliedje dat de sleutel van hun wederzijdse herkenning, de hernieuwing van de oude band, had kunnen zijn maakte iets bij Lotte wakker – misschien waren er inmiddels te veel cantates en aria's tussen geschoven. Anna keek haar afwachtend aan, Lotte beantwoordde de echtheidsproef met een beschaamd schouderophalen. Zwijgend wendde Anna zich af en verplaatste haar aandacht naar het donkergrijze oppervlak van de Rijn. De tram denderde over de brug. Het lijkt of ze me iets verwijt, dacht Lotte, misschien heeft ze me achttien jaar lang als een deserteur gezien.

'Achttien jaar...' zei ze nu hardop, 'het is achttien jaar geleden...' Ineens scheen de betovering verbroken. De tram bereikte de andere oever. 'Waarom schreef je me nooit... indertijd?' vroeg Lotte, als een schuchtere verdediging en aanval tegelijk. 'Omdat ik niets van je hoorde,' zei Anna bits. 'Dat kan niet,' schoot Lotte uit, 'ik heb je tientallen brieven geschreven en elke brief eindigde met: Anna, waarom schrijf je niet terug?' Even leek Anna uit haar evenwicht gebracht. Maar het was niet meer dan een rimpeling – ze haalde haar schouders op en zei vlak: 'Dan hebben ze die brieven onderschept. Ik heb ze nooit ontvangen.' Verbouwereerd keek Lotte haar aan: 'Waarom zouden ze zoiets doen?' Anna staarde demonstratief naar buiten alsof het haar niet aanging. 'Je kent ze niet,' zei ze onverschillig. Onthutst van opwinding en verontwaardiging over Anna's desinteresse – dit was een cruciaal punt – riep Lotte: 'Dat mochten ze toch niet zomaar doen...?' Onaangedaan draaide Anna haar gezicht naar haar toe: 'Zo zijn ze.' Korzelig liet ze erop volgen: 'Vervelende dingen kun je maar het beste meteen zeggen... Jij komt hier vol verwachting naartoe maar ik... ik zeg het je eerlijk... ik weet helemaal niet wat dat is... familie... of een speciaal familiegevoel. Entschuldigung, maar nu je opeens als een vrouwelijke Lazarus teruggekomen bent weet ik niet wat ik met je moet beginnen... Ik heb me er al zo lang geleden mee verzoend dat het mijn lot is alleen te zijn op deze aardbol... ik hoor bij niemand, niemand hoort bij mij, dat zijn de feiten... Ik heb je niets te bieden...'

'Maar we zijn toch... we hebben dezelfde ouders...' wierp Lotte zwakjes tegen, 'dat heeft toch iets te betekenen? Om te weten wie we zijn moeten we toch weten... hoe het allemaal begonnen is...?' 'Ik weet precies wie ik ben: niemand. Dat bevalt me heel goed!' Door haar provocerende houding heen schemerde verbittering, die haar stem hard en rauw maakte. Enkele passagiers keken om. Lotte zweeg geïntimideerd, het zweet brak haar uit. Weer had ze het gevoel dat Anna haar beschuldigde. Maar waarvan? Dat ze nog leefde? Dat ze het begrip 'zuster' inhoud wilde geven? Was dit haar straf voor de lang gekoesterde illusie van twee wezen die zich, zuiver en ongeschonden door tijd, afstand en familiekwesties, ten slotte in elkaars armen stortten? Oma's omschrijving van het benepen katholieke milieu van primitieve boeren kreeg nu pas gestalte.

Later zou ze zichzelf verwijten dat ze op dat moment niet besloten had met dezelfde tram rechtsomkeert te maken. Er viel toen al niet meer aan te twijfelen dat het weerzien een ontgoocheling was en dat de logeerpartij alles alleen maar erger kon maken. Nog was het mogelijk oudejaarsavond thuis te vieren, met bisschopwijn, oliebollen en muziek. Maar een misplaatst soort koppigheid dwong haar zich door niets uit het veld te laten slaan. In de Duitse sprookjes waarmee ze als kind was overvoerd moesten veelkoppige monsters en draken worden verslagen om de betoverde prinses te kunnen bevrijden. Misschien weigerde ze de mislukking al in dit stadium toe te geven, misschien wilde ze het moment waarop ze zonder illusies terugkeerde naar huis uitstellen, misschien hoopte ze door het pantser heen te breken en degene die zich eronder verschool alsnog te leren kennen.

De tram stopte, Anna beduidde dat ze eruit moesten. Dit was haar laatste kans: neem me niet kwalijk, Anna, ik geloof dat ik beter terug kan gaan – maar ze stond op en griste naar haar koffer, ineens kon ze de gedachte dat Anna zich er weer over zou ontfermen niet verdragen. Ze stapten uit, het was donker geworden en ijzig koud, de koffer klapte bij elke stap tegen haar been. 'Alle auto's zijn gevorderd,' legde Anna koeltjes uit, 'nu doen we alles te voet.' IJzeren hekken gingen open, een oprijlaan met donkere stammen aan weerszijden strekte zich voor hen uit, de maan voerde een sinister schimmenspel op met de takken boven haar hoofd. Voor het eerst gaan we dezelfde weg, zij en ik, dacht Lotte en een misplaatst sentimenteel gevoel golfde door haar heen. Ze kreeg zin om haar zuster, die in grimmige zwijgzaamheid naast haar voortstapte, alsnog te omhelzen... laten we in godsnaam ophouden met die maskerade. Maar ze liepen op een meter afstand van elkaar de eindeloze laan af, samen en toch gescheiden. In het donker lichtte een wit huis op met blinde, zwarte ramen. Brede trappen die een elegante boog beschreven, eerst van elkaar af, ten slotte naar elkaar toe, leidden naar een barok bordes.

In het verduisterde huis werden voorbereidingen getroffen voor Silvester. Herr von Garlitz werd thuis verwacht; zijn vrouw probeerde te berekenen hoeveel drank en voedsel zijn metgezellen erdoorheen zouden jagen. Geholpen door haar status, geld en charme wist ze een verscheidenheid aan producten in te slaan die voor gewone burgers allang onbereikbaar waren geworden. Vanaf Lottes aankomst tot aan haar vertrek ontplooide Anna een koortsachtige ijver. Tussen de bedrijven door stelde ze haar zuster voor aan de gravin, de kokkin, de dienstbode, de gouvernante en de andere leden van het personeel, alles precies zoals het hoorde maar zonder enige vorm van geestdrift. Men vergeleek de twee zusters. Aan de ogen kon je het zien, stelde de kokkin vast, hetzelfde blauw, maar verder waren de verschillen groter dan de overeenkomsten. Frau von Garlitz complimenteerde Lotte met haar Duits. Achttien jaar en nog altijd accentloos! Jachtig werkte men door. In de keuken kon je Silvester al ruiken, in de gespannen bedrijvigheid van het personeel was zijn komst voelbaar. Toen Lotte in pyjama voor het raam van haar logeerkamer stond en door een kier in de verduistering naar de weerspiegeling van het maanlicht in het zwembad keek, had Anna op een kort 'gute Nacht' na geen woord meer met haar gewisseld. De dag eindigde met een groter mysterie dan waarmee hij begonnen was. In plaats van 'Hoe zou Anna zijn?' was het 'Wie is Anna?'.

Ook de volgende dag stond in het teken van druk heen en

weer lopend personeel, verwikkeld in schemerige voorbereidingen, totdat een invasie van officieren hen terugdrong achter de coulissen. Lotte vluchtte het park in. Had ze zich aanvankelijk alleen onwelkom gevoeld, de uniformen en petten, de harde stemmen – sommige met knauwerige oostelijke klanken of een lelijk rollende r – maakten haar tot een definitieve buitenstaander. Rillend liep ze door het park. Duitse grond, Duits gras, Duitse bomen... Geboortegrond? De moestuin thuis en de verwaarloosde fruitbomen kwamen haar voor als een paradijs vergeleken bij deze nadrukkelijke rijkdom per strekkende meter gazon, per vierkante meter zwembad, per kubieke meter Duitse lucht. De rest van de dag sleet ze in de zitkamer van het personeel, bladerend in de *Illustrierte Beobachter*, zich al bezinnend op de terugreis en de manier waarop ze de desillusie thuis zou kunnen verbloemen. De avondmaaltijd in de keuken werd in haast naar binnen gewerkt, Anna verscheen aan tafel in een zwarte jurk met een wit, gesteven schort en een kapje op haar hoofd. 'Da siehst du hoe het leven van een kamermeisje is,' zei ze, er weer in slagend het als een beschuldiging te laten klinken. 'Kan ik ergens mee helpen,' stamelde Lotte. 'Waarom niet?' zei Anna spottend, 'ik heb nog zo'n kostuum, dat zou een fraaie metamorfose zijn.'

Lotte liet de serveerstersjurk over haar schouders glijden – een wanhoopspoging om in Anna's huid te kruipen of in ieder geval eenmaal als tweeling naar buiten te treden. Met een soepterrine in haar handen, haar blik strak gericht op de met mathematische precisie gestrikte schortbanden van Anna, ging ze de eetzaal binnen. De militairen, die hun uniform verwisseld hadden voor een smoking, zaten aan weerszijden van een lange, met sparrengroen versierde tafel. Kaarsen in veelarmige kandelaars schitterden in het tafelzilver en in de donkerrode pailletjes op de diep uitgesneden avondjurk van de gravin, die flonkerend aan het hoofd van de tafel zat. Haar man, in zijn dubbelrol van gastheer en officier, zat recht tegenover haar. Onopgemerkt – alsof ze doorschijnend waren – zetten Anna en Lotte de schalen neer. Anna's uitspraak: 'Ik ben niemand' kreeg een extra dimensie. Geruisloos trokken ze zich terug, het opscheppen was de taak van de dienaren.

Zo sijpelde de feestavond in afstompende serviliteit tussen hun vingers door. Vuile borden, glazen, lepels, lege schalen. De gasten werden steeds luidruchtiger, het tempo waarin Sekt en wijn moesten worden aangesleept was haast niet bij te houden. Een van hen, een weldoorvoede officier met een glimmend, rood hoofd, voerde met een van de wand gerukt wapen een geïmproviseerde zwaarddans uit rond zijn half leeggedronken glas, dat ontheemd op de parketvloer stond. De verschijning van Anna met een aardbeienbavaroise haalde de acrobaat uit zijn concentratie – zijn wankele evenwicht verliezend plofte hij achterwaarts neer op het eenzame stuk familiekristal. Met bloeddoorlopen ogen kroop hij overeind, de scherven staken als kraaienpoten uit zijn zitvlak. Een geestdriftig applaus klonk op. 'Aan de Westwall is het eerste slachtoffer gevallen!' bulderde een van de gasten.

Op dat ogenblik was Lotte, die ook een schaal bavaroise in haar handen hield, getuige van de onverschrokkenheid van haar zuster. Anna zette de schaal met de zacht trillende pudding op tafel, boog zich over het getroffen gebied en peuterde er met een neutraal gezicht alsof ze aren las de scherven uit. Daarna ondersteunde ze de gewonde in de richting van de verbandkast; vlak voor het verlaten van de kamer legde hij zijn hand op haar billen om te laten zien dat zijn geest ongebroken was – koeltjes haalde Anna de hand weg.

Tegen middernacht dromde het personeel samen in de gemeenschappelijke zitkamer, om twaalf uur omhelsden ze elkaar met schuimende glazen in de hand. De zusters zoenden elkaar als ijskoninginnen. Van buitenaf diende zich een prachtig excuus aan om zich onmiddellijk weer te distantiëren: een geweerschot, en nog een, deed iedereen naar de ramen snellen. Licht uit, brulde iemand. Ze rolden de verduisteringsgordijnen op en drukten hun neuzen tegen het glas. 'Lieve hemel,' kreunde de kokkin, ‘zijn ze gek geworden!’ Enkele militairen legden lachend en rochelend aan op een wit badlaken dat over een laaghangende tak hing. Opnieuw schoten ze, de stof bewoog even en viel slap terug. De kokkin beende naar de deur. ‘Het is een schande,’ riep ze driftig, ‘daar ga ik wat aan doen!’ De kinderjuffrouw hield haar tegen: ‘Rustig, Frau Lenzmeyer, het ligt niet op uw weg om hoge officieren tot de orde te roepen.’ Gefrustreerd sloeg de kokkin enkele glazen Sekt achterover. Het schieten ging door, Lotte glipte ongezien naar haar kamer waar ze zich languit op het logeerbed liet vallen.

De schoten in de nacht en het beeld van het doorzeefde badlaken brachten de verontrustende verhalen van Theo de Zwaan en Ernst Goudriaan, bij hun terugkeer uit Duitsland, in haar herinnering – verhalen die haar verlangen alleen maar hadden doen toenemen. Nu pas kregen ze inhoud, voelde ze de dreiging die uitging van elk uit verveling en gebrek aan een geschikter doel gelost schot. ‘Vijand’ was tot nu toe een loos woord geweest – hier kreeg het betekenis. Een betekenis die zich vanzelf aanvulde met de koele nieuwjaarskus van Anna, met een naargeestige wandeling in het park, met het niet terugvinden van zoiets schimmigs als geboortegrond. Het schieten hield op, in plaats daarvan werd een lied ingezet. Vol afkeer kneep ze haar ogen dicht. Ze tilde het kapje van haar hoofd, knoopte het schort los en bekeek zichzelf in de spiegel. De zwarte jurk paste aardig bij de begrafenis van haar illusies.

Haar koffer had ze al in de hal gezet toen ze de keuken instapte om te ontbijten. Het leek of er de hele nacht was doorgewerkt – geen vuil glas, geen stukje pudding, herinnerde aan de vorige avond. Alles stond in het teken van een overvloedig ontbijt, de gasten mochten onder geen beding met een halflege maag terug naar de Westwall. Anna draafde heen en weer, beheerst, zonder een spoor van vermoeidheid, haar blonde haar golfde correct rond het kapje. Lotte klampte haar aan over de vertrektijden van de tram. Ze zou het informeren, riep ze over haar schouder, met een zilveren schaal vol broodjes in de gang verdwijnend. Frau von Garlitz besloot, Lottes tegenwerpingen negerend, dat een van de militairen haar naar het station zou brengen.

Tot aan hun vertrek met elkaar in gesprek gewikkeld lieten de gasten zich door Anna werktuiglijk in hun zware jassen helpen. Lotte stond er stijfjes bij, haar koffer in de hand. De acrobaat beklaagde zich tegen zijn buurman luidruchtig over de pachters op zijn landgoed in Brandenburg: 'Ze zijn zo dom, zo smerig, zo laks – het zijn eigenlijk geen mensen, maar iets tussen mens en beest in...' Anna verstijfde, zijn jas in haar handen. 'U hebt makkelijk praten,' zei ze stuurs, 'ik zou u wel eens willen zien als u moest ploeteren als een boer.' Alle hoofden keerden zich in haar richting, de gravin keek met openvallende mond toe. Uit pure verbijstering over zoveel onbeschaamdheid liet de officier zich gewillig als een baby door haar in zijn jas helpen. Zijn gezicht kreeg dezelfde kleur als de vorige avond na zijn val, waarschijnlijk weerhield de herinnering aan haar effectieve behandeling hem ervan onmiddellijk haar ontslag te eisen. Tegelijkertijd klonk aan de andere kant van de vestibule het vertreksein. Lotte greep haar koffer, Anna stapte op haar af om haar de hand te schudden. Voor het eerst sinds Lottes aankomst glimlachte ze weer – misschien minder uit vriendelijkheid dan uit voldoening over de manier waarop ze een arrogante grootgrondbezitter op zijn nummer had gezet. 'Wir schreiben noch...' zei ze, over haar schouder kijkend – Frau von Garlitz riep haar. Het laatste wat Lotte hoorde was dier beschaafde, woedende stem: 'Wat verbeeld je je wel, onze gasten beledigen! Als ik nog een keer zoiets meemaak...' Een korte, gedrongen militair greep Lottes koffer en duwde haar gejaagd naar buiten. Ze klauterde in een jeep. Zonder om te kijken liet ze zich meevoeren, de oprijlaan door, een in diepe rust gehulde buitenwijk in. Steeds weer dook Anna op met geheven kin, een jas in haar handen, en telkens weer hoorde ze haar vinnige terechtwijzing, die een rechtvaardiging moest zijn van haar eigen verleden. De kwalificatie 'barbaren' resoneerde in een uithoek van Lottes geest. Nieuwsgierigheid bekroop haar: Anna's nergens voor terugdeinzende eerlijkheid had bewonderenswaardige kanten. Maar het was te laat, ze staken de Rijn over – onbereikbaarheid op afstand zou minder schrijnend zijn dan onbereikbaarheid van dichtbij. Ze staarde naar de Dom. De twee torens stuwden zichzelf omhoog – al eeuwen geleden moesten ze een modus gevonden hebben om vreedzaam bij elkaar te blijven op de plek van oorsprong.

Gedurende de hele rit zweeg de militair tegen het pakketje uit Holland, dat hij bij het station moest afleveren.

2

In een vlaag koude lucht kwam een jongen binnen, gevolgd door zijn vader die op de markt een van de helmen had gekocht. Nadat hij twee Cola had besteld plantte hij hem grijnzend op het hoofd van zijn zoon. Zelfs vanaf het tafeltje waaraan Lotte en Anna zaten was te zien dat met de aanschaf van de helm de vader-zoonromantiek herleefde. Zolang de roes duurde waren ze deelgenoot van hetzelfde avontuur, een oorlog die ze geen van beiden hadden meegemaakt. Had er een tooi van vogelveren op de markt gelegen dan had, met hetzelfde gemak, de strijd van Winnetou tegen de blanken dit effect gehad.

'Amerikaanse Cola en een Duitse helm...' Anna schudde haar hoofd, 'ik word oud.'

Lottes gedachten kwamen niet los van die ongelukkige oudejaarsavond. 'Ik zal het nooit vergeten,' mijmerde ze, 'al die dronken, schietlustige officieren... ik had het gevoel dat ik bij fanatieke aanhangers van Hitler logeerde.'

'Bist du verrückt?' Anna rechtte haar rug, er moest iets worden rechtgezet. 'De familie von Garlitz, dat was oude adel, dat waren industriëlen! Natuurlijk, ze hebben die hansworst in het zadel geholpen, in ruil daarvoor heeft hij keurig afgerekend met de communisten en heeft hij ze hun Groot-Duitse Rijk bezorgd. Maar je denkt toch niet dat ze de zoon van een douanebeambte voor vol aanzagen? Ze konden hem goed gebruiken, een tijdje, pas toen ze zelf aan de beurt waren om op de slagvelden te sterven begrepen ze dat die parvenu ook hen gebruikte.'

Ze schoot in de lach.

'Wat valt er te lachen?' zei Lotte wrevelig.

'Ik zie mezelf nog met schort en kapje door dat huis rennen. Wat een ellende. Al die tijd probeerde ik krampachtig te vergeten dat er bezoek voor me was – dat er, denk je eens in, voor het eerst in mijn leven bezoek voor me was! Je hebt geen idee hoe moeilijk ik het ermee had. Die militairen waren een prachtig alibi. Wat heb ik gewerkt!'

Zwijgend bouwde Lotte een piramide van suikerklontjes. 'Het is me als een decadent beeld bijgebleven,' mijmerde ze, 'die officieren in de nacht... een vijand van wie je alles kon verwachten als hij zelfs op badlakens schoot...'

'Ze dansten op de top van een vulkaan,' viel Anna haar in de rede, 'waarom denk je dat ze zoveel dronken?'

Anna ijsbeerde door haar slaapkamer. Bij elke stap deed haar lichaam pijn alsof iemand haar een aframmeling had gegeven, ze sloeg met haar vuist in haar handpalm. De teruggekeerde stilte was niet te verdragen. Het was een stilte met een dubbele bodem, achtergelaten door iemand die nu voorgoed vertrokken was. Niet omdat anderen het zo bedisseld hadden, maar door haar eigen schuld. Beelden die ze tussen de werkzaamheden door in een flits had opgevangen bestookten haar: de gestalte van haar zuster – in het park met opwaaiende jasslippen, alleen aan de lange keukentafel achter een leeggegeten bord, op de rug gezien terwijl ze moedeloos de trap opliep. Stuk voor stuk stille aanklachten. De film terugspoelen en opnieuw opnemen – anders. Te laat, te laat, te laat. Waarom, dat was het wat ze wilde weten. Het antwoord was in de best geoutilleerde bibliotheek niet te vinden, maar verschool zich in haarzelf. Het enige wat ze wist was dat ze, vanaf het moment waarop Lotte zich op het perron naar haar toe had gekeerd, oog in oog met haar vader had gestaan: zijn lange, gebogen neus, zijn smalle gezicht en donkere, golvende haar, zijn droefgeestige, koppige blik. Het had iets onoirbaars – alsof Lotte hem bestolen had of valse concurrentie aandeed. Het dik ingepakte zesjarige zusje dat ontvoerd werd door een dame met een voile vond ze niet in Lotte terug. Nu was er nog iemand die recht kon doen gelden op haar vader, iemand die daartoe misschien wel meer geëigend was dan zijzelf omdat ze zo verbluffend op hem leek. Dus dit was Lotte. Waarom nu pas?

Rusteloosheid en zelfverwijt, op dat dubbele spoor worstelde ze zich door de winter heen, die sneeuwhopen tegen het huis opjoeg en een doodgevroren kraai op het bordes deponeerde zodat Hannelore, een van de dienstmeisjes, hem 's morgens kon vinden en er een slecht voorteken in zien, waarna de wasvrouw haar waarschuwde dat bijgeloof ongeluk bracht en Anna, even alles vergetend, moest lachen om deze zeldzame vorm van bijgeloof in het kwadraat. Voor de tweede keer kwam het verleden naar Anna toe zonder dat ze erop bedacht was. De achttienjarige Hannelore, kort daarvoor door Frau von Garlitz opgediept uit een gehucht in Nieder-Schlesien, was sinds haar aankomst onder Anna's hoede geplaatst. Uitdagend kondigde de Niederschlesische aan dat ze op zondagmiddag ging dansen in het Casino. 'Dat kun je niet toelaten,' Frau von Garlitz nam Anna terzijde, 'of je moet zelf meegaan.'

Het Casino bleek een flirt te zijn aangegaan met het nieuwe socialisme. De muren sloten haar niet langer buiten, de deuren met koperen knoppen stonden wijdopen. Ze droeg een madonnablauwe jurk; door de rok schemerde rode zijde, uit de stof steeg nog het parfum van haar werkgeefster op. Met het gebrek aan geestdrift chaperonnes eigen gaf Anna de kaartjes af. Zo kreeg ze toegang tot haar eigen hal. Het knikkerveld, het haasje-overplein, de verstoppertjepilaren, het hoge gewelf waar de liedjes zich verzamelden... de marmeren trap waar ze vanaf gevallen was... alles was er nog... Ergens moest ze, moesten ze toch nog zijn... achter die pilaren, in de gangen... wolkjes gestolde adem boven in het gewelf. Hannelore verdween in de foyer. Daar stonden de sofa's – Anna's trampolines. Ze hoorde een diepe suizende stilte, dwars door het gemurmel van stemmen, door de dansmuziek, door het klakken en tikken van hakken op de dansvloer heen. Hannelore had plaatsen veroverd, er werd wijn besteld en weg was Hannelore. Af en toe ving Anna een glimp van haar op, rondwalsend in de armen van een soldaat van wie steeds opnieuw de geschoren, stugge nek in zicht kwam. De Westwall leek leeggestroomd, op deze zondagmiddag in april had de kat-en-muisoorlog zich verplaatst naar de foyer van het Casino.

Ze dronk haar wijn zonder te proeven en keek strak voor zich uit – ineens plaatste iemand zich tussen haar en haar herinneringen. 'Darf ich bitten...' Lusteloos stond ze op en liet zich meevoeren naar de dansvloer. 'Was machst du mit dem Knie, lieber Hans' leek iets uit een vorig leven, de soldaat gedroeg zich onberispelijk. Met een lege blik staarde ze langs de zilverkleurige V op zijn mouw. Na afloop van de dans bracht hij haar naar haar stoel. Juist toen ze ging zitten werd er een nieuw nummer ingezet, hij knikte kort en nodigde haar opnieuw uit. Tijdens de tweede dans, die meeslepender was dan de vorige, ebden de beelden langzaam weg, ze onderscheidde nu duidelijk de soldaat. Zijn gezicht kwam haar merkwaardig vertrouwd voor – het was meer het gezicht van een mens dan van een soldaat, stelde ze vast, zonder dat het haar interesseerde.

Ze wendde haar blik af en ontdekte aan de muur een grote, ingelijste foto van de Noorse fjorden. Werd er nu al met overwinningen gepronkt? 'Ze zijn hier behoorlijk actueel met hun wandversieringen,' zei ze nors. 'Het hadden ook de bruggen over de Moldau kunnen zijn,' vulde hij aan. Zijn accent verbaasde haar: 'Maar u bent Oostmarker...' 'Oostenrijker,' verbeterde hij haar met een hoffelijke hoofdknik. 'Maar dat zijn toch allemaal operettesoldaten met rode rozen in hun geweer in plaats van kogels.' Zijn gezicht verstrakte. 'In Tsjechoslowakije viel weinig te lachen of te zingen.' 'Soldaat zijn is niet uw roeping, zo te horen.' 'Ik kom voor mijn nummer op,' glimlachte hij, 'duizendmaal liever zat ik thuis, in Wenen... met rozen in mijn geweer.' Hij sprak zo zangerig dat het leek of alles wat hij zei scherts was. Zijn greep op haar verstevigend begon hij gepassioneerde cirkels te beschrijven, dwars over de dansvloer. Wanneer het nummer afgelopen was bracht hij haar plechtig terug – een patroon dat zich bleef herhalen, zodra het orkest een nieuw nummer inzette raasde hij over de parketvloer en stond weer voor haar. Rond halftwaalf verontschuldigde hij zich, om twaalf uur moest hij terug zijn in de kazerne. 'Mag ik u terugzien?' vroeg hij. 'Neem me niet kwalijk, ik heb me nog niet voorgesteld: Martin Grosalie.' 'U kunt me bellen,' zei ze vlak, 'nummer tweeënvijftigduizend.' 'Bent u serieus?' Hij keek haar onzeker aan. 'Wieso?' 'Het is zo'n onwaarschijnlijk nummer.' 'U denkt toch niet dat ik het verzin,' zei ze geprikkeld. Blozend boog hij zich voorover om haar hand te kussen. 'Ich küsse Ihre Hand madame,' zei Anna ironisch, haar hand onder zijn lippen vandaan trekkend.

De soldaat liet zich niet afschrikken. Twee dagen later belde hij op, er schoot haar geen argument te binnen dat tegen een afspraak pleitte. Ze troffen elkaar in een café aan de Alter Markt, het regende onafgebroken. Een gevoel van vervreemding, schaamte, overviel haar toen ze tegenover elkaar zaten zonder de ontsnappingsmogelijkheid van de dans. Maar hij nam, met de bravoure van een schooljongen, de volledige verantwoordelijkheid voor het samenzijn op zich. Hij beschreef haar Wenen, Schönbrunn, de Nashmarkt, het Prater, het geboortehuis van Schubert, het woonhuis van Mozart, het sterfhuis van Haydn. Alle bezienswaardigheden passeerden de revue, hij herschiep zijn stad en wandelde er met haar doorheen, onderweg van alles aanwijzend, levendig, geestdriftig – niet om haar in te palmen maar om iets anders op een afstand te houden, iets dat steeds op de achtergrond aanwezig was en zijn kans afwachtte. Ook Anna, die dacht dat ze er niets mee te maken had, voelde dat het er was. Onverwacht brak het toch nog door: 'En nu liggen we hier,' zuchtte hij, 'tegenover de Fransen, met al dat materieel, en zij liggen tegenover ons. Waarom? Ik hoop dat die schertsvertoning gauw afgelopen is, dan kunnen we weer naar huis.'

Er volgden andere afspraken, hij haalde haar thuis af, iedereen noemde hem een aardige, beschaafde jongen, wat haar ergernis opwekte. Ze bestookte de aardige, beschaafde jongen met plagerijen waar hij openlijk van genoot – ze stak de draak met zijn accent, zijn hoffelijkheid, met Oostenrijk. Op een avond was er in de Stadthalle een dansfeest. Toen het ten einde liep trok Anna hem mee naar de uitgang: 'Kom het is afgelopen.' 'Nee, nee, ze spelen nog een paar nummers,' bezwoer hij haar, 'zullen we wedden? Als ik win mag ik u dutzen.' Hij won. Zwijgend slenterden ze door de uitgestorven lanen van de voorstad, de maan kromde zich tussen de wolken, het rook zoet naar jong groen. Ik kan toch niet zomaar beginnen met dutzen, dacht Anna. Op de onderste trede van het bordes kuste hij haar, abrupt, alsof hij afrekende met een stem die het hem de hele weg verboden had. 'U huilt...' Anna schrok. 'Niet u... jij...' corrigeerde hij schor. Onder deze omstandigheden durfde ze geen afscheid te nemen, ze kon geen huilende soldaat op de onderste traptrede van het bordes achterlaten. Hoewel ze liever naar binnen was gerend om er achter een gesloten deur over na te denken trok ze hem mee het park in, in de richting van een stenen bank die als getekend in het maanlicht stond, aan drie kanten omgeven door een gladgeschoren taxushaag. Ze gingen zitten. Fragmenten uit films en boeken waarin de personages vanzelf in de volgende fase terechtkwamen schoten haar door het hoofd: omhelzingen, officiële verklaringen... maar een huilende aanbidder kwam daar niet in voor. Hoewel ze voor zichzelf huilen beschouwde als een teken van zwakte, kwam het haar voor dat het voor een man juist moed vergde. De laatste keer dat ze gehuild had – een eeuwigheid geleden – was dat van woede, vernedering en pijn. In het geval van de soldaat moest het iets anders zijn – ze durfde er niet over te beginnen. Hij pakte haar hand en keek sereen voor zich uit naar het slapende huis. Datgene in haar dat al die tijd ergens op wachtte fladderde weg, een weldadige loomheid overviel haar. 'Ik heb ineens zo'n slaap,' geeuwde ze. 'Ga maar liggen,' fluisterde hij, 'leg je hoofd in mijn schoot.' Zonder aarzeling strekte ze zich uit, bedwelmd door soldatengeur dommelde ze in.

Tijdens haar slaap werd de sikkel van de maan op een andere plaats aan de hemel gezet. Ze werd ontspannen wakker, in een toestand van volledige overgave zoals ze sinds haar kindertijd niet meer had gekend. Ongemerkt sloeg ze hem gade. Zoals hij daar zat, roerloos, deed hij haar denken aan de stervende soldaat van haar grootvader, die zijn gezicht ophief naar een neerdalende engel. Het leek of hij op een intieme, woordloze manier communiceerde met iets dat voor haar onzichtbaar was. Hij slikte, zijn adamsappel ging op en neer, dat gaf hem zijn aardsheid terug – beschaamd over haar clandestiene observatie zei ze zijn naam. Hij boog zich over haar heen. 'Ik had nooit gedacht...' hij legde een vinger op haar lippen, 'dat er zoiets moois kon bestaan als een meisje dat op je schoot in slaap valt.' 'Heb ik het niet gezegd,' ze bleef nuchter, 'je bent een Rosenkavalier.'

De volgende dagen bleven haar gedachten als een wolk zomermugjes om de soldaat cirkelen. Hoe kon hij tegelijkertijd vertrouwd en raadselachtig zijn – een paradox die haar in aangename verwarring hield. Een weg terug scheen er niet te zijn, ze spraken af met Pinksteren naar de Drachenfels te gaan – er werd een picknickmand gevuld. Maar de draak wachtte hun komst niet af. Hij was ontwaakt uit een slaap die ruim twee decennia had geduurd, rekte zich uit, geeuwde, keek in de spiegel of zijn ogen goed stonden en zijn schubben glansden, sleep zijn klauwen aan de rotswand, sperde zijn bek open om het mechanisme van vuur en zwaveldamp te controleren en daalde met opgezette borst en zwiepende staart de berg af, in westelijke richting.

Op 9 mei rinkelde de telefoon. 'Voor jou,' zei Hannelore. Anna nam op. Aan de andere kant van de lijn hijgde de soldaat: 'Alle verloven zijn ingetrokken.' Alarm, afmars. Hij was over de muur van de kazerne geklommen om haar te kunnen bellen, hij moest meteen terug, snapten ze hem dan werd hij zonder pardon doodgeschoten. Lang nadat hij had opgehangen stond ze nog met de hoorn in haar handen. Daar was het weer, niet langer op de achtergrond. Het wierp zijn volle schaduw over haar heen, nestelde zich in haar middenrif, geheel op eigen gelegenheid gleden er tranen over haar wangen. 'Ja ja,' zei Frau von Garlitz, 'dat is oorlog hè?' De laconieke constatering maakte Anna razend, jarenlang opgespaarde tranen stroomden naar buiten – ze had genoeg gelezen om te weten dat ze, huilend om een soldaat die naar het front vertrok, deel uitmaakte van een gezelschap van miljoenen vrouwen door de eeuwen heen, het was uitentreuren beschreven en bezongen, maar toch was haar verdriet het enige, het allerergste. Weer stond ze machteloos tegenover de dingen die gebeurden, deze keer was het een machteloosheid voor twee.

Zijn eerste Feldpostbrief kwam uit Bad Godesberg. 'Ik zit hier in een gymnastieklokaal, ik heb een kaars, een potlood en papier, en schrijf je omdat ik me zorgen over je maak. Laat alsjeblieft iets horen.' Zo begon een briefwisseling die jaren zou duren. Die de veldtochten naar België, naar Frankrijk, naar Rusland zou overleven, tot aan de laatste brief toe die niet door hemzelf geschreven was. De liefde ontwikkelde zich pas echt op papier, met alle zelfverloochening die daarbij hoorde: ...met mij gaat alles goed...

'De Fransen komen!' Weer vluchtte Frau von Garlitz met haar gevolg naar het oosten. Anna en Hannelore werden achtergelaten om op het huis te passen, de deur van de schuilkelder, die al in 1934 met vooruitziende blik was gebouwd, ging niet meer op slot. Het zwembad was, volgens een ordonnans, ruimschoots gevuld met bluswater. Alles was goed geregeld.

Als enige overlevenden van een schipbreuk dreven ze in een oceaan van koffie, thee, wijn, Ratafia de Pommes – slecht voor de artrose, goed voor de ziel. Een warme golfstroom bracht hen telkens in het zicht van nieuwe, onbekende kusten zonder dat ze ooit ergens aan land gingen. Het was nog steeds zondag. Ze bestelden een lunch. In plaats van de omgeving van Spa te verkennen op hun pijnlijke voetzolen sloegen ze liever de paden en lanen van het verleden in, al werd de kans op landmijnen langzaam groter.

Jaren later leerden Lottes kinderen dat de oorlog op 10 mei 1940 begon. Maar voor de Duitsers was hij al eerder begonnen, in september, of achteraf – een kwestie van perspectief – in 1933, toen de gefrustreerde zondagsschilder aan de macht kwam. Op die tiende mei week de familie geen moment van de radio. Lotte keek door de hoge ramen naar buiten. De onwezenlijke gebeurtenissen waarvan de omroeper met neutrale stem verslag deed werden door de strakblauwe hemel ontkend. Parachutisten? Bombardementen op vliegvelden? Duitse troepen die de grens overschreden, zoals Duitse dienstmeisjes al jaren geleden hadden gedaan?

Maar het Duitse leger maakte snelle vorderingen. Geruchten en feiten verdrongen elkaar: de Duitse parachutisten waren vermomd als postbodes en veldwachters, het wemelde van de spionnen, de koninklijke familie was gevlucht, Rotterdam stond in brand. De Duitsers dreigden ook andere steden te bombarderen. Hollandse soldaten verweerden zich met de moed der wanhoop. Nederland was klein, maar niet klein genoeg om zich te kunnen verbergen – vanuit een bommenwerper kon je het in één blik overzien.

De capitulatie was frustrerend, maar nam ook de angst weg. De bedreigde steden waren gespaard, de bezetter wist zich te gedragen: geen plunderingen, verkrachtingen, slachtpartijen zoals die in boeken beschreven werden. Wel maakten voortaan marcherende kolonnes deel uit van het straatbeeld en klonken er de echo's van stampende laarzen en strijdliederen. Onderweg naar haar zanglerares stuitte Lotte op een groep Duitsers die, zij aan zij lopend, het fietspad blokkeerden. Nadrukkelijk maar vergeefs bellend draaide ze de rijweg op om te kunnen passeren. Een van de soldaten, beledigd omdat ze het had gewaagd waarschuwend te bellen, rende haar achterna en probeerde haar bagagedrager te grijpen. Ze ging op de trappers staan om vaart te zetten, het bloed ruiste in haar oren, zijn krachttermen achtervolgden haar – weer hoorde ze het brullen en schieten in de nacht. De soldaat dijde uit, achter haar zwol hij op tot iets van monstrueuze afmetingen dat haar wilde inhalen, terughalen, straffen. Maar ze won terrein, langzaam, ze durfde pas om te kijken toen ze drie straten verder was en het achter haar heel stil was geworden.

De muziek was een goede duiveluitdrijver. Het koor werd sinds enige tijd bij radio-optredens begeleid door een begaafde student van het conservatorium, David de Vries. Lotte vroeg hem haar thuis te begeleiden bij het instuderen van Mahlers *Kindertotenlieder*, dan kon ze zich volledig op de zangpartij concentreren, die al moeilijk genoeg was. Zo ondergingen ze samen een paar maal per week de betovering van tot schoonheid gestolde pijn:

> Oft denk' ich, sie sind nur ausgegangen!
> Bald werden sie wieder nach Hause gelangen!
> Der Tag ist schön! O, sei nicht bang!
> Sie machen nur einen weiteren Gang!
> Jawohl, sie sind nur ausgegangen
> und werden jetzt nach Hause gelangen!

De liederen doordrenkten haar met een onbestemd heimwee – haar stem, niet gehinderd door valse adem, kwam niet langer uit haar borst maar uit haar hele lichaam. Ze werd één samenballing van muziek, van diffuus verlangen; tussendoor zag ze het profiel van haar begeleider, in smartelijke overgave alsof hij zich moeiteloos met de rouwende vader vereenzelvigde. Als ze ophielden bleef het gevoel hangen, het kostte moeite om afscheid te nemen, ze draaiden om elkaar heen, de muziek nog in hun oren, vol tegenzin om de betovering te verbreken en onafhankelijk van elkaar op te lossen in het gewone leven. Steeds langer draalde hij voordat hij de muziek in zijn tas stopte – op zulke weifelachtige momenten was hij een makkelijke prooi voor Lottes vader, die hem zijn nieuwste aanwinsten liet horen.

Om niet, zoals Chopin, een bleekzuchtig en kwijnend musicus te worden was hij ook een ijverig zeiler. Op een mooie dag in de zomer huurde hij een boot en nodigde haar uit voor een tocht op de Loosdrechtse Plassen. Terwijl hij haar de beginselen van het zeilen bijbracht prees hij haar vader: zo sympathiek, en wat had hij een indrukwekkende installatie gebouwd! Het zou zonde zijn hem tegen te spreken. Zonde van de mooie dag, van het syncopisch tegen de boot aan klotsende water, van de wind die haar kippenvel bezorgde dat door de zon weer gladgestreken werd, zonde van de aanblik van zijn bruingebrande lichaam en lange vingers, die nu eens niet over de toetsen dansten maar in een bedrijvig spel met touwen, giek en roer verwikkeld waren.

Het compliment bleek een aanloop te zijn om zich te beklagen over zijn eigen vader. Ooit als voorzanger in de synagoge begonnen had hij geen weerstand kunnen bieden aan de aantrekkingskracht van het populaire lied. Zowel in Nederland als in Duitsland genoot hij bekendheid bij een groot publiek; er waren grammofoonplaten van hem in omloop. De roem bracht geneugten en treurnis. Jonge vrouwen verdrongen zich voor zijn hotelkamer; de champagne in de koeler wachtte hij in een glimmende peignoir tot de allermooiste erin slaagde zich toegang tot hem te verschaffen. De schuld tegenover zijn ziekelijke vrouw kocht hij af met protserige sieraden, maar zijn levensliedjes bleven onschuldig en opgewekt van toon: na zijn optreden ging het publiek gesterkt naar huis – ze konden het leven weer aan. David, die hem op tournees begeleidde, ging de volgende ochtend in een belendende treincoupé zitten: hij kon de aanwezigheid van zijn vader niet verdragen. Vervuld van weerzin sloot hij zijn ogen, in gedachten naar Palestina ontsnappend, mijmerend over een medicijnenstudie na het conservatorium – daar had je meer aan als pionier. De reis eindigde altijd met het berouw van zijn vader. Tot tranen toe bewogen door de afwijzing van zijn enige zoon smeekte hij om begrip en genegenheid, in ruil de hele wereld aan zijn voeten leggend. 'Je krijgt een zeilboot van me, jongen,' bezwoer hij hem, 'maar laten we even wachten tot de oorlog afgelopen is.'

Lotte, die het water langs haar voeten liet stromen, wist nog niet dat de imaginaire zeilboot, die hier voor het eerst ter sprake kwam, het symbool zou worden van iets dat een slagschaduw wierp over de rest van haar leven. Iets dat ook niet te rijmen was met een wolkeloze hemel, bolle witte zeilen en een gemeenschappelijke duik in de plas – waar ze elkaar voor het eerst tersluiks aanraakten, het water was een goed alibi.

De prille oorlog sukkelde op kruideniersniveau voort. Steeds meer levensmiddelen kwamen op de bon; Lottes moeder ondervond er aanvankelijk weinig hinder van – omdat ze afgelegen woonden had ze altijd grote voorraden in huis. Kisten thee uit China betrok ze bij een oud-koloniaal die op een van de buitenplaatsen woonde, melk werd warm en schuimend bij de boer gehaald, brood bakte ze zelf. Ze deed niet mee aan de hamsterwoede, maar sloeg alleen wat groene zeep in. Om aan de verduisteringsplicht te voldoen hoefden geen extra maatregelen te worden genomen, het naadloos dichtschuiven van de paardenharen gordijnen was voldoende. In juni werd Theo de Zwaan uit krijgsgevangenschap ontslagen. Van oorlogshandelingen had hij niets gemerkt, hij was in Limburg gestationeerd op een plek waar niets gebeurde. 'Hij heeft zich natuurlijk in een hooiberg verstopt,' zei zijn schoonmoeder, 'en rustig afgewacht tot de kruitdamp was opgetrokken.'

3

De zware lunch had hen toch de buitenlucht in gedreven. Rillend verschool Lotte zich achter haar kraag, het leek of de oostenwind nog venijniger was geworden. Anna, die de beschikking had over een flinke laag natuurlijke bescherming en er bovendien minder toe neigde zich door weersomstandigheden te laten beïnvloeden, stapte monter het Parc de Sept Heures in. Het lag er verlaten bij nadat de rommelmarkt was opgebroken. Een bosje manshoge, vergeelde bamboe knisperde in de wind. Anna vroeg zich af of de bamboe zich in de lente zou herstellen, Lotte meende zeker te weten van wel en voegde er de wetenswaardigheid aan toe dat eens in de honderd jaar de bamboestruiken over de hele wereld allemaal tegelijk bloeien. Dit kwam Anna voor als een fabeltje, hoewel ze toegaf dat er ook planten bestonden die maar één nacht bloeiden, zonder dat iemand er getuige van was.

Ineens stonden ze voor een klein monument van natuursteen dat tegen een steile rots aanleunde, die Spa aan de noordzijde als een muur van de rest van de wereld leek af te sluiten. Het gedenktteken was opgedragen aan de ontwerpers van de wandelpaden rond Spa. Ze werden opgesomd: van de comte de Lynden Aspremont in 1718 tot en met Joseph Servais in 1846. Aan de voet bevond zich een met bevroren water gevuld bassin; op de rand zaten twee koperen kikkers die het hoofd in de nek wierpen en 's zomers waarschijnlijk water spuwden uit hun opengesperde bekken. Anna had de bizarre gewaarwording dat zij zelf die twee kikkers waren, buitengesloten door het ijs en zich in afwachting van de dooi op de rand in evenwicht houdend.

Ze sloegen eendrachtig rechtsaf, wandelden de Avenue Reine Astrid in en bevonden zich even later voor een ijzeren hek dat toegang gaf tot een gebouw waarin het Musée de la Ville d'Eau gevestigd was. Ze knikten elkaar toe en gingen naar binnen. Een oude vrouw, ineengedoken achter een tafel met prentbriefkaarten, verkocht toegangsbewijzen. Haar gezicht, rond en rood als een verdroogd sterappeltje, werd gedomineerd door een ingewikkeld netwerk van huidplooien die elkaar in de weg zaten. Maar ergens tussen de kreukels glinsterden haar kraaloogjes, terwijl ze met een knoestig handje de kaartjes naar hen toeschoof. Anna vroeg om een gids – even haperde het raderwerk, toen begon het hoofdje hevig te knikken en kwam er een verbleekt stencil tevoorschijn.

'Schandalig,' fluisterde Anna, 'een vrouw van honderd nog aan het werk te zetten.'

Ineens voelden ze zich heel jong. Met een zekere bravoure betraden ze de eerste toonzaal. De verlichte vitrines bevatten een grote verzameling 'Jolitées', voorwerpen die in de loop der eeuwen door de kuurgasten gebruikt waren: snuif- en tabaksdozen, waterkruiken, wandelstokken met de kop van Napoleon of van een wild dier, horlogezakjes, quadrilledozen, galante meubeltjes – alles beschilderd en gesneden uit het befaamde hout dat met trots 'Bois de Spa' genoemd wordt – alsof het een marmersoort betreft. De arcadische voorstellingen van elegante wandelaars, met of zonder pruik en hoepelrok, op de door Lynden-Aspremont en Servais uitgezette routes ontlokten Lotte kreten van bewondering. Anna ergerde zich aan de frivole snuisterijen en zag in de minutieuze schilderingen uitbuiting van onderbetaalde ambachtslieden. Ze hield het stencil op grote afstand van haar ogen en begon, in haar krakkemikkige accent, hardop te lezen.

Lang voordat Spa Spa was loofde Plinius de Romein al de geneeskrachtige werking van het water dat in deze streek opborrelde. Vanaf de dag waarop de geneesheer van Hendrik de Achtste zijn koninklijke patiënt bevel gaf het water van deze bronnen te drinken, raakte Spa in heel Europa bekend en vond het water in platte flessen, verpakt in gevlochten wilgenhout, zijn weg in alle windrichtingen. In 1717 vereerde tsaar Peter de Grote de stad met een bezoek. Omringd door avonturiers en parasieten volgde de Europese aristrocatie zijn voorbeeld – staatslieden, beroemde geleerden, kunstenaars en dames van koninklijke bloede wandelden van fontein naar fontein, een stok in de ene, een kruikje in de andere hand, en dronken gretig van het wonderbaarlijke water dat zelfs de faam genoot liefdesverdriet te genezen. 'Bobelins' werden ze door de inwoners van de stad genoemd. Er was één strenge gedragsregel waaraan de bobelins zich hadden te houden: elke serieuze aangelegenheid was uit den boze. Rust, harmonie en vrije teugels waren de voorwaarden voor genezing. Er volgden beroemde namen: Descartes, Christina van Zweden, Bollandius, de markgraaf van Brandenburg, de hertog van Orléans, Pauline Bonaparte... Anna wuifde zich met een hand koelte toe. Pfff – ja natuurlijk, alleen de rijken konden zich zo'n kuur veroorloven, ze hadden alle tijd van de wereld terwijl het personeel zich afbeulde. Het was een wonder dat ze überhaupt ziek konden worden, vanaf hun vroegste jeugd hadden ze goed te eten gehad, aan sport gedaan, niet met mestkarren hoeven sjouwen...

Doof voor Anna's filippica boog Lotte zich naar een bijouteriekistje waarop twee dames met ingeregen tailles en brede hoeden vol wuivende veren een glas water dronken. 'Kijk toch eens,' ze trok Anna aan haar mouw, 'wat een elegante mode was dat, een echt vrouwelijk silhouet, het waren vrouwen met stijl...'

'Natuurlijk hadden ze stijl,' schoot Anna uit, 'zo waren ze opgevoed. Ik heb jaren bij ze gewerkt, ik weet precies hoe ze zijn. Het is allemaal façade – ze waren geen haar beter dan wij, deze mensen die naar buiten toe edelen waren. Ik voel me beslist een niveau hoger dan die zogenaamde elite.'

Lotte trok haar mee van de ene vitrine naar de andere. Ze weigerde haar plezier te laten vergallen door gevit op de aristocratie. Ze wilde gewoon genieten van de wonderlijke parafernalia waarmee die klasse zich omringd had – het leven van toen leek zoveel intenser en kleurrijker dan het leven nu. Ineens stonden ze weer in de hal, de oude vrouw was in slaap gevallen of misschien wel dood. Ze verlieten het museum – de wind joeg hen twee huizenblokken verder de inmiddels vertrouwde patisserie binnen, waar ze opnieuw onder de afzichtelijke smeedijzeren kaarsenstandaard plaatsnamen en merveilleux bestelden, deze keer met kokos.

Na de Franse veldtocht keerde de familie terug uit het oosten, de Führer had het toch maar weer geflikt! De Sekt vloeide in stromen, de overwinningsroes duurde tot de eerste raids van Engelse bommenwerpers boven Keulen. Anna deed pogingen om te leren zwemmen – ze dreef op haar rug in het bluswater en keek door haar oogharen naar de blauwe lucht. Gewichtloosheid... niet bestaan en toch aanwezig zijn... even vergeten dat Martin met zijn onderdeel in Polen was. Na hun eerste ontmoetingen, die zich achteraf eerder in een droom dan in de werkelijkheid leken te hebben afgespeeld, werd hij in de Feldpostbrieven pas een gewoon mens – in zijn woordkeus, zijn observaties: een boom in Odrzywót die duizend jaar oud was, een rijk vergulde barokke kerk in een dorp waar meer varkens dan mensen woonden, een oude verweerde man die drie woorden Duits lispelde waarbij hij zich op de borst sloeg omdat zijn voorvaderen nog met Garibaldi op de barricaden hadden gestaan, een streek met honderden meren die de hemel weerspiegelden, zodat je op het laatst niet meer wist wat boven of beneden was. Van oorlogshandelingen werd niet gerept, van een huwelijk wel – een aanzoek vol Weense zwier en elegantie. Vanaf het ogenblik dat hij haar aan de overkant van de dansvloer had zien staan, in haar blauwe jurk, gespeend van elke vorm van behaagzucht, zelfs een lichtelijk agressief 'kom mij niet te na' uitstralend, had hij het geweten. Bij zijn volgende verlof wilde hij haar vader om haar hand vragen. Maar die is dood, wierp ze tegen. Haar voogd dan? Die had ze doodverklaard. Hij moest toch iemand om haar hand vragen?

Ze vond zijn halsstarrigheid op dit punt ouderwets maar vertederend en stelde voor dat oom Franz die rol op zich zou nemen. Het idee van een huwelijk was zo buitensporig dat ze af en toe hardop in lachen uitbarstte. Ik ga trouwen, zei ze bij zichzelf. Het klonk alsof het betrekking had op iemand anders – zoiets als trouwen kon onmogelijk iets met haarzelf te maken hebben. Maar tegelijkertijd drong de ernst ervan tot haar door, zoals die in stereotypen tot uitdrukking werd gebracht: één lichaam, één ziel – tot de dood ons scheidt... Nooit meer alleen zijn – haar lot zou voor altijd aan dat van hem gekoppeld zijn, in praktische en in metafysische zin. Niet langer was ze 'het kamermeisje van' maar 'de vrouw van' ...Maar sterker dan al deze overwegingen was een gevoel van berusting – de dingen overkwamen haar sowieso.

Op een middag in de herfst stapte Martin gezond en wel uit de trein. De rook van de locomotief bleef hangen onder de overkapping, hoestend liet ze zich omhelzen. Daarna hield hij haar met gestrekte armen op een afstand om haar te bekijken. Ze schrok. Gedurende zijn afwezigheid was hij in fysieke zin transparant geworden. Op papier was hij haar vertrouwd als iemand die ze al sinds haar jeugd kende, iemand voor wie geen detail te onbenullig was. Nu keerde alles zich razendsnel om: de oude vriend uit de brieven vervluchtigde, een soldaat met een bruingebrand gezicht en glanzende ogen nam zijn plaats in. Om haar verlegenheid te verbergen baande ze zich, door de samengeklitte massa heen, voor hem uit een weg naar de uitgang.

De kokkin, de dienstbodes, de gouvernante, de wasvrouw – opnieuw nam hij ze allemaal voor zich in met zijn hoffelijkheid, de onberispelijkheid van zijn verschijning, en een zeldzame combinatie van natuurlijk overwicht en jongensachtigheid. Na het bericht van de op handen zijnde verloving bejegenden ze Anna met een nieuw respect. Frau von Garlitz arrangeerde twee kamers voor hen in een klein hotel in de Eifel; na al die maanden van scheiding en onzekerheid hadden ze een ongestoord samenzijn verdiend, vond ze.

Door een landschap dat de herfst in brand had gezet tufte de trein met onderbrekingen zuidwaarts. Een neef van de hoteleigenaar, die zelf aan het front was, haalde hen van het station met een gammele sjees die, jarenlang als museumstuk bewaard, de in beslag genomen auto verving. Geratel van wielen op de weg, boslucht en een onbekende bestemming. Anna verwachtte ieder ogenblik om de bocht van de weg op de top van een heuvel een nonnenklooster te zien verschijnen, naast het kasteel van Von Zitsewitz. Een blik op het profiel van Martin bracht haar terug in 1940– de tijden waren veranderd, niet omkijken. Onder zijn hoede mochten ze haar overal naartoe brengen. Had ze zich tot nu toe in de geest zoveel mogelijk onttrokken aan de realiteit zoals die zich aan haar voordeed en ter compensatie geheuld met de wereld van de literaire verbeelding, nu, terwijl ze bij elke hobbel in de onverharde weg tegen Martin aangeworpen werd, voelde ze zich verzoend met de alledaagse werkelijkheid – hield ze zelfs van de hobbels in de weg die haar tegen hem aan wierpen.

In het hotel hing een sfeer van innemende, vervallen chic. Als enige gasten dineerden ze in de verschoten eetzaal, in gezelschap van een onzichtbare elite die fluisterend at aan verspreid staande tafeltjes tussen stoffige palmen. De eigenares stond via de radio in permanent contact met de dreiging die 's nachts over zee in de richting van Duitsland vloog. In plaats van bedaarde muziek van een strijkje werd de maaltijd in de loop van de avond herhaaldelijk opgeluisterd door de bekende tik-tak, gevolgd door een melding van naderend gevaar. Vastbesloten deze ene avond die hun was toebedeeld door geen enkele calamiteit te laten verstoren lieten ze zich door de vrouw naar hun kamers brengen, die nadrukkelijk aan tegenovergestelde uiteinden van de lange gang lagen, alsof er een uiterst gevoelige weegschaal in balans moest worden gehouden.

Maar even later werd er op haar deur geklopt en verraste hij haar met een fles Sekt. Op de rand van het bed dronken ze hem in een lichtzinnig tempo leeg. De oorlog verdween uit hun bewustzijn. Los van de omringende wereld, los van de tijd, in een kamer die aan iemand anders toebehoorde, tussen voorwerpen die door duizenden anderen waren gezien, werden ze bevangen door een gevoel van vrijheid. Boven zichzelf uitgetild door de tintelende Sekt en een duizeligmakende lichtheid raakten ze elkaar aan. Met trillende vingers begon hij haar uit te kleden, haar kleren zorgzaam over een stoel draperend. Huiverend kropen ze in bed en trokken de dekens over zich heen. 'Ich habe noch nie mit einer Frau...' bekende hij in haar oor. Zijn opgerichte geslacht leek haar iets in herinnering te willen brengen, een waarschuwing, een reflex, die niets te maken had met het hier en nu. Omfloerst door de vage herinnering aan een herinnering bleef ze roerloos liggen terwijl hij met zijn lippen haar lichaam verkende. Daarmee mocht hij doen wat hij wilde, het was weinig waard – het waren altijd anderen geweest die over de faciliteiten ervan hadden beschikt.

'De hemel, Martin, kijk eens, de hemel!' Anna tilde haar hoofd van zijn borst. Ze verlieten het bed en liepen naar het raam. In het noorden, achter de heuvels, waaierde een rode gloed uit in alle richtingen. Er klonk dof gerommel, als van een naderend onweer of tromgeroffel. Anna voelde een grote weerzin tegen de ordeverstoorder aan de horizon, en tegen de onverbiddelijke werkgever die Martin elk ogenblik weer kon komen opeisen. 'Het brandt sowieso,' zei ze, 'kom.' Met een bruusk gebaar deed ze de gordijnen dicht en trok hem mee terug in de richting van het bed, waarboven een in nevelen gehulde Lorelei hing, die boven op de noodlottige rots haar blonde haar borstelde.

Een metershoge berg puin blokkeerde de tramrails, de passagiers stapten uit en vervolgden klauterend hun weg over kronkelpaadjes die in enkele dagen waren ontstaan. De route liep tussen uitgebrande woonblokken door waarvan de geblakerde gevels nog half overeind stonden. Anna dacht aan een versregel van Schiller. 'In den öden Fensterhöhlen wohnt das

Grauen...' In een gaaf kozijn wapperden gordijnen, verderop gaf als in een poppenhuis de weggeslagen voorgevel vrij zicht op volledig ingerichte etages, de bewoners waren niet teruggekeerd om de kroonluchter die op de vleugel gevallen was terug op zijn plaats te hangen. Ze verdwaalden in het verstoorde stratenpatroon, een man die puin ruimde wees hun met een bezweet gezicht de weg. Bevreemdend was het normale, het leven had zijn loop hervat – in plaats van een nagalm van explosies en neerstortende gebouwen, van suizende vuurzeeën, van angstig geschreeuw en jammerklachten, heerste er het gewone stadsrumoer. De mensen liepen met boodschappentassen over het puin waaronder misschien nog stadgenoten lagen.

Tante Vicki leek van de schrik iets van haar babbelzucht te zijn kwijtgeraakt, oom Franz was rustig en beheerst als altijd – ook als het ziekenhuis onder vuur genomen werd zou hij rustig en beheerst moeten blijven. Tijdens de avondmaaltijd wierp hij Anna een goedkeurende blik toe: bravo Mädchen, je hebt een prima kerel meegebracht. Ook tante Vicki glunderde: Martin was zo beleefd en attent – een man die van nature wist wat een vrouw toekwam. Ter ere van de Oostenrijker draaide oom Franz operetteliederen, totdat dwars door 'Mein Liebeslied soll ein Walzer sein' ineens de sirene klonk. Tante Vicki liep voorgeprogrammeerd naar de kamer van het kind, tilde het slapend uit bed en holde ermee naar de kelders. Werktuiglijk volgden ze haar. Overal heerste tumult van haastige voetstappen en stemmen. Op een lege plek in een hoek streken ze neer. Anna keek benauwd omhoog naar de gasleidingen en rioleringsbuizen en stelde zich voor hoe ze met z'n allen, als de buizen sprongen, ten onder zouden gaan in een brij van uitwerpselen. Dit vooruitzicht was zo weerzinwekkend dat ze in stilte bad dat, als er leidingen waren die het moesten begeven, het die van het gas zouden zijn. Dit alternatief kalmeerde haar; telkens wanneer de gedachte aan de riolering de overhand dreigde te krijgen, voerde ze het bezweringsritueel uit met behulp van het gas. Maar voorlopig gebeurde er niets. Het kind van tante Vicki sliep nog steeds – het was ondenkbaar dat iemand een engeltje met vlasblond haar en zacht trillende oogleden zou willen doden. Misschien was het een talisman die iedereen in de directe omgeving onkwetsbaar maakte. Van de aanblik kreeg Anna zelf slaap. Ze zakte tegen Martin aan en dommelde langzaam in. Toen de grond begon te trillen sliep ze vredig verder. 'Maak haar wakker!' riep tante Vicki, verontrust door het idee dat een volwassen vrouw slapend de dood tegemoetging. Vanuit haar sluimer hoorde Anna de kalmerende stem van Martin: 'Laat haar toch slapen, wat maakt het uit?' Weer schudde de grond. Zijn arm lag om haar heen, haar kon niets gebeuren.

Voor deze permanente dreiging van Engelse squadrons vluchtte Frau von Garlitz ten slotte definitief naar het landgoed van haar ouders in Brandenburg. Hoewel het huis ver van het centrum lag, aan de overkant van de Rijn, leek de onmiddellijk aan het park grenzende chemische fabriek een aantrekkelijk doelwit. Martin keerde terug naar Polen; opnieuw bleef Anna, als huisbewaarster, alleen achter – een vreemde luchtledige positie, een langdurig dadenloos wachten – waarop? Een oud gevoel – door iedereen te zijn verlaten, alleen achtergebleven in een vijandige omgeving – dreef haar rusteloos door de vertrekken van het huis. Zelfs de bibliotheek bood geen soelaas, boven de bladzijden verstoof haar aandacht. Haar verbeeldingskracht liet het afweten, behalve op het punt van de verschillende doden die een soldaat kon sterven. Ze beschikte over een virtuoze onuitputtelijkheid in het creëren van bedreigende scenario's die zich afspeelden op onbekende lokaties in Polen. Een primitief land, zei men. Om zichzelf in de hand te houden zette ze de antieke kasten in de was en boende ze fanatiek. Na de kasten begon ze aan de balken – alles moest glanzen. Wanneer het donker werd daalde ze af in de luxueus ingerichte schuilkelder waar haar bed stond, zich verzettend tegen het gevoel dat ze een grafkelder binnenging, om zich uit te strekken in haar gewatteerde kist, handen over elkaar, ogen dicht, so.

Aan het eind van de winter kreeg ze de opdracht het huis te sluiten en naar het oosten te komen. Om het niet zomaar aan de wolven over te laten pakte ze alles van waarde in, tafelzilver, kristal, serviesgoed, stopte het in de opgepoetste kasten, sloot ze af en plakte de grote ijzeren sleutels met pleister tegen de bodem. Ze haalde de gordijnen van de roeden, vouwde ze op en borg ze weg, samen met kostbaar linnengoed. Daarna liep ze de tuin in om het huis nog eenmaal, van een afstand, te bekijken. In de bleke maartse zon, zonder gordijnen, zag het er kwetsbaar en doorschijnend uit. Ze liet het achter in niemandsland, hol, levenloos, kil in alle kamers. Zozeer als het huis geklonken was aan deze plek, zo ontworteld was ze zelf: weer ging ze weg – de reeks van vertrekken en aankomen, van hechten en onthechten, werd steeds langer. In iedere hand een koffer liep ze de oprijlaan uit naar de tramhalte. In Keulen stapte ze op een trein die haar, in ieder geval, een eind in oostelijke richting zou brengen.

Bij haar eerste kennismaking met Berlijn schrok ze van de botte nuchterheid van de inwoners. Verdoofd van de reis, hannesend met haar koffers, schoot ze op het perron twee voorbijgangers aan. 'Neemt u me niet kwalijk, zou u me kunnen zeggen waar het Schlesische Bahnhof is?' Na een misprijzende blik, alsof ze een aalmoes had gevraagd, liep men haastig door naar de trappen. Ze klampte een andere reiziger aan, deze keer het 'Entschuldigung bitte' achterwege latend, maar ze was nog niet uitgesproken of ook hij liep hoofdschuddend weg. Nu liet ze alle beleefdheid varen. 'Schlesische Bahnhof!' Haar stem galmde onder de overkapping. Een man met een deuk in zijn hoed als een gangster bleef spottend staan: 'Det stet doch da, können Sie nicht kieken?' Hij wees omhoog met zijn hoofd naar een bord waarop het met dikke letters stond aangegeven.

Het voorvaderlijke slot lag aan de Oder, te midden van uitgestrekte landerijen met slingerpaden en vijvers, een familiekapel en bemoste grafstenen in de schaduw van coniferen en taxussen. Een door een timpaan bekroond middenstuk waarin een portaal schuilging achter hoge, witte zuilen, deelde de gevel in twee symmetrische helften. De neoclassicistische strengheid werd gecompenseerd door zuidelijk geel pleisterwerk en vrij rond de terrassen scharrelende ganzen. Haar komst was hard nodig. Rudolf, de zoon van Frau von Garlitz, had milttuberculose gekregen. Er was een beschermengel voor dag en nacht nodig, die waakte over zijn strenge dieet en zijn rustpauzes, en met voorlezen de verveling van de zevenjarige verdreef. Afgezonderd van leeftijdgenoten zat hij opgesloten in zijn ziekte, die niet alleen een gevaar was voor zijn eigen voortbestaan, maar ook voor de toekomstverwachtingen van zijn grootvader, wiens enige mannelijke nakomeling hij was. Elke dag kwam de oude man, draaiend aan de punten van zijn witte knevel, informeren naar de gezondheid van zijn kleinzoon, elke dag moest Anna hem verbieden snoepgoed mee te brengen. Zo neigde haar status van beschermengel steeds meer naar die van cipier. Ooms, tantes en nichtjes die stiekem lekkernijen meebrachten om, als met een in cake verstopte zaag, de arme zieke te verlossen van zijn rigide dieet, smokkelden ongewild zijn dood binnen. Ze las hem voor uit zijn lievelingsboeken om hem het weggegooide snoepgoed te doen vergeten – en om te vergeten dat ze alleen nog maar wachtte op een brief uit Polen. Wachten was iets, dat kon je rustig zeggen, waar ze behoorlijk doorkneed in raakte.

Wel had ze inmiddels antwoord gekregen op de vraag waarom de naam van haar vader zo'n magische uitwerking had gehad op Frau von Garlitz. Ze had het Von Falkenau op de man af gevraagd. 'Johann Bamberg... ja... warte mal... die zal ik nooit vergeten... een buitengewoon jong mens, zeer toegewijd en vindingrijk... hij bedacht verschillende verbeteringen binnen het bedrijf waardoor er efficiënter gewerkt kon worden...' Bedachtzaam keek hij Anna aan: 'Uiterlijk lijkt u niet op hem, maar ik bespeur bij u dezelfde inzet en onomkoopbaarheid... Helaas hebben we niet lang profijt mogen hebben van uw vader... ik herinner me dat hij een andere baan kreeg aangeboden... hij was socialist, na ja, dat was zijn zaak... ein ausserordentlicher Mensch, dieser Bamberg...'

'Jullie waren zelf begonnen met het bombarderen van steden,' zei Lotte, die zich ergerde aan de manier waarop Anna de inwoners van Keulen als slachtoffers afschilderde. Ze hoefde maar aan het bombardement op Rotterdam of op Londen te denken en haar medelijden bevroor.

'Ja natuurlijk waren we begonnen,' zei Anna.

'Dan hoefden jullie toch niet verbaasd te zijn dat er werd teruggeslagen.'

'We waren niet verbaasd, we waren bang – net als de inwoners van Londen wanneer ze opeengepropt in een schuilkelder zaten. Die angst is toch universeel!'

'Met dit verschil dat jullie het aan jezelf te danken hadden. Jullie hadden het regime dat er niet voor terugdeinsde steden te bombarderen zelf gekozen.'

Anna zuchtte. Ze legde haar mollige armen op tafel, leunde naar voren en keek Lotte vermoeid aan. 'Ik heb je toch uitgelegd hoe het arme domme volk zich heeft laten verblinden. Waarom wil je dat niet accepteren? Zo komen we toch nooit een stap verder?'

Lotte nipte aan haar lege kopje. Ze voelde de woede naar haar hoofd stijgen – daar werd haar nota bene de les gelezen! Wat een aanmatiging!

'Ik zal je eens haarfijn vertellen waarom ik het niet kan accepteren,' zei ze nijdig, 'misschien dat jij er dan, op jouw beurt, ook eens iets van begrijpt.'

Het water dat tegen de kiel van de boot had geklotst, kraste een halfjaar later onder hun Friese doorlopers. De handen kruislings in elkaar gleden ze in een cadans over het ijs. Het leek of ze samen één schaatser waren. Berijpte rietkragen en wilgen schoten voorbij, de zon hing er laag boven en werd langzaam rood. Lotte struikelde over een scheur in het ijs, David ving haar op. Zwikkend op de smalle ijzers stonden ze tegenover elkaar, hij kuste haar bevroren lippen. 'IJskoningin...' zei hij in haar oor, 'wat zou je ervan zeggen als we ons verloofden...' 'Maar...' begon Lotte. Verbluft keek ze hem aan. Hij lachte en kuste haar op het puntje van haar neus, dat gevoelloos was van de kou. 'Denk er maar eens over na...' zei hij. Hij greep haar handen en ze zigzagden verder. Er kwam nevel opzetten, minuscule waterdeeltjes namen de kleur aan van de ondergaande zon. De kou drong door haar kleren heen. Een versregel uit de cyclus ging haar door 't hoofd 'In diesem Wetter, in diesem Graus, nie hätt' ich gesendet die Kinder hinaus...'

In het donker fietsten ze terug. Bij haar thuis nam hij afscheid. 'Ik wou je niet aan 't schrikken maken,' zei hij, 'maar ik ben gewoon gek op je.' Ze blies op haar handen, hij nam ze tussen de zijne en wreef ze warm. 'Ik kom zaterdag,' beloofde hij, 'dan hebben we het er nog wel over.' 'Nee, nee...' zei ze verward, 'ik bedoel... zaterdag kan ik niet... laten we even wachten...' Hij kuste haar luchthartig. 'Goed... goed... we hebben geen haast...' Neuriënd reed hij weg, zich nog eenmaal omdraaiend om te zwaaien.

Dagenlang deed ze afwezig de dingen die gedaan moesten worden. De nog niet ingekaderde verliefdheid had van haar eindeloos voort mogen duren, ze hield van het heimelijke, het onuitgesprokene en smartelijke. Een begrip als 'zich verloven' maakte haar nerveus. Toch wist ze dat ze uiteindelijk geen nee zou zeggen. Voordat hun verhouding in een stroomversnelling kwam en iedereen zich ermee ging bemoeien, wilde ze zich nog even koesteren in ambivalente gevoelens en de vertrouwde eenzaamheid. Waarschijnlijk voelde hij het aan – ze hoorde niets van hem.

Er kwam een eind aan de illusie dat de oorlog best meeviel. In de jodenbuurt in Amsterdam vonden rellen plaats tussen onrust zaaiende WA-mannen en joodse knokploegen, waarbij een WA-man werd gedood. Als represaille werden er op 22 februari honderden willekeurige jonge joodse mannen opgepakt. In de officiële berichtgeving werd gewag gemaakt van 'een moord zo gruwelijk en beestachtig als alleen joden in staat waren te plegen', maar de illegale krant *Het Parool* demythologiseerde de zaak: het was een kwestie van doodslag in een ordinaire vechtpartij – het lijk werd gevonden met een ploertendoder om de pols! Lottes vader nam een manifest van de ondergrondse communistische partij mee naar huis, waarin werd opgeroepen tot verzet tegen de jodenprogroms: 'Staakt!!! Staakt!!! Staakt!!!' werd het werkende volk aangevuurd. De stakingen die als gevolg daarvan op verschillende plaatsen in het land uitbraken werden door de Duitsers gebroken met executies. Ogenschijnlijk keerde de rust weer.

Juist toen Lotte ongedurig begon te worden – het duurde wel erg lang – werd ze opgebeld door de vader van David. Op doffe toon vroeg hij of het schikte als hij en zijn vrouw diezelfde avond nog langskwamen, ze hadden iets met haar te bespreken. Het bloed steeg haar naar het hoofd. Waarom stuurde David zijn ouders, in plaats van zelf te komen? Na alles wat hij over hen verteld had? Ze werden plechtig ontvangen (de beroemde zanger!). Lottes vader drukte hun zwijgend de hand, de zanger glimlachte treurig, waarbij zijn verleiderssnorretje een streep werd. Zijn blik gleed over de vier zusters: 'En wie is nu Lotte?' Aarzelend knikte Lotte. Davids moeder haastte zich haar beide handen te grijpen en fijn te knijpen. Door emoties overmand knipte ze haar krokodillenleren tas open om een zakdoekje te pakken. 'We wisten helemaal niet dat hij een vriendin had...' zei ze aangedaan.

Nadat ze waren gaan zitten nam haar man het woord. De aanleiding voor hun bezoek was een briefkaart van David, uit Buchenwald, waarin hij zijn ouders verzocht zijn groeten over te brengen aan Lotte, omdat hij geen afscheid van haar had kunnen nemen. 'Buchen... wald...?' stamelde Lotte. De Vries slikte en streek met een gebaar van wanhopige gelatenheid over zijn voorhoofd. Naar de grond starend legde hij uit dat

David, op zaterdag 22 februari, was gearresteerd in de Amsterdamse jodenbuurt terwijl hij met een groep vrienden muziek maakte. Ineens was de Grüne Polizei binnengevallen, ze moesten met hun rug tegen de muur gaan staan. 'Wer von euch ist Jude?' werd er geschreeuwd. Zonder er ook maar een seconde over na te denken, zijn hoofd waarschijnlijk nog bij de muziek, had David een stap naar voren gedaan. Twee andere joden in het gezelschap hielden wijselijk hun mond. Hij werd overgebracht naar het Jonas Daniël Meijerplein, waar al rijen lotgenoten stonden te wachten. Zonder aanklacht, zonder enige vorm van proces, waren ze afgevoerd naar een kamp in Duitsland.

De moeder van David snikte in haar zakdoek. Vertwijfeld om zich heen kijkend sprak de vader zich moed in: 'Je zult zien dat de jongens na enkele maanden werkkamp naar huis worden gestuurd. De Duitsers hebben een voorbeeld willen stellen: denk erom, geen rellen meer. David is gezond, heeft veel aan sport gedaan... Hij heeft het er ook niet slecht... hier, lees maar...' Lotte boog zich over enkele armzalige regels op de onder stempels bedolven kaart: '...es geht mir gut, wir arbeiten tüchtig...' Deze kaart had hij in zijn handen gehad. Het had iets beangstigends, een kaart die vrij het kamp kon verlaten en de weg naar huis vinden terwijl de afzender vastgehouden werd. Toch drong de ernst niet meteen in volle omvang tot haar door. Het was zo bizar, zo ongerijmd, zo zinloos, dat het niet te bevatten was. Werktuiglijk keek ze naar de piano – de bladmuziek lag nog opengeslagen op de pagina waar ze gebleven waren. Alles in haar verzette zich tegen de gedachte dat hij zomaar, zomaar, verdwenen was. Onmiddellijk ook klampte ze zich vast aan het idee van een werkkamp, een soort padvinderskamp – houthakken in de openlucht, bomen planten...

'We sturen hem een kaart terug,' zei zijn vader, 'zou jij er ook een regeltje bij willen schrijven?' 'Lieve David...' priegelde ze in de kleine ruimte onder aan de volgeschreven kaart. Haar pen bleef boven het papier zweven. Ze voelde de ogen van zijn vader op haar rusten, haar pen besturen. In geheimtaal zou ze willen schrijven, iets persoonlijks, iets wezenlijks. Een regel uit de liederencyclus schoot haar te binnen – zonder nadenken schreef ze een variant op: '...Ich hoffe, du bist nur ausgegangen, bald wirst du wieder nach Hause gelangen...' Terwijl ze de regel overlas riep hij ineens een hevige angst bij haar op. Wat had ze in godsnaam opgeschreven? Een citaat uit een rouwdicht, een elegie. Te laat, te laat om nog iets te veranderen. Met trillende hand gaf ze de kaart terug. Ze hield het niet meer uit in de kamer, de aanblik van zijn ouders benauwde haar, maar ook het medeleven van haar ouders kon ze niet verdragen... een wereld die iemand zomaar liet verdwijnen benam haar de adem. Ze stond bruusk op en liep, zonder beleefdheidsfrasen, de kamer uit, de gang door, het huis uit, naar buiten. Met bonzend hart viel ze neer op een traptrede van het tuinhuis. Als een langzaam werkend gif drong er iets tot haar door dat bijna zo ondraaglijk was als de verdwijning van David: op die tweeentwintigste februari zou hij bij haar zijn geweest... als zij dat gewild had.

Wekenlang onderwierp ze zich aan een streng zelfonderzoek, legde zich op de pijnbank: waarom was ze niet spontaan op zijn voorstel ingegaan... waarom moest ze zo nodig een slag om de arm houden, voor de vorm... had ze hem een beetje op de proef willen stellen, willen tarten... waarom al dat voorbehoud...? Ze geselde zich met vragen die ze niet kon beantwoorden, vragen die haar stuk voor stuk een steeds monsterachtiger beeld van zichzelf gaven om steevast uit te lopen op dezelfde, onbarmhartige conclusie.

Opnieuw belde zijn vader. Ze hadden een tweede kaart ontvangen, deze keer uit Mauthausen, met de cryptische tekst: 'Wenn ich nicht schnell mein Segelschiff bekomme, dann ist es zu spät.' Wanhopig riep hij: 'Hij smeekt ons om hulp, mijn jongen, maar wat kan ik doen? Ik wou dat ik zijn plaats in kon nemen – ik ben een ouwe man, hij heeft zijn hele leven nog voor zich...' Tevergeefs zocht Lotte naar woorden – wanneer het er echt op aankwam ze te vinden bleken ze niet te bestaan. Als David het niet overleefde dan was de hele idee van rechtvaardigheid een illusie – dan heerste er alleen willekeur, chaos, te midden waarvan een mens, met al zijn plannen, verwachtingen, hoop, fantasieën, niets betekende – niets. 's Nachts dreef het schip met bolle zeilen door haar dromen, de Loosdrechtse Plassen dijden uit tot een oceaan – nu eens zat hij stralend en bruingebrand aan het roer, dan weer was hij in het water gevallen en probeerde zich, met versteende vingers de rand grijpend, krampachtig in de boot te hijsen terwijl zij toekeek.

Van zijn vader kreeg ze een recente foto. Pijnlijk onschuldig lachte David naar de fotograaf. Die naïveteit had hem zijn vrijheid gekost, misschien zijn leven. Hij was op het verkeerde moment op de verkeerde plaats geweest – zonder die gedachte kon ze niet naar de foto kijken. Piëteit belette haar hem te verscheuren, steeds weer dwong ze zichzelf ernaar te kijken. Luchthartig zwaaiend was David uit haar leven weggefietst; die beweging van zijn arm, heen en weer, bleef haar het langste bij alsof er iets mee werd uitgedrukt dat van groot belang was. En wat had hij geneuried terwijl hij in het donker verdween?

Muziek irriteerde haar. Al die melodieën, maten, toonaarden, subtiliteiten, kwamen haar belachelijk voor – nutteloze franje, valse sentimenten. Haar stem liet het in de hogere regionen afweten, in de diepte vibreerde hij onzeker. Catharine Metz stuurde haar naar huis: 'Kom jij eerst maar eens tot jezelf.'

4

Waar kwam al het water vandaan en waar ging het naartoe? Anna lag in een badkuip van glanzend koper, luchtbelletjes zetten zich af op haar huid, een netwerk van schubbetjes. Haar lichaam lag bleek en vissig in het water. Er moest een ingenieus buizenstelsel zijn waardoor het water van de bronnen naar het Thermaal Instituut stroomde en, via de badkuipen, weer werd afgevoerd – het lichaam dat het een halfuur omspoelde was maar een tussenstation. Al dat water, onzichtbaar, onhoorbaar stromend, als bloed in de aderen, het badhuis een pompend hart. In hoeveel flesjes mineraalwater lig ik, dacht ze.

Lang geleden zat ditzelfde lichaam in een teil op de keukenvloer, oom Heinrich roffelde spottend op de afgesloten deur: je moet wel erg vuil zijn dat je iedere week een bad neemt. Het leek of er een geladen stilte heerste in deze badkamer, alsof de badgasten uit het verleden onzichtbaar aanwezig waren en er angstvallig voor waakten zichzelf te verraden. Hoeveel, welke beroemde doden hadden in deze badkamer gezeten, in deze kuip? Waren hun gedachten hier achtergebleven, kon de stilte er topzwaar van zijn? Het zal wel niet veel moois geweest zijn wat ze dachten, lachte ze in zichzelf.

Van die onbekende doden was het maar een klein stapje naar de dode van Lotte. Schaamte, woede, droefheid, hadden Anna de hele nacht uit haar slaap gehouden. Toch zijn we zusters, hield ze zichzelf hardnekkig voor. De ouderdom hoort toch gepaard te gaan met mildheid, met wijsheid? Als wij tweeën niet over al die barrières heen kunnen stappen, hoe moeten anderen dat dan doen? Dan blijft de wereld voor eeuwig in de greep van onverzoenlijkheid, dan kun je de duur van elke oorlog met minstens vier generaties vermenigvuldigen.

Natuurlijk – Duitsland had met al zijn geld de verzoening afgedwongen, maar één voetbalwedstrijd was genoeg om te laten zien dat de oude vijandschap nog springlevend was.

Iets in de lichtval, in de groene weerschijn van de tegels, in de vreedzame beslotenheid, bracht haar terug in het Casino. Lotte zat tegenover haar in een bad op leeuwenpootjes, een donkere vrouw (tante Käthe?) boog zich over hen heen en liet uit een blauw geëmailleerde kan een dun straaltje koud water over hun rug lopen. Om beurten rilden ze huiverend van genot. Haarscherp zag ze Lotte voor zich, met vochtig donker haar, haar ogen stijf dichtgeknepen – het beeld was duidelijk, levensechter dan dat van Lotte zoals ze de vorige dag tegenover haar aan tafel had gezeten. Het is er allemaal nog, dacht ze vol verbazing. Al hebben de bombardementen geen tegel, geen steen van het Casino heel gelaten, in mijn hoofd is alles er nog, de jaren die ertussen liggen betekenen niets.

Wat ons door de geschiedenis is aangedaan, bedacht ze, kunnen we niet op een weegschaal leggen. Het lijden scheidt ons niet, maar verbindt ons – zoals het genot ons toen verbond. Dit inzicht, hoe ongerijmd ook, luchtte haar op. Op hetzelfde ogenblik kwam, in jasschort, de vrouw binnen die haar uit het bad zou helpen. Uitnodigend stak ze Anna een hand toe. Zonder rare capriolen, rechtop en waardig, stapte ze over de rand van het bad en daalde af in de diepte. Als Pauline Bonaparte, geholpen door haar kamenierster, grinnikte ze in gedachten.

Aan het eind van de ochtend troffen ze elkaar in de koffiekamer; hoewel de deur altijd uitnodigend openstond hadden ze er verder nog nooit iemand aangetroffen. Af en toe schuifelde er een badgast door het labyrint van gangen, maar meestal waren ze – januari was komkommertijd – stil en leeg.

'Ik heb zo slecht geslapen,' bekende Anna, 'de hele nacht zag ik het beeld voor me van die ene jongeman die nietsvermoedend naar voren stapt.'

Lotte knikte afwezig, beurtelings aan haar koffie en een beker bronwater nippend. Anna kreeg het gevoel dat ze het er niet meer over wilde hebben.

'Ik wil niet de indruk wekken tegen je op te bieden met de ellende die mij is overkomen...' zei ze voorzichtig, 'maar mijn man is ook omgekomen, in diezelfde Scheisse-oorlog, nadat ik jarenlang in angst had gezeten...'

In de eetkamer klonken de eerste maten van de Schicksalsymfonie van Beethoven. 'Ta ta ta ta... Das Oberkommando der Wehrmacht gibt bekannt: Die achtundzwanzigste Infanteriedivision auf dem Vormarsch nach Rusland.' Anna maakte brood klaar voor Rudolf. Traag smeerde ze er boter op, gemengd met tranen. De oude Von Falkenau, die tegenover haar zat te ontbijten, keek haar meewarig aan. 'U moet niet huilen, Fräulein,' hij schudde zijn hoofd, 'uw verloofde zit toch niet bij de infanterie! Hij loopt geen enkel gevaar bij de verbindingstroepen. Trouwens, u zult zien, de hele operatie is binnen zes weken voorbij. Dacht u dat dat volk zich gaat verdedigen? Die zijn blij dat ze van het communisme verlost worden.' Anna lachte mismoedig. Hoewel Von Falkenau, een ijzervreter die connecties had in de hoogste militaire kringen, zijn informatie uit de eerste hand kreeg, was geen enkele geruststelling van buitenaf voldoende om haar angst te sussen. Wat was een soldaat te midden van miljoenen soldaten – allemaal pluisjes in de wind boven de toendra, in de weidsheid van een land waar de zon opkwam als hij aan de andere kant onderging. Het was een onwezenlijke oorlog, voornamelijk uitgedrukt in onmetelijke getallen die het voorstellingsvermogen te boven gingen: 'Ta ta ta ta... Das Oberkommando der Wehrmacht gibt bekannt...': dertigduizend Russische krijgsgevangenen, veertigduizend, vijftigduizend. Wat gebeurde daarmee, waar leefden die van? Vragen die de praktische geest, thuis, zich in alle onschuld stelde terwijl het overwinningsgekwetter uit de radio door de openstaande tuindeuren naar buiten zigzagde en de rozen opzweepte tot uitbundiger bloei.

Wanneer er eindelijk een brief kwam was hij al veertien dagen oud. Misschien was Martin in de tussentijd al gesneuveld. Ze ging naar de Wochenschau in een nabijgelegen stadje, ze las de krant, maar hoe meer ze zich inspande aan de hand van oprukkende legers een inschatting te maken van zijn overlevingskansen, hoe meer ze zich een machteloze buitenstaander voelde. Thuis zitten en niets kunnen doen – een front waar niemand over sprak.

Eind oktober kwam er een telegram. 'Kom alsjeblieft naar Wenen. Meteen. We trouwen.' Haar koffer, die een zelfgemaakte bruidsjurk en een officieel gewaarmerkte stamboom bevatte, stond al maandenlang klaar. In aller ijl vertrok ze naar Wenen. Bij het uitstappen aarzelde ze. Eén ogenblik was het of een sterke luchtstroom haar terugduwde de trein in. Daar stond hij werkelijk, nadat hij in haar verbeelding honderden doden gestorven was. Hij was er, terug uit een onmetelijkheid waarin een gewoon mens zou verdwalen. Tijd en ruimte hadden hem hierheen gebracht alsof het de gewoonste zaak van de wereld was. Hij werd geflankeerd door zijn ouders. Even benijdde ze hem erom dat hij twee ouders had met wie hij op haar kon wachten: kijk, dat is ze nou. Vader en zoon droegen beiden een kostuum en een hoed, die bij Martin scheef en bij de ander recht op het hoofd stond. De vader was slank en jeugdig, maar in de schaduw van de hoedrand lag een zorgelijke trek op zijn gezicht alsof hij voortdurend tegen een scherpe zon in keek. Ook de moeder wekte de indruk dat het bestaan een bovenmenselijke inspanning van haar vereiste. Ze perste haar lippen stijf op elkaar alsof ze een ballon opblies; het streng gepermanente zwarte haar droeg ze als een kapje op haar hoofd. Tussen deze twee mensen, die elkaar leken te negeren, stond Martin en straalde.

In een brede, boomloze winkelstraat waar trams doorheen denderden, aan de voet van een massief grijs gebouw van zes verdiepingen, nam de vader afscheid. Nu was het moment aangebroken weer naar zijn vrouw te gaan, verklaarde hij hoffelijk – overigens nodigde zij hen van harte uit. Anna keek verwonderd van de een naar de ander. Waarom had Martin haar niet verteld dat zijn ouders gescheiden waren? De vader lichtte zijn hoed en wandelde naar de tramhalte. Gedrieën klauterden ze de trappen op naar de woning waarin Martin was opgegroeid – op de eerste verdieping, boven een drogist. Anna, gewend geraakt aan weidse kamers met tapijten, antieke meubels, schilderijen en familieportretten, deinsde terug toen ze de kleine, met prullaria volgestouwde kamers in stapte.

Nadat ze Martin eropuit had gestuurd voor een boodschap, begeleidde zijn moeder Anna met overdreven gastvrijheid naar haar logeerkamer. 'Zo,' zei ze, tevreden de deur achter zich sluitend, 'nu kunnen we even als vrouw tot vrouw met elkaar praten. Luister. Ik wil je waarschuwen, voor je eigen bestwil. Trouw niet. Zie af van het huwelijk, nu het nog kan. Het huwelijk is een uitvinding van mannen, alleen zij hebben er baat bij. Door die ene transactie bezitten ze, helemaal voor zich alleen, een moeder, een hoer, een kokkin, een werkster. Alles ineen, gratis. Over de vrouw hoor je nooit iemand. Zij zit mooi opgesloten, op die paar vierkante meters, met haar krappe huishoudgeld. Ze is lelijk in de val gelopen, maar als dat tot haar doordringt is het al te laat. Doe het niet, liefje, wees verstandig, ik zeg je dit in vriendschap.' Anna probeerde zich los te maken van de zwarte, hypnotiserende ogen. 'Ik verzeker u dat ik veel van Martin houd...' bezwoer ze haar. 'Ach liefde...!' zei de vrouw laatdunkend, 'allemaal leugens en bedrog om de vrouw zo gek te krijgen.' Met bevende handen begon Anna haar koffer open te maken, op goed geluk trok ze er een blouse uit. 'Neemt u me niet kwalijk,' zei ze zwakjes, 'ik wil me even verkleden.' 'Denk erover na!' Triomfantelijk verliet de vrouw de kamer. Anna zakte op de rand van het ledikant. Ze vindt me niet geschikt, was haar eerste gedachte. Wat is dit voor een moeder, die de plannen van haar zoon achter zijn rug om in de war probeert te sturen? De plannen van een soldaat die spoedig terug moet, de oorlog in! Geshockeerd naar haar bruidsjurk starend zakte ze weg in een wirwar van gedachten en overwegingen, totdat Martin vol ongeduldige vreugde op haar deur klopte. 'Darf ich 'rein kommen...?' Manhaftig besloot ze haar mond te houden.

Na het avondeten zette de moeder een bord van porselein met bloemmotieven voor haar zoon neer. 'Ik heb nog een verrassing voor je, mijn jongen, iets waar je heel erg gek op bent.' Met een geheimzinnig lachje toverde ze een weckpot met abrikozencompote te voorschijn en begon daarmee het bord vol te scheppen. 'Krijgt Anna niets?' zei Martin. 'Maar ik heb het speciaal voor jou bewaard...' Een ondeugende, krijgslustige schittering in haar ogen. Martin zuchtte. 'Ik wil dat je er nog een bord bij zet.' De moeder bleef roerloos staan. In de volgepropte kamers was zij keizerin, wie zich in haar territorium waagde werd blootgesteld aan vreemde staaltjes van ontspoorde moederliefde. Krijgslust maakte plaats voor verongelijktheid. 'Ach so... dus ik moet voor háár...' 'Ja, anders eet ik er geen hap van.'

Buiten de vier kamers had ze geen vat op hen. Herademend trokken ze de stad in die zich koket openvouwde met haar kerken, paleizen, symmetrische parken en vijvers, botanische tuinen en orangerieën, konditoreien. Dit was zijn stad, de voorafspiegeling van haar toekomst. Hier zou ze wonen, zodra de oorlog afgelopen was. In een museum bewonderden ze de Habsburgse kunstschatten, vanaf de Leopoldsberg keken ze neer op de daken. Kaartjes voor de opera en het theater waren schaars, behalve voor een soldaat met een verlofkaart. Voor elke voorstelling die ze bezochten nodigde hij ook zijn moeder uit. Die stond er telkens weer op dat haar hartsvriendin meeging, een weelderige, snel geëmotioneerde Weense met veel strookjes en kantjes – tijdens de voorstellingen meende ze hen van elke ingeving die door haar hoofd vlinderde op de hoogte te moeten stellen. 'Moeder,' zei Martin ten slotte, 'ik neem je graag mee maar alsjeblieft... die vriendin hoeft er toch niet altijd bij te zijn?' 'Zo...' beledigd hief ze haar kin, 'bevalt mijn vriendin je niet? Jij hebt mij toch ook niet om goedkeuring gevraagd bij het kiezen van je vriendin.' In de slaapkamer verontschuldigde Martin zich voor haar, Anna vermoeid aanziend: 'Het spijt me, neem het haar maar niet kwalijk... vanaf de dag waarop mijn vader haar verliet is ze zo. Ik was toen nog klein. Ze is nooit een normale moeder geweest... zoals een moeder moet zijn. Ze heeft me altijd willen bezitten, op een tirannieke manier. Om zich op hem te wreken. Er is niets aan te doen, het is nu eenmaal zo.'

Het gevoel van verwachting dat de stad bij Anna had opgeroepen ebde langzaam weg. Het kwam haar voor dat haar schoonmoeder er met gespreide vlerken boven zweefde – waar ze ook gingen, geen wijk, geen gebouw ontkwam aan haar schaduw. Op een dag troffen ze bij hun thuiskomst de sfeer van een sterfhuis aan. De gordijnen waren gesloten, een scherpe azijnlucht sloeg hen op de keel. Voorzichtig openden ze de deur naar de slaapkamer. De moeder lag met gesloten ogen in bed, haar hartsvriendin zat naast haar en legde devoot een in azijn gedrenkt hartkompres aan. 'Sssst...' fluisterde ze met een vinger op haar lippen, 'uw moeder heeft een zenuwtoeval.' Martin spande zijn kaakspieren. Na een koele blik op het tafereel draaide hij zich om en verliet de kamer. Anna draalde aan het voeteneind, verontrust op de lijkbleke moeder neerziend. Mijn god, dacht ze, als hij zo met zijn moeder omgaat, hoe zal hij dan later met mij omgaan als ik iets mankeer? Ze kreeg het benauwd, met haar hand om haar keel liep ze op haar tenen de kamer uit. Martin zat terneergeslagen aan de keukentafel. 'Ik weet wat je denkt,' zei hij, 'maar ik zal je vertellen: het is allemaal komedie. Ze mankeert niets.' 'Hoe kun je dat nu weten,' zei Anna verontwaardigd. 'Goed,' zuchtte hij, 'je hebt ondanks alles medelijden. Ga erheen en voel haar pols, dan zul je zien hoe ernstig ze eraan toe is.' Beschroomd ging Anna de slaapkamer in. Ze legde haar vinger op de stevige pols, de vriendin knikte haar minzaam toe. De hartslag was rustig en regelmatig, precies zoals het hoorde. De ogen gingen zelfs niet op een kiertje open, geknakt als een reusachtige zwarte dahlia lag ze in de kussens.

'Ik moet je iets bekennen,' zei Martin, 'ik loop er al dagenlang mee rond en durf het je niet te zeggen... We kunnen nu niet trouwen...' Anna verstijfde. 'Waarom niet?' Hij sloeg een arm om haar schouders. Zijn verlof was eigenlijk illegaal, legde hij uit, hij had een gefingeerde verlofkaart. Nadat zijn compagnie wekenlang actief was geweest mochten ze drie weken uitrusten. In Rusland, wel te verstaan. De compagniechef, een gemoedelijke kerel, had aangeboden: 'Voordat jullie weer die hel in moeten raad ik jullie aan... ga een paar weken naar huis. Op mijn verantwoording.' Door te trouwen, een officiële gebeurtenis die aan zijn superieuren moest worden doorgegeven, zou Martin hen allemaal verraden. Anna knikte zonder iets te zeggen. Ineens was de oorlog weer levensgroot aanwezig. Berouwvol legde hij zijn hoofd op haar schouder. Alles viel in het niet bij het feit dat hij straks weer naar het oosten vertrok. En zij naar het noorden. Dat ze niet meer dan pionnen waren op een schaakbord van wereldformaat. 'Die hel...' herhaalde Anna peinzend. 'Vertel me eens eerlijk, Martin, hoe het daar is – spaar me niet...' Hij legde een vinger op haar lippen. 'Sssch... niet over praten...' fluisterde hij, 'ik ben hier juist om het even te vergeten...'

Toen de aanval van hypochondrie haar begon te vervelen herrees de moeder uit haar schijndood. Door het huis scharrelend betrok ze haar stellingen. Martin en Anna maakten plannen voor hun laatste week. 'Ik denk dat ik maar eens naar de Spaarbank ga,' peinsde hij, 'ik wil niet dat we op een shilling moeten kijken.' Op weg naar de kapstok hoorden ze de voordeur dichtslaan. Ze verlieten het huis; de lucht, die regen voorspelde, had de kleur van de gevels in het tiende Bezirk. Martin greep haar arm. 'Kijk nou eens...' Een stuk voor hen uit, aan de andere kant van de straat, liep zijn moeder op een holletje in dezelfde richting als zij – het hoofd vooruit, een grote leren tas als een wapen in de hand. 'Wat heeft die ineens een haast,' zei hij verwonderd. Ze passeerden een etalage met Dirndls. 'Zie je mij al in zo'n ding?' zei Anna schertsend. Martin trok zijn neus op. 'Dat is voor schwärmerische types die van alpengloeien en woudhoorn houden.'

'Dat is ook sterk...' de bankbediende lachte fijntjes, 'twee minuten geleden heeft uw moeder het laatste geld van de rekening gehaald.' 'Maar er stond een fors bedrag op,' riep Martin, 'spaargeld van jaren!' Hij moest erbij gaan zitten. Verbluft voor zich uit starend schudde hij zijn hoofd. 'Voor mijn vertrek heb ik haar een machtiging gegeven...' zei hij toonloos, 'voor noodgevallen...' Anna dreef hem zachtjes naar buiten. Hij gooide zijn hoed in de lucht. 'Ik ben blut,' riep hij met een schrille lach die tegen de muren schampte, 'O mein lieber Augustin, alles ist hin...'

Griezelig vrolijk ging hij de woning binnen. Zijn moeder was alweer in de keuken, alsof ze niet was weg geweest. Martin pakte een keukenstoel en klom erop. 'En wat stond er nog op mijn bankrekening...' riep hij retorisch, 'niets...!' Hij pakte een van de zorgvuldig geëtiketteerde potten abrikozencompote van de plank, liet hem tussen zijn handen vandaan op de grond glijden en strekte zijn armen om een nieuwe pot te pakken. 'Al die jaren heb ik voor hem gezorgd,' begon de moeder zich te beklagen, '...me het eten uit de mond gespaard... geen greintje dankbaarheid...' Met een pot in zijn handen keek Martin neer op zijn jeremiërende moeder. Ineens zette hij hem rustig terug op de plank, draaide hem decoratief met het etiket naar voren en stapte van de stoel af. 'Kom,' zei hij kalm, Anna bij een arm grijpend, 'we gaan pakken.' In een wolk van zelfbeklag doorkruiste de moeder haar armzalige keizerrijk, vol pathetiek wierp ze zich op de koffer van haar zoon die half gepakt op het bed lag. Anna propte haar bruidsjurk, die ze had uitgehangen, in haar koffer en klikte hem dicht. Een dof bonkende hoofdpijn plaatste zich tussen haar en de buitenwereld; werktuiglijk volgde ze Martin het huis uit, de straat op, de tram in.

Door de vader en zijn tweede vrouw werden ze met stilzwijgend begrip ontvangen. Anna, die dacht haar initiatie als lid van de familie nu achter de rug te hebben, werd ingewijd in de laatste mysteries. De vader had pas sinds kort zijn vaderschap hervat, na een onvrijwillige onderbreking van twintig jaar. Al die tijd had Martins moeder hem de omgang met zijn zoon verboden, hem tegenover zijn zoon afschilderend als een lichtzinnige rokkenjager en een profiteur. Toen Martin in de vierde klas van het gymnasium zat weigerde ze, om redenen waarvan alleen zijzelf misschien de logica kende, de maandelijkse studietoelage van zijn vader nog langer te accepteren. Tegen de zoon zei ze dat de vader niet langer wilde betalen, tegen de vader dat de zoon genoeg had van de studie. In de Kärtnerstrasse had ze een plaats als leerling in een eersteklas kapsalon voor hem gevonden, vlak bij de opera. In plaats van de hexameters van Homerus waren het sindsdien de hoofden van nukkige diva's waar hij zich over boog. Haar manoeuvres waren pas aan het licht gekomen toen Martin, ter gelegenheid van het op handen zijnde huwelijk, contact met zijn vader had gezocht.

Met terugwerkende kracht begreep Anna nu de vreemde, driekoppige ontvangst op het station. De een wilde voor de ander niet wijken, de vader liet zich niet meer op een zijspoor zetten. Het duizelde haar van al die verwikkelingen in familieverband, ze neigde er zelfs toe zich gelukkig te prijzen iemand zonder ouders te zijn – hoewel ook Martin in zekere zin, bij afwezigheid van een vader, onder de heerschappij van een hysterische moeder, al jaren geleden wees was geworden.

Met desperate ijver hervatten ze hun uitstapjes. Ze klommen van de Untere Belvedere, het zestiende-eeuwse zomerverblijf van prins Eugen von Savoye die Wenen van de Turken bevrijdde, naar de nog grotere Obere Belvedere, het symbool van zijn macht. Ze bezochten de Karlskirche, waarin Martin wilde trouwen; ze werden dronken van de Heuriger. Het was alsof er, gedurende de dagen die nog restten, een reservoir met gezamenlijke geneugten en genietingen moest worden gevuld waaruit ze de rest van hun leven zouden kunnen putten.

Samen met zijn vader bracht ze hem naar de trein. 'Ik red me wel...' riep hij uit het raam van de wegrijdende trein, 'Rusland is groot en de tsaar ver weg!'

'Ik herinner me nog goed hoe bang we waren,' zei Lotte, 'die herfst, dat de Russen zouden verliezen.'

'Ik dacht alleen aan het leven van die ene...' Anna staarde naar haar nagels, 'dat was het enige wat me interesseerde. Verder zag ik niets, hoorde niets, ik hoopte en bad dat hij terug zou komen. Dat is men nu totaal vergeten, de voortdurende angst waarin ieder van ons, thuis, moest leven – er waren daar miljoenen jongens zoals Martin.'

Lotte voelde zich genoodzaakt haar eraan te helpen herinneren dat, door diezelfde jongens, miljoenen Russen waren afgeslacht.

Anna veerde op. 'Daar dachten wij toch niet over na! Bij ons hoorde je alleen: Vormarsch, Vormarsch, Bialystok, Leningrad, Oekraïne. Hermann Göring hield een grote rede: "Wij hebben het vruchtbaarste land ter wereld veroverd..." Hij beloofde: "We zullen er iets moois van maken, voortaan hebben we genoeg boter, genoeg tarwemeel." Duitsland werd uitgedund: iedereen die iets in zijn mars had werd erheen gestuurd om leiding te geven aan landbouwbedrijven, gezondheidsdiensten. Zelfs de grootste domkop was daar ineens iemand en kon wat. De gevangenen werden hierheen gehaald om in de fabrieken te werken. Het is een waanzinnig organisatieapparaat geweest, een enorme prestatie in zekere zin. De mensen thuis werden ook vindingrijk – van een ouwe deken naaide je een jas, je maakte je eigen schoenen...'

'Dat deden de Hollanders ook,' zei Lotte bits.

'Natuurlijk... een noodtoestand mobiliseert alle krachten die normaal braak liggen. Daarom vervelen de mensen zich nu zo, moeten ze creativiteitscursussen doen, dat is de ziekte van deze tijd.'

Lotte, die het gevoel kreeg dat Anna's verweer steeds meer het karakter kreeg van een lofzang, kapte haar wraakzuchtig af: '...En toen viel de winter in.'

'Ja, General Schlamm. Toen was het afgelopen met de snelle Vormarsch.'

'Napoleon was al in de modder en kou blijven steken – wij hoopten vurig dat dit zich zou herhalen en dat gebeurde ook. "Nu heeft Hitler de oorlog verloren, zeiden we meteen."'

'Wij dachten: we moeten de jongens de winter door helpen. Ze schreven naar huis dat ze het koud hadden en iedereen ging aan de slag – zelfs de kinderen en de zieken in de ziekenhuizen. Iedereen sloeg aan het breien. Er werden dekens en kleden aan elkaar genaaid, bontjassen opgestuurd, alles via het Rode Kruis, buiten de partijleiding om. Iedereen zorgde ervoor dat zijn man, zijn zoon, zijn vader, het niet koud zou hebben. Ach ja...' ze staarde naar buiten, de lucht had de kleur van de leistenen daken, 'thuis heb ik nog steeds zijn Frierfleischorde – de orde voor die verschrikkelijke winter in Rusland toen er zoveel bevroren tenen, vingers, neuzen, waren. De diepvriesorde, noemde het volk hem cynisch.'

De moeder van Herr von Garlitz, ooit hofdame van de keizerin, besloot haar oude dag in de bewoonde wereld door te brengen en verhuisde naar Potsdam. Het slot met vijfenveertig kamers dat ze achterliet stond aan de andere kant van de Oder, in een Friedrichiaans rijendorp, zoals er veel waren in de Mark Brandenburg. Ooit had Frederik de Grote deze grensprovincie ontgonnen en bevolkt – hij zette er een vorst neer, te midden van de akkers werd een slot voor hem gebouwd, er werd een straat geplaveid, links en rechts werden huizen voor de landarbeiders neergezet, er kwam een kerk, een kleine school. In ruil voor hun totale beschikbaarheid kregen de arbeiders graan en een stukje grond dat groot genoeg was om er een varken en een koe te houden.

Omdat het ver weg lag vanwaar de bommen vielen besloot

Herr von Garlitz dat ze met z'n allen zouden verhuizen naar het landgoed waar hij was opgegroeid. Om orde op zaken te stellen reisde hij met zijn vrouw vooruit, de kinderen onder de hoede van Anna achterlatend in het huis van zijn schoonouders. Zes weken later ontving ze een brandbrief van Frau von Garlitz: 'Kom hierheen, ik heb je nodig. We hebben Adelheid, het oude kindermeisje van Rudolf, opgespoord, zij zal de zorg voor de kinderen overnemen.' En weer vertrok Anna met haar twee koffers, een met de bruidsjurk en de veldpostbrieven van Martin, en een met haar overige bezittingen. Ze werd met paard en wagen van het station gehaald – haar werkgeefster, minder gesoigneerd dan vroeger, zat lichtelijk verwilderd op de bok. Ze had een charmante onverschilligheid gekregen, een laissez-faire waarover Anna, gewend aan haar welgemanierdheid en zelfbeheersing onder alle omstandigheden, zich verbaasde. 'Je lacht je dood,' zei de gravin, in volle vaart over de onverharde landwegen denderend, met dezelfde luchthartigheid als waarmee ze Anna, een eeuwigheid geleden, in haar Kaiser-Freser had ontvoerd. 'Je kunt alleen nog maar lachen, zo verschrikkelijk uitgewoond is het slot, je kunt je er geen voorstelling van maken, je moet het met eigen ogen zien.'

Na een tocht van een halfuur, door een onbewoonde wereld waarin zelfs van de afwisseling van bossen en akkers een zekere monotonie uitging, reden ze het dorp binnen. Alle ingrediënten waren er: de kerk, de school, de daglonershuizen aan weerszijden van de weg. Alleen het slot onttrok zich aan het oog, dankzij een muur waar de takken van oude kastanjes en esdoorns vermoeid overheen hingen. De poort werd geopend door een man die zo scheel was dat het leek of hij naast Anna en de gravin nog andere personen ontwaarde. De kar hobbelde naar binnen, achter hen werd de poort gesloten. En daar was het slot, massief, robuust, met wingerd begroeide lichtgrijze muren, witte kozijnen, een woud van schoorstenen op de rode daken. Het stond daar in zichzelf gekeerd, schuw, als een individu dat z'n geheimen niet graag zou prijsgeven. Vanuit een Friedrichiaanse behoefte aan symmetrie was in het midden van de voorgevel een uitbouw aangebracht met een trap, die breed en uitnodigend begon maar zich versmalde tot aan de dubbele voordeur. Aan weerszijden schraagden vierkante pilaren een timpaan; daarboven was in reliëf het familiewapen afgebeeld. Ze reden langs de zijgevel naar de dienstbodeningang. Verschillende bijgebouwen en stallen omsloten een met keien geplaveide binnenplaats.

Frau von Garlitz ging haar voor het huis in. Nauwelijks had Anna een stap in het trapportaal gezet of enkele handwerkslieden, die op de tweede verdieping bezig waren met de restauratie, schudden het stof en gruis van hun kleren – door het trappenhuis heen daalde het neer op Anna's Weense hoed. Hilarisch gelach vulde de ruimte. 'Nu weet je hoe het hier is,' zei Frau von Garlitz.

Een grondige inventarisatie, diezelfde dag nog, bewees dat ze niet had overdreven. Naast de bouwkundige gebreken ten gevolge van een jarenlange achterstand in onderhoud, was het interieur vervuild en versleten. In alle kamers hing de penetrante geur van een halsstarrige oude dame die vijftig jaar lang eiste dat alles bleef zoals het in haar jeugd was geweest. In de hal en gangen klapperden gammele harnassen in de tocht – er stonden grillige boomstronken van waaruit fosforescerende lichtjes de argeloze voorbijganger die 's nachts naar de wc moest met spookachtige kitsch uit zijn halfslaap haalden. De slaapkamer van Frau von Garlitz was een urgentiegeval. Sinds haar aankomst zes weken geleden sliep ze in dezelfde nachtpon, in dezelfde lakens, in een bed waarvan de satijnen hemel diep doorboog onder het stof. Alles was zo vies dat je er al mee besmet raakte door ernaar te kijken. 'Mijn hemel,' fluisterde Anna, 'wat een zwijnenstal.' Hulpeloos hief Frau von Garlitz haar handen. 'Ik weet niet waar alles ligt, bij God niet, ik bedoel linnengoed en zo...' 'Maar dat moet toch ergens te vinden zijn,' hoestte Anna, een van de ramen opengooiend. Het begon tot haar door te dringen dat de gravin met dat ene vertederende, timide gebaar alle verantwoordelijkheid voor het vermolmde landgoed naar haar overhevelde. 'Wat ben ik blij dat je er bent...' zuchtte ze meisjesachtig.

Zo begon de renovatie. Een jaar lang trok Anna met een gevolg van Poolse werklieden en poetsvrouwen uit het dorp van vertrek naar vertrek, totdat ze alle vijfenveertig een gedaanteverwisseling hadden ondergaan. De Duitse pachters – de oorlog in gestuurd – waren vervangen door Poolse dwangarbeiders en Russische krijgsgevangenen die, onder permanente bewaking van vier gewapende soldaten, in de stallen waren ondergebracht. Er waren geen tractoren, er was geen benzine. Om zes uur in de ochtend vertrokken tachtig door Russen bemande ossenspannen, onder aanvoering van een landbouwinspecteur die was vrijgesteld, met ratelende karren naar de omliggende akkers, waar ze de hele dag in een on-Russisch tempo werkten om de door het Rijk vastgestelde quota te kunnen halen. Aardappels, graan, melk, boter, alles moest worden afgestaan, op een klein rantsoen voor eigen gebruik na. Voor de bewoners van het slot was een wandkast getimmerd met vakjes waarin ieder zijn eigen klontje boter bewaarde – honderdvijfentwintig gram per week. De helft moesten ze afstaan aan de keuken, om in te braden, de andere helft was voor de boterham. De mensheid bleek in twee soorten uiteen te vallen: de ene smeerde alles op één boterham en at de rest van de week droog brood, de andere voorzag elke boterham van een puriteins, flinterdun laagje.

Voordat de grote opknapbeurt op rolletjes liep moest Anna de strijd aanbinden met oude patronen. Onzeker, omdat ze op basis van het armzalige getuigschrift van de Huishoudschool voor Jongejuffrouwen uit de Betere Kringen ineens leiding moest geven aan een complex, ondoorgrondelijk huishouden, zwierf ze door de gangen en kamers in de hoop een huishoudelijke structuur te ontdekken. Ze belandde in de waskeuken waar vier gemoedelijke, dikke vrouwen uit het dorp in ovale wastobbes zingend, lachend en kwebbelend de lakens schrobden. Daarna sjokte de kleine stoet naar de kelder, waar het linnengoed werd gemangeld en gestreken met strijkbouten waar een roodgloeiend stuk ijzer in zat. Ze haastten zich niet, na veertien dagen was de was klaar, dan arriveerde er een nieuwe en begonnen ze van voren af aan. Elke dag werd er een riante middagpauze ingelast. Mamselle maakte koffie en bakte koekjes, het was werkelijk gezellig – dat deze gezelligheid zich afspeelde tegen een decor van vijfenveertig in staat van ontbinding verkerende kamers viel buiten hun belangstellingssfeer. 'Allemachtig,' dacht Anna, 'dat gaat zo toch niet.'

Achter in de waskeuken ontdekte ze, onder een dikke laag stof, een reusachtige wastrommel met een centrifuge. 'Kaputt,' wuifden de vrouwen defaitistisch. Er was een transmissie van lange riemen die door de lucht de binnenplaats overstaken om te eindigen bij een generator in een stokerij, waar van aardappels jenever werd gemaakt. 'Wat is hiermee aan de hand,' vroeg ze de monteur, 'is het stuk?' 'Ik weet niet,' bromde hij schouderophalend. Anna kreeg een gevoel of ze in stroop zwom, in een rivier van lusteloosheid en onverschilligheid. 'Wat wil dat zeggen: ik weet niet,' zei ze vinnig, 'misschien kunt u er eens naar kijken.' Zuchtend, met een lege blik, boog de man zich over het apparaat. Enkele uren later had hij het, zijns ondanks, gerepareerd. De volgende ochtend om zes uur stopte Anna de was in de trommel, het enorme ding van ruim een meter doorsnee kwam in beweging, eronder brandde een pittig houtvuur, de wasvrouwen werden bij binnenkomst begroet met vreugdevolle geluiden: boem boem boem, tsj tsj tsj, klop klop klop. Beduusd knipperden ze met hun ogen, daarna werden ze razend. Wat verbeeldde die Rijnlandse zich wel, dacht ze zomaar te kunnen ingrijpen in hun leven, zolang als ze zich konden herinneren hadden ze met de hand gewassen, dat beviel heel goed, er was geen enkele behoefte aan verandering. 'Waarom zouden jullie veertien dagen lang wassen en strijken?' riep Anna boven het geratel uit. Eén lading was al gecentrifugeerd, buiten scheen de zon, ze hing het wasgoed aan de lijn en haastte zich terug naar de waskeuken. De vernietigende blikken negerend leerde ze de vrouwen hoe ze de machines moesten bedienen: 'U kunt er rustig bij gaan zitten.' Anna draafde heen en weer naar de waslijnen, aan het eind van de dag rook het wasgoed verrukkelijk en liet zich gemakkelijk opvouwen. Alles was klaar – er bleven dertien dagen over om het huis schoon te maken. Een kleine revolutie. Toen de vrouwen dat doorkregen sloeg hun woede om in haat – die in de winter geleidelijk smolt toen zij en hun kinderen ziek werden en Anna kamillethee voor ze kookte en warme wikkels aanlegde en 's nachts met hen naar de stad reed als ze een kind kregen. Zo compenseerde ze geruisloos een nalatigheid van Frau von Garlitz – het was een traditionele plicht van de adel zorg te dragen voor het welzijn van de pachters.

Kamer na kamer werd uitgemest. Anna's verbijstering over de spinnenwebben, het stof, de schimmel en dode insecten die de oude gravin in haar hang naar het verleden in de loop der jaren had verzameld, ging algauw over in stugge volharding. Er was één vertrek dat alle andere overtrof: de Keizerskamer. Sinds keizer Wilhelm er als gast van de voormalige hofdame van zijn vrouw een nacht had doorgebracht, was die als een heiligdom op slot gebleven. Al bij het openen van de deur kwam hun een muffe zure lucht tegemoet. Ze rukten de gordijnen en draperieën los, in een wolk van stof en mijten trokken ze dekens en peluws van het hemelbed – maar zelfs toen ze de hele kamer hadden uitgekleed hing daar nog steeds die penetrante, keizerlijke geur. Ten slotte tornden ze het matras open: waar het lichaam van zijne excellentie had gerust krioelde het van de maden, die verheugd uit de paardenharen vulling opsprongen – de plotselinge vrijheid in. Anna gruwde. Het is oorlog, dacht ze koortsachtig, we kunnen het kostbare paardenhaar niet zomaar weggooien. Ineens schoot haar de destilleerketel te binnen die ze in de stokerij gezien had. Ze staken met de matras de binnenplaats over en kieperden de inhoud in de ketel, waaronder een kalm vuur brandde. De maden explodeerden als gepofte maïs. Toen tussen de haren geen enkele vorm van activiteit meer te bespeuren viel werd het paardenhaar gewassen en in de zon gedroogd. Gewapend met twee liter jenever bracht ze ten slotte de kostbare lading naar een matrassenmaker.

De zolder lag vol voorwerpen die de tijd allang geleden had uitgebraakt. Het enige waardevolle dat Anna ontdekte was een serie Engelse gravures, oude jachtscènes in mahoniehouten lijsten, die een plaats kregen in de gangen en de hal. Verder kwam er onder het vuil een onthutsende hoeveelheid kitsch vandaan, uit een tijd die een voorkeur scheen te hebben voor krullen en verguldsel. Ze liet alles naar de binnenplaats brengen voor een openbare verkoping. De aankondiging 'alles weg voor vijftig pfennig' ging van mond tot mond. Uit de bijgebouwen stroomden Poolse vrouwen toe in versleten, vormeloze kleren, met strakgeknoopte hoofddoeken rond hun bleke, bolle gezichten. Ze fleurden op bij het zien van de luxeartikelen; met schitterende ogen betastten ze de symbolen van een rijk en zorgeloos bestaan. Nadat ze bij hun aankoop eindeloos geaarzeld hadden, verdwenen ze ten slotte gehaast, alsof iemand het ze nog af zou kunnen nemen – een met zijde beklede taboeret of een theemuts in de vorm van een rococodame.

Nadat de suikerbieten waren geoogst werden ze in een misselijkmakende, zoete walm door de Poolse vrouwen gewassen, gesneden en geperst. Daarna werd er siroop van gemaakt; alles plakte en kleefde. Als beloning kregen ze ieder een zak met bieten voor eigen gebruik. 'Mogen we de pers gebruiken...?' gebaarden ze, verlegen demonstrerend hoe zwaar het persen met de hand ging in een doek. 'Natuurlijk,' zei Anna, 'wij zijn klaar, we hebben hem niet meer nodig.' Enkele uren later stapte Herr von Garlitz op haar af, in rijkostuum. 'Hoor eens,' riep hij haar tot de orde, 'wat heb je nu gedaan, je hebt de Polen de pers gegeven.' 'Ja, waarom niet?' zei Anna uitdagend, geïrriteerd door het mondaine, gemakzuchtige element te midden van de gonzende bedrijvigheid. 'Dacht je,' hij hief zijn kin, 'dat als wij in Polen zouden zijn, als arbeiders, dat de Polen ons dan een pers zouden geven?' Hij keek haar tartend aan en antwoordde voor haar: 'Dat zouden ze zeker niet doen, ze haten ons namelijk.' 'Maar wij haten hén toch niet,' wierp Anna tegen, 'trouwens, als de Polen zoveel slechter zijn dan wij, zoals u zegt, en ik moet daaraan een voorbeeld nemen en zijn zoals zij, dan zijn we dus geen haar beter en hebben we niet het recht te doen alsof zij ons moeten gehoorzamen.' Hij schudde zijn hoofd om de paradoxale redenering. 'Het zijn Untermenschen,' zei hij waardig. 'Als dat Untermenschen zijn en wij de Herrenmenschen, zoals u zegt,' ze probeerde zich diplomatiek uit te drukken, 'dan kan ik toch niet zijn zoals de Polen, dan moet ik toch zijn zoals wij, namelijk een Herrenmensch?' Het hele idee van Untermensch, Herrenmensch, übermensch, kwam haar belachelijk voor, maar ze had intuïtief net genoeg politiek besef om te begrijpen dat ze dat niet hardop kon zeggen tegen een slippendrager van de Führer. Von Garlitz fronste zijn wenkbrauwen, deze dialectiek ging zijn brein te boven. Ergens voelde hij dat hij op zijn plaats werd gezet door een eigengereid, helaas onmisbaar, lid van het personeel dat haar macht over zijn huishouden brutaal tegenover die van hem als werkgever stelde. Het was allemaal te veel voor hem; de verwarring van zich afschuddend liep hij weg met korte, afgemeten passen, zijn hoofd gebogen, hier en daar met zijn rijzweepje tegen een boom meppend.

De overvloed aan werk verkortte de tijd tussen twee veldpostbrieven. Martin schreef over de schoonheid van velden vol zonnebloemen, hij had op een weekmarkt een kist boeken gevonden, er volgde een recept van borsjt. Er was een vreemde contradictie tussen de lawaaierige triomftochten van de Wehrmacht op de radio en de vreedzame rust in de brieven van Martin, waarin nooit een geweerschot klonk, nooit een huis brandde. In de herfst lag hij vlak voor Toela. Toen het ging vriezen en overal de breinaalden tikten om de kou in de toendra te verdrijven stuurde Anna hem een pakket in de blinde hoop dat het zijn weg zou vinden in de oneindigheid. Geruchten over mensen die gesneuveld waren kwamen steeds dichterbij, een anonieme dreiging die ontkend werd door de Wochenschau, waar de soldaten in hun sneeuwholen opgewekt een sigaretje rookten. Eerst waren het achterneven, studievrienden, kennissen van kennissen, die sneuvelden – toen werden het broers, verloofden, vaders. Maar in de brieven van Martin had de winter een Tsjechoviaanse schoonheid. Hij was met zijn kameraden terechtgekomen in een boerderij waar een vleugel stond. Een vleugel te midden van eindeloze sneeuwvelden, maar ernstig ontstemd door de kou. Het gezin sliep op een platform boven de ingemetselde oven. De soldaten haalden de matrassen eraf en tilden met vereende krachten de vleugel erbovenop. Die ontdooide snel, avond aan avond werd er gemusiceerd. Martins hoffelijke verontschuldigingen werden door de boer afgewimpeld: hij vond het belangrijker Mozart en Bach te horen dan dat ze het 's nachts warm hadden. Hoe kleurrijker de beschreven gebeurtenissen, hoe achterdochtiger Anna werd.

Een van de Russische gevangenen bekleedde een uitzonderingspositie: hij moest, in het slot, de tegelkachels aanmaken en brandend houden. Met een mand vol hout trok hij, dag in dag uit, van kamer naar kamer. Nooit sprak iemand hem aan – het was strafbaar Russen als menselijke wezens te beschouwen. Op een dag bevond Anna zich met hem in een vertrek. Schuw, bijna onzichtbaar, deed hij zijn werk alsof hij er zelf ook van doordrongen was geen enkel bestaansrecht te hebben, behalve als brenger van het vuur. Ze sprak hem aan, zonder overweging vooraf, gewoon omdat ze twee individuen waren in één ruimte. Tot haar verbazing antwoordde hij in gebroken Duits – bovendien bleek hij Wilhelm te heten: toen de Duitse keizer op bezoek was bij de tsaar werden alle pasgeborenen Wilhelm genoemd. Nog een petekind van de keizer, grinnikte Anna bij zichzelf. Zijn uitleg zat vol zacht vibrerende Russische consonanten. Na de eerste kennismaking was ze regelmatig te vinden in kamers waar de kachel werd aangemaakt. In de stallen werd honger geleden, fluisterde hij, er was gebrek aan alles. Ze ontvreemdde eten voor hem uit de keuken. 's Avonds knipte ze blauwgeruite dekbedovertrekken, die waren afgedankt, in stukken en naaide er zakdoeken van voor de gevangenen. Ze verzamelde afgedankte tandenborstels, resten tandpasta, zakkammetjes waaraan enkele tanden ontbraken en zeep. Wilhelm smokkelde de spullen naar de stallen, waar ze gretig in gebruik werden genomen. Ze vroeg zich niet af waarom ze het deed, subversieve bedoelingen waren haar vreemd – ze kon eenvoudig de disharmonie niet verdragen tussen de relatieve welvaart op het slot en de ontberingen in de stallen.

Tussen twee kachels in bracht Wilhelm haar op de hoogte van de geruchten die onder de Russen en Polen de ronde deden, geruchten die een schaduwwereld van de jubelende Wochenschau openbaarden: het Duitse offensief zat muurvast, juist toen ze dachten dat het Russische leger door de miljoenenverliezen was uitgeput, stonden er voor elke dode Sovjetsoldaat honderd levende op. En Toela? vroeg Anna met krimpend hart. Hij verontschuldigde zich: zo gedetailleerd waren de geruchten niet. Hoe bereikten die hen eigenlijk? Tja... hij spreidde zijn handen met een oosterse glimlach. Waar de informatie vandaan kwam bleef voor haar een geheim. Werd het nieuws overgebracht door de laatste zwermen vogels die door de grijze hemel schoten, of hadden ze de beschikking over een goed getrainde marathonloper die de afstand naar de Poolse grens in Olympisch tempo aflegde en onderweg alle landgoederen aandeed waar Polen te werk gesteld waren?

'Je bent toch een echte Duitse,' zei Lotte hoofdschuddend.

'Wieso?' Anna was op haar hoede.

'Een echte tüchtige Duitse... Zoals je dat wasmachineprobleem aanpakte... al helemaal in de geest van het Wirtschaftswunder. Maar wat ik me afvraag...'

‘Ja...’ Anna was één en al bereidwilligheid om ieder, maar dan ook ieder misverstand uit de wereld te helpen.

‘Waren de wasvrouwen uiteindelijk ook gelukkiger, in dat georganiseerde huishouden van jou? Konden ze nog lachen, zingen, kletsen?’

‘Pfff...’ Vermoeid haalde Anna haar schouders op: ‘Ze kregen nog steeds hun koffie en koek hoor. Maar de vooruitgang kun je niet tegenhouden. In de tijd van de landeigenaren leerden de arbeiders lezen en schrijven, meer vond men niet nodig. Toen kwam de tijd dat de arbeiders weigerden zich nog langer dom te laten houden – zo iemand was ik – ze volgden een opleiding, de televisie kwam erbij, de computer... Als je terug wilt naar lachen, zingen en kletsen moet je de techniek uitschakelen en het gemak dat we ervan hebben.’

‘Toch is er veel verloren gegaan.’

‘Je moet het niet romantiseren.’

En zo waren ze weer terug bij hun oude geschilpunt. Ze staarden langs de vrouw met de zwaan naar buiten, in een poging hun gedachten te ordenen die, als papiersnippers in de wind, door het ophalen van herinneringen in alle richtingen dwarrelden.

‘Dat je iets voor de Russische gevangenen deed begrijp ik heel goed,’ mijmerde Lotte, ‘ergens hoopte je dat de Russen hetzelfde zouden doen voor Martin, mocht hij gevangengenomen worden...’

‘Nee...’ Anna tuitte haar mond, ‘ik deed het om te helpen, zonder erbij na te denken.’

‘Daaronder kunnen toch andere beweegredenen schuilgaan. Vanaf het moment waarop bij ons de eerste onderduikers aanklopten, had ik het gevoel eindelijk iets te kunnen doen – alsof we, met iedere onderduiker die we uit handen van de bezetter konden houden, alsnog iets voor David deden... in abstracte zin.’

‘Dus jullie hadden onderduikers in huis...’

Lotte knikte.

'Joodse?'
'Voornamelijk.'
Anna zuchtte, en al haar rondingen zuchtten mee.

5

Ze lunchten in een restaurant aan de Place Albert, met uitzicht op een kolossale engel die op een hoge sokkel was neergestreken en vandaaruit verbouwereerd op de mensheid neerkeek. Daarna maakten ze een kleine rondgang door het stadje, hun dagelijkse dosis therapeutische beweging. Ze wandelden een kerk binnen, opgetrokken uit grauw graniet met drie torens waarvan de spitse daken als schoolmeesterspotloden streng de hemel in wezen – bij uitzondering waren ze het erover eens dat het een uitzonderlijk lelijke kerk was. Ongeïnspireerd drentelden ze door de schemerige ruimte, een foldertje over de geschiedenis in de hand. 'Gebouwd in 1885, in Romaans-Rijnlandse stijl, volgens de school van Keulen,' las Anna. 'Ik wist niet dat wij toen zulke afzichtelijke architectuur exporteerden!' Ze treuzelden bij een beeldhouwwerk dat nog stamde uit een veel oudere kerk, die ooit op dezelfde plek had gestaan: een groep engelen met zwaarden en bisschopsstaven. Verveeld liepen ze de kerk uit en een café binnen dat er recht tegenover lag – als troost voor de ontgoochelde kerkganger. Ze waren allebei hard aan koffie toe. Een straaljager trok een diagonaal door de lucht, achter de mensvijandige kerktorens langs, alsof hij ze wilde doorstrepen.

Toen de familie Frinkel, een elegant gekleed driemanschap, op een dag in de zomer op de stoep stond, vermoedde niemand dat met deze op het oog onschuldige visite in het leven van Lottes moeder en haar gezin een tijdperk werd afgesloten dat nooit meer zou terugkeren. Bram Frinkel, inmiddels achttien jaar oud, die al die jaren met Koen bevriend was gebleven, had de afspraak gearrangeerd. Ze dronken iets wat voor koffie door moest gaan. Ter ere van Max Frinkel, die sinds zijn emigratie uit Duitsland als eerste violist in een omroeporkest een zekere faam verworven had, zette Lottes vader het *Dubbelconcert* van Bach op. Het gezelschap luisterde aandachtig, het leek of de gasten speciaal gekomen waren om het concert te horen. Maar toen de laatste klanken verstierven nam de oorlog onmiddellijk hun plaats in – in de plotselinge stilte, in de surrogaatkoffie, in de aanwezigheid van de Frinkels. 'U bent een liebhaber von moeziek...' begon Frinkel, ongemakkelijk over zijn kin wrijvend. Uit deze omstandigheid putte hij de moed Lottes ouders om gastvrijheid te vragen, tegen betaling van de kosten natuurlijk en voor korte tijd – totdat er een definitieve oplossing gevonden was. 'Alle juden aus Hilversoem moeten sich sammeln in Amsterdam...' zei hij veelbetekenend. 'U woont zo schitterend afgelegen,' voegde zijn vrouw Sara er in vlekkeloos Nederlands aan toe, 'Max zou zijn dagelijkse vioolоefeningen kunnen doen zonder dat iemand het hoort.' Ze was klein en beweeglijk, haar lippen en nagels hadden dezelfde kleur als haar jurk.

Het bed van Bram werd bij Koen op de kamer gezet, de Frinkels namen hun intrek in de kinderkamer, vanwaaruit duizelingwekkende loopjes en flageoletten de muren van het huis in trilling brachten. Als de vader ophield nam de zoon het over met zigeunermuziek en Slavische dansen. Ze werden opgezocht door een vriend die ze nog uit Duitsland kenden en in vertrouwen genomen hadden, Leon Stein. Die had zijn land indertijd verlaten om in de Spaanse Burgeroorlog het fascisme te bestrijden. Daarna woonde en werkte hij jarenlang bij zijn oom in Haarlem, een fabrikant van vaten en kratten die van de Duitsers, voor veel geld, naar Amerika mocht vertrekken. Zijn rijpaarden kon hij meenemen maar zijn neef niet omdat die, sinds zijn Spaanse avontuur, statenloos was. De Nieuwe Wereld, aan de andere kant van de oceaan, die openstond voor alle nationaliteiten, sloot haar grenzen hermetisch voor wie geen nationaliteit had. Stein had dringend onderdak nodig. Het was maar voor af en toe, zei hij. Het oude elan van de

Spaanse antifascisten was bij hem nog niet uitgedoofd, en had hem het Nederlandse verzet in gedreven – in zijn geval een sterk staaltje van doodsverachting omdat hij er joodser dan joods uitzag, zelfs als hij bij de overval op een distributiekantoor een Duits uniform droeg en in zijn moedertaal bevelen uitdeelde.

Voor hem werd een bed neergezet in het kantoor van Lottes vader; daar sliep hij als een soldaat op een smalle brits, koortsachtig plannen beramend, altijd nerveus – alleen te midden van het grootste gevaar kwam er een weldadige rust over hem, bekende hij. Hij was ongrijpbaar, zijn leven hing van geheimhoudingen aan elkaar – nu eens dook hij drie weken bij hen onder, dan weer was hij zonder aankondiging voor een maand verdwenen.

Op een ochtend werden ze bij zonsopgang door geweerschoten gewekt. In pyjama rende men door het huis, de familie Frinkel wanhopig op zoek naar een mogelijkheid zich onzichtbaar te maken. Koen – in zijn ogen blonk de aantrekkingskracht van het gevaar – ging poolshoogte nemen. Quasi achteloos wandelde hij het bos in. Daar stuitte hij op drie Oostenrijkse soldaten, nauwelijks ouder dan hijzelf, die op jacht waren om de eentonigheid van het dagelijks rantsoen te doorbreken. Hij kreeg een sigaret, ze keuvelden over hazen en konijnen. Later op de dag zouden ze in de buurt worden ingezet bij een razzia, vertelden ze achteloos, soms was het makkelijker een jood te vangen dan een konijn. Koen loodste hen mee naar een heuvel aan de andere kant van het bos, die doorzeefd was met gangen en holen. Met broederlijke schouderklopjes namen ze afscheid.

Ademloos bracht hij verslag uit. 'Nu jagen ze nog op hazen en konijnen, maar over een paar uur jagen ze op... op...' Hij kreeg het woord niet over zijn lippen, beschaamd keek hij naar zijn vriend die met blote voeten verkleumd op de tegelvloer stond. In de verte klonken weer schoten. Max Frinkel masseerde de nerveus zijn vingers. 'De dames Noteboom...!' riep hij. Zijn vrouw knikte heftig. 'Twee bewonderaarsters,' legde ze uit, 'bij ieder concert zaten ze op de voorste rij. Als u in moeilijkheden komt, hebben ze ooit aangeboden, komt u maar bij ons. Ze zijn een beetje excentriek maar...' IJlings werden ze erheen gebracht. De dames woonden met achtenveertig katten in een grote, wrakke villa die door wingerd en klimop overeind werd gehouden. Hoewel een van de twee de moeder was van de ander, viel met geen mogelijkheid uit te maken wie van de innemende dames met grijze knot en Karl Marx-bril de oudste was. Ze hadden aan een half woord genoeg. Natuurlijk was de begaafde violist welkom – ze namen alle zwervers op, of ze nu op twee of op vier poten liepen.

Na het vertrek van de Frinkels werd in kalmte de razzia afgewacht. Lottes moeder genoot van de plotselinge gemoedsrust. Nu pas drong tot haar door hoeveel spanning de aanwezigheid van de Frinkels had veroorzaakt. De voortdurende angst dat er onverwacht bezoek zou komen, dat de jongste kinderen hun mond voorbij zouden praten, de angst voor een kleine, fatale vergissing, zo onbeduidend dat je haar over het hoofd zag – de angst voor represailles waarvan niemand zich een voorstelling durfde te maken... een angst die gepaard ging met schuldgevoel: al die tijd had ze haar kinderen in gevaar gebracht. 'We beginnen er niet meer aan,' besloot ze, 'ze zitten daar prima, bij de dames Noteboom.'

Er bleef genoeg over om ongerust over te zijn. Als de Russen maar niet verloren, bijvoorbeeld, want dan zou alles verloren zijn. In de dagen van Stalingrad slaapwandelde Jet 's nachts door het huis. Lotte schrok wakker, trof het bed naast haar leeg aan en vond haar zuster, kaarsrecht en bleek als een beeld, in de huiskamer waar ze zonder ergens tegenaan te botsen traag en verdroomd tussen stoelen en tafels door liep. Om te voorkomen dat ze van de trap zou vallen deed Lotte voortaan de deur van de slaapkamer op slot, maar de drang tot wandelen moest toch een uitweg vinden: op een nacht opende Jet de balkondeuren en stapte in haar nachtpon de regen in. Lotte werd wakker van de wind die over haar voorhoofd streek. Niet alleen het bed, ook het balkon bleek leeg. Onthutst tuurde ze de nacht in, had Jet vleugels gekregen? Pas toen ze over de balustrade heen keek, de diepte in, zag ze haar liggen – doorweekt, in een bed met uitgebloeide, verregende asters. Wekenlang lag Jet met een zware hersenschudding in een verduisterde kamer, een aanhoudende hoofdpijn had de plaats ingenomen van haar somnambulisme. Desondanks eiste ze dat men haar op de hoogte hield van de ontwikkelingen in het oosten – zonder haar te sparen.

Regen in Nederland was sneeuw in Rusland. Het leek of er die herfst ongewoon veel regen viel. Op een avond verregenden ook de goede voornemens van Lottes moeder. Er werd gebeld, twee mannen hadden het noodweer getart. Het gezicht van de een ging schuil achter een zwaar montuur en dikke, door de regen beslagen glazen. De ander bleek de kapper van Lottes vader te zijn; hij herkende hem niet zo gauw – wat bleef er over van een kapper zonder zijn gebruikelijke entourage van messen, scharen en spiegels. Zich legitimerend door de naam van Leon Stein te laten vallen, vroeg de kapper om tijdelijk onderdak voor zijn metgezel die in hoge nood verkeerde. Het was maar voor een paar dagen. Niemand zei iets. Lotte hield haar adem in. De stilte was geladen met een spanning die niet zozeer het gevolg was van twijfel, als wel van onontkoombaarheid. Alleen ogenschijnlijk was er de mogelijkheid van een vrije keus – in werkelijkheid was er, op een bovenmenselijk of juist primair menselijk niveau, al besloten. Het was onmogelijk nee te zeggen, ga maar naar buiten, terug de storm in, de regen, zie maar dat je een dak boven je hoofd vindt. 'We nemen geen mensen meer op,' hoorde ze haar vader zeggen, 'het is te riskant.' 'Het bed van de Frinkels staat er nog,' opperde haar moeder. Haar handen begonnen aan de jas van de ongenode gast te frommelen, ze nam het natte ding van hem over en hing het op een kleerhanger bij de kachel. Ze bood hem een stoel aan, pakte zijn bril, wreef met een punt van haar rok de glazen droog en zette hem weer op zijn neus. 'Zo, nu kun je tenminste zien waar je terechtgekomen bent.'

Ruben Meyer ontdekte dat in een van de kamers boven een slaapwandelaarster lag die zich stierlijk verveelde. Hij ging aan haar bed zitten en begon haar voor te lezen; hij bracht haar thee en flatteerde het frontnieuws voor haar. Toen er na zes weken nog geen ander adres voor hem was gevonden, bekende hij dat hij aan slapeloosheid leed uit angst om zijn familie. De bakker in een Utrechts dorp bij wie ze ondergedoken zaten werd gechanteerd door diens schoonzuster, die had gemerkt dat het in het magazijn achter de oven niet alleen naar broden en krentenbollen, maar ook naar angstzweet rook. Ruben was door een wasserij in een mand met vuile kleren naar Het Gooi gesmokkeld om een veilig onderkomen voor hen te zoeken. 'De kapper zou het regelen...' achter de dikke brillenglazen schoten zijn ogen wild heen en weer, 'ik begrijp het niet...' 'Daar kunnen we niet op wachten,' zei Lottes moeder.

Ze stuurde Lotte eropuit. De trein reed door een dor landschap waarboven een vale, vreugdeloze hemel hing. De bossen, de hei, waren zichzelf niet meer – onder het gestamp van vreemde laarzen hadden ze hun onschuld verloren, ze waren schuilplaats en treurtoneel tegelijk geworden. Dat zij er rustig doorheen kon rijden, maar Ruben niet, vertekende het landschap tot iets dat nooit meer, zomaar, mooi genoemd zou kunnen worden. Er werden absurde, zinloze bewegingen in gemaakt: zij was op weg naar zijn familie, hij was bij haar familie terechtgekomen – allemaal verspilling van energie, een grondige ontregeling, niemand kon nog het ritme van zijn eigen leven volgen.

In de bakkerij trof ze, samenklittend in een kleine benauwde ruimte, zijn moeder, zijn broertje van tien, zijn zuster en zwager aan, vermagerd en uitgeput van angst. De moeder klampte zich aan haar vast: 'Neemt u alsublieft mijn jongen mee, haal hem hieruit!' 'We komen u zo snel mogelijk halen,' probeerde Lotte haar gerust te stellen, 'maar het moet wel goed georganiseerd worden.' 'Mijn kleine jongen, mijn schnoetje,' smeekte de moeder, 'neem hem vast mee...' Iets terzijde stond een jongetje met een schoolschrift in de hand. Het leek of hij, mannelijk beschaamd over de smeekbeden van zijn moeder, zich bewust van haar distantieerde. Hij zag er veel te joods uit om met de trein te kunnen reizen. 'Sommen?' vroeg ze, om tijd te winnen. 'Ik schrijf een verhaal,' zei hij waardig, 'over schipbreukelingen die aanspoelen op een eiland in de Stille Zuidzee...' 'En verder?' moedigde ze hem aan, zich koortsachtig afvragend wat ze moest doen. Voor een dergelijk dilemma was ze niet toegerust, ze was niet meer dan een vooruitgeschoven pion die alvast de situatie moest verkennen. Dit was een beslissing die ze niet zomaar op haar eigen houtje kon nemen... 'Ze denken dat het onbewoond is en dat ze er veilig op kunnen leven, maar er zijn kannibalen die met speren op ze jagen en...' 'Hier,' de moeder rukte een briljant van haar vinger. Lotte schudde haar hoofd, een ondraaglijke zwaarte drukte op haar slapen: 'Het gaat niet om geld... de Duitsers plukken hem zo uit de trein, het zou onverantwoord zijn... maar we komen u halen... we komen u allemaal zo gauw mogelijk halen...'

Diezelfde avond nog werd er via de kapper contact opgenomen met de wasbaas. Hij kon niet meer dan drie personen meenemen, aan het eind van de week. Omdat mevrouw Meyer er van de vier het minst joods uitzag besloot Lottes moeder haar de volgende dag alvast per trein op te halen. Ze nam een hoed met brede rand voor haar mee. Als babbelende vriendinnen reisden ze samen terug. De zenuwtrekjes op het gezicht van de ene, omdat ze haar kinderen enkele dagen moest achterlaten, werden gecamoufleerd door de slagschaduw van de hoed. De wasbaas kwam stipt zijn afspraak na, de voorzienigheid ook: de Duitsers waren hem net voor geweest – de nacht tevoren waren ze alledrie opgepakt.

'Mijn jongen, mijn schnoetje, neem hem vast mee...' Lotte moest haar ontreddering verbergen; ze had het gevoel dat ze werd veroordeeld door een onzichtbaar tribunaal. Als ze had geweten dat het kind zou worden weggevoerd, had ze het risico van de treinreis wel genomen. Was hij bij die gelegenheid opgepakt dan was ze weliswaar schuldig geweest, maar minder dan nu: nu had ze het zelfs niet geprobeerd. Dit was een verscheurende, doodlopende gedachte die als een diabolo heen en weer ging tussen schuld en schuld. Ze werd geconfronteerd met een ingebouwde, subtiele wreedheid van het bestaan dat haar niet de mogelijkheid van een keus bood. Ze was er niet op voorbereid dat het leven zo serieus zou worden. Wat het nog erger maakte was dat niemand op het idee kwam haar iets kwalijk te nemen en ze ogenschijnlijk met een luxeprobleem kampte, vergeleken bij het legitieme verdriet en de eenzaamheid van Ruben Meyer. Er was besloten de waarheid voor zijn moeder te verzwijgen: waar zouden ze naartoe moeten met een joodse moeder die buiten zinnen raakte? Ze brachten haar in de waan dat haar kinderen die avond naar een ander adres waren gebracht. Iedere dag klaagde ze: 'Maar ze kunnen toch wel een briefje schrijven?' 'Dat is toch veel te gevaarlijk,' bezwoer haar zoon haar met brekend hart, 'de post wordt ook onderschept. Niemand mag weten waar ze zitten.' Hij liep met afhangende schouders door het huis; de noodzaak zijn moeder elke dag voor te liegen putte hem uit.

De vader van David kwam langs met een kistje onder de arm. Hoewel hij van zijn zoon geen bericht meer had ontvangen, had hij weer iets van de oude onverwoestbaarheid, die de sfeer in zijn liedjes bepaald had, herwonnen. 'Wij gaan ook onderduiken,' zei hij, 'ik heb hier wat prullaria, wat... dingetjes...' Hij klopte op het kistje. 'We zouden het jammer vinden als ze zoekraakten. Vindt u het goed als we dit bij u in de tuin, of in het bos, begraven?' 'Ik vind het best,' zei Lottes vader achteloos, 'maar niet in de tuin want daarvan is nu iedere vierkante meter in gebruik.' Hij doelde op de tabaksplanten die hij had gezaaid en waaraan hij, als zijn vrouw er geen stokje voor had gestoken, ook nog een groot deel van de moestuin zou hebben opgeofferd. Lotte hing over de balkonrand en zag de twee mannen met een schop het bos in lopen – het gaf haar een gevoel van onbehagen, hoewel ze niet wist waarom.

'Je bent nog altijd kwaad,' merkte Anna op, Lotte nauwlettend opnemend, 'bijna vijftig jaar heb je je woede opgepot. Gooi haar eruit! Ik ben de aangewezen persoon, ik bied me aan, ik heb in mijn leven wel voor hetere vuren gestaan. Je hebt alle reden om kwaad te zijn!'

'Ik ben helemaal niet kwaad,' Lottes handen lagen gebald op tafel, haastig spreidde ze haar vingers. 'Ik vertel je gewoon wat er is gebeurd.'

'Waarom ontken je dat je kwaad bent? Al die woede projecteer je nu al dagenlang op mij, selbstverständlich.' Anna leunde tevreden achterover. 'Ik bied me aan, verwijt 't me maar.'

'Dat heb ik toch steeds gedaan,' zuchtte Lotte, 'maar jij schiet steeds in de verdediging.'

'Dat zal ik niet meer doen, kom maar op. Je moet eerst uitrazen...'

Lotte bekeek haar sceptisch, gingen ze nu op de therapeutische toer, in dit koffiehuis van grootstedelijke allure, te midden van zakenmensen en huisvrouwen die bedaard aan hun koffie nipten.

'Ik zal je een beetje helpen,' zei Anna, 'we bestellen nog een kop koffie en dan vertel ik je iets waarvoor ik me nog altijd diep schaam.'

De brieven van Martin kwamen steeds dieper uit het zuiden. Vlak voor de Kaukasus verstarde die beweeglijkheid – hij had een gevaarlijke darminfectie opgelopen, Anna ontving brieven die door zijn kameraden geschreven waren. Ze liet zich niet misleiden door hun opzichtige pogingen de ernst te verbloemen met anekdotes en grapjes; uit angst wierp ze zich met monomane ijver op haar werk. Maar op een dag stond zijn handschrift weer op de enveloppe. De crisis was bezworen met een dieet van melk en tomaten, ze staken de Ponto-Kaspische

Laagvlakte over in de richting van Taganrog. Anna ontving enkele brieven kort na elkaar, mankementen aan de LKW vertraagden het tempo, de wagen was reismoe, Rusland te groot. Acht dagen te laat bereikten ze de stad aan de Zwarte Zee vanwaaruit ze naar Stalingrad hadden moeten vliegen voor de grote finale. Men had niet op hen gewacht, maar hen als vermist opgegeven. Zo viel de bemanning van de LKW buiten het Grote Schema – ze werd officieel met verlof gestuurd. Een jaar na de generale repetitie kreeg Martin eindelijk toestemming om te trouwen.

'Anna, Anna, kom hier, er is een telegram voor je!' De stem van Frau von Garlitz galmde door de gangen. Een van de poetsvrouwen uit het dorp, die ter gelegenheid van het uitgestelde huwelijk steeds een vetgemeste gans paraat hield, slachtte haastig de hoofdschotel van het bruiloftsmaal. Een varkensleren koffer werd volgestopt met levensmiddelen, een andere met de bruidsjurk, de benodigde papieren en onderdelen van de uitzet. 'Je denkt toch niet dat het nu wel doorgaat?' grijnsde Herr von Garlitz bij het afscheid. Bijgelicht door de maan bracht Ottchen, de oude kamerdienaar, haar met het enige paard dat nog over was naar het station.

De overvolle trein stond op het punt te vertrekken. Ottchen griste de koffers van de kar en schoof ze over de buiken van de soldaten die op het balkon lagen te slapen naar binnen. 'Zum Teufel mit doppelt t!' protesteerden ze. Anna putte zich uit in verontschuldigingen, voorzichtig tussen hen door stappend. Na een tocht door verstopte corridors vond ze een gaatje in een eersteklascompartiment. Als een krankzinnige denderde de trein alweer door de nacht; in het protectoraat Bohemen-Moravië werd gestopt, er werden bevelen geschreeuwd, en verder ging het weer tot vlak voor Wenen, waar de trein vier uur moest wachten op het einde van het luchtalarm.

Bij aankomst bleek dat de varkensleren koffer verdwenen was. Een soldaat herinnerde zich dat in Bohemen iemand met een koffer was uitgestapt, misschien had hij de gans geroken.

Door de commotie rond het verloren voorwerp drong het niet tot Anna door dat het Martin was die, in gezelschap van zijn vader, haar voorzichtig aanraakte. Ze week achteruit. Duizenden kilometers lagen er tussen hen, wekenlang had hij alleen in het handschrift van zijn kameraden bestaan, was hij een concentrisch punt geweest waar al haar gevoelens naartoe trokken, een magneet voor angst en verlangen... daar stond hij nu, het had iets banaals, ze begroetten elkaar stijfjes – niet hier, waar iedereen bij is. Onderweg naar het huis van zijn vader, in de tram, fascineerde haar zijn gladgeschoren nek, een kwetsbare vertederende nek, zo gaaf ondanks sneeuw, ziekte, onherbergzaamheid, ondanks de oorlog.

Ze trouwden in de Karlskirche. De bruidegom had een laatste poging ondernomen zijn moeders goedkeuring te krijgen en haar ertoe over te halen erbij aanwezig te zijn. 'De dag van mijn leven!' riep hij, haar door elkaar schuddend. 'Het is de dag van mijn leven!' Ze drukte haar vingertoppen op haar slapen en kneep haar ogen stijf dicht. Zo liet hij haar voor altijd achter, in haar domein waar ze als slachtoffer van onderdrukking alleen nog zichzelf had. Overdonderd door de grootsheid en overdaad van het interieur van de koepelkerk liet Anna zich naar het altaar voeren. Zuilen, wandpanelen en balkons van oudroze, bruin, zandkleurig, zwart marmer. Achter een van de zuilen, vermoedde ze, had haar toekomstige schoonmoeder zich verdekt opgesteld, met veel gevoel voor timing het moment suprême afwachtend om te voorschijn te springen en een smartelijk theaterstuk op te voeren waarbij de bedscène van een jaar geleden zou verbleken. Maar de schilderingen op het plafond in de koepel leidden haar af, evenals de gouden stralen die uit een driehoek met een Hebreeuwse inscriptie boven het altaar kwamen, de engelen die ertussendoor zweefden, een raam met goudkleurig glas waardoor een bronzen gloed naar binnen scheen die de kleine bruidsstoet omhulde – ergens in de hemelse sferen moest een hogere organisatie zijn, een geheim, tot in details vastgelegd plan waarin hun levens waren uitgestippeld, van moment tot moment, met een diepere onbegrijpelijke bedoeling. Ze keek opzij naar het profiel van de bruidegom – zijn adamsappel ging op en neer toen het met veel goud geornamenteerde orgel een hymne inzette.

Na afloop van de ceremonie zweefden ze de trappen af, tussen Griekse zuilen, obelisken en twee witmarmeren engelen door die een kruis ophieven naar de hemel. Werktuiglijk keek Anna om. De rechtse staarde vol innerlijke rust naar de horizon, de linkse keek barser – er slingerde zich dan ook een slang om haar kruis. Een doodgewaand, door de plechtigheid plotseling tot leven gewekt gevoel trok door haar heen. Lotte. Niet de vreemde, die haar had bezocht in Keulen, maar Lotte zoals ze toen was... daar was ze... als er iemand niet kon ontbreken op de bruiloft was zij het... en waarom zou ze er niet zijn in de gedaante van een engel, dan was zijzelf die andere, met de slang... met marmeren ogen keken ze naar de wereld alsof ze er iets van begrepen... Het bruidsgezelschap had de overkant van de Karlsplatz bereikt, de wind kreeg vat op haar sluier – even kwam, door het fijne gaaswerk van tule, de tastbare werkelijkheid haar als iets wazigs en onbestemds voor.

Ze trokken in de woning van Martins overleden grootmoeder, de haren van de vrouw zaten nog in haar kam, die op de commode was achtergebleven. Een eigen huis... ze draaiden met een onstilbare honger om elkaar heen alsof er duizenden verloren uren moesten worden ingehaald. De stad en omgeving waren een passend decor voor hun wittebroodsweken – op een klein schoonheidsfoutje na toen ze, in het oude centrum, in de Mölker Bastei op een groep mensen met een gele ster op hun jas stuitten die langzaam de versleten trappen afdaalden. Martin verstarde. Uit een vreemd soort piëteit trok hij zijn arm uit die van Anna en staarde hen, terwijl ze zwijgend passeerden, aangeslagen aan. Meer dan van de stoet, die in stilte iets manifesteerde dat voor haar nieuw en toch onmiddellijk duidelijk was, schrok ze van de betrokkenheid van Martin. 'Kom,' smeekte ze, hem aan zijn mouw trekkend, 'niet kijken, alsjeblieft, kom mee.' Met moeite liet hij zich meevoeren. De hele dag verweet ze het de stoet op hun weg te zijn verschenen, als een sombere vingerwijzing.

Ze wilde leven, intensief leven, in de drie weken die hun toegemeten waren – genoeg voor een heel leven.

Toen ze de avond voor het vertrek lusteloos haar koffer pakte klonken uit de aangrenzende kamer, gedempt, de stemmen van Martin en zijn vader. 'Hier, mein Junge, ik heb een lange onderbroek voor je gekocht omdat het daar zo koud is, neem die mee.' 'Nee,' protesteerde Martin, 'dat hoeft niet.' 'Waarom niet, Anna is er toch niet bij?' Een kort droog lachje. 'Dat is het niet...' 'Wat dan?' 'Ach vader, die kou betekent niets vergeleken bij de andere gevaren waaraan we blootgesteld zijn.' 'Maar de verbindingstroepen lopen toch weinig risico, jullie vechten toch niet aan het front?' Onverstaanbaar gemompel, Anna bracht haar hoofd dicht bij de deurpost. Partisanen zaten overal, hoorde ze Martin zeggen, vooral waar je ze niet verwachtte. Ook de verbindingstroepen waren kwetsbaar terwijl ze, in een kleine groep opererend, achter het optrekkende front masten plaatsten, kabels legden, leidingen trokken. Op een dag miste een van de technici, die hoog in een mast zat, zijn tang. 'Wacht maar,' riep Martin, die toezicht hield op de werkzaamheden, 'ik haal hem wel even.' Hij liep naar de LKW, die schuilging achter dennenbomen. Terwijl hij aan het zoeken was hoorde hij in de verte een kort, staccatoachtig schreeuwen, gevolgd door een abrupte stilte. Behoedzaam, dekking zoekend achter de bomen, sloop hij terug. Waar even tevoren zijn kameraden nog met hamers en tangen in de weer waren geweest lagen twaalf lichamen met doorgesneden keel, tussen roerloze grashalmen. De daders waren in het niets opgelost – een haast geruisloze bliksemactie onder een strakblauwe hemel.

Het commentaar van haar schoonvader ontging haar. Anna zakte neer op de bedrand, naast de halfgevulde koffer. Dus dit was de andere kant van de bloeiende zonnebloemvelden, van een ontstemde vleugel in een boerenhuis, van een kist boeken op de rommelmarkt. Zo gebeurde het, van de ene seconde op de andere, aan de rand van een zachtgroen dennenbos tussen bloeiend gras. Het maakte niet uit of het landschap idyllisch was.

Voor afscheid nemen was geen vorm te vinden. Ze stonden schutterig op het perron, wanneer hun blikken elkaar kruisten glimlachten ze bemoedigend. 'We zien elkaar gauw terug,' zei hij met gemaakte luchtigheid, 'mijn beschermengel wijkt ook bij veertig graden onder nul niet van mijn zij.' Ik moet zijn gezicht in mijn geheugen prenten, dacht ze, zijn gezicht zoals het nu is. Ik neem het mee naar huis en haal het tevoorschijn wanneer ik maar wil, wat er ook gebeurt. Het was pijnlijk, zozeer als ze te kort schoten in de kunst van het afscheid nemen; geen tranen, geen passende woorden, een zeker ongeduld hooguit, aan beide kanten, om verlost te zijn van iets dat te groot was voor gewone stervelingen. Pas in de trein naar het noorden barstte met vertraging het verdriet los. 'Mijn man...' verontschuldigde ze zich tegenover een verwonderde medereiziger, 'mijn man is terug naar Rusland.' Het was voor het eerst dat ze hem met die term aanduidde. Het vervulde haar met een weemoedige trots, die onmiddellijk overstemd werd door de associatie 'weduwe, oorlogsweduwe'.

Bij haar terugkeer was het park rond het slot bezaaid met kastanjebladeren. 's Nachts vroor het. Vanuit het zwart schitterden duizenden sterren die buiten de oorlog bleven, of je ze nu vanuit Brandenburg zag of vanaf de toendra's. Martin was daar, honderd Russen waren hier en sliepen als varkens bijeengepropt in de stallen. Op zekere dag wisten er twee aan de permanente bewaking te ontsnappen. In het bos ontdekten ze een bejaarde boswachter die op een uitkijkpost zat, een simpele houten constructie met een trapje en een zitplank, met de bedoeling een haas te schieten voor Kerstmis. Voordat hij zich met zijn jachtgeweer kon verdedigen was hij al doodgestoken. De vluchtelingen namen geweer en munitie mee. Diezelfde dag nog werd het lijk gevonden en het hongerrantsoen van achtennegentig Russen gehalveerd. Tweeduizend militairen van een naburig vliegveld kamden in kordon het bos uit. De twee Russen hadden zich ingegraven, bladeren erover; de steeds kleiner wordende cirkel passeerde hen zonder hen te zien. Ze hadden het al bijna gered toen een van de militairen, die niet alleen zijn ogen maar ook zijn poriën wijd openhield, het gevoel kreeg dat er twee ogen in zijn rug priemden en omkeek.

Inmiddels had het bericht ook Herr von Garlitz bereikt. Hij beende naar de jachtkamer, rukte een paardenknoet van de muur – in het wilde weg om zich heen slaand met de leren riemen raasde hij door de gangen, alle Slavische volkeren vervloekend. 'Een oude man afslachten, dat tuig, ik sla ze tot moes, creperen zullen ze!' Walgend van de schijnvertoning van mannelijke moed liep Anna naar de binnenplaats. Daar kwam de stoet aan, de twee gevangenen strompelden voorop. Von Garlitz vloog er briesend op af met zijn knoet, twee officieren hielden hem in bedwang en maanden hem tot kalmte. Primitieve wraak kon niet; ze moesten zich, officieel, houden aan de regels die voor krijgsgevangenen golden. Een van hen gaf opdracht de uitbrekers los te laten – aarzelend, vol ongeloof, begonnen ze in de richting van de stal te lopen. Op hetzelfde moment schoot hij ze in de rug neer. Geruisloos vielen ze voorover op de stenen. Hij wendde zich demonstratief tot Von Garlitz: 'Op de vlucht doodgeschoten.'

Het voorval veroorzaakte wrok bij de Russische gevangenen. Voortaan liet Frau von Garlitz Anna en de andere leden van het personeel escorteren wanneer ze een boswandeling maakten. Anna wimpelde de bewaking af, ze was niet bang. Wat haar betrof was er alleen sprake van een verschrikkelijk misverstand: door een absurde, zinloze uitwisseling waren Russische mannen in Duitsland, en Duitse in Rusland terechtgekomen. Terwijl de Russische gevangenen gefrustreerd en gelaten afwachtten, werd er ergens in het hart van hun land van herkomst door landgenoten een verbitterde strijd geleverd, in een decor van besneeuwde ruïnes met ijspegels in de uitgebrande vensters – er werd op grote schaal gestorven om het bezit van een huis, een schuur, een muur. Het lot van de hele wereld leek af te hangen van het verloop van deze ijzige slag in een langzaam kantelende stad.

Het bericht dat Stalingrad behouden was drong sneller door tot de stallen dan tot het slot, waar de rauwe feiten gecamoufleerd werden door eufemismen: wij trekken ons terug. De grote kentering was aangebroken. Het slot, van de nok tot de kelders gerestaureerd, maakte zich op om gasten te ontvangen op zijn glanzend gepoetste parketvloeren, tussen zijn witgeschilderde muren, in de behaaglijke warmte van de eeuwig brandende kachels: oude Pruisische adel, die ook een bijdrage aan de geschiedenis ging leveren. Anna, wars van belangstelling voor strategische ontwikkelingen, wars van politieke voorkeuren, had maar één brandend verlangen: dat hij ongehavend uit de kruitdampen tevoorschijn zou komen.

Lotte staarde naar buiten, haar blik ketste af op een van de granieten kerkmuren. 'Voor degenen die jij zelfs niet wilde bekijken zetten wij ons leven op het spel...' zei ze ongelovig.

'Zie je 't nu,' knikte Anna, 'zo was het. Ik ben geen haartje beter, maar ook niet slechter dan de meesten. Een jaar lang had ik vol angst op zijn doodsbericht gewacht, nu was hij er, in levenden lijve, drie weken lang. Daarna zou het weer van voren af aan beginnen – ik had er alles voor over het beetje leven te redden dat ons was toegemeten... Maar had ik alleen in de Mölker Bastei gelopen, dan had ik ze wel gezien, geloof me. Waarschijnlijk had ik mezelf pijnlijke vragen gesteld... maar dat beetje geluk, begrijp je, beheerste alles op dat moment.'

'Zo hebben jullie voor jezelf altijd een excuus,' zei Lotte bitter, 'maar voor de joden waren jullie zonder pardon.'

'Hou eens op met dat "jullie"... dat beetje geluk was alles wat ik kreeg, ik had er recht op, vind ik, ik heb het er de rest van mijn leven mee moeten doen.'

De zon brak door, een winters witte straal scheen op hun handen – op een grillig netwerk van blauwe aderen. Huid, bloedvaten, spieren – teer en sterfelijk.

'Ik geloof dat we hier de kern van onze verdeeldheid...' peinsde Anna, 'en de oorzaak van jouw woede bereikt hebben...'

'Wil je ophouden mijn woede als iets opbouwends te zien, dat als ik er maar voldoende lucht aan geef, vanzelf overgaat in vergevensgezindheid.'

'Het gaat me niet om vergeving,' zei Anna scherp, 'ik heb niets misdaan.'

'Laten we er maar over ophouden,' zuchtte Lotte, overmand door een gevoel van voorspelbaarheid, 'de dingen zijn nu eenmaal zoals ze zijn. Je had het over Stalingrad... ik herinner me nog zo goed hoe opgelucht we waren... onze euforie... en toch werd het daarna pas echt moeilijk...'

Vadertje Stalin liet zich niet zomaar opzijschuiven; de geallieerden hadden Noord-Afrika schoongeveegd en rukten op in Italië. Gedurende korte tijd leefden ze in de illusie dat het nu alleen nog een kwestie was van afwachten en volhouden. De familie Frinkel was, ternauwernood ontsnapt aan twee razzia's en achtenveertig katten, in overspannen toestand teruggekeerd. Bij elke maaltijd aten de huisdieren als volwaardige tafelgenoten mee; de dames Noteboom staken stukjes rauw hart tussen hun tanden opdat de katten, sierlijk op hun achterpoten staand, ze ertussen vandaan konden trekken. Door overdadige moederliefde en verwennerij hadden ze zich ontpopt tot onverschillige nestbevuilers, die en masse begonnen te mauwen wanneer Max en zijn zoon hun dagelijkse vingeroefeningen deden.

Sinds Lotte, als lid van het omroepkoor, geweigerd had zich op te geven bij de kultuurkamer was het ook officieel afgelopen met zingen en werd ze een onmisbaar radertje in de veertienkoppige reuzenhuishouding. Het leven werd steeds ingewikkelder, niet alleen in praktische zin, maar ook in abstracte – de angst was voortaan permanent aanwezig, sluimerend, onderhuids. Een plotselinge stilte, een vreemd geluid, vervaarlijk wuivende boomtoppen, gerommel in de verte, een vaag gerucht – een kleinigheid was voldoende om hem te doen opvlammen. Het kon ieder ogenblik gebeuren, geen enkel moment was in principe ongeschikt. Niemand kon het zich voorstellen, toch stelden ze het zich voor, hun verbeeldingskracht forcerend tot in het ondenkbare, ondraaglijke. De angst dreef de Meyers en de Frinkels bij loos alarm het bos in, een inderhaast aangeschoten winterjas over hun pyjama. Urenlang lagen ze in een natte greppel onder laag overhangende sparrentakken, in de verte klonken stemmen en geblaf van honden. Mevrouw Meyer beet in de slippen van haar doorweekte vosje, Max Frinkel masseerde zijn vingerkoten om te voorkomen dat het vocht zijn gewrichten zou aantasten. Ten slotte timmerde de heer des huizes een geraffineerde schuilplaats in een diepe muurkast op zijn slaapkamer. De kastdeur reduceerde hij tot een gat in de muur, waar een mansgrote spiegel voor werd gehangen die langs een kabel openklapte en weer dicht nadat van binnenuit een luik was gesloten. Iedereen kon erin, ze doken door het gat hun eigen spiegelbeeld in, een dubbelzinnige vorm van bestaan en niet bestaan. Daarna schoof Lottes moeder haar toilettafel ervoor, waarop paarse en donkerrode parfumflesjes verleidelijk flonkerden. Voortaan wilde mevrouw Meyer alleen nog in de kast slapen; vanuit hun bed hoorden ze haar huilen en bidden in een vreemde toonsoort.

Het was niet makkelijk het gestaag groeiende huishouden een halt toe te roepen. Er werd bijvoorbeeld gebeld, Lotte was alleen thuis – op vijf onzichtbare, onhoorbare personages na die op de bovenverdieping zaten te klaverjassen. Er stond een jonge man met kortgeknipt rood haar op de stoep, zijn rechterhand op de schouders van een kleine, hoogbejaarde man met een zwart hoedje op, die zijn gegroefde gezicht vol verwachting naar Lotte hief. 'Ik kom de schoonvader van meneer Bohjul brengen, van het grammofoonplatenhuis,' verklaarde de jongen. Meneer Bohjul was gearresteerd, legde hij uit, terwijl zijn vrouw en dochter naar Amsterdam waren. Iemand had hen bij het station opgevangen en gewaarschuwd niet naar huis te gaan. Bohjul had vanuit het politiebureau het bericht naar buiten weten te smokkelen dat zijn schoonvader nog op zolder zat en onontdekt was gebleven. Hij adviseerde de oude man naar een goede klant van hem te brengen, meer een vriend eigenlijk, die zou zeker een oplossing weten te vinden: Lottes vader.

'Hij is niet thuis,' zei ze, 'ik kan hier in mijn eentje niet over beslissen.' Ze bleef de deur in haar handen houden. Niemand zei nog iets, ze bekeken elkaar schuchter. Het leek alsof de oude man, in zijn volstrekte afhankelijkheid, de enige overlevende was van een catastrofe – alsof hij te klein en te licht bevonden was om samen met de anderen ten onder te gaan. Ineens schaamde ze zich voor haar terughoudendheid. 'U kunt binnen op hem wachten,' zei ze, de deur verder openend. Ze liet hen in de eetkamer. De oude wachtte lijdzaam, zijn hoed op zijn knieën, zijn witte wenkbrauwen krulden neerwaarts boven zijn diepliggende ogen. Zijn metgezel nam onverschillig de omgeving op alsof hij in een wachtkamer zat. Haar vader, bij zijn thuiskomst, bekeek hen met gefronste wenkbrauwen totdat de naam Bohjul viel – ah, de eigenaar van de platenzaak waar hij kind aan huis was, hoeveel vurige discussies hadden ze niet gevoerd over bepaalde opnamen. Inderdaad – hij had zijn schoonvader, opa Tak, wel eens door de zaak zien schuifelen. Natuurlijk zou hij zijn best doen een goed adres voor hem te vinden. 'Apropos...' zei hij, zich verwonderd tot de oude man wendend, 'ik begrijp het niet, uw schoonzoon is toch een Perzische jood? Ik heb niets te vrezen, zei hij laatst nog tegen me, omdat Duitsland niet in oorlog is met Perzië gaan wij vrijuit.' 'Vraagt u mij niets,' zuchtte de ander, 'tot 1914 was de wereld voor een gewoon mens nog te begrijpen... sindsdien gaat het me boven mijn pet...' 'Hoed,' corrigeerde zijn begeleider, droogjes op de zwarte hoed wijzend die nu ineens als een corpus delicti, dat de teloorgang van de oude wereld veroorzaakt had, op zijn schoot lag.

Het tbc-huisje werd provisorisch opgelapt. Omdat zijn verblijf tijdelijk was mocht hij niet weten dat hij niet de enige onderduiker was. Wanneer de zon scheen zat hij op een gammele klapstoel voor zich uit te dromen, een barnstenen pijpje in zijn mondhoek. Lotte bracht hem zijn eten, hij vertelde haar over de diamantslijperij, lang geleden, toen er in de wereld nog te leven viel. Zijn witte haar waar de zon een aura van betere tijden in spon, zijn defaitisme, zijn doorschijnende huid – het was haar te moede of hij voor even was overgewipt uit de dood om een verbaasde blik op de chaos te werpen, in de veilige wetenschap dat hij ieder gewenst moment terug kon.

Het lukte niet een ander adres voor hem te vinden; nieuwe categorieën doken onder: studenten, met krijgsgevangenschap bedreigde soldaten, mannen die aan de arbeidsinzet in de Duitse industrie wilden ontkomen. Theo de Zwaan voegde zich bij de onderduikers – kort daarna ook Ernst Goudriaan, die zo aandoenlijk was in zijn heroïsche pogingen zijn angst te verbergen dat Lottes moeder medelijden met hem kreeg. Hij werd bij opa Tak ondergebracht, vergrootte het meer frivole dan solide tbc-huisje dat piepte in de wind met een stijlvolle uitbouw en zette zich daarin aan de vioolbouw, met uitzicht op een veld bloeiende tabaksplanten. Ook Koen, die de dienstplichtige leeftijd had bereikt, moest zich verbergen. Zijn temperament stond hem niet toe dat hij thuis rustig het eind van de oorlog afwachtte. Hij glipte het huis uit, de straat op, werd opgepakt en naar Amersfoort gebracht. Aan de rand van een colonne in het wilde weg van de straat geplukte lotgenoten liep hij in de schemering door de oude binnenstad in de richting van een onbekende bestemming. De straat was smal, ongezien schoof hij zijwaarts een portiek in en drukte zich ruggelings tegen de deur, met zijn knokkels op het hout kloppend. 'Doe open, doe open...' smeekte hij. 'Ben je katholiek?' werd er aan de andere kant van de deur geïnformeerd. 'Nee...' kreunde hij. 'Loop dan maar door,' zei de stem.

Ze werden naar een kazerne in Assen gebracht, waar een luizenplaag heerste. Uit afkeer van de met miljoenen rondkrioelende insecten kon hij de slaap niet vatten. Hij sloop naar buiten; tegen een muur zittend dommelde hij zachtjes in. Voor dag en dauw schrok hij wakker van een houtgestookte postauto die door de poort van de kazerne reed. De postbode klom eruit en leegde bedaard de brievenbus, waarna hij met rokende schoorsteen rechtsomkeert maakte. Een dag later trok Koen, op het moment dat de man weer achter het stuur kroop, de achterdeurtjes open en hees zich op tussen de postzakken. Bij het veer over de IJssel kwam hij tevoorschijn. De postbode verbleekte. Hoewel hij waardering had voor Koens improvisatievermogen, had hij niet de moed het ongebruikelijke postpakket ook nog mee te nemen over de IJssel. 'Jongen, dat kan ik helemaal niet doen,' klaagde hij, 'dat is veel te gevaarlijk.' 'Verstop me onder het stookhout,' opperde Koen. Tegen zoveel vindingrijkheid moest de beambte het afleggen. 'Ik lijk wel gek,' bromde hij, de verstekeling zorgvuldig toedekkend met op maat gezaagd vruchtbomenhout. Met ongeknakt zelfvertrouwen keerde Koen terug naar huis. Zijn moeder sloot hem na twee doorwaakte nachten trillend van vermoeidheid en opluchting in haar armen, hij maakte zich los uit haar omhelzing om zijn kleren aan een bliksemsinspectie te onderwerpen uit angst dat hij, op zijn beurt, een verstekeling had meegenomen uit de kazerne.

Terwijl opa Tak wortel schoot tussen de appelbomen en tabaksplanten en, onder haar foto die met een verroeste punaise op de muur geprikt was, van zijn overleden vrouw droomde waren zijn dochter en kleindochter op drift geraakt. Na een zwerftocht van adres naar adres had de laatste zich bij haar verloofde gevoegd, die ergens in de Beemster was ondergedoken, en kwam de eerste in een uitdagend, getailleerd mantelpak op een zomeravond – niemand wist waarvandaan – haar vader opzoeken. Lottes moeder rook meteen onraad, haar man was al bij de eerste aanblik weerloos. Niet opgewassen tegen de doorzichtige verleidingsmanoeuvres, waarvan een rood gestifte pruilmond de sterkste troef was, zwichtte hij voor het verzoek van mevrouw Bohjul om te mogen blijven. Ze kreeg een bed op de kamer van Jet en Lotte, voortaan sliepen ze in een van sigarettenrook en exotische parfums doordrenkte atmosfeer. Steeds andere japonnen met diep uitgesneden decolletés slingerden rond op stoelen en bedden, steeds andere halssnoeren werden uit een met parelmoer ingelegd juwelenkistje getoverd. Bij gebrek aan aandacht stortte ze in elkaar, van bewondering bloeide ze op – iedereen werd er doodmoe van haar voor de lieve vrede steeds te moeten geven wat ze nodig had. Geen enkele vorm van tijdverdrijf kon haar langer dan vijf minuten boeien; als een gekooide panter liep ze heen en weer, het getik van haar naaldhakken stoorde de anderen bij het lezen, kaarten, oplossen van kruiswoordraadsels. Het was niet te geloven dat ze een dochter was van de man in de boomgaard, die in meditatieve vreedzaamheid zijn pijp rookte en tuinkers kweekte in een smalle strook langs het verzakte terras.

’s Avonds, wanneer de paardenharen gordijnen gesloten waren, kwamen ze allemaal naar beneden om aan twee lange tafels te eten – Lottes moeder deed, binnen de beperkingen, haar best koosjere gerechten op tafel te brengen. Soms speelde Max Frinkel na de maaltijd een heksentoertje van Paganini; zijn zoon revancheerde zich met een smeltend zigeunerlied. Flora Bohjul zong, overdreven jazzy, een populaire Amerikaanse song. Ten slotte richtten alle ogen zich gewoontegetrouw op Lotte, die op haar lip beet en haar hoofd schudde. Ter compensatie declameerde mevrouw Meyer een gedicht; favoriet was een jambisch treurdicht over een moeder die, om de magen te vullen, alles wat ze bezat had moeten verkopen – het enige wat nog beleend kon worden was de pop van de jongste dochter, die ze dag en nacht bij zich had. De kinderen waren verzot op dit drama, de volwassenen hoopten dat het niet profetisch zou blijken.

Ze luisterden naar radio Oranje of de BBC. Sinds mei, toen alle radiotoestellen ingeleverd moesten worden, behielpen ze zich met een door Lottes vader geïmproviseerde ontvanger zonder uiterlijke vormgeving, maar met een haarscherpe weergave – ze konden de koningin in Londen horen ademen tijdens haar toespraken. Er was een voortdurende honger naar betrouwbare informatie; illegale kranten en vlugschriften gingen van hand tot hand, af en toe las iemand een artikel voor. 'Wat is dit...' zei Koen vol verbazing, 'luister...' Zonder erbij na te denken las hij een stuk uit *Het Parool* voor, waarin gewag werd gemaakt van het bestaan van gaskamers waar 'de gevangen tegenstanders', in de waan dat ze een badkamer binnengingen, naakt in werden gedreven en vergast – de capaciteit van die gaskamers zou sinds kort vergroot zijn van tweehonderd tot duizend personen. Mevrouw Meyer barstte uit in een wanhopig snikken, Ruben boog zich over haar heen en kneep, in een onhandige poging tot troost, verwoed in haar handen. Lottes moeder wierp een vernietigende blik op Koen, tot wie langzaam doordrong wat hij had aangericht. Het bericht werd onmiddellijk gebagatelliseerd, natuurlijk was het niet meer dan een aan de verwrongen fantasie van een overijverige journalist ontsproten sensatieverhaal. Bram Frinkel gooide zijn servet op tafel en liep, zijn hoofd tussen zijn schouders, naar de deur. Met de knop in de hand draaide hij zich om en zei met een grijns tegen Koen: 'Misschien willen jullie de volgende tweeduizend jaar nu eens het uitverkoren volk zijn!'

6

Het weldadige effect van de veenturfbehandelingen, de koolzuurhoudende baden en de subaquamassages werd langzamerhand merkbaar. Gedurende de eerste week van de kuur hadden de badgasten gewoonlijk te kampen met een peilloze, aan depressiviteit grenzende vermoeidheid, veroorzaakt door het loskomen van blokkades in de gewrichten en van in het vetweefsel opgeslagen gifstoffen. Voor de twee zusters kwamen daar nog de toxines bij die vrijkwamen tijdens hun gesprekken, naast de blokkades in hun verwantschap en hun zwaar op de proef gestelde geheugen. Maar halverwege de behandeling trad er meestal een kentering op. Niet langer bij elke beweging door pijn geplaagd bewoog de patiënt zich losser, het bloed stroomde vrijer, de ademhaling werd dieper. Ook Anna en Lotte voelden iets van dit effect, lichamelijk knapten ze allebei op, alleen hun geest bleef nog achter, maar die werd dan ook aan een heel andere kuur onderworpen waarvan het therapeutisch effect veel ongewisser was. Na een ochtend intensief baden verlieten ze het Thermaal Instituut; voordat ze aan de riskante afdaling van de trappen begonnen keken ze naar de lucht die strakblauw was boven de groene koepel van hotel Heures Claires. De sneeuw was gesmolten tot een grauwe brij. De twee stenen vrouwengestalten, die sinds de bouw in 1864 de ingang van het instituut bewaakten – een met een staf in de hand en een vis tussen haar voeten, de andere met een kleine harp en een omgevallen kruik aan haar voet waar water uit stroomde – sprongen van hun sokkels, daalden lichtvoetig de traptreden af en staken de weg over naar de Place Royale. Bij een vierkante kiosk in de stijl van het fin de siècle bleven ze geamuseerd staan. De ene hief haar staf en richtte hem op een van de vier zijden, waar geschreven stond:

Quand il est midi à Spa il est:
13 heures à Berlin, Rome, Kinshasa
14 heures à Moscou, Ankara, Lumumbashi
15 heures à Bagdad
19 heures à Singapore
7 heures à New York

De ander sloeg enkele akkoorden aan op haar harp en zong met hese stem: '...het mysterie van de simultaneïteit... als men in Rome luncht, dineert men in Singapore... terwijl er een bommenregen op Berlijn valt maakt men in New York het ontbijt klaar...' De woorden werden zeepbellen die wegzweefden over de Place Royale, uit de stenen kruik vloeide bronwater, of was het smeltwater – het stroomde weg over de Rue Royale en de Avenue Reine Astrid. Lotte en Anna gaven elkaar een arm terwijl ze de natte straat overstaken, het water sijpelde hun schoenen binnen. Ze passeerden een eenvoudig eethuis en besloten naar binnen te gaan – wanneer men in New York ontbeet, lunchte men in Spa.

Martins compagnie werd teruggeroepen uit Rusland om rond Berlijn de luchtverdediging op te bouwen. Voortaan bracht hij de weekends bij Anna door – eindelijk kwam er zoiets als een huwelijksleven op gang. Ze keek verlangend uit naar de eerste tekenen van zwangerschap. In de vroege lente was ze geopereerd; of men erin geslaagd was de schade te herstellen die in een vroeg stadium was aangericht door het sjouwen met mestkarren en varkensvoer moest nu blijken. Een kind leek het enige, het allerbelangrijkste, waaraan het haar tot nu toe ontbroken had. Bij de geboorte van een kind zou ze zelf opnieuw geboren worden, de jeugd van het kind zou haar eigen jeugd uitwissen – háár kind zou het aan niets ontbreken. Een kind zou ook het verloren zusje vervangen, een kind zou haar verzoenen met alles wat was misgegaan.

In het bos was een uitgestrekt meer. Aan de oever lagen

roeiboten in felle vikingkleuren waarmee men naar een ovaalvormig eiland kon varen: daar ging, achter wilgen en grauwe berken, een houten huis met een puntdak schuil dat, evenals het meer en de bossen, al sinds eeuwen bij het slot hoorde. Frau von Garlitz gaf Anna de sleutel. Bij zonnig weer wandelde ze met Martin naar het meer, ze bonden de boten aan elkaar vast en roeiden met de hele vloot achter zich aan naar het eiland zodat ze niet verrast konden worden door onverwachte visite. Ze zwommen, lagen in de zon tussen hoog opgeschoten gras, sliepen in het huis dat rook naar droog, zondoorstoofd hout en moerasgeesten die, wanneer 's nachts de wind opstak, kreunden en knarsten tussen de planken. De oorlog was ver weg en onwezenlijk. Wind, eendengesnater, het gekwaak van kikkers, in plaats van luchtalarm en getetter uit de Volksempfänger. 's Nachts, terwijl ze naar zijn ademhaling luisterde, leek het een wonder dat hij naast haar lag. Een onzichtbare hand had hem tot drie keer toe veilig door Rusland geloodst en hem behoed voor sluipmoordenaars, bevriezing, dodelijke ziekten, omdat hij voor haar gespaard moest blijven. Hun samenzijn op dit eiland in ruimte en tijd kwam haar voor als iets heiligs, als een vorm van uitverkoren zijn. Door het raam zag ze, achter wuivende wilgentakken, de maan die weerspiegeld werd in het water – het eiland dreef in het meer en de tijd stond stil. 's Zondags in de namiddag voer de vloot weer in tegenovergestelde richting. De wandeling terug door het bos was het laatste wat ze deelden. Hun wegen scheidden zich, Martin ging naar de kazerne, Anna stapte door de poort haar oude leven binnen.

Van staatswege kregen ze op het slot vijf leerlingen in de huishoudkunde toegewezen die stage moesten lopen. Ze werden onder de hoede van Anna gesteld. Sinds het slot en de huishouding onder haar regie een metamorfose hadden ondergaan, had Frau von Garlitz een onbegrensd vertrouwen in haar. En weer viel Martin bij iedereen in de smaak – wanneer hij op het slot logeerde trokken de stagiaires hun mooiste schorten aan. Toen het tot Anna doordrong dat hun gekoketteer samenviel met zijn komst raakte ze buiten zichzelf. 'Die schorten,' riep ze vinnig, 'zijn alleen voor bij het serveren. We hebben niet genoeg zeeppoeder om ze te wassen als jullie ze ook tussendoor gaan dragen!' Gniffelend – met hun vrouwelijk instinct hadden ze haar beweegreden feilloos door – gingen ze hun schorten uitdoen. Op een zondag zag Anna vanuit het keukenraam, dat Martin vlak voor zijn vertrek een van de meisjes in de tuin een cadeautje gaf. 'Wat was dat,' vroeg ze, nadat ze hem had uitgewuifd, 'wat je daar van mijn man gekregen hebt?' Het meisje wierp haar een vluchtige, schuldbewuste blik toe. 'Nou?' drong Anna aan, haar bij de schouders vattend. 'Ik mag het niet verklappen.' 'Vertel het toch maar...' 'Het is... een cadeautje voor u, voor Kerstmis...' 'Nu? In augustus?' Ze knikte. 'Voor het geval dat uw man met Kerstmis ergens anders gestationeerd wordt en niet naar u toe kan komen...' Verbluft keek Anna haar aan. In de ogen van het meisje zag ze verontwaardiging en minachting omdat ze haar gedwongen had het geheim prijs te geven, en om de verdachtmaking die daarachter schuilging. Gepikeerd liep ze weg, Anna met haar autoriteit alleen achterlatend – overgeleverd aan schaamte en ontroering, die de schaamte vergrootte: dat Martin er nu al, in het hartje van de zomer, aan dacht hoe hij haar over een halfjaar, met Kerstmis, zou kunnen troosten.

De bedrijvigheid op het slot nam toe. De opgeknapte kamers waren voortdurend gevuld met logés – hooggeplaatste militairen kwamen er op verhaal tussen twee missies in. Na het diner trokken ze zich terug in de bibliotheek, hun dames achterlatend in de salon onder de hoede van Frau von Garlitz, die nog altijd even vriendelijk, elegant en onderhoudend was, alsof de oorlog en de overspeligheid van haar man geen vat op haar hadden. In de gangen werd gefluisterd dat hij een verhouding had met Petra von Willersleben, de dochter van een industrieel die in het leger een bliksemcarrière had gemaakt. Von Garlitz bekleedde, sinds hij bij de veldtocht naar Polen zijn knieschijf ontwrichtte, een schemerige staffunctie waarvoor hij regelmatig naar Brussel moest. Anna kon zich niet voorstellen dat men deze societyfiguur, die zijn fabriek in Keulen bestierde door er als een huzaar omheen te galopperen, een belangrijke functie in het leger durfde toevertrouwen – deze Heini, die eigenlijk niets kon en nergens voor deugde maar voortdurend de indruk wekte dat hij geweldig was. Op een geheimzinnige manier scheen hij erin te slagen op hoog niveau contacten te onderhouden. Afstamming en geld, bromde ze bij zichzelf, daarmee kom je verder in de wereld dan met hard werken.

In zijn roekeloosheid nodigde Von Garlitz zijn minnares officieel uit voor een diner. Onder camouflage van haar gewichtige vader infiltreerde ze in zijn huis; ze droeg een uitdagende jurk om zijn vrouw te intimideren. Anna serveerde met haar stagiaires. Van alle gasten kende ze alleen Frau Ketteler, een tante van Herr von Garlitz, die in de buurt woonde en regelmatig op visite kwam. Als vrouw van onbestemde leeftijd, nooit getrouwd, woonde ze met een handvol personeel in een villa die door hoge sparren aan het oog onttrokken werd. Voor de oorlog had ze een stal vol glanzende renpaarden, vertelden de poetsvrouwen, ze hield ervan de bossen onveilig te maken door er in galop op een zwarte hengst doorheen te jakkeren, een jachtgeweer aan een leren riem op haar rug. Sinds de paarden waren gevorderd leefde ze zich uit in lange wandelingen met haar hond, een potige herder die alleen aan haar gehoorzaamde. Het scheen dat ze haar braakliggende moederinstinct vanaf zijn geboorte op haar neef had botgevierd – ze aanbad hem, blind voor zijn tekortkomingen, en probeerde hem nog steeds, vanachter de zijlijn, te bemoederen.

Terwijl Anna af en aan liep met schalen en glazen volgde ze, fragmentarisch, de ontwikkelingen aan tafel. Herr von Garlitz, als tafelheer van Fräulein von Willersleben, onderhield zich hoffelijk met haar. Het gesprek ging over schilderkunst: over de naakten van Adolf Ziegler en Ivo Saliger. Zij bleek kunstgeschiedenis gestudeerd te hebben in Berlijn; hij speelde verrassing en verbazing, vroeg haar honderduit om zijn vrouw aan de overkant van de tafel de indruk te geven dat zijn tafelgenote een wildvreemde voor hem was. De laatste speelde het spel vaardig mee – ze raakten er allebei opgewonden van, het was bijna alsof ze via de schilderkunst de liefde bedreven voor de ogen van Frau von Garlitz. Zoals iedereen allang op de hoogte van de affaire, sloeg die de vertoning een tijd koeltjes gade, totdat ze ineens genoeg kreeg van de rol van naïeve, bedrogen echtgenote en toeschouwster die haar ten aanschouwen van een tafel vol gasten werd opgedrongen. Beheerst stond ze op, hief haar zojuist door Anna met rode wijn gevulde glas alsof ze een toespraak ging houden en smeet de inhoud in het gezicht van haar man. Fräulein von Willersleben sprong met geschrokken kreetjes op, bang dat er iets op haar jurk gekomen was. Tegelijk kwam Frau Ketteler van het andere eind van de tafel toesnellen om met haar servet het gezicht van haar neef te deppen ten einde de schande zo snel mogelijk uit te wissen. Anna herademde. De tergende spanning die ze gevoeld had omdat Von Garlitz het blijkbaar niet voldoende vond zijn vrouw te bedriegen, maar er ook nog een pervers genoegen in schiep haar ermee te kleineren en provoceren, vloeide weg. Lachend om de groteske behulpzaamheid van zijn tante glipte ze met een lege schaal de eetzaal uit.

Dezelfde avond liet Frau von Garlitz zich met paard en wagen naar het station brengen. Zonder afscheid te nemen verdween ze, het gezelschap onthutst achterlatend. Onuitgesproken verwijten bestookten Von Garlitz. Hij had zijn echtgenote, hun gastvrouw, de moeder van zijn kinderen, tot de orde moeten roepen – een man van zijn niveau, met zijn achtergrond, functie, moest zijn vrouw in het gareel kunnen houden. Ze waren toch geen zigeuners, of Slaven, die zich liederlijk door hun emoties lieten meeslepen. Enkele dagen later werd hij ziek. Gekrenkte trots, wroeging, schaamte? 's Nachts kroop de koorts hoog op, zwetend en ijlend lag hij tussen de doorweekte lakens. Naast zijn bed zat Anna, die gretig de functie van wraakgodin op zich nam. Met natte washandjes bevochtigde ze zijn voorhoofd en slapen; ze gaf hem te drinken en lispelde hem met sussende woorden in slaap. Maar toen de koorts begon te dalen vertelde ze hem wat voor een Schwein hij was. 'U mag uw vuistje dichtknijpen met zo'n vrouw,' zei ze vol minachting. Hij had nog niet de kracht iets terug te zeggen, als een stervende frontsoldaat lag hij in de kussens, met opgezette oogleden en een stoppelbaard. Zonder erbarmen ging ze verder. 'Een vrouw met zoveel stijl, charme, karakter! Laat het maar eens tot u doordringen, u heeft er nu alle tijd voor.' Hij staarde haar aan met de glanzende koortsogen van een ziek kind dat een wreed sprookje hoort vertellen, met dit verschil dat hem werd opgedragen zich te identificeren met het monster, de draak, in plaats van met de held.

Na twee weken keerde Frau von Garlitz terug naar huis, een toonbeeld van aristocratische zelfbeheersing waar een vleugje cynisme doorheen schemerde. Men haalde opgelucht adem, het was geen tijd voor echtelijke conflicten die, hoe gepassioneerd ook, verbleekten bij dat ene gigantische conflict waar het hele volk in verwikkeld was. Martin probeerde al maandenlang groot verlof te krijgen om met Anna naar Wenen te kunnen reizen en, al was het maar voor een paar weken, als man en vrouw in hun eigen huis te kunnen leven, dat ze alleen uit de wittebroodsweken kenden. Maar zijn hartstochtelijke pogingen liepen op niets uit. Er bleek maar één mogelijkheid te zijn om langdurig verlof te krijgen: zich bereid verklaren een korte officiersopleiding te volgen. Hoewel de gedachte promotie te maken in het leger hem met afkeer vervulde, bezweek hij ten slotte voor het verlangen naar Wenen en een snippertje vrijheid: even te ontsnappen aan de nu al vier jaar voortjakkerende militaire tredmolen van totale beschikbaarheid en zelfverloochening, ten behoeve van een oorlog die hem gestolen kon worden. Hij werd geplaatst op een onderofficiersschool in Berlijn-Spandau. Tijdens de opleiding leefde hij afgesloten van de buitenwereld. Op de dag dat hij afzwaaide wachtte Anna hem op bij de poort met een koffer in de hand. 'Wie bent u,' de wachtpost stapte haastig naar voren, 'mag ik uw papieren zien?' 'Ik kom mijn man ophalen, Martin Grosalie,' zei Anna, beledigd over zoveel wantrouwen, 'hij krijgt vandaag verlof.' De wachtpost verbleekte: 'Oh, God, ga alstublieft niet naar binnen.' Ze zette haar koffer neer en keek hem minzaam aan. 'Ze hebben straf,' fluisterde de soldaat, zich verlegen achter zijn oor krabbend. Na enige aarzeling legde hij uit wat er was gebeurd. De groep stond al op de binnenplaats, klaar voor vertrek, al met één been buiten de poort als het ware. Met een eenstemmig, geestdriftig 'Heil Hitler!' moesten ze afscheid nemen. Naar het oordeel van de commandant klonk het te zwak. 'Harder!' riep hij. Nog steeds zonder overtuiging, maar met iets meer volume herhaalde de compagnie het verplichte saluut. 'Harder!' brulde de commandant alsof, naast die van zijn Führer, ook zijn eigen eer op het spel stond. 'Heil Hitler'... er lag nog steeds een grauwsluier overheen, ze waren net een grammofoonplaat die maar niet op volle toeren wilde draaien. 'We zullen nog wel eens zien of jullie vandaag naar huis gaan...!' Ze moesten zich uitkleden, de kleren in kasten opbergen, de sleutels omdraaien. Daarna werden ze naar buiten gejaagd, links, rechts, kniebuigingen, over de grond kruipen, door de modder heen. Een les in vernedering en deemoed die hun zo lang als de oorlog duurde zou heugen. 'Alstublieft,' fluisterde de wachtpost, 'komt u over een uurtje nog eens terug en doe alsof u van niets weet. Ze schamen zich, allemaal.' Anna wierp een blik op de nadrukkelijk gesloten poort waarachter Martin door de Berlijnse modder kroop, de modder van het Duizendjarige Rijk waarvoor hij bereid moest zijn zijn leven, dat ook haar leven was, op te offeren. Ze pakte de koffer op en liep een willekeurige straat in, en andere willekeurige straten, die vriendelijk noch vijandig waren maar onverschillig. Toen ze terugkwam bij de kazerne stond hij al op haar te wachten, onberispelijk, glanzend, opgewekt – een wonderbaarlijke tabula rasa. 'Wat ben je laat,' zei hij verbaasd. Hij repte met geen woord over de strafexpeditie. Ze waren er bedreven in geworden de oorlog in elkaars nabijheid te negeren, als superieure buitenstaanders, doof voor het tromgeroffel, blind voor het weerlicht.

Na hun verblijf in Wenen werd hij overgeplaatst naar Dresden. Het werd herfst. Anna, die al een koffer vol babykleertjes had genaaid en gebreid, was nog steeds niet zwanger – Hannelore wel. Ze was in de lente getrouwd en woonde sindsdien in Ludwigslust in Mecklenburg, vanwaaruit ze een nostalgische correspondentie onderhield met Anna. Frau von Garlitz, die meeleefde met het wel en wee van haar personeel, stelde voor de toekomstige moeder een pakket met versterkende voedingsmiddelen te bezorgen en stuurde Anna ermee naar Ludwigslust. Weer zat ze met een koffer in de trein naar Berlijn. Onwillekeurig dacht ze terug aan de dag waarop ze in een voermansjas, met een alpenjagershoedje op, naar Keulen reed, haar bezittingen in een kartonnen doos. Ze voelde een lichte schaamte als ze terugdacht aan haar provinciaalse naïveteit, de lange weg die ze toen nog had te gaan – van varkensmest naar tafelzilver op damast. Ze schrok op uit haar gemijmer toen de trein abrupt remde en stil bleef staan, daarna trok hij moeizaam op, met horten en stoten reden ze Berlijn in. Voor het raam van de coupé verrees een grijze, stalen muur, zonder begin of eind, als de voorbode van een tunnel. Maar de muur bewoog... hij bleek uit rook, gruis, walm te bestaan. De trein deinsde terug, reed dan toch aarzelend het station binnen. Nog gewend aan de onbezoedelde, neutrale atmosfeer in de coupé stapte Anna uit.

Op dat moment overkwam haar hetzelfde als honderden medereizigers: zodra ze een voet op het perron zetten wonnen hun reflexen het van hun richtinggevoel, ze stoven uiteen, alles om hen heen brandde, de overkapping kraakte alsof ze het ieder ogenblik ging begeven. Iemand trok haar weg onder neerstortend hout of staal vandaan, de rook prikte in haar ogen, haar keel, ze liep in den blinde weg van het vuur... bomalarm, iemand duwde haar een kelder in. Daar werd ze onderdeel van een bevende, zwetende kluwen die ineengedoken luisterde naar het gegier en gerommel, de grond trilde, de kluwen sidderde mee, gebouwen, treinen, mensen, alles zou tot stof vergaan, een belachelijke gemeenschappelijke ondergang, zonder zin. Voor een koffer worst en spek.

Drie dagen en nachten duurde het om vanuit het oostelijk deel van de stad waar ze was aangekomen Spandau in het westen te bereiken. Drie dagen en nachten in een inferno, soms op het nippertje een kelder in gesleurd door iemand wiens gezicht ze niet te zien kreeg. Iemand gaf haar iets te drinken, ze strompelde verder, struikelde over een elektriciteitsleiding, ergens zakte een muur in, ze dook in elkaar, te moe voor angst. Dan was het weer nacht, huilende sirenes, een kelder, van uitputting indommelen, wakker schrikken, weer verder door het decor van een gruwelopera, iemand gaf haar iets te eten. Berlijn-Spandau? Steeds dezelfde vraag in de chaos – ze stond op een afbrokkelende plattegrond waarvan de randen verasten. Bestond Spandau nog wel, of was ze op weg naar een rokende puinhoop? Waarom ging het bombarderen dag en nacht door – moest Berlijn, moest Duitsland, van de aardbodem weggevaagd worden?

Ineens bleek ze zich met haar geblakerde koffer op het station van Spandau te bevinden. Het was er nog, een uitpuilende trein stond op het punt in de richting van Mecklenburg te vertrekken. Iemand tilde haar op en propte haar door het raam naar binnen, de koffer erachteraan. De trein reed meteen weg, verdoofd zakte ze op haar koffer neer, ze scheen het te hebben overleefd, het liet haar onverschillig. Ze maakte de reis in een toestand van halve bewusteloosheid – omvallen kon niet, gestut als ze werd door andere oververmoeide lichamen. Midden in de nacht bereikten ze Ludwigslust, ze was de enige die uitstapte. In het aardedonker wankelde ze op het vage silhouet van een huis af. Met moeite vond haar trillende hand de bel. In de gang ging licht aan, de deur werd geopend, iemand verscheen op de drempel, zag wat er op de stoep stond en sloeg de deur geschrokken dicht. En weer stond ze in het donker, omvallend van uitputting. Het was koud. Een primitieve angst bekroop haar, heviger dan tijdens de bombardementen, direct en verstikkend – de angst geweigerd te worden, voor altijd buitengesloten als een stuk vuil, als een wezen dat (een wees die...) het niet verdiende te leven. Gejaagd begon ze op de deur te roffelen: 'Ik kom uit Berlijn, bitte...' kermde ze, 'doet u toch open, ik wil alleen maar slapen, bitte...' Maar er gebeurde niets, het huis weerde haar af. 'Hier staat een mens... een fatsoenlijk mens... die alleen maar wil slapen...!' Onder haar hamerende vuisten week de deur terug. Op de tegelvloer in de gang lag een deken. Ze stommelde naar binnen, viel erop neer en sliep, zonder een blik op haar weldoener, die zo traag van begrip was, te hebben geworpen. De volgende dag had ze net voldoende kracht om haar missie te voltooien. In een onherkenbare vermomming van roet, stof, schrammen en scheuren droeg ze de koffer over aan Hannelore die, zwevend op haar roze wolk van blijde verwachting, van bombardementen niets afwist. In haar smetteloze, op de komende gebeurtenis ingerichte woning waren de worsten, het spek en de hammen, die ongeschonden uit de koffer kwamen, een pervers, dierlijk element – ter ere van het nieuwe leven door de dood besmeurd. Anna keek ernaar en barstte uit in een vreugdeloos, overspannen lachen.

'Ach Berlijn...' zuchtte Anna. 'Een paar jaar geleden was ik er weer, met een vriendin. We rijden in een bus door de stad, ineens roept ze: "Kijk, het Anhalter Bahnhof!" Ik zag een prachtig gerestaureerd station, maar een seconde later stond het in brand. Het brandde voor mijn ogen... net als toen... en alles stortte in... "Is er iets?" vroeg mijn vriendin. Ik had een licht gevoel in mijn hoofd, het suisde in mijn oren. "Het staat in brand...!" riep ik in paniek. Het was de eerste keer dat ik het me herinnerde – ik had er niet meer aan gedacht, zo erg was het. Vijfenveertig jaar lang had ik het verdrongen.'

'Hoe is het mogelijk,' zei Lotte, met een stukje Ardenner ham aan het puntje van haar vork naar Anna wijzend, 'dat men jou met een koffer worst een brandende stad in stuurde.'

'Frau von Garlitz wist het niet, niemand van ons wist het. Het waren de eerste grote bombardementen op Berlijn, eind november. Jullie bevrijders staken hun kerstbomen aan boven de stad en wierpen hun bommentapijten naar beneden. Systematisch, geen vierkante meter mocht gespaard blijven. Maar er blijft altijd iets overeind... ik bijvoorbeeld.'

Bij het cynische 'jullie bevrijders' hield Lotte op met kauwen. Hoeveel moeite ze ook deed zich een brandend Berlijn voor te stellen, steeds schoof Rotterdam ervoor, of Londen. Berlijn bleef abstract, een stip op een landkaart.

'Martin schreef Frau von Garlitz een brief: "Ik verbied u mijn vrouw eropuit te sturen in zulke omstandigheden."' Anna lachte. 'Maar het waren andere tijden. Naarmate de oorlog langer duurde werd voedsel steeds belangrijker.'

Lotte beaamde dit met volle mond van achter haar salade, die zo rijk gegarneerd was dat iemand in de hongerwinter er een week lang van had kunnen leven.

Lotte, opgeslokt door de moloch van het huishouden, kwam niet meer aan schuldgevoelens toe. Eindeloos roeren in gargantueske pannen met karnemelkse pap; ernaast stonden ketels met wasgoed te dampen, twee meter verder gloeide de strijkbout. De spil van de almaar uitdijende familie was ziek; er werd een gezwel in haar baarmoeder ontdekt dat acuut moest worden verwijderd. Voor de operatie nam ze drie van haar dochters – Marie, Jet, Lotte – apart: 'Jullie moeten me iets beloven... mocht er iets misgaan bij de operatie... en ik zou er opeens niet meer zijn... nemen jullie dan de zorg voor de onderduikers over... Ik ben bang dat pa in staat is ze in een kwaaie bui allemaal op straat te zetten. De laatste tijd dreigt hij er steeds mee... het wordt hem te veel...' Ze keek hen één voor één nadrukkelijk, bijna plechtig, aan. 'Ik heb hem steeds kunnen kalmeren... zijn aanvallen voor iedereen verborgen weten te houden... Die spanning zouden ze er niet bij kunnen hebben...'

Geschokt staarden ze haar aan. De gedachte alleen al benam hun de adem. Alledrie begrepen ze onmiddellijk dat de angst van hun moeder verre van ongerechtvaardigd was. Ze kenden hem langer. Op vaste tijden had hij behoefte aan ruzie, bij voorkeur ten koste van de kinderen, zijn grootste concurrenten. Waarom, op een dag, niet ten koste van de onderduikers? Natuurlijk waren het ook zijn onderduikers, maar zijn houding ten opzichte van hen was tweeslachtig. Toen er bij hun komst een appel op hem werd gedaan, kon hij het zich moeilijk permitteren te weigeren. Had hij niet een naam hoog te houden? Als muziekliefhebber – de Frinkels, opa Tak, Ernst Goudriaan? Als communist – Leon Stein? Van een blinde daad van het hart, een niet anders kunnen – zoals bij hun moeder – was bij hem geen sprake, hoewel hij natuurlijk zijn sentimentele buien had, mits de juiste achtergrondmuziek hem daarbij hielp.

Toen de patiënte bijkwam uit de narcose stonden Jet, Lotte en hun vader aan weerszijden van het bed. Bleek en angstwekkend teer lag ze tussen de lakens, het kastanjebruine haar waar grijze strepen doorheen liepen lag dof op het kussen. Haar blik was wazig, alsof ze nog steeds in de nevelige sferen van het niet-zijn vertoefde. Met onverwachte kracht greep ze de hand van haar man: 'Zorg je goed voor... voor iedereen,' fluisterde ze. Het was iets tussen een smeekbede en een bevel in. Lotte liep om het bed heen, ging naast haar vader staan en knikte namens hem, haar ogen dichtknijpend, alsof ze zich garant stelde voor ieders veiligheid tegenover de beruchte stemmingswisselingen van de heer des huizes. Die stond gekweld aan de bedrand te wachten tot hij eervol kon ontsnappen uit het ziekenhuis, het naar ether stinkende dodenpaleis waarin hij zich slechts ten koste van uitzonderlijke zelfopoffering vertoonde.

Bij haar thuiskomst was ze een schaduw van zichzelf. Ze was ernstig vermagerd; van haar oorspronkelijke vitaliteit, die mysterieuze oerkracht, leek niets over. Krampachtig lachend zocht ze haar weg door de kamer, steun zoekend bij tafelranden en stoelleuningen. Verguld dat zijn Eurydice wel was teruggekeerd uit de onderwereld draaide haar man *Orfeo* van Gluck voor haar, maar dat was dan ook zijn enige bijdrage aan haar herstel.Eefje had op haar verjaardag een lap blauw fluweel gekregen om poppenkleertjes van te naaien; ze had het kostbare geschenk diep weggeborgen in een geheime la op haar slaapkamer. Op een dag trok ze de la open en greep in een luchtledig. Met kloppend hart doorzocht ze andere laden, de hele slaapkamer, het huis. Huilend van ongeloof en teleurstelling deed ze de ronde langs alle huisgenoten. 'Hebben jullie mijn lap gezien?' werd een retorische vraag, die alles leek te symboliseren waar het hun door de schaarste aan ontbrak. Ten slotte gooide ze haar vlechten naar achteren en duwde de deurklink naar beneden van een kamer die ze tot dusver niet in haar onderzoek had betrokken omdat er al jaren, zelfs in de oorlog, een streng toegangsverbod gold: het elektrotechnisch heiligdom van haar vader. Vanaf de drempel keek ze beduusd naar een stilleven op de werkbank. Tussen fittingen, schroefjes, lampen, snoeren en zekeringen lag, verleidelijk als een fazant bij een zeventiende-eeuwse meester, een pakje roomboter te midden van vers brood, kaas en lever. Betrapt keek hij op, de kruimels van zijn mondhoeken vegend. 'Hoe haal je het in je hoofd,' riep hij met volle mond, 'hier zomaar binnen te vallen!' Haastig begon hij brood en kaas in te pakken. 'Maar ik zoek mijn fluwelen lap!' jammerde ze. Recht tegenover haar, aan de muur, hing een kaart van de wereld waarop met vlaggetjes de vorderingen van de geallieerden waren aangegeven. De kaart was vastgespeld op een blauwe lap die met kopspijkertjes op de muur gespannen was. 'Mijn lap, mijn lap...' wees ze onthutst. Met opgetrokken wenkbrauwen volgde haar vader haar trillende vinger. Was er voor een lap stof een glansrijker bestemming denkbaar dan als ondergrond te dienen voor de overwinningen van de geallieerden? Ze keerde hem de rug toe en rende snikkend naar beneden. Struikelend over haar woorden vertelde ze Jet en Lotte, die in de keuken bezig waren, wat ze had gezien, niet beseffend dat het grootste misdrijf niet het gappen van haar lap was maar het heimelijke genot van boterhammen met roomboter en kaas, terwijl iedereen honger had.

De herkomst van die delicatessen werd opgehelderd toen Lotte haar moeder bij de volgende controle in het ziekenhuis vergezelde en de arts haar apart nam om zijn verwondering en ongerustheid uit te spreken over het extreme ondergewicht van zijn patiënte – haar man had immers, op de dag dat hij haar kwam ophalen, een gestempelde kaart voor haar meegekregen die recht gaf op extra voedselbonnen? Het was bijna niet te dragen dit te weten; ze maakte Jet er deelgenoot van maar hield het verder voor iedereen zorgvuldig geheim. Het had een verlammende uitwerking op hen beiden – weliswaar hadden ze altijd geweten dat de grenzen van zijn egoïsme flexibel waren en seismografisch reageerden op zijn luimen en behoeften, maar dat er helemaal geen grenzen bleken te zijn was zo schokkend dat het hun bevattingsvermogen te boven ging.

'Ik ga de rest van de bonnen halen,' zei Lotte, 'als er tenminste nog iets van over is.' Voor het eerst viel er een barst in haar zelfbeheersing. Rustig nadenken, tactische strategieën, waren onmogelijk geworden. Ze was wat je noemt zichzelf niet meer, of misschien werd ze nu pas, eindelijk, zichzelf. Grimmig stevende ze naar boven, zonder kloppen viel ze zijn heiligdom binnen. Daar zat hij... hij rookte een sigaret van eigen kweek en keek verstoord op uit een illegale krant, die opengeslagen op de werkbank lag. Het leek of, onder haar schedeldak, twee afgebroken draden contact maakten... alsof eenentwintig jaren vervluchtigden... Ze zag een donkere gestalte die in de deuropening van een klaslokaal stond, zijn zwarte vleugels streng dichtgevouwen... 'Hoe durft u...' schalde zijn stem uit de verte,

'...tegen twee kinderen die zwakker zijn dan u...' Het was maar een flits, een echo, die opkwam en verdween, maar een sterke emotie achterliet. 'Hoe durft u...' zei ze met trillende stem, 'tegenover moeder, die zo zwak is...'

'Kom nog maar eens opnieuw binnen,' zei hij, 'en klop dan eerst.' Er ontstond kortsluiting tussen de twee draden... ze deed een stap naar voren en hield demonstratief haar hand op. 'Geeft u mij de rest van de bonnen die voor moeder bestemd waren...' Met stemverheffing voegde ze eraan toe: 'Onmiddellijk!' Hij begon vol ongeloof te lachen. 'Waar heb je het in godsnaam over...' zei hij onnozel. 'U weet heel goed waar ik het over heb.' Ze zou hem willen beschadigen, zoals hij daar zat en zich van de domme hield – te laf om ervoor uit te komen. Maar nog groter dan haar haat was haar minachting. Dit moest snel en efficiënt worden afgehandeld, daarna wilde ze er niets meer mee te maken hebben. Achter hem hing de landkaart, omlijst door blauw fluweel. Overal vlaggetjes, eigenzinnig geplant, alsof het persoonlijke overwinningen betrof. Duitsland, vlagvrij, had ogenschijnlijk niets met de oorlog te maken. Duitsland was een vacuüm, een zuigend gat waarin haar blik verdween. Hoeveel manieren waren er om jezelf te haten?

Hij lachte haar in haar gezicht uit. 'Geeft u die bonnen terug,' zei ze ijzig, 'anders vertel ik aan iedereen wat voor een schoft u bent.' De grijns verdween van zijn gezicht. Hij staarde haar aan alsof hij haar voor het eerst zag, overdonderd, nog niet in staat het te geloven. Toen begon het besef rood op te trekken in zijn nek, driftig rukte hij een la onder de werktafel open, rommelde er ongecoördineerd in en trok er een grotendeels verbruikt vel bonnen uit. Daarmee kwam hij dreigend op haar af. Lotte vertrok geen spier en bleef staan waar ze stond – ze voelde geen spoor van angst, wanneer hij erom vroeg zou ze hem pletten als een vlo. Driftig drukte hij het vel papier in haar hand. 'Een echte moffin...' siste hij, 'zo zie je maar, na al die jaren... nog steeds een echte moffin.' Ze had nog net voldoende kracht om, ogenschijnlijk beheerst, haar slaapkamer te bereiken. In een valse geur van parfum en dure zeep viel ze op haar bed neer. Haar hart bonsde in haar hoofd. Hoe wist hij haar zo genadeloos op haar zwakste plek te treffen... misschien omdat hij zelf in feite half... Ze was misselijk. Met gesloten ogen bleef ze liggen tot het kloppen achter haar slapen minder werd en het geronk van Engelse bommenwerpers tot haar doordrong die naar het oosten vlogen. Hoeveel manieren waren er om jezelf te haten?

Toen niemand het meer verwachtte verscheen de kapper met het bericht dat er voor opa Tak en zijn dochter een adres gevonden was, bij een molenaar die op een afgelegen plek in de polder woonde. Was het alleen om de oude man gegaan dan hadden ze het aanbod afgewimpeld, maar bij de gedachte verlost te worden van de dochter, die zich te mooi waande voor deze planeet en alle denkbare werelden, haalde iedereen verlicht adem. Laat op de avond bracht Marie haar op de fiets weg. De avond daarop volgde Lotte – de oude man, die niets woog, zat achterop en omklemde angstvallig haar heupen. Het vroor, de berijpte weilanden weerkaatsten het licht van de maan. Kromme, geknotte wilgen vormden aan weerszijden van het smalle pad een erewacht van langgeleden gestorven grijsaards die opa Tak in hun gelederen verwelkomden. Maar die leefde nog en zuchtte nostalgisch: 'Ach Lotte, wil je wel geloven... als ik jong was zou ik je kussen, hier, in de maneschijn...' Lotte draaide zich lachend om, de fiets zwenkte vervaarlijk. 'Als u nog meer ondeugende dingen zegt,' dreigde ze vrolijk, 'belanden we in de sloot.'

Met tegenzin stond ze hem af aan de molenaar, die in zijn lange witte ondergoed als een spookverschijning in de deuropening stond. Het was een onwezenlijke, verontrustende transactie. Opa Tak boog zich voorover en kuste de rug van haar verkleumde hand. Het laatste wat ze van hem zag was zijn kale kruintje dat glansde in het maanlicht, want een keppeltje, zoals zijn Perzische schoonzoon droeg, vond hij flauwekul.

De berichtgeving over wat er daarna met hem gebeurde bereikte hen indirect en verbrokkeld. Er zat een constante in: de snel aflopende levensdraad van de oude man. Zijn dochter kreeg last van claustrofobie in het platte, bevroren niemandsland waaraan haar charmes verspild waren; haar gemanicuurde nagels had ze tot bloedens toe stukgebeten. Toen de molenaar bezoek kreeg van zijn familie, die in een naburig dorp woonde, smeekte ze hen haar te redden van de dood door verveling en haar mee te nemen naar de bewoonde wereld. Men zwichtte voor haar wanhoop. Zo kwam ze in een dorpsstraat terecht – in een verleidelijke pose vatte ze post bij het raam. Wel tien keer per dag vroegen ze haar daar weg te gaan, omdat ze niet alleen zichzelf maar ook hen en een keten van mensen die zich in het verleden over haar hadden ontfermd in gevaar bracht. Maar voor Flora Bohjul was gezien worden een levensvoorwaarde; liever gaf ze zich aan en liet zich in een pikant gestreept gevangenispak uithoren door een charmante commandant, dan dat haar dagen tussen het kastje en de muur in een naar kool ruikende anonimiteit tussen haar vingers doorgleden. Ze glipte het huis uit en meldde zich bij de Ortskommandantur, erop vertrouwend dat ze dankzij haar huwelijk met een Perzische jood onschendbaar was. Toen dit bericht de molenaar bereikte zette hij, uit angst dat ze zou doorslaan, in het holst van de nacht haar vader het huis uit. Weggerukt uit zijn diepste slaap dwaalde hij ontheemd door de weilanden. Weer haalde de erebrigade van geknotte wilgen hem gastvrij in, maar hij zag noch hoorde iets – het enige waarnaar zijn organisme waarschijnlijk verlangde was een warm bed. Niemand wist hoelang zijn vrijheid die nacht nog geduurd had. In de ochtendschemering scheen hij de Duitsers uitgeput en verkleumd in de armen te zijn gelopen. Om zichzelf formaliteiten en de moeite van transport te besparen maakten ze, in de achtertuin van de villa waar ze waren ingekwartierd, met enkele kogels voor altijd een eind aan zijn moeheid.

Ontzetting heerste bij Lotte thuis. Een hoogbejaarde die

nauwelijks plaats innam op deze planeet. Waarom? En als er, vlak bij huis, zo onzorgvuldig werd omgesprongen met het leven van een oude man, wat was dan het lot van degenen die op transport werden gesteld? Voor Lotte had de ontzetting een dubbele bodem – wie had hem netjes afgeleverd bij degene die hem zijn moordenaars tegemoet zou sturen? Wie was, in haar zogenaamde onschuld, weer eens een willig werktuig in handen van de bezetter geweest? Pas op voor mij! Ik ben nog erger dan zij die openlijk oorlog voeren. Ik ben vriend en vijand in één. Ik? Er is geen ik, alleen een tweeslachtig, verraderlijk wij dat zichzelf, in zichzelf, bedriegt... Met een haast sardonische toewijding liet ze zich opslokken door het huishouden, zichzelf – haar verachtelijke zelf – domweg uitschakelend.

Alsof krokussen en uitbottende takken detoneerden met het fenomeen oorlog zette de lente vol aarzeling in. Ed de Vries deserteerde uit zijn onderduikadres om het kistje op te halen; hij had een paar dingetjes nodig die erin zaten, zei hij vaag. Lottes vader pakte een schop en groef een immens gat, verschuivingen in de aardlaag en de groei van boomwortels incalculerend, maar het kistje kwam niet naar boven. Misschien hadden ze zich in de boom vergist. Het werd op een andere plek geprobeerd. Hoe dieper de gaten werden, hoe groter de verdenking die hij op zich laadde. Hij trok het zich erg aan, zijn imago ten opzichte van de buitenwereld stond op het spel. Hij zette zijn kinderen aan het werk. Dagenlang prikten ze vergeefs met lange ijzeren pinnen in de grond. Max Frinkel adviseerde een gerenommeerde helderziende in de arm te nemen; voor de oorlog zat er een in de Curaçaostraat in Amsterdam. Lottes vader, allergisch voor alles wat met religie of het bovennatuurlijke te maken had, wuifde het voorstel cynisch weg. Het was zijn vrouw die, alweer voldoende hersteld om tegen zijn vooroordelen in te gaan, Lotte erop uitstuurde – je wist maar nooit.

Geen glazen bollen, speelkaarten, oosterse snuisterijen. De paragnost zag eruit als een boekhouder, in een grijs kostuum –

zijn kantoor was kaal en zakelijk. Ontnuchterd nam Lotte plaats aan zijn bureau. Ze keek hem afwachtend aan, niet wetend hoe te beginnen. 'U bent gekomen omdat er iets zoek is geraakt,' zei hij kalm, 'ik zal u vertellen: het ligt er nog. Er is een pad met bomen, evenwijdig daaraan staat nog een rij bomen...' Ze knikte beduusd. '...Daar ligt het... in de buurt van de vijfde boom... zou ik zeggen...' Het was alsof hij met haar in het bos rondwandelde en de plek en passant met zijn wandelstok aanwees. En dat zonder uiterlijk vertoon, zonder toverkunsten of rituelen. Hij sprak op een toon waarop men zakelijke gegevens meedeelde. Ze wist niet wat ze ervan moest denken, een beetje hocus-pocus had hem misschien geloofwaardiger gemaakt.

'Dan wil ik u nog iets vragen...' zei ze schuchter, een fotootje uit haar tas opvissend, 'kunt u misschien iets over ... hem... zeggen?' Hij nam het aan. Ze keek toe met een rust die haar zelf bevreemdde – ze kon zijn bevindingen altijd nog naast zich neerleggen. Hij nam de foto in zich op, wierp een blik op haar, op de foto, op haar – zonder haar te zien. De foto begon te trillen – het leek of degene die erop was afgebeeld uit eigen beweging tot leven kwam. Maar het was de hand die hem vasthield die trilde. De hele man begon te sidderen. Met ogen die bol waren van angst keek hij gebiologeerd naar de foto. Hij trok zijn stropdas los, veegde in het wilde weg over zijn voorhoofd. 'Ik... ik... kan 't u niet vertellen...' bracht hij zwaar ademend uit, de foto gekweld omkerend alsof hij de beeltenis niet langer verdroeg. Onderhands schoof hij hem in haar richting. '...Maar kunt u helemaal... niets zeggen...?' probeerde Lotte. Hij schudde zijn hoofd, met opeengeklemde lippen. Ze stopte de foto terug in haar tas en stamelde een beleefdheidsfrase. Terwijl ze de trap afliep bekroop haar een lichte schaamte omdat ze hem in die toestand achterliet.

7

Het was inmiddels een vertrouwd patroon: moe van het eten, het praten, het oprakelen van het verleden, moe van het luisteren, murw van de tegenstrijdige gewaarwordingen, verlieten ze een restaurant. Anna stak haar arm door die van Lotte, die het met een zekere gelatenheid toestond.

Ze bevonden zich op de Place du Monument. Aan de voet van het monument bleef Anna staan, zich vooroverbuigend om de tekst op de sokkel te lezen.

‘Cette urne renferme des Cendres provenant de Crématoire du Camp de Concentrations de Flossenburg et de ses commandos, 1940-1945.’ Zoals alle buitenlanders articuleerde ze overdreven.

Geërgerd door zoveel perverse, Duitse nieuwsgierigheid trok Lotte haar mee.

‘Mensch, Mensch, heb je nog steeds last van een slecht geweten...?’ riep Anna uit.

Nu werd ’t te gortig. ‘Jij draait de zaken mooi om!’ zei Lotte korzelig. ‘Ik heb helemaal geen slecht geweten, waarom zou ik? Dat ik indertijd alle schuld naar me toetrok... ik was jong en egocentrisch, dacht dat ik de spil was waar de wereld om draaide, dat ik invloed had op het lot van een ander. De hoogmoed van de jeugd...’

‘Daar zeg je iets...’ getroffen keek Anna haar aan, ‘zo was het bij mij ook, jong en egocentrisch, dat is heel raak omschreven... met hart en ziel betrokken was ik alleen bij die ene...’

Geërgerd schudde Lotte haar hoofd. De egocentriciteit uit haar jeugd kon niet zomaar op één lijn gesteld worden met die van Anna – er was een afgrond van verschil tussen die twee. Anna had een geraffineerde gewoonte om alles te verdraaien. Ze zuchtte. Ze kon niet zo gauw de argumenten vinden om deze aanmatigende gelijkschakeling te ontkrachten. Gepikeerd liep ze weg.

'Wacht... wacht... Lottchen...' smeekte Anna achter haar.

Dat klonk naar heel lang geleden, als kind al was ze sneller dan haar mollige zusje. Een vleugje jeugdsentiment dreigde boven te komen.

'Luister eens, wacht nou even... Ik wil je iets vertellen, iets waarvan je zult staan kijken... wacht...' Anna hijgde. 'Weet je dat ik de loop van de geschiedenis had kunnen veranderen? Er is een moment geweest waarop ik...'

Vermoeid draaide Lotte zich om. Die tactiek herkende ze ook van lang, lang geleden. Anna probeerde haar te verleiden door haar nieuwsgierig te maken: ik heb ergens een potje snoep ontdekt, een potje knikkers...

Anna haalde haar in. 'Er is een moment geweest,' grinnikte ze, 'dat de oorlog afhing van een onnozele huishoudster in West-Pruisen, een zekere...'

'Anna Bamberg,' zei Lotte laconiek.

'Je gelooft me niet.'

Meegevoerd door een karavaan vluchtelingen uit Berlijn, dat waarschijnlijk al niet meer bestond, keerde Anna terug op het landgoed. Frau von Garlitz kreeg een inkwartieringsbevel. Het slot stroomde vol ontheemde stedelingen, die allemaal van voedsel en schone kleren moesten worden voorzien en op Anna's glanzende parketvloeren probeerden het trauma van hun brandende, instortende stad te boven te komen.

Toen het slot al ruimschoots verzadigd was kwam daar nog de vrouw van een hoge officier bij, met een baby en een jengelende peuter.

'Mijn man is drager van het ridderkruis,' zo introduceerde Frau von So-und-So zich, erop rekenend dat alle deuren zich nu voor haar zouden openen. Wie veel mensen had omgebracht kreeg zo'n kruis, wist Anna. Wanneer op de radio vermeld werd dat iemand deze medaille had gekregen, zei Martin altijd: 'Daar krijgt weer iemand keelpijn', omdat de orde strak om de hals gehangen werd. Anna had geen idee waar ze de vrouw van de held moest onderbrengen. Tobbend liep ze over de binnenplaats totdat haar oog op de koetsierswoning viel, boven de paardenstallen. Tegelijk met de paarden was indertijd ook de koetsier verdwenen. Hij had een behoorlijke woning achtergelaten: een grote woonkamer, twee slaapkamers, een badkamer en een keuken. Hier kunnen we de topdame laten wonen zonder ons te hoeven generen, besloot Anna. Maar drie dagen later arriveerde er nog een jonge moeder, met baby en peuter – de vrouw van een fabrieksarbeider zonder 'von'. Anna redeneerde: als de adellijke dame één kamer afstaat, en ze delen collegiaal de badkamer en de keuken, dan kunnen ze samen in het koetsiershuis wonen. En passant, halverwege de trap naar boven, schoot ze Frau von Garlitz aan om toestemming. 'Wat?' riep die verontwaardigd. 'Je kunt een dame van stand toch niet opzadelen met een vrouw uit weiss-ich-was!' 'Ze is gewoon een moeder,' zei Anna kalm, 'met twee kinderen, niets anders, en die andere is ook een moeder met twee kinderen. Ze heeft altijd nog twee kamers voor zichzelf.' Frau von Garlitz keek haar aan alsof ze een gevaarlijke krankzinnige tegenover zich had. Ze schudde haar hoofd: 'Er komt niets van in.' Oorlog of geen oorlog, door een eigenzinnige huishoudster liet ze zich niet zomaar haar overtuiging afnemen dat er verschillende mensensoorten bestonden, die vanaf hun geboorte – ieder op hun eigen niveau – een verschillende lotsbestemming hadden en daarom in aparte werelden leefden. 'Dan geef ik haar mijn eigen kamers,' riep Anna. 'Geen sprake van!' Hun woordenwisseling schetterde door het trappenhuis, iedereen kon ervan meegenieten. 'Je bent een bolsjewiek!' slingerde de gravin haar naar het hoofd. 'Goed, dan ben ik een bolsjewiek.' Anna keerde haar de rug toe en liet haar staan waar ze stond. Onder aan de trap wachtte, met een bars gezicht, Ottchen, die zich van kindsbeen af voor zijn superieuren in het stof had gebogen. 'Hoe durf je zo'n toon aan te slaan tegen de gnädige Frau!' siste hij. Anna posteerde zich recht voor hem. 'Otto, ik zal je eens wat vertellen. Wat ik haar te zeggen heb, zeg ik haar recht in 't gezicht. Ik geef mijn leven voor haar, als 't moet. Jij buigt je rug krom, maar met een mes in je laars. Je zegt slaafs "Jawohl, gnädige Frau" maar tegelijk fonkelen je ogen van haat. Ik heb het wel gezien, mij maak je niets wijs.'

Voor de moeder, die niet wist welke stormen er boven haar hoofd woedden, vond Anna ten slotte een winderig kamertje op zolder, zonder kachel, zonder water, zonder raam. De onrechtvaardigheid hiervan ontnam haar alle lust haar werkgeefster nog op een menselijke manier tegemoet te treden. Ze had de gewoonte haar 's morgens te wekken, de gordijnen open te schuiven en vanaf de rand van haar bed een luchtige ochtendconversatie met haar te voeren. Voor Frau von Garlitz was dit een dierbaar ritueel dat haar verzoende met de zoveelste oorlogsdag in de nauwelijks beheersbare chaos die het landgoed in zijn greep had. Nu beet Anna haar een minachtende ochtendgroet toe, rukte de gordijnen open en verdween gehaast. Na vijf dagen hield de gravin het niet meer uit. 'Verdomde stijfkop,' riep ze unladylike vanuit haar hemelbed, 'kun je niet minstens goedemorgen zeggen?' 'Ik héb goedemorgen gezegd.' 'Ja ja,' ze ging rechtop in de met kant afgezette kussens zitten, 'maar hoe! Kom...' ze tikte met haar vingers op de bedrand, 'wees niet langer boos... ga zitten. Ga die vrouw maar halen en breng haar naar de koetsierswoning... doe wat je wilt... jij begrijpt sowieso meer van dat soort dingen dan ik...'

Op een zondag in maart zou een jongere zuster van de gravin in het huwelijk treden. Voor dag en dauw vertrok Frau von Garlitz met de kinderen naar het slot van haar ouders waar de bruiloft gevierd zou worden; haar man zou per vliegtuig vanuit Brussel naar Duitsland komen. Deo gratias, dacht Anna, eindelijk het rijk alleen. Terwijl ze zich in bed nog eens omdraaide speelde er een populaire schlager door haar hoofd: 'Das ist mein Sonntagsvergnügen, bis zehn Uhr im Bette, dann kriegt mich so schnell keiner 'raus...' Maar om negen uur werd er ongenadig op de deur van haar slaapkamer geroffeld. Het was Ottchen, van louter agitatie kwam hij nauwelijks uit zijn woorden. Het militaire vliegtuig dat Herr von Garlitz naar Berlijn zou brengen, was boven Bohemen neergestort, geen van de inzittenden had het overleefd. Anna was de schok snel te boven, ze maakte zich niet wijs dat ze bedroefd was. De enige om wie ze zich zorgen maakte was Frau von Garlitz. Die verscheen halverwege de middag alweer in de poort. Het huwelijk was afgelast. Met een bewonderenswaardige, aan haar stand verplichte zelfbeheersing – alleen haar neusvleugels trilden licht – deelde ze bevelen uit. Voor alles hield ze het hoofd koel: er moest een staatsbegrafenis worden voorbereid.

Anna werd in aller ijl naar Frau Ketteler gestuurd om haar persoonlijk op de hoogte te stellen van de tragische dood van haar oogappel. Met paard en wagen haastte ze zich naar de afgelegen villa; door een donkere tunnel van naaldbomen die een vochtig-kruidige geur afscheidden liep ze naar de personeelsingang. Ze duwde de deur open, er was niemand. Wel ging, met regelmatige onderbrekingen, de elektrische bel waarmee, via een pedaal naast de fauteuil van de vrouw des huizes, de dienstbode werd gesommeerd naar haar kamer te komen. Verwonderd liep Anna door de gang. Waar was het personeel? Hadden ze allemaal vrij op zondag? Wat had het dan voor zin hen op te roepen? Hoewel Anna de villa van Frau Ketteler niet kende, was het niet moeilijk haar kamer te vinden – ze hoefde alleen de bron van het staccatogeluid te zoeken. De deur stond op een kier. Ze keek een schemerige kamer in, spartentakken verdrongen zich voor de ramen. Op een Perzisch tapijt voor de haard, waarin een professioneel vuur brandde, lag de tante van Herr von Garlitz – op haar rug. Ze werd bereden door haar lievelingsherder, beiden verkeerden in een toestand van volle galop, wat het voortdurend aan- en afslaan van de bel verklaarde omdat ze boven op de pedaal lag. Blijkbaar had ze zich niet de tijd gegund deze voor de rit onder haar rug vandaan te halen. Anna hield haar adem in. Ze had nooit vermoed dat wat ze hier zag, van opzij beschenen door de vlammen, überhaupt zou kunnen bestaan en zelfs nu, terwijl ze ernaar keek, geloofde ze het niet. Met gefascineerde afschuw staarde ze naar het rood aangelopen gezicht van de dierenliefhebster – dit was een ongeschikt moment om haar lastig te vallen. De herder keek glazig in de verte. Ineens werd Anna bang dat hij lucht zou krijgen van haar aanwezigheid; ze vluchtte de gang in, het huis uit, tussen de antiseptische sparren door naar de gewone wereld waarin het schouwspel algauw een bizarre droom leek.

Terug op het slot zei ze Frau Ketteler niet thuis te hebben getroffen. De waarheid kreeg ze niet over haar lippen – men zou haar nog van perverse fantasieën verdenken. Bovendien was iedereen vervuld van het mysterie hoe het militaire vliegtuig boven Bohemen had kunnen neerstorten – dat lag toch ver buiten de route van Brussel naar Berlijn? Er waren die dag geen bombardementen geweest waarvoor men had moeten uitwijken. Heimelijk werd er gesuggereerd dat er een politieke noodzaak zou hebben bestaan Herr von Garlitz uit de weg te ruimen; er waren al vaker in diskrediet geraakte personen verongelukt. Anna bleef nuchter. Ze kon geen enkele reden bedenken waarom het leven van deze kwast het offer van een militair vliegtuig waard zou zijn. Toch raakte ook zij er langzaam van doordrongen dat er achter de algemeen geaccepteerde misschien een andere werkelijkheid schuilging: die van een steeds grimmiger oorlog met een eigen, onbegrijpelijke logica. Zoals er onder de buitenkant van Frau von Ketteler iets school dat volkomen, onvoorstelbaar anders was.

Na enkele dagen werd de kist met het stoffelijk overschot bezorgd. Hij werd aan de tuinman toevertrouwd. Die klampte Anna aan achter de heg en zei, schichtig om zich heen kijkend: 'Wist u dat er helemaal... niets in die kist zit...' 'O nee...' Anna deinsde achteruit. Met een verweerde hand, die een halve eeuw in de aarde had gewroet, voerde hij haar bij de elleboog mee naar een bijgebouw, waar de kist in het halfdonker op schragen stond. Hij was te klein om een volwassen man te kunnen bevatten. Toen ze hem optilden bleek hij ook nog merkwaardig licht, binnenin rammelde iets heen en weer. 'Wat het is weet ik niet,' fluisterde de tuinman, 'in ieder geval niet een heel mens.' 'Frau von Garlitz mag het niet merken,' zei Anna gejaagd, 'doet u er voor de begrafenis stenen in, zodat de kist evenveel weegt als een mens. Dat ding wordt straks gedragen. Bedek hem met vlaggen, smuk hem op met bloemen en groen...'

Tot diep in de nacht zat ze op haar kamer achter de naaimachine om uit een zwarte avondjapon van Frau von Garlitz een rouwjurk voor haar dochter, de veertienjarige Christa, te maken. 'Wat doe je, Anna?' klonk ineens dwars door het geratel van de machine, zwak en beroofd van iedere intonatie, de stem van de gravin. 'Christa heeft geen jurk voor de begrafenis,' mompelde Anna met drie spelden tussen haar lippen. Frau von Garlitz zakte in haar nachtpon neer op een stoel. Met een lege blik volgde ze Anna's handelingen. 'Wat zou ik zonder jou moeten beginnen,' fluisterde ze, 'niemand heeft zoveel voor me gedaan als jij.' Anna, die weinig ervaring had met het in ontvangst nemen van complimenten, bloosde tot achter de haargrens en zwengelde de naaimachine met verdubbelde kracht aan. Haar werkgeefster bleef knikkebollend zitten op de kaarsrechte stoel, alsof Anna haar enige, laatste toevlucht was. Haar hoofd zakte op haar borst – af en toe hief ze het met een schok op waardoor het leek of het prille weduwschap haar steeds opnieuw te binnen schoot. Anna's hoofd gonsde van de beslommeringen rond de teraardebestelling van de volgende dag: de staatsiegasten moest een bij hun stand en functie passend onthaal worden geboden, aan het militair ceremonieel mocht geen schakel ontbreken... de hele schertsvertoning ter nagedachtenis van een schertsfiguur moest feilloos verlopen.

Toen de zon opkwam was de jurk klaar. Naar bed gaan had geen zin meer; ze voelde een vreemde luciditeit die haar vermoeidheid oversteeg en haar zou beletten te slapen. Ze bracht een zwaar op haar leunende Frau von Garlitz naar bed en haastte zich naar beneden. Het werd een kille, glansloze dag. Iedereen hield zich aan het scenario, de officiële gasten speelden hun rol met een geroutineerde, abstracte waardigheid die deed vermoeden dat begrafenissen een evenveel voorkomend en vanzelfsprekend onderdeel van hun loopbaan waren als het bedenken van strategieën of het keuren van troepen. In de voorste gelederen, achter de vakkundig onder nazi-vlaggen en flora bedolven kist, liep met opeengeklemde kaken een afgezant van Göring, breed en massief als een tank. Frau von Garlitz, geflankeerd door haar kinderen, zweefde er als een zwarte engel achteraan, bleek en sereen en niet van deze wereld. Onder begeleiding van toespraken, waarin zijn verdiensten voor het vaderland breed uitgemeten en vol retoriek tussen de kastanjebomen verdwenen, werd de overledene bijgezet in het familiegraf op het landgoed waar hij geboren was – niet voor lang, zoals de geschiedenis zou leren.

Het slopende van de oorlog was, vond Anna, dat hij als vanzelfsprekend doorging en dat je bij geen enkele ramp of tragedie stil kon blijven staan. Meteen dienden zich weer nieuwe problemen aan die om een onmiddellijke oplossing vroegen. Voort, voort, voort, het ene tandrad greep in het andere. Er werd gewerkt, geploeterd, alleen om alles draaiende te houden in afwachting van... Van wat?

Er waren er ook die in opstand kwamen tegen die schijnbare onafwendbaarheid. Een maand na de dood van haar man ontving Frau von Garlitz op een avond merkwaardig bezoek. Vanachter haar raam op de eerste verdieping zag Anna een gezelschap heren arriveren – discreet maar doelgericht stapten ze naar de voordeur, een aktetas onder de arm. Er waren erbij die ze kende, militairen in burgerkleding die ook op de begrafenis waren. Ze werden in de grote hal, recht onder haar kamer, ontvangen; gemurmel van stemmen steeg naar boven door het heteluchtkanaal dat beneden in de schouw begon en ter hoogte van haar kamer een opening had.

Anna zette de inktpot op tafel, schroefde de dop van haar pen en boog zich over een velletje lichtblauw postpapier. Maar in haar hoofd ordenden de woorden zich slechts moeizaam tot zinnen, overstemd als ze werden door gespreksflarden die van beneden – blijkbaar zaten ze in een kring rond de haard – haar kamer binnendrongen. Er was herhaaldelijk sprake van Het Wolfsnest en de Bendlerkazerne. Een van de aanwezigen had zo te horen op beide locaties een missie te vervullen waarvan de details uitvoerig besproken werden en de timing tot op de seconde werd vastgesteld. Onder de beheerste, rationele toon waarop ze spraken beluisterde ze een ingehouden spanning die haar opmerkzaamheid verscherpte. De stem van Frau von Garlitz klonk er niet in mee; haar enige, typisch vrouwelijke aandeel was blijkbaar gelegenheid te bieden tot dit rendezvous. Hoezeer Anna ook probeerde wat haar ter ore kwam als niet voor haar oren bestemd te beschouwen, naarmate de avond vorderde en haar verdroogde pen steeds dadenlozer boven het papier zweefde, drong de betekenis van al die woorden zich aan haar op met een duidelijkheid alsof ze speciaal voor haar bestemd waren. Ze kreeg het koud – het begon bij haar voeten en kroop via haar benen op tot aan haar middel. Maar in haar hoofd heerste het koortsige besef dat zij, als enige op de wereld, op de hoogte was van een adembenemend stoutmoedig plan. Een plan dat diep zou ingrijpen in de orde der dingen en veranderingen teweeg zou brengen, te duizelingwekkend voor haar alleen om te bevatten. Haar hoofd voelde topzwaar aan, de belasting was te groot. Uit plotselinge eenzaamheid overwoog ze alles wat ze gehoord had aan het blauwe papier toe te vertrouwen, maar haar pen haperde bij de gedachte dat het levensgevaarlijk kon zijn een brief met dergelijke inhoud aan de posterijen toe te vertrouwen. Dus bleef ze roerloos zitten tot de visite afscheid genomen had en een onheilspellende stilte achterliet in het slot dat binnen zijn muren, naast het bed van de onfortuinlijke keizer, nu ook een geheim borg waarvan het tijdsmechanisme was ingesteld.

Als door een onzichtbare hand geleid waren ze in de patisserie met de ongeëvenaarde merveilleux beland. Aan de andere tafeltjes lepelden gesoigneerde leeftijdgenoten hun gebakjes met dameshapjes naar binnen, genoeglijk over alledaagse dingen babbelend. Waarom waren Lotte en Anna gedoemd, op deze leeftijd, eindeloos in die oorlog te wroeten, in een geschiedenis die toch geen keer nam?

Over hun lege gebaksschoteltjes heen keken ze elkaar afwachtend aan. 'Wat ik toen door de schoorsteen hoorde is precies zo uitgevoerd,' verbrak Anna, zoals te verwachten, de stilte, 'dat heb ik jaren later gelezen – op die ene, onvoorziene toevalligheid na natuurlijk. Ze hadden genoeg van de zondagsschilder. Met de catastrofe van Stalingrad is het begonnen, toen is er een ommekeer gekomen in de gezindheid van de nationalistische adel, want ook hún zonen sneuvelden daar. Het was uit met de grote droom. De militaire experts onder hen kregen door dat de oorlog niet te winnen was, hun landgoederen liepen gevaar als de Russen kwamen, hun hele status was in gevaar. Zo is de samenzwering ontstaan. Frau von Garlitz, waarschijnlijk onder invloed van haar vader – die felle Pruis van de ouwe garde met zijn connecties – heeft haar diensten aangeboden. En ik, in mijn dienstbodenkamertje, hoorde hen beneden praten alsof ik erbij zat! Alle samenzweerders waren er en beraamden de aanslag tot in de kleinste details. Als ze niet zo'n verschrikkelijke pech hadden gehad zou het gelukt zijn. In de Bendlerkazerne in Berlijn was alles in kannen en kruiken – op een wachtwoord zouden de militairen in opstand komen, de regering gevangennemen, een coalitie vormen en meteen de vrede aanbieden. Schluss met de oorlog! Was het gelukt dan was Martin nog in leven geweest, en miljoenen anderen, veel steden waren heel gebleven. Ik had een totaal ander leven gehad. Of het een beter leven geweest zou zijn weet ik niet, interessanter zeker niet – mijn god, als huisvrouw in Wenen! Maar dat zag ik toen allemaal niet. Ik was heel erg geschrokken, wist niet wat ik doen moest. Ik was gezagsgetrouw, al had ik geen fiducie in de Führer. Ik geloofde in de noodzaak van gezag, nog steeds trouwens, ik gaf zelf leiding... daarin ben ik erg Duits, dat geef ik toe. De zondag daarop kwam Martin. Ik vertelde wat ik had gehoord. Hij werd bleek om zijn neus. "Hou je mond hierover," zei hij, "je hebt niets gehoord. Helemaal niets. God geve dat het lukt!"'

Lotte bestelde nog een potje thee. 'Toch doet het er, achteraf bezien, niet veel toe of je het plan zou hebben doorverteld of niet,' bagatelliseerde ze Anna's geheimhouding, 'de aanslag was sowieso mislukt.'

Anna was het niet met haar eens. 'Als ik het in dat stadium had verraden, was er misschien een alternatief plan beraamd dat wel geslaagd zou zijn. In dat geval had ik dus beter niet kunnen zwijgen...'

Op deze speculatie volgde een heilloze discussie waarin het woordje 'als' in de betekenis van 'indien' vaak voorkwam. In zelfbedachte varianten zetten ze de loop van de geschiedenis alsnog naar hun hand, op een ruzieachtige toon omdat het Lotte er voornamelijk om ging Anna tegen te spreken. Moe gekibbeld verlieten ze ten slotte het etablissement; Anna geagiteerd en uitgeput – het scheen onmogelijk haar zuster ooit te overtuigen (met welk geschut moest ze dan komen?), Lotte geërgerd vanwege het feit dat Anna zichzelf een centrale rol toedichtte in een zaak die zich verder volkomen buiten haar om had voltrokken.

8

'Als jij op dit moment een revolver in je hand had en Hitler kwam de hoek omlopen zou je hem dan neerschieten?' Leon Stein keek haar met een gekweld lachje aan. Ze wandelden door het bos, hij was een hoofd kleiner dan Lotte. Op klaarlichte dag slenterde hij koelbloedig door het beukenlaantje en gaf haar een arm, alsof ze verloofd waren. Die koelbloedigheid maakte deel uit van zijn overlevingsstrategie – tot nu toe had hij alle huzarenstukjes overleefd. Over zijn eigen dood zat hij niet in, met die van een ander sprong hij zorgvuldiger om. 'Ik denk van wel,' zei ze aarzelend, 'maar ik weet niet of ik het ook echt zou kúnnen.' Ze passeerden de bomenrij die, de voorspellingen van de helderziende ten spijt, nog steeds over het geheim van het kistje waakte. Op zijn aanwijzingen hadden ze uitputtend gezocht maar niets gevonden, de aarde was er rul en oneffen alsof kolonies mollen elkaar het territorium hadden betwist. 'In de buurt van de vijfde boom' was ook wel erg vaag.

'Ik zit met een probleem...' zei Leon, 'een maand geleden hebben we een joods gezin – man, vrouw, kinderen – ondergebracht op drie aparte adressen. De vrouw is in de tussentijd verraden en opgepakt, maar na korte tijd weer vrijgelaten. Sindsdien loopt ze ongehinderd op straat en zijn een aantal van ons gearresteerd: degenen die haar bonkaarten, een persoonsbewijs, een onderduikadres hebben gegeven. We hebben haar gevolgd, we kunnen het bewijzen. Je begrijpt dat we niet rustig gaan afwachten wie het volgende slachtoffer zal zijn.' Hij keek haar aan met enigszins geloken ogen alsof hij vanuit een halve slaaptoestand sprak. 'We hebben een beslissing genomen, ze wordt geliquideerd.' Zijn arm haakte zich nog strakker in de hare. 'Soms is het noodzakelijk één leven op te offeren om andere levens te redden.' Lotte keek hem geschrokken aan. 'Om mijn familie te redden zou ik ook tot veel in staat zijn, denk ik...' 'Daarom juist,' knikte hij. 'Wie moet het doen?' vroeg ze na een lange stilte. De kleine man die zich niet kon veroorloven op grote vragen het antwoord schuldig te blijven schopte met de punt van zijn schoen tegen een boomwortel die over het pad liep. 'Dat is het hem nou juist.'

Na enkele dagen afwezigheid keerde hij gehaast terug; in zijn brillenglazen schitterden verontrustende lichtjes. Tijd om hem iets te vragen was er niet. 'Er komt een razzia,' hij wuifde met zijn hand in een onbestemde richting, 'ze kunnen ieder ogenblik hier zijn.' In huis ontstond de gebruikelijke chaos. Zij die officieel niet bestonden, die geen vierkante centimeter van de aardbodem in beslag mochten nemen, losten op in het niets. Het kaartspel, nog warm van hun handen, de verboden boeken die ze lazen, hun onopgemaakte bedden – ze hadden een verbluffende routine in het uitwissen van onbestaanbaar leven. Het gewone Hollandse gezin dat er woonde wijdde zich met demonstratieve ijver aan de dagelijkse werkzaamheden, in de hoop dat het oorverdovende gebons van hun hart onopgemerkt zou blijven.

Ze verkeerden in de veronderstelling dat, als gewoonlijk, ook Ernst Goudriaan in de schuilplaats achter de spiegel zat totdat hij in een lange leren jas, met een plunjezak op zijn rug en beslagen brillenglazen in de keuken verscheen, waar Lotte voor de vorm de afwas deed. 'Ik kom afscheid nemen...' Hij stak een trillende hand uit. Lotte veegde haar handen af aan haar schort. 'Afscheid? Hoezo?' 'Ik... ik... hou het niet meer uit...' stamelde hij, de bril van zijn neus nemend en weer opzettend, 'ik... die spanning... steeds weer... ik... ik ga weg...' 'Weg?' herhaalde Lotte, zich in postuur voor hem zettend, 'je loopt ze regelrecht in de armen! Hoe haal je het in je hoofd – je verraadt ons allemaal!' Schichtig schudde hij zijn hoofd. 'Ik heb arsenicum bij me...' stelde hij haar gerust. Haar mond viel open. 'Arsenicum...' ze gaf iedere lettergreep nadruk, '...je bent niet goed snik... geef hier die jas en die tas...' Gebiedend stak ze haar hand uit. Hij stond roerloos tegenover haar. Klonken er stemmen in de verte? Hondengeblaf? Motorgeronk? In plaats van zijn ogen zag ze alleen zijn mallotige beslagen glazen, daaromheen zijn smalle gezicht, wit en strak van spanning – misschien moest hij eens flink door elkaar gerammeld worden. Ze hypnotiseerden elkaar, een stille krachtmeting met steeds dichterbij komende achtergrondgeluiden. 'Kom...' beval Lotte. Ze begon aan zijn tas te sjorren, hielp hem uit zijn jas – ineens liet hij haar begaan, als een hond die tegen zijn instinct ingaat uit blinde gehoorzaamheid aan de baas. 'Maar ik ga niet meer in die kast,' riep hij opstandig. Zonder zich nog te laten tegenhouden draaide hij zich om en liep onbesuisd de keuken uit, de tuin in, rechtstreeks naar zijn atelier, Lotte met de jas en de tas achterlatend.

Er stopte een overvalwagen voor het huis. Een dozijn soldaten begon zich volgens een potsierlijk strikte regie te verspreiden. Sommigen posteerden zich als macabere wachters op strategische punten om eventuele vluchtwegen af te sluiten, anderen doorzochten het huis en vertoonden zich voor de ramen om te controleren of er gecamoufleerde kamers waren. Een officier stevende, onder de appelbomen door, op het tbc-huisje af. In de ouderlijke slaapkamer liet men zich door de vrouw des huizes naar het raam met de drie boogjes tronen om het uitzicht over de weilanden en de bosrand te bewonderen. De strakblauwe lucht en de zon, die tussen de takken door scheen, leken het gevaar te ontkennen. Lotte, gebiologeerd door de stilte en onbeweeglijkheid rond het atelier, liep voortdurend naar het raam in de verwachting Ernst Goudriaan met opgestoken handen en een geweer in zijn rug naar buiten te zien komen. Ten slotte hield ze het niet meer uit en ging dezelfde weg die ze de officier had zien gaan. Door het raam aan de achterkant keek ze quasi achteloos naar binnen. Ernst, zijn bril halverwege zijn neus, hield een half voltooide viool omhoog en wees ergens naar, begeesterd uitleg gevend. De officier had zijn pet op de werkbank gelegd en luisterde geboeid, af en toe knikkend en over zijn kin strijkend. Lotte opende de deur, verstrooid keken ze beiden over hun schouder. De Duitser streek met zijn middelvinger liefkozend over het blad van een viool die aan de muur hing: 'Ein sehr schöner Lack...' 'Die maak ik zelf, zonder kleurstoffen...' zei Ernst trots. 'Wunderbar, wunderbar...' riep de ander euforisch. Hij ging rechtop staan en haalde met gesloten ogen diep adem: 'Es riecht auch gut hier...' ontdekte hij, 'herrlich...!'

Onthutst trok Lotte zich terug. Met grote stappen, haar voeten willekeurig neerzettend, liep ze naar de keuken. Maar nog voordat ze de deur bereikte werd ze overspoeld door een gevoel van triomf: het ene moment nog was hij bereid vergif in te nemen uit angst voor de bezetter, het volgende ogenblik wijdde hij hem in – vol geestdrift – in de geheimenissen van de vioolbouw. Een wonderbaarlijke, alchemistische transformatie die haar alle gevaar deed vergeten. Ze wilde juist het huis binnengaan toen, achter haar, vioolmuziek klonk. Een vurige, door de ziel snijdende passage uit een concert van Beethoven steeg op uit het atelier en drong tussen de lichtblauwe planken door. De soldaten, hun belangstelling voor het inwendige van het huis verliezend, dromden samen in de tuin om het muzikale intermezzo van de officier te beluisteren. Ze luisterden gedisciplineerd, alsof het een onderdeel van de krijgstucht was. De zon glinsterde in de knopen van hun uniformen. Nu de razzia werd opgeluisterd met een beroemd concert kwam ook Lottes vader naar buiten om met zijn handen in zijn zakken mee te luisteren. Nadat de laatste klanken waren weggestorven werd het stiller dan ooit tevoren, totdat een ekster krassend opvloog van een tak en de officier dromerig het atelier verliet. Dronken van de muziek schommelde hij tussen de fruitbomen door. Ineens kreeg hij zijn ondergeschikten in het vizier; hij streek met een hand door zijn verwarde haardos, zette zijn pet op en trok een gezicht dat bij de oorlog paste. 'So...' zei hij bars, 'worauf wartet ihr...'

Het motorgeronk stierf weg. Zij die niet bestonden kwamen bezweet en gekreukt tevoorschijn en gaven lucht aan hun verbazing over de wonderbaarlijke interventie van Beethoven, die zelfs achter de spiegel te horen was geweest. Max Frinkel raakte niet uitgepraat over de macht van de muziek. Alleen Ernst Goudriaan zat nog steeds in zijn atelier en schaafde een bovenblad. 'Je hebt de commandant verleid...' zei Lotte verrukt; ze ging tussen de houtkrullen zitten. 'Dankzij jou...' grijnsde hij. '...Ze doet gewoon de afwas, zei ik tegen mezelf toen ik naar de werkplaats liep. Als de onderduikers worden ontdekt heb je grote kans dat de hele familie tegen de muur wordt gezet en toch doet ze gewoon de afwas. Waarom, dacht ik, zou ik dan niet verdergaan met schaven? Iemand die aan 't werk is heeft iets onaantastbaars, iets onkwetsbaars... alsof hij zich daarmee buiten de oorlog plaatst...' Ze zweeg verlegen. De lof die hij haar toezwaaide liet haar niet onverschillig. Dat ze, voor de afwisseling, het lot van een ander nu eens positief had beïnvloed bracht haar in aangename verwarring. 'En hij speelde ook nog een solo voor je...' zuchtte ze, als afleidingsmanoeuvre. Ernst knikte. 'Een enthousiaste amateur. Hij zei: als we niet midden in een oorlog zaten kocht ik deze viool van u.' Met ambachtelijke trots herhaalde hij: 'Hij wilde een viool van me kopen!'

Het voorval krikte haar op en bracht haar debet-creditbalans weer enigszins in evenwicht. Gelouterd door de gedachte dat deze onderduiker eigenlijk aan haar toebehoorde sinds ze hem van zijn belachelijke kamikazeactie had weerhouden, bood ze geen weerstand aan het gevoel van verliefdheid dat haar, als een schijnbaar vanzelfsprekend gevolg, overspoelde: op hem en op alle handelingen die nodig zijn om een viool te bouwen: zagen, schaven, schuren, polijsten, lakken... Dat de achterbladen van fraai gevlamd Joegoslavisch esdoornhout waren, de toetsen daarentegen van ebbenhout, dat een slechte lak de toon beïnvloedde, dat de zijkanten met stoom gebogen werden: het vertederde haar allemaal, zoals ze ook van de stank van beenderlijm hield die gebruikt werd om van de verschillende onderdelen een geheel te maken. Maar het allermooiste aan hem was wel dat hij in geen enkel opzicht op haar vader leek.

In een gids ter bevordering van de faam van Spa als badplaats staat te lezen: 'De kuurgasten in Spa moeten het dagelijkse leven vergeten. Zij worden aangespoord om volgens een trager en regelmatiger ritme te leven. Zij worden opgenomen in een verzorgend en beschermend milieu, dat nauw verbonden is met de medische wereld, die toch een symbool is van vertrouwen en zekerheid.'

De twee zusters lapten al deze goede bedoelingen aan hun laars. Van 'een traag en regelmatig ritme' kwam niets terecht. Naarmate ze elkaar meer en meer deelgenoot maakten van hun tegenstrijdige levens, namen de spanning en het besef van de onherroepelijkheid van het verleden toe. Het was de laatste kans tot toenadering en verzoening die hun geboden werd. De een wilde, vanuit een diepe behoefte, maar al te graag – de ander, vanuit een minstens zo diep wantrouwen, zette zich nog steeds schrap. De oorlog overwoekerde hun kuur. Ze riepen spoken op en de spoken kwamen... met hun gerafelde zielen, in een verwoest landschap, onder loodkleurige luchten, in een geur van kruit en fosfor... één grote aanklacht tegen de verramsjing van het recht om te leven, de vrijheid, humaniteit, christelijke naastenliefde... waarden die ooit een betekenis hadden, woorden uit een archaïsche taal, een Esperanto van de naïveteit. De spoken trokken voorbij in kolonnes en lieten diep uitgesleten sporen na.

Weliswaar lagen Anna en Lotte in de Salle de Repos languit op hun rustbanken, maar ze hielden hun ogen niet gesloten en luisterden niet naar het gekoer van de duiven. Omdat er die ochtend geen andere patiënten waren gingen ze horizontaal gewoon door met de oorlog.

'De twintigste juli, de dag waarop Hitler niet vermoord

werd,' zei Anna, 'herinner ik me als de dag van gisteren. Frau von Garlitz had de radio aan, ze wist natuurlijk precies hoe laat het gebeuren zou. Er kwam een korte melding van de aanslag, verder niets, ze had erop zitten wachten. "Gott sei dank!" riep ze, uitzinnig van vreugde, "das Schwein ist tot!" Het schalde door de gangen en trappenhuizen. Ik bleef stokstijf staan. Meteen daarop kwam Ottchen doodsbleek tevoorschijn en zei: "De Führer leeft, hij spreekt nu voor de radio." O mijn God, dacht ik, laat niemand Frau von Garlitz gehoord hebben. Het huis zat vol vreemden! Pas later kwamen we te weten wat er was misgegaan. De Führer, die bij besprekingen nooit zijn plaats verliet, is om de tafel heen gelopen, naar de andere kant – vlak voordat de bom afging. De daders werden meteen gearresteerd, Von Stauffenberg is diezelfde dag nog doodgeschoten. De heren die ik met aktetassen op de stoep had zien staan, er was een neef van Frau von Garlitz bij, hebben het geen van allen overleefd. Al die hoge officieren van goeden huize die de Schweinerei niet meer wilden... de meesten van hen zijn opgehangen in Plötzensee, aan vleeshaken.'

'Een expositie...'

Anna knikte. 'Als afschrikwekkend voorbeeld. Hun vrouwen en kinderen zijn afgevoerd naar kampen. Ze hebben meteen grote schoonmaak gehouden en radicaal alles waar een luchtje aan zat opgepakt en afgevoerd.'

'En Frau von Garlitz?'

'Niemand heeft geweten dat zij erbij betrokken was.'

'Ik lig op mijn rug en zie de vliegtuigen overvliegen,' schreef Martin uit Normandië. Hij had twee foto's bijgesloten. Op de ene zat hij in militaire jas op de rotsen van Mont Saint Michel, uitkijkend over zee naar Engeland – de ander toonde hem zittend op de vleugel van een neergestort Engels vliegtuig met een ster op de zijkant. Een week later belde hij onverwacht op: 'Ik ben vlakbij, ik ben hier, in Stettin.' Zijn verbindingsgroep was opgeheven, in een Wehrmachtkazerne aan de Oostzee zouden ze een korte opleiding tot infanterist krijgen. De inventieve compagniechef, die ooit het illegale verlof uit de Oekraïne had geritseld, bedacht een nieuwe list. Alle echtgenotes ontvingen een telegram met het bericht dat hun man ernstig ziek was. Met dit officiële papier op zak, dat een reis naar het noorden legitimeerde, stapte Anna op de trein. En weer rees er aan het eind van de rit, toen de trein sterk naar één kant overhelde, een steile grijze muur op. Wat zouden ze daar nou weer achter verbergen, dacht Anna. Het wonderwapen waarover op de radio hoog werd opgegeven schoot haar te binnen, het wapen waarmee Duitsland de oorlog zou gaan winnen. Achter die muur stonden misschien wel V-2's opgesteld! Maar er verschenen rimpels in de reusachtige muur, hij bewoog – tegelijk met een zwenking van de trein kiepte hij om en plotseling zag ze, voor het eerst van haar leven, een oneindige grijze watervlakte waar een schip op dreef.

De trein stopte in een badplaats. Er stapten opvallend veel jonge vrouwen met twee koffers uit. Je kon er vergif op innemen dat de ene koffer kleren bevatte en de andere volgepropt was met etenswaren. Weifelend sjouwden ze op het pleintje voor het station heen en weer totdat ze ontdekten dat ze een gemeenschappelijk probleem hadden: hoe kwamen ze met hun zware koffers bij het hotel? Twee bruingebrande vrouwen die een naar vis stinkende handkar met zich meetrokken stapten, na zoekend rond te hebben gekeken, op Anna af, een van haar huwelijksfoto's omhooghoudend. 'Bent u Frau Grosalie?' 'Ja,' zei Anna verbouwereerd. 'Uw man heeft ons gestuurd, we moesten u afhalen en de koffers meenemen.' Zonder haar reactie af te wachten namen ze haar koffers over en laadden ze in de kar. De andere vrouwen barstten los in scheldkanonnades: waarom had hun man niets voor hen geregeld? 'Lieve hemel,' riep Anna, 'wat geeft 't. We laden de kar vol en duwen hem met z'n allen!' Een kluit vrouwen, in zomerjurken met oorlogsbloemetjes, duwde de topzware kar over de hobbelige keien naar het strandhotel. Martin bleek de vorige avond op het strand zijn probleem aan een visser te hebben voorgelegd en met hem te hebben geregeld dat Anna, in ruil voor sigaretten, van het station zou worden afgehaald.

Het hotel stond ferm op een duintop en leek de zee te tarten: kom maar op. De kazerne stond drie kilometer verderop; elke avond ging de compagnie zwemmen met toestemming van de commandant. Ze lieten hun uniformen achter op het strand, wandelden drie kilometer in hun natte zwembroek en brachten de nacht door bij hun vrouw op haar hotelkamer. Op een warme avond gingen Anna en Martin zwemmen, zoals ze dat ook in het meer hadden gedaan. Rimpelloos weerkaatste de waterspiegel het licht van de maan. In een kalm, gelijkmatig tempo zwommen ze naast elkaar voort, het element water gaf een gevoel van vrijheid alsof de oorlog alleen op het land zijn rechten deed gelden. 'Ik heb daarnet op de radio gehoord,' zei Martin met onverholen vreugde in zijn stem, 'dat de Russen al in Oost-Pruisen zijn.' 'Dan kan het niet lang meer duren...' Anna spuugde een hap zeewater uit. Hij dook onder en kwam een stukje verder weer boven. 'Als die domme oorlog afgelopen is,' riep hij proestend, 'kunnen we eindelijk voorgoed naar Wenen!' In een opgewonden roes zwommen ze verder, totdat Martin zich omdraaide en verbaasd zei: 'We zijn wel erg ver van de kust.' Werktuiglijk keek Anna om. Een onwerkelijk witte streep aan de horizon was alles wat er nog van de kust over was. Ze keerden om en begonnen in alle gemoedsrust terug te zwemmen. Maar toen de streep geen millimeter dichterbij leek te komen kregen hun slagen een verbetener karakter. De maan vergezelde hen onbewogen. Martin keek steeds om, haar aanmoedigend vol te houden. Het zeewater was zwaar, het leek of er met elke slag liters moesten worden verplaatst. Ze raakte buiten adem; naarmate ze verwoeder probeerde kalm te blijven sloeg de paniek heviger toe. De streep land bleef zich gedistingeerd op een afstand houden. 'Martin...' riep ze zwak – ze verdween onder water, kwam weer boven, 'laat me maar...' 'Ik help je...' Hoewel zijn stem van ver kwam voelde ze zijn arm rond haar schouders, '...we kunnen toch niet vlak voor het eind van de oorlog verdr...' klonk het ineens veel dichterbij. Ze gaf zich aan hem over. Haar tijdsbeleving raakte verstoord. Ze wist niet of het uren of minuten waren die verstreken voordat hij niet genoeg kracht meer had om hen beiden boven water te houden. Vaag klonk zijn hulpgeroep tot haar door, dat over de oppervlakte van het water scheerde. Ze had er vrede mee samen met hem te verdwijnen, te worden opgeslokt door de moederzee en nooit meer iets te hoeven. Ongemerkt, zonder weerstand, liet ze zich een stil niemandsland binnen sluizen.

Een eeuwigheid later lag ze op haar rug in het zand, dat nog warm was, en blies iemand zijn adem bij haar naar binnen. Een misselijkmakende tegenzin stroomde tegelijk met het terugkerende leven door haar aderen. Met een ruwe handdoek werd ze droog en warm gewreven. Waarom hadden ze haar niet gelaten waar ze was, het beviel haar daar uitstekend. Maar Martin zat naast haar, blauwwit in het licht van de maan, en lette angstvallig op de terugkeer van levenstekenen onder de vaardige handen van hun redder, een sergeant van zijn compagnie die de schouders en biceps van een gladiator had – Martin liet zelfs toe dat hij haar tot leven kuste. Ze kon nog niet weten dat ze enkele maanden later, terugblikkend op deze avond, opnieuw zou worden verteerd door spijt over de tussenkomst van de ijverige sergeant, die het haar niet gegund had samen met Martin op te lossen in het niets.

De volgende dag kwam er aan de illegale vakantie abrupt een eind: de Waffen-ss had zijn oog laten vallen op het groepje infanteristen in opleiding. Overstuur holden ze die avond naar het hotel. Ze hadden schoon genoeg van de oorlog, de naderende vrede zong al in hun hoofd, ze vertikten het toe te treden tot het corps van fanatiekelingen. Martin trommelde met zijn vuisten op het kussen. Wat konden deze orthodoxe militairen, deze ijzervreters in wier vocabulaire het woord overgave niet voorkwam, anders van plan zijn dan hen voor te bereiden op collectieve zelfmoord? Ingesloten door de Engelsen en de Amerikanen aan de ene kant en de Russen aan de andere, zouden ze er niet voor terugdeinzen naar Oudgermaanse gewoonte het offer van jonge krijgers te brengen om de goden alsnog gunstig te stemmen. Het was de eerste en laatste keer dat hij in opstand kwam. Anna wiegde hem heen en weer, zonder overtuiging proberend hem te kalmeren. 'We hebben niets in te brengen...' capituleerde hij ten slotte fluisterend, 'niets.'

De compagnie vertrok naar Neurenberg. Van boven bij de Oostzee dwars door het Duitse Rijk naar beneden, in wagons die bedoeld waren voor het transport van goederen of vee. De vrouwen reisden mee tot Berlijn – alleen Anna niet, Martin stond niet toe dat zijn vrouw zonder enige vorm van accommodatie zou reizen. 'Geen sprake van,' zei hij hoogmoedig, 'er is geen toilet, geen kraan. Mijn vrouw reist niet in een veewagon als een dier.' Geërgerd stapte hij in. Ze moest maar wachten op de volgende personentrein. Anna schoof de koffer met levensmiddelen achter hem aan. 'Waar is dat voor...?' zijn blik schampte langs de koffer. 'Levensmiddelen,' zei Anna. Hij zette hem terug op het perron. Anna tilde hem op en deponeerde hem weer in de trein: 'Neem mee, ik krijg genoeg te eten.' Zijn lippen opeenklemmend werkte hij het ding de trein uit. Moet dit ons afscheid zijn, dacht Anna. Het vertreksein klonk, Martin kneep haar gezicht fijn tussen zijn handen en kuste haar smartelijk. Handenwringend bleef ze achter op het perron, ingeklemd tussen de koffers.

Het nieuws dat de Russen in Oost-Pruisen waren zinderde in de zomerhitte, op de ene plaats angst, op de andere heimelijke vreugde teweegbrengend. In en rond het slot bleef alles bij het oude, het boerenbedrijf en het huishouden draaiden op volle toeren – een door de oorlog aangezwengeld perpetuum mobile. Maar de Russische krijgsgevangenen en Poolse dwangarbeiders, fluisterde Wilhelm, verkeerden in een staat van permanente opwinding, die ze alleen met een uiterste aan collectieve zelfbeheersing voor hun bewakers verborgen wisten te houden. Anna knikte, het kon nu niet lang meer duren.

Ze stonden in de moestuin, achter een hoge rabarberplant. Hij pakte haar handen en bracht zijn gegroefde kop tot vlak bij haar oor, ze dacht dat hij haar ging kussen. 'Waarschuwt u de Gnädige Frau... op de dag dat de Russen ons komen bevrijden zullen de Polen alles wat Duits is hier doden. Het zijn patriotten, ze willen zich wreken voor wat hun land is aangedaan. Iedereen wordt vermoord, alleen u niet. Naar u zullen ze geen vinger uitsteken, dat hebben ze ons beloofd. De Russen beschermen u.' 'Maar Wilhelm...' stamelde Anna, 'dat kun je niet menen... Frau von Garlitz... en de kinderen... die hebben toch niets gedaan...' Hij sloeg zijn ogen neer, liet haar handen los en liep weg met afhangende schouders alsof er aan elke arm een bal van lood hing. Anna staarde naar de krachtige stengels van de rabarber, de associatie met barbaren drong zich op. De verzorgde moestuin, de gladgeschoren gazons, het blinkende slot, het hagelwitte wasgoed dat roerloos aan de lijn hing... van de mogelijkheid dat deze vanzelfsprekende orde verstoord zou worden kon ze zich geen voorstelling maken. De menselijke spil van deze orde, de bewoners van het slot, de familie wier naam sinds de zeventiende eeuw aan deze plek verbonden was, Ottchen, mamselle, de poetsvrouwen en kamermeisjes, zelfs de vluchtelingen – al die mensen met wie ze dag in dag uit te maken had zouden moeten boeten? Wat hadden ze gedaan? Voor het eerst bekroop haar het gevoel dat de bevrijding waarnaar ze reikhalzend uitzag misschien helemaal geen bevrijding zou zijn, dat de oorlog gewoon door zou gaan – met een ander masker op. Ze kwam in beweging, liep regelrecht naar Frau von Garlitz. Die reageerde verbaasd noch geschokt. Ze had allang begrepen dat de horden uit het oosten geen bevrijding zouden brengen, haar evacuatieplan lag klaar.

Er kwam een brief van Martin, een SS-brief uit een SS-kazerne. De Russen naderen West-Pruisen, schreef hij, neem ontslag en ga naar Wenen – dat is veiliger, daar hoor je thuis. Een nuchtere, verstandige boodschap. Martin, die al zes jaar als een zigeuner door Europa trok, sprak over haar vertrek van het landgoed alsof het een willekeurige verandering van standplaats betrof. Alsof ze niet, voor het eerst in haar leven, banden moest doorsnijden. De band met haar werkgeefster, de twee kinderen, het personeel – haar surrogaatfamilie, dit logge, beproefde, nukkige samenraapsel waaraan ze in de loop der jaren gehecht was geraakt. Het gerenoveerde slot, haar eigen schepping, kon het geen dag zonder haar stellen. Moest ze dat allemaal achterlaten, ten prooi aan...?

Ze liet alles achter, met tranen en beloftes werd er afscheid genomen. Frau von Garlitz was aangedaan en gekwetst alsof haar eigen moeder haar in de steek liet, de kinderen klampten zich als aapjes aan haar vast, de poetsvrouwen snoten hun neuzen, Ottchen snoof luidruchtig om zijn minachting te betuigen voor personeelsleden die hun functie niet als roeping voor het leven beschouwden – stuurs klom hij op de bok. Met haar vertrek liep een tijdperk ten einde, dat voelde iedereen en niemand wist wat ervoor in de plaats zou komen.

Anna hees zich met haar eeuwige koffers omhoog en reed met rode ogen de slotlaan uit, de poort door, nog eenmaal wuivend. Ze reden de Friedrichziaanse dorpsstraat in, aan weerszijden vormden uitgeteerde Russische krijgsgevangenen in hun versleten pakken een erehaag, zwaaiend met hun blauwgeruite zakdoeken. Hun bewakers keken gereserveerd toe. Wilhelm stond vooraan, met een gepijnigde grijns van oor tot oor. Ze stonden er als de laatste getrouwen van een koningin die naar het schavot wordt gevoerd. De koningin van de zakdoeken, de tandpasta, de kammetjes waaraan enkele tanden ontbraken, barstte in tranen uit. Wilhelm deed een stap naar voren om haar zijn zakdoek aan te reiken. Het was het laatste wat ze van het dorp zag, door een floers, de wachters aan weerszijden met traag zwaaiende lapjes, hun getekende gezichten – wie verdween uit wiens leven? Toen eindigde het dorp en begonnen de velden en was er alleen de verlatenheid – op Ottchen na die ondoorgrondelijk naar het heen en weer schommelende achterwerk van het paard staarde.

'Ja, ze hielden van mij,' besloot Anna.

Lotte reageerde niet, ze kon al die bewieroking niet rijmen met haar eigen beeld van Anna dat minder flatteus was. Anna romantiseerde het verleden. 'En...' zei ze wrevelig, 'heeft Wilhelm gelijk gekregen?'

'Het is gegaan zoals hij voorspelde. Het slot is geplunderd, velen hebben het niet overleefd. Frau von Garlitz is met de kinderen en enkele getrouwen 's nachts over het ijs van de Oder naar het westen gevlucht. Jaren later heb ik het van mamselle gehoord, die ik bij toeval op het spoor kwam.'

'En het slot, heb je dat nog wel eens teruggezien?' Lotte, met haar zwak voor oude huizen, was ondanks zichzelf benieuwd.

'Praat me er niet van!' Van pure ergernis ging Anna overeind zitten. 'De Polen hebben dezelfde mentaliteit als die dikke wasvrouwen toen ik op het landgoed aankwam. Ze weten daar niet wat werken is. Dat wordt nooit wat, zeg ik je.'

Niet ingesteld op zittende, druk pratende kuurgasten protesteerde het bed met heftig gekraak.

'Ik was met een vriendin in Polen, vorige herfst, met de auto. Warschau, Krakow, Auschwitz, Zakopane, Poznán. Ik kreeg een ingeving. "Laten we naar het dorp gaan waar ik in de oorlog werkte." "Maar dat bestaat toch niet meer," sputterde mijn vriendin tegen. "Natuurlijk is het er nog," zei ik, "het heet alleen anders." We gingen op zoek, zonder kaart, in een gebied met Poolse plaatsnamen die geen enkel houvast boden. Ik voer louter op mijn geheugen: een knoestige boom, een oude schuur, een driesprong die me bekend voorkwam, waren in dit lege land mijn enige oriëntatiepunten. Ineens reden we door een lange rechte straat met kastanjebomen – vervallen boerderijen, kippen op straat, aangeschoten kerels op de stoep van het postkantoor, dat ook dorpscafé was. Ik stapte uit en vroeg naar het dorp, het bij zijn oude naam noemend. Ze keken me onverschillig aan zonder te antwoorden. Er viel een miezerig regentje dat alles nog armoediger maakte. Ik liep wat door de dorpsstraat, bleef staan voor een kolossaal, verwaarloosd huis van... een herenboer, dacht ik. Er groeide gras in de scheefhangende goten, de verveloze luiken hingen uit hun hengsels, sommige ramen waren dichtgetimmerd, het afdak boven de voordeur werd krakkemikkig gestut, overal afbrokkelend pleisterwerk – op een stoppelig grasveld scharrelden ganzen, verderop in de modder wroette een varken, een schurftige kettinghond liet zijn tanden zien. Ik dacht aan de onberispelijke boerderijen bij ons in Duitsland. Kijk, zei ik bij mezelf, zo gaan de Poolse boeren met hun bedrijf om. Die können das einfach nicht. Er kwam een bejaarde man aanlopen. Ik schoot hem aan, weer liet ik de oude naam vallen. Door dikke jampotglazen staarde hij me aan alsof ik een geestverschijning was, toen begon hij langzaam te knikken. "Jetzt Stockow..." zei hij in gebroken Duits. Ik knikte met hem mee, van plotselinge opwinding. "Familie von Garlitz?" Hij zei niets. "Het slot, waar is het slot gebleven?" Hij glimlachte – hij had een verbrokkeld gebit, de arme man. "Das Schloss...?" herhaalde hij verbaasd, "maar dat is hier... recht voor u..." Ik stond ervoor en keek ernaar en herkende het niet. Stel je voor!'

Anna had een rood hoofd gekregen. Het leek of de muren van de Salle de Repos bol stonden van de verontwaardiging die van haar afspatte. Ze spreidde haar mollige armen: 'Vroeger stond er een muur omheen en was er een park met oude bomen. Alles weg. Daar lag het slot, kaal, deerniswekkend, tussen de modder en doorgeschoten gras. Ik kan je niet vertellen wat er door me heen ging. Het was alsof ik mijn laatste restje vertrouwen in de mensheid – en daar is al niet veel meer van over – kwijtraakte. Alsof alles, alles, voor niets was geweest. "Kan ik het huis van binnen zien?" vroeg ik, "ik heb daar gewerkt in de oorlog." Hij knikte, maar ik weet niet of hij het begreep. Sinds het eind van de oorlog woonden er twaalf Poolse gezinnen in het slot, legde hij uit, het bedrijf was een coöperatie geworden.'

Ze haalde haar neus op: 'Zo'n kolchoze. We kregen toestemming om een deel van het slot van binnen te bekijken.

Mijn God, wat een beproeving. We begonnen in de hal, diezelfde hal van de samenzwering. Waslijnen waren er dwars doorheen gespannen, er hingen vergeelde lakens en hemden aan. De muren waren grauw, de plavuizen gebarsten. We openden de deur naar de eetzaal. Ik sloeg een hand voor mijn mond. "Kijk toch eens, mijn parketvloer!" riep ik. Daar lag mijn trots en glorie, mijn eindeloos met boenwas gewreven pronkvloer – uitgedroogd en gebarsten, er ontbraken zelfs hele stukken. Er stonden een paar roestige fietsen tegen de muur, een magere bleekrode kat maakte zich met de staart tussen zijn poten uit de voeten. Ik werd er duizelig van, wil je dat geloven. "Laten we naar buiten gaan," smeekte ik, "bitte." Door een lege, onheilspellende gang – zonder loper, verveloze muren zonder jachttaferelen – liepen we naar de achterdeur, bijna struikelde ik over een emmer vuil sop. Buiten haalde ik diep adem. "De begraafplaats," opperde ik, "daar moet toch nog iets van vroeger te vinden zijn." De oude man schudde zijn hoofd. "Alles kaputt," mompelde hij. Ik liep naar de plaats waar we Herr von Garlitz, of wat er voor hem door moest gaan, ter aarde hadden besteld. De oude paden waren nog intact, maar op de plaats van de graven gaapten donkere, door klimop en hondsdraf overwoekerde gaten. Hier en daar lag een brokstuk marmer. Volwassen struiken bogen zich er met hun takken overheen alsof ze de schaamte wilden bedekken. "Zelfs de doden hebben ze niet met rust gelaten," riep ik. 'Alles kaputt gemacht," zei mijn begeleider berustend. Zo was het, ze waren zo wraakzuchtig dat ze zelfs de graven, die teruggingen tot in de zeventiende eeuw, niet ongemoeid konden laten.'

'Maar dat is toch heel goed te begrijpen,' zei Lotte over de rand van haar deken, 'ze hadden er toch genoeg redenen voor.'

'Ja ja,' zei Anna ongeduldig, 'maar toen ik daar stond en in die gapende holen keek begreep ik er niets van.'

Het bleef even stil. Toen zei ze, op een toon alsof ze een intiem geheim aan Lotte toevertrouwde: 'Ik heb een kastanje opgeraapt, een grote, glanzende kastanje. Die heb ik altijd bij me, als herinnering aan toen... toen ik eigenlijk heel gelukkig was... zonder het te beseffen.'

Wenen. In Wenen ben je veilig, schreef Martin. Toen Anna arriveerde pakte haar schoonvader juist zijn koffers. 'Ik ga naar Neurenberg,' verklaarde hij, 'de SS nodigt de ouders uit om een kijkje te komen nemen.' Na enkele dagen kwam hij voldaan terug: 'Over Martin hoef je je geen zorgen te maken, hij heeft het reuze naar zijn zin. Er heerst orde, er heerst kameraadschap, ze hebben gloednieuwe spullen gekregen. Iedereen is vriendelijk en beleefd.' 'U speldt me wat op de mouw,' zei Anna wantrouwend. 'Ik zweer het je, hij voelt zich als een vis in het water.' 'Hij haat ze toch, die nazi's.' 'Je zult het zelf wel zien, de echtgenotes worden binnenkort ook uitgenodigd.'

Ze kreeg een reisvergunning; in de laatste week van augustus vertrok ze voor veertien dagen. Bombardementen hadden niet veel van Neurenberg overgelaten, maar het door de SS in beslag genomen pershotel stond nog onbeschadigd overeind. Voor de echtparen was een luxesuite gereserveerd – 's morgens kregen de militairen een lichte training, de rest van de dag lag aan hun voeten. Ook de kazerne was een eiland van rust te midden van de chaos. Alles blonk en glansde – er heerste respect, zowel voor de mensen als voor de dingen. Haar schoonvader had niet overdreven: Martin, die zo van goede manieren, van netheid en wellevendheid hield, kwam er ruimschoots aan zijn trekken. Ze buitten het onverwachte samenzijn uit, het waren net wittebroodsweken – de legerleiding vertroetelde haar jongste telgen. Af en toe viel er een bom naar beneden, een schoonheidsfoutje waar ze allang niet meer van opkeken. Het werd een manie elkaar te fotograferen: Martin, goedgemutst, in zijn uniform – Anna in een crèmekleurig, tot mantelpak omgebouwd voormalig tenniskostuum van Frau von Garlitz.

De vrouwen van het Oostzee-avontuur waren er allemaal.

Met fatalistische gretigheid genoten ze van elke dag, elke nacht die hun gegeven werd – op een van hen na, die Anna in een wanhopige huilbui toevertrouwde dat haar ouders haar hadden verboden zwanger te worden van iemand die misschien spoedig dood zou zijn. 'Elke avond moet ik hem mijn rug toedraaien,' snikte ze. Anna, zelf nog steeds vurig uitziend naar tekenen van zwangerschap, sprak haar moed in. 'Als hij zou sneuvelen, is het toch een geweldige troost wanneer je tenminste nog een kind van hem hebt... maar waar praten we over, de oorlog is toch bijna afgelopen! Dan komen ze naar huis en leven we samen onder één dak en...' lachend stak ze een dreigende vinger op, 'dan wordt 't pas echt oorlog, Liebchen.'

Martins bezorgdheid om haar welzijn nam soms groteske vormen aan. Op een ochtend troffen de vrouwen elkaar in het zwembad. Terwijl Anna op haar rug in het water dreef kwam een van hen aanrennen: 'Eruit, eruit, er komt een kolonne militairen aan!' Haastig hesen ze hun natte lichamen op het droge en vluchtten naar de badhokjes. Anna keek verwonderd om zich heen en dreef ontspannen verder, zonder aandacht te besteden aan het, vanuit de verte, snel in volume toenemende gezang. Pas toen de officieren op het punt stonden een duik te nemen bekroop haar het gevoel dat haar aanwezigheid in het water misschien ongewenst was. Met lome slagen zwom ze naar de kant. In een decent zwart badpak dat haar weelderige vormen weliswaar bedekte maar niet aan het oog onttrok wandelde ze tussen de officieren door naar de badhokjes. In het voorbijgaan zag ze het hoofd van Martin met samengeperste lippen en een vuurschietende blik. 's Middags barstte hij los, hoe kwam ze erbij zich als enige vrouw in badpak aan al die mannen te vertonen? Ze haalde haar schouders op. 'Gewoon, ik was aan het zwemmen.' Diep gekrenkt schudde hij zijn hoofd. 'Mijn vrouw... tussen al die kerels.' 'Het zwembad is toch van iedereen,' lachte ze onschuldig. 'Mijn vrouw doet zoiets niet.' 'Blijkbaar wel.' Hun ideeën over betamelijkheid waren onverzoenbaar. 'Ik wil niet dat ze grappen over je maken, ik ken ze toch.' Ze kreeg het er benauwd van. 'Als je zo doorgaat laat ik me van je scheiden,' flapte ze eruit, om hem de mond te snoeren. Hij schrok zo hevig, en op zo'n aandoenlijke manier, dat ze hem door spijt en medelijden overmand om de hals vloog. Het was dwaas om te bekvechten over onbenulligheden, de tijd drong.

De laatste nacht werd ze bevend en klappertandend wakker. Martin, die ook in zijn slaap op haar stemmingen reageerde, deed zijn ogen open en trok haar naar zich toe. 'Je bent bang...' Zijn stem was donker van de slaap. Ze legde haar hoofd op zijn borst. 'Ik weet niet wat het is.' Hij drukte haar stevig tegen zich aan. 'We moeten er over praten,' zei hij kalm, 'ik denk dat dit het moment is. Luister. Miljoenen vallen in deze rotoorlog, tot nu toe ben ik de dans ontsprongen. Wie garandeert dat dat tot het einde toe zal lukken? Waarom, er zijn er al zoveel gestorven, waarom ik niet? Voor mij is het niet erg om dood te gaan, dat gaat heel snel, maak je geen zorgen. Het enige wat erg is voor mij, is dat ik jou dan niet meer kan helpen. Ik weet wat er dan met je gebeurt, ik weet het precies. Je bent zo teer als porselein, maar niemand weet het. Je speelt altijd de sterke en de stoere, maar in werkelijkheid ben je gevoelig en kwetsbaar en heb je mij nodig. Maar ook als ik er niet meer ben moet je leven. Beloof me één ding: maak er geen eind aan. Ik kijk je niet meer aan als je zelfmoord pleegt! Ik groet je niet meer!'

Het was stil in de kamer, op het kloppen van zijn hart aan haar oor na. Het was uitgesloten dat dit kloppen op zou kunnen houden, van het ene op het andere moment – dat er een verband zou kunnen bestaan tussen de dingen waarop hij zinspeelde en het dierbare kloppen van dit hart en dit warme, ademende lichaam dat niet alleen van het leger, maar ook van hem en van haar was. Het welzijn van dit lichaam was zo nauw verbonden met dat van het hare dat ze niet wilde horen wat hij zei en toch grifte het zich in haar geheugen, woord voor woord.

'Ik wil ook niet dat je in zak en as blijft zitten voor de rest van je leven. Ook als ik dood ben wil ik een mooie vrouw hebben. Beloof je dat? Ik zal je zeggen wat je moet doen. Je doorstaat het alleen als je anderen helpt die er nog slechter aan toe zijn. Ga in een lazaret werken of zo, alleen dan overleef je het, ik ken je toch...' In plaats van troost en moed te zoeken bij haar voor de mogelijkheid dat hij vlak voor de vrede nog zou sneuvelen, gaf hij haar in alle gemoedsrust een handleiding voor de rest van haar leven. Voor haar angst kwam afweer in de plaats en ten slotte een immense rust – hij had een cocon van veiligheid en onkwetsbaarheid om hen heen gespannen waarin een vreedzame, vertrouwelijke stilte heerste – waarin leven en dood natuurlijk in elkaar overvloeiden. Ineengestrengeld vielen ze in slaap, ineengestrengeld werden ze 's morgens wakker.

Het was stralend weer. Martin had er nog nooit zo goed uitgezien: bruingebrand, opgewekt, vol goede moed. Anna hing uit het raam van de in beweging komende trein, hij holde mee en zwaaide. 'Auf Wiedersehen in Wien, diese Scheisse ist sowieso bald zu Ende!' riep hij monter. Ze verstijfde – uit de mond van een ss-officier was een dergelijk vertoon van optimisme onvergeeflijk. En dat schalde over het perron! Ze kneep haar ogen samen in de angstige verwachting dat ze hem op zouden pakken. Haar hart bonsde. Maar hij stond er nog steeds en zwaaide en niemand deed hem wat.

Zo veilig was Wenen niet. Om de Duitse troepen in de Balkan de terugweg af te snijden lieten de Amerikanen een brede baan van bommen neer die dwars door Wenen liep. Omdat ze 's nachts de Alpen niet over durfden vlogen ze alleen overdag. De ramen van de nieuwe woning sprongen, Anna spijkerde ze dicht met karton. Het alarm klonk, ze rende naar de dichtstbijzijnde schuilkelder, onderweg zag ze een oude vrouw wegduiken in een portiek. 'Wat doet u daar...' schreeuwde Anna, haar aan een arm meesleurend, 'kom, vlug de kelder in.' Het was dringen daarbinnen. 'Sta eens op,' zei ze tegen een jongen, 'ik heb hier een oude dame.' Het blokhoofd, verantwoordelijk voor de bescherming van de burgers bij luchtaanvallen, beende op haar af. 'Wat bezielt u?' 'Hoezo?' vroeg Anna, 'wat heb ik gedaan?' 'Weet u wie u daar bij u heeft?' Ze keek naar de vrouw die ineengedoken zat als een vogel in de winter. 'Dat kan me niet schelen, gewoon, een oude vrouw.' 'Een halfjodin!' blafte hij. 'Nou én...' ze haalde haar schouders op, 'daar zit een hond, zou een arme oude vrouw er dan niet in mogen?' Van alle kanten werd ze met angstogen aangestaard, wat een roekeloosheid om het tegen een blokhoofd op te nemen. Hij spande zijn kaakspieren. Ze keek hem uitdagend aan, hij sloeg zijn ogen neer en droop af naar een andere hoek van de kelder alsof zijn aanwezigheid daar dringend gewenst was.

De hele maand wachtte ze vergeefs op een brief. Begin oktober schreef ze hem: 'Ik zit hier met een pen in mijn hand, maar heb het gevoel dat ik in de leegte praat.' Om zich te troosten kocht ze een bos asters. Met de bloemen in de hand beklom ze de trap naar haar woning, halverwege kwam ze de buurman tegen die gewoonlijk luidruchtig groette met een rollende Weense r, maar nu bedeesd zijn pas versnelde. Ze opende de deur, tot haar verbazing wachtte haar schoonvader haar op in de huiskamer. 'Na, weer geen post,' zuchtte ze met een blik op de lege tafel. 'Jawel,' zei hij, met zijn hoofd in de richting van het buffet wijzend, 'er is wel post.'

Er lag een pakketje. Ze boog zich eroverheen en las: Nachlass-sache. Wild scheurde ze het open. Bovenop lag een enveloppe, ze rukte de brief eruit. 'Liebe Frau Grosalie... Als Kompagniechef habe ich die Pflicht Sie vom Heldentot Ihres Mannes zu benachrichtigen...' Koortsachtig las ze verder. '...In de Eifel... granaatvuur...' De brief eindigde met: 'Im Glauben an den Endsieg und an die gerechte Sache dieses Krieges verbleibe ich mit... Heil Hitler! ss-Hauptsturmführer, Kompagniechef...' De asters vielen op de grond. 'Es ist nicht wahr,' ontkende ze op rustige toon de inhoud van de brief. Ze begon rondjes te lopen, om de tafel, om haar schoonvader heen, steeds harder, steeds opstandiger, ''snichwa, snichwa...' roepend, alsof ze door een rituele afwijzing van de werkelijkheid de feiten ongedaan kon maken. Catatoon bleef ze dezelfde woorden herhalen, totdat haar schoonvader erin slaagde haar naar de sofa te drijven. Daarboven hing een ingelijst portret van Martin, ze tilde het van de muur. Met de foto op schoot wiegde ze heen en weer. Wat een smakeloze paradox – het ondraaglijke moest op de een of andere manier verdragen worden. Ze sleepte zich door het huis, wilde iets donkers aantrekken, zag een afstotelijke vreemde in de spiegel – de krullen van haar permanent waren op slag verdwenen. Ziezo, het haar was al aan het afsterven, nu de rest nog.

Ze had hem niet beloofd dat ze zou eten! Dagenlang at, dronk, sliep, huilde ze niet. 's Nachts dwaalde ze rond tussen de gehavende woonblokken alsof ze er iets zocht. Ze wilde alleen nog daarheen waar hij was, anders niet. Haar beheerste schoonvader, die in opdracht van zijn vrouw bij haar in huis bleef, probeerde haar gedrag te zien als een normale fase in het rouwproces. Hij bracht een lange weduwensluier voor haar mee voor de dodenmis in de Karlskirche. Waar ze twee jaar geleden in een witte sluier door het middenpad naar voren geschreden was liep ze nu, wezenloos, in een zwarte. 'De Duitse laat geen traan...' hoorde ze in de kerkbanken fluisteren. Als een doofstomme liet ze de klanken van het *Requiem* over zich komen.

Na een week staakte haar schoonvader zijn chaperonnade. Omdat hij alleen niet bij machte was een eind te maken aan haar hongerstaking liet hij haar beloven die zondag bij hem thuis te komen, in de hoop dat zijn vrouw haar ertoe zou kunnen overhalen iets te eten. Aarzelend ging ze naar buiten. De wereld was onaangedaan door zijn dood, in zijn stad was zelfs geen schaduw van hem over. Ze was alleen, in een vreemde stad, het was oorlog – dat waren de feiten. In die constellatie was geen plaats voor haar, zo goed als er in haar leven geen plaats was voor de feiten. Slaapwandelend liep ze het centrum in, langs de Ring, de schitterende Ring, langs het theater, de

Hofburg, de opera. Ze liep achter zichzelf aan in de richting van de Karlskirche uit een vage behoefte aan religieuze steun, maar vooral in de desperate hoop dat Hij haar een teken zou geven, een bevestiging van Zijn alomtegenwoordigheid – een bewijs van Zijn bestaan. Ternauwernood kreeg ze de zware deur open. De zondagsmis was net begonnen. De stem van de pastoor galmde door de koepel, het barokke goud trilde mee. Aanvankelijk was ze niet in staat de inhoud tot zich te laten doordringen – verzwakt van het vasten schoof ze ergens in een bank. Eindelijk binnen de uit haar jeugd vertrouwde muren van de moederkerk dreigde ze in te dommelen – een gevolg van het langdurige slaapgebrek. Maar ineens schrok ze op uit haar sluimer. 'Iedere dode aan het front...' dreigde de stem, '...en ieder verwoest huis hier... is een straf voor onze zonden...' Een straf? Hoe haalde hij het in zijn hoofd, de idioot! Dit was de onwaarachtigste, de wreedste boodschap die ze ooit van de kerk had ontvangen. In protest stond ze op. Ze slaagde erin langs de rijen naar achteren te lopen. Ondanks haar zwakte had ze net genoeg kracht om de zware deur met een demonstratieve klap dicht te laten vallen. Nog natrillend van woede liep ze de trappen af. In een reflex keek ze om: aan weerszijden stond nog steeds een engel, ieder droeg haar eigen kruis en staarde onwetend voor zich uit over de wereld.

En verder ging ze. De Hitler-Jugend marcheerde met splinternieuwe vlaggen geestdriftig over de Ring. Anna, in haar zwarte sluier, strompelde erlangs. Een van de jongens versperde haar de weg: 'Heil Hitler!' Ze staarde zwijgend voor zich uit. 'Kunt u de vlag niet groeten!' snauwde hij. Hij was zeker een kop groter dan zij, ze tikte hem op zijn borst: 'Ik zal je eens wat zeggen. Voor diezelfde vlag is mijn man zojuist gestorven.' Ze schoof hem opzij en vervolgde haar weg. Zich uitputtend in verontschuldigingen kwam hij haar achterna. Anna keek niet op of om, ze had een staat van ontreddering bereikt die haar ongevoelig maakte voor andermans schaamte.

Ze wist niet hoe ze het huis van haar schoonouders bereikte. Toen de deur geopend werd zakte ze op de drempel in elkaar. Al die tijd was ze op het punt van flauwvallen geweest, maar haar organisme had decent gewacht op een geschikt moment. Men legde haar op de divan. Vanuit haar schemertoestand hoorde ze geruzie in de aangrenzende kamer. 'Je hebt je niet om haar bekommerd...' klonk de stem van haar schoonmoeder, 'je hebt Martin beloofd dat je voor haar zou zorgen en nu stort ze hier onder onze handen in elkaar.' Anna dreigde weer weg te zakken. Er werd een pot sterke koffie gezet. Een kop met echte bonenkoffie werd onder haar neus heen en weer bewogen. Anna zelf reageerde niet, het waren primitieve levensgeesten die, uitgedaagd door deze onweerstaanbare prikkel, haar ertoe aanzetten haar mond te openen en een slok te nemen. Al even werktuiglijk at ze een stuk koek. Zo werd de zelfmoordgedachte heel banaal verdreven met koffie en koek, om plaats te maken voor gewoon ongelukkig zijn. Dat kende ze nog, daarmee was ze jarenlang vertrouwd geweest.

Nu moest de tweede helft van de belofte nog worden ingelost. Voor de met karton afgetimmerde woning waar ze het huwelijk in haar eentje voortzette stopte een zwarte Mercedes met het SS-teken erop. De SS zorgde goed voor haar mensen. De SS- en politiechef van het Donaucommando voor sociale zorg kwam de weduwe condoleren; hij was vriendelijk, wist feilloos de woorden van troost te vinden waarvoor ze vergeefs de Karlskirche was binnengelopen, vroeg of hij iets voor haar kon doen. 'Ik wil graag in een lazaret werken,' zei Anna toonloos, 'dat heb ik hem beloofd. Maar in mijn Arbeitsbuch staat "Huishouding" daarom zal ik nooit in de verpleging geplaatst worden.' 'Komt u naar het bureau, dan geven we u een officiële verklaring,' beloofde hij, vol medeleven haar hand drukkend.

Na het door alle omwonenden gesignaleerde hoge bezoek was Anna voor de straat niet langer 'die Duitse', maar 'Die SS-tante'. Naarmate de bombardementen in hevigheid toenamen en Hitler meer terrein verloor werd ze steeds openlijker gestigmatiseerd. Zo gaat dat, sprak ze zichzelf moed in, zolang het goed gaat roepen ze Hosanna, als het de verkeerde kant opgaat is het: kruisig hem. Ze meldde zich op het arbeidsbureau. Daar lagen de benodigde papieren al klaar. 'Frau Grosalie is wees, en kinderloos, en zou omdat haar man nu gevallen is graag als Rodekruiszuster ingezet worden. Ik verzoek u om vrijstelling, en om haar Arbeitseinsatz bij het Duitse Rode Kruis niets in de weg te leggen. Oberscharführer Fleitmann.'

Bij het Chalet du Parc, waar ze vanuit het Thermaal Instituut naartoe wandelden, stond een vrouw van steen die, omsingeld door soldaten, probeerde een bajonet af te weren. Er was geen tekst bij, zelfs geen opsomming van namen. Anna en Lotte, elk in hun opstaande kraag gedoken, bleven staan.

'Waar is... Martin eigenlijk begraven?' vroeg Lotte.

'In Gerolstein, op een militair kerkhof. Maar eerst in...'

'Hebben ze hem dan niet naar huis laten brengen?'

'Ben je gek. Hij is in de Eifel uiteengereten door een artilleriegranaat. Ze hebben hem bij elkaar geraapt en in de grond gestopt. Dacht je dat ze de doden naar huis brachten, in 1944, hoeveel doden waren er niet! In Rusland, in Frankrijk, in de Ardennen, overal lagen ze in het rond, de rompen hier, de benen daar. Kom hou op. Het is nog een wonder dat ze schreven waar hij lag.'

Lotte zweeg gekwetst. Anna sloeg een toon tegen haar aan alsof ze onnozel was, alsof zij, Anna, het alleenrecht had op die oorlog omdat haar man gesneuveld was.

'Hij heeft het allemaal zien aankomen,' zei Anna peinzend, 'toen, die nacht in Neurenberg. In plaats van bang te zijn voor de dood – want hij was het toch die ging sterven – was hij bezorgd om mij. Een jongen van zesentwintig, zo rijp en evenwichtig, alsof hij de geestelijke ontwikkeling van een heel leven in versneld tempo had doorgemaakt. Hij heeft het allemaal geweten, die nacht.'

9

De kleine kinderen, een risicofactor, waren goed geïnstrueerd; even goed als de tafel van vier hadden ze geleerd er nooit, onder geen enkele omstandigheid, over te spreken. Brachten ze uit school onverwacht een vriendje mee dan riepen ze al uit het bos: 'Mama, leuk hè, Pietje is meegekomen!' Met andere woorden: maak dat ze allemaal boven zijn. De oorlog had hen wantrouwend en inventief gemaakt. Bart werd in het bos aangeklampt door de tuinmansvrouw van het aangrenzende landgoed: 'Zeg, wie is die mevrouw die bij jullie achter de naaimachine zit?' Hij begreep onmiddellijk dat ze mevrouw Meyer gezien moest hebben die af en toe wat naai- en verstelwerk deed. 'Ik ging suiker lenen bij je moeder,' zei ze, 'maar er was niemand thuis, alleen die mevrouw in de eetkamer.' 'Oh,' improviseerde hij achteloos, 'dat is een tante van me, een zuster van mijn moeder, die naait wel eens wat voor ons.'

Lottes moeder had weer de leiding. Ze bakte aardappelkoekjes en enorme broden – om beurten maalden de onderduikers graan in de koffiemolen. Tussendoor spurtte ze naar boven om een geschil bij te leggen dat bij het klaverjassen was gerezen – haar man, die fanatiek meespeelde, kon niet tegen zijn verlies, mevrouw Meyer speelde vals als ze in het nauw werd gebracht. De Frinkels waren verdiept in een schriftelijke cursus Engels, als voorbereiding op hun emigratie naar Amerika zodra de oorlog afgelopen was. Zodra de oorlog afgelopen was! Een gevleugeld gezegde, een heildronk, een hoopvolle verwachting nu de geallieerden in Frankrijk waren en niemand meer opkeek van de Engelse bommenwerpers die dagelijks in formaties oostwaarts vlogen – iedereen was het erover eens dat de vrede, helaas, alleen door middel van verwoesting bereikt kon worden. Tussendoor kwamen er nog twee onderduikers bij. Een saboteur, die bij de posterijen werkte en alle aan de Sicherheitsdienst gerichte brieven las, had ontdekt dat het onderduikadres van Sammy Goldschmidt en zijn vrouw verraden werd. Ze moesten onmiddellijk ergens anders worden ondergebracht. Zonder er woorden over vuil te maken werden er twee bedden bijgezet en schoof iedereen een stukje op.

Twee grote bezems kwamen langzaam dichterbij, een uit het oosten, een uit het zuiden. Bezems met lange borstels die de Duitsers als stof op een hoop veegden. Overal werd ongeduldig gewacht. Op maandagavond 4 september berichtte radio Oranje: 'Naar in Nederlandse regeringskringen verluidt hebben de geallieerde legers Breda bereikt.' De onderduikers omhelsden elkaar lachend en huilend, de heer des huizes haalde een fles jenever uit zijn oorlogsvoorraad. Maar enkele dagen later werd het bericht alweer ontkracht. De geallieerden hadden niet meer dan een kwetsbare corridor vrijgemaakt die dwars door Brabant liep. Door deze sleuf marcheerden ze naar het noorden; in een bliksemactie was een aantal bruggen over de rivieren veroverd, maar bij de Rijnbrug voor Arnhem was het misgegaan. De opmars was tot stilstand gebracht, Lottes vader moest een paar voorbarige vlaggetjes terugtrekken.

In het lichtblauwe atelier liet Lotte zich alles uitleggen over dikten in millimeters; Ernst Goudriaan zette zijn bril erbij af en bracht zijn gezicht vlak bij het hout – hij scheen verwikkeld in een geheimzinnige samenzwering met de viool in wording. Hij vergat zijn bril op te zetten toen hij haar onhandig omhelsde tussen de schaven en een pot beenderlijm, die op de grond viel en meteen een weeë rottingslucht begon te verspreiden. Misschien was het liefde, misschien gebruikten ze elkaar als tegengif voor de oorlog die zijn zenuwstelsel en haar geweten te veel op de proef stelde. Onbewust wiste hij haar bezoedelde oorsprong uit, verloste hij haar van haar vroegste herinneringen die deel uitmaakten van een vorig leven. Tabula rasa – met hem, door hem, werd ze onversneden Hollands.

Op klaarlichte dag wandelden ze door het bos; met haar aan zijn zij tartte hij koelbloedig het noodlot. Op een omgevallen eik rustten ze uit. Over zijn schouder heen ontdekte ze een biefstukzwam op een van de zware zijtakken, een tongvormige roodbruine lap die vastzat aan de schors – behoedzaam trokken ze hem los. Diezelfde avond bakte Lotte hem snel aan beide zijden, ervoor wakend dat het bloed er niet uit liep. De zwam verscheen als pièce de résistance op tafel, iedereen kreeg zijn deel van dit geschenk van de goden want iedereen had, altijd, honger.

De voedselschaarste werd nijpend. Bij toerbeurt liepen ze naar de gaarkeuken in het dorp, op de terugweg een gamel waterige stamppot meezeulend. Op het gerucht dat er in Barneveld ganzen te koop waren trokken Lotte en Koen, die nog steeds niet thuis kon zitten, er met de fiets op uit. Vlak voor Amersfoort kwam hun een karavaan evacués uit Arnhem tegemoet, waarin twee kleine meisjes meestrompelden met een kat aan een touwtje. Verderop doken ze in de berm voor een bus met Blitzmädel die in volle vaart langsstoof. 'Vleermuizen,' zei Koen schamper, 'naar de hel met die wijven.' In de stank die de bus achterliet fietsten ze verder. Het begon te regenen. Een vliegtuig scheerde zo laag over de weg dat de vogels verschrikt uit de bomen vlogen. Een seconde later schrokken ze op van een enorme knal – recht voor hun ogen, in de verte, ontplofte de bus. Een vuurzuil schoot op, de rook vervluchtigde in de regenwolken. Koen, verbouwereerd dat zijn wens zo snel in vervulling ging, staarde met open mond naar het tafereel, aarzelend of hij het prachtig of angstaanjagend moest vinden. Lotte, in een opwelling, een domme reflex waarvoor ze zelf niet verantwoordelijk was, dacht aan Anna. Daarnet waren ze er nog, in vogelvlucht schoten ze voorbij in hun kraakheldere grijze uniformen – de oorlog werd op een bizarre manier zichtbaar, hier, tussen de weilanden in de motregen. Stel dat Anna in die bus had gezeten, dan had ze daarnet een zuster verloren. Dan was ze nu werkelijk, definitief vrij. De gedachte wekte geen enkel gevoel bij haar op. Anna was al zozeer vervaagd tot een schijngestalte dat het haar om het even was of ze vlak voor haar neus in rook was opgegaan of niet. Toch fietste ze met een lichte weerzin verder, totdat een evacué hen aanhield en buiten adem vertelde dat het station van Amersfoort gebombardeerd werd en alle transporttreinen in lichterlaaie stonden. Het was niet een plaats om doorheen te fietsen, voor een gans. Ze hesen hun fietsen over de greppel het weiland in en trokken in een halve cirkel om de stad heen, vanwaaruit apocalyptische geluiden werden meegevoerd door de wind. Ze vonden hun gans. Met de gans en een tas vol houtwol waarin, op veilige afstand van elkaar, verse eieren waren gestopt, keerden ze via een sluiproute terug naar huis.

Er kwam een tekort aan graan. Sara Frinkel herinnerde zich een herenboer in de buurt van Deventer, voor de oorlog een vurig bewonderaar van Max' capriolen op de viool. Ze stond erop de tocht zelf mee te maken; haar kon niets gebeuren, ze had een onberispelijk persoonsbewijs op naam van een Arische coupeuse uit Arnhem. 'Zonder mij,' wuifde ze de bezwaren van Lottes moeder weg, 'geeft hij jullie niets.' Op een natte herfstdag vertrokken Sara en Jet naar Deventer, gewapend met twee lege tassen en de oude kinderwagen van Bart. Max Frinkels faam was nog niet verbleekt: met een volle maag en een uitpuilende kinderwagen verlieten ze de boerderij. Op de terugweg vonden ze in een statig herenhuis aan de IJsselkade in Deventer onderdak voor de nacht. De volgende dag schoot Sara nog een ander adres te binnen. Ze was ambitieus: die ene keer dat ze haar schuilplaats verliet wilde ze met proviand beladen terugkomen – de tassen moesten nog gevuld worden. Ze lieten de kinderwagen onder toezicht achter en liepen de stad uit. Het had die nacht gestormd, de weg lag bezaaid met afgerukte takken. Herfstregens sloegen hen in 't gezicht. Halverwege stopte een Duitse overvalwagen – het raampje werd opengedraaid. 'Wohin gehen Sie?' Uitdagend noemde Sara de naam van het dorp. 'Steigen Sie ein,' gebood de chauffeur joviaal, 'twee mooie vrouwen in dit hondenweer, dat kan toch niet!' Ze werden voorin gezet, tussen de chauffeur en een militair met een strak, gespannen gezicht. Zwijgend reden ze verder. Hoewel de chauffeur al zijn aandacht nodig had om de auto, die veel wind ving, op de weg te houden lachte hij hen tussendoor schalks toe. De ander wierp zo nu en dan een verstolen blik naast zich en ontdekte daar een van de befaamde neuzen van de familie Rockanje, dit keurmerk van echtheid. 'U bent een jodin...' riep hij geschokt, '...stop... stop...!' De chauffeur remde. Bevend haalde Jet uit een binnenzak haar persoonsbewijs tevoorschijn. Met de onschuldige inhoud daarvan nam hij geen genoegen. 'Toch ben je een jodin,' zei hij koppig. 'Kom nou,' zei Sara smalend in Hoogduits, 'als zij een jodin is ben ik er zeker een!' 'Laat ze toch met rust...' zei de chauffeur. De op het dak neerkletterende regen schiep een intieme, beklemmende atmosfeer in de cabine. 'Maar het is een jodin...' dramde de ander, 'dat kan een kind zien.' Driftig, omdat hij niets kon bewijzen, gooide hij het portier open: 'Raus, allebei.' 'Jullie kunnen beter uitstappen,' zei de chauffeur, hun een defaitistische blik toewerpend. Ze wisten niet hoe gauw ze uit de wagen moesten komen. Toen hij achter een mist van regendruppels verdwenen was vielen ze elkaar om de hals. De regen stroomde maar door, ze voelden het niet, nat als ze waren van angstzweet. Het elan om ook nog de tassen te vullen was weg – ze moesten nog kracht bewaren voor de terugtocht naar huis, de volgende dag, met een loodzware kinderwagen.

Maar zover kwam het niet. Die nacht werd de stad gebombardeerd, ze vluchtten de kelder in, dicht opeengedrongen in het vochtige halfduister wachtten ze af. Op het moment dat de aanval geïntensiveerd leek te worden en de bodem en muren zo hevig schudden dat ze niet meer wisten wat boven of beneden, links of rechts was, begon Jet ongelovig, verontwaardigd, te gillen: 'Zo meteen komt de hele rotzooi naar beneden...' In elkaar gedoken, haar handen op haar oren, bleef ze tekeergaan; de angst gaf haar stem een volume dat het gerommel van de luchtaanval oversteeg. Vergeefs probeerde Sara haar te kalmeren. Uren later was ze nog over haar toeren – verstijfd en onbenaderbaar hurkte ze op de vloer, alleen bereid de kelder te verlaten als ze met de eerste trein terug naar huis gingen. 'En de kinderwagen dan...' zei Sara. Jet keek haar vernietigend aan.

Er werd alleen nog in termen van voedsel gedacht. Een kinderwagen vol graan, dat waren zoveel broden, daar konden zoveel mensen zoveel dagen van eten. Deze simpele logica dreef Lotte naar Deventer waar Sara de kinderwagen met bloedend hart had achtergelaten. Ze vertrok op een herenrijwiel zonder banden maar vol fietstassen, bovenmaatse molières van Ernst Goudriaan aan haar voeten over een paar versleten sokken heen, die door de huisvlijt van mevrouw Meyer bij elkaar werden gehouden. In Deventer laadde ze de inhoud van de kinderwagen over in de fietstassen. De grote barrière was de brug over de IJssel – ze ging eerst zonder fiets poolshoogte nemen. Bij de ingang stond een houten gebouwtje waar WA-mannen het verkeer controleerden; halverwege was een wachthok waar een Duitse wachtpost het nog eens dunnetjes overdeed. Die kreeg haar in de gaten en wenkte. 'Wilt u voedsel over de brug brengen?' zei hij zacht. 'Als dat zou kunnen,' fluisterde ze. Ze zou niet de eerste zijn die hij hielp, vertelde hij, hij had een systeem bedacht om de mensen ongezien langs de Hollanders te leiden, die alles in beslag namen wat eetbaar was. De brug bestond uit twee delen, een voor het gemotoriseerde verkeer en een voor de voetgangers. Tussen die twee was een hoge muur, halverwege onderbroken door zijn wachthuisje. Als ze met de bepakte fiets tussen de ruïnes in het Sperr-gebied door laveerde en gebukt via het voetgangersgedeelte naar de achterkant van zijn wachthuisje liep dan zou hij daar de zakken graan van haar overnemen. Daarna moest ze teruglopen en met de lege fietstassen via de officiële weg langs de Hollanders. Ten slotte zou hij dan de tassen weer volladen. Ze volgde zijn raad op. Met fiets en al moest ze het Hollandse wachthuisje in komen – een luilekkerland vol afgepakte aardappels, broden, boter, kaas, spek. De wachtpost gluurde in de lege tassen, zag in haar paspoort dat ze ver van huis was en zei goedmoedig: 'We zullen je wat brood meegeven.' Van de enorme stapel nam hij een brood en schoof het in haar tas. Ze mocht verder. Met de fiets aan de hand naderde ze de Duitse wachtpost. Als een uit het niets opkomend onweer zwenkte een eskader Spitfires over de brug. 'An die Wand, schnell...!' hoorde ze roepen. Ze smeet haar fiets neer en drukte zich tegen de scheidingsmuur. De brug werd zwaar onder vuur genomen, hij kreunde dwars door het helse kabaal heen. Vanuit een ooghoek zag ze dat een van haar zakken geraakt werd, als een kolonne mieren begon het graan eruit te stromen. Haar adem stokte: terwijl de granaten in het rond vlogen kroop de Duitser ernaar toe om, met een zorgzaamheid alsof hij een gewonde soldaat verbond, het gat met een touwtje dicht te knopen. De Spitfires cirkelden nog eens over de brug en verdwenen, een naargeestige stilte achterlatend. Onder de brug stroomde de IJssel onaangedaan verder. Verfomfaaid krabbelde Lotte overeind – ze leefde nog en alles ging gewoon verder. De Duitser hevelde het graan over naar de fietstassen. Zijn behulpzaamheid bracht haar zo in verwarring dat ze hem in zijn eigen taal bedankte. 'U doet me aan mijn vrouw denken,' zei hij weemoedig, 'we hebben twee kleine kinderen... Ik kijk met verlangen en angst uit naar het eind van de oorlog... Hamburg is zwaar gebombardeerd, ik weet niet of ze nog leven...'

Het graan, het graan... alleen het graan was van belang. Ze zette haar tocht voort. Langs de weg van Apeldoorn naar Amersfoort vlamden tussen het eeuwige groen van de dennen de loofbomen oranje en geel op. De zon stond laag en wierp een scherp, nietsontziend licht op de kleurloze, in ouwe jassen gehulde voetgangers die met alles wat rijden kon over de weg sjokten – uitgeput, hongerig en voortdurend op hun hoede uit angst op het laatste nippertje nog beroofd te worden van de povere voorraad die ze gekregen hadden in ruil voor een ring of broche die nog van hun overgrootmoeder was geweest.

Daartussen liep Lotte en zeulde haar oorlogsbuit met zich mee. Vlak voor haar strompelden twee mannen; het contrast tussen hen en de herfstkleuren aan weerszijden van de weg was schrijnend – ze zagen eruit of ze uit vochtige kerkers kwamen en in geen jaren daglicht hadden gezien. Hun jassen leken beschimmeld, hun handen en voeten waren omwikkeld met vervuilde zwachtels. Op het moment dat ze hen inhaalde brak er een oorverdovend tumult los. De schaduwen van bommenwerpers gleden over hen heen, achter het kreupelhout klonken explosies, Duitse soldaten sprongen te voorschijn uit de crêpepapieren struiken. Verwilderd keken de twee mannen om zich heen. 'Kom, help me met duwen,' schreeuwde Lotte, om ze een alibi te geven in het geval van een plotselinge controle, 'duwen!' Ze grepen het stuur, de bagagedrager. Er ontplofte iets vlakbij, ze vluchtten met z'n drieën de berm in, doken in een mangat. Langzaam drong het tot hen door dat de spoorlijn, die evenwijdig liep aan de weg, en soldatentransporten het doelwit waren. Weggedoken in de aarde, een grauw waas op hun magere gezichten, vertelden de mannen door het pandemonium heen met horten en stoten het relaas van hun vlucht uit Duitsland. Als krijgsgevangenen te werk gesteld in een staalfabriek moesten ze 's morgens bij het appel als circusartiesten hoog opspringen opdat de bewakers, om zich te vermaken, met zwepen onder hun voeten door konden slaan. Voeten die geraakt werden gingen zweren, de zweren genazen niet door de chronische ondervoeding. Bij een bombardement op de fabriek waren ze in de chaos gevlucht – overdag slapen, 's nachts door de bossen naar het westen. In Den Haag woonden hun gezinnen; ze twijfelden eraan of ze het zouden halen, hun voetzolen etterden weg, hun krachten waren uitgeput door aanhoudende deliriums van de honger.

Het werd stiller om hen heen, op het zachte geknetter en gesuis van brandende treinstellen na. Het geronk van de bommenwerpers stierf weg, als boze insecten verdwenen ze achter de horizon en lieten een lege weg achter die algauw weer bevolkt raakte met al diegenen die verder moesten. In een dorp ruilde Lotte wat graan voor roggebrood in de hoop de geestkracht van de vluchtelingen wat op te vijzelen. Hoewel ze haar tempo vertraagden durfde ze hen niet aan hun lot over te laten. 'Laten we gaan zitten...' jammerde de een. Lotte, bang dat hij nooit meer overeind zou komen, was onvermurwbaar: 'Doorlopen... doorlopen' 'Het is afgelopen,' zuchtte hij drie kilometer verder, 'ik kan niet meer...' 'Nog even, nog even... u bent er bijna.' Het was al donker, ze naderden Amersfoort. Lotte wees hun de weg naar het ziekenhuis – het was bekend dat de poorten altijd, voor iedereen, openstonden: 'Daar zullen ze u zeker opnemen.' Maar ze klampten zich vast aan hun talisman. 'Laat ons niet alleen...' smeekten ze, 'zonder u worden we opgepakt.' Ze schudde haar hoofd. 'Ik kan niet met u mee, met al dat graan.' Het graan, het graan... ze had al zoveel tijd verloren, voor spertijd moest ze de stad uit zijn met het graan.

Gehaast verdween ze met haar topzware fiets uit hun blikveld. Ze voerde haar tempo op. Het was een van die zeldzame avonden, zonder maan, zonder wolken, waarop er een absolute zwartheid heerste die nog versterkt werd door de verduisterde ramen. Het vermoeden dat ze bezig was te verdwalen bekroop haar. Er passeerde een man met een karretje achter zijn fiets, ze sprak hem aan. Ja, ze was op de goede weg, maar waarom legde ze haar spullen niet in zijn kar, dan hoefde ze niet zo te duwen. Hij had licht, hij kon haar een stuk vergezellen. Dankbaar ging ze op zijn aanbod in; hij fietste stapvoets met haar mee, er werd geen woord gezegd – wat viel er te bespreken, na spertijd, met een onzichtbare vreemde. Ineens werd ze, naast zich, een toename van beweging gewaar – haar begeleider versnelde zijn vaart, koelbloedig fietste hij weg uit hun stille samenzijn. Zwenkend als een dwaallicht in een moeras verdween hij in de duisternis, haar met lege tassen in het niets achterlatend. Ze hoorde alleen nog het domme mechanisme van haar hart dat doorpompte, daarbuiten heerste een nadrukkelijke geluidloosheid. Nu haalde de angst haar toch nog in. Op de brug over de IJssel was het hem niet gelukt, tijdens de bombardementen op de spoorwegen niet – hij had zijn tijd rustig afgewacht. Ze begon te gillen. Vanuit het aardedonker, voor niemand bestemd, gilde ze dwars door de spertijd heen. Het volume waarmee ze vroeger de watertoren op zijn grondvesten had doen schudden gaf haar stem een buitengewone draagkracht. Er kwam een surveillerende politieauto op af, een agent kneep in haar bovenarmen om haar te kalmeren, fragmentarisch bracht ze verslag uit. Hij duwde haar in de auto en zette de achtervolging in, de koplampen boorden een tunnel in de duisternis. Voorbij de emoties beving haar een vreemde apathie; het liet haar koud of ze hem inhaalden, het ooit duidelijk afgebakende begrip vriend of vijand vervaagde, de onderneming was uit de hand gelopen, het was haar zaak niet meer, anderen schenen het te hebben overgenomen. Hij werd ingehaald, gedwongen te stoppen, uitgefoeterd. Misschien wachtten bij hem thuis twaalf uitgehongerde kinderen op de opbrengst van de nachtelijke strooptocht. Ongeïnteresseerd keek ze naar de gestalten in het licht van de koplampen. Het graan werd voor de zoveelste keer overgeladen – het zou nog slijten.

Ze waren neergestreken in het Chalet du Parc. Alweer doken ze weg achter een menukaart, ze namen het er echt van. Hun artrosekuur voltrok zich voornamelijk binnen de beslotenheid van het badhuis, de restaurants, de patisserieën en de cafés, omdat het januari was en ze de warmte van het veenturfbad de hele dag vast wilden houden – maar vooral omdat het makkelijker praten was met een maaltijd, een taartje, een kop koffie als bliksemafleider.

'Tja...' peinsde Lotte, 'als jullie ons land niet hadden leeggeroofd hadden zich bij ons niet zulke taferelen afgespeeld.'

'Wij hadden ook onze rantsoenering...' zei Anna zwakjes.

Lotte trok haar wenkbrauwen op. 'Jullie waren de voorraadschuur van Europa.'

In haar wiek geschoten liet Anna de kaart zakken. 'Na de oorlog namen de Fransen wraak. In de Franse zone hebben ze ons uitgehongerd.'

'Ach...' zuchtte Lotte. Altijd die vergoelijking. Altijd dat: maar wij hadden het ook niet makkelijk.

'Wat neem jij?' zei Anna. Van al die verhalen over voedseltekorten had ze trek gekregen.

'Ik denk...' Lotte aarzelde, 'een Entrecôte Marchand du Vin... Of zal ik een Truite à la Meunière nemen...?'

Anna kreeg haar lazaret. Het werd door nonnen geleid; in haar gretigheid Martin niet teleur te stellen leerde ze snel... Ze kreeg twee afdelingen onder haar hoede, een voor soldaten en een voor officieren – allen hadden aan het steeds korter wordende front een arm of been verloren. Elke ochtend om tien uur ging het alarm: vijandelijke vliegtuigen in aantocht! IJlings moesten de gewonden naar de kelder gebracht, op speciale draagbaren met wieltjes aan de ene kant en twee handgrepen aan de andere. Over de trap waren houten rails gelegd. 'Zuster Anna, schiet op!' riep een van de nonnen. Ten overvloede, Anna spoedde zich al de trap af waar halverwege een haarspeldbocht in zat – een precair moment voor de geamputeerde. Opgezweept door de sirenes draafde ze heen en weer tot de laatste patiënt in veiligheid was gebracht; terwijl de eerste bommen vielen spurtte ze terug naar boven om hun protheses te halen. Van de nonnen viel geen assistentie te verwachten, ze werden volledig in beslag genomen door het in veiligheid brengen van de monstrans. Ze baden en zongen en droegen de Lieve God een kleine geïmproviseerde kapel in opdat hij niet door bommen kon worden getroffen. Tijd om uit te blazen kreeg Anna niet, het dagprogramma ging ondanks de bombardementen met opgewekte meedogenloosheid verder: wassen, medicijnen uitdelen, verbanden verschonen. Hoog en droog in de hemel kon haar geliefde marionettenspeler zijn vermoedens bewaarheid zien. De gewonden die wel zagen dat Anna, gedreven door een motivatie die niet van deze aarde was, nauwelijks aan eten of slapen toekwam, maakten zich zorgen. Op een dag flansten degenen die zich met behulp van hun protheses al enigszins konden verplaatsen in een hoek van de kelder met jassen, truien en kussens een koninklijke legerstede voor haar in elkaar. Tegensputterend, de thermometer nog in de hand, liet ze zich erheen drijven om – nadat ze met broederlijke zorgzaamheid was toegedekt – onmiddellijk in een bodemloze slaap te vallen.

Op een andere afdeling lag een patiënt met een niet operabele splinter vlak bij zijn hart. Hij mocht zich niet bewegen en niet bewogen worden. De bombardementen moest hij gewoon in zijn ziekenhuisbed afwachten, in alle gemoedsrust – opwinding was een grotere bedreiging voor zijn leven dan een bom. Om beurten hielden de zusters bij hem de wacht, samen met zijn arts. Zo zat ook Anna regelmatig als een levende schietschijf aan zijn bed bij het raam en babbelde luchtig over onschuldige onderwerpen. Tegenover haar, aan de andere kant van het bed, zat de overwerkte arts met een Luftschutz-helm op. Haar praatjes voor de vaak misten ook op hem hun uitwerking niet. Ze zag zijn oogleden, zijn hoofd, langzaam zakken. Hij had nog net voldoende bewustzijn om, voordat hij indommelde, de helm van zijn hoofd te nemen en op zijn schoot te leggen. Sloeg er dichtbij een bom in dan schoot hij overeind en zette in een reflex zijn helm op, waarna het allemaal weer opnieuw begon. Niet ongevoelig voor dit slapstickeffect hield Anna met moeite haar lachen in, omwille van de splinter.

Op zoek naar een van de nonnen verdwaalde ze in het gebouwencomplex van het hospitaal. Ze opende een willekeurige deur, die toegang bleek te geven tot een grote zaal, en verstijfde op de drempel – ternauwernood bedwong ze de impuls onmiddellijk weg te rennen, het labyrint van gangen door, naar buiten. Het was een zaal zonder bedden – op de grond lagen soldaten die al hun ledematen kwijt waren. De wonden waren genezen; men had hun rompen in leer gewikkeld zodat ze, als baby's, over de grond konden rollen. Het strijklicht van de najaarszon gleed over wat er van hen over was. Ze konden alleen nog praten en rollen. Bruusk sloot Anna de deur. Dit was verboden terrein, ze had iets gezien dat niet bestond – de achterkant van militaire grandeur, van wapengekletter en insignes, van heldhaftige woorden. Welke soldaat die de oorlog in ging werd ervoor gewaarschuwd dat, naast de heldendood, ook dit zijn achterland kon zijn?

's Avonds liep ze door de verduisterde stad naar huis, een tocht vol verrassingen, door de schade die overdag was aangericht wijzigde het vertrouwde stadsbeeld zich voortdurend. Met moeite duwde ze haar voordeur open – er waren weer twee ruiten gesprongen, een ijzige najaarswind had de veldpostbrieven die ze de vorige avond had herlezen door de woning geblazen. Op de tast liep ze naar de commode om een kaars aan te steken; ze greep in een gat en verloor bijna haar evenwicht – de commode lag beneden op straat. Een dag later zakte voor haar ogen, in het trapportaal, een vrouw in elkaar. Anna herkende het bleke gezicht. De vrouw had haar kort na Martins dood halverwege de trap gecondoleerd: 'Ik vind het zo erg voor u,' had ze met gebogen hoofd gefluisterd, 'waarschijnlijk denkt u dat u het allerergste is overkomen, maar er is iets dat nog erger is...' Huilend was ze naar haar woning op de bovenste verdieping gerend, Anna met haar cryptische toespeling in raadselen achterlatend. Met een natte doek bracht Anna haar bij bewustzijn. 'Ik vermoord ze!' riep de vrouw overeind schietend. 'Rustig, rustig...' suste Anna. 'Ik zal ze weten te vinden als de oorlog voorbij is, ik zal hun bloed drinken, dat zweer ik...' raasde de vrouw – de uitbarsting bracht wat kleur terug op haar wangen. Anna vatte haar bij de schouders: 'Wat is er dan...?' Ineens terugzakkend in een toestand van gelatenheid maakte de vrouw Anna op doffe toon deelgenoot van de onverwachte arrestatie van haar man, enkele maanden geleden. Hij was opgepakt toen hij het horloge van hun dochter, die verpleegster was en nota bene uit volle overtuiging het bruine uniform droeg, wilde laten repareren door een oude kennis die een horlogerie had. Niet wetend dat de horlogemaker werd verdacht van communistische activiteiten was haar man ten onrechte voor een van hen aangezien. Sindsdien zat hij als ter dood veroordeelde in de gevangenis, aan een ketting, zonder zich te kunnen bewegen. Iedere minuut, dag en nacht, viel er een druppel water op zijn hoofd. De gedachte hieraan dreef haar tot waanzin. 'Maar dan hebben ze toch een vreselijke vergissing gemaakt!' riep Anna verontwaardigd. Dat een onschuldige was veroordeeld, dat ze zo onzorgvuldig te werk gingen, kon ze met haar gevoel voor rechtvaardigheid en haar ordelijke, efficiënte instelling al niet bevatten, maar dat ze de arme drommel bovendien op een geraffineerde manier, die alleen door een geesteszieke kon zijn bedacht, een eindeloos trage marteldood lieten sterven was zo ontoelaatbaar dat ze een onmiddellijke drang tot actie voelde. Ze legde een arm om de schouders van de vrouw. 'Laat het maar aan mij over...' zei ze grimmig.

In het oude parlementsgebouw van de Donaumonarchie, dat in het Derde Rijk Gauhaus was van het gewest Ostmark, resideerde de Gauleiter. Anna had het op haar heupen, ze marcheerde erheen, de trappen op, het historische gebouw in dat van een overdonderende rijkdom getuigde, door een lange zuilengang met om de tien meter, als een opgezette dode, een roerloze SS'er met een geweer. Hoewel er nooit iemand onaangekondigd in dit heiligdom doordrong, waren ze te verbluft over het verschijnsel van een langsrazende Rodekruiszuster om in te grijpen. Anna had geen last van angst of bescheidenheid, het geluid van haar voetstappen op de marmeren vloer klonk als een bevestiging van haar gelijk. Bij een kruispunt van gangen raakte ze even van haar stuk. Eindelijk versperde een wachtpost haar de weg: 'Waar wilt u naartoe?' 'Naar de Gauleiter.' 'Waarom?' 'Ik wil naar de Gauleiter!' Er kwamen twee anderen bij, ze keken elkaar vragend aan: wat had een hysterische hospitaalzuster hier te zoeken? 'Mijn man is net bij de Waffen-ss gevallen,' hooghartig hield ze de condoléancebrief van de Obersturmführer onder hun neus. Daar hadden ze niet van terug; ze escorteerden haar naar de plaats van bestemming alsof ze een diplomaat was.

In haar fantasie had de Gauleiter monsterachtige proporties aangenomen. In werkelijkheid zat in een protserige zaal die ooit de werkkamer van de keizer moest zijn geweest, achter een bureau van immense afmetingen, een gemoedelijke grijsaard met een lange baard – een soort kerstman. Hij knikte haar verbaasd en bemoedigend toe. Na diep adem te hebben gehaald wierp ze hem de schandalige vergissing voor de voeten: 'Ik ken die mensen, het zijn nationaal-socialisten, hun dochter is een bruine zuster! Zoiets kan de Führer toch niet toestaan! Hij weet niet dat hier een fout is gemaakt, iemand moet hem op de hoogte brengen!' De Gauleiter knikte als een vermoeide grootvader die zijn kleindochter niets kan weigeren. 'Doet u me een plezier,' zei hij langzaam, 'gaat u naar huis en zorg ervoor dat die vrouw een briefje schrijft, een verzoek om genade. En brengt u die brief dan persoonlijk bij mij.'

De vrucht van Anna's bemoeienissen was de thuiskomst, veertien dagen later, van een man die alleen nog op fluistertoon kon vertellen welke vorm van entertainment men voor hem, in afwachting van zijn executie, had bedacht. Hij was het verleerd om te eten, elke beweging was pijnlijk en uitputtend. Met zijn laatste krachten sleepte hij zich naar zijn bed – daar bleef hij, te zwak om te leven, te zwak om dood te gaan. Zijn vrouw moest overdag naar haar werk. Daarom was ze er niet toen eind maart een bom op het woonblok viel en een gat van tien meter breed sloeg. Bij haar thuiskomst zag Anna in plaats van haar woning alleen de woningen die erachter stonden. Er lag een hoop puin tot aan de denkbeeldige eerste verdieping – daaronder was, in pyjama, de ter dood veroordeelde gevonden, vertelde een buurtbewoner. Vanuit het puin waaide stof in haar gezicht. 'God, je bent een sadist...' riep Anna. De wind fluisterde in haar oor: geloof je nog steeds in rechtvaardigheid, idioot? Ze klemde haar tanden op elkaar. Hierover kon ze zich niet bij de Gauleiter beklagen... ze moest het hogerop zoeken... in ijlere Gauen...

Diezelfde wind voerde ook de geur van gedroogde modder met zich mee – de Russen waren in aantocht. Tijdens een dienstbespreking kregen de zusters te horen dat het hospitaal binnen twee uur ontruimd moest worden – op de Donau lag een hospitaalschip klaar, alle gewonden moesten daarheen getransporteerd. Anna kneep er ongezien tussenuit om afscheid te nemen van haar schoonvader; in haast drukte ze hem de bijeengebonden veldpostbrieven in de hand, die ze sinds de bomkrater in de gevel samen met haar in twee koffers gepropte parafernalia in de kelder van het lazaret bewaarde. 'Verbrandt u ze alstublieft,' zei ze gejaagd, 'anders worden ze nog in de *Izvestia* gepubliceerd.'

Bij haar terugkeer stond voor de ingang van het lazaret een rij bussen. Nauwelijks had ze de patiënten van haar afdeling naar binnen geholpen en was ze voorin gaan zitten, geflankeerd door haar koffers, of ze werd er aan haar schort weer uitgetrokken: 'Wacht even, dat gaat zomaar niet zuster!' Voordat ze er erg in had waren de medicamenten en ziektegeschiedenissen van alle gewonden, honderdzestig in getal, door de achterblijvende nonnen aan haar, Anna, Rodekruiszuster à l'improviste, overgedragen. Ze werd ermee in een bus met onbekende zwaargewonden geduwd die meteen vertrok. Hopelijk reisden haar koffers haar in de andere bus achterna. De bus zette er een flinke vaart in alsof hij de ophanden zijnde dood van de reizigers van zich af wilde schudden – helaas was hij halverwege gedwongen te stoppen voor een tunnel die te laag was. Er werd een andere bus besteld; in de tussentijd laadde Anna met de chauffeur de gewonden uit en legde ze op brancards in de berm. Het werd donker – de Russen kwamen – ze stonden daar en wachtten en keken naar de tunnel alsof die de laatste verbinding vormde met de wereld der levenden. In de duisternis doemde een andere bus op, van opportunistischer afmetingen. De tot op 't bot verkleumde patiënten werden erin geschoven en verder ging het, tot aan de oever van de Donau.

Honderdzestig gewonden werden in het vochtige gras gelegd, haastig opgetrommelde hospitaalsoldaten droegen hen één voor één over een smalle loopplank het schip in. Anna werd aangeklampt door een verregend echtpaar: 'De jongen die nu naar binnen wordt gedragen is onze zoon. Hij heeft een pistool bij zich. We zijn bang dat hij zichzelf iets aan zal doen, hij kan het niet verkroppen dat we de oorlog verliezen...' Ze beloofde dat ze hem in de gaten zou houden en ging op zoek naar haar koffers. Vanuit de verte hoorde ze in koor haar naam scanderen: 'Zuster Anna van drie-c, hier zijn we!' Het klonk haar in de oren als een *Missa Solemnis* waarvan de passages in flarden door de wind werden meegevoerd – ze rende op het geluid af, kriskras tussen de gewonden door, en vond haar eigen gewonden terug die geweigerd hadden zonder haar het schip in te gaan. Ze zaten met hun protheses in een grote kring in het gras en bewaakten haar koffers. Hun zuster, haar patiënten – gedurende de afgelopen maanden was er een wederzijdse bezitsdrang ontstaan, ze waren een grote familie die alleen gezamenlijk het schip betrad.

De hospitaalsoldaten verdwenen na hun opdracht in het niets, Anna achterlatend op een overvol schip. Vijf inderhaast te werk gestelde burgervrouwen zonder opleiding of ervaring in de verpleegkunde moesten haar bijstaan bij de verzorging van de gewonden, die zonder systeem in het rond lagen. Ze droegen een schort en een kapje en werden geacht, louter vanwege hun vrouw-zijn, te zijn begiftigd met een natuurlijk talent voor de verzorgende taken. Algauw bleek dat hun talenten op een ander vlak lagen en dat ze een geheel eigen opvatting hadden van hun taken. Wanneer Anna hen nodig had bij het uitdelen van urineflesjes, medicijnen, eten, vond ze hen na lang zoeken terug in de armen van een soldaat. De hele oorlog waren ze onbestorven weduwen geweest, nu haalden ze hun schade in onder het caritatieve voorwendsel dat ze de arme drommels die in de strijd voor het vaderland gewond waren geraakt – misschien wel dodelijk: een extra sensatie – een goddelijk medicijn toedienden.

Noodgedwongen splitste Anna zich in honderdzestig delen – het ene ververste verband, het andere assisteerde bij het legen van de darmen, een derde nam de koorts op – alles in het versnelde tempo van een stomme film. 's Nachts konden al die fragmenten elkaar niet terugvinden, ze gingen gewoon door met hun bezigheden. Na twee dagen strompelde ze rond met rode ogen van moeheid. Niemand die het zag, behalve Herr Töpfer, een hoge SS-officier van haar eigen afdeling, die aan het Hongaarse front een been had verloren. 'U valt nog om,' constateerde hij, haar op een stoel drukkend, 'gaat u zitten.' Leunend op zijn kruk blikte hij als een veldheer in het rond; met stemverheffing sprak hij zijn officieren toe: 'Ik zeg jullie het volgende. Zuster Anna kan niet meer. Ze moet slapen. We hebben een paar ambulante vrijwilligers nodig die de werkzaamheden van haar overnemen, ze heeft een lijst en kan jullie zeggen waar de mensen liggen – een kwestie van organisatie.' Zijn toehoorders knikten instemmend. 'Ten tweede,' ging Töpfer verder, 'in mijn cabine is een bed vrij. Ik bied dat zuster Anna aan. Als een van jullie bijgedachten heeft wil ik dat graag nú horen. Wee degene van wie ik dat morgenochtend pas te horen krijg, die schiet ik dood. Hebben jullie dat begrepen?'

Hij bracht haar naar de cabine en stopte haar liefdevol in. Anna sliep meteen; toen ze wakker werd lag de zorgzame Töpfer naast haar, hij had zich in een hoekje teruggetrokken en hield zich zelfs in zijn slaap aan de bedrand vast opdat hij niet tegen haar aan zou rollen. Zijn eigen bed had hij afgestaan aan een stervende, die onverstaanbare krachttermen rochelde.

De volgende avond legden ze aan in Linz. Als een ondoordringbare vesting stond het seminarie, een kolossaal donker gebouw dat als noodhospitaal zou worden ingericht, in de regen. Toen Herr Töpfer, die ondersteund door Anna hinkend meegekomen was, het wapen van zijn stem inzette ging de deur op een kier open. Een dikke slaperige man in een zijden pyjama, waarover hij een uniformjasje had aangeschoten, verscheen in de deuropening en keek hen onwillig aan. Ach ja, het schip met gewonden... hij krabde zich op zijn hoofd... maar die moesten toch eerst naar de ontluizing? 'Verdammtes Schwein,' riep Töpfer, buiten zichzelf over zoveel onwetendheid en incompetentie, 'pas op dat jij geen luizen hebt, wij hebben ze niet, we komen uit een keurig hospitaal. Als je ons niet ogenblikkelijk een bed bezorgt...!' Sidderend deed de man de dubbele deur open.

Binnen was alles voorbereid; in de voormalige klaslokalen, grote holle zalen, stonden houten stellages met strozakken erin. Eindelijk kregen de gewonden weer een bed. Het schip vertrok meteen na het lossen van de lading, de surrogaatzusters voeren verzadigd van het overwerk mee terug, Anna alleen achterlatend als moeder-overste van de gewonden. Iedereen probeerde te slapen, zij ook, in het midden van de zaal, zittend aan een grote tafel met haar hoofd op haar gekruiste armen. Midden in de nacht werd Töpfer wakker. 'Wat doet ú hier? U kunt ons rustig alleen laten, iedereen slaapt! Gaat u toch naar bed!' 'Maar waar is dat bed dan...' geeuwde Anna. Wát? Zijn dekens kwamen in beweging, hij greep zijn krukken en hinkte verontwaardigd de zaal uit. De zijden pyjama werd uit bed gebruld: 'Als u niet ogenblikkelijk...!' 'Ja ja ja...' riep hij zenuwachtig. Ergens vond hij een bed voor haar, het was nog warm van degene die plaats voor haar had moeten maken, maar Anna stelde zich geen gewetensvragen meer.

Ze hadden allebei voor forel gekozen – licht verteerbaar – met gekookte aardappels. Lotte dacht aan het lied 'Die Forelle' van Schubert dat ze ooit had ingestudeerd, en aan het droevige slot: '...das Fischlein zappelt d'ran...' Het beeld van een machteloos aan de lijn spartelende vis, die alleen een romp en een kop had, associeerde ze met de viervoudig geamputeerden uit het Weense hospitaal. 'Ik heb er nooit bij stilgestaan,' zei ze, 'dat iemand al z'n ledematen zou kunnen verliezen... gruwelijk...'

Anna legde haar vork neer. 'Het waren jonge mannen. Ik heb me wel eens afgevraagd: wat is er van hen geworden? Nooit heb ik in een krant, een tijdschrift, een boek, een woord over ze gelezen. Ze leefden toch nog! Waar zijn ze gebleven?'

Zwijgend aten ze verder, ieder overgeleverd aan haar eigen speculaties.

'De brieven van je man, uit Polen, uit Rusland, uit Normandië...' merkte Lotte op, 'zijn die werkelijk verbrand?'

Anna veerde op. 'Ik kan me nog steeds voor mijn hoofd slaan... nu zouden ze een prachtige herinnering, een document geweest zijn. Helaas heeft mijn schoonvader braaf gedaan wat ik hem vroeg. Alles verbrand. Het kwam door de propaganda: als de Russen komen nemen ze alles mee wat van hun gading is. Dan vinden ze mijn brieven die voor een groot deel in Rusland geschreven zijn, redeneerde ik, vinden dat zeer interessant en drukken ze af in hun communistische krant. Zo dachten wij toen.'

Lotte lachte ironisch: 'Alsof ze daar belangstelling voor hadden! Een soldatenleven betekende niets voor de Russen... een mensenleven stelde sowieso niets voor onder Stalin...'

'We waren toch gehersenspoeld! Tot aan het eind van de oorlog. "Dat kan de Führer toch niet toestaan..." zei ik tegen de Gauleiter. Stel je eens voor! In alle oprechtheid. Hoewel ik nooit achter hem aangelopen had en net als iedereen wist dat hij de oorlog niet kon winnen, was ik toch nog steeds zo goedgelovig dat ik me niet kon voorstellen dat onder zijn verantwoording onschuldigen ter dood veroordeeld en gemarteld werden. Eind 1944! Mijn God, wat was ik naïef...'

Van louter boosheid vergat ze verder te eten, haar forel dreigde koud te worden.

Dit was het tweede atheïstisch-joodse kerstfeest dat ze met elkaar vierden. Iedereen was afgevallen, de stamppot uit de gaarkeuken werd zo dun dat ze hem konden drinken. Lottes vader die aan de dokter, de slijter en bevriende boeren in het geheim elektriciteit leverde, was thuisgekomen met een pervers groot stuk varkensvlees en een fles jenever. Zijn vrouw verdween ermee naar het fornuis en bedroop het zachtjes in de braadpan sudderende vlees; Lotte haalde het servies uit de kast. Gealarmeerd door de ongebruikelijke geur van fricandeau met gemalen kruidnagel kwam mevrouw Meyer naar beneden. 'Eh... wij mogen dat niet eten,' zei ze, knorrig in de pan kijkend. 'Wat ben je liever,' informeerde de kokkin nuchter, 'een dooie orthodoxe jodin of een springlevende zondaar?' Mevrouw Meyer capituleerde, niet opgewassen tegen zoveel gezond opportunisme.

De tafel werd gedekt, de kaarsen aangestoken, iedereen schoof aan. Lotte en Ernst waren nog in de keuken om een tweede portie in de schil gekookte aardappels schoon te maken, toen ze in de verte het geronk van een vliegtuig hoorden dat snel dichterbij kwam. Ze verstarden met het aardappelmesje in de hand. Een klap, hevig als een blikseminslag, bracht de grond onder hun voeten en de ramen in de sponningen in trilling. Een bizarre luchtdrukverplaatsing smeet hen tegen de grond tussen de wegrollende aardappels. 'We gaan dood!' snerpte de stem van mevrouw Meyer. Het hele gezelschap vluchtte vanuit de eetkamer met de kwetsbare erker de inpandige keuken in. Daar bleven ze gehurkt zitten – mevrouw Meyer hing, in de ijdele hoop dat de jeugd onsterfelijk was, om de hals van Eefje die manhaftig overeind bleef. Toen werd het absurd stil en kwamen ze één voor één wantrouwend overeind. In de eetkamer troffen ze Sara Frinkel aan die in de tussentijd in haar eentje het ontwrichte kerstmaal had voortgezet. Ze zat met smaak te eten. 'Ik laat m'n aardappels niet koud worden,' gebaarde ze met volle mond. Alle ruiten waren gesprongen, het glas hing als fijn kantwerk in de vitrage. Sara wees met een stukje vlees aan haar vork in de richting van het weiland: 'Ik zag een geweldige steekvlam...' 'Het klonk als een neerstortend vliegtuig...' zei Bram. 'Als de piloot eruit is gesprongen... kunnen we hier een grootscheepse zoekactie verwachten...' opperde Ernst Goudriaan, met toenemende paniek in zijn ogen. Hij hield nog steeds het aardappelmesje in zijn hand alsof hij dacht zich daarmee te kunnen verdedigen. Verschrikt keek hij om zich heen: 'De joden... de joden moeten naar boven...!' 'Wát "joden",' riep Sammy Goldschmidt gepikeerd, 'daar is het allemaal mee begonnen... dat ze ons allemaal op één hoop veegden!' 'Je hebt gelijk, je hebt gelijk...' schuldbewust hief Ernst zijn handen, 'maar wat moet ik dan zeggen...?' 'Onderduiker,' zei Sara waardig, 'je bent zelf toch ook een onderduiker?'

Terwijl men boven achter de spiegel verdween – wie samenviel met zijn spiegelbeeld neutraliseerde zichzelf en hield op te bestaan – ging Lottes vader, die uit hoofde van zijn functie toestemming had na spertijd het huis te verlaten, poolshoogte nemen. Bij het naar buiten gaan merkte hij dat de voordeur verdwenen was; hij vond hem onbeschadigd terug in het weiland. In geval van een huiszoeking moesten de overige gezinsleden de illusie van een gewoon kerstfeest wekken. De borden van de onderduikers waren weggehaald – terneergeslagen zaten ze achter de koude koolraapjes, de kaarsen flakkerden en dropen in de tocht. Een gure wind blies tussen de gordijnen door, af en toe viel er een stuk glas op de grond. Ze zaten rond de tafel als toneelspelers die wachten tot het doek opgaat. Het viel Lotte op dat ze voor het eerst sinds lange tijd onder elkaar waren – het leek of ze verleerd waren hoe dat moest. Tersluiks keek ze naar haar moeder. Die was nog steeds de spil. Ze zat kaarsrecht... nog steeds zette ze een hoge borst op tegen de wolf en hield haar welpen uit zijn bek vandaan... Maar de kastanjegloed was uit haar opgestoken haar verdwenen, zelfs de kam van schildpad was dof geworden. Ergens in de oorlog was ze begonnen grijs te worden en iets van haar onverwoestbaarheid prijs te geven. Een sterke windvlaag blies alle kaarsen uit: de deur werd opengegooid, haar vader kwam binnen. 'Ze kunnen allemaal naar beneden komen,' zei hij, 'het was maar een bom. Waar is de jenever?' Nadat hij de inhoud van zijn glas in één teug naar achteren had geworpen vertelde hij dat een verdwaalde bom een diepe krater had geslagen in het gazon van een naburig, achttiende-eeuws landhuis. Het classicistische bordes was met zuilen en al de salon in geschoven; de vrouw des huizes, die bij het raam was gaan staan om te zien waar het lawaai vandaan kwam, was gillend afgevoerd met ogen vol glas.

Het leven vernauwde zich tot overleven – de steeds talrijker wordende voedselstrooptochten neigden af en toe naar het demonische. Als marskramers met linnengoed, ringetjes, parelkettinkjes, horloges en broches struinden Lotte en Jet, Marie en Lotte, de kop van Noord-Holland af, van boerderij naar boerderij, licht in 't hoofd van de honger. Bij het hek stond een bord: 'Wij geven geen water'. De hond werd op hen afgestuurd. Ergens werd gedorst – ongenode toeschouwers wachtten geduldig tot er een paar korreltjes naast vielen. Een gemene poolwind joeg over de bevroren akkers, in sloten en vaarten kraakte het ijs. Vlak bij de Afsluitdijk liep de weg langs een post van de Duitsers. Om de hordes langsstrompelende hongerlijders te troosten met de belofte van een betere wereld, een wereld van overvloed, hadden de militairen de eettafel buiten gezet – demonstratief zaten ze achter hun dampende borden, hoog opgetast met stamppot en worst, de knopen sprongen van hun uniformen van het bunkeren. Lotte keek ernaar met droge mond. Door middel van een ingewikkelde psychische manoeuvre smeedde ze de opvlammende haatgevoelens om tot minachting, die beter te verdragen was op een lege maag.

Er waren ook barmhartige boeren, die eten en drinken gaven aan voorbijgangers en strozakken in de stal legden. 's Nachts bleven de grootste cynici wakker om hun ingedommelde lotgenoten te beroven; Lotte sliep geroutineerd met haar hoofd op de in een trui gewikkelde sieraden. Toen ze alle hoop al hadden opgegeven werden op de terugweg, in de Beemster, hun zakken gevuld met aardappels door een boerin die weigerde een ruilobject aan te nemen. Met volle tassen naar huis terugkeren was de enige triomf die er op aarde nog te behalen viel. In Amsterdam staken ze met de pont het IJ over, er hing een dikke, kille mist boven het water. WA-mannen doken op om de tassen van de passagiers te doorzoeken. Jet en Lotte maakten zich klein – met de aardappels zou men hun ook hun ziel afnemen. Bij de railing stond een jongen van een jaar of acht, zijn versleten broek slobberde om zijn benen, op het scherpe ouwemannengezicht onder zijn pet lag een uitdrukking van gelatenheid. Hij had een kar bij zich waarvan de lading door een stuk zeildoek bedekt werd; toch scheen de naderende controle hem koud te laten. Hij staarde over het IJ de mist in waaruit meeuwen krijsend opdoken en zag geen reden daarmee op te houden toen de twee uniformen zich nadrukkelijk naast hem opstelden. 'Jongeman,' zei een van hen ironisch, 'zou je zo vriendelijk willen zijn dat zeil op te tillen zodat we de lading kunnen bekijken.' De jongen keek onaangedaan voor zich uit zonder zich te verroeren. 'Hij is een beetje doof, zo te zien.' Ze werden ongeduldig: 'Doe dat zeil omhoog!' Lottes keel werd dik van woede. Het is een kind, laat hem met rust, zou ze willen roepen, maar de aardappels verlamden haar tong. 'Vooruit, doe wat ik zeg lummel!' Stijfjes boog de jongen zich voorover, een dunne pols kwam uit de rafelige mouw tevoorschijn toen hij een punt van het zeil greep en het plechtig terugsloeg. Eronder lag, met opgetrokken benen, een dode man – uitgemergeld, met holle oogkassen en wijd uitstekende oren aan zijn benige schedel. Halverwege maakte zijn lichaam een vreemde draai alsof het geknakt was. 'Wie is dat...?' zei de controleur, vergeefs proberend zijn vraag als een bevel te laten klinken. 'Mijn vader,' zei de jongen toonloos. Hij sloeg het zeil terug en staarde weer over het water. Flarden uit *Der Erlkönig* schoten Lotte te binnen. De jongen was de uitbeelding van het omgekeerde: '...es ist das Kind mit seinem Vater... in seinen Armen der Vater war tot...'

Een week later begon het te sneeuwen. De misère verschool zich onder ongerepte witheid, dankzij de sneeuw leek het bezette noorden vanuit de lucht één met het bevrijde zuiden. De met vochtig sprokkelhout gestookte potkachel in het atelier verspreidde meer zwarte rook dan warmte. Krampachtig door zijn beroete brillenglazen turend probeerde Ernst met zijn vernikkelde vingers de schaaf in bedwang te houden. 'En dat terwijl ik thuis, in Utrecht, nog zakjes antraciet heb liggen,' mopperde hij. Lotte stelde voor ze op te halen; hij sloeg haar aanbod niet af, overtuigd als hij was van haar onverwoestbaarheid. Ze vertrok – met de fiets aan de hand baande ze zich een weg door de sneeuw, af en toe pauzerend om een hapje te nemen van de bietenstamppot die haar moeder in een pannetje had meegegeven. Nu en dan sneeuwde het weer, ze vorderde langzaam, de kleine vlokken prikten in haar gezicht. Voorovergebogen duwde ze het zware rijwiel voort, haar bewustzijn alleen nog gericht op dat ene punt van stralend aan de horizon oplichtende antraciet, die nu al warmte verspreidde in haar geest. Daarbuiten was er alleen de witte leegte, absolute verlatenheid. Haar handen en voeten koelden af; vanuit die uiteinden drong de kou naar binnen en zette zich daar om in een niet onaangename loomheid. Ze had geen idee hoe lang ze al onderweg was, hoever ze nog moest. Iedere notie van tijd loste op in de abstractie van alomtegenwoordige witheid – er daalde een weldadige rust in haar neer. Sneeuwklonten zetten zich vast op haar molières; door een fijn netwerk van kristallen dat zich had vastgezet op haar wimpers tekenden zich vaag de contouren van een bultig fort in een besneeuwde ijsvlakte af. Van een boom met witte takken als op het negatief van een foto ging een onweerstaanbare verleiding uit: even uitrusten. Ze zette de fiets tegen de stam en liet zich in de sneeuw zakken, een zachte deken onder en algauw ook op haar. Geen enkele gedachte maakte ze nog af – als witte vlinders fladderden ze door haar loomheid. Alle tegenstellingen en onverzoenlijkheden losten op in een wattig niets; vaag herinnerde ze zich een overeenkomstige gewaarwording van lang geleden, toen ze door het ijs zakte en enkele seconden uitdijden tot een eeuwigheid. Ze vergat dat ze een lichaam had. Het geluid van vallende sneeuw... was de laatste gedachte voordat ze wegzonk in een meedogenloze, verrukkelijke vergetelheid.

'Kom... als je blijft liggen ga je dood...' Iemand trok haar ruw aan haar arm terug de werkelijkheid in. De sneeuw gleed van haar af, ze was te ver heen om zich te verzetten. De fiets werd in haar handen geduwd: 'Ik loop met je mee...' Ze liep als een mechanisch opwindbare pop, vergezeld door een man in een lange zwarte jas, met een besneeuwde hoed op. Hij ademde zwaar – het enige geluid dat te horen was terwijl ze voortzwoegden. Hij vroeg niets, vertelde niets, maar beperkte zich tot korte aansporingen wanneer ze tempo verloor: 'Doorlopen...' Ze kreeg het gevoel dat ze op de drempel van een belangrijke herinnering stond die maar niet door het scherm van haar dufheid heen kon breken. Het was al donker toen de stad opdoemde en ze door lege straten naar het centrum sjokten. Op de Vismarkt nam hij plotseling afscheid van haar door zijn hoed af te nemen, waarbij plukjes sneeuw naar beneden vielen... weer leek het of de schaduw van een herinnering over haar heen viel terwijl een donkere straat hem opslokte.

Nu pas drong het tot haar door dat degene die ze nastaarde haar leven had gered. Als een deus ex machina was hij uit het niets opgedoken – alsof hij niet meer dan een hallucinatie was geweest loste hij er weer in op. Het sneeuwde niet meer. De stad was uitgestorven, op enkele doden na die in de beschutting van een muur in de sneeuw lagen – de honger had duidelijke sporen op hun opzij gezakte gezichten nagelaten. Een verblufte hospita liet haar binnen. Zijn kamers waren nog intact, zijn bezittingen – voornamelijk boeken over vioolbouw en familieportretten die ze, langzaam op temperatuur komend, bekeek – wachtten gelaten zijn terugkeer af. Het enige wat aan het interieur ontbrak was de antraciet. De hospita, die de kamers schoonhield, verraadde zich in de overdrevenheid waarmee ze ontkende. Antraciet? Nee, als er antraciet was geweest zou zij dat toch geweten hebben. Lotte kon niets bewijzen; ze lepelde de laatste restjes bietenstamppot uit het pannetje en kroop in zijn smalle, kille bed.

10

‘Oeufs-en-neige’ is de poëtische naam van een nagerecht dat in de oorlog een middel was om de honger te bestrijden met lucht. In die tijd klopte Lotte zich een lamme pols om aan het wit van twee eieren het wonder van eeuwig uitdijend schuim te voltrekken.

‘Dit maakte ik in de hongerwinter voor de kinderen,’ zei Lotte, een van de eilandjes uit de vanillesaus lepelend, ‘om het lege gevoel in hun maag te verdrijven.’

Anna zuchtte. ‘Ik wist niet dat jullie zoveel honger geleden hebben.’

‘Het was een beter wapen dan de v-1,’ zei Lotte bits.

Anna zwenkte tactisch naar een ander onderwerp. ‘Dat jij bijna insneeuwde... het gevoel van absolute verlatenheid te midden van de natuur, die in wezen onverschillig is, ken ik ook... en het doodsverlangen dat je daar kon overvallen... tegen de achtergrond van de oorlog...’

De dag na hun aankomst in het seminarie arriveerden de artsen en verpleegsters en kon het bedrijf normaal geoutilleerd draaien. Herr Töpfer, die al in de fase van de revalidatie was, vroeg officieel toestemming of zuster Anna hem mocht begeleiden bij zijn loopoefeningen in de tuin. Stapvoets liepen ze tussen de sneeuwklokjes en bloeiende hazelaars. Er stond een waterig zonnetje, op een bemoste bank rustten ze uit. ‘Zuster, het is afgelopen met ons,’ stelde Töpfer onbarmhartig vast, ‘tot nu toe ging de pendule nog steeds een beetje heen en weer, naar het oosten, naar het westen, maar nu blijft hij in het midden stilstaan – ze komen van alle kanten en zullen ons verpletteren.’ ‘We hebben de v-2 toch nog...’ bracht Anna in het midden. ‘Dat gelooft u toch niet zuster. Het is gewoon afgelopen. Mijn ouders, mijn vrouw, mijn kinderen – ze hopen allemaal op mijn terugkeer, maar als de Russen komen schieten ze alle ss'ers hier dood.' Anna knikte werktuiglijk – de wreedheid van de Russen was spreekwoordelijk. De ss'ers waren naakt zelfs herkenbaar aan de tatoeage van hun bloedgroep in hun arm. Ze keek om zich heen, binnenkort zouden de sneeuwklokjes vertrapt worden door Russische laarzen. Voor het eerst overviel haar bij de gedachte aan het eind van de oorlog een gevoel van angst, niet voor zichzelf, maar voor de gewonden die ze probeerde op te lappen, voor wie ze haar nachtrust opofferde. 'Ach zuster...' De sombere Töpfer vatte haar bij de kin en keek haar droefgeestig aan: 'We hadden zulke mooie dromen...'

Het gevoel van naderend onheil liet haar niet meer los, het was moeilijk rustig af te wachten en toch niet te wachten. Rustig wachten op de ineenstorting van het Derde Rijk was in ieder geval niets voor de jongen met het pistool. Anna hield hem in het oog, wachtend op een gelegenheid om hem het wapen te ontfutselen. Tussen de bedrijven door ging ze op de rand van zijn bed zitten en luisterde naar zijn koortsachtige plannen, die zijn onvermogen het fiasco van zijn idealen onder ogen te zien verhulden. Hij was al bij de Hitler-Jugend toen die nog illegaal was, in een straatgevecht met communistische jongeren had hij een oog verloren. Met zijn elan had hij het tot officier in de Wehrmacht gebracht – hoewel hij met een verbrijzelde knie in het lazaret lag peinsde hij er niet over te capituleren! Op een nacht, terwijl hij sliep, trok Anna behoedzaam het pistool onder zijn kussen vandaan; opgelucht wierp ze het in de Donau. De volgende dag ging ze met een onschuldig gezicht bij hem zitten. Hij greep haar hand, zijn oog gloeide. 'Zuster,' stelde hij haar samenzweerderig voor, 'gaat u toch mee naar de Weerwolf!' Ze schudde haar hoofd. Hij wekte haar medelijden met zijn naïeve fantasieën over de Actie Weerwolf, een groep desperado's die zich terugtrokken in de Alpen om de strijd tot aan de dood voort te zetten. 'Du spinnst, Junge, het is afgelopen,' zei ze zacht. 'Als u gelijk krijgt schiet ik me voor mijn kop,' riep hij opstandig, 'mij zullen ze niet levend in handen krijgen.' Om te demonstreren dat het hem menens was graaide hij onder zijn kussen. De leegte die hij daar aantrof bracht hem tot razernij – waar was de dief die hem het recht over zijn eigen leven te beschikken had ontstolen! Hij draaide zich uit zijn bed en hinkte met verhit hoofd en gebalde vuisten door de ziekenzaal, het been met de verbrijzelde knie achter zich aan slepend. Anna versperde hem de weg: 'Hou op met schreeuwen! Het pistool ligt in de Donau. Ik heb het weggenomen, niemand anders. Uw vader en moeder hebben het me gevraagd, ik heb het ze beloofd.' Het ene oog staarde haar verbijsterd aan, hij verstijfde met gebalde vuisten, ze kon de sidderend ingehouden spanning in zijn lichaam niet aanzien – toen barstte hij in tranen uit, zijn strijdlust stortte ineen, hij kromp in elkaar alsof ze hem een pak slaag gegeven had – zwaar op haar leunend liet hij zich gewillig terug naar zijn bed voeren.

De oorlog raakte in een stroomversnelling. Het front was nog maar vijfentwintig kilometer van Linz verwijderd, er werd een nachtelijk transport naar Duitsland geïmproviseerd voor alle patiënten die zich enigszins konden voortbewegen of anderszins getransporteerd konden worden. Allen meldden zich, op twaalf patiënten met ernstige rugwonden na – ze konden alleen op hun buik liggen. Anna kreeg de opdracht die nacht bij hen te waken. Aangedaan ging ze afscheid nemen van haar oude patiënten uit Wenen. 'Maak die kist eens open...' beval Herr Töpfer, wijzend met zijn kruk. Anna pulkte aan het slot, bovenin lag een pakje. 'Neemt u dat eruit en maakt u de kist alstublieft weer dicht.' Nauwgezet voerde ze zijn opdracht uit. Haar hart bonsde, het was of hij al die tijd over haar gewaakt had, nu ging hij weg. 'Kom,' wenkte hij, 'gaat u mee.' In een nis van de lange, koude gang opende hij het pakje. Zijn handen trilden: 'Luistert u goed, ik geef u dit, het is chocola, ik had het voor mijn vrouw bewaard maar ik denk dat u het nu beter kunt gebruiken. We gaan allemaal weg, vannacht bent u helemaal alleen, eet u dan deze chocola op, u zult het nodig hebben.'

Hij had een vooruitziende blik. Die nacht, terwijl het seminarie geruisloos leegliep, zat Anna in het licht van een kaars bij de twaalf gewonden die ze niet aan hun gezicht maar aan de aard van hun wonden herkende. Ze zat daar en voerde Töpfers laatste bevel uit: ze at zich een delirium aan zijn chocola opdat het niet tot haar doordrong dat ze er allemaal tussenuit knepen. Tegen de ochtend kwam ze bij uit haar verdoving. Wankelend van moeheid en misselijkheid strompelde ze de ziekenzaal uit. Het seminarie bleek net zo uitgestorven als in de nacht van hun aankomst: de artsen waren verdwenen, de verpleegsters met het verband en de medicijnen, zelfs de conciërge in zijn zijden pyjama had het zinkende schip verlaten. Er heerste een plechtige, bijna vrome stilte – was dit de stilte die voorafging aan de uiteindelijke slachting, zoals aan de rukwinden die onweer aankondigden een drukkende, geladen stilte voorafging? Wat deed ze op deze godvergeten plek, ver van huis? Ver van huis? Een huis had ze niet, er was niets om naar te verlangen, geen haard, geen appelboomgaard... niemand die met smart op haar wachtte. Ze hoorde de echo van haar voetstappen op de plavuizen, alsof ze werd achternagezeten door zichzelf. Elke holle zaal die ze binnenging benadrukte haar alleen-zijn... een huis met lege kamers uit een droom, iedere kamer mondde weer uit in een andere lege kamer... 'Schwester...' Het gekreun van de patiënten die als doodzieke baby's aan haar waren overgeleverd dreef haar terug naar de ziekenzaal. Maar ze kon hun pijn niet verlichten, hun wonden niet reinigen – ze had niets anders dan wat stukjes papier tot haar beschikking om de etter weg te vegen, terwijl ze hen kalmeerde met voze woorden. Gedachten, ideeën, gewaarwordingen, gingen door haar heen zonder een andere gevoelssnaar te raken dan die van een morose lankmoedigheid. De dag sleepte zich door haar heen, geleidelijk ging hij over in de avond en nog steeds kwam er niemand om haar af te lossen. Waren ze door iedereen vergeten, kwamen ze in geen enkel plan, geen enkel schema voor, waren ze al doorgestreept? De elektriciteit was een week eerder uitgevallen, ze hadden zich met kaarsen beholpen – ook die waren meegenomen. Ze zat op haar post in het donker, je zou denken dat ze al gestorven waren. Al waren ze met z'n dertienen, ieder van hen was alleen en vocht op zijn eigen manier tegen de wanhoop. Het was duidelijk dat ze aan het eind van haar omzwervingen was gekomen, dit was het punt waar alle lijnen naartoe liepen. Haar zeepbel spatte uiteen en liet een leegte achter waarin alleen de geur van stervende soldaten hing.

Maar ze was niet alleen. Een vanouds bekende compagnon doemde op, hij was te vertrouwen, er ging een precies op de omstandigheden afgestemde verleidelijkheid van hem uit. Hij viel je niet lastig met een onbetrouwbare strategie om te leven, hij lachte om al het zinloos streven, hij vroeg niets, eiste niets... het enige wat hij van haar verlangde was dat ze zich niet tegen hem verzette. Zonder om te kijken verliet ze de ziekenzaal; ze pakte een van de koffers die gevuld was met babykleertjes. Gehypnotiseerd liep ze naar buiten, de diepte in, naar de rivier. De Donau was zwart, ze aarzelde: wanneer ze er vanaf de oever in ging zou ze zich niet kunnen bedwingen om te gaan zwemmen. Ze liep de barokke brug op tot aan het midden. Ik heb je beloofd dat ik het niet zou doen, mompelde ze, vergeef me. De woorden losten op in het geruis van de regen. De brug was er, en het water daaronder, en de belofte van rust die erin besloten lag. Ze tilde de koffer op de borstwering, die tot aan haar schouders reikte, en probeerde zich op te trekken. Maar de bemoste stenen rand was nat en glibberig, ze kreeg er geen vat op en miste ineens de kracht in haar armen, die van oudsher toch zo gehard waren. Nog eens probeerde ze het, en nog eens... ze krabbelde ertegenop en gleed weer terug... Ze weigerde zich erbij neer te leggen dat het niet ging... dat bij een kwestie van leven en dood zoiets banaals als een brugleuning in de weg kon staan. Gefrustreerd pakte ze de koffer en smeet hem alvast de diepte in. Wat de koffer kon, kon zij ook. Maar de leuning was overal even hoog en glad. Daarboven werd ze uitgelachen om haar potsierlijke pogingen: dat Anna, die altijd zo kordaat en efficiënt was, zo jammerlijk onhandig te werk ging bij haar eigen zelfmoord!

Ze gaf het op en sjokte de brug af, tegen de helling op, terug naar het seminarie. Het was afgelopen, ze had haar leven achtergelaten, de Donau in gesmeten, het dreef weg in het koffertje – alleen haar lichaam was er nog, er zat niets anders op dan het de handelingen te laten verrichten die ervan verwacht werden. Ze ging terug naar de zaal en wachtte gelaten tot aan het wachten een eind zou komen. Maar alleen aan de regen kwam een eind, ze staarde onverschillig naar buiten en zag, zonder het werkelijk waar te nemen, dat de lucht langzaam opklaarde. Ze had geen besef van tijd, ergens in die eindeloze nacht werd op de deur gebonsd. Slaapdronken slofte ze de gang in. Men scheen haast te hebben, de deuren vlogen open. 'Waar is het lazaret?' riepen ongeduldige SS-hospiks. 'Wat voor lazaret,' zei Anna. 'Hier is toch een lazaret!' 'Ik weet niet of dit nog een lazaret is...' aarzelde ze, 'ik zou afgelost worden maar er is niemand ge...' Ze hadden geen tijd om naar haar te luisteren, het front was vlakbij, ze moesten uitladen en weer terug. In aller ijl werden de gewonden aan weerszijden van de gang gelegd; de draagbaren werden weer meegenomen voor de volgende slachtoffers, de dekens ook. Voordat ze er erg in had waren ze alweer vertrokken en ijsbeerde ze tussen rijen zwaargewonden – wel honderd. Jongens die een paar uur daarvoor nog springlevend aan de strijd hadden deelgenomen lagen naakt op het schaakbordmotief van de stenen vloer, gereduceerd tot een briefje waarop stond waaraan ze geopereerd waren. Maanlicht viel door de hoge gotische ramen op hun bewusteloze lichamen, die armzalig jong waren. De romantische maan, schutspatroon van geliefden, scheen zonder mededogen vanuit een perverse esthetiek op hun naaktheid. Anna liep getergd heen en weer, ze kon niets doen behalve getuige zijn van hun dood.

Bij iedere soldaat die stierf werd haar walging van het fenomeen oorlog groter – dit was het dus, alles wat ze tot nu toe had meegemaakt was maar voorspel geweest. Dit was het – alle zorg, koestering, offers van anonieme moeders, alle dromen en verwachtingen, alles werd afgekapt door een stompzinnige, voortijdige dood... de zoon, verloofde, vader niet meer dan een naakt, verkleumd, overbodig geworden ding, een naam op een kaartje.

Een soldaat kwam bij. 'Schwester...' rochelde hij. Anna boog zich over hem heen. Hij greep haar arm, zijn ogen schitterden. 'Schwester, wir schaffen es doch!' 'Ja mein Junge,' knikte Anna. Hij wilde er nog iets aan toevoegen, opgetogen opende hij zijn mond, maar op hetzelfde moment gebeurde er in zijn lichaam iets onzichtbaars. Het ongezegde bestierf op zijn lippen, zijn lichaam verstijfde – de bevroren uitdrukking van koppige geestdrift was zo onverdraaglijk dat ze haastig zijn ogen sloot.

Op de een of andere manier brak de dag aan, de doden waren grauw in het vale ochtendlicht. Opnieuw werden de deuren opengeworpen, artsen en hospitaalsoldaten vielen het gebouw binnen. Ze keken vluchtig om zich heen, wat ze zagen scheen hen niet te verbazen, behalve de aanwezigheid van Anna, die werd aangestaard alsof ze een spookverschijning was. 'Wat doet ú hier...' riep een van de artsen, verbluft over zijn rossige snor strijkend, 'bent u gek geworden, de Russen komen eraan!' 'Na und...?' zei ze onverschillig.

Een dag later wemelde het van de bedrijvige Rodekruiszusters. Waar ze vandaan kwamen wist Anna niet, ze had het allang opgegeven er iets van te willen begrijpen. Ineens was er weer sprake van organisatie, iedereen voerde zijn taak uit – maar zij geloofde er niet meer in, het was niet meer dan een dekmantel voor de chaos die ieder moment weer de overhand kon krijgen. Er werd ook weer vergaderd. De staf riep alle artsen, hospiks en zusters bijeen om instructies te ontvangen van de Gauleiter. 'De Gau Ober-Donau houdt stand,' kondigde die aan, 'wij blijven hier op onze post, onder alle omstandigheden.

Ook de zusters. Zij hebben geen enkele reden om bang te zijn voor de Russen, hun veiligheid in dit hospitaal is verzekerd.' Anna, die te midden van een groep verpleegsters zijn geruststellende woorden sceptisch over zich heen liet komen, deed een stap naar voren en riep: 'Maar jullie eigen vrouwen en dochters hebben jullie al weggestuurd hè?' In een reflex trokken de zusters haar terug in de groep, zodat ze weer een uniform tussen uniformen werd. 'Wie was dat?' zei de Gauleiter scherp. Hij stuurde zijn adjudanten eropaf; om beurten werden de zusters ondervraagd wie er geroepen had, maar niemand antwoordde – ze vormden een gesloten blok.

Na de vergadering nam de arts met de snor Anna apart. 'Moet u horen zuster,' zei hij vertrouwelijk, 'ik heb hier vier gewonden van wie alleen de armen in het verband zitten – ze kunnen lopen. Nu wil ik u, en twee andere zusters, een marsbevel naar München geven om hen te vergezellen.' Anna knikte werktuiglijk. Natuurlijk, ze deed nog steeds wat haar werd opgedragen, zelfs als het iets aangenaams was zoals het seminarie verlaten. 'Tussen twee haakjes,' hij krabde met zijn pen achter zijn oor, 'hebt u dat ook gehoord gisteren, die vrouw die riep: "Maar jullie vrouwen en dochters hebben jullie al weggestuurd?"' Hij keek haar met zo'n slimme, maar tegelijk trouwe hondenblik aan dat Anna, op een toon die een bekentenis inhield, toegaf: 'Ja, ik heb het gehoord.' Ineens drong het tot haar door waarom hij het marsbevel naar München had bedacht. Omdat ze hem niet openlijk kon bedanken liet ze hem met haar ogen weten dat ze wist dat hij wist dat zij wist.

'Het lijkt iets uit een vorig leven...' mijmerde Anna.

Lotte staarde haar aan. Voor het eerst meende ze achter het gezicht tegenover haar dat van de jonge vrouw te zien die Anna geweest moest zijn – op een stenen brug in de regen, in een gang met stervende soldaten. Het greep haar meer aan dan ze zichzelf toestond. Zich inspannend haar stem nuchter te laten klinken zei ze: 'Hoe is het mogelijk dat ze al die zwaargewonden achterlieten?'

'Je moet je voorstellen: vlakbij is het front...' gebaarde Anna, 'de hospitaalsoldaten halen de gewonden uit het gevecht en brengen ze naar het veldhospitaal. Daar worden de allernodigste ingrepen verricht, er wordt iets op papier gekrabbeld – dat en dat is er gedaan – en dan stoppen ze ze in een auto en geven een bevel: daarheen, daarachter is een lazaret. Dan kiepen ze ze daar neer en moeten meteen terug. Het was SS, alles wat tot het laatste vocht was Waffen-SS, de jongste, de gezondste jongens. De een na de ander stierf die nacht, voor mijn ogen. Er was niemand om ze te verplegen. Die lange, vreselijke gang. Ik was alleen en kon niets doen. Ik heb die nacht verdrongen, jarenlang, ik kon er niet over praten. Er is een lied: "Eine Mondnacht im April", daar moet ik steeds aan denken.'

Zeven nietige figuurtjes bewogen zich moeizaam voort onder een zware hemel. Anna sleepte haar bezittingen mee in een dikke leren koffer. Af en toe sliepen ze in een school of een kerk – op vertoon van het gemeenschappelijk marsbevel waren de dorpsbewoners gedwongen voor onderdak te zorgen. Een van de soldaten ontdekte ergens een kar waar ze hun bagage op konden leggen; en verder sjokten ze, dag en nacht, steeds verder, totdat ze bij een spoorwegknooppunt kwamen dat door bombardementen vakkundig was omgetoverd tot een zieltogend maanlandschap met kraters waar glimmende stukken kromgebogen rails uitstaken. Ze manoeuvreerden er met hun kar tussendoor, de wielen kraakten vervaarlijk. Ineens zag Anna dat haar koffer er niet meer op lag. Ze holde terug, struikelend, zakte met een been weg in een gat. Was dat haar koffer, dat glanzende ding dat in de binnenzee van een krater dreef? Ze viste hem eruit, nu was hij pas echt zwaar. Toen ze hem teruglegde op de kar brak er een wiel – ze lieten de kar achter in het gezelschap van gekantelde wagons.

Anna bleef staan om haar schoen leeg te laten lopen. Haar zolen zaten vol gaten, bij elke stap sopten haar voeten in het doorweekte leer. Een van de soldaten gaf haar het extra paar soldatenlaarzen dat hij bij zich had, en zijn helm als bescherming tegen de regen. Nog niet tevreden nam hij ten slotte met zijn goeie arm de koffer van haar over, in plaats daarvan droeg zij zijn geweer. In de loop van de avond klaarde het op, de maan gluurde tussen voortjagende wolken door naar het zwoegende reisgezelschap. Twee wachtposten doken op uit het niets en versperden hen de doorgang. 'Mensch, Mayer, kiek mal...' riep er een verbluft, 'Die soldaat hier is een wijf!'

De werkelijkheid bestond alleen nog hieruit dat de ene voet voor de andere gezet moest worden, iedere meter was een meter dichter bij München, een meter verder bij de Russen vandaan. Op een avond, toen iedere meter een meter te veel geworden was, bracht iemand hen naar een oud gymnasium. Er stonden houten stapelbedden. Willoos van moeheid liet Anna zich een bed aanwijzen. In een laatste krachtsinspanning hees ze zich omhoog – met haar helm nog op viel ze breeduit op het bed neer, ziezo. Maar het bed kon zoveel moeheid niet torsen, ze zakte er dwars doorheen en kwam met strozak en al op degene die eronder lag te slapen terecht. Die wentelde het gewicht zonder wakker te worden van zich af, ze belandde met een bons op de vloer en sliep meteen in. Vroeg in de ochtend deed ze een oog open – een dwergachtige grijsaard met een knoestige kop boven een smalle, ingevallen borstkas keek vanuit het bed geschokt op haar neer. 'Jezus Maria Jozef... wat een dragonder is er vannacht boven op me gevallen! Ik dank God dat ik nog leef!'

Ook aan de andere kant van de grens moest iedere kilometer te voet veroverd worden. Steken in haar knie waarschuwden dat het niet lang meer mocht duren, het gewricht was gezwollen tot aan de rand van de laars. Verslagen legereenheden haastten zich naar het centrum van Duitsland; auto's en vrachtwagens, afgeladen met vrouwen, soldaten, officieren, stoven langs. Ze probeerden een lift te krijgen, maar niemand stopte – het spook van de nederlaag zat de militairen op de hielen. De pijn werd ondraaglijk – voor het eerst weigerde nu ook haar lichaam. Anna sleepte haar koffer naar het midden van de weg; met een boog haar helm afnemend alsof ze het verkeer groette ging ze er wijdbeens bovenop zitten. 'Bent u gek geworden,' riepen haar reisgenoten verontwaardigd, 'dat is levensgevaarlijk!' Anna lachte geringschattend. 'Het is me worst of ze me meenemen of doodrijden!'

Een vrachtwagen naderde. Er zat iets geruststellends in de domme mechanische kracht die zich niet stoorde aan levende wezens – met een uitnodigende glimlach wachtte ze hem op: doe het snel. Het paniekgeschreeuw van de achterblijvers klonk als koorzang in de verte. Midden op de snelweg trad de wetmatigheid van een primitief sprookje in werking: als de jonkvrouw zich vol overgave openstelde voor het monster veranderde het in een prins. Op een beleefde afstand kwam de vrachtwagen tot stilstand. Er stapte een jonge officier uit; met militaire eerbied voor haar koelbloedigheid nodigde hij haar uit in te stappen. Stoïcijns kwam ze overeind. Ze wenkte de anderen over haar schouder en stapte in.

De ontvangst in het hospitaal was niet wat ze verwacht hadden na hun barre tocht. 'Wat wilt u hier,' werd de zusters toegesnauwd, 'we hebben u helemaal niet nodig!' Alleen de gewonde soldaten konden blijven. De drie Rodekruiszusters kregen een nieuw marsbevel: terug naar de Beierse Alpen, naar een lazaret aan de Chiemsee. Ze stonden weer op straat en alles begon opnieuw. Vanaf de stoeprand staken ze om de beurt lusteloos hun hand op. 'We hebben jullie niet nodig...' echode het na in Anna's hoofd. Nu begrijp ik, dacht ze bitter, hoe het mogelijk is dat honderd soldaten in een koude gang sterven terwijl er geen zusters zijn om ze te verzorgen: er zijn er hier te veel.

Een militaire wagen stopte. De chauffeur stak zijn hoofd naar buiten: 'Wie weet de weg naar Traunstein?' 'Ik!' riep Anna. Ze waren er op de heenweg langsgekomen, het was niet ver van de Chiemsee. Anna moest voorin gaan zitten, de chauffeur reed langzaam en oplettend verder. Op de motorkap speurde een soldaat met een verrekijker de hemel af. 'Wat zoekt hij toch?' vroeg Anna. 'Jachtbommenwerpers,' grijnsde haar buurman. Zijn mondhoeken krulden nog op toen er van buiten geschreeuwd werd: 'Eruit! Jabo's!' Blindelings sprongen ze naar buiten, boven hun hoofden werden dreigende cirkels beschreven. Ze doken een diepe greppel in, Anna werd bedolven onder haar eigen koffer. Op hetzelfde ogenblik explodeerde de wagen die hen dichter bij de Chiemsee bracht. Het leek of hij telkens opnieuw getroffen werd – in een kettingreactie bracht de ene ontploffing de andere voort, het regende brokstukken op haar koffer. Pas toen er niets meer te horen was kropen ze uit hun schuilplaats te voorschijn. Schuchter stapten ze de stilte na de bom binnen – iedereen was nog heel. Er hing een kruitgeur in de lucht. 'Het is...' begon de chauffeur, 'het was een munitiewagen.' De geblakerde resten smeulden na, ernaar kijken hielp niet dus trokken ze met z'n allen verder, de gedachte aan een ternauwernood ontlopen dood zwijgzaam herkauwend. Een vrachtwagen van Hitlers bouworganisatie TODT stopte, men wenkte. 'Alleen de zusters,' riep de chauffeur bars. Alsof hij dacht dat hij door te spreken de vertoornde goden daarboven zou verzoeken bracht hij hen zonder een woord te zeggen regelrecht naar het lazaret aan de Chiemsee, dat in een voormalig hotel was ondergebracht. Het kondigde zich al van verre aan doordat er – met het oog op diezelfde goden – op straat grote witte cirkels met een rood kruis geschilderd waren.

Aan de kant van de weg zaten, in een rolstoel, twee mannen zonder onderbenen. Ze keken toe hoe de TODT-wagen in plaats van bouwmaterialen zusters loste, ze zagen Anna met haar onmogelijke koffer door haar knie gaan en op het asfalt landen. Dat liet hen niet onberoerd; een van hen rolde kwiek naderbij, raapte haar op en zette haar op zijn schoot, de ander nam haar koffer. In een stevige vaart overbrugden ze de paar honderd meters naar het kantoor van de chef-arts waar ze haar trots op de compenserende kracht in hun armen, op een bank in de gang achterlieten. Een passerende soldaat meldde hun komst. 'Val toch niet zomaar binnen hier...' hoorden ze de arts aan de andere kant van de deur tekeergaan, 'we hebben niemand nodig! Overmorgen is de oorlog afgelopen, we hebben niets te eten, ze moeten maar zien hoe ze zich redden.' Anna liet haar hoofd op haar borst zakken. Met grote aandacht bekeek ze haar nagels, die zwart waren alsof ze aardappels had gerooid. Al haar emoties waren verbruikt, het gebulder van de arts liet haar onberoerd. Eén ding was zeker: ze verzette geen stap meer, desnoods schoot ze wortel op die bank, tegenover zijn deur, om hem aan haar bestaan te herinneren. 'Die arme vrouwen,' hoorde ze de soldaat klagen, 'er zijn toch nog bedden, waarom zouden ze daar niet mogen slapen? En dat rantsoen van drie aardappels kunnen ze ook nog wel krijgen...' De arts ging overstag, het pleidooi van de soldaat aanhoren was vermoeiender dan toestemmen. Die avond lagen ze in een echt bed, tussen gladde witte lakens. Vaag herinnerde Anna zich de gewaarwording van ongekende luxe van lang, lang geleden, toen ze in Keulen was aangekomen in het huis van haar oom.

Hoewel de chef-arts niemand nodig had ontdekte ze de volgende dag bij haar omzwervingen in het lazaret een zaal waarvan de vloer bezaaid was met matrasjes. Er lagen jonge kinderen op, met een groot verband op de plaats waar een arm of een been was afgezet, of met een omzwachteld hoofd waarin de ogen star op het plafond gericht waren. Anna, die dacht dat ze in de nacht met de stervende soldaten het allerergste had meegemaakt, die zich met de koffer babykleertjes meende te hebben ontdaan van alles wat met kinderen te maken had, liep verdwaasd tussen de matrasjes door, af en toe neerknielend bij een roerloos kind dat haar vol moedeloze berusting aankeek. Geen kind speelde of lachte, er heerste een beklemmende stilte alsof ze allemaal in een permanente shocktoestand verkeerden en lijdzaam afwachtten tot hun moeder of vader zou komen om de schrik met een kus weg te nemen. Maar er waren geen moeders of vaders, er was geen sprookjesverteller om ze af te leiden. Ze lagen daar maar, overgeleverd aan een collectieve verlatenheid alsof ze boete deden voor iets dat ze niet hadden gedaan. Er was een bijkomstige absurditeit die langzaam tot Anna doordrong: ze waren zonder uitzondering lichtblond, allemaal hadden ze blauwe ogen. Weldoorvoed als ze waren leken ze op mollige cherubijnen die uit de donszachte wolken naar beneden geschoten waren door een misantroop wiens haat zich uitstrekte tot in de hemel. Hoewel de chef-arts niemand nodig had, ging Anna gewoon aan het werk.

'Wat was er met die kinderen gebeurd?' Lotte keek haar gespannen aan. Er zat een stukje schuim op haar bovenlip, waardoor ze er een beetje belachelijk uitzag en het Anna makkelijker viel afstand te nemen van de beklemmende beelden die ze had opgeroepen.

'Ze woonden in een kindertehuis op de Obersalzberg,' zei ze nuchter, 'dat door de Amerikanen was gebombardeerd. Het waren de Lebensbornkinder, de stamboekkinderen van het nationaal-socialisme. Speciaal geselecteerde blonde mannen en vrouwen werden bijeengebracht – voor de inseminatie als het ware. Dan kwam er een kind en dat schonken ze aan de Führer.'

'En wat moest hij ermee?'

'Nadat hij de joden en de zigeuners netjes had opgeruimd moest daar het edele Herrenras voor in de plaats komen om de wereld te regeren. Deze kinderen werden, goed verborgen voor de buitenwereld, op de Obersalzberg grootgebracht. Na het bombardement zijn ze naar beneden gehaald en naar het noodhospitaal aan de Chiemsee gebracht – en toen zei de chef-arts dat hij geen zusters nodig had.'

Het duizelde Lotte. Het was te veel, te complex, te macaber. Ze haakte af: 'Ik denk dat ik de rekening maar eens vraag, ik ben ineens zo moe. Het zal wel door al dat eten komen, en de drank.' Demonstratief schoof ze haar wijnglas, dat nog halfvol was, opzij.

'Op onze leeftijd kun je niet zoveel meer hebben,' zei Anna dubbelzinnig, 'daar word je steeds weer op een pijnlijke manier aan herinnerd.'

Terug in het hotel werd Lotte opgebeld door haar oudste dochter die 'ook namens de anderen' verwachtingsvol naar het verloop van de kuur informeerde. Vol valse opgewektheid gaf Lotte een geflatteerd beeld. Ik moet het haar vertellen, hamerde het tegelijkertijd door haar hoofd. Maar wat moest ze zeggen? Ik heb mijn zuster teruggevonden, jullie tante? En dan? Het onbegrijpelijke, ongelooflijke, onverkwikkelijke drama in x bedrijven? Hoe zou ze het ooit kunnen uitleggen? Ze liet de raadgevingen van haar dochter over zich heen komen – doe het rustig aan, geniet ervan, ontspan je, tob niet, heb je al leuke mensen ontmoet – en nam afscheid. Ik moet ophouden met al die gesprekken, zei ze driftig tegen zichzelf, de hoorn nog in de hand. Ze putten me uit – de kinderen verwachten dat ik herboren thuiskom, ze hebben er recht op, het is hun cadeau, het heeft ze handen vol geld gekost.

Maar de volgende dag verliet ze toch weer samen met Anna het badhuis – tenslotte was de bevrijding in zicht. Hun hele samenzijn was een film waaruit ze niet op tijd was weggelopen, nu wilde ze ook weten hoe het afliep. De zon scheen, de wereld zag er bedrieglijk beminnelijk uit. Ze drentelden wat rond tot ze in het Parc de Sept Heures kwamen en hun neusvleugels geprikkeld werden door de geur van Vlaamse frieten. Anna snoof met gesloten ogen. 'Daar heb ik zin in!' zei ze uit de grond van haar hart. Hoewel Lotte een aversie had tegen oliebollen- en fritestenten omdat 'je kleren zo gingen stinken', liep ze werktuiglijk achter haar aan. Even later zaten ze, omringd door opdringerige duiven, met een kartonnen puntzak op een bank in het park. De oorlog, het wel en wee van het mensdom, pijnlijke gewetenszaken – alles viel in het niet bij het puberale genot van een zak frites in de winterkou – lange, stevige, knapperige, goudgele frites. Vette, zoute vingers. Maar het idee dat het leven eigenlijk heel simpel was duurde even lang als de zak frites. Daarna veegden ze hun mond en hun handen af en hernam de oorlog zijn rechten.

Lottes vader kwam vlaggetjes te kort om de overwinningen van de geallieerden te markeren; zijn vrouw, die in haar leven te veel oorlogsromans gelezen had, huiverde bij de gedachte aan het strategische en morele vacuüm waarmee machtswisselingen gewoonlijk gepaard gingen – een periode waarin de vijand zijn frustratie over de ophanden zijnde nederlaag blind afreageerde met brandstichting, verkrachting, verwoesting, moord. Wat moesten ze beginnen als ze toevallig in het schootsveld woonden? Dit was, sinds het begin van de oorlog, de eerste angst die ze hardop uitsprak. De toestand werd steeds benauwender. De spanning steeg en ontlaadde zich bij Ernst in een onhandig huwelijksaanzoek. Vertederd door zijn schutterigheid liet Lotte zich niet lang bidden. Niet alleen hield ze van hem om zijn openlijk beleden, onmannelijke zwaktes, ze koesterde ook een heimelijke angst voor het gewone leven dat na de oorlog weer zijn loop zou nemen, terwijl het toch nooit meer zou worden zoals het voor de oorlog was. Dankzij het huwelijk zou ze het uiteenvallen van de reusachtige clan van familie en onderduikers – die in zekere zin dierbare microkosmos, al was het alleen al uit verslaving aan de angst – niet mee hoeven maken; dankzij het huwelijk hoopte ze aan de leegte te ontsnappen die ze zouden achterlaten en de overvloed van tijd, plotseling, om jezelf lastige vragen te stellen. Ze zou ook aan haar vader ontsnappen, wiens nabijheid ze in vredestijd niet meer zou kunnen verdragen.

Een bruiloft konden ze zich niet veroorloven; alles wat ze bezaten was in levensmiddelen omgezet. Ze besloten te trouwen voordat de oorlog was afgelopen – een goed excuus om de plechtigheid in stilte te laten plaatsvinden. Toch werd die stilte op het moment suprême tactloos verstoord door laag overvliegende Spitfires. Op weg naar het stadhuis moest het bescheiden gezelschap – het bruidspaar, haar ouders en twee geïmproviseerde getuigen – voortdurend tussen de varens duiken. Vanwege de onderduikersstatus van de bruidegom hadden ze een onopvallende route door het bos gekozen; om dezelfde reden werd het huwelijk voltrokken door de loco-burgemeester, die betrouwbaar was: Lottes vader, buiten de deur altijd even charmant, had zo zijn connecties. Zonder een glimp feestelijkheid werden de formaliteiten afgehandeld, de woorden van de loco-burgemeester gingen teloor in het geraas van vliegtuigen. Lotte, hier en daar een varentakje van haar bruine mantelpak plukkend, dacht dat er in de wereldgeschiedenis nog nooit zo'n vreugdeloos huwelijk had plaatsgevonden. Na afloop haastten ze zich via dezelfde route naar huis, waar de verbintenis voor het leven toch nog enige glans ontleende aan een schaal met roggekoekjes en een fles jenever – de allerlaatste.

Bij het oversteken van de Avenue Reine Astrid werd een beroep op hun geduld gedaan door een militaire kolonne – dezelfde die ze enkele dagen tevoren naar het westen hadden zien rijden keerde nu terug naar het oosten. Tanks met solaten in krijgstenue, jeeps, Rodekruiswagens, alles in de kleur van mosterd.

Met een bars gezicht sloeg Anna de stoet gade. 'Da siehst du, het gaat gewoon door,' mopperde ze. 'Zolang de economie afhankelijk is van de wapenindustrie zullen er steeds weer nieuwe brandhaarden zijn en blijven we allemaal tot de tanden bewapend.'

Lotte ging er niet op in. Het was weer zo'n generalisatie die de schuldvraag in veilige richting omboog. Als bewapening een wereldwijde wetmatigheid was, dan was Duitsland niet verantwoordelijk voor de economische opleving – dankzij de wapenindustrie – in de jaren dertig en voor alles wat daaruit was voortgevloeid. Maar ze was het moe Anna's theorieën te weerleggen, dus hield ze haar mond en keek met gemengde gevoelens naar de met modder bespatte kolonne. Zo was de bezetter – zo waren de bevrijders het land binnengetrokken.

Deel 3

Vrede

Après le déluge encore nous

1

De Führer was dood, het was een kwestie van dagen. De avond voor de capitulatie vervluchtigde in algemene dronkenschap. In de kelders van het voormalige hotel lagen vooroorlogse drankvoorraden onder sluiers spinrag. Uit angst dat de Amerikanen er een orgie mee zouden aanrichten en zich op het ritme van hun perverse jazzmuziek aan de zusters vergrijpen, deelde de leiding van het lazaret de flessen uit onder het personeel. Anna zat op de grond in een van de zusterkamers en ondermijnde haar realiteitszin vol bitter genoegen met rode Martini. Ze nam haar knellende verpleegsterskap van haar hoofd en kamde neuriënd haar blonde haar. 'Na, guck mal...' de anderen staarden haar verrast aan, 'hoe lief je er eigenlijk uitziet! Waarom verstop je je haar onder die kap, laat jezelf zien zoals je bent!' Anna zette de fles nog eens aan haar mond; ze had geen zin om uit te leggen dat 'er lief uitzien' het laatste was wat ze ambieerde. Alles wat naar vrouwelijke behaagzucht en verleidelijkheid – wat een perversiteit tegenover de doden – zweemde kon rekenen op haar minachting. Aan het eind van de avond werd ze waggelend en giechelend langs de receptie naar haar slaapzaal geloodst.

De volgende dag manifesteerde de gloednieuwe vrede zich dwars door haar stekende hoofdpijn heen: een eindeloze stoet vermagerde, uitgeputte soldaten sleepte zich voort over de Autobahn, opgejaagd door weldoorvoede Amerikanen die blaakten van zelfingenomenheid en verachting. Anna klauterde tegen het talud op en zag op die zonnige bevrijdingsdag een ontgoochelde massa aan zich voorbijtrekken – grauwe gezichten, gebarsten lippen van de droogte. Ze maakte ook kennis met het fenomeen van de zwarte Amerikaan. Kauwend op zijn chewing-gum draaide hij zich op zijn dikke gummizolen naar haar toe. 'Hello baby...' grijnsde hij achteloos. Beledigd draaide ze zich om en holde het talud af, regelrecht naar de keuken. Buiten adem kwam ze binnenvallen: 'Onze soldaten komen uit de Alpenfestung... mijn God... ze kúnnen niet meer...!'

Allen die zich vrij konden maken vulden een kan met limonade en haastten zich daarmee naar de weg. Maar zodra drie, vier soldaten iets gedronken hadden kwam er zo'n type uit het Wilde Westen en duwde, schopte de zusters naar beneden, het talud af. Die krabbelden snel overeind en klommen opnieuw naar boven om limonade te schenken. De jongens dronken gretig en moffelden briefjes in de zakken van hun gesteven verpleegstersschorten. 'Bitte, bitte... schrijft u mijn vrouw dat ik nog leef,' smeekten ze in het voorbijgaan, 'zegt u mijn moeder dat u me hebt gezien...' In het lazaret leegden de zusters hun zakken en vulden de kannen; onvermoeibaar bleven ze hun stellingen aan de kant van de weg betrekken. Ze werden naar beneden gesmeten, bedreigd met geweerkolven, maar bleven halsstarrig terugkomen tot de laatste soldaat gepasseerd was. Terug in het lazaret sorteerden ze de post. Iemand had Anna een pakketje toegeworpen, zonder adres, zonder briefje. Ze maakte het open, er zat een donkerblauwe, wollen stof in voor een officiersuniform – een cadeautje? Toen de posterijen weer functioneerden schreef ze tientallen brieven: 'Van Heinz, voor mijn lieve Hertha... voor Mutti van Gerold... via Anna Grosalie.'

Diezelfde dag kwam er een wisseling van de wacht. Jeeps kwamen voorrijden, in alle rust namen de Amerikanen het militair hospitaal over. Soldaten die genezen waren werden gevangengenomen en afgevoerd; artsen, hospitaalsoldaten en zusters moesten onder bewaking hun werkzaamheden voortzetten. Op het terrein rondom het ziekenhuis werden reusachtige, ronddraaiende schijnwerpers geplaatst om waaghalzen met ontsnappingsdromen te ontmoedigen. Onder de gewonden waren toegewijde nationaal-socialisten die foto's van Hitler en andere nazi-attributen bij zich hadden. Net op tijd hadden de zusters deze parafernalia verzameld en, uit angst de Amerikanen te ontrieven, in de Chiemsee geworpen. Een soldaat, die geen afstand kon doen van zijn ordeteken, zijn IJzeren Kruis en zijn foto van Hitler, had ongemerkt alles achtergehouden. Na enkele dagen klampte hij Anna aan. 'Zuster, zou u me een plezier willen doen en deze spullen voor me verstoppen?' 'Maar waar?' zei Anna sceptisch. 'In het bos hierachter. Begraaft u ze, markeer de plek en teken een plattegrond waarop ze precies staat aangegeven. Als alles voorbij is haal ik het weer op.'

Anna kon het hem niet weigeren. 's Avonds sloop ze, telkens als de lichtbundel net gepasseerd was, gebukt over het terrein – voortdurend omkijkend. Tussen twee berken groef ze een gat, zichzelf stilletjes uitlachend: ze zag zich wroeten in de aarde als een hond die een bot verstopt. Nadat ze, bijgelicht door de maan, een situatieschets had gemaakt met een kruis op de plek waar de Führer begraven was, keerde ze terug zoals ze gekomen was, de Amerikanen vervloekend om het belachelijke machtsvertoon van hun schijnwerpers, waardoor je je in je eigen land, in vredestijd, niet eens vrij kon bewegen.

Het duurde niet lang of de Amerikanen ontdekten de charme van het oorspronkelijke hotel: in de Chiemsee kon je zwemmen en zeilen. Ze eisten het op voor hun generale staf. Het lazaret werd ontbonden, de ss'ers werden uitgesorteerd en op transport gesteld, de Rodekruiszusters als gevangenen afgevoerd naar een Wehrmachtkazerne in het naburige Traunstein. Daar was weinig over van de vermaarde Duitse ordelijkheid. Zo te zien had het Oberkommando, toen de Amerikanen zo dichtbij waren dat ze de gebakken bacon konden ruiken, de teloorgang van het Derde Rijk bezegeld met slemppartijen – de zusters kregen het bevel de zwijnenstal die ze hadden achtergelaten uit te mesten. Ze voelden zich vernederd door hun gevangenname, die in strijd was met de neutraliteit van het Rode Kruis, en door het smerige werk dat zover afstond van hun roeping. Maar dat alles viel algauw in het niet bij het dagelijkse rantsoen van een kop zwarte surrogaatkoffie, een snee droog brood en een bord waterige soep. Licht in 't hoofd van de honger schrobden ze vloeren; na een week kon Anna alleen nog emmers dragen die voor een kwart gevuld waren.

Op een dag doorbrak een van de zusters de solidariteit van een gemeenschappelijke lege maag en ruilde zichzelf bij de Amerikanen voor een bord eten. Vervuld van zelfhaat kwam ze terug; huilend over het onherstelbare wrong ze haar dweil uit. Om beurten probeerde men haar te troosten, maar ze weigerde koppig een aalmoes aan te nemen van iemand wiens zelfrespect nog intact was. Zuster Ilsa, die met haar bevriend was, wist dat ze diezelfde week jarig zou zijn. 'We moeten iets voor haar doen,' zei ze tegen Anna, 'iets aardigs.' Anna knikte zwakjes – bij bovenmatige bewegingen van haar hoofd werd ze duizelig. 'Er groeien margrieten aan de overkant van de weg...' opperde ze aarzelend, 'maar hoe we ooit langs de wachtposten bij de poort moeten komen...' 'Laat dat maar aan mij over,' zei Ilsa, 'ik spreek een beetje Engels.'

Na langdurig onderhandelen in een charmant koeterwaals tussen Engels en Duits in, lukte het Ilsa de wachtposten te vermurwen. De poort opende zich – ze moesten zich beheersen om niet als uitgelaten kalveren het weiland in te rennen, maar het in plaats daarvan met de verstrooide distantie van een bevoorrechte gevangene te betreden. Tussen bloeiend gras lopen, margrieten, boterbloemen, zuring... er middenin gaan liggen en ophouden te bestaan! Terwijl Anna bloemen plukte streken de halmen van het grasland aan de oevers van de Lippe weer langs haar kuiten en rook ze opnieuw die prikkelende, groene geur die nergens mee te vergelijken viel. Dat er verderop Amerikaanse legertenten stonden stoorde haar niet, zoals ze langgeleden de nabijheid van de boerderij negeerde waarin haar stieftante nieuwe treiterijen uitbroedde. Van het voortdurend bukken raakte ze in een duizelige roes, een bedwelmend gevoel van bijna in katzwijm vallen midden in het arcadische weiland en alles vergeten.

Ineens vloog er een reep chocola voor haar voeten, en nog een, en een brood, en nog wat, en nog wat. Met een schok kwam ze terug in het hier en nu. 'Verdammte Schweine...' snauwde ze. Ze piekerde er niet over iets aan te raken. Ook Ilsa deed alsof ze niet merkte dat er vanuit de tenten anonieme lekkernijen naar hen toevlogen. Onverstoorbaar plukten ze verder. Een van de wachtposten riep van de overkant: 'Jezus, raap het toch op, ze geven het jullie gewoon!' Ilsa weifelde. 'Als we het mee zouden nemen,' fluisterde ze, 'dan zouden we er met z'n allen van kunnen genieten... dan wordt het pas echt een verjaarsfeest...' Zo had Anna het nog niet bekeken. Ze pakte haar Rodekruisschort bij de punten, bukte zich en begon het vol te laden. Ten slotte kwam ze met een uitpuilend schort overeind en riep hooghartig: 'Danke schön!' Nooit meer in haar leven zou de jarige een boeket krijgen dat de uitbundige bos wilde margrieten kon evenaren. De zusters gingen in een kring zitten, ieder had een hoopje liefdadigheid van de Amerikanen voor zich, de jarige kreeg het meeste en deelde dat natuurlijk weer uit.

Aan de andere kant van Traunstein was een militair hospitaal. Nadat de bruine zusters waren gearresteerd en weggevoerd ontstond daar een tekort aan verpleegsters. Een van de SS-artsen, die onder bewaking zijn werk deed, attendeerde de Amerikanen op de Rodekruiszusters in de kazerne – onder escorte van twee soldaten werden ze opgehaald en overgebracht naar het lazaret. Anna was niet bij machte haar koffer te dragen – iemand legde hem op een karretje. Alleen het pakje met blauwe officiersstof klemde ze onder haar arm. Zo trokken ze, nagestaard door de inwoners, in optocht door Traunstein. Ze herademden: niet alleen konden ze hun gewone werk weer opvatten in een hygiënische omgeving waar nog steeds de vertrouwde SS-ordentelijkheid heerste, bovendien kregen ze weer te eten. Het hoofd van de boekhouding, een in Traunstein geboren en getogen SS-Oberfeldwebel, had zijn connecties in het achterland. Terwijl de Amerikanen voor aan de poort stonden, schoven de boeren aan de achterkant spek, worst en aardappels door de ramen en groeven de Traunsteiners een tunnel naar de kelder om de voorraden weer op peil te brengen – drie dagen lang propte Anna zich vol.

Toch hadden ze nog steeds de status van gevangenen. Het was hoogzomer, het landschap van de Voor-Alpen strekte zich uit in al zijn verleidelijkheid, maar ze mochten de poort niet uit. Vol claustrofobisch verlangen hing Anna uit het raam van haar slaapkamer en staarde naar de hof van Eden. Vrije burgers wandelden op een idyllisch landweggetje dat tegen een heuvel op slingerde totdat het door een bos werd opgeslokt. Twee anachronistische soldaten patrouilleerden op hetzelfde weggetje en riepen 'Hello baby' naar elke rok die voorbijkwam – deden ze dat in de prairie ook? Ze besloot het recht in eigen hand te nemen. Ze stroopte haar Rodekruisuitrusting af en viste uit de koffer die zoveel had meegemaakt een verfomfaaid deux-pièces. Vermomd als burger wurmde ze zich uit het raam; via verspreid staande struiken wist ze ongezien het bos te bereiken. Het was een gewoon bos, in de eenvoud van zijn duizendvoudige verschijningsvormen. Een beuk was een beuk, een eik een eik, niets meer, niets minder – ze begroette de beuk, omhelsde de eik, rende van de ene boom naar de andere, snoof de humusgeur in, klauterde op een omgevallen den en zette een uitzinnig lied in dat halverwege overging in een huilbui. Onder haar wipte de stam op en neer op het ritme van haar snikken – het was een huilbui als een natuurverschijnsel, een wolkbreuk die het stof van de bladeren spoelt. Het was niet zomaar een kwestie van hartzeer, haar hele lichaam huilde tot in de haarwortels toe, alles kromp samen en ging wijdopen – het huilen zong zich los van de oorzaken totdat het een op zichzelf staande, ijlere vorm van huilen werd die langzaam oploste. Het begon al te schemeren toen ze zichzelf bij elkaar raapte, takjes uit haar haar plukte en op zoek ging naar het pad. De terugweg werd versperd door twee soldaten die in een gesprek verwikkeld waren. Hurkend achter een boom wachtte ze af. Ten slotte slenterden ze samen de avondschemering in en kon Anna een stukje langs de openbare weg lopen als een vrije burger. Ze passeerde een boerderij – kijk toch eens, dacht ze verwonderd, daar zitten mensen te eten, er vallen geen bommen, het licht brandt! Het drong tot haar door dat ze sinds 1939 nooit meer een avond had meegemaakt zonder verduistering; ze was zo vertrouwd geraakt met het abnormale dat ze vol bevreemding het normale herkende.

Van de ene op de andere dag werd ook het hospitaal in Traunstein opgeheven. De patiënten werden weggevoerd, de bewaking verdween, de artsen en zusters werden aan hun lot overgelaten – geen van hen kwam op het idee ervandoor te gaan. Na twee dagen kwam er een vrachtwagen voorrijden met een Amerikaan achter het stuur. Ze klommen met z'n allen in de laadbak en zongen uit volle borst: 'I am a prisoner of war...' – een chirurg dirigeerde de crew met zijn gevoelige handen. De zon scheen, appels hingen aan de bomen, er werd niet geschoten, er sprongen geen auto's in de lucht, er waren geen gezwollen kniegewrichten. Verbazing en onzekerheid waren omgeslagen in fatalisme, getransformeerd in gemeenschappelijke baldadigheid. De oorlog was voorbij, hoe dan ook – langzaam, langzaam druppelde dit besef binnen.

Zingend werden ze opnieuw de gevangenschap binnengevoerd, deze keer in Aibling bij München, een massaal krijgsgevangenkamp op een voormalig vliegveld. De vrouwen, verpleegsters en Blitzmädchen, waren ondergebracht in hangars; de leiding van de Wehrmacht in de overige gebouwen. Verderop, onder de blote hemel, afgescheiden van de rest, lagen duizenden SS'ers, op de grond, in zon en regen, angstvallig bewaakt door soldaten met machinegeweren. Anna en Ilsa liepen naar de wasruimte om het vuil van de reis af te spoelen. Vrouwen verdrongen elkaar voor de spiegels boven de wasbakken; ze stiftten hun lippen en maakten zich mooi. Op de achtergrond schalde populaire muziek door de hangars, tussen twee nummers door deed een disc jockey met een horribel accent de groeten van Wolfgang aan Sabine, en feliciteerde Hans met zijn verjaardag namens Uschi. 'Wat is dit in godsnaam,' zei Anna, 'zijn ze gek geworden?'

Algauw openbaarde zich het doel van alle opsmuk. Buiten langs de hangars flaneerden de kopstukken van de Wehrmacht, in hun uniformen met ordes, eretekens en generaalsstrepen – aan hun zij de opgetutte vrouwen, de ene nog mooier dan de andere. De Amerikanen, zelfs duizenden mijlen van huis nog dol op show, zorgden voor de muziek en draaiden de platen die ze thuis ook draaiden. Elke dag, van vijf tot zeven, was het een groot baltsfestijn voor de top van de Wehrmacht, voor hen die duizenden en nog eens duizenden de dood in hadden gestuurd – terwijl buiten het bereik van luidsprekers en mooie vrouwen de ss-soldaten die het hadden overleefd als koeien in de wei lagen. Anna en Ilsa keken met open mond naar de groteske vertoning. De generaals, de hoge officieren, die in de oorlog buiten schot waren gebleven, paradeerden als eregevangenen rond op de maat van de muziek van hun overwinnaars. Anna stond daar en keek en luisterde met opeengeklemde kaken naar de onbenullige autochtone muziek en wist zich geen raad met de woede die in haar opvlamde. Woede jegens al die zelfingenomen kwasten zonder wier bevelen de oorlog niet eens gevoerd had kunnen worden, zonder wier medewerking Hitler vleugellam zou zijn geweest. Woede jegens de zelfingenomen cowboy-domheid van de Amerikanen. Woede om haar eigen machteloosheid – het ontbrak er nog aan dat ze applaudisseerde of ook haar lippen ging stiften.

Een week later was het ineens afgelopen met de dagelijkse parade. Geen muziek meer, geen groeten, geen generaals, er werd niet meer geschminkt. De vrouwen lagen op bed te zuchten. Een tijdlang was er bijna niets te eten, totdat de bisschop van München op bezoek kwam en als bemiddelaar tussen God en zijn zondaars een verbetering van het dagelijks rantsoen bewerkstelligde. Tussendoor werden de vrouwen onderzocht op geslachtsziekten en, afhankelijk van de uitslag, geleidelijk uit gevangenschap ontslagen. Ook Ilsa vertrok, op zoek naar autoriteiten die de vrijlating van haar verloofde, een ss'er die buiten in de wei lag, konden bepleiten. Anna werd nog vastgehouden, vanwege een ontsteking die verwarring zaaide in de laboratoria van de Amerikanen. Toen bleek dat ze voornamelijk leed aan een sterk verminderde weerstand werd ook zij buiten de poort gezet.

De wandelaar in het centrum van Spa beweegt zich van de gezondheid, via het kapitaal en het geloof, naar de oorlog – in wisselende volgorde, afhankelijk van de gebouwen en gedenktekens die hij passeert: het badhuis, het casino, de kerk, de monumenten voor gevallenen. Het is er moeilijk in de jaren negentig van de twintigste eeuw te zijn, alles ademt verleden.

De zusters waren voor een etalage terechtgekomen waarin attributen uit de Tweede Wereldoorlog verleidelijk waren uitgestald: soldatenjassen, helmen, plunjezakken, sierlijk geborduurde zakdoekjes van de Amerikaanse marine, blikjes Emergency Drinkingwater, een opvouwbare fiets van een Engelse parachutist, een affiche waarop een meisje met een pop in haar armen stond afgebeeld, onder het motto: 'That she may never know the horrors of Dictatorship, let's all pull together for a victorious, prosperous America.'

'Ik haat die taal,' zei Anna uit de grond van haar hart, 'ik heb hem nooit willen leren. Dat blöde volk, de ene nog dommer dan de andere. Hello baby... En die kwamen bij ons met hun vette achterwerk en deden alsof ze ons de cultuur brachten. Ze voelden zich de Herren der Welt.'

'Het waren onze bevrijders,' zei Lotte droogjes.

Anna lachte schor en wees met een gehandschoende vinger de etalage in. 'Die idioten worden nog steeds als helden vereerd ja, je ziet het, zoveel jaar na de oorlog, allemaal Amerikaanse en Engelse spullen, geen Duitse natuurlijk. Ik heb last van mijn voeten, kunnen we niet ergens gaan zitten?'

Ze streken neer in het dichtstbijzijnde café met uitzicht op de Pouhon Pierre-le-Grand. Lotte voelde zich ongemakkelijk.

'Ik begrijp niet,' zei ze weifelend, 'waarom je zo gebeten bent op de Amerikanen. Ze hebben je niets gedaan.'

Anna zuchtte ongeduldig. 'Omdat het miese Hunde waren. Omdat ze ons imponeerden. Je moet niet vergeten wat we achter ons hadden. Dan komen die boys eraan... die in wezen geen schot buskruit waard zijn, die we zo omver konden blazen als we wilden... ieder van ons, iedere gewonde soldaat was meer waard dan zij... het was vreselijk voor ons...'

'Ik begrijp dat niet,' hield Lotte aan, 'ze hebben toch een eind gemaakt aan de oorlog.'

'Schei toch uit, die kauwgumboys, rechtstreeks aangevoerd uit de binnenlanden van Texas!'

'Ze waren misschien in Normandië geweest...' zei Lotte scherp.

'Ach, díe? De paar Amerikanen die daar wat hebben gepresteerd. Aan het eind hebben ze geholpen de oorlog te winnen. De Engelsen, de Fransen, de Russen – denk eens aan wat die hebben gedaan.'

'Er zijn toch heel wat Amerikanen gesneuveld.'

'Ach God,' Anna leunde spottend achterover in haar stoel, 'nu komen de tranen. Wat betekenen een paar duizend Amerikanen als er miljoenen gestorven zijn?'

'Het gaat niet om de aantallen.'

'Jullie Hollanders hebben er een andere voorstelling van. Wij hadden deze. Dat moet je accepteren. Ze vervulden ons met weerzin. We hadden zes jaar oorlog achter ons, twaalf jaar dictatuur. Daar kwamen die bengels, die nergens van wisten, die analfabeten, rechtstreeks van hun farm. Die arrogante, opgeblazen wildwestboys, van 't goud groot geworden. Wat zijn dat eigenlijk voor mensen? Sinds driehonderd jaar zitten ze daar – nadat ze de Indianen hadden uitgeroeid. Dat is toch alles? Heb ik ongelijk?'

'Er bestaat geen volk dat slechter of beter is dan een ander volk,' zei Lotte met een trillende stem, 'dat zou jij als Duitse toch onderhand moeten weten.'

'Maar ze zijn gewoon dommer,' riep Anna uit, 'ze zijn onbeschaafd!'

'Er zijn daar ook intellectuelen.'

'Alleen een kleine laag. Kijk eens naar de massa.'

'Die is zoals de massa bij ons, en bij jullie. Oorspronkelijk zijn het allemaal Engelsen, Duitsers, Hollanders, Italianen...'

'Maar het was toch uitschot wat daarheen ging. Kijk eens hoe ze zich hebben ontwikkeld!'

'Het waren arme emigranten die geen toekomst hadden in Europa.'

'Goed, goed, je hebt gelijk...' Anna hief haar handen in resignatie, 'dan heb ik rust...'

Ze zaten als getergde honden in een gevechtspauze tegenover elkaar. Lotte keek langs Anna heen naar buiten – ineens verdroeg ze de aanblik van dat gezicht niet meer. Een vurig, ondraaglijk gevoel van vijandschap verlamde haar tong. Haar eigen kritiek op de Amerikanen – de communistenjacht van McCarthy, de Ku Klux Klan, het Vietnamavontuur, de manier waarop ze hun presidenten kozen – veranderde kameleontisch in een absolute, heilige noodzaak hen te vuur en te zwaard te verdedigen. Maar ze bracht geen woord meer uit. Moedeloosheid overviel haar. Twee verschillende planeten, zei ze bij zichzelf, twee verschillende planeten.

Het ontging Anna niet dat haar felheid een averechtse uitwerking had. Ze verfoeide zichzelf om haar hartstochtelijkheid. In een poging tot verzachting zei ze: 'Jij bent een Hollandse, dat is iets heel anders. Ik wilde niets met dat volgevreten volk te maken hebben. Onze soldaten waren uitgeteerd, ziek, ze hadden geen vaderland meer, niets meer, ze waren mijn kameraden. Jij begrijpt dat niet, je hebt niet samen met Duitse soldaten in het lazaret gezeten, in de viezigheid. Als het jou overkwam zou je het precies zo zien.'

Dit was de genadeslag – bij voorbaat monddood gemaakt

kon Lotte zelfs niet meer protesteren. En het ging maar door, Anna ging onvermurwbaar verder, als een lerares die met eindeloos geduld steeds hetzelfde uitlegt aan een zwakbegaafde leerling.

'Maar ze hebben jullie toch bevrijd van de nazi-dictatuur...' wierp Lotte met een uiterste aan krachtsinspanning tegen.

'Ha...' Met een cynisch lachje boog Anna zich over de tafel heen, 'je denkt toch niet dat ze naar ons toekwamen om ons te redden? Ze hebben onze wetenschappers ingepikt en mee naar Amerika genomen: chemici, biologen, atoomonderzoekers, militaire vaklui. Gestapomensen, zoals Barbie, zijn bij de CIA binnengehaald. En dan zeg jij dat ik ze als bevrijders moet zien. Adolf Hitler en zijn SS-leger hebben ze tot zondebok gemaakt – de Wehrmachtgeneraals, met hun strepen, die de dood van miljoenen soldaten op hun geweten hebben, zijn nooit bestraft. Die werden als gentlemen beschouwd. Wie een oorlog fatsoenlijk aankondigt en een leger aanvoert is een gentleman. En denk eens aan de rechters die de terdoodveroordelingen hebben ondertekend, die de mensen naar concentratiekampen gestuurd hebben – de meesten zijn nooit bestraft.'

'En Eichmann dan?'

'Dat heeft Wiesenthal gedaan. En de rechter van de Neurenberger processen, dat was een idealist, een uitzondering.'

Lotte luisterde en luisterde niet. Deze argumentatie kwam haar bekend voor; een bevreemdend déja-vu-gevoel leidde haar af. Waar had ze dat allemaal eerder gehoord, hetzelfde en toch anders? Achter de stem van Anna probeerde ze die andere stem te horen. Ineens wist ze het: haar vader had met dezelfde woede op de Amerikanen gefoeterd. Jarenlang. Het was meteen na de oorlog begonnen, aanvankelijk nog geïnspireerd door het charisma van vadertje Stalin, na diens ontmaskering geheel op eigen kracht. De yankees!

De bevrijding: niet alleen van de vijandelijke legers, maar ook van de angst. De voortdurende angst, dag en nacht, werd door het contrast pas voelbaar op het moment dat hij verdwenen was. Ervoor in de plaats kwam een algemene euforie, die niet lang duurde want de angst deed zo nu en dan nog een laatste uitval.

Ter verwelkoming van de binnentrekkende Canadese en Engelse troepen, die waarschijnlijk rechtstreeks naar de radiostudio's zouden gaan, had zich in het centrum van Hilversum een menigte verzameld waar de Hollandse driekleur baldadig bovenuit wapperde. Hoewel sinds de landing in Normandië iedereen het oprukken en de tegenslagen van de geallieerden op de voet had gevolgd, was hun heldendom abstract gebleven – nu wilde men hen zien, omhelzen, fijnknijpen van vreugde. Lotte en Ernst stonden aan de rand van dit krachtveld en wachtten tot de eerste tanks om de hoek zouden verschijnen. Maar in plaats daarvan klonken er dwars door de uitbundigheid heen schoten uit een gebouw aan de overkant. De menigte stoof uiteen, Ernst trok Lotte aan haar arm een zijstraat in. Weliswaar was de capitulatie een feit, maar capituleerde ook iedereen? Tijdens de oorlog doodgeschoten worden was triest, maar na de oorlog het slachtoffer worden van een gefrustreerde soldaat was van een belachelijke, zinloze tragiek. Ze besloten terug naar huis te gaan en liepen zo het in alle bioscopen vertoonde schouwspel mis van de juichend ingehaalde bevrijders, te midden van hordes op de tanks klauterende vrouwen en opgeschoten jongens – gesymboliseerd door sigaretten en chocoladerepen.

Enkele dagen later zag Lotte een kolonne ontwapende Duitsers aan zich voorbijtrekken – haar opluchting werd getemperd door de doffe, lamgeslagen aanblik die ze boden. Vanaf de stoepen werden ze uitgejouwd, scheldwoorden ontploften als granaten tussen de soldaten; vijf jaren angst en haat ontlaadden zich over de hoofden van de overwonnenen. Een vaag gevoel van medelijden flakkerde bij haar op, maar ze betrapte en censureerde zichzelf onmiddellijk.

De joodse onderduikers waren niet meer te houden. Ze wilden naar huis, ze wilden op zoek naar familieleden. Opgekropt ongeduld en angstige voorgevoelens dreven hen naar buiten, de vrijheid in die voor niemand, en zeker niet voor hen, ooit nog hetzelfde zou zijn als die van voor de oorlog. Ze werden gewaarschuwd: nog niet alle Duitsers zijn ontwapend, nog niet alle NSB'ers opgepakt. Tien lange dagen van uiterste zelfbeheersing bleven ze nog binnen. Alleen Ruben hield het niet uit. Hij wilde zijn ouderlijk huis zien, de buren verrassen: 'Wat zullen ze blij zijn me te zien!' Dwars tegen alle vermaningen in vertrok hij, onwennig op een gammele fiets, ongerust nagestaard.

Ogenschijnlijk ongedeerd kwam hij terug. Hij viel zwijgend in een stoel neer en bleef roerloos zitten, alleen zijn ogen gingen verwilderd heen en weer achter zijn brillenglazen. Ten slotte zakte zijn hoofd op zijn borst en drong het tot hen door dat hij huilde. Dat was ongewoon, alarmerend, na jarenlang flink zijn zonder een traan te vergieten. Zonder zijn hoofd op te richten vertelde hij hoe het weerzien verlopen was. Toen de buurvrouw op zijn bellen de deur opende was ze met ogen vol ontzetting en afkeer teruggedeinsd. Haar eerste reflex was de deur weer te sluiten, maar hij stond al binnen. Hij was als vanouds de kamer in gelopen, zijn blik viel meteen op de stoel waarop hij als jongen zo vaak een glas limonade of warme chocolademelk had gedronken. Maar ze nodigde hem niet uit te gaan zitten. Ze liep getergd heen en weer, hem voor de voeten werpend dat ze er al die tijd van overtuigd was geweest dat de hele familie naar Duitsland was afgevoerd. 'Moeder leeft ook nog,' vertelde hij, 'ze zal het fijn vinden dat u al die jaren zo goed voor haar spulletjes heeft gezorgd.' Hij wees verstrooid om zich heen naar de Perzische tapijten en schilderijen die zijn ouders bij haar in bewaring hadden gegeven. 'Je vader heeft ze me geschonken,' verbeterde ze hem scherp, 'ik hoor het hem nog zeggen: Liesbeth, hou jij die dingen maar, wij hebben er niets meer aan, voor ons is het niets dan ballast.' Ruben staarde naar het olieverfportret van zijn grootvader, die hem door een monocle geringschattend aankeek. 'Dat kunt u beter met mijn moeder bespreken...' fluisterde hij diplomatiek. 'Ik héb niets met je moeder te bespreken,' zei ze uit de hoogte. De knokkels van haar handen, die de tafelrand grepen, waren wit. 'Hoor eens,' schoot ze uit, 'in jullie huis wonen al jaren andere mensen. De wereld is veranderd, we hebben ons allemaal aan moeten passen en nu komen jullie uit de lucht vallen en denken dat alles weer wordt zoals het was...' 'U heeft gelijk...' Als in een droom liep Ruben naar de deur. 'U heeft gelijk... neem me niet kwalijk dat ik u lastigviel...'

Druppelsgewijs werd het op provisorische overlevingsstrategieën gebaseerde samenlevingsverband ontbonden – de een na de ander verliet de ark van Lottes moeder. Toen de machinerie van in elkaar grijpende werkzaamheden stopte en het stil om haar heen geworden was raakte haar lichaam in een kramp. Ze lag te kronkelen op haar bed – nu eens kneep ze haar ogen stijf dicht van de pijn, dan weer sperde ze ze wijdopen van verbazing. In de slaapkamer hing een bittere geur, voortdurend moesten haar doorweekte lakens verschoond worden. Nadat hij vertwijfeld naar een diagnose had gezocht liet de huisarts een ambulance komen. Wat een ironie: degenen die zij al die jaren in leven had weten te houden waren gewoon op beide benen het laantje langs het weiland uit gewandeld, terwijl zij door verplegers moest worden afgevoerd. Op de afdeling neurologie werd de oorzaak gevonden: een abrupte ontspanning van de zenuwen die jarenlang het sein 'gevaar' hadden gegeven zonder dat ze aan de daarbij horende reflex 'vlucht' gehoor hadden kunnen geven.

Voor haar man lagen de accenten anders. Hij foeterde op de Engelsen, de Canadezen, de Amerikanen; hij trok van leer tegen de nieuwe regering; hij zette zich af tegen de jubelstemming en de verheerlijking van de westelijke geallieerden terwijl over de grandioze krachtsinspanning van het Oosten gezwegen werd. 'Zonder Stalingrad, zonder het oostelijk front, zonder de miljoenenverliezen van het sovjetleger, zonder de onverzettelijkheid en sluwheid van Stalin,' argumenteerde hij, 'had het westelijk front geen schijn van kans gehad. Uit het oosten kwam het serieuze gevaar, dat wist Hitler heel goed, dat wisten alle Duitsers – waarom zwijgt iedereen daarover, waarom wordt het weggemoffeld in de pers?' Tijdens zijn filippica's was hij zo genereus zelf het antwoord te geven: 'Uit angst voor de bolsjewieken! Ha! Want niet het fascisme, maar het communisme is hun eigenlijke vijand.' Hij voegde er nog een vrijblijvende voorspelling aan toe: 'Die angst zal ze allemaal verenigen.' Trillend van verontwaardiging legde hij een plaat op de draaitafel. Alleen de grote componisten konden hem kalmeren – op Wagner na, die de rest van zijn leven onderin een diepe la zou moeten slijten.

2

Langgeleden zaten ze samen in een teil, nu lagen ze in afzonderlijke baden in pastelkleurige badkamers en dachten na over de bizarre, pijnlijke verwantschap die hen aantrok en afstootte. Elke dag kwamen ze elkaar tegen in de verlaten gangen, op weg van de veenturf naar de onderwatermassage of het koolzuurbad. Uitgekeken op het onvermoeibaar uit de fonteintjes stromende water werden ze aan het eind van de ochtend door het verlangen naar een kop koffie samengedreven in de Salle de Repos. Die hang naar koffie hadden ze in ieder geval gemeen, kon zoiets in de genen zijn ingebouwd? Ze vonden elkaar terug onder Leda en de Zwaan en dronken hun koffie met kleine teugjes. Gewoonlijk was het Anna die de loomheid en rozigheid van het après-bain verdreef door 'er' weer over te beginnen.

Anna stond buiten de poort met haar koffer. Het was eind september, het regende, het was vrede, ze had niemand om naar toe te gaan. Er was maar één persoon naar wie ze verlangde; vastbesloten hem op te zoeken had ze een plan de campagne bedacht om zo dicht mogelijk bij hem in de buurt te komen.

De eerste fase daarvan was Bad Neuheim in Hessen, waar ze Ilsa zou ontmoeten. Ze kon meerijden in de open laadbak van een vrachtwagen waarin zestig vrijgelaten Wehrmachtsoldaten opeengepakt stonden. De wind ging dwars door haar natte verpleegstersuniform heen. Rillend en klappertandend klemde ze zich vast aan de rand van de bak. 'Gaat u toch beneden zitten zuster, bij de chauffeur,' drong een van de soldaten aan, 'als hij handtastelijk wordt roept u ons, dan maken we korte metten met hem.' Een van hen klopte op de cabine, de wagen stopte – in gebroken Engels legde hij uit wat de bedoeling was. 'Of course' knikte de zwarte Amerikaan, hoffelijk de deur voor Anna openend. Binnen was het warm en comfortabel. Broederlijk deelde hij zijn lunch met haar. Ieder in hun eigen Bargoens communiceerden ze op een onbekende golflengte. 'Waar gaat u heen?' vroeg hij. 'Ik heb niemand,' legde ze uit, 'mijn man is dood, mijn huis gebombardeerd. Ik heb een afspraak in Bad Neuheim met iemand die me misschien aan werk kan helpen.' Schrikkend van haar eigen openhartigheid keek ze naar zijn soepele bruine vingers die losjes het stuur vasthielden. Wie was hij, wie was ze zelf? Waarvandaan kwamen ze, waar gingen ze naartoe? Een voormalige slaaf uit Afrika, via Amerika in Duitsland terechtgekomen – een voormalige dienstbode uit Keulen, via Oostenrijk terug in Duitsland, als ex-gevangene in gezelschap van een voormalige slaaf uit Afrika die zo-even nog voor een potentiële verkrachter werd gehouden. Alsof hij haar verwarring aanvoelde lachte hij haar gemoedelijk toe.

In Bad Neuheim ging ze, slepend met haar koffer, op zoek naar het adres dat Ilsa had opgegeven. Langsslenterende Amerikanen spraken haar aan. Verbaasd dat ze werden genegeerd keken ze haar na; de meeste vrouwen boden geen weerstand aan hun lokroep. Ze flaneerden maar al te graag aan hun arm door het dorp en rookten hun sigaretten. Anna werd zozeer in beslag genomen door haar ongenaakbaarheid dat het lang duurde voordat ze ontdekte dat de straat die ze zocht zich onder haar voeten bevond. De vrouw des huizes liet haar binnen en drukte haar met een discreet gebaar, alsof het een staatsgeheim betrof, een briefje van Ilsa in de hand: ze was al doorgereisd naar haar ouders in Saarburg en verzocht Anna haar op eigen gelegenheid te volgen. 'Hoe kom ik daar...' zuchtte Anna. Saarburg lag in de Franse zone. Alleen de oorspronkelijke bewoners, in het bezit van de juiste papieren, hadden het recht terug te keren. Anna, als Weense, gaf zichzelf geen schijn van kans. 'We verzinnen wel wat,' fluisterde de vrouw, haar in een propere slaapkamer achterlatend.

In hetzelfde huis was een Amerikaanse officier, een advocaat uit Chicago, ingekwartierd. De volgende ochtend werd ze aan hem voorgesteld en ontdekte ze dat het enorme, van de ene oceaan tot de andere reikende, met huifkar, lasso en geweer veroverde rijk, per ongeluk wel eens een beschaafde burger voortbracht die bovendien haar eigen taal sprak. 'Ik vind het zo erg,' zei hij meelevend, 'wat de nazi's het Duitse volk hebben aangedaan...' 'Mij hebben de nazi's niets aangedaan,' zei Anna stug, 'Amerikaanse artillerie heeft mijn man gedood, Amerikaanse bommen hebben ons huis platgebombardeerd, Amerikanen hebben mij gevangengenomen.' Maar hij liet zich niet uit het veld slaan, geduldig sleepte hij argumenten aan om haar tot een ander inzicht te brengen. Zijn lessen in politiek en polemologie waren tegelijk een verkapte vorm van subtiele verleidingskunst – niet doof voor de erotische ondertoon wist Anna hem gedurende de dagen van noodgedwongen afwachten met beleefde tegenwerpingen op een afstand te houden. Het wemelde in Bad Neuheim van de Duitse soldaten die een arm of been verloren hadden; uitgeblust zaten ze bijeen op banken en muurtjes en staarden zwijgend naar de passerende Amerikanen die tegelijk met hun vaderland ook hun vrouwen hadden veroverd. Anna herkende Martin in hun midden – het sneed haar door de ziel hen daar zo te zien zitten.

Op een avond nodigde de Amerikaan haar uit voor een party. 'Wat is dat?' vroeg ze. 'Tja...' hij wreef over zijn gladgeschoren kaak, 'dat is een beetje eten, een beetje drinken, een beetje vrolijk zijn...' 'En dan?' zei ze achterdochtig. 'Tja, en dan...? Het zou goed voor u zijn, u bent jong, u kunt niet eeuwig treurig blijven...' 'Danke, nein,' ze schudde haar hoofd, 'het einde van de party is me volledig duidelijk.' 'Ik ben ook maar een man,' verontschuldigde hij zich. 'En ik maar een vrouw,' vulde ze aan, 'en mijn man is een jaar geleden gestorven. Neem me niet kwalijk, maar u gelooft toch niet in ernst dat ik meega naar een party...' Ze sprak het woord uit alsof ze een bittere amandel in haar mond had. Berustend boog hij zijn hoofd. Tegen zoveel onverzettelijkheid was hij, noch als soldaat, noch als man, noch als woordkunstenaar, opgewassen. De volgende dag werd hij overgeplaatst. Voor Anna werd een enorme bos rode rozen bezorgd, die getuigden van een frivole spilzucht in deze tijd van schaarste. Er hing een kaartje tussen de bladeren: 'Voor de eerste Duitse vrouw die nee zegt.'

Inmiddels was er iets voor haar geregeld. Een transporteur uit Bad Neuheim, die toestemming had de zonegrens te overschrijden, was bereid haar naar Koblenz te smokkelen. Hij kwam met paard en wagen voorrijden, ze moest met haar koffer op de met zeildoek afgedekte bodem gaan liggen; zakken met onbekende inhoud werden boven op haar gestapeld – met uitsparing van een luchtgat. De lichtzinnige Amerikanen lieten hem zonder controle door, maar de Fransen staken steekproefsgewijs hun bajonetten in de zakken – rakelings langs Anna heen, die zonder angst de geur van zeildoek inademde en afwachtte. Misschien werd ze alleen maar gespaard omdat ze er heimelijk naar verlangde en hield het noodlot meer van tegenspartelende slachtoffers. De man op de bok deed zwetend zijn schietgebedjes, bekende hij achteraf toen hij haar, voor het station in Koblenz, hielp uitstappen.

Er reden die avond geen treinen meer. Een kudde gestrande reizigers lag in het station te slapen. Anna installeerde zich op de grond naast een oude man die, een opgelapte legerjas over zijn gebogen schouders, een fles wijn aan zijn mond zette en vervolgens gastvrij liet rondgaan in zijn naaste omgeving, terwijl hij hompen witbrood met boter besmeerde en willekeurig uitdeelde. Anna wimpelde zijn aanbod af, maar hij drukte met een gebaar dat geen tegenspraak duldde de fles in haar handen. 'Ik heb nog veel meer,' grinnikte hij onbezorgd, met een bevende vinger op zijn tas wijzend. Ze aarzelde niet langer, de uitbundige sfeer rond de gulle bejaarde was aanstekelijk. De wijngaarden op de hellingen langs de Moezel werden unaniem geprezen, de flessen gingen proefondervindelijk van mond tot mond. Anna strekte zich uit op de grond, de koffer onder haar hoofd, en dommelde langzaam in. 's Morgens werd ze gewekt met wijn – het souper van de vorige avond deed met dezelfde ingrediënten dienst als ontbijt. Ze vergaten hun besognes, er werd gezongen, de herfstzon scheen, zelfs de trein naar Trier tufte het station binnen. In het compartiment werden de feestelijkheden voortgezet, de verfomfaaide gastheer als stralend middelpunt.

Halverwege stopte de trein, over een afstand van enkele kilometers ontbraken de rails. Te voet gingen ze verder, wandelliederen zingend, drinkend, de zon glinsterde in het engelenhaar van de wilde hop die langs de spoorbaan woekerde. Verderop wachtte een andere trein. Niets kon de feestvreugde drukken. 'Wat is dit voor gezelschap,' bromde een priester die bij het raam zat, 'dat gezuip, dat gelal.' Geërgerd pakte hij zijn brevier en begon te bidden, als tegenwicht voor de zedeloosheid die hem omringde. 'Wilt u ook wat?' lachend stak Anna hem de fles toe. Zijn lippen opeenknijpend schudde hij zijn hoofd. In Bernkastel stapte iedereen uit, haar alleen achterlatend in het gezelschap van de priester. Ze hing uit het raam om de kreukelige filantroop die zoveel vrolijkheid om zich heen had verspreid uit te wuiven. Waggelend liep hij over het perron, opgewacht door zijn vrouw, die al van een afstand met sperwersblik de diagnose van een lege tas stelde. 'Wáár is het brood...' foeterde ze, 'wáár is de boter, wáár is...!' Het ineenschrompelende mannetje hief zijn armen ten hemel. 'In het paradijs...' kreunde hij.

De trein zette zich weer in beweging. Het door de wijn veroorzaakte gevoel van vreugde sloeg om in droefenis. Terwijl ze naar zijn steeds kleiner wordende gestalte staarde druppelden sentimentele tranen langs het omlaaggedraaide raam. Ze zakte terug op haar zitplaats, de priester keek verbouwereerd op van zijn brevier. Zich zijn christelijke plichten herinnerend informeerde hij uit de hoogte waarom ze huilde. 'Omdat de vreugde op dat perron is achtergebleven.' Ze legde uit waarom de keren dat ze vrolijk was sinds oktober 1944 op een halve hand te tellen waren. Bovendien was het niet meer een onbekommerde vrolijkheid zoals vroeger, maar een die wortelde in wanhoop. Vertrouwd met dit soort paradoxen – lijden omwille van de verlossing was er nog een – knikte hij.

Het werd al donker en nog waren ze niet in Trier. 'Heeft u een adres voor de nacht?' vroeg hij zakelijk. 'Het station,' zei Anna laconiek. Hij keek haar misprijzend aan. 'Waarom denkt u dat ik er zo uitzie...?' ze wees op haar vervuilde uniform. Hij zweeg peinzend. 'Als ik u eens naar de nonnen bracht, in het klooster? Gaat u dan mee?' 'Lieve hemel!' riep ze uit, 'bestaat zoiets nog?' 'Ja, natuurlijk.' 'In deze tijd?' 'Ja,' zei hij gepikeerd. 'Natuurlijk ga ik mee.'

Toen ze Trier bereikten was Anna midden in het stadium van de nadorst beland. Geradbraakt stapte ze uit. 'Volgt u mij,' zei de eerwaarde bars; hij beende voor haar uit de donkere stad in. Ze sleepte de zware koffer als een hond aan een riem achter zich aan over de hobbelige keien. Uit angst zich te compromitteren liep hij tien passen voor haar uit zonder om te kijken. Ze verdacht hem ervan dat hij niet zozeer gedreven werd door naastenliefde alswel door bezorgdheid over zijn plek in de hemel: 'Wat u voor de geringste van mijn broeders gedaan hebt hebt ge voor mij gedaan.' Hijgend volgde ze de zwarte pij langs de donkere gevels. Iedere stap was een stap terug in de tijd – tot aan de Romeinen in de gedaante van de Porta Nigra, die in zijn sombere massaliteit dreigend boven haar uit torende. De gezant van de kerk sloeg rechtsaf en bleef staan bij een zware houten deur met ijzerbeslag. Hij klopte, mompelde drie woorden en was weg, zonder haar een hand te geven, zonder groet – geen enkel teken van menselijkheid ontsnapte aan deze dienaar Gods.

Gods dienaressen hadden een heel andere opvatting over hun uitverkorenheid. Ze sloegen een hand voor hun mond toen ze haar zagen en begonnen meteen te redderen. Er werd een badkuip met warm water gevuld, haar vuile kleren werden in ontvangst genomen; terwijl zij in bad lag vulde het klooster zich met nachtelijke activiteiten. Gehuld in een kuise badhanddoek werd ze naar een gastenkamer gebracht waar ze tussen schone, gladde lakens schoof en met het beeld van een hemels glimlachende non voor ogen insliep. Toen ze haar ogen opende lag, als nieuw in de winkel, haar lichtgrijs gestreepte verpleegstersuniform op de tafel te schitteren in de ochtendzon – gewassen, gesteven en gestreken.

Als een onberispelijke Rodekruiszuster arriveerde ze in Saarburg. De geschiedenis herhaalde zich: Ilsa bleek, als pleitbezorgster van haar verloofde die nog steeds werd vastgehouden, alweer te zijn vertrokken – opgejaagd door het onprettige vooruitzicht van de naderende winter. Werk was er wel voor Anna: een zeldzaam onsmakelijk karwei had al die tijd geduldig op haar gewacht. Als wraak voor vijf oorlogsjaren waren de Luxemburgers de grens overgestoken en hadden in een bliksemactie hun onlustgevoelens gebotvierd op de bezittingen van de dorpsbewoners. De muren en ramen van het vakwerkhuis van Ilsa's ouders waren met stront besmeurd; linnengoed was uit de kasten getrokken en bevuild – ze waren er breeduit voor gaan zitten, vertelde de vrouw met een strakke mond van ingehouden woede, en hadden het materiaal van hun wraak voor haar ogen gefabriceerd: 'Die Retourkutsche, begrijpt u, een walgelijk volk die Luxemburgers.' Ze was te ziekelijk om de grote schoonmaak zelf ter hand te nemen, terwijl haar man lange dagen maakte in zijn houtzagerij.

Anna stroopte haar mouwen op en begon. Tien jaar daarvoor was ze uit een varkensstal weggelopen, nu zat ze er weer in – wat maakte het uit. Maar toen een vrachtwagen van de houtzagerij haar een eind in de goede richting kon brengen wierp ze dweil en borstels in een hoek – ze had nu genoeg omtrekkende bewegingen gemaakt. Ilsa's moeder, die wist wat haar noeste poetsvrouw naar deze contreien had gebracht, moest haar laten gaan. Door een dichte motregen reed de wagen tot aan Daun in de Eifel. Te voet ging ze verder, door onafzienbare sparrenbossen die oplosten in een nevel van fijne druppels. Het was kil, het vocht drong door haar schoenzolen, maar de wetenschap dat ze steeds dichterbij kwam maakte haar onverschillig voor ongemakken. Deze verlaten weg, heuvel op, heuvel af tussen zwaarmoedige sparren door slingerend, was precies wat je van een pelgrimsroute naar de onderwereld kon verwachten. Ze was niet bang, het einde van de reis kwam in zicht, daarna zou er niets meer te wensen zijn, daarna... er was geen daarna. De kou kroop op tot haar middel, ze vorderde steeds langzamer, haar schoenzolen waren versleten, de lappen hingen erbij en klapten bij elke stap terug. Ze zag alleen nog glimmende zwarte boomstammen en druipende takken – hoewel haar lichaam steeds meer tekenen van onwil toonde hield haar geest koppig vol. Op een gegeven moment kon hij het niet langer aanzien en begon hij zich er zelf mee te bemoeien. Hoor eens liefje, zei hij meewarig, maak toch dat je thuiskomt. Wat wil je, ik ben daar toch helemaal niet... Zo praatte hij op haar in; aanvankelijk negeerde ze hem, maar toen hij – zorgzaam als altijd – een tegenligger voor haar arrangeerde die langzaam in de mist opdoemde, capituleerde ze. Vandaag win je, gaf ze toe, maar komen zal ik... op een geschikter moment...

Terug in Saarburg ging ze verder met de schoonmaak. Het gekanker op de Luxemburgers hield niet op, het achtervolgde haar in alle kamers als een door wrok aangedreven drilboor – die ook werd gehoord door een oude dame, die aan de achterkant van het huis enkele kamers bewoonde. 'Hoe houdt u het hier uit,' zei ze, Anna's geploeter gadeslaand, 'u blijft toch niet in alle eeuwigheid zo doorgaan hier.' 'Wat moet ik dan,' verweerde Anna zich, 'ik wacht op Ilsa.' 'Mijn god, dan kunt u lang wachten, wie weet wanneer ze hulp vindt. Moet u horen, ik doe u een voorstel. Ik heb een kennis in Trier, een gepensioneerde lerares van het gymnasium. Ze zoekt iemand voor de huishouding... niet zomaar iemand, begrijpt u. Misschien is het iets voor u.' Anna knikte langzaam – haar leven hing tenslotte van improvisaties aan elkaar.

Ze herkende de Kaiserstrasse in Trier van haar nachtelijke tocht in het kielzog van een priester en maakte er kennis met een boeiend, nieuw mensentype vol onbegrijpelijke tegenstrijdigheden: Thérèse Schmidt, een smalle, benige vrouw met dun grijs haar dat door een pen bij elkaar werd gehouden – gierig op het gebied van aardse zaken, maar vrijgevig en behulpzaam waar 't het intellect betrof. Het was haar niet aan te zien dat ze zich elke dag op de boerderij van haar broer, even buiten de stad, volpropte met brood, vlees en zuivel. Zonder gêne weidde ze erover uit – nooit kwam het bij haar op iets mee te nemen voor Anna, die in leven probeerde te blijven op twee sneden brood per dag, enkele aardappels en een kop zwarte drabkoffie – het door de Fransen ingestelde rantsoen in antwoord op de honger die ze zelf geleden hadden. De zeldzame gierigheid van Frau Schmidt viel moeilijk te rijmen met haar dagelijkse kerkbezoek, bijbelstudie en vurige gebeden – nog nooit had Anna zoveel bigotte geloofsijver van dichtbij meegemaakt.

Er waren veel boeken in huis, haar vroegere leeshonger keerde terug tussen de huishoudelijke taken door. Toen de lerares haar, na haar dagelijkse visite, lezend aantrof schoof ze vol verbazing een stoel bij. 'U bent niet voorbestemd om uw hele leven tussen het fornuis en het aanrecht te slijten, dat zag ik meteen al... wat wilt u eigenlijk worden?' 'Ik heb geen idee...' stamelde Anna, overrompeld door de plotselinge belangstelling. Haar plannen voor de toekomst reikten niet verder dan het voltooien van die ene missie. 'Is er niet iets dat u altijd al graag wilde doen?' Anna fronste haar wenkbrauwen, Dante gleed van haar schoot maar werd in zijn val onderschept door de smalle hand van Frau Schmidt. Het idee de vrijheid te hebben om zelf een beroep te kiezen was zo revolutionair dat het haar denken verlamde. Ze moest haar wereldbeeld ervoor loslaten, waarin vrouwen vanzelfsprekend in drie categorieën waren verdeeld: een brede onderlaag die boerinnen en dienstbodes voortbracht, een kleine bovenlaag van bevoorrechte vrouwen die de decoratieve functie hadden een beschaafde, elegante gastvrouw te zijn, en dan was er nog een restcategorie van ongetrouwde vrouwen in het onderwijs, de verpleging of het klooster. Niemand koos zelf, het was iets waar ze in terechtkwamen – door geboorte, of de omstandigheden. Frau Schmidt herhaalde haar onschuldige vraag. 'Tja...' zuchtte Anna. Het was licht in haar hoofd, ze wist niet of het door de honger kwam of door de netelige vraagstelling. Kriskras flitsten haar gedachten terug in de tijd, op zoek naar voorbeelden, naar identificatiemogelijkheden, naar iemand die haar het antwoord in de mond kon leggen – zo belandde ze in een donkere, benauwend kleine kamer waar het naar zweetvoeten rook en een dode soldaat aan de muur hing die geboren was om voor het vaderland te sterven (ook weer zo'n onontkoombare, vanzelfsprekende bestemming). Tegenover haar stond een vrouw, die met haar achterwerk resoluut de deur dichtduwde terwijl ze haar armen liefdevol opende: kom maar hier...

'De kinderbescherming...' flapte Anna eruit, '...ik geloof dat ik dat altijd heb gewild.' 'Ach so... maar waarom doet u dat dan niet?' 'Dat is toch onmogelijk,' zei Anna schor, 'dan moet ik eerst eindexamen doen...' Frau Schmidt lachte haar uit: 'Als dat alles is!' Uit haar onderwijsverleden duikelde ze een leraar op die bereid was Anna klaar te stomen voor het staatsexamen. Er was nog een vrouw die zijn lessen volgde, Anna kon zich bij haar aansluiten. Voortaan liep ze elke namiddag door de eeuwenoude straten naar zijn huis, tussen puinhopen door en mensen die omvielen van de honger – over haar versleten schoenen versleten gummi overschoenen. 'Luister, u hoeft niets te begrijpen,' prentte de leraar haar in, 'u moet op het examen alleen de juiste antwoorden kunnen geven. Leer het uit uw hoofd!' Toen Anna naast haar trotse vader 'Das Lied von der Glocke' declameerde, had iedereen al versteld gestaan van haar geheugen, nu was het de leraar die buiten adem raakte van de snelheid waarmee ze zijn raadgevingen opvolgde. Hij joeg haar door de grammatica heen, door de grondbeginselen van de mathematica, door de geschiedenis, de geografie, de Duitse literatuur. Na veertien dagen zei hij: 'Ik werk hier met twee ongelijke paarden. U rent als een waanzinnige vooruit, de ander kan het niet bijbenen. Ik zal jullie moeten scheiden.'

Haar hoofd was helemaal leeg – ze had de oorlog diep weggeborgen, de sleutel opzettelijk verloren. Er was ruimte genoeg voor de duizelingwekkende hoeveelheid gegevens, zo prettig neutraal in hun hoedanigheid van cultuurgoed. Ze stampte en stampte, af en toe bijna bezwijmend onder het hoge toerental. 'Bent u duizelig?' informeerde de leraar. 'Ja...' zei ze wazig. 'Wat hebt u gegeten?' 'Twee aardappels...' 'Sapperloot, had u dat eerder gezegd!' Hij maakte een bord havermoutpap voor haar klaar. 'Voel u niet bezwaard, ik krijg voedselpakketten uit de Engelse zone.' Elke dag begonnen de lessen met een bord pap: eerst het lichaam, dan de geest, was zijn opvatting. Hij signaleerde ook dat haar overschoenen op waren. Haar werkgeefster, die minstens tien paar schoenen had staan in dezelfde maat, kwam niet op het idee een paar aan haar af te staan. De leraar ruilde twee flessen jenever voor degelijke, leren schoenen. Thuis liet Anna ze opgetogen zien. Ongeïnteresseerd trok Frau Schmidt haar wenkbrauwen op: 'Na und...?'

De dag voor Kerstmis ging ze bij haar broer alvast een voorschot halen op het kerstmaal. Wanneer ze terugkwam, zei ze voor haar vertrek, wilde ze in bad – om het lichaam te zuiveren voordat ze, tijdens de nachtmis, aan de geest toekwam. Anna moest alles in gereedheid brengen en een grote ketel water koken op de kolenkachel in de keuken. Het werd al donker toen onverwacht de bel ging. Voor de deur stond een vrouw die een huilende, in doeken gewikkelde baby tegen zich aan klemde en op de stoep in elkaar dreigde te zakken van uitputting. Anna ving haar op, bracht haar naar de keuken en nam het kind van haar over, dat stonk alsof het in geen weken verschoond was. Vanuit haar ooghoek zag ze de dampende ketel en de tobbe –

alles stond klaar voor de gnädige Frau. Zonder zich te bedenken vulde ze het bad, pelde het kind uit en gooide de stinkende lappen in de gang. Nadat ze de baby gewassen had wikkelde ze hem in een flanellen doek. En passant gaf ze de moeder een boterham, een gekookte aardappel en een kop zwarte koffie. Er werd geen woord gezegd, alles gebeurde in een jachtige opeenvolging van vanzelfsprekende handelingen – onder de voortdurende dreiging van het fantoom van Frau Schmidt die ieder ogenblik thuis kon komen. Wat nu, vroeg Anna zich koortsachtig af, waar moesten ze naartoe? Het klooster! De nonnen, die engelen van onbaatzuchtigheid! Ze schoot een jas aan en bracht moeder en kind naar de ursulinen, die zich gretig over hen ontfermden. Op de terugweg overviel haar een behaaglijk gevoel van synchroniciteit: het was kerstavond en in de herberg was geen plaats! Boven de puinhopen van Trier was de hemel bezaaid met sterren, daaronder liep zij op haar nieuwe schoenen. Alles was in evenwicht – voor even.

Ze kwam tegelijk met haar werkgeefster thuis. Toen er, in plaats van een warm bad, een tobbe vuil water op haar bleek te wachten raakte de lerares buiten zinnen. In een grotesk gebaar hief ze haar armen, een stortvloed van beschuldigingen daalde op Anna neer. 'Een ogenblikje,' wrong die zich ertussen, 'ik zet een nieuwe ketel op het vuur, ik ruim alles op, het is zo gebeurd.' Frau Schmidt kwam pas tot bedaren toen de orde hersteld was en het plaatje in de keuken overeenkwam met het plaatje dat ze in haar hoofd had gehad toen ze, rozig en verzadigd van het eten, naar huis was gewandeld.

Tijdens de nachtmis zat ze, geurend naar zeep en stijfsel, in de kerkbank te zingen, te jubelen, te bidden dat het een lust was. Met dezelfde stem die zo goed was in scheldkanonnades ging ze tekeer als een engel van Onze Lieve Heer. Anna sloeg haar stoïcijns gade. Op weg naar huis zei Frau Schmidt: 'Ik snap nog steeds niet hoe u zo'n smerig wijf en zo'n smerig kind in mijn huis kon halen.' Anna bleef staan, keek haar recht in de ogen en citeerde sereen wat de pastoor kort daarvoor gezegd had: '...want in de herberg was geen plaats voor ze... en in de stal baarde Maria haar eerstgeboren zoon... ze wikkelde hem in doeken en legde hem in de kribbe...' 'U maakt zich er met een woordspeling van af...' zei de lerares, nors doorlopend. Toch kreeg Anna een kerstcadeautje. Geen warme kousen, geen vest, geen melk of vlees, maar een Latijns misboek: de Sacramentaria, het Lectionarum en het Graduale – een stille hint dat Anna op het gebied van het christendom nog veel te leren had.

Frau Schmidts altruïsme lag meer in de didactische sfeer. Bij haar speurtocht naar een Academie voor Maatschappelijk Werk werd het haar niet makkelijk gemaakt. Alle door de nazi's geïndoctrineerde opleidingen waren opgedoekt; wat overbleef was een degelijk katholiek instituut in Nordrhein-Westfalen. De directrice reageerde meteen op haar onberispelijke brief: in maart zou ze een bezoek brengen aan het seminarie in Trier, bij die gelegenheid zou ze de geschiktheid van Frau Schmidts protégé zelf beoordelen.

Als bescherming tegen het uit de puinhopen opwaaiende stof droeg Anna een hoofddoek die fladderde in de wind. Naarmate ze dichter bij het seminarie kwam nestelde de examenvrees zich steviger in haar ingewanden. De directrice, hooghartig en kortaangebonden, deed niets om haar op haar gemak te stellen maar onderwierp haar aan een kruisverhoor. 'Waarom wilt u sociaal werkster worden?' vroeg ze op cynische toon, alsof haar nog nooit zo'n onbescheiden, brutaal plan ter ore was gekomen. 'Ik wil de mensen helpen,' klonk het zacht. 'Waarom?' 'Omdat ik de mensen wil helpen!' herhaalde Anna met stemverheffing, alle egards en beleefdheidsfrases vergetend. Er viel een ongemakkelijke stilte. Ik heb het verknald, dacht ze, dat heb ik snel voor elkaar. Maar waarom behandelt ze me als een hond? Een hond aai je nog over zijn kop, je zegt: je bent een lieve hond. Ten slotte verbrak ze berouwvol de stilte: 'Ik ben zelf een kind geweest dat hulp nodig had.' Weer die stilte en de spottende, borende blik van de autoriteit die over haar lot ging beschikken. 'U kunt gaan,' zei de vrouw kortaf. Neerslachtig kwam Anna thuis. Frau Schmidt schoot op haar af: 'En, hoe ging het?' 'Ik kan het wel vergeten, het wordt niets.' De lerares snoof vol ongeloof. Ze had haar eigen kanalen om aan objectieve informatie te komen; enkele dagen later meldde ze vol overwinnaarstriomf: 'Je hebt diepe indruk op haar gemaakt. Díe weet tenminste wat ze wil, heeft ze tegen de abt gezegd...' Vermoeid keek Anna op. Ze wilde er niets meer over horen, de lerares fabuleerde er maar wat op los. Maar de post stelde haar in 't gelijk. Er werd een beduimeld en beschadigd telegram bezorgd: 'Begin eerste semester: 1 september.'

Vaarwel Frau Schmidt, Studienrätin! Maar voordat ze naar Nordrhein-Westfalen vertrok moest ze een tweede poging wagen. Deze keer had ze solide schoenen, de zon scheen, ze kon met een auto van de posterijen meerijden tot aan het dorp zelf. In het centrum stapte ze uit, dorpsbewoners wezen haar de weg. Met een armvol onderweg geplukte bloemen duwde ze het piepende krulijzeren hek open. Er was een middenpad, zoals in de kerk, met rijen graven aan weerszijden. Vooraan de oudste: bemoste, door regen en vorst verweerde namen uit de streek op scheefgezakte stenen en gebarsten zerken. Daartussen geknipte taxussen en coniferen en een nadrukkelijke alleen door vogelgeluiden doorbroken afwezigheid van geluid. Verder naar achteren waren de recentere graven. Een sprong er onmiddellijk uit omdat het vierkant was in plaats van langwerpig en er drie amateuristische houten kruisen op stonden die naar elkaar overhelden alsof ze steun zochten bij elkaar. Terwijl ze intuïtief in die richting begon te lopen bekroop haar een ongerijmde, plotselinge angst: de angst dat hij toch nog gelijk zou krijgen en overal zou zijn behalve op deze ene plek... dat hij haar vanuit alle windstreken zou uitlachen om haar naïveteit. Maar er was geen ontkomen aan: vanaf haar ontslag uit het kamp van de Amerikanen was ze onderweg geweest naar deze armzalige twee vierkante meters. Dus naderde ze vol schroom, voetje voor voetje, haar ontnuchtering. Elk kruis droeg een in spijkerschriftachtige letters gekerfde naam – het middelste droeg de zijne. Daaronder was de aarde bedekt met vers sparrengroen waarop witte rozen lagen. Van wie, voor wie, waren die bloemen? Ze knielde neer, legde haar veldboeket erbij en staarde naar zijn naam in de hoop dat zich daardoor iets van zijn aanwezigheid zou manifesteren, maar het enige wat ze voor zich zag was de bruingebrande soldaat die haar op het station in Neurenberg opgeruimd uitwuifde: ...diese Scheisse ist sowieso bald zu Ende... Als hij ergens leefde was het in haar, er was geen plek op aarde waar dat zo duidelijk was als hier...

'Wat doet u aan mijn graf?' klonk achter haar, dwars door de stilte heen, een vrouwenstem. Anna verstijfde. Zonder zich om te draaien zei ze waardig: 'Als er iemand op de wereld is van wie dit graf is dan ben ik het wel. Het is namelijk mijn man die hier ligt.' Vanuit een conifeer steeg het indiscrete gezang van een merel op, daartussendoor zette een gedempt gesnik in. Anna draaide zich om. Een jonge vrouw staarde haar met gezwollen ogen aan. Terwijl het graf de impopulaire eigenschap van alle graven op de wereld tentoonspreidde door spreekwoordelijk te zwijgen rees, onontkoombaar, bij Anna een verdenking op die te erg was om gedacht te worden. Er liggen er nog twee, stelde ze zichzelf gerust. 'Bent u Frau Grosalie...' zei het meisje met een gesluierde stem. 'Ja ja...' zei Anna kortaangebonden, 'ik ben Frau Grosalie, maar wat heeft u met mijn man te maken...?' Hulpeloos keek de ander naar de lucht, alsof ze op een teken wachtte. Geen enkele relativering wilde Anna te binnen schieten. Vluchtig kruisten hun blikken elkaar.

'Ik zal het u uitleggen,' mompelde het meisje. Ze schraapte haar keel. 'Hij was bij onze buren ingekwartierd... over het hek maakten we kennis met hem, mijn moeder en ik... we vonden hem meteen sympathiek... allebei...' Zo leidde ze schuchter haar verhaal in. Via haar, het laatste vrouwelijke wezen dat hij voor zijn dood had gezien, trad Martin op een onorthodoxe manier in contact met Anna – via haar bracht hij zijn vrouw op de hoogte van de details. Nu pas werd zijn abstracte dood –

der Heldentot Ihres Mannes – iets dat hem op een bepaald ogenblik, op een bepaalde plaats, was overkomen. Het ene moment leefde hij nog en kon hij zien, horen, ruiken, praten, lachen – even later werden zijn stoffelijke resten bij elkaar gesprokkeld. Op doffe toon haalde het meisje zich die bewuste dag in september 1944 voor de geest. Het kantoor in Prüm, waar ze werkte, was gesloten omdat de hele streek frontgebied geworden was en alle vervoer stillag. Noodgedwongen bleef ze thuis. Ze zat op de tuinbank in de zon toen de officier haar goeiendag zwaaide en toeriep dat hij opdracht had gekregen met zijn manschappen naar de Westwall te gaan om een bunker met verbindingsapparatuur te betrekken. Ze schoot overeind van de bank: 'Zou ik met u mee mogen rijden tot Prüm,' vroeg ze in een spontane opwelling, 'ik heb een tas met spullen in het kantoor laten staan.' Hij schudde zijn hoofd: 'De wegen zijn niet veilig, de Amerikanen beschieten ons van alle kanten.' Maar toen ze aandrong en hem smeekte haar mee te nemen zwichtte hij. 'Na ja, als u per se wilt.'

Ze vertrokken, de vrachtwagen laveerde over een bospad; af en toe ontplofte er iets in de verte, bladeren en bessen trilden in de lucht, dan werd alles weer stil. 'Hemeltjelief,' riep ze ineens in paniek, 'ik ben de sleutel vergeten!' Martin bagatelliseerde het gemis: 'U heeft toch geen sleutel nodig, u zult zien, er zit geen raam meer in dat huis, u kunt zo naar binnen klauteren...' 'Dat kan allemaal wel zijn,' zei ze koppig, 'maar ik haal toch liever de sleutel.' Ze maakte aanstalten om uit te stappen, hij hield haar tegen: 'Het is levensgevaarlijk om alleen terug te lopen.' Maar ze was niet meer te houden, een onwrikbaar geloof in de onmisbaarheid van de sleutel noodzaakte haar rechtsomkeert te maken. Ze nam afscheid, stapte uit en liep de weg terug die ze gekomen waren.

Halverwege de middag keerden de verbindingstechnici terug in het dorp. Drie van hen in doeken gewikkeld als mummies, zes anderen ongedeerd. De dorpsbewoners dromden samen, het meisje stond er in confuse ontreddering tussen en vroeg de overlevenden op beschuldigende toon om een verklaring, niet vermoedend dat ze al zwaar gebukt gingen onder schuldgevoelens. Met hangend hoofd had een van hen verslag gedaan. De vrachtwagen naderde een dorp, Martin zat – zoals ze wist – voorin tussen de chauffeur en een soldaat. De anderen riepen van achteren: 'Stop eens, we willen even een paar appels plukken.' Tegen een helling was een boomgaard, rode appels glinsterden uitdagend in de zon. 'We kunnen niet stoppen,' had Martin gezegd, 'als we stoppen zijn we een makkelijk doelwit voor de Amerikanen.' Maar de manschappen zeurden 'eventjes maar' en Martin, goedmoedig als hij was, liet zich niet bidden. 'Vlug dan!' capituleerde hij. Zes soldaten sprongen uit de wagen en renden als kwajongens de boomgaard in. Even vergaten ze de oorlog, ze schudden aan de takken en raapten appels totdat ze werden opgeschrikt door een explosie in de diepte. De cabine met de drie achtergeblevenen spatte, getroffen door granaatvuur, voor hun ogen uiteen.

Het meisje hoorde hem sprakeloos aan, starend naar de drie prozaïsche pakketten, en zag de mannen voor zich waar ze enkele uren geleden nog broederlijk tussenin gezeten had. Intussen werd de bagage van de slachtoffers verzameld; in Martins koffer lagen, tussen boeken, een paar lichtblauwe kinderschoentjes en een zilveren avondtasje. Bij de aanblik van zijn persoonlijke bezittingen drong de rampzaligheid pas in volle omvang tot haar door. In tranen uitbarstend keerde ze het tafereel de rug toe. Intussen sloeg iemand in het gewoel zijn slag – toen ze tot zichzelf gekomen was en zich omdraaide waren de schoentjes en het avondtasje verdwenen.

Anna knikte langzaam. 'Der Heldentot Ihres Mannes...' Gestorven voor een handvol appels. Het sloot aan bij die ene appel die rampspoed over de mensheid had gebracht. Martin was door de steppen van Rusland en de akkers van de Oekraine getrokken, hij had de kou overleefd, een aanslag van de partisanen, een dodelijke ziekte – de hele oorlog door was hij gespaard gebleven om aan de rand van een boerendorp in de

Eifel voor een handvol appels te sterven. Hoe zinloos en absurd deze dood ook leek, het was er een die bij hem paste: hij stierf terwijl hij anderen een plezier deed. Hierin herkende ze hem zoals hij was... in het verhaal van zijn dood kwam hij ineens dicht bij haar. 'Zijn die bloemen van u?' zei ze zacht. 'Mijn moeder en ik,' beaamde het meisje, 'hebben in Trier boter en eieren geruild voor deze rozen.' Anna keek om zich heen, de andere graven lagen er verwaarloosd bij, het vierkant met de drie kruisen was een liefdevol onderhouden eiland te midden van overwoekerde zerken.

Het meisje stond erop Anna aan haar moeder voor te stellen. Die schudde aangedaan haar hand. 'Ihr Mann war ein so guter Mensch...' zuchtte ze, haar neus snuitend. Daarna bereidde ze de weduwe een ontvangst alsof ze een lang verwacht familielid uit Amerika was. Alles wat er in huis en tuin aan eetbaars te vinden was werd, toebereid met geurige kruiden, op tafel gezet. Anna begreep dat het zowel een herdenkingsmaal als een feestmaal was. Hij was dood, maar zij leefde – dankzij haar paranormale obsessie voor een sleutel. 'Wat ik niet begrijp...' zei de moeder bij het afscheid, 'de SS heeft ze begraven en de kruisen erop gezet, maar onze pastoor heeft geweigerd ze te zegenen omdat het SS'ers zijn. Is dat nou een christen...?'

'Jij had tenminste nog een graf waar je naartoe kon gaan,' zei Lotte koeltjes. Ze voelde er niets voor zich door het relaas van Anna's pelgrimage naar het graf van haar SS-officier te laten meeslepen.

In gedachten verzonken keek Anna haar aan. 'Hoezo?'

'In Mauthausen was geen kerkhof.'

Anna strekte haar pijnlijke benen. Door de verzachtende invloed van de baden had ze enkele dagen in de waan geleefd dat de pijn verminderd was, maar nu keerde hij ineens in alle felheid terug. 'Een paar jaar geleden was ik in Auschwitz...' zei ze, 'elke dag werden daar zesduizend mensen vergast. Ik stond daar waar ze allemaal naartoe waren gegaan en herinnerde me de prachtige zomer van 1943. Martin kwam, we gingen zwemmen in het meer, we trokken ons terug op het eiland, heerlijke weekends voor ons alleen – ik wist niet dat het mijn galgenmaal was. Dat in deze tijd, waarin ik het beetje geluk van mijn leven beleefde, miljoenen mensen deze weg waren gegaan... ik kon het niet aan, het was zo erg...' Ze masseerde haar knieën. 'Maar of ik nou gelukkig was of niet... zij waren er niet mee geholpen...'

Dat was een waarheid als een koe. Lotte zweeg.

'Aanvankelijk geloofde ik het niet,' ging Anna verder. 'In de jaren vijftig zag ik voor het eerst de beelden op televisie. Weet je wat ik dacht? De Amerikanen hebben de lijken uit de door henzelf gebombardeerde steden verzameld en op een hoop gegooid in het concentratiekamp. Ik kon het niet geloven.'

'Wanneer drong het dan eindelijk door?' zei Lotte vinnig.

'Dat begon met een grote tentoonstelling "De joden in Keulen vanaf de tijd der Romeinen". Daar druppelde de waarheid langzaam binnen. Je moet begrijpen: politiek interesseerde me niet. Ik werd in beslag genomen door mijn werk, iets anders was er niet.'

'Wir haben es nicht gewusst, wir hatten etwas Anderes zu tun,' smaalde Lotte.

'Ja... nee...' zei Anna geprikkeld, 'in het leven van alledag hoorde je niets over de joden, ik herinner me niet dat iemand er ooit iets over zei.'

Overvallen door een dof besef van vergeefsheid stond Lotte op. Een zuster kwam binnen en verzocht hun zich aan te kleden. Het tijdstip van sluiting naderde, het personeel wilde naar huis.

De onontkoombare familieband bleef zijn rechten opeisen, of ze wilden of niet. Iets dwong ze steeds maar tegen de stroom in te blijven roeien, in elkaars richting – de een in actieve veroveringszucht, de ander als willoos slachtoffer van een ergerlijk soort aantrekkingskracht waaraan ze geen weerstand kon bieden.

Die avond dineerden ze samen in een klein restaurant aan de Avenue Astrid. Het was zaterdag, de volgende ochtend hoefden ze zich niet voor dag en dauw in het badhuis te melden. Op zoek naar een beetje zaterdagavondgevoel liepen ze Relais de la Poste binnen en nestelden zich op de leren banken uit de jaren dertig, toen ze nog jong waren en niet wisten wat hen boven het hoofd hing. Ze dronken koffie met Grand Marnier, de jukebox vulde de ruimte met fluwelige evergreens uit de jaren vijftig.

'Het leven gaat verder, zeggen ze altijd...' Anna nipte aan haar glaasje, 'wanneer we een groot verlies geleden hebben geeft de ander ons een schouderklopje en zegt: kop op, het leven gaat verder. Een cliché, en tegelijk een wrange, universele waarheid. Onze steden lagen in puin, onze soldaten waren dood, kreupel, beroofd van illusies, we kregen als volk collectief de schuld van de grootste massamoord uit de geschiedenis van de mensheid, we waren economisch, moreel failliet... en toch ging, op de een of andere manier, het leven verder. Ik stortte me op de studie, op mijn werk. Iedereen ging aan het werk, mijn god...' Ze leegde haar glas in één teug en lachte in zichzelf: 'Die hele wederopbouw was één grote arbeidstherapie!'

Lotte staarde afwezig in haar glaasje. Herinneringen aan de naargeestige vrede dreven voorbij. Ze wilde er niet aan denken en juist daardoor dacht ze eraan.

Ook Ernst werkte. Hij was in dienst getreden bij een vioolbouwer in Den Haag, die door reumatiek in zijn handen gedwongen was steeds meer werk aan hem over te laten. Ze waren verhuisd naar een kleine woning achter de werkplaats – Ernst verdiende, zoals velen, een naoorlogs schijntje. Bezeten van zijn nieuwe verantwoordelijkheid als echtgenoot en toekomstig hoofd van een gezin zweepte hij zichzelf op tot een steeds grotere productie: vijf dagen per week repareerde hij violen, de overige twee bouwde hij nieuwe die hij verkocht. Zeven dagen per week was Lotte alleen met de gedachten waarvan het huwelijk haar had moeten verlossen. Weggerukt uit haar familie – een pijnlijk déjà-vu – ijsbeerde ze door de kamer. Waar was ze terechtgekomen, had ze dit zelf gewild? Ze droomde van een groot, oud huis met hoge plafonds, een huis dat haar zou verzoenen met de eenzaamheid van het huwelijk, een huis dat ze zou herscheppen tot een thuis. De droom dreef haar door een wirwar van straten en grachten. Het werd herfst, winter, de donkere gevels weerden haar af, de verlichte kamers sloten haar buiten – alleen de zwavelstokjes ontbraken. Het was of ze alsnog boete deed in de vorm van een eeuwig dolen, zonder thuis, zonder verwanten, het verdiende loon van iemand die noch het een, noch het ander was, een hybride, verraderlijk naar twee kanten.

Misschien was het de muziek, die ontbrak. Waar was Amelita Galli-Curci gebleven? Het *Exultate Jubilate*? De *Matthäus Passion*? Ze vond een zanglerares, maar al bij de eerste les bleek dat er van haar stem niet veel over was. Tegenover de lerares putte ze zich uit in verontschuldigingen – vol heimwee somde ze op wat ze vroeger allemaal gezongen had, maar toen ze de twijfel in de ogen van de ander zag begon ze zelf ook te twijfelen. Wat was er met haar stem, die ooit moeiteloos de watertoren vulde van de voet tot de nok, gebeurd? Haar stembanden waren als verdroogd rubber dat tussen de vingers verbrokkelt.

Als ze muziek wilde horen moest ze op visite bij haar ouders. Maar daar schemerde de ontwrichting door de façade van een normaal gezinsleven heen. Haar moeder, die met artificiële vrolijkheid de boel bij elkaar hield, ontwikkelde een eetmanie om de honger en al het andere te vergeten. Tegelijk met de onderduikers was ze bijna al haar kinderen kwijtgeraakt. Tussen Jet en Ruben bleek zich heimelijk iets te hebben ontwikkeld sinds zij met een hersenschudding in bed lag en hij haar urenlang had voorgelezen om de tijd te doden. Theo de Zwaan had allang geleden het Assepoester-hart van Marie weten te vermurwen. Mies had kort voor de oorlog haar intrek genomen op een verdieping boven de hoedenzaak. Ze waren allemaal getrouwd en op zichzelf gaan wonen. Koen was, op uitnodiging van Bram, naar Amerika vertrokken dat sinds D-Day een haast mythische populariteit genoot als land van onbegrensde mogelijkheden. De twee jongsten, die nog thuis waren, konden zich op school niet concentreren en waren druk en ongezeglijk.

Lotte kon het ook niet aanzien dat haar vader, nu hij zijn vrouw weer bijna voor zich alleen had, zo opgemonterd was. Hij was op straat aangehouden door een oudere heer die hem verbluft aanstaarde. 'Dat u nog leeft! U bent toch Rockanje?' Hij knikte argwanend. 'Ik heb u indertijd een injectie gegeven...' riep de ander enthousiast, 'recht in 't hart – een wanhoopsdaad, want ik had u al opgegeven!' Lottes vader, die zich er niets van herinnerde en alles over zijn ziekbed uit de tweede hand had gehoord, bedankte hem verbouwereerd voor zijn kloeke ingreep en ging lichtvoetig naar huis. Hij voelde zich alsof hem voor de tweede keer het leven werd geschonken en besloot zich er ditmaal door niemand van te laten weerhouden er echt van te genieten. (De grote desillusie liet nog even op zich wachten: vadertje Stalin was nog een man van onbesproken gedrag.)

Eenmaal rispte de oorlog nog even giftig op en zou er, als Sara Frinkel niet krachtdadig was opgetreden, in zijn reputatie een lelijke barst zijn gesprongen. Er werd een joods diner georganiseerd; de familie Frinkel, nog niet naar Amerika vertrokken, was ook uitgenodigd. Tijdens de maaltijd had Ed de Vries, op die luidruchtige manier waarmee hij als zanger-entertainer altijd de aandacht had weten te trekken, gezegd dat de familie Rockanje hem een bij hen in bewaring gegeven kist met kostbaarheden ter waarde van een half miljoen afhandig had gemaakt. Verontwaardigd had Sara Frinkel over de tafel geroepen: 'Hoe durf je! Je neemt die woorden onmiddellijk terug, ouwe rat! Hoe haal je het in je hoofd, je had geen sou! Laat me niet lachen, jij met je half miljoen in een kistje waarvan je zegt: ik kom een paar prulletjes begraven. Ik heb je door: je probeert 't van de verzekering terug te krijgen. Dat moet jij weten, als je 't maar uit je hoofd laat de familie Rockanje door 't slijk te halen!'

Af en toe nam Lotte een van de filmsterrenfoto's in de hand die Theo de Zwaan vlak voor de oorlog van Jet en haar had gemaakt. Wat keken ze zelfverzekerd en uitdagend in de lens – alsof de wereld aan hun voeten lag. Wat een overmoed, wat een onwetendheid! Met bitterheid en nostalgie dacht ze terug aan hoe het leven voor de oorlog was geweest. Hoewel ze tegen God en Colijn waren hadden ze, onder aanvoering van hun moeder, een romantisch geloof in gerechtigheid, menselijkheid, schoonheid, gehad. Wanneer op zomeravonden Beethoven door het open raam naar buiten zweefde en ze met z'n allen in rieten stoelen naar de sterren en de zwarte bosrand keken, dachten ze: als er zulke prachtige muziek bestaat moet het leven, in diepste wezen, ook prachtig zijn. Nu schaamde ze zich voor die grote gevoelens. Beethoven was een Duitser, Bach ook, Mendelssohn was een jood; de nazi's koketteerden met hun Duitse componisten en verboden de joodse – nooit meer zouden ze vrij van bijgedachten naar muziek kunnen luisteren. Om van de *Kindertotenlieder* maar te zwijgen. Alles was bezoedeld.

Ongemerkt was het druk geworden om hen heen. Oudere echtparen waren aan de tafeltjes neergestreken, de heren in kostuum met gesteven overhemd en das, hun dames – vers van de coiffeur – in een japon met plissérok en lakceintuurtje. Het tijdperk van spijkerbroeken en T-shirts was hier nog niet doorgedrongen. Een geliefde meezinger zette in, enkele stelletjes waagden zich op het tot een dansvloer herschapen middengedeelte. Een zoetgevooisde Louis Prima voerde hen mee, geroutineerd draaiden ze kittige rondjes... Buona sera signorina... buona sera...

‘Wie schön...’ zuchtte Anna, ‘dat ze op hun leeftijd nog zoveel plezier hebben.’

Met een misprijzend trekje om haar mond volgde Lotte de grijze hoofden. ‘Vind je ’t niet een beetje gênant,’ zei ze zuinig, ‘dat verliefde gedoe, voor zulke oudjes.’

‘Mensch, wees toch niet zo streng... voor jezelf. Heb jij nooit gedanst met je vioolbouwer...?’

Dat ‘met je vioolbouwer’ krenkte Lotte. En het idee dat ze samen gedanst zouden hebben, zoals deze opgedirkte bejaarden, was ronduit stuitend. ‘Mijn vioolbouwer is al jaren dood...’ zei ze scherp, in de hoop dat Anna zich zou schamen.

Maar die had nergens last van. Een potige grijsaard diende zich aan. Hij knoopte zijn jasje dicht en boog licht ironisch in de richting van Anna. Die kwam met een geamuseerd lachje overeind, wurmde zich tussen twee tafeltjes door en verdween voor korte tijd uit het zicht. ‘Oh mon papa...’ kweelde de jukebox.

Anna cirkelde over de dansvloer alsof ze, sinds de nonnen haar in de schaduw van het kasteel van Von Zitsewitz hadden leren dansen, niets anders had gedaan. Inwendig lachend dacht ze terug aan het tumult rond ‘Was machst du mit dem Knie, lieber Hans’, maar de Casanova in Spa gedroeg zich voorbeeldig. Hij leidde haar zelfverzekerd, zonder te vermoeden dat hij iemand in zijn armen hield die zich allang niet meer, door wie dan ook, liet leiden. Ja, zelfs verstoutte hij zich zijn eigen versie van de tango met haar te dansen, met een strak vooruitgestoken arm en abrupte draaiingen van honderdtachtig graden. Ridderlijk bracht hij haar na afloop terug naar haar plaats.

Anna hijgde. ‘Wie had dat gedacht,’ lachte ze schor, ‘een veenturfbad met dansen na...’

Laat op de avond, nadat Anna zich nog tweemaal naar de dansvloer had laten lokken door haar zwijgzame partner, verlieten ze het café. Als een mastodont wierp het badhuis zijn slagschaduw over de weg. Draaierig van de Grand Marnier sloegen ze rechtsaf.

'Wie danst houdt de dood op een afstand...' giechelde Anna, tegen Lotte aanbotsend. 'Kijk eens wat een heldere hemel! Morgen wordt het bestimmt goed weer, kunnen we een mooie wandeling maken. Wat zeg je daarvan, Schwesterlein. De pijn is weg, zeg ik je, verdwenen... fffft...' Ze stak haar arm door die van Lotte.

Door de drank en de onwezenlijke taferelen die ze al die tijd in zich had opgenomen had ook zij iets van haar reserves verloren. 'Hoor eens, Anna...' zei ze, 'daarnet, toen ik je rond zag zwieren op de dansvloer, herinnerde ik me in een flits iets van vroeger...'

'Je bedoelt van heel vroeger?'

'Ja... Je danste door de hal, wild, druk, onbehouwen – of misschien danste je niet maar speelde je krijgertje met... er was een jongen bij...'

'De zoon van de conciërge,' vulde Anna intuïtief aan.

'Dat kan zijn... jullie stoeiden op de trappen, jullie opgewonden gegil echode door de gangen... Ineens lag je onder aan de trap te krijsen... er was iets met je arm... ik was bang en krijste met je mee. Wat er toen gebeurde weet ik niet... ja toch, wacht even...' Van opwinding ging ze harder praten. De herinnering was, eenmaal op gang gekomen, niet meer te stoppen. 'Je werd naar het ziekenhuis gebracht en kwam met je arm in 't gips terug, in een mitella. Ik was jaloers... ik wilde alles wat jij ook had... je pijn, en ook je verband. Ze hebben toen mijn arm in een theedoek gehangen of zoiets... als troost.'

'Nu je het zegt...' Anna bleef staan, 'nu je het zegt... ja... ik was dat helemaal vergeten... hij was gebroken... op twee plaatsen zelfs geloof ik... Dat je dat nog weet! Na siehst du!'

Ze wilde nog iets zeggen maar in plaats daarvan viel ze Lotte om de hals. De drank en de ontroering gingen een gevaarlijke gisting aan. Hun lichamen zwaaiden vervaarlijk heen en weer boven het asfalt, alsof ze zich aan elkaar vastklampten op een schip in de storm. Voor Anna's ogen zeilde op de achtergrond het Athenée mee, voor die van Lotte waren het de sinaasappels en citroenen in de etalage van een groentewinkel. Voetje voor voetje liepen ze verder, de bronnenstad Spa ging aangenaam heen en weer alsof hij zichzelf aan Grand Marnier te buiten was gegaan. Midden op de brug over het spoor bleef Anna staan – zwaar op de leuning hangend maakte ze een groots gebaar naar de sterren die boven het silhouet van de daken en de omringende heuvels flonkerden en riep ze met gezwollen stem toe:

'Zum Sehen geboren,
Zum Schauen bestellt,
dem Turme geschworen,
gefällt mir die Welt.

Ich blick' in die Ferne,
ich seh' in der Näh'
den Mond und die Sterne
den Wald und das Reh...

eh... hoe ging het verder...' riep ze klaaglijk, 'mijn god, ik weet het niet meer...' Nog steeds hief ze haar armen naar de sterren, nu in een loos gebaar.

'Kom,' zei Lotte, aan haar arm sjorrend.

3

Met behulp van een wandelkaart had Lotte een route met de idyllische naam 'Promenade des Artistes' uitgekozen. Van haar sentimentaliteit, de vorige avond, had ze spijt. Een gezamenlijke herinnering was geen reden voor verbroedering – vreemd dat het woord 'verzustering' niet bestond. Ze bewaarde nauwlettend afstand, en hield haar handen stevig in de zakken van haar winterjas. Een waterig zonnetje schemerde tussen de takken door; langs het pad slingerde, zilverachtig, een smalle beek.

Anna verheugde zich bij elke stap over de plotselinge soepelheid van haar gewrichten – de modder begon effect te krijgen! Ze ademde de prikkelende boslucht in en meende de zuurstof tot diep in haar longen te voelen doordringen. Haar monterheid vertaalde zich algauw in mededeelzaamheid. Ze lachte in zichzelf: 'Je raadt nooit, Lotte, wie mij kwam opzoeken in Salzkotten.'

Het Instituut voor Sociaal Werk was ondergebracht op de hoogste verdieping van een franciskaner nonnenklooster. Het succes in de studie hing voor een groot deel af van improvisatietalent. Cahiers of blocnotes waren er niet; wie erin slaagde een rol behang of een vel pakpapier te bemachtigen kon aantekeningen maken. De docenten, die uit het hele land bijeengescharreld waren, kwamen uit de ruïnes van hun steden naar het Instituut na een avontuurlijke reis over een verwoest spoorwegnet. Ze logeerden in het klooster en beulden hun studentes veertien dagen lang af met psychologie of sociologie. De boodschap van de Nazarener indachtig deelden de nonnen hun schaarste met de leerlingen, en toen het winter werd zaten ze vrijwillig in de kou opdat het in het studielokaal warm kon zijn.

Er was een ironische bijkomstigheid – op wandelafstand van Salzkotten lag het dorp aan de Lippe waar haar vader geboren was en haar grootvader gestorven; het dorp uit het sprookje van de varkenshoedster – maar dan zonder prins. Dat haar omzwervingen en lotgevallen haar, als een element in de onontkoombare cirkelgang van de natuur, uitgerekend hier moesten doen belanden, daarbij stond ze liever niet stil. Dat die plek des onheils zo dichtbij was negeerde ze, zelfs het mooiste weer kon haar er niet toe verlokken die richting uit te wandelen. Maar Salzkotten, met zijn weekmarkt, was het middelpunt van de omringende dorpen. Op een dag liep ze een vroegere dorpsgenote tegen het lijf die nog bij haar in de klas had gezeten; verrast over het weerzien wisselden ze wetenswaardigheden uit.

Deze toevallige ontmoeting veroorzaakte een heel wat minder toevallige. Enkele dagen later werd er op haar deur geklopt. 'Je hebt bezoek,' zei een medestudente bedremmeld, 'of je in de spreekkamer wilt komen.' 'Ik bezoek,' riep Anna uit, 'dat kan niet, ik heb niemand op de hele wereld. Wie is het dan?' 'Tja, een dame is het niet... Het is een of andere vrouw die beweert dat ze familie van je is.' Nietsvermoedend liep Anna naar beneden. In de deuropening verstijfde ze. Het sober ingerichte vertrek werd volledig in beslag genomen door de gestalte die daar op haar wachtte, alleen al haar aanwezigheid was een vorm van heiligschennis. Ze was fors en vadsig, haar huid glom, haar ogen en haren waren zwarter dan ooit, haar vulgaire zelfingenomenheid contrasteerde schril met de ingetogen bijbelse voorstellingen aan de muren. 'Mein Gott,' zei ze met een aan de omgeving aangepast, temerig stemmetje, 'wat doe je hier, word je non?'

Anna bleef op gepaste afstand; een uiterste aan zelfbeheersing was vereist om de kwellingen en vernederingen die als een donker, duivels fluïdum op haar afkwamen, het hoofd te bieden. Nee... oh nee..., dacht ze afwerend, ...dit niet... Op een vlakke, onpersoonlijke manier legde ze uit wat het doel van haar verblijf in het klooster was. 'Ah, zit dat zo...' zuchtte de bezoekster, nog steeds oneindig nieuwsgierig, 'hoor eens, als je wat nodig hebt – boter, kaas, eieren – dan moet je het zeggen...' Dit uit haar mond roekeloze aanbod bracht Anna in tweestrijd. De dreigementen van tien jaar geleden gonsden door haar hoofd: 'Je zult nog naar me toe komen kruipen en om brood bedelen...' Aan de andere kant was er gewoon de honger, voor iedereen in het klooster, en was er de vereffening van oude schulden: wat deze tante haar niet allemaal schuldig was, het kwam haar gewoon toe. 'Geweldig,' hoorde ze zichzelf hooghartig zeggen, 'daar zouden we allemaal blij mee zijn, het kan aan de poort worden afgegeven.' Haar tante knikte, niet helemaal voldaan, en Anna bedacht dat het niet iets duivels was wat er van haar uitging, maar een primitiviteit waaraan elke vorm van moraal, van zelfonderzoek, van geweten, vreemd was. Toen er niets meer te zeggen viel, vertrok tante Martha in haar volle breedte, helemaal vervuld van haar rol als beminnelijke tante die uit bezorgdheid haar hongerige nichtje opzoekt bij de nonnen. Verbouwereerd bleef Anna achter. Wat voerde haar naar het klooster? Naastenliefde kon het niet zijn. Probeerde ze het schaap dat tien jaar geleden uit haar invloedssfeer was ontsnapt, weer binnen de omheining te halen? Had ze nog steeds een goedkope arbeidskracht nodig, iemand op wie ze haar destructieve neigingen kon uitleven?

Er werd niets aan de poort bezorgd. Wel ontmoette Anna vaker dorpsgenoten die haar, in flarden, op de hoogte brachten van de onverkwikkelijke levenswandel van haar tante. Terwijl oom Heinrich aan het Russische front vocht, bleek zijn vrouw zich te hebben ontpopt tot de beruchtste zwarthandelaar uit de verre omtrek. De vluchtelingen uit de steden had ze, niet gehinderd door medelijden, voor een ei, een stuk brood, alles afgenomen wat ze nog bezaten: een sieraad, tafelzilver, een tabaksdoos, een portretje in een vergulde lijst. Ieder stuk brood liet ze zich viermaal betalen. In de wijde omgeving werd ze gevreesd en geëerbiedigd; honger was sterker dan angst. En de enige die haar had kunnen afremmen zat nu in Russische krijgsgevangenschap.

Het laatste nieuwtje dat Anna bereikte was zo bizar dat ze aanvankelijk in hoongelach uitbarstte. Maar algauw sloeg haar lachen om in een onchristelijke woede, die pijnlijk contrasteerde met de vreedzaamheid binnen de muren van het klooster. Tante Martha bazuinde rond dat ze de studie van haar nicht aan het Instituut voor Sociaal Werk financierde. Wanneer je dacht dat je zo'n beetje alles had gezien en meegemaakt werd je onmiddellijk voor je naïveteit gestraft. De kronkelingen van een perfide geest – weer was het haar gelukt Anna's ternauwernood herwonnen gemoedsrust te verstoren, het ging gewoon door alsof ze nooit was weg geweest.

Maar de tussenliggende jaren deden hun invloed gelden. In een stevige wandelpas doorkruiste Anna het weidse landschap van haar jeugd – geen heuvels of bergen, maar akkers en weilanden zover het oog reikte. Ze had geen last van weemoed of nostalgie – haar onwrikbaarheid sloot alle andere gevoelens buiten. Ze negeerde de vlier en de Mariakapel bij de brug over de rivier; het weerzien met de boerderij en de opgeschoten kinderen bracht haar niet uit haar evenwicht. Onaangekondigd viel ze de keuken binnen en greep ze haar beduusde tante met beide handen bij haar blouse, ter hoogte van haar boezem: 'Zo, dus jij betaalt mijn studie!'

'Bitte, bitte, waar heb je het over...' Tante Martha's ogen vernauwden zich van angst, als bij een valse kat die in zijn nekvel wordt gegrepen. 'Wat betaal je, hoeveel, sinds wanneer? Nou?' De gulzige mond van haar tante klapte open, dicht en weer open. Woorden kwamen er niet uit, alleen onsamenhangende protesten. Anna ging onverstoorbaar door, zonder medelijden, zonder triomf. 'Weet je wel hoeveel loon je me schuldig bent? Je bent me mijn jeugd schuldig, alles ben je me schuldig! Maar betalen doe je niets! Ik geef je aan. Als je de leugen die je overal verspreidt niet officieel in de krant terugneemt stuur ik je de politie op je nek!' 'Bitte... bitte...' Ze worstelde zich los, schichtig zocht ze een uitweg. 'Papier!' verordonneerde Anna, 'breng me een pen en papier.' Met een stuitende slaafsheid bezorgde tante Martha haar datgene waar ze om vroeg. Anna streek het papier glad op de keukentafel, drukte haar de pen in de hand en dicteerde in nadrukkelijk Hoog-Duits: 'Ik, Martha Bamberg, neem de door mij gedane uitlatingen over de studie van mijn nicht, Anna Grosalie-Bamberg, in Salzkotten terug. Toen ik het deed voorkomen alsof ik haar studie bekostigde sprak ik niet de waarheid.' Anna controleerde de tekst, verbeterde enkele schrijffouten, en beval haar tante de rectificatie in het streekblad te plaatsen. Hoewel ze vanuit haar ooghoek het aanrecht en het fornuis zag, twee van de vaste ijkpunten uit haar jeugd, uit de periode van horigheid, keurde ze de hele boel geen blik waardig. Ze sloeg de deur achter zich dicht en stak zonder omzien het erf over.

Haar handen tot vuisten gebald marcheerde ze terug door de velden. Ze liet niet meer met zich sollen, Anna Grosalie, oorlogsweduwe, Rodekruiszuster, in opleiding tot sociaal werkster bij de kinderbescherming. Het armzalige schepsel dat allang aan tuberculose, kanker of een bombardement bezweken had moeten zijn, liet niet meer met zich sollen – ze studeerde vakken waarvan tante Martha de naam niet eens kon uitspreken.

Maar het tromgeroffel vervaagde, want in het geratel van de populieren boven haar hoofd hoorde ze de hese klaagzang van zichzelf als meisje van twaalf. Ze vertraagde haar pas. Het drong tot haar door dat ze, ongeacht de zoetheid van haar wraak, ongeacht het aantal kinderen dat ze in de toekomst bij zou staan, het kind dat ze zelf was geweest niet met terugwerkende kracht kon beschermen. Dat kind was voor altijd, onherroepelijk, overgeleverd aan de willekeur van tante Martha, die vrij over haar kon beschikken tot in de eeuwigheid. Het idee van vergelding was belachelijk tegenover een rudimentaire ziel, die nooit in termen van goed en kwaad zou kunnen denken – hooguit in staat was te erkennen dat Anna nu de sterkste was. Een Pyrrus-overwinning.

Nieuwe leraren trotseerden de hindernissen van het openbaar vervoer om het groepje uitverkorenen van het Instituut in aanraking te brengen met onbekende disciplines, zoals het voogdijschapsrecht. Anna's gedachten gingen onwillekeurig terug naar de colporteurs van de steriliseeractie en naar de voogdijakte waarin oom Heinrich jarenlang had ingevuld dat ze 'een beetje zwakzinnig en broos' was. Wat was dat eigenlijk voor rechter geweest, dat hij nooit op het idee was gekomen eens een controleur naar de boerderij te sturen? Om dat uit te zoeken meldde ze zich bij het kantongerecht. De rechter van toen bleek onmiddellijk na de oorlog te zijn vervangen door een nieuwe, een jonge man die er moedeloos bij zat alsof men hem in het hart van een piramide had opgesloten met de opdracht de uitgang te vinden.

'Hoe is het mogelijk,' zuchtte hij, toen Anna de geschiedenis aan hem voorlegde. 'Dat vraag ik u,' zei ze, 'hoe is het mogelijk? En waarom alstublieft?' De rechter speelde wat met zijn vulpen. 'De wet waar u op zinspeelt...' zei hij peinzend, 'moest in die tijd verhinderen dat erfelijke ziektes werden doorgegeven, door ervoor te zorgen dat de betreffende personen werden gesteriliseerd. Een rechter in de nazi-tijd, op deze stoel...' hij haperde, '...moest bewijzen dat hij een nationaal-socialist was door actief zijn medewerking te verlenen. Zei hij: er zijn in mijn district geen zwakzinnigen, dan maakte hij zich verdacht. Nu bood zich zo'n geval aan, een arm kind, een wees nog wel: daar had hij God zij dank iets, zwart op wit.' Hij lachte beschaamd. 'Mag ik die akte eens zien?' zei Anna. 'Natuurlijk,' zei hij, 'die moet ergens in het archief zitten. We zullen hem voor u opzoeken en u een kopie toesturen.'

Maar de akte bleek spoorloos verdwenen. Veertien dagen later ontving ze een brief: de akte die aan de hare voorafging was er nog, netjes opgeborgen, de akte die erna kwam ook – maar de hare ontbrak. Wie haar akte had laten verdwijnen, wanneer, waarom, viel niet te achterhalen. Wanneer oom

Heinrich Rusland overleefde zou ze niet naar hem toe kunnen gaan en hem de akte onder de neus duwen. De waarheid over haar jeugd, inclusief de leugens, was nu alleen nog te vinden in het archief van haar eigen papegaaiengeheugen, waaruit nooit iets om onverklaarbare redenen verdween.

Tante Martha's rectificatie was er wel, duidelijk leesbaar in de krant. Anna's voldoening hierover ebde snel weg te midden van de meterslange rollen behang, de Dode-Zeerollen van het sociaal werk, die bestudeerd moesten worden voor het examen. Ze maakte kennis met Freud en met het belang van de eerste zes levensjaren. In dat kader dacht ze voor het eerst sinds lange tijd terug aan haar vader: aan zijn hoest, het tikken van zijn stok op de plaveien, zijn zwarte jas, zijn hoed, zijn trots als zijn dochters iets presteerden, zijn ingehouden droefenis toen hij hen niet meer op schoot mocht nemen. De herinneringen kwamen in golven, dat alles registrerende geheugen van haar spaarde haar niet. Ze moest zich nu ook Lotte herinneren. Samen in bed, samen in bad. De vanzelfsprekende onafscheidelijkheid, alsof het tot in lengte van dagen zo zou blijven. 's Avonds smoezend in bed, overdag strijdend om de aandacht van hun vader – hij kon ze niet allebei tegelijk liefdevol of berispend aankijken. In de competitie om hun vader hadden ze ieder hun eigen talenten en karaktereigenschappen ontwikkeld. Anna haar fabelachtige geheugen in de voordrachtskunst, haar inlevingsvermogen in een arm meisje (een goede oefening voor later) op het podium in het Casino, en haar onuitputtelijke levendigheid: rennen, springen, vallen, kwebbelen, gillen. Tegenover al die drukte plaatste Lotte haar zang. In kinderlijke aanbidding voor haar eigen stem zond ze haar liedjes omhoog naar het ronde gewelf in de hal en luisterde verbaasd naar de indrukwekkende nagalm. Wanneer ze niet zong was ze stil en meegaand – haar manier om de speciale protectie van haar vader te winnen zodat Anna, in haar jaloezie, nog harder ging rennen, springen, vallen. Hoe meer Anna zich herinnerde, des te groter werd haar belangstelling.

Deze twee mensen, die haar naaste, haar meest intieme familie waren, wekten een academische nieuwsgierigheid bij haar op. Of was het verlangen, een diep, onbezonnen verlangen, nu ze nadrukkelijker dan ooit tevoren alleen was achtergebleven.

Oude bekenden spraken haar aan op straat om te vertellen dat oom Heinrich terug was en om, ieder in hun eigen retoriek, te beschrijven wat voor effect Rusland op hem had gehad. Hij was terug, hij leefde! Een ongerijmde, tweeslachtige opwinding overviel haar: ze wilde hem niet zien, ze wilde hem zien. Het beeld van oom Heinrich, teruggekeerd van het evenement op de Buckeberg, kwam haar weer voor de geest: geschokt, sprakeloos, vervuld van angst en afkeer. In het perfect geregisseerde, Grootgermaanse oogstdankfeest, in de geestdrift van de massa, in de opzwepende, hypnotiserende taal van de Führer, had hij visioenen gezien van wat ging komen. Hij wist het, maar had niet kunnen verhoeden dat hij in het kader van diezelfde regie naar Rusland werd gestuurd. Het was zo navrant dat haar hart zou zijn gekrompen, als daar niet al het andere tegenover had gestaan. Ze wilde hem niet zien, ze wilde hem zien. Ze wilde hem opheldering vragen over de voogdijschapsakte. Ze wilde hem zeggen: mijn man was ook in Rusland. Ze wilde het adres van Lotte hebben, dat ze was kwijtgeraakt, en de boeken van haar vader, een rijtje ingebonden Duitse klassieken – het enige wat hij haar had nagelaten. Ze wilde laten zien: kijk, het zwakzinnige, broze kind leeft nog, ze is niet kapot te krijgen – we hadden toch een band, ooit, of heb ik me dat verbeeld?

Toen het tot haar doordrong dat ze het nooit zou volhouden niet te gaan leende ze een fiets en ging. Met zorg had ze de zondagochtend uitgekozen. De God en gebod aan haar laars lappende tante verzuimde nooit een hoogmis. Anna had goed gegokt, het huis was leeg, op de kleine woonkamer na waar ze haar oom aantrof, bij de kachel, op de stoel waarin zijn vader langzaam, elke dag een beetje meer was gestorven, onder de prent van de gesneuvelde soldaat. Ze had zich erop voorbereid dat hij vermagerd zou zijn, maar wat ze aantrof op die met geschiedenis beladen, genetisch bepaalde plek was een uitgemergelde oude man, die haar met een holle, uitgebluste blik aankeek zonder haar te zien. Uit de kraag van zijn overhemd stak een dunne hals, uit de mouwen van zijn jasje kwamen smalle polsen, zijn vingers hingen geknakt over de stoelleuning. Zijn stugge blonde haar was grijs geworden, een benige schedel schemerde erdoorheen. In niets was de jonge oom nog te herkennen, de gespierde boerenzoon die kerstliedjes verhaspelde in Keulen. Ze groette bedeesd. Bespeurde ze een antwoord in een heel licht knikken van het topzware, gegroefde hoofd? De volgende voor de hand liggende stap zou zijn geweest hem te vragen hoe het met hem ging – een vraag, begreep ze nu, die van botte gevoelloosheid zou getuigen. Er hing een zurige lucht in de bedompte ruimte, net als vroeger kreeg ze het gevoel dat ze er niet kon ademen. Hij zat maar te zwijgen, het leek zelfs of hij haar iets kwalijk nam. De dingen die ze had willen zeggen bestierven in haar mond. Ze bevochtigde haar lippen: 'Oom Heinrich...' begon ze. Hij reageerde niet, hoe moest ze verdergaan? Over de akte beginnen was onmogelijk in deze omstandigheden, Rusland was een pijnlijk onderwerp, Lotte taboe. Het enige tastbare, ongevaarlijke dat haar te binnen schoot was het rijtje klassieken. 'De boeken van mijn vader...' zei ze haastig, 'u weet wel: Schiller, Goethe, Hofmannsthal... die zou ik graag meenemen.' Er gebeurde een wonder: het hoofd bewoog van het ene denkbeeldige eindpunt van de horizon naar het andere. 'Waarom niet...?' fluisterde Anna, maar er volgde geen nadere toelichting. Hij keek haar aan, hij keek haar weg, ze stikte onder het lage plafond, tussen de opeengedrongen muren, tussen twee doden en een schijndode. Ze keerde zich om naar de deur en vluchtte.

In een woest tempo fietste ze terug, heen en weer geslingerd tussen verontwaardiging en medelijden. Je zou toch denken dat Rusland een oefening in onthechting was geweest – wat betekenden bezittingen als je honger, dorst, pijn had. Maar ze corrigeerde zichzelf: zie je dan niet dat hij kapot is, een stuk ijs uit de toendra? Zie je niet dat hij alleen nog nee kan zeggen, een groot vierkant nee, tegen alles en iedereen? Deze man, deze schaduw van een man, zou ze nooit meer ter verantwoording kunnen roepen, laat staan dat ze ooit vrede met hem zou kunnen sluiten.

Een dag later dacht ze er anders over. Wanneer iedereen haar ontviel, bleef alleen het materiële over. De boeken, de enige tastbare herinnering aan haar vader, wilde ze beslist hebben. Opnieuw stapte ze naar het kantongerecht. Ze kreeg een officiële beschikking mee, een schriftelijk bevel de boeken af te staan. Voor de laatste keer maakte ze de pelgrimstocht naar de boerderij. Daarbinnen was niets veranderd. Al sprak hij niet, lezen kon hij nog. Respect voor gezag was er bij hem eerst door zijn tirannieke vrouw, toen door het leger en daarna door de kampleiding ingeheid. Hij begreep heel goed wat het officiële stuk dat hij tussen zijn broze vingers hield behelsde. Deze keer bewoog het topzware hoofd van het lage balkenplafond naar de houten vloer en weer terug. Anna tilde de boeken van de plank boven het buffet. De stapel tegen haar borst klemmend keek ze hem nog één keer aan, over de klassieken heen. Bovenaan, zag ze, lag *Faust*. Ze keek naar de desolate gestalte bij de kachel en slikte. Waarom was de Faustfiguur altijd mannelijk? Hún Faust zat met gevouwen handen in de kerk.

Terwijl Anna het woord voerde verloren ze tijd en afstanden uit het oog. Al tweemaal waren ze een vouw in de plattegrond gepasseerd toen Anna halverwege een zin bleef staan, in een haast pathetisch gebaar naar haar hartstreek greep en naar adem hapte. Berustend stond Lotte ernaast. Het kwam haar bekend voor. Eerst rennen en springen, dan een gebroken arm of een tand door de lip – eerst de ander bedelven onder een stroom van woorden, dan ademnood.

'Laten we... teruggaan...' bracht Anna uit.

Lotte knikte. Ze gaf haar zuster zowaar een arm; voetje voor voetje liepen ze terug over het slingerpad, op de cadans van Anna's schommelende lichaam en raspende adem. Het kwam Lotte voor dat de terugtocht een eeuwigheid geduurd had toen ze Anna de lounge van haar hotel binnenloodste. Koffie... gebaarde Anna, sterke koffie. Koffie had haar al eerder terug in het leven gehaald. Met een krampachtig lachje viel ze in een stoel neer, zich met een wapperende hand koelte toewuivend. Haar bleke gezicht glom van het zweet, met gesloten ogen wachtte ze tot haar ademhaling tot rust kwam. Lotte zat er schaapachtig bij, zonder zich zorgen te maken: Anna kwam uit haar eigen levensgeschiedenis naar voren als onverwoestbaar, als iemand die de dood nog op de vlucht zou doen slaan door hem recht in zijn gezicht onomwonden de waarheid te zeggen. En zowaar, Anna kwam langzaam tot zichzelf, haar ogen gingen weer open, ze keek Lotte al weer opgemonterd en scherpzinnig aan.

'Entschuldigung, mijn lichaam is af en toe een spelbreker... we zitten hier heel comfortabel zo... bitte, neem zelf ook wat... weet je nog...' Ze nam de moeite zich naar Lotte te buigen en een hand op de hare te leggen. Luchtig over haar zo nu en dan stagnerende lichaam heenstappend, als over een omgevallen boom die dwars over de weg ligt, zei ze: 'Weet je nog, Lotte, dat ik je op kwam zoeken in Den Haag?'

Lotte bevroor. Anna walste maar door, het leek waarachtig of ze haast had.

'Maar eerst ging ik naar Keulen... in de hoop dat oom Franz nog leefde, de enige die jouw adres had...'

Anna bestelde een tweede kop koffie. Er kwamen twee hotelgasten langs die bevreemd naar de luidruchtige oude dame keken. Lotte meende afwijzing, ja, vijandigheid te zien in hun blik.

'Keulen...' zei Anna dromerig, 'ik zal nooit vergeten dat ik op de oostelijke oever van de Rijn stond en dwars door de stad heen keek naar het westen waar de schoorstenen van de bruinkoolfabrieken tegen de horizon afstaken. Aan de twee torens van de Dom, die door een wonder gespaard waren, zag je dat het Keulen was. Hier en daar stond nog een muur, daartussen was niets. Ik stond op de oever te midden van anderen – we keken ernaar maar geloofden niet wat we zagen, want tussen de Rijn en de bruinkoolfabrieken was altijd de stad geweest. Alle bruggen waren kapot. We stonden daar en wilden naar de overkant en daar kwam, zoals duizend jaar geleden, een kano aanpeddelen om ons over te zetten. Op de andere oever stond iemand klaar met een karretje voor je koffer en daar begon een tocht over kronkelweggetjes tussen de puinhopen door en over de puinhopen heen, en ergens in een kelder of onder de resten van een muur woonden mensen...'

Lotte hoorde het vol onbehagen aan. Ze voelde een sterke aandrang naar haar hotel te gaan. Eens even niets te hoeven horen, nergens op te reageren – je over te geven aan een loom zondagnamiddaggevoel, meer niet.

'Ik wilde jou zien, daar was het allemaal om begonnen... Ik wilde natuurlijk ook weten of mijn oom en tante nog leefden. Ze hadden geluk gehad, het ziekenhuis was gespaard gebleven – ze leden geen honger, de Engelsen voorzagen het ziekenhuis ruimschoots van voedsel. Het enige wat ik na de verrassing van het weerzien kon uitbrengen was: "Ik heb honger." Ze maakten een pan rijstepap voor me klaar, ik at tot ik niet meer kon. Van hen kreeg ik het adres van tante Elisabeth... en zo kwam ik uiteindelijk bij jou terecht... Gott im Himmel, dat zal ik nooit vergeten!'

Terwijl Anna op bericht wachtte van haar oudtante in Amsterdam, van wie ze alleen wist dat ze Lotte langgeleden met chirurgische precisie had verwijderd uit de symbiotische twee-eenheid, bekroop haar ineens de angst dat ook Lotte niet meer leefde. Ze herinnerde zich het succesvolle bombardement op Rotterdam in het begin van de oorlog – verder had ze geen flauw idee wat de oorlog in Holland had aangericht.

Enkele weken later zag het er rooskleuriger uit. Lotte verwachtte haar; in een cryptisch briefje had ze ingestemd met Anna's komst. Vanuit de trein gezien viel het met de verwoesting van Nederland nogal mee. De weilanden lagen er glad en geschoren bij, het vee stond welgedaan in een ansichtkaart met bruggetjes en kerktorens. In de Haagse tram was de situatie minder panoramisch. Alle plaatsen waren bezet, bij elke bocht werden de passagiers in het middenpad tegen elkaar aan gesmeten. Een heer van middelbare leeftijd stond hoffelijk voor Anna op. Ze plofte neer met haar onafscheidelijke rekwisiet, de leren koffer, 'dankeschön' zuchtend. 'Wat...' riep de man geschokt, 'u bent een Duitse! Sta op, onmiddellijk!' Anna, die maar half verstond wat hij zei maar heel goed begreep wat hij bedoelde, schoot overeind. Alle gezichten keerden zich beschuldigend in haar richting. 'Ik begrijp u heel goed,' verontschuldigde ze zich onhandig, 'ik begrijp heel goed dat u niets met ons te maken wilt hebben. Maar ik was geen nazi, of u me geloven wilt of niet. Ik ben een gewone vrouw, mijn man is gesneuveld, ik heb niemand meer. Iets anders kan ik u niet zeggen...' Om haar heen werd veelbetekenend gezwegen, men wendde zich misprijzend af. Anna hing scheef aan de lus en voelde voor het eerst wat het voortaan zou betekenen een Duitse te zijn. Schuldig te worden bevonden door mensen die niets van je wisten. Niet als individu te worden gezien maar als specimen van een soort, omdat je dankeschön zei in plaats van dank u wel.

Maar een onwankelbare solidariteit met haar eigen geschiedenis en het ontbreken van politiek bewustzijn behoedden haar voorlopig nog voor de schizofrenie van collectieve schuld en individuele onschuld. Voor haar, Anna Grosalie, was dit een historische dag. Ze was niet zozeer een Duitse alswel iemand die, alleen op de wereld achtergebleven, op zoek was naar de geborgenheid van haar eerste kinderjaren. De banden van het bloed, die voor de meeste mensen iets vanzelfsprekends waren waarop je altijd kon terugvallen, waren voor haar iets dat moest worden terugveroverd. Ze stapte uit, hield een voorbijganger aan en liet hem het briefje met het adres zien zonder een woord te zeggen. Ze keek wel uit om haar eigen taal te spreken – misschien stuurde hij haar opzettelijk de verkeerde kant op.

'Dat zijn van die dingen die je je leven lang niet vergeet,' zei Anna.

'Jij vergeet niets,' stelde Lotte somber vast.

'Wat een desillusie was dat, mijn bezoek aan jou... Je weigerde Duits te spreken, ik kon alleen via je man met je communiceren – voor zover er überhaupt sprake was van contact. Hij vertaalde alles wat ik zei, de brave ziel, en de schaarse antwoorden die jij gaf.'

'Ik kreeg geen woord Duits meer over mijn lippen. Ik had niets meer met die taal, je had evengoed Russisch kunnen spreken.'

'Maar dat kan toch niet, je moedertaal! Zelfs nu spreek je haar nog vloeiend.'

'En toch was het zo.'

'Het was natuurlijk psychisch. Je wilde niets met me te maken hebben en verschanste je achter het Nederlands...' Anna werd nu fel. 'Je hebt geen idee hoe erg het voor me was. Je was de enige die ik nog had, ik wilde je leren kennen, ik wilde me verontschuldigen voor mijn gedrag, toen jij mij kwam opzoeken. Ik wilde laten zien dat ik veranderd was. Maar jij was in de weer met je baby. Een baby, dat maakte het allemaal nog erger! Jij baadde de baby, voedde de baby, kamde de baby... Mij negeerde je. Wat ik ook deed om je belangstelling te wekken: ik was lucht voor je. Je man was verlegen met de situatie, hij probeerde het zo goed mogelijk op te vangen... Waarom ben je niet tegen me tekeergegaan, heb je me de huid niet volgescholden, dan had ik me kunnen verdedigen? Maar dat ontwijkende... ik bestónd niet voor je.'

Lotte keek geagiteerd om zich heen om te zien of er iemand

rondliep bij wie ze haar koffie kon afrekenen. Ze wilde weg, en zo snel mogelijk. Het werd hoe langer hoe gekker, nu werd ze ook nog ter verantwoording geroepen. De wereld op zijn kop. 'Ik had niet om je komst gevraagd, je interesseerde me niet.'

'Dat is waar, ik interesseerde je niet... je had je baby...'

'Dat kind was mijn redding,' beet ze Anna toe, 'het verzoende me met mijn leven... mijn kinderen zijn alles voor me.'

Anna zuchtte moedeloos. Haar zuster was nog steeds onbereikbaar achter de fortificatie van haar nageslacht; zijzelf nog steeds alleen en kinderloos, ondanks de honderden kinderen die ze in haar leven geholpen had. Ze voelde een vage pijn in haar borst... van de opwinding... dom, dom, dom. Dwaas ook om te denken dat ze nog iets zou kunnen rechtzetten.

'Lotte, loop niet weg,' zei ze berouwvol, 'het is allemaal zo langgeleden. Laten we... laten we samen eten, ik trakteer. Het is toch een wonder dat we elkaar terug hebben gevonden, hier in Spa, laten we het vieren zolang het nog kan...'

Lotte liet zich vermurwen. Waar maakte ze zich eigenlijk druk om, het was zondagavond, ze hoefde niets. Ze verhuisden naar de eetzaal en bestelden een aperitief.

'Ik heb mijn zuster meegebracht,' riep Anna trots. De ober lachte vormelijk. Lotte voelde de ergernis als jeuk omhoogkruipen.

'Wanneer is je man eigenlijk gestorven,' vroeg Anna, 'ik mocht hem wel. Hij was serieus, beschaafd... verfijnd zou ik bijna...'

'Tien jaar geleden,' onderbrak Lotte haar korzelig.

'Waaraan?'

'Een hartaanval... te hard gewerkt, al die jaren...'

'Ga je wel eens naar zijn graf. Of is hij...?'

'Soms...' Hierover weigerde Lotte elke vorm van mededeelzaamheid. Ze voelde er niets voor op dit punt de competitie aan te gaan... met een gesneuvelde ss-officier.

'Ik ging twee keer per jaar, op Allerzielen en in de lente, met een krans en een kaars.'

Twee keer per jaar werd ze gastvrij onthaald door de moeder en haar dochter, ter nagedachtenis aan de tragische dood en het wonder van de overleving. Dat het graf niet gezegend was knaagde aan haar; ze besloot de onplooibare pastoor erop aan te spreken. Ze wachtte hem op, meteen na de mis waarin de goddelijke leefregel 'Hebt uw vijanden lief' centraal had gestaan. Hij was nog in vol ornaat. 'Herr Pfarrer' klampte ze hem aan, 'een van de drie militairen op het kerkhof was mijn man. Wij zijn katholiek, mijn man en ik, daarom vraag ik u zijn graf te zegenen.' Hij lachte schamper. 'Het laat me koud of u katholiek bent of niet, het waren ss'ers.' 'Maar daarnet...' bracht Anna hem in herinnering 'preekte u nog: hebt uw vijanden lief.' Hij trok een van zijn zware zwarte wenkbrauwen op, waardoor hij zelf iets kreeg van een Mefisto, en snauwde: 'Ik zegen geen graf van een ss-man.' 'Hij was nog maar veertien dagen bij de ss,' riep ze, 'hij had helemaal geen keus!' De pastoor wierp haar, in antwoord op haar emotionele uitroep, een vernietigende blik toe voordat hij haar liet staan waar ze stond en wegbeende, een halfdonkere zijbeuk in.

Ingezegend of niet, van het eerste geld dat ze in dienst van de gemeente Keulen verdiende spaarde ze een grafsteen bij elkaar met een zandstenen kruis erop waar alledrie de namen in gebeiteld waren. Dat stond een decennium lang tussen de taxussen en de coniferen, goed verzorgd door drie vrouwen, tot aan het eind van de jaren vijftig het gerucht de ronde deed dat de drie soldaten zouden worden bijgezet op een pas aangelegd militair kerkhof bij een naburig dorp. In dat geval, dacht Anna, haal ik hem liever naar Keulen. Het lukte haar van het stadsbestuur een vergunning te krijgen om hem te laten bijzetten op het Keulse soldatenkerkhof. Daarmee gewapend bracht ze opnieuw een bezoek aan de pastoor – de begraafplaats viel onder de jurisdictie van de kerk. Nadat ze hem, vormelijk en neutraal, op de hoogte had gebracht van haar voornemen en de vergunning had laten zien, liet ze haar adres bij hem achter met het verzoek haar te waarschuwen wanneer het graf werd geruimd.

Allerzielen brak weer aan en Anna maakte haar rituele tocht. Een dichte mist hing laag boven de aarde, het rook naar natte bladeren en chrysanten. Geroutineerd duwde ze het piepende hek hopen. Ze liep tussen graven met brandende kaarsen door waarvan de vlammen roerloos in de vochtige lucht stonden. Op de plaats waar haar tocht gewoonlijk eindigde met kranslegging en gebed trof ze een onpersoonlijk, vierkant stuk gras aan waarop verdroogde herfstbladeren lagen. Ontheemd keek ze om zich heen, was ze verkeerd gelopen? Mijn graf, dacht ze in paniek, waar is mijn graf? Over het bemoste middenpad, omfloerst door de mist, naderde een processie. De pastoor liep voorop in zijn kazuifel, daarachter volgden de dorpelingen met hun kaarsen. Er ging haar een licht op. Daar schreed hij, de rigide vertegenwoordiger van de moederkerk, in zijn plechtige gewaad dat hem stond als een harlekijnspak. Daar ging de liefdeloze schijnvrome, onder wiens aanvoering men ging bidden voor het zielenheil van bevoorrechte gestorvenen. Misschien zou hij ooit ter verantwoording worden geroepen, maar ze voelde er niets voor dat rustig af te wachten: met grote, wraakzuchtige stappen liep ze hem tegemoet tot halverwege het pad en posteerde zich met de handen in de zij tegenover hem. De zware wenkbrauwen fronsten zich. 'Waar is mijn graf,' slingerde ze hem in 't gezicht, 'waar is mijn man, waar is mijn grafsteen? Ik heb u toch mijn adres gegeven, u zou me waarschuwen!' De dorpelingen staarden haar verslagen aan, ze wisten precies waar Anna het over had: ze was hún oorlogsweduwe. De pastoor zei niets, hij verplaatste zijn gewicht van het ene been naar het andere en bekeek haar misprijzend, alsof hij een hysterica tegenover zich had. 'Er is niets meer...' riep ze, 'niets...' Ze hoorde geruis in haar oren, het geluid van haar eigen stem verdween op de achtergrond. Door duizeligheid overvallen wankelde ze opzij, oneerbiedig neerzakkend op een verweerde zerk – haar hoofd in haar handen, de krans verloren naast haar in het gras. Terwijl de processie voortschreed maakte een oude vrouw zich los uit de stoet, knielde bij haar neer en fluisterde: 'Ze zijn uitgegraven en naar Gerolstein overgebracht, naar de erebegraafplaats.'

Weer bij zinnen trof ze, uren later, in Gerolstein geen idyllisch kerkhof aan met bemoste zerken en door klimopranken overwoekerde kruisen, maar een gloednieuwe, in geometrische rechthoeken verdeelde vlakte. Parallel lopende strepen wit zand, daartussen rechtopstaande planken met een nummer erop. In het centrum van de dodenakker liet ze haar krans achter. Het spijt me Martin, verontschuldigde ze zich, de krans is nu voor jullie allemaal.

'Later werden er kruisen geplaatst. De drie soldaten liggen nog steeds naast elkaar.' Anna lachte: 'Het feit dat ze met z'n drieën in de auto achterbleven in plaats van appels te jatten heeft ze tot in de eeuwigheid met elkaar verbonden. Op veel kruisen staat "Onbekende soldaat". Ik kom er nog steeds, meestal in het voorjaar. De begraafplaats ligt boven op een heuvel, aan de rand van de wereld, vergeten. Het is er stil. Soms wandelen er moeders met kleine kinderen, omdat het een vreedzame plek is. Ik zit op een muurtje vlak bij het graf; ze maken een praatje met me, vragen waar ik vandaan kom, waarom. Dan zeg ik: ik bezoek mijn man hier. Daar schrikken ze van, ze kunnen het niet meer plaatsen, het is zo lang geleden. Ikzelf eigenlijk ook niet. De laatste jaren vraag ik me af: wat doe ik hier?'

Lotte knikte wazig. Ze dronk meer wijn dan goed voor haar was, het onderwerp stond haar niet aan. En Anna ging er maar over door, steeds weer nieuwe facetten belichtend. Dat de heldendood zo'n nasleep kon hebben.

'Nu vraag ik je,' Anna was onverstoorbaar, 'waarom geloven we eigenlijk dat de geestelijke existentie van de overledene nog gebonden zou zijn aan die ene plek? Waarom gaan we erheen? Uit nostalgie? En wie verdienen eraan? De bloemenhandelaren, de tuinlieden, zij die de grafstenen maken – er is een hele industrie aan verbonden. Het is hun dagelijks brood en daarom blijven wij komen... Wil jij begraven worden?'

'Ik?' Lotte schrok op. 'N... natuurlijk...' stotterde ze. Met een misplaatste frivoliteit die voortkwam uit wrevel zei ze: 'Ik wil een graf vol bloeiende wilde planten... ik heb vijf kinderen en acht kleinkinderen om ze te verzorgen.'

'Als ik sterf blijft er niets van me over,' zei Anna in de contramine, 'dan is er geen volkstuin waar je naartoe kunt gaan en waarvoor iemand geld moet betalen opdat er bloemen worden neergezet. Wie zou dat voor mij doen? Wie interesseert zich daarvoor? Ikzelf ben daar toch allang niet meer?'

Lotte schoof haar lege koffiekopje opzij en kwam moeizaam overeind. 'Ik moet nu echt gaan,' mompelde ze. Het leek of de alcohol haar hele gewicht naar haar hoofd had verplaatst. Met een topzwaar gevoel verliet ze de eetzaal, Anna druk pratend achter haar aan.

Die greep haar, zwaar ademend, bij een schouder: 'Herinner jij je de dag nog dat... moeder... begraven werd?'

'Nee, absoluut niet.' Op goed geluk deed Lotte een greep naar haar jas. Geen kerkhoven meer, smeekte ze in stilte.

'Haar kist hadden ze op de sofa gezet. Wij waren erbovenop geklommen om, vanuit de erker, te kijken of ze er al aankwam. Onze voeten lagen op de vensterbank. Omdat het wachten zo lang duurde trappelden we om het hardst met onze lakschoenen tegen het raam in de hoop dat ze het zou horen en op zou schieten. Verontwaardigde familieleden tilden ons van de kist af. Nu pas begrijp ik dat we boven op haar zaten...'

'Tja...' zei Lotte onbewogen. Voor haar was er maar één moeder: die andere. Ze knoopte haar jas dicht en keek vermoeid om zich heen.

'Ik laat je uit,' zei Anna. Onder de felle plafonnière zag ze op het gezicht van haar zuster een uitdrukking die het midden hield tussen berusting en ergernis. Ze herinnerde zich dat haar vader precies zo gekeken had, in de nadagen van zijn ziekte. Dat gezichtsuitdrukkingen erfelijk konden zijn! Ze durfde haar ontdekking niet hardop uit te spreken. Lotte stapte zo schielijk op, daar kon maar één reden voor zijn: ze was weer veel te druk geweest.

Met alle aangeschoten ouwedameskracht die ze in zich kon verzamelen trok Lotte de zware voordeur open. Op de stoep bleef ze weifelend staan. 'Welterusten,' zei ze zwakjes tegen de ronde gestalte die de deuropening vulde en nog steeds een onbeteugelbare heftigheid uitstraalde.

'Het spijt me dat ik vandaag weer zo op mijn praatstoel zat...' schuldbewust sloeg Anna haar armen om Lotte heen. 'Morgen, dat beloof ik, zal ik me van mijn rustige kant laten zien. Welterusten, meine Liebe, schlaf gut und träum süss...'

Die nacht ontbrak Anna de luchthartigheid zich zomaar in de slaap te laten wegzinken. Beelden van begrafenissen en kerkhoven verdrongen elkaar. Haar leven was, wanneer ze erop terugblikte, doorspekt met de dood zoals bij een dwarsdoorsnede glaciale aardlagen aan de ijstijd herinneren – hoe vaak had hij haar leven niet een bruuske, hardhandige wending gegeven. Ze was vervuld van een wonderlijke opwinding, alsof er iets feestelijks te gebeuren stond. Wat zou dat anders kunnen zijn dan de apotheose van het toenaderingsproces dat nu al een paar weken gaande was? Het werd tijd voor een echte, hardop uitgesproken verzoening met haar hardnekkig tegenstribbelende zuster. Wanneer zij tweeën, tegelijk geboren uit dezelfde moeder, liefgehad door dezelfde vader, er niet in zouden slagen over domme, door de geschiedenis opgeworpen hindernissen heen te stappen, wie zou daar dan wel toe in staat zijn? Wat was het toekomstperspectief van de wereld als zelfs zíj tweeën, die werden geacht mild te zijn in hun ouderdom, niet eens dat ene steentje konden werpen?

Ze had het benauwd, sloeg de dekens terug en keerde zich op haar zij. Tegen de ochtend sliep ze, ondanks zichzelf, toch nog in. Haar droom was bevolkt met engelen van diverse pluimage. De meeste herkende ze meteen, sommige pas na enig nadenken. Op één uitzondering na opereerden ze allemaal met z'n tweeën. De engelen aan weerszijden van de trappen naar de Karlskirche verlieten hun sokkel en vlogen, het kruis tegen de borst klemmend, met forse vleugelslag en ruisende gewaden over de groene koepel de wolken in. De bevallige bewaaksters van het Thermaal Instituut stegen op van het bordes en zweefden erachteraan. Daarboven, op een goudgerande wolk, lagen de twee naakte vrouwen die gewoonlijk languit op een schelpachtige versiering in de hal rustten – nog steeds probeerde de een nadrukkelijk de blik van de ander te vangen, die (opzettelijk?) peinzend langs haar heen keek. Op alle gezichten lag een roze weerschijn van de ondergaande zon. Daarachter, waar de nacht zich aankondigde in dieppaars, dook ineens van grote hoogte een gestalte in een wijde zwarte jas in glijvlucht naar beneden. Met een hand drukte hij zijn hoed op zijn hoofd, in de andere klemde hij zijn wandelstok. Als wielrenners gebruikmakend van de windstilte achter zijn breed uitwaaierende jas volgden twee mollige kinderen die schrijlings op een vis zaten. Anna meende zich vaag te herinneren hen tijdens een wandeling werktuiglijk te hebben waargenomen op een monument ter ere van de beroemdheden die Spa in de loop der eeuwen hadden bezocht: aan weerszijden van een stenen lijst met namen zat een cherubijn op een vis met een boosaardige kop.

Hierna werd het nacht. Er vloog niets voorbij dat afleiding bood, behalve een onverwacht in het schijnsel van de maan oplichtende engel, nee adelaar, die als een bliksemschicht door het zwart kliefde, dat net zo diep en absoluut was als de verduisterde nachten in de oorlog waren geweest. Anna wierp zich op haar andere zij, die haar abrupt beroofde van – bevrijdde uit haar dromen.

4

Boven de sierlijk gewelfde koperen badkuip hing een koord met een handvat waarop in vier talen 'Trekken' stond. Wanneer de wekker ging ten teken dat de voorgeschreven tijd om was, bewerkstelligde de badgast door middel van een kort rukje de komst van een vrouw in een wit jasschort, die behulpzaam was bij het uitstappen en afdrogen.

Lottes laatste week was begonnen met een veenturf- en een koolzuurbad. Gewikkeld in een deken rustte ze uit, zich ook van binnen schoonspoelend met glazen Koninginne-Spa. Er heerste een stilte als in een gecapitonneerde kamer. Geen enkel geluid uit de buitenwereld drong hier door, alsof het complex van badkamers in holen diep onder de Hoge Venen lag, direct bij de oorsprong van de bronnen.

Maar die stilte werd ruw doorbroken. Ergens, dichtbij, vloekte iemand: 'Mon Dieu!' Haastige voetstappen in de gang. Een gil die onmiddellijk werd gedempt. Haar deur werd opengeworpen, de vrouw in het witte schort stond handenwringend op de drempel. 'Madame, madame... u was toch altijd samen... venez... votre amie...'

Lotte schoot in haar badslippers en volgde de vrouw naar een van de belendende badkamers waarvan de deur wijd openstond. Daarbinnen werd om de dokter geroepen, iemand rende blindelings weg en botste bijna tegen Lotte op. Ze deed twee stappen op de tegelvloer. Eerst zag ze alleen de brede rug van de vrouw voor haar, maar die ging demonstratief opzij om Lotte te laten zien wat ze niet over haar lippen kreeg.

Vanuit een veenturfbad staarde Anna haar met glazen ogen aan – het leek of ze onthoofd was, of haar lichaam voor altijd diep in het bruine moeras was gezonken terwijl haar hoofd op de turfmassa was blijven drijven. Ze staarde Lotte aan met een blik waaraan alle emoties ontbraken: opwinding, ergernis, spot, woede, verdriet... een totale afwezigheid van al die stemmingen die elkaar twee weken lang caleidoscopisch hadden afgewisseld en samen de complexiteit die Anna heette hadden gevormd. Het beklemmendste was dat ze zo overduidelijk zweeg... dat ze niet gewoontegetrouw druk pratend en gebarend uitlegde wat haar was overkomen. Lotte keek verweesd om zich heen. Het was een badkamer zoals alle andere, warm en vochtig, had ze het benauwd gekregen? De lichtblauwe tegels eindigden aan de bovenkant in een rand met schelpmotieven – dit was het laatste wat Anna had gezien, had het haar doen denken aan de Oostzee waarin ze bijna verdronken was, samen met haar man... waarin ze, achteraf, liever verdronken was geweest... Dit was het laatste wat Anna had gezien – daarnet leefde ze nog en was ze vitaal als altijd in bad gestapt. Er was een macabere, smakeloze grap met haar uitgehaald... Zo meteen zou ze weer in beweging komen: Mein Gott, wat is dit voor belachelijke toestand...!

Een arts stoof binnen, gevolgd door een hulpteam. 'Wat doet zíj hier...' protesteerde een van hen, 'dit is toch geen moment om een badgast binnen te laten.'

'Maar ze is haar vriendin...' stamelde de zuster die Lotte had gealarmeerd.

Lotte trok zich terug – weg van die lege, holle blik waar alleen nog een hartbrekend niets van uitging, weg uit die onverwachte, allerlaatste intimiteit waar Anna haar ongevraagd in betrok.

De zuster kwam op een holletje achter haar aan: 'Excusez moi madame... ik dacht dat u er recht op had het meteen te weten... Misschien... misschien kunnen ze haar nog helpen... soms worden er wonderen verricht met reanimatie... We moeten afwachten... waar gaat u naartoe?'

'Naar de Salle de Repos,' zei Lotte schor, 'ik... geloof dat ik even moet gaan liggen.'

'Natuurlijk... je comprends... ik zal u op de hoogte houden...'

Behalve de bustes van twee professoren die veel hadden bijgedragen aan de ontwikkeling van de heilzame baden, en een eenzame vrouwenfiguur die door een verlaten landschap liep op het grote schilderij dat de hele zaal domineerde, was er niemand in de rustzaal. Lotte viel neer op een willekeurig bed. Te laat, te laat, gonsde het door haar hoofd. Ze besefte dat ze steeds was uitgegaan van de luxeveronderstelling dat ze nog alle tijd had. En nu, zomaar ineens, op maandagochtend, met nog een week te gaan, onttrok Anna zich aan dat scenario. Hoe was het mogelijk... Anna, onverwoestbare Anna, die nooit uitgepraat raakte en alleen al daarom het eeuwige leven scheen te hebben... Zoals Sam en Moos in de mop waarmee Max Frinkel in de oorlog het moreel hooghield: Sam en Moos, als enige overlevenden van een schipbreuk, antwoordden op de vraag 'Hoe hebben jullie dat klaargespeeld?' druk gesticulerend: 'We zijn gewoon door blijven praten.'

Buiten koerden de duiven, als altijd. Alles was als altijd, alleen ontbrak er nu iets wezenlijks. Veertien dagen geleden bestond ze nog niet voor me, dacht Lotte, en nu zou ik haar missen? Ja, brulde de stilte in de Salle de Repos, geef het maar toe! 'Morgen, dat beloof ik, zal ik je mijn rustige kant laten zien' had Anna gezegd. Die luchtige belofte kwam nu in een wrang, omineus daglicht te staan. Of ze haar ogen open of dicht had, steeds zag Lotte dat ene bevroren beeld voor zich. Ze had niet eens afscheid kunnen nemen. Ik had haar nog zoveel willen zeggen, dacht ze, in een langzaam aanzwellend gevoel van wroeging. O ja, wat dan, riep een cynisch stemmetje, wat had je haar willen zeggen als je geweten had wat er ging gebeuren? Iets aardigs, iets waaruit betrokkenheid sprak, iets troostrijks misschien? Zou je haar ooit hebben kunnen zeggen wat ze eigenlijk wilde horen, datgene waar het haar allemaal om te doen is geweest? Zou je er werkelijk in zijn geslaagd die drie woorden naar buiten te persen...: 'Ik begrijp het...?'

Die drie woorden, ogenschijnlijk zo simpel, voor Lotte zo revolutionair, verdrongen zich in haar keel alsof ze ze er alsnog

– nu het te laat, te laat, te laat was – uit wilde gooien. In plaats daarvan begon ze te huilen, geruisloos en discreet, geheel in overeenstemming met de sfeer in de Salle de Repos. Waarom was ze al die tijd blijven steken in de houding van verzet die ze al in het begin had aangenomen? Hoewel ze allengs meer en meer begrip voor Anna had gekregen, en sympathie, was ze moedwillig, halsstarrig, blijven steken in ongenaakbaarheid. Uit misplaatste, niet eens voor Anna bedoelde, wraak? Uit solidariteit met de doden, haar doden? Of uit een diep ingesleпen wantrouwen: hoed je voor de verontschuldiging 'We wisten het niet', hoed je voor begrip – zelfs een beul kun je begrijpen als je zijn achtergronden kent.

Haar onvermogen stroomde over haar wangen... te laat, te laat. Het gekoer van de duiven klonk haar steeds meer als spot in de oren. Onherroepelijk te laat. Om aan zichzelf te ontsnappen lichtte ze de valgordijnen op en keek naar de grauwe binnenplaats die erachter schuilging, het domein van de duiven. Terwijl ze vanachter het glas naar buiten staarde drong zich de herinnering aan haar op die Anna de vorige avond, op de valreep, met haar had willen delen. Met een intensiteit alsof het de vorige dag had plaatsgevonden zag ze zichzelf, samen met haar zusje, op een kist zitten die op de sofa stond en met haar schoenen tegen het raam trappelen... een tamtam om hun moeder tot haast te manen. Ze zag twee paar stevige benen, witte sokjes, schoenen met riempjes. Ze trappelden precies in de maat, alsof ze samen één paar benen hadden – niet alleen om hun moeder te waarschuwen maar ook om het geroezemoes van vreemde stemmen achter hun rug te overstemmen, en om een ondraaglijke werkelijkheid op een afstand te houden. Ze keek opzij naar het blonde hoofd van Anna die haar lippen vastbesloten op elkaar klemde en haar met felle ogen een samenzweerderige blik toewierp.

Te laat! Lotte liet het gordijn los. Op hetzelfde ogenblik ging de deur open en sloop de vrouw in het witte schort, haar privé-engel-des-doods, op haar tenen naar binnen.

'Helaas...' ze sloeg haar handen ineen, 'ze hebben niets meer voor haar kunnen doen. Het hart hè. We wisten... het stond in haar dossier dat ze een zwak hart had en dat we haar bad niet te warm mochten maken... Weet u of ze familie had? Iemand moet het vervoer naar Keulen regelen en de begrafenis... wij weten niet... u was tenslotte haar vriendin...'

'Nee...' zei Lotte, zich oprichtend. Haar blik viel op de flessen mineraalwater en de toren van plastic bekertjes. Nog hoorde ze Anna in schools Frans vragen 'C'est permis... dat wij van dit water drinken?' En weer hoorde ze zichzelf antwoorden, uit een intuïtie waarvan ze de gevolgen pas nu aanvaardde: 'Ja, das Wasser können Sie trinken.'

'Nee...' herhaalde ze, de vrouw uitdagend aankijkend, 'ik ben... ze is mijn zuster.'

Tessa de Loo, *Alle verhalen tot morgen*

1983 was het eerste succesjaar voor Tessa de Loo. Na haar debuut in *Maatstaf* verscheen haar eerste boek, de verhalenbundel *De meisjes van de suikerwerkfabriek*. De zes verhalen in deze bundel werden door de kritiek met vrijwel unaniem enthousiasme ontvangen. In 1994 behaalde De Loo een ongehoord succes met haar roman *De tweeling*.

Vooral voor al de nieuwe Tessa de Loo-lezers heeft De Arbeiderspers het complete verhalen- en novellenwerk van de schrijfster in één band gebracht. Behalve de verhalen uit *De meisjes van de suikerwerkfabriek* bevat deze bundeling de novellen *Isabelle* en *Het rookoffer*, het verhaal 'De vuurdoop' uit de AP-bundel *26 verhalen* en de korte novelle *Het mirakel van de hond*, die eerder in een speciale uitgave als briefboek verscheen.

De literaire kritiek over De Loo's verhalen:

[...] verhalen die allemaal op geraffineerde wijze licht werpen op wat vrouwen ervaren in hun omgang met mannen. – Willem Kuipers in *de Volkskrant*

Een trefzeker, absoluut ondebuutachtig stilistisch vermogen. – Rob Schouten in *Trouw*

De meisjes in de suikerwerkfabriek laat zien dat Tessa de Loo goed kan schrijven; zij doet dat zorgvuldig, ze bouwt haar verhalen geraffineerd op, daarbij weet ze van begin tot eind de spanning erin te houden. – Atte Jongstra in *De Gooi- en Eemlander*

Tessa de Loo, *Meander*

In *Meander* beschrijft Tessa de Loo de lotgevallen van een groep mensen die na de revolutionaire euforie van de jaren zestig de stad ontvlucht. In een klein dorp stichten ze een gemeenschap die onder de leiding komt van een zich tot geestelijk leraar ontpoppende man. Deze leider heeft, gerijpt door mystieke ervaringen, een heilig geloof in een menselijker samenleving. Men dient eenvoudig liefdevol met elkaar om te gaan zonder de eigen individualiteit prijs te geven.

Na een veelbelovende start treedt er een schisma op. De vrouw van de leider komt zélf aan het hoofd van een tegenbeweging. De leefgemeenschap die zo nieuw en anders was ligt uit elkaar. Langzaam maar onherroepelijk verwateren de idealen en vloeien terug in de indifferente, onidealistische hoofdstroom van de harde werkelijkheid.

De literaire kritiek over *Meander*:

De welverzorgde epische stijl [...] maakt, met de aandacht voor de fijne details, de levendigheid van de dialogen en de goed gedoseerde humor, *Meander* tot een prachtig leesboek. – Wam de Moor in *De Tijd*

Het meest bewonderenswaardige aan *Meander* is De Loo's weigering om het de lezer die niet veel moet hebben van communes en goeroes naar de zin te maken. – Carel Peeters in *Vrij Nederland*

